KiWi
PAPERBACK
1086

DAS BUCH

»Was ich in meinen Geschichten immer gern getan habe«, so Irvine Welsh in einem Interview mit dem *Guardian,* »ist, Leute in extreme Situationen zu bringen. Ich beobachte gern, wie Menschen, wenn ihre Lage erst einmal schlimm ist, es schaffen, sie noch schlimmer zu machen.«

In *Dann lieber gleich arbeiten* ist dieser Grundsatz Programm. Egal, ob Welsh den Leser in die Wüste von Nevada mitnimmt, wo drei zugedröhnte Studenten Probleme aufgrund eines Schlangenbisses bekommen, ob er von einer Clique überdrehter, hipper junger Frauen in Chicago erzählt, deren Vorliebe für asiatisches Essen ins Wanken gerät, oder ob er, wie in der Titelgeschichte, einen englischen Barbesitzer auf Teneriffa erfindet, dessen amouröse Abenteuer durch das Auftauchen seiner pubertierenden Tochter massiv gestört werden – alle Figuren tappen von einer aberwitzigen Situation in die nächste. Doch er wäre nicht Irvine Welsh, wenn es ihm bei aller Komik nicht immer auch um das Menschliche ginge.

»Hinter Irvine Welshs berühmter Schocktaktik verbirgt sich ein einfühlsamer literarischer Moralist.« *The Scotsman*

DER AUTOR

Irvine Welsh, geboren 1958 in Edinburgh, lebt inzwischen in Dublin, ist seiner Heimatstadt aber nach wie vor sehr verbunden.

Sein erster Roman »Trainspotting« wurde für den Booker Prize nominiert und von Danny Boyle verfilmt.

DIE ÜBERSETZER

Clara Drechsler und Harald Hellmann übersetzen gemeinsam aus dem Englischen, u.a. Werke von Bret Easton Ellis, Nick Hornby, Helen Walsh und A. M. Homes.

WEITERE TITEL VON IRVINE WELSH

»Ecstasy«, »Der Durchblicker«, »Acid House«, »Drecksau«, »Klebstoff«, »Porno«, »Die Bettgeschichten der Meisterköche«.

Irvine Welsh

DANN LIEBER GLEICH ARBEITEN

AUS DEM ENGLISCHEN
VON CLARA DRECHSLER UND
HARALD HELLMANN

KIEPENHEUER & WITSCH

1. Auflage 2009

Die Originalausgabe erschien 2007 unter dem Titel: *If You Liked School, You'll Love Work*
bei Jonathan Cape, London.

Aus dem Englischen von Clara Drechsler und Harald Hellmann

Umschlaggestaltung: Barbara Thoben, Köln, nach einer Idee von Random House UK
Umschlagmotiv: © Vorder- und Rückseite: © John Carey
Gesetzt aus der DTL Documenta und der Helvetica
Satz: Pinkuin Satz und Datentechnik, Berlin
Druck und Bindung: CPI – Clausen & Bosse, Leck
ISBN 978-3-462-04085-2

Für Max Davis

INHALT

Klapperschlangen

Die Klimaanlage des silbernen Dodge Durango hatte vorhin den Geist aufgegeben: Filter und Kühler funktionierten nicht mehr. Statt köstlicher, kühler Luft hatte sie unerklärlicherweise heißen Wüstensand in den Wagen geblasen. Er maserte ihre verschwitzten Gesichter und Hände und verband sich mit dem Staub, den sie an diesem Wochenende des rauschhaften Tanzirrsinns aufgewirbelt hatten. Ohnehin schon von Drogen und Wüste dehydrierte Kehlen dörrten noch mehr aus, die tränenlosen Augen brannten. Es blieb ihnen nichts anderes übrig, als die Anlage abzuschalten.

Beim Aufbruch vom Burning Man Festival hatte es eine Riesenkolonne gegeben, gefolgt von einer tückischen Fahrt auf abgelegenen Wüstenpisten. Jetzt hatten sie sich in diesem Sandsturm verfranzt. Eugenes Wirbelsäule begann zu schmerzen; seine hünenhafte Linebackerstatur hatte es nicht gerade bequem auf dem Fahrersitz. Auf seinen verschwitzten und klebrigen Händen am Lenkrad verwandelte sich der Schmutz in Schlamm, und es wurde immer heißer. Sein mächtiger Brustkorb hob und senkte sich, während er versuchte, die warme, abgestandene Luft zu atmen.

Scotts verdammter Dodge! 40 567 Meilen auf dem Zähler und nicht mal die Scheißklimaanlage funktioniert!

Während der Sturm weiter Sand aufwirbelte und den Himmel rasant verdunkelte, spürte Eugene, dass die Erkenntnis der eigenen Dummheit wie ein tollwütiger Hund nach ihm schnappte. Die Abkürzung hatte sich nicht gezeigt, und soweit er sehen konnte, war auch niemand sonst auf dieser Straße unterwegs. Eugene musterte sein käsig-bleiches Spiegelbild im Rückspiegel, die verdreckten Haare zu einem Pferdeschwanz zusammengekratzt; der Schweiß, der herauslief, bildete nun Schlammrinnsale auf seiner ausgeprägten Stirn. Er nahm ein altes weißes Handtuch, das neben ihm lag, und wischte sie ab, dankbar, dass er seine Augen unter der Sonnenbrille nicht sehen konnte. In einem Stadium der Erschöpfung, das über Müdigkeit weit hinausging, biss Eugene sich durch, während sich am Rand seines Gesichtsfelds Sanddämonen im Tanz wiegten. Ein Blitz riss den schwefligen Himmel vor ihm auf. In seiner Verfassung durfte er im Grunde nicht fahren; in seiner Verfassung durfte er im Grunde *gar nichts*, dachte er trübselig. Drogen und Schlafmangel hatten ihn in einen leicht psychotischen Zustand versetzt, der ihn mittlerweile beinahe langweilte. Er betete um baldiges Aufklaren, sowohl in der wütenden Natur draußen wie in seinem verstörten Geist.

Ein Gedanke brachte ihn zur Weißglut: Scott und Madeline müssten eigentlich wach sein und ihn am Steuer ablösen. Aber er wusste, dass sie eine völlig andere Flugbahn hatten als er, darum war es an ihm hängen geblieben. Eugene kam die Galle hoch, während er sich vorkämpfte. Donner wummerte und dröhnte in seinen Ohren über dem Tinnitus-Basslauf, den er nie wieder loszuwerden fürchtete.

Schöne Scheiße.

Und dann Madeline. Auf dem Beifahrersitz neben ihm eingeschlafen; seine Augen wanderten zu ihren langen, nackten Beinen; zu der Sonnenbräune kamen überraschend erregende Dreckstriemen, mit denen sie schmutzig, richtig versaut aussah, so, wie man sich eine nuttige Schlammcatcherin nach dem Trocknen vorstellte; er hatte freie Sicht auf die Beine bis rauf zu ihrer abgeschnittenen Jeans ... sie lief über ein umgepflügtes Feld auf ihn zu ... das lange, lockige, dunkelblonde Haar fiel ihr, schwer vom Staub der Wüste, in Kaskaden auf die Schultern ... schmutzig ... versaut ... so lief sie auf ihn zu ...

Es war heiß.

Es war verdammt heiß.

Eugene sah nach unten auf seinen Schritt, und auf seinen Camouflage-Shorts zeichnete sich bereits eine deutliche Schwellung ab. Durch den Sturm hatte er schlechte Sicht, und er konnte auf jede weitere Ablenkung gut verzichten. Aber seine rationale Gehirnhälfte schaltete ab, und seine Augen wanderten immer wieder in das sanfte Hügelland von Madelines Brüsten, die sich unter ihrem braunen Trägertop abzeichneten.

Die gottverdammte Schlampe verarscht mich doch seit Tagen, und Scott genauso, wenn ich das richtig sehe. Diese sehnsüchtigen, lockenden Blicke. Und wenn man sich dann rantraut, wird sie plötzlich eisig.

Nach dem Festival hatten sie sich entschieden, raus in die Wüste zu fahren, um eine Yagé-Erfahrung zu machen und die Schore auszuprobieren, die ihnen ein peruanischer Schamane verkauft hatte. Es war Madeline gewesen, die das Zelt des Tempels des Mystischen Lichts entdeckt hatte und darauf bestand, an der schamanischen Heilzeremonie teilzunehmen, die ein gewisser Luis Caesar Dominquez, ein peruanischer Mystiker von eigenen Gnaden, anbot. Die Diashow und der Vortrag machten auf Madeline und Scott mehr Eindruck als auf Eugene, dem ein paar gute Hits Ecstacy ein Loch in die Tasche brannten; außerdem war er sauer, den deutschen Techno-Act zu verpassen, den er eigentlich sehen wollte.

Als es vorbei war, drückte ihm Madeline eine Broschüre in die Hand. – Da steht, Mr. Dominquez ist jahrelang bei den Kallahuayas-Schamanen im Nordosten des Titicacasees und bei den Stammesältesten der Q'ero aus der Region Cusco in die Lehre gegangen, in denen man die letzten Nachfahren der Inkas vermutet!

Eugene schüttelte den Kopf, als sie draußen vor dem Zelt standen und die Leute vorbeidefilieren sahen. – Ich hab von dem Scheiß keine Ahnung, gestand er. – Kallahuayas? Stammesälteste der Q'ero? Sagt mir nix, meinte er achselzuckend.

Madeline blieb unbeeindruckt. Eugene hatte bisher den Eindruck gehabt, sein Auftritt als schön unverbildeter Banause-und-auch-noch-stolz-drauf sei bei ihr ganz gut angekommen. Er beschloss, seine Ignoranz in Zukunft vorsichtiger zu dosieren. Er erinnerte sich der alten Maxime: Besser man schweigt und alle halten einen für dumm, als den Mund aufzumachen und alle Zweifel auszuräumen.

Scott nahm den Ball nur zu gerne auf. Eugene hatte ganz vergessen, mit welcher Begeisterung Scott diesen New-Age-Scheiß las und predigte. Er kannte ihn lange genug, um die Ohren auf Durchzug zu schalten, wenn er mit diesem Zeug anfing. – Damit ist er so was wie der Bill Gates des Durchgeknallten, begeisterte sich Scott. – Damit ist er einer der besten Lehrer, um in denen, die dafür bereit sind, mit uraltem Geheimwissen die ihnen innewohnenden

Heilkräfte zu wecken. Er riss die Augen auf, groß und unheimlich. Dieses Mal hörte Eugene genau hin, weil er sah, dass dieser Quatsch Madeline schwer beeindruckte.

– Das beruht alles auf einer uralten Prophezeiung, die Teil der Inkalegende vom Pachacuti ist – einem Zeitalter, in dem die Weltordnung umgestürzt wird und ein neues Bewusstsein aufkommt.

– Ich wette, der Knabe kann guten Stoff besorgen, räumte Eugene ein.

Also hatten sie Luis Caesar Dominquez darauf angesprochen, und der Schamane hatte sie mit nach hinten in sein Zelt genommen und ihnen diskret das Yagé verkauft. Auf Eugene wirkte Dominquez unter dem Ethno-Fummel so mystisch wie ein Politiker auf Stimmenfang oder irgendein Immobilienmakler.

Aber sie hatten das Yagé.

Der Rahmen war perfekt: eine kristallklare, kalte Nacht, und sie hatten in dem roten Wüstenboden ein Lagerfeuer gemacht und mit ein paar Handgriffen das große Hauszelt aufgebaut, das sie sich schon beim Festival geteilt hatten. Scott und Madeline hatten sich unglaublich reingesteigert und wirkten schon high, als sie noch erwartungsfroh ihre Becherchen anguckten. Ohne es eigentlich zu wollen, musste Eugene ihnen in die Parade fahren. – Dieser Dominquez ist doch nicht viel mehr als ein Drogendealer. Er weiß, wo das Zeug wächst und wie man es erntet und dieses Elixier daraus macht. Und dann zieht er mit dieser lahmen Diashow rum und nennt es Erleuchtung. Fuck, Mann, das hätte ich mal auch machen sollen, als sie mich in diesem Scheißhaus in Haight wegen Koksdealerei drangekriegt haben; einfach eine PowerPoint-Präsentation vor dem Richter und irgendwas von Energieflüssen verzapfen, lachte er, wobei er seine großen, überkronten Zähne zeigte, die er vor ein paar Jahren nach einem Unfall beim Footballtraining am College zum Selbstkostenpreis bekommen hatte. – Natürlich nur, wenn dieser Dreck überhaupt Yagé *ist*, fügte er hinzu und rang sich ein weiteres Lächeln ab, als er Madelines grimmigen Blick sah.

In jedem Hütchen war ein rötlich braunes Gebräu. Scott probierte als Erster, dann tranken die anderen. Es schmeckte bitter und salzig. Sie nahmen noch ein zweites Hütchen voll, getreu der Anweisung von Dominquez, dem Schamanen, der ihnen gesagt hatte, das müsste eine Wirkung erzeugen, die drei oder vier Stunden anhielt. Wenn ihnen anschließend danach wäre, könnten sie noch etwas mehr trinken.

Scott wurde als Erstem übel. Er stand schwankend auf, stolperte zu einer Reihe großer Felsen und fing an zu kotzen. Eugene wollte gerade »Weichei« rufen, als ihn ein ekelhafter Brechreiz überkam, der schon an seinen Fußballen einzusetzen schien. Bald taumelten er und Madeline ebenfalls zu den Felsen und würgten ruckartig kleine Mengen einer überaus ätzenden Flüssigkeit hoch.

Der Schamane hatte sie zwar vor diesem Erbrechen als Begleiterscheinung gewarnt, aber angenehm war es wirklich nicht. Die Flüssigkeit hatte rauf noch widerlicher geschmeckt als runter, und es war so schlimm, dass sie noch einige Sekunden wie im Fieber gezittert hatten.

Dann setzte die Wirkung ein. Scott und Madeline begannen abzudrehen, kichernd und euphorisch. Eugene dagegen war enttäuscht. Er hatte einen echt heftigen Trip erwartet, aber letztendlich war es eher zahm. Er trank noch ein Becherchen. Dann noch eins. Nicht dass er sich schlecht fühlte, doch für Scott und Madeline war es unverkennbar das irreste High ihres Lebens. Eugene sah sich in der öden Wüste um und versuchte, das zu sehen, was sie sahen. Er fühlte sich wie ein zerlumpter Gassenjunge, der sich an das Fenster eines großen, wohlhabenden Hauses drückt, in dem eine wüste, dekadente Party stattfand. Er steigerte seinen Konsum auf sechs Kappen des Elixiers und hatte schon Herzrasen, doch die großen Türen zum Herrenhaus blieben fest verschlossen. Warum blieb er außen vor? Eugene hatte schon Acidtrips mit ausgiebigen Hallus mit Scott und kürzlich sogar mit Madeline erlebt. Er wusste, dass beide altgediente Acidheads waren. Aber sie hatten ihre Schlüssel dabei. Wo waren seine?

Während Eugene dasaß und überlegte, was er als Nächstes tun sollte, hörte er Scott der mit offenem Mund lauschenden Madeline etwas rezitieren, während die beiden Seite an Seite saßen und in den Himmel starrten. – »Wenn einst der Adler wieder neben dem Kondor fliegt, wird dauernder Frieden in beiden Amerikas herrschen und sich über die ganze Welt ausbreiten, um die Menschheit zu einen.« Das sind die Worte der Schamanen der Anden, die glauben, dass wir im Pachacuti leben, einer Periode, in der wir tiefer in uns gehen, uns selbst besser kennenlernen müssen, um unsere emotionalen Wunden der Vergangenheit zu heilen, und diese Heilkraft einzusetzen, um andere in ihrem Heilungsprozess zu unterstützen.

– Das ist ja soooooo irre, stieß Madeline hervor. – Guck dir diesen Himmel an …

Während die beiden zu einer weiteren Astralreise aufbrachen, hatte Eugene bislang nichts weiter getan als zu scheißen: riesige Haufen, abgelegt bei dem Erbrochenen hinter dem nächsten der großen Felsen in der steinübersäten Landschaft. Er hatte eine Weile zugehört, wie Scott über die körperreinigenden Kräfte der Droge salbaderte, und sich dann einfach für den erholsamsten Schlaf seines Lebens ins Zelt gelegt. In der Zwischenzeit hatten Scott und Madeline ihre Halluzinationen, feierten und redeten bis in die Morgendämmerung. Irgendetwas in Eugene hatte sich gegen den Trip gesperrt, und das machte ihm Kummer. Er erinnerte sich aber, wie Dominquez in seinem Vortrag gesagt hatte, dass die Droge oft da ansetze, wo man es brauchte. Eugene musste zugeben, dass sein Körper nach einer Grundreinigung schrie, so wie er in letzter Zeit dem Koks und Alk gefrönt hatte. Seit seiner Trennung von Lana war er Dauergast in diversen umliegenden Bars in North Beach gewesen, wo seine Psychose ihn in die Zange nahm und diese vermeintlichen Erlösertempel auf die Größe von Gefängniszellen zusammenschrumpfen ließ. Seine Kerkermeister waren die anderen Säufer und deren Obsessionen. Sie müllten sein Gehirn mit ihren blödsinnigen Ratschlägen zu. Er musste eine Weile raus aus der Stadt, und Burning Man schien genau das Richtige zu sein.

Es war Scotts Idee gewesen. Madeline hatte sich drangehängt, aufdringlich wie immer, dachte Eugene, obwohl ihm das mehr als recht gewesen war. Er hatte sie versuchsweise als möglichen Ersatz für Lana auf die Liste gesetzt.

Eugene und Scott, alte College-Buddys, hatten Madeline am letzten Halloween kennengelernt. Sie hatten in Vesuvio's Bar einen getrunken, als sie mit drei Freundinnen hereingekommen war. Sie waren alle vier als Storm von den *X-Men* verkleidet: hautenge schwarze Catsuits, hohe Stiefel und platinblonde Perücken. Auf den ersten Blick sahen die Mädchen identisch aus. Es dauerte eine Weile, bis Eugene in einer Candy wiedererkannte, eine Studentin und Ex-Kollegin aus einer Kneipe in North Beach, in der er mal als Barkeeper gearbeitet hatte.

Sie unterhielten sich alle zwanglos und tranken noch etwas, bevor sie sich den dicht gedrängten Nachtschwärmern auf der Castro anschlossen. Eugene hatte sich recht angeregt mit Madeline unterhalten, doch in der Menge waren sie alle getrennt worden. Zu fortgeschrittener Stunde kippte die Karnevalsstimmung in den Straßen. Ein Mann wurde von einem kleinen Trupp mexikanischer Halbstarker erstochen, die sich brutal durch die Menge drängten. Sie hatten daran Anstoß genommen, dass ihr traditioneller Tag der Toten von der Schwulenszene der Stadt vereinnahmt worden war, wie sie es sahen. Paranoia hing schwer in der Luft. Es gab viel Geschrei und Geschubse, und Eugene, der ohnehin grade fies vom Koks runterkam, war es sehr recht gewesen, Schluss zu machen und nach Haus zu gehen. In der Nacht damals hatte er an die scharfe Braut gedacht – in den Storm-Klamotten hatten sie alle scharf ausgesehen, aber an die, mit der er geredet hatte –, sich gefragt, ob er sie wohl wiedersehen würde, und gehofft, dass sie bei dem ganzen Remmidemmi draußen gut nach Haus gekommen war.

Eugene hätte sich keine Sorgen machen müssen. Nach dieser Begegnung lief er Madeline ständig über den Weg. Am nächsten Tag sah er sie im Washington Square Park ganz alleine Tai-Chi machen. Er hatte dort gesessen und Zeitung gelesen. Sie winkte ihm zu, und er brauchte eine Weile, bis er kapierte, dass sie eine der Storms aus der Kneipe vom Vorabend war. Nach einer Weile kam sie zu ihm rüber, und sie gingen einen Kaffee trinken und diskutierten betroffen die Ereignisse der letzten Nacht. Ein paar Tage darauf begegnete er ihr im City Lights Bookstore. Sie gingen ein Glas trinken, aus dem schnell mehrere wurden; sie zogen durch ein paar Kneipen im Viertel, die sie beide kannten, und landeten schließlich in einem Schuppen auf der Grant. Obwohl Madeline relativ neu in der Stadt war (sie hatte ihm erzählt, dass sie Ende letzten Sommers aus Cleveland hergezogen war), hatten sie ein paar gemeinsame Stammkneipen und wunderten sich, dass sie einander nicht schon früher über den Weg gelaufen waren. Sie wollten Sushi essen gehen, landeten aber in einer zwischen neonglitzernden Sexshops und Stripklubs eingezwängten Spelunke auf dem Broadway. Es machte Eindruck auf Eugene, dass Madeline dort völlig relaxt war, obwohl sie offenkundig die einzige anwesende Frau war, die nicht anschaffen ging. Dann hatten sie über Sex geredet, aber mehr so abstrakt, weil er damals wegen der Lanasache zu deprimiert war, um sie anzumachen.

Von da an unternahmen sie viel gemeinsam: Madeline, Eugene und Scott. Selbst damals fand er es strange, dass sie sie verhätschelte, als wären Scott und er Schwuchteln, ihnen kleine Geschenke und Geburtstagskarten kaufte und so. Als Scott Eugene auf den Trip zum Burning Man ansprach, hatte sie gleich eingeworfen: – Nehmt mich mit!, aber so was von hyperenthusiastisch, dass es schon fast grausam gewesen wäre, es nicht zu tun.

Während Eugene voller Vorfreude war, wirkte Scott eher niedergeschlagen. Er organisierte lieber sogenannte »Buddy-Zeiten«. Musste wohl ein Ding unter Verbindungsbrüdern sein, vermutete Eugene.

Die sich aufbauende Beziehung zu Madeline stellte ihn allerdings vor ein Rätsel. Eugene war sechsundzwanzig und noch nie einfach nur so mit einem Mädchen befreundet gewesen, ohne zu bumsen. Er fragte sich, ob sie vielleicht Lesbe war, aber dann erwähnte sie beiläufig mal einen Typen, mit dem sie gefickt hatte. Er wusste alles und zugleich rein gar nichts über sie. In diesen Kneipen in North Beach sah Madeline ihn manchmal so zärtlich an; es sagte Eugene unzweideutig, dass sie leidenschaftliche Gefühle für ihn hegte. Sie war noch keine zwanzig, und er fragte sich, wie viel Erfahrung mit Männern sie wohl wirklich hatte. Einmal hatten sie sich betrunken geküsst, aber nicht besonders leidenschaftlich, Eugene hatte sich gebremst, weil er immer noch Lana im Kopf hatte. Aber in dem Maß, in dem das Gespenst seiner Verflossenen in den Hintergrund trat, wurden Eugenes Gefühle für Madeline stärker. Manchmal konnte er spüren, dass sie ihn wollte, vielleicht ja so leidenschaftlich, dass sie ihm, wenn sie diesen Gefühlen einmal nachgab, mit Haut und Haar verfallen würde. Sein werden würde. Ihm hörig. Um dann schlecht behandelt zu werden. Verletzt. Und er wollte ihr sagen: So jemand bin ich nicht. Ich weiß nicht, was für Scheiße man dir über mich und Lana erzählt hat, aber so jemand bin ich nicht!

Aber so sah sie ihn nur manchmal an. Bei anderen Gelegenheiten gefror ihm das Blut in den Adern, so angewidert konnte der Blick sein, mit dem sie sich an ihm abreagierte.

Madeline verwirrte Eugene also. Einem Mädchen wie ihr war er noch nie begegnet. Der Grund war, dass sein großer, athletischer Körperbau und seine offenkundigen sportlichen Interessen, ungeachtet seiner laxen Lebenseinstellung und seines mitunter bohemistischen Gehabes, bei Mädchen nie zwiespältige Gefühle aufkommen ließen – sie waren entweder auf der Stelle hin und weg von ihm oder aber gänzlich desinteressiert. Madeline war jedoch anders, sie war ihm ein ständiges Rätsel.

Eugene hatte danach nur ein einziges Mal versucht, über die First Base hinauszukommen. Ein betrunkener Annäherungsversuch. Er hatte wieder versucht sie zu küssen, diesmal hartnäckiger, auf einer Party. In einer schmierigen Küche, die bei dem vielen Bier und Koks immer kleiner wurde, bis sie Gesicht an Gesicht klebten, in einem Intensitätsfeld, das sie vom Rest der Veranstaltung isolierte. Aber dann hatte Madeline ihn mit ihrer unnachgiebigen, flachen Hand vor die Brust geschubst und gesagt: – Damit eins klar ist, Eugene: Du und ich werden nie ficken, niemals.

Am nächsten Morgen war er verzweifelt mit einem Riesenkater wach geworden. Das Telefon klingelte. Noch bevor er sich entschuldigen konnte, kam sie ihm zuvor: – Tut mir leid wegen gestern, Gene. Ich war ganz schön dicht. Ich glaub, ich hab einiges gesagt, was ich gar nicht so meinte.

– Schön, aber ich –

– Hör mal, ich muss aufhören und mich noch mal hinlegen. Ich ruf später an, Babe, und damit legte sie auf.

Aber dieser kurze Anruf genügte, um Eugenes Verzweiflung wegzuwischen und ihm neue Hoffnung zu machen.

Aber hauptsächlich hatten sie, wenn sie alleine waren – also ohne Scott –, über Lana geredet. Es war Madeline, die unweigerlich davon anfing, als wüsste sie, dass es Eugenes Libido auch in Bezug auf sie abwürgen würde. Sie hörte dann konzentriert zu, mit wissbegierig aufgerissenen Augen, und studierte jede seiner Reaktionen. Und eins musste Eugene zugeben: Madeline war eine wirklich gute Zuhörerin. Auch wenn ihm der Verdacht kam, dass sie nur dazulernen wollte, war diese Eigenschaft willkommen. Denn die anderen, sogar Scott, schienen immer nur über *sich* zu reden. Erwarteten von ihm, einfach zu vergessen, dass er eine vielversprechende Footballkarriere aufgegeben hatte, um mit Lana Party zu machen, und sie ihn dann hatte sitzen lassen. Und ihre beschissenen Ratschläge: Die konnten sie sich in den Arsch stecken.

Es war schön, dass auch mal jemand zuhören konnte.

Aber jetzt wollte er mehr. Im Sturm auf dieser staubigen Wüstenpiste, der Dodge Durango unablässig von den Windböen gepeitscht, er drinnen langsam an der heißen, abgestandenen Luft erstickend, keine Abzweigungen Richtung Zivilisation in Sicht, und sei es auch nur ein Außenposten in Form einer wind- und wettergebeutelten Tankstelle. Eugene hatte nur den einen Gedanken: Er wollte mehr von Madeline.

Während er gegen sein eigenes einschläferndes Runterkommen ankämpfte, schlief sie tief, taub und blind für den Sturm draußen. Und das laute Schnarchen von der Rückbank verriet ihm, dass auch Scott der Schlaf übermannt hatte.

In seiner erhitzten Fantasie rannte sie schlammgestreift auf ihn zu. Sie versuchte, wie ein stürmender Quarterback an ihm vorbeizutauchen, aber er würde in seiner Strongside-Manier Tempo aufnehmen und sie à la Willie McGinest zur Strecke bringen wie ein Löwe eine abgehetzte Gazelle, sie beide in den schmutzigen Staub reißen …

Es war, als träfe seine Hand die Entscheidung für ihn, sie rieb über seine Eichel und schickte elektrisierende Impulse in seinen Unterleib. Eugene spürte, wie sich sein Körper versteifte, er hinter der Ray-Ban Glupschaugen bekam, während sein Atem unregelmäßiger wurde. Eine Hand war ums Lenkrad gekrallt, während die andere ihren Job tat; sensationell obszöne Bilder von Madeline stiegen prickelnd in seinem überhitzten Gehirn auf und überhöhten die stille, friedvolle Realität der neben ihm Schlummernden.

Vor ihm flackerte periodisch der durch die flimmernde Hitze näher wirkende Horizont zwischen rot und schwarz wirbelnden Staubwolken auf. Die Straße war kaum noch zu erkennen. Madeline saß ihm zugewandt, die Knie an die Brust gezogen. Wenn sie doch andersrum säße, dachte Eugene, dann könnte er ihren Arsch anstarren und wichsen, ohne Gefahr zu laufen, dass sie plötzlich die Augen aufschlug und ihn dabei sah. Aber die Gefahr, ertappt zu werden, war gering, kalkulierte er mit insektenhafter Kälte, denn sie wäre sicher zu desorientiert, zu benommen von den Nachwirkungen des Yagé-Trips, um gleich zu erkennen, was er da trieb, und außerdem machte er es ja durch seine Shorts …

aber die verräterische Ausbeulung …

Nutte …

spitzt einen sogar im Schlaf noch an … aber jetzt kommen wir in diesem Schlamm richtig zur Sache, Schätzchen, o ja, richtig zur Sa…

Plötzlich hörte Eugene etwas krachen, gefolgt von einem langen Kreischen, und seine freie Hand schoss von seinem Schritt hoch ans Lenkrad, das ihm beinahe aus den Händen gerissen wurde, während der Wagen erst nach links ausbrach und dann, als er gegenzusteuern versuchte, unkontrolliert nach rechts. Madeline kam schlagartig zu sich, als sie auf Eugenes Schoß flog. Sie hätte seine Erektion bemerkt, wäre die nicht augenblicklich in sich zusammengefallen. Eugene ging es wie einem, der in seine eigene Schrotflinte fiel, aus der ihm eine volle Ladung blanker Furcht vor den Latz knallte.

Alles zog sich wie in Zeitlupe. Eugene war erst verwirrt, dann frustriert, dass alles von ihm fortwirbelte, seiner Kontrolle entglitt. Dann kippten sie zur Seite und wieder zurück, eine schlingernde Kirmesfahrt, die in einem ungeheuren, durch Mark und Bein gehenden Krachen endete. Danach der wunderbarste Friede, den Eugene je erfahren hatte.

Doch der währte nicht lange. Er hörte Madeline verzweifelt kreischen, aber der Geräuschpegel in seinem eigenen Kopf war zu dissonant, um sich auf ihre Leiden einzustellen. Seine Augen blieben geschlossen, als Madeline verstummte, bis auf die schweren, japsenden, rhythmischen Atemzüge. Dann kam von hinten Scotts Stimme, schleppend, fast gelangweilt in ihrer Beunruhigung: – Alter, fuck, was … du hast meine Scheißkarre zu Schrott gefahren, Mann … Er zögert. – Seid ihr … äh … okay da vorn?

– Ich blute … ich blute!, kreischte Madeline.

Eugene öffnete die Augen. Madeline hockte immer noch zusammengestaucht auf dem Vordersitz neben ihm. Er ließ seinen Blick über ihren Körper wandern und sah dann an sich selbst herunter. Am Arm, direkt unter dem Bizeps, hatte er eine klaffende Wunde, aus der dunkelrotes Blut suppte. – Reg dich ab, Mensch, sagte er zu ihr, – das Blut auf dir ist von mir. Ich hab mir den Scheißarm aufgeschlitzt. Guck. Er hielt ihn hoch.

Madeline war erleichtert, dann gewannen das schlechte Gewissen und die Besorgnis überhand, als sie seine Wunde sah, und sie schnitt ein Gesicht. – O Scheiße! Was ist passiert?

– Der verfickte Sandsturm, Eugene schüttelte den Kopf, – ich konnte nicht das Geringste sehen. Scott, bist du okay?

– Ja ... glaub schon, hörte er Scott von hinten, – aber Scheiße, mein Auto, Mann, jammerte er.

Eugene musterte Scott. Er schien unverletzt zu sein, nur ein wenig benommen. Anscheinend war der Dodge schräg auf der Seite gelandet. Es sah nicht allzu schlimm aus. Nicht mal die Windschutzscheibe oder die Fenster waren zu Bruch gegangen. Aber plötzlich machte sich in Eugenes Brust Furcht bemerkbar wie ein hohles Rappeln: Was ihn nervös machte, war die dramatische, aber durchaus denkbare Möglichkeit einer Explosion wegen eines Lecks im Tank und dass er bei lebendigem Leib verbrennen könnte. Er versuchte, die Tür auf seiner Seite zu öffnen. Sie gab zwei Zentimeter nach und stieß dann gegen Erdreich. Panisch drehte er sich zu Madeline herum. – Wir müssen hier raus. Versuch mal deine Tür!

Madeline spürte seine Panik und zögerte keine Sekunde. Sie packte die Klinke und stieß die Tür auf. Eugene sah zu, wie sie aus dem Wagen kletterte und dabei aussah wie ein seltsamer Vogel, der gerade ungelenk und tölpelhaft aus seiner gesprungenen Eierschale schlüpft. Es nahm ihr jedweden Sex-Appeal. Vielleicht lag es auch an seiner eigenen abebbenden Libido, überlegte er, als er hastig hinter ihr herkraxelte. Scott folgte, er plumpste von der Hinterbank auf den Sand und den Schotter und guckte nervös zurück, als er sich hochrappelte.

Der heiße, heftige Wind peitschte ihnen Staub und Sand in die Augen. Eugene wickelte sich das Handtuch um den Arm. Sie überprüften den Wagen, so gut sie konnten. Als sie sich überzeugt hatten, dass der Tank doch kein Leck hatte und der Wagen trotz seiner Schräglage stabil stand, schob sich Scott unters Auto. – Die Achse ist hin. Sauber mittendurch gebrochen, verkündete er ihnen trübselig.

Sie stiegen wieder in den Dodge und knallten die Türen zu, um den Sandsturm auszusperren.

Eine Weile herrschte Schweigen, während sie in der unbequemen Schräge saßen und sich verzagte Blicke zuwarfen. Plötzlich blitzten Madelines Augen auf; sie hatte eine Eingebung und schlug vor, alle sollten ihre Handys checken. Scott gab beschämt zu, dass er seins verloren hatte. Bei Eugenes war der Akku leer, und er konnte es nirgendwo aufladen. Madeline versuchte ihres, bekam aber kein Signal. – Was ist das denn für ein Anbieter, den du hast?, fragte er anklagend.

– T-Mobile. Sie fühlte sich offenbar angegriffen. – Und das, was du verloren hast? Von welchem Anbieter war das denn?

Erneutes Schweigen. Dann reichte Scott den Erste-Hilfe-Kasten nach vorne, und Madeline half Eugene, die Wunde zu reinigen und zu verbinden. Glücklicherweise war der Schnitt weniger tief, als es den Anschein gehabt hatte.

Eugene versuchte, ihren Standort zu ermitteln. Das Kartenlesen hatte er schon vor einer ganzen Weile aufgegeben – unter den Nachwirkungen der Drogen und seiner Erschöpfung war aus den ganzen Linien, Symbolen und Farben ein einziger verschwommener Hirnfick geworden. Er hatte einen autistischen jüngeren Bruder, Danny, der vollkommen unbegreifliche Zeichnungen machte. Aber selbst Dannys Zeichnungen waren ihm weniger schleierhaft als das Ortsverzeichnis, das er jetzt wieder zurate ziehen musste. Statt die Interstate 80 durch die Sierra Nevada zu nehmen, waren sie nördlich von Black Rock City auf die 395 gefahren und dann auf irgendeine Nebenstraße in die Wüste, um das Yagé zu nehmen. Er schätzte, dass sie sich jetzt wahrscheinlich zweihundert Meilen nordöstlich von Vegas befanden. – Wenn die Achse hin ist, müssen wir wohl hier warten, bis Hilfe kommt oder der Sturm sich legt und wir irgendwen anrufen oder suchen gehen können, meinte er.

Scott schüttelte den Kopf. – Scheiße, ich wollte doch nach Vegas, Mann …

Eugene sah zu Madeline, die sich raushielt, und dann wieder zu Scott. – Da wird wohl nichts draus, Alter.

– Und bei mir sollte einer kommen, um die Wohnung zu streichen, sagte Madeline und wischte sich die vom Staub der Straße beschwerten Locken aus dem Gesicht. – Ich müsste noch ein bisschen Ordnung machen.

Ein fragender Blick aus Scotts großen, dunklen Augen richtete sich auf Eugene. Er schüttelte den Kopf und fragte gereizt: – Wie zum Henker hast du es geschafft, einen Unfall zu bauen?

Eugene holte tief Luft und brachte nur mit Mühe durch die zusammengebissenen Zähne heraus: – Das nennt man Übermüdung, Mann, höhnte er. – Falls du dich erinnerst, wollten wir uns beim Fahren *abwechseln*, weißt du noch? Seine sarkastische Stimme wurde lauter. – Aber irgendwie ist es dann am armen alten Eugene hängen geblieben, weil ihr noch total panne wart. Ich glaub's ja nicht, dass du die Frechheit besitzt, noch zu meckern! Arschloch!, fauchte Eugene, dann war er raus aus dem Wagen und knallte die Tür hinter sich zu. Scott warf einen schnellen Blick zu Madeline, die nervös grinste. Ihr Grinsen verschwand, als sie hinter sich etwas hörten. Es war Eugene. Er öffnete die Kofferraumtür des Dodge und zog das Zelt heraus.

Während er sich im Sturm mit den Stahl- und Fiberglasstreben herumschlug, hoffte Eugene nur, dass es stehen bleiben würde, und war innerlich heilfroh, als Scott und Madeline neben ihm auftauchten, auch wenn die Tatsache, dass sie ihm zu Hilfe kamen, es für ihn schwieriger machte, sein stummes Märtyrertum durchzuhalten. Sie arbeiteten schweigend, bauten das Gestänge zusammen, falteten das Überdach aus, zogen es dann drüber und zurrten es fest. Sie holten die Schlafsäcke und ein paar Kleidungsstücke aus dem Dodge. Als sie ihr Lager fertig aufgebaut hatten, begann der Sturm nachzulassen.

– Wie lange wir wohl hier draußen bleiben müssen?, fragte Scott. Und fügte dann, obwohl Eugenes Reaktion ihm gezeigt hatte, dass es nicht ratsam war, hastig hinzu: – Tut mir leid, aber ich muss es rauslassen, Kumpel: Das mit dem Wagen macht mich echt sauer. Den hab ich für die Band gekauft. Ich hab meinem Alten gesagt, es wär mein gottverdammter Lebensunterhalt, und er hat mir die zwanzig Riesen vorgestreckt. Ich bin verdammt angefressen. Ich muss es mal sagen. Ich muss es aussprechen.

Eugene taxierte seinen alten Collegefreund. Er sah einen dünnen, drahtigen Kerl mit Crewcut und Mädchenhänden. Scott hatte noch nie in seinem Leben gearbeitet. Und was noch schlimmer war, dachte Eugene mit einiger Verbitterung, es würde wohl auch nie dazu kommen. Er saß bloß rum, den Arsch auf den Hockern diverser Bars in North Beach geparkt, und erzählte der schwindenden Zahl von Leuten, die es hören wollten, von den diversen Bands, die er gründen wollte, während er darauf wartete, dass ihm sein Treuhandvermögen ausgezahlt wurde. Eugene schluckte seinen Ärger runter, weil er einsah, dass es nichts brachte, mit Scott jetzt Streit anzufangen. Außerdem war er müde. – Tut mir leid, Alter. Ich regel das schon. Tommy von der Garage in Potrero Hill kriegt das wieder hin.

– Und jetzt? Sitzen wir einfach hier rum und, äh, warten?

Eugene saß im Schneidersitz da und durchmaß mit den Augen das orangefarbene Zelt. – Komm, Mann, ich glaube, es war am besten so, gähnte er und spürte, wie sich sein Körper wieder entspannte, wie er es nach dem Yagé getan hatte. – Ich bin ziemlich geschlaucht. Ich brauch ein bisschen Schlaf. Irgendwer wird schon vorbeikommen. Das ist schließlich Amerika, grinste er, – hier sind Leute, die einem irgendwas verkaufen wollen, nie weiter als eine Meile weit weg.

Scott und Madeline sahen sich kurz an, der Konsens eines lichten Moments, dass es wohl das Vernünftigste wäre. Sie fingen an, es sich in ihren Schlafsäcken gemütlich zu machen. Ja, es würde schon irgendwer vorbeikommen, dachte Eugene. Runterschalten. Ausruhen. Abschalten. Atem schöpfen. Kräfte sammeln. Wie herrlich das klang.

Der alte 82er Chevy Pick-up war das Erste, was Alejandro gekauft hatte, als er in die Staaten kam. Er hatte ihn zweihundert Dollar gekostet, das meiste von seiner Schwester Carmelita geliehen. Es war eine Schrottlaube, aber er war ein geschickter Mechaniker und hatte den Wagen liebevoll wieder zum Leben erweckt. Er wusste, dass man sich mit einem Truck immer ein bisschen was dazuverdienen konnte.

Im Moment hielt er sich wacker, der Motor schnurrte nur so auf der abgelegenen Wüstenpiste, auf der sie fuhren, Alejandro und sein jüngerer Bruder Noe, der neben ihm auf dem Beifahrersitz saß und schweigend ein Kreuzworträtsel löste.

Als er über ihre Flucht von zu Hause nachdachte, konnte Alejandro dabei nicht an Phoenix denken, obwohl sie dort nun fast drei Jahre gelebt hatten. Nur für Carmelita war diese Stadt das Zuhause; der Ort, an den sie sie mitgeschleppt hatte.

Nicht dass er seinen Geburtsort höher schätzte. Das war ein ehemaliges Fischerdorf südlich von Guaymas an der Pazifikküste.

Es hatte als Verkehrsknotenpunkt überlebt, man konnte fast sagen: prosperiert, wenn man bedachte, wie ärmlich diese Ecke von Sonora war. Es lag nah am Highway 15 und war außerdem Station auf der Eisenbahnstrecke entlang der Küste. Das eigentliche Stadtzentrum, eine hässliche Ansammlung niedriger, heruntergekommener Geschäftshäuser aus den 1970ern, saß unangenehm dicht an einem alten Dorfkern, der um einen kleinen Hafen entstanden war, in dem von Jahr zu Jahr weniger verrostete Boote lagen.

Sie waren einfache Leute, dachte Alejandro in kalter Erbitterung; Dummköpfe, die noch jahrelang zum Fischen rausgefahren waren, nachdem es längst nichts mehr zu fischen gab. Einige im Ort schienen ihr Abgleiten von Armut in bittere Not kaum bemerkt zu haben. Sie glaubten, die Fische würden zurückkommen. Als sie dann kurz vorm Verhungern waren, zogen sie nach Norden und dann hinüber in die USA.

In den Ort, in den Carmelita sie mitgenommen hatte.

Die Stadt hatte nichts zu bieten. Auf dem Highway sah man klimatisierte Luxusschlitten voller wohlhabender *norteamericanos* daran vorbeifahren, in Richtung der westlichen Ausläufer der Sierra Madre und des berühmten Alamos mit seiner wunderschönen spanischen Kolonialarchitektur. Diese Touristen würde nie auch nur in die Nähe seiner Heimatstadt kommen.

Nach dem Schulabschluss hatte Alejandro die Drecksarbeit in einer Autowerkstatt und dem dazugehörigen Laden gemacht. Sie gehörte einem reichen, aggressiven, zungenfertigen *chilango* namens Ordaz, der ihm versprochen hatte, ihn zum Automechaniker auszubilden. Achtzehn Monate später räumte Alejandro immer noch im Laden Regale ein, machte die Werkstatt sauber und wusch Autos. Einen Schraubenzieher hatte er noch nicht in der Hand gehabt.

Alejandro hatte Ordaz darauf angesprochen. Sein Chef, dieser aalglatte, gewiefte Stadtmensch, hatte ihm bloß ins Gesicht gelacht. Als Alejandro sich darüber ärgerte, wurde die Miene seines Arbeitgebers drohend, und er sagte dem jungen Mann, er sollte seinen Krempel zusammensuchen und verschwinden.

Dort, wo sie waren, hielt sie also nichts mehr, abgesehen vom Grab ihrer Mutter auf dem alten Friedhof am Fuß der Hügel hinter der Stadt, und dem Bezirksgefängnis, rund 150 Kilometer entfernt, in dem ihr entehrter Vater saß.

Es war Carmelia gewesen, die nach ihnen geschickt hatte, nachdem sie selbst durch eine Freundin, die in Phoenix arbeitete, einen Job bekommen hatte. Man hatte ihr eine Anstellung bei einer reichen Familie angeboten – nachdem sie einen professionell abgefassten Lebenslauf hingeschickt hatte, zusammen mit einem Foto, auf dem sie lächelte, wie Alejandro sich mit Abscheu erinnerte.

Carmelita hatte ihnen eine Bleibe und Alejandro hier und da Gartenarbeiten verschafft und außerdem Noe an einer Schule in der Nähe angemeldet. Nun putzten sie also alle hinter dem *guero* her. Kümmerten sich um seine Gärten. Sprengten seinen Rasen. Betreuten seine missratenen Kinder. Trugen ihm das Essen auf.

Und sie tat noch viel mehr, die dreckige Hure …

Alejandro schien für seine Arbeitgeber unsichtbar zu sein. Zumindest so lange, bis etwas schiefging; dann spürte er sofort, wie ihre anklagenden Blicke ihn trafen. Eine Frau war sogar so weit gegangen, ihn des Diebstahls eines Gegenstands zu beschuldigen, den sie, wie sich später herausstellte, selbst verlegt hatte. Eine Entschuldigung bekam er nicht zu hören, obwohl die Polizei gerufen worden war und ihn aggressiv verhört hatte. Aber meistens ignorierten sie ihn einfach, wenn er unter einer heißen und erbarmungslosen Sonne ihre Gärten wässerte und pflegte, um zu verhindern, dass die Wüste sie zurückeroberte.

Was respektierten diese Leute? Diese Gringos? Wenn man sie im Fernsehen sah, sagten sie immer: harte Arbeit, aber ihre Frauen ließen sie den ganzen Tag am Pool herumliegen. Ihre Kinder schickten sie auf eine Schule und noch eine Schule und auf immer neue Ausflüge und Reisen. Sie selbst verbrachten ihre gesamte Zeit in Flugzeugen, in Hotels und Autos. Wo war da die Arbeit?

Die respektierten nur Geld, nichts anderes, so sah Alejandro das. Geld und die Knarre. Seine zweite größere Anschaffung nach dem Chevy war ein .38er von Smith & Wesson gewesen. Seit er den in der Tasche hatte, fühlte er sich stärker. Achtung gebietender. Es veränderte ihn; sein Gesicht, seinen Gang, aber auf welch subtile Weise!

Denn nun schienen sie ihn wahrzunehmen. Wenn er auch eher gefürchtet als respektiert wurde, er spürte, dass er für sie nicht länger unsichtbar war.

Alejandro lenkte seinen alten Chevy Pick-up durch den Sturm und ärgerte sich, dass sein jüngerer Bruder neben ihm versuchte, diese verblödeten Kreuzworträtsel zu lösen.

Noe war schwach, dachte Alejandro. Er wurde zum *norteamericano*. Würde er als feiger Mörder enden wie ihr Vater? Das vielleicht nicht. Der Junge hatte so etwas Nettes an sich. Aber wie sich Alejandro erinnerte, hatte seine Mutter dasselbe über ihren Vater gesagt, als er sie irgendwann gefragt hatte, was sie je an seinem Papa gefunden hatte. Er war so ein liebevoller Mann, hatte seine Mutter ihm erzählt. Aber Alejandro hatte miterlebt, wie der Alkohol diese Anständigkeit und diesen Charme zersetzen konnte. Spürte es bei sich selbst. Als er betrunken war, hatte er diesen *hombre* in der Bar, der ihn beleidigt hatte, mit der Faust geschlagen, dann mit dem Billardstock verprügelt und schließlich zu erdrosseln versucht. Er sah wieder zu Noe. War es nicht sein Vater gewesen, der ihm das alte Sprichwort beigebracht hatte: *la puerca más flaca es la primera que rompe el chiquero?*

Die Schwächsten sind die Ersten, die sich auflehnen.

Er sah seinen schwachsinnigen Vater vor sich, sein gequältes Gesicht und die traurigen und unsteten Augen, das Glänzen auf seinem kahlen Schädel hinter der Glaswand im Gefängnis. Trotz Carmelitas Drängen hatte Alejandro ihn nur einmal besucht, um diese mitleiderregende, erbärmliche Kreatur zu beschimpfen und zu verfluchen, um zu sehen, wie er in seiner grauen Gefängniskluft zusammenschrumpfte, während sich seine glänzenden Rattenaugen mit Tränen füllen.

Und dann war da noch Carmelita. Sollte sie doch eigene Kinder bekommen, um sie rumzukommandieren und zu bemuttern. Er, Alejandro Rodriquez, hatte die Nase voll.

Alejandro betrachtete wieder seinen schmächtigen, kleinen Bruder, der ihn so seltsam ansah, seit sie der Hure das Geld weggenommen hatten, das Geld, das sie dafür bekommen hatte, sich an den reichen Gringo zu verkaufen.

Ihre dummen Ideen. Ihr Wahn, sie und dieser reiche, verheiratete *norteamericano* wären ein Liebespaar. Wann würde er denn dann seine Frau und die Kinder aus dem Haus ausquartieren, in dem sie wohnte? Wann würden sie Hand in Hand eine Straße hinuntergehen? Wann würde etwas weniger Verlogenes an die Stelle ihrer traurigen, verstohlenen, animalischen Treffen treten? Wann würde sie auch nachts sein Bett teilen?

Der Job als Gartenpfleger für den reichen Kerl, den sie ihm besorgt hatte. Die Dankbarkeit, die er dafür empfinden sollte, dass ihm jeden Tag in der Hitze das Gehirn gegrillt wurde. Dann, an dem Tag letzte Woche, als der *norteamericano* eigentlich bei der Arbeit sein sollte, hatte Alejandro die beiden im Zimmer seiner Schwester ertappt. Das Blut von ihren schlechten Tagen, das er in ihrem Schlüpfer gesehen hatte, der neben dem Bett auf dem Boden lag: Es war kein Hindernis für ihre verdorbene Lust gewesen.

Wir haben ihr einen Gefallen getan, ihr ihren dreckigen Hurenlohn zu stehlen. Jetzt werden wir sehen, wie sehr der zynische norteamericano *sie wirklich liebt!*

Eugene dachte an Madeline. Eine Folge von Bildern, nicht ganz Denken und nicht ganz Traum, setzte sich in seinem Kopf in Gang. Irgendwie waren sie von einer plastischen Schärfe, die er nicht für möglich gehalten hätte. Dann hörte er es rascheln, und er konnte es mit geschlossenen Augen sehen. Madeline bewegte sich ganz unbefangen nackt im Zelt, schickte sich an, wieder in ihren Schlafsack zu klettern, nachdem sie draußen pinkeln gewesen war. Ja, er konnte sie sehen, auch durch die Membran seiner Augenlider. Aber Eugene musste näher heran an ihre opake Gestalt, denn ihre Nacktheit würde Überraschungen, Geheimnisse bereithalten wie die jedes Mädchens. Man dachte immer, man könnte sie sich nackt genau vorstellen – die Kurven, den Hautton, die Proportionen, aber immer gab es Mysterien. Die Nippel, die Färbung, die Muttermale, wie sich ihr Schamhaar anfühlte und wie viel sie davon hatte: Es war immer alles anders, als man es sich vorgestellt hatte. Wie bei Lana, auf die er sich an der Long Beach Poly so oft einen runtergeholt hatte, bevor er sie im letzten Highschooljahr nackt gesehen hatte, sein Kopf eine Datenbank raffiniert verschlungener pornografischer Geschichten, in denen entweder sie oder er und sie die Hauptrolle spielten. Als er sie in seinem Zimmer im Haus seiner Eltern zum ersten Mal nackt sah, hätte er sie in seinem Schockzustand am liebsten gefragt: Was hast du mit deinen Titten angestellt? Aber Madeline; er hatte immer eine ganz bestimmte Vorstellung von ihr gehabt. Wer weiß, wenn er jetzt einfach seine Augen aufmachte … würden sich vielleicht ihre Blicke treffen, und dann ... nein. Sie würde sicher nicht da sein: nicht *so*. Sie war in ihrem Schlafsack. Da hielt er sich doch lieber an die köstliche virtuelle Realität seines drogengestützten Kopfkinos.

Aber.

Aber jetzt kauerte sie über ihm, berührte ihn beinahe. Eugene fühlte, wie ihm der Atem stockte und sein Herz hämmerte. Dann passierte es. Ihre Hand schob sich in seinen Schlafsack und berührte sein Bein. Dann streichelte sie in langsamen, kreisenden Bewegungen seinen Oberschenkel. Ihre Finger fühlten sich so kühl an, und sein Schwanz wurde hart. Er sollte doch die Augen öffnen. Es *war* Madeline. Sie machte das tatsächlich bei ihm. Schlag sie auf.

Nein.

Lass es noch ein bisschen so weitergehen, denn sein Schwanz war so hart und ...

... und ihr kühler Finger fuhr über seine Eichel ...

... und ...

AAAAAGGGGGHHHHHH!

Ein entsetzlicher, stechender Schmerz.

Sie hatte ihm einen Stich versetzt.

Eugene fuhr hoch und schrie: – SPINNST DU, MANN!?

Es war nicht Madeline. Es war eine Klapperschlange: eine lange, grüne, sich ringelnde Klapperschlange. Sie glitt über seinen Bauch raus aus seinem Schlafsack und auf den Plastikboden des Zelts.

Scott und Madeline waren bei seinem Schrei sofort wach. – Verdammt! Was ist denn?, fauchte Madeline, während Scott sich blinzelnd in den Wachzustand zurücktastete.

Eugene zeigte auf das sich über den Zeltboden davonschlängelnde Tier. – Eine Klapperschlange ... eine Klapperschlange hat mich in den Schwanz gebissen!

Scott tastete hinter sich herum, bis seine Hand auf der Taschenlampe landete. Er machte sie an und leuchtete hin, da sahen sie die Schlange, die sich davonschlängelte. – Sieht aus wie eine Mojave-Klapperschlange, meinte Scott, – diese dunklen Streifen am Kopf ...

Eugene packte seinen schweren braunen Schuh und begann sich mit entschieden rachsüchtiger Miene aus dem Schlafsack zu schälen. – Du Drecksau ...

– Mach sie nicht tot!, schrie Scott.

– Was?

– Noch nie was von Naturschutz gehört, Alter?

– Naturschutz? Spinnst du? Soll ich irgendwas *schützen*, das mich grade in meinen verfickten Schwanz gebissen hat?

– Hör mal, Alter, du setzt dich besser hin ... die Biester sind verdammt giftig.

Als er das hörte, schwächelte Eugene das erste Mal, ließ sich auf den Boden zurücksinken und zog den Schlafsack zu sich heran. Die Klapperschlange glitt unter der Eingangsklappe des Zelts hinaus in die Freiheit der Wüste. Eugene befühlte seinen Schritt. Obwohl seine Genitalien eingefallen waren wie nie, konnte er darin seinen Puls schlagen fühlen, er pochte gegen seine Fingerspitzen. – O Gott ... sie hat mich gebissen ... in meinen verdammten Docht ...

– Nicht *hinlegen*, rief Scott, – halt deinen Kopf *höher* als die Wunde!

Eugene richtete sich schnell wieder auf und stützte sich auf seine Ellbogen. Er atmete schwer und keuchend.

– Wo hat sie dich gebissen?, fragte Scott erneut, während Madeline ihn nur anstarrte.

– In meine Weichteile ... sagte Eugene ein wenig schamhafter, – eine Klapperschlange! Verdammt!

– Um Himmels willen, Eugene, stieß Scott hervor, – die Dinger sind saugefährlich!

– Fuck, das *weiß* ich, Sc*a*tt, sie hat in meinen verdammten Schwanz gebissen. Eugene kniete sich auf, ließ den Schlafsack an sich herunterrutschen und zog seine Shorts runter. Etwa zweieinhalb Zentimeter unterhalb seiner Penisspitze waren zwei rote Einstichstellen. – Was mach ich jetzt bloß!, jaulte er auf, plötzlich kopflos vor Angst.

– Wenn doch bloß der Schamane hier wär ... sagte Scott in Gedanken versunken und sah sich nach einer Eingebung suchend im Zelt um.

– Hör bloß auf mit dem Schamanen!, fluchte Eugene.

Madeline schüttelte den Kopf. – Er meint ja nur, weil diese Menschen heilende Kräfte haben, Gene.

Eugene schnitt ein Gesicht. – Tja, er ist nicht hier, sagte er klagend.

– Genau hab ich die Schlange nicht erkennen können, sagte Scott mit geschürzten Lippen, während er aus seinem Schlafsack kletterte und in seinen grünen Boxershorts zu Eugene rüberkam, – aber ich bin ziemlich sicher, dass es eine Mojave Green war; diese Mistviecher gehören zu den giftigsten Schlangen überhaupt. Ihr Gift greift das Nervensystem an, nicht bloß das Gewebe … dieses Gift muss wieder raus!

– Wie zum Teufel sollen wir …?, stieß Eugene entsetzt hervor.

Scott kam näher, die Augen auf Eugenes Schwanz gerichtet. – Wir müssen die Gegend um die Einstiche öffnen. Man macht zwei Schnitte über Kreuz mit einem Messer, um das vergiftete Blut rauszuholen, erklärte er und griff nach dem großen Schweizer Armeemesser in seiner Tasche.

Madeline versuchte mit ihrem Handy ein Signal zu bekommen. In dem Sturm erschien das Gerät als nutzloses, totes Artefakt, als vor den Launen der Natur impotente und unbrauchbare Technologie: selbstgefällige Menschen gegen gleichgültige Götter. – Ich dachte, wir wären in den beschissenen Vereinigten Staaten, fauchte sie frustriert.

Eugene starrte gebannt auf die funkelnde Klinge in Scotts Hand. – Das ist doch Pfadfinderblödsinn! Seine Stimme wurde schrill und etwas weibisch. – Der Schwachsinn gilt doch wahrscheinlich seit Jahren als überholt! *Mir* schneidet keiner in meinen verfickten Schwanz!

– Sind doch nur vier winzige Schnitte, Gene! Wir haben keine Zeit für Wehleidigkeit!, zeterte Scott.

Zum ersten Mal wurde Eugene bewusst, dass sein Leben tatsächlich hier draußen in der felsigen, erbarmungslosen Wüste enden konnte, unter solch kläglichen, unseligen Umständen. Er dachte an die Footballkarriere, die er hatte sausen lassen, um mit Lana um den Block zu ziehen, ihr durch die Klubs hinterherzudackeln, wo sie »Networking« für ihre eigenen Karriereambitionen betrieb. Die Schlampe würde von seinem Ableben hören, während sie gerade mit einer falschen Träne im Auge und einem unterdrückten Schluchzen in der Kehle den Oscar entgegennahm. Bei dieser albtraumhaften Vorstellung stieß er hervor: – Okay … okay … Ich mach's, sagte er und stählte sich innerlich, als Scott ihm das Messer gab. Dann starrte er von dem Schwanz mit den beiden flammendroten Einstichen in seiner Hand auf die Messerklinge. Etwas Unschönes stieg in ihm hoch, und er dachte, er würde ohnmächtig. – Mach ... mach du es, sagte er mit ersterbender Stimme, als er Scott das Messer zurückgab, sich auf seine Ellbogen gestützt zurücklehnte, damit sein Oberkörper aufrecht blieb, und an das orangefarbene Zeltdach starrte.

Eugene biss die Zähne zusammen, als Scott seinen Penis in die Hand nahm. Zuckte, als sein Freund den ersten Schnitt ausführte. Obwohl er fest zupacken musste, um richtig ansetzen zu können, gab die empfindliche Haut von Eugenes Penis der Klinge dann bereitwillig nach. Kleine Blutströpfchen erschienen entlang des Schnitts. Erst als Scott den zweiten Schnitt quer darüber anbrachte, begann das Blut zu fließen. – Maddy, wirf mir mal das Handtuch da rüber!

Madeline gab es ihm rasch an, und Eugene schrie auf, als er nach unten schaute und sah, wie dunkelrotes Blut schnell das weiße Handtuch durchtränkte. – AAAAHHHH ... SCHEISSE, DU KASTRIERST MICH JA, MANN!

– Wenn du nicht stillhältst, bestimmt!

Scott schnitt schnell die zweite Bisswunde über Kreuz ein und forderte Eugene auf, selbst das Handtuch dagegenzupressen, während das Blut herausquoll. – Das wär das, sagte er und sah seinen Freund an, – aber wir sind noch nicht fertig. Es muss noch einer das Gift raussaugen.

Eugenes Blick wanderte unwillkürlich zu Madeline. Sein Gesichtsausdruck hoffnungsvoll und bittend.

Sie starrte mit offenem Mund seinen blutenden Penis in dem Handtuch an. Er war lang und dick. Sie hatte ihn sich aus irgendeinem Grund immer kleiner vorgestellt, obwohl Eugene ein großer Kerl war. Vielleicht war er von dem Schlangenbiss angeschwollen. – Schlag dir das gleich wieder aus dem Kopf, fauchte sie. – Diese blutige Sauerei ... igitt!

Eugene war am Boden zerstört. Er bildete sich ein, er könnte den Vormarsch des tödlichen Schlangengifts durch seine Venen und Arterien spüren, wie es als schleichende Bedrohung in Richtung seines Herzens mäanderte. Er hätte vor Wut platzen können. – Du gottverdammte egoistische Schlampe; die Grenze zwischen Drohung und inständiger Bitte war fließend.

Madeline rückte mitsamt ihrem Schlafsack, den sie noch immer um sich schlang, obwohl sie zusätzlich ihr braunes Shirt trug, ein bisschen näher. Mit der freien Hand wischte sie sich das wirre Haar aus dem Gesicht. – Ich lutsch nicht an deinem Pimmel. Da läuft ja Blut raus! Du könntest Herpes oder Aids oder sonst was haben. Auf keinen Fall, sagte sie mit einer frostigen Endgültigkeit, die Eugene wieder an diese Party denken ließ.

– Mensch, ich kratz hier am Ende ab ... das ist doch rein medizinisch, das ist verfickte Erste Hilfe, bettelte Eugene.

– Ich mach es. Scheiß drauf, sagte Scott.

Eugene betrachte seinen Freund mit einem plötzlichen unguten Gefühl. Scott hatte so was an sich, wie er in seinen grünen Boxershorts dahockte. Er hatte *schon immer* so was an sich gehabt: schon ganz früher im College. Seine mädchenhaften Augen. Seine femininen Hände. Scott hatte an der UCLA nur wenige Freunde gehabt und war Eugene nach dem Abschluss nach San Francisco gefolgt, mit der offiziellen Begründung, es wäre eine ›coole Ecke‹. War ganz in seine Nähe nach North Beach gezogen. Außerdem schien er nie so richtiges Interesse für Muschis aufzubringen. Der Kleine war schon irgendwie eigenartig. – Komm mir bloß nicht zu nahe, Mann ... sagte Eugene und hob die Hände, – sie soll das machen, er zeigte auf Madeline, die erneut den Kopf schüttelte.

– Herrgott noch mal, Eugene, du könntest ernsthaft krank werden. Scott kam noch einen Schritt näher.

Eugene wehrte ihn mit erhobenen Handflächen ab. – Zurück! Komm bloß nicht näher, du verdammte Schwuchtel!

– Waaas!, protestierte Scott ungläubig. – Du lässt dir von mir mit einem Messer Löcher in den Schwanz schneiden, aber das Scheißgift darf ich dir nicht rausholen? Er zeigte auf Madeline. – Die wird dir den Schwanz nicht lutschen, Eugene!, brüllte er.

– Da hast du verdammt recht, werd ich nicht ..., sagte Madeline und starrte angewidert auf Eugenes blutenden Penis. Glaubte der wirklich, sie würde *daran* saugen, bloß damit sich anschließend jeder von den geiernden Heinis und Partykönigen bei ihnen im Viertel bepisste vor Lachen, wenn sie in eine Kneipe kam? Niemals.

– Du egoistische, abgefuckte – ich kratz hier ab!, schrie Eugene. – Du bringst mich um!

Madeline sah von Scott zu Eugene. – Hör zu, du Arschloch: Scotty hat dir angeboten, es auszusaugen. Du bringst dich selbst um mit deiner bescheuerten homophoben Scheiße. Glaubst du, wenn wir wieder in San Francisco sind, rennt er durch sämtliche Kneipen auf der Castro und prahlt damit, wie er dir das bisschen Gift aus deinem dämlichen schlappen Schwanz gelutscht hat?

Das gab Eugene zu denken; er sah Scott an, der die Achseln zuckte. Also stimmte er mit einem müden, traurigen Nicken zu, worauf sich sein Freund hinkniete und seinen Schwanz zögernd ein zweites Mal in die Hand nahm. Eugene sah hinunter auf seinen alten Collegefreund. Eugene hatte noch nie solche Augen gesehen wie die, die jetzt traurig zu ihm hochschauten. Mein Gott, dachte er. Jetzt ist mir alles klar. Er nickte und sah wieder nach oben ans Zeltdach. Madeline sah fasziniert zu, wie Scotts Mund unterhalb der angeschwollenen, blutigen Spitze von Eugenes Schwanz zu saugen begann.

Der Sturm hatte sie überrascht. Sie hatten es nicht besser verdient – der Zorn nachtragender Götter, der sie auf ihrer schrecklichen Flucht vor Carmelitas Rache verfolgte. Sie hatten einfach weggewollt und keine richtige Vorstellung davon gehabt, wohin. Noe, der jüngere Bruder, der besonnenere von beiden, betrachtete mit strengem Gesicht Alejandro, den fünf Jahre älteren, wie er durch den Sandsturm steuerte.

Das eigene Fleisch und Blut bestehlen, das war etwas Schlimmes, überlegte Noe gequält. Carmelita würde ihnen nie verzeihen. Gott würde ihnen nie verzeihen. Sie hatten sie weggeworfen, all die Jahre der Liebe und Fürsorge ihrer Schwester. Daran war Amerika schuld. Ihnen war hier ein besseres Leben versprochen worden, aber es hatte Alejandro verändert. Ihn bitter gemacht. Noe dachte daran, dass Carmelita mit ihnen jeden Sonntag in der Kirche in Ciudad Obregón gewesen war, immer darauf geachtet hatte, dass sie sauber und adrett aussahen. Darauf bestanden hatte, dass sie zur Schule gingen, ihren Vater im Gefängnis besuchten und für sein Seelenheil beteten, und Blumen auf das Grab ihrer Mutter legten.

Er betrachtete Alejandros eckiges Kinn, seine groben Gesichtszüge, in denen die tief eingesunkenen Augen lagen. Mörderaugen, hatte Carmelita einmal gesagt, nachdem Alejandro damals wegen eines banalen Streits einen jungen Mann in einer Bar zu Brei geschlagen hatte. Die Augen seines Vaters.

Dennoch war es Carmelita, die Alejandro immer wieder in Schutz nahm. Er war es, der ihre Mutter damals gefunden hatte, in der Küche, zu Hause in Sonora, vornübergekrümmt, schwer atmend, das Gesicht schmerzverzerrt, während sie eine Zigarette rauchte. Ein Topf mit Reis und einer mit Fava-Bohnen waren auf dem Herd verkocht, und das ganze Haus stank nach angebranntem Essen. Und dann hatte Alejandro das Blut in ihrem Schoß gesehen, und das große Messer auf dem Küchentisch. Er hatte angefangen zu weinen und gefragt, was passiert sei, obwohl er die Antwort schon kannte, und hatte blind vor Zorn das Haus nach ihrem Vater durchsucht. Er war sicher, dass die betrunkene Hand seines Vaters zugestochen hatte, dessen Atem nach Tequila stank und dem billigen Parfüm von Nutten.

Doch der Alte war geflohen.

Ihre Mutter hatte Alejandro angefleht, nicht den Arzt oder die Polizei zu rufen, gesagt, es sähe schlimmer aus, als es sei. Sie hatte ihren treulosen Mann sogar noch verteidigt, als mit ihrem Blut die Lebenskraft aus ihr heraus in ihren Schoss lief. Dann kippte sie vornüber und schlug schwer auf den gekachelten Küchenboden. Alejandro hatte geschrien und war Hilfe holen gerannt. Doch es war zu spät gewesen; ihre Mutter war tot, noch ehe man sie ins Krankenhaus schaffen konnte.

Die Polizei hatte ihren Vater natürlich schon wenige Stunden später gefasst, und er hatte sofort sein Geständnis herausgeschrien. Sie hatten gestritten, sie hatte ihn zur Weißglut gereizt, da hatte er blindlings mit dem Messer zugestoßen, sinnlos betrunken. Als er das Blut gesehen hatte, hatte er sich bekreuzigt und war orientierungslos herumgelaufen, bis er nach einer Weile auf dem verrufenen Boulevard Morelia landete, in seiner Stammkneipe, der schmierigen *Casa de Huéspedes*, genauer gesagt in den Armen seiner Lieblingshure. Sie war eine große, dralle Frau namens Gina, und die Polizei fand ihn unter Tränen eine *alabados* singend, ein frommes Lied über die Passion der Heiligen Jungfrau Maria, während Gina ihn in den Armen wiegte wie ein Baby.

Danach hatte ihre große Schwester Carmelita versucht, ihre Mutter zu werden. Sie hatte die Jungen mit nach Amerika genommen und wahnsinnig hart gearbeitet, um ihnen ein besseres Leben zu bieten. Noe erinnerte sich, wie er zum letzten Mal am alten Hafen vorbeigekommen war, an den wolkengesprenkelten Himmel, das Kreischen der Vögel, und dann die Fahrt über die Wüstenpisten, durch die ockerfarbene Landschaft voller Geröll und Steppenläufer zum Highway. Und die ganze Zeit hatte Carmelita gesungen und ihren aufgeregten kleinen Brüdern erzählt, wie schön ihr neues Leben in Amerika sein würde.

Und so hatten sie es ihr gedankt!

Die Schwester, die noch vor Kurzem wie ein tyrannischer Drachen erschienen war, wandelte sich in Noes bußfertiger Seele langsam wieder zur Madonnengestalt. Er schaute wieder hinüber auf den verkniffenen Mund von Alejandro, dessen kräftige, goldberingte Finger das Lenkrad des Chevys umklammerten.

Er war es, dieser brutale Idiot! Er hat mir das angetan. Mich von meiner Schule, meinen Freunden weggeholt. Meine Seele vergiftet. Er ist genau wie unser Drecksack von Vater!

In dem Moment sah Alejandro zur Seite und fing den wütenden Blick seines schmächtigen kleinen Bruders auf. – Was ist?, blaffte er.

– Nichts, sagte Noe unterwürfig wie ein Kätzchen unter dem drohenden Blick seines älteren Bruders.

Der zischte: – Glotz mich nicht so an, und musterte Noe noch einmal, Mordlust in den kalten schwarzen Augen.

Angst durchzuckte Noes Brust wie ein Blitz, und er wandte sich ab, zum Seitenfenster. Die Scheibe kühlte seine Wange und erinnerte ihn an früher, an die Gelegenheiten, bei denen ihr Vater sich den alten Wagen seines Bruders ausgeliehen hatte und mit der Familie entlang der Pazifikküste von Mexiko an den Strand von Miramar bei Guaymas gefahren war. Er erinnerte sich der unverwechselbaren Silhouette der hoch aufragenden, baumlosen Berge, die die Bucht umschlossen. Und wie er sich beim Planschen im Wasser die Füße an den Schalen der köstlichen Austern aufgeschrammt hatte, die dort heimisch waren. Wie er und Alejandro nach Kleingeld bettelten, wenn Angler aus aller Welt nach Guaymas anreisten, um an den Angelwettbewerben im Mar de Cortes teilzunehmen.

Während er nun bedrückt durch den nachlassenden Sandsturm auf die langsam sichtbar werdende Linie des Horizonts starrte, nur gelegentlich unterbrochen von großen Felsen, dachte er noch einmal an seine nun wieder zur Heiligen verklärten Schwester. Was hatten sie ihr nur angetan! Das Geld. Ihre Ersparnisse. Ihre ganze harte Arbeit. Ihre Chance auf ein besseres Leben: Die hatten sie ihr kaputt gemacht.

Vor ihnen war irgendwas. Der Sturm legte sich, und das leuchtende Orange eines sonderbar aussehenden Objekts war am Straßenrand zu erkennen. Alejandro hielt den Wagen an, und die Brüder stiegen aus, beide enttäuscht, als das aufregende Gebilde sich bei näherer Betrachtung als etwas so Unspektakuläres wie ein Zelt entpuppte. Daneben ein Wagen mit Vierradantrieb, der beinahe waagerecht auf der Seite lag; er war gegen eine plötzlich auftauchende Erhebung aus Erdreich, Sand und Geröll gefahren, von der Straße abgekommen und nun schräg zwischen einigen Felsbrocken eingekeilt. Alejandro zog seinen .38er aus der Innentasche und steckte ihn außen in die Blasebalgtasche seiner Lederjacke. Noe wollte protestieren, aber dachte dann, lieber nicht. Soweit er wusste, hatte Alejandro noch nie jemanden erschossen, aber bei einer so irrsinnigen Wut und Verzweiflung wie der, die ihn durch dieses fremde Land trieb, spürten beide, dass es unausweichlich war, nur eine Frage der Zeit. Noe hoffte und betete nur inbrünstig, dass es nicht ihn treffen würde.

Am aufklarenden Himmel erschien eine rote Sonne, die vor ihnen flirrte. Im heller werdenden Licht konnten sie die Umrisse vager Gestalten im Inneren des Zelts ausmachen. Noe berührte Alejandro am Arm, eher ein Ausdruck der Zustimmung als irgendein Versuch, ihn zurückzuhalten, jedenfalls wurde es beiseitegewischt. Dreist schlug Alejandro den Zelteingang auf.

Er wusste sofort, wonach es roch, es war dieser fleischige, säuerliche Geruch von in brütender Hitze vergossenem Blut, den er so gut kannte, und Alejandro traute seinen Augen nicht, als er die Szene sah, die sich ihm bot. Ein Gringo kniete und fellierte einen anderen, während ein hübsches Mädchen dabei zusah. Sie waren doch wirklich ein widerliches Volk, dachte Alejandro hasserfüllt. Der Penis des einen Mannes war voller Blut. Und das Mädchen, das hatte ein blutiges Handtuch auf dem Schoß. Dieser viehische Kerl hatte sie offenkundig in ihre stinkende Möse gefickt, obwohl sie ihre unsaubere Zeit im Monat hatte, und die andere Gringosau leckte ihn jetzt sauber! Er fragte sich in bitterem Zorn, ob so die schmutzigen Spielchen aussahen, an denen auch seine Schwester sich gerade beteiligte, ob der schwule Freund ihres reichen Lovers gerade ihr dreckiges Menstruationsblut von dessen Schwanz leckte, während sie lüstern zusah, ganz die Hure, zu der sie geworden war. Jetzt wandte sich das schwanzlutschende Schwein von *norteamericano* zur Seite und spuckte einen Mundvoll blutigen Speichel auf den Boden.

In ihr eigenes Zelt!

Die Amerikaner fuhren entsetzt herum, als sie die mexikanischen Brüder wahrnahmen.

– Zwei Schwuchteln und eine schmutzige kleine Leeedy, sagte Alejandro gelassen, während sich sein Gesicht boshaft verzog.

– Das ist ... eine Klapperschlange hat mich gebissen ... stammelte Eugene, dann brüllte er wütend, – raus hier, verdammt noch mal!

Alejandros Miene wurde noch grimmiger, und er trat einen Schritt ins Zelt. – He, schwule Junge, du nicht so rede mit mir, klar?, und damit zog er den Revolver und richtete ihn auf Eugenes Schwanz und Scotts Mund. – Sonst mach ich deine schlaffe Schwanz kaputt und die scheene Zähne von deine Schwuchtelfreund auch, drohte er.

Scott und Eugene erstarrten und glotzten mit leerem Blick und hängendem Unterkiefer auf den Revolver.

Madeline schluckte und wich zurück, bis sie die Zeltwand in ihrem Rücken spürte. – Was ... was wollt ihr?

Alejandro musterte sie von oben bis unten. Ein dünnes, verächtliches Grinsen zuckte über seine Lippen. Dann wandte er sich den anderen beiden zu. – Macht fertig, zischte er.

Scott schaute hoch, Eugenes Schwanz, von dem das Blut tropfte, noch in der Hand. – Was ... wir haben nicht –

– Pass auf, befahl Alejandro, die Waffe auf sie gerichtet, – du machst fertig mit Schwanzlutschen und mach du gut. Lutsch so wie kleines Mädchen, das lutscht deinen Schwanz, grinste er kalt.

– Aber ... protestierte Scott.

– MAAAAACH!, schrie Alejandro, während Noe hektisch nickte, sie beschwor zu tun, was sein Bruder forderte.

– Um Himmels willen, jetzt macht schon, was er sagt, drängte Madeline.

Während der verängstigte Scott gehorsam anfing, sprach Alejandro mit Eugene. – Und du: Du findest ganz toll. Ich will sehen, wie du kommst auf seine Gesicht, wie auf Gesicht von kleine Nutte.

Plötzlich brachte Eugenes Schwanz Scott zum Würgen. Er sah scheußlich aus und schmeckte widerlich, der metallische Blutgeschmack war so intensiv; er fragte sich, ob er wohl Schlangengift im Mund hatte, das durch die Speiseröhre in seinen Magen laufen würde. Er meinte, das meiste schon ausgespuckt zu haben, aber man konnte nie wissen.

Und dann noch Eugenes versifftes Blut. Er dachte daran, wie es sein alter Collegefreund an der UCLA und anschließend in San Francisco getrieben hatte. Indem er sich diesen Dreck einverleibte, schlief er praktisch mit jeder Schlampe vom Campus, mit jeder besoffenen Kellnerin oder Bardame, mit jeder syphilitischen Tenderloin- oder Sunset-Nutte, in der sein Kumpel irgendwann mal seinen dreckigen Schwanz stecken hatte. Und das wiederum bedeutete, dass er auch jeden verseuchten Schwanz lutschte, der je in eine dieser lebenden Petrischalen abgesamt hatte. Die Chancen, sich *nichts* einzufangen, erschienen ihm verschwindend gering. Er hörte förmlich Eugenes Prahlereien über die Nutten, die er auf ihrem Abstecher nach Las Vegas letzten Monat beglückt hatte. Vor seinem inneren Auge sah er nicht nur deren harte, grell geschminkte Gesichter, sondern auch das selbstgefällige, arrogante Grinsen jedes einzelnen Heinis, der je sein Spesenkonto mit einer Pufftour rund um den Globus belastet hatte, von Tijuana bis Thailand und zurück. In Scotts Ohren klang das Phantomrattern der Daddelautomaten in Las Vegas und der monotone Singsang der Croupiers, die mit unbewegten Gesichtern ein Verliererblatt nach dem anderen für das Vermeiden einer Ansteckung verkündeten, während er sich abmühte, diesen verschwitzten, blutigen Schwanz in den Mund zu bekommen.

Aber er musste weitermachen. Denn bei einer Kugel ins Gesicht aus dieser kurzen Distanz hatte er noch schlechtere Karten. Schlechter ging es kaum.

Diese Waffe; sie bedrohten ihn mit einer Waffe! Diese Männer waren Psychopathen. Was der Hurensohn mit dem Revolver für irre Augen hatte, das war wie ein Blick in die Hölle. In seiner bitterkalten Furcht war Scott überzeugt, dass ihn ein trostloses Ende erwartete, den Schädel weggeblasen von einem mordlustigen illegalen Bohnenfresser, noch bevor er an seinen Treuhandfond gelangen konnte. Sein Geld. Die Erbschaft, die ihn erwartete. Alles, wofür Pops gearbeitet hatte. Der alte Herr: Er hatte nie etwas anderes von Scott erwartet, als lange genug am Leben zu bleiben, um dieses Geld einzustreichen. Und selbst das kriegte er nicht geregelt. Er würde keine Band gründen, nicht berühmt werden, nichts anfangen, womit er seinen Vater beeindrucken konnte. Er würde hier draußen in der Wüste verrecken, und der letzte Eindruck seines kurzen Lebens wäre der von Eugenes verdammtem blutbeschmierten Schwanz in seinem Mund. Die entsetzliche Ungerechtigkeit des Ganzen war zu viel für Scott, und er begann zu schluchzen. Dann hörte er Eugene protestieren. – Ich kann das nicht. Ich kann nicht kommen. Ich krieg ihn ja nicht mal hoch! Ich steh nicht auf ihn. Ich steh nicht auf Jungs ...

Alejandro lachte laut auf, schlug sich ungläubig vor die Brust. – Er nicht mag Jungs! Hörst du das, kleine Bruder? Er drehte sich zu Noe um. – Eine Schwuchtel lutscht ihm den Schwanz, aber er nicht mag Jungs! Er schüttelte angewidert den Kopf. – Du steckst ihn in die kleine Mädchen wo schlechte Tage hat. Ihr seid Tiere!

Eugene protestierte: – Hör mal, Mann, ich hab doch gesagt, mich hat eine Schlange gebissen, und ...

– Halt du die blöde Fresse!, schrie Alejandro mit funkelnden Augen. – *Estás como los frijoles, al primer hervor se arrugan!* Hastig fügten sie sich, während Alejandro sich Madeline vorknöpfte und sie grob am Arm packte.

– Alejandro, bitte ... flehte Noe.

– Sei still, kleine Bruder, befahl er leise zischend und zerrte Madeline näher zu Scott und Eugene. – Du, zieh dein Hemd und deinen BH aus, flüsterte er ihr drohend zu.

– Glauben Sie wirklich, ich ... wollte Madeline ihm trotzen, verstummte aber, nachdem sie eine Sekunde lang Alejandro angeschaut hatte und dann wieder den .38er in seiner Hand. Mit einer raschen Bewegung zog sie ihr Trägertop aus. Noe, der nun halb im Zelt stand, sah die Christopherusmedaille an ihrer Kette über ihrem Busen baumeln, bekreuzigte sich und sprach ein stummes Gebet. Als Madeline ihren BH auszog, musste er tief Luft holen.

Alejandro dachte an sie alle; die faulen Ehefrauen und Töchter der reichen Männer. Die an ihren Pools lagen, in Bikinis, ihre Drinks nippend, und durch ihn hindurchsahen, wenn er in ihren Gärten schwitzte. Und er wollte, dass sie ihn *ansahen*. Wollte, dass sie ihre Oberteile abnahmen. Diese großen Brüste frei ließen, die sie mit Silikon aufgepumpt hatten. *Jetzt* konnte er sie dazu zwingen.

– Siehst du ihre Tiiitten, Schwuchteljunge?, sagte Alejandro zu Eugene, der den Kopf zur Seite gedreht hatte. Erst hatte er ihn gesenkt, aber da hatte er nur Scott ansehen müssen. – Guck sie an, Schwuchteljunge, drängte Alejandro mit dem Revolver wedelnd, – guck diese schönne Tiiten an, so schönn fest. Sie will dich, Schwuchteljunge, sie ganz scharf auf dich ... ganz scharf ...

Alejandro schnaufte, und der entsetzte Noe bemerkte jetzt erst, dass sein Bruder seine Hose auf den Knien hängen hatte und mit der freien Hand masturbierte.

Noe machte einen Schritt zurück, raus aus dem Zelt, und hielt zitternd den Eingang offen. Madeline schloss die Augen, und Scott saugte, furchtsam das dunkle Blut schluckend. Alejandro schleuderte sich weiter einen ab und im Zelt hörte man nur seinen laufenden Kommentar: – Sie will dich so sehr wie die kleine Homo, Schwuchteljunge, wer iiist dir lieber? Wer, Schwuchteljunge? Du da, du Nutte, schnauzte er Madeline an, – fass deine Tiiten an! Mach deine Niippel hart!

Madeline begann sich selbst zu streicheln, anfangs starr vor Furcht, dann versuchte sie, sich abzulenken und alles andere auszublenden, indem sie an Scott dachte. Sie versuchte zu entscheiden, ob sie ihn liebte oder nicht. Diese sanften, dunklen Augen, so voller Traurigkeit, aber doch auch Hoffnung. Er war ein schöner Junge, und mit dem Yagé hatten sie eine wunderbare Erfahrung geteilt; sie hatte in ihn hineingeschaut und seine Seele gesehen. Sie wusste, dass er mehr war als ein schreckhafter Trustfund-Sohn, der einerseits seinem gefühlskalten Vater und einer alkoholkranken Mutter möglichst aus dem Weg gehen und ihnen andererseits alles recht machen wollte.

Sie dachte daran, dass sie ihre eigenen Eltern hätte anrufen sollen. Es war ihnen lieb, wenn sie mindestens einmal in der Woche miteinander telefonierten. Sie wusste, dass die Eltern sich ihretwegen sorgten. Was würden sie denken, wenn sie wüssten, wo sie jetzt war? Madeline schaute zurück auf den scheinbar so banalen Weg, der sie an diesen schrecklichen Ort geführt hatte. Noch vor sechs Monaten hatte sie bei Walgreen's gearbeitet und mit ihren Eltern in dem Vorort von Cleveland gelebt, in dem sie auch aufgewachsen war. Sie hatte es ätzend gefunden, und ihre Highschool hatte sie besonders verabscheut. Aber was sie mehr als alles andere gehasst hatte, war ihr Familienname: Madeline Frostdyke.

Oder Froschlaich, wie die gemeineren Kinder in der Schule ihr nachgerufen hatten.

In San Francisco konnte sie Madeline Frost sein. Manchmal, wenn ihre feministische Gesinnung die Oberhand gewann, nahm sie auch den Mädchennamen ihrer Mutter an, Kennaway.

Als es mit den Beleidigungen losging, reagierte Madeline, indem sie versuchte, keine Aufmerksamkeit auf sich zu ziehen, doch gerade damit *machte* sie auf sich aufmerksam. Sie ließ sich von ihrer spießigen Mutter einkleiden, und dadurch gehörte Madeline Frostdyke mit ihren 50er-Jahre-Klamotten und der großen Brille schnell zu den offenkundigsten Langweilerinnen der Schule. Und sie wäre es geblieben, immer darauf bedacht, bloß nicht aufzufallen, aber da kam die Pubertät, und mit ihr Kurven, die auch ihre formlose, unmoderne Kleidung kaum halten konnte, und Triebe, die ein anständiger, gottesfürchtiger amerikanischer Vorstadthaushalt nicht zu zügeln vermochte. Jedenfalls fand sie, dass Cleveland, das abgesehen von wenigen Begegnungen, die sie hastig und in erster Linie nur eingefädelt hatte, um rudimentäre sexuelle Erfahrungen zu sammeln, so grausam zu Madeline Frostdyke gewesen war, Madeline Frost nicht unterkriegen würde.

Jackie Kennaway, eine emsige Jurastudentin an der Jesuit University of San Francisco, war überrascht, als ein munteres, umwerfend aussehendes Mädchen plötzlich auf ihrer Schwelle stand. Noch überraschter war sie, festzustellen, dass es sich dabei um ihre vormals so verhuschte junge Kusine Madeline handelte.

So zog das Mädchen aus Cleveland in das freie Zimmer in Jackies Wohnung in San Francisco, die Madelines Tante irgendwann mal beiläufig erwähnt hatte. Anfangs äußerte Madeline noch den Wunsch, wie ihre Kusine an die Uni zu gehen, um dort BWL zu studieren, doch es wurde schon bald klar, dass sie Jackie nicht zum Campus folgen würde. Stattdessen stürzte sie sich wie ein ausgehungerter Wolf ins Partyleben von San Francisco und freundete sich mit den extrovertierteren Bekannten ihrer fleißigen Kusine an.

Über eine von ihnen, Candy, hatte sie Eugene kennengelernt. Ohne davon zu wissen, hatte er sie sofort an Kevin Dailey erinnert, den Freund ihrer Erzfeindin Sara Nichols, der schadenfrohen Anstifterin zahlloser Schikanen, die sie an ihrer Schule über sich hatte ergehen lassen müssen. Sara hatte Kevin von vorneherein in die Pflicht genommen, Madeline links liegen zu lassen. Jetzt begriff sie, dass Sara nur als Erste bemerkt hatte, was die anderen Highschool-Diven erst später erkannten: Madeline war ein echter Hingucker und eine mögliche Rivalin, bei der man jedes Selbstbewusstsein möglichst im Keim ersticken musste.

Sara hatte dafür gesorgt, dass der coole, sportliche und gut aussehende Kevin nie Augen für Madeline gehabt hatte. *Dieser* Kevin Dailey hingegen begehrte sie ungeheuer. Das machte seinen ganzen Reiz aus. Aber es war nur ein Spiel, denn eigentlich war es Scott, der rehäugige Scott, mit dem sie zusammensein wollte.

Und deswegen hatte es sie nun hier draußen in die Wüste und mitten in diesen Albtraum verschlagen.

Nun gab es nur noch dieses Zelt und die krächzende Stimme des dicklichen mexikanischen Jugendlichen: – Lutsch fester, kleine Homo. Guck die kleine Mädchen an, Schwuchteljunge, guck was für eine Show sie macht für uns mit ihre schöne dicke Tiiiten … willst du nicht an ihnen luuutschen, Schwuchteljunge? Häh? So wie du ihre schmutzige Pussy gefiekt hast, hä?

Schmutzige Pussy? Was quatscht dieser fette, perverse Bohnenfresser da?, fragte sich Eugene, während er auf Madelines Brüste starrte. Es waren schöne Titten, da gab es nichts. Voll, fest, aber natürlich, die eine merklich größer als die andere. Ihr Anblick mit den geschlossenen Augen. Sie versuchte sich zu konzentrieren, um nicht vollkommen machtlos und erniedrigt dazustehen. Eugene verstand das. Er dachte an seine eigene deprimierende, einmalige Erfahrung mit der Pornoindustrie. Er hatte als Student an der UCLA versucht, etwas nebenbei zu verdienen, und er und Lana hatten gerade mal wieder eine Beziehungspause. Sein Kumpel Jerry machte es, wieso er nicht auch? Er war muskulös, schließlich ging er ins Fitnessstudio, und gut bestückt. Scharfe Perlen ficken – das klang wie eine gute Gelegenheit, ein bisschen Geld zu verdienen. Er erinnerte sich daran, dass er als Kind mal eine kleine Rolle in *Ganz normal verliebt* gehabt hatte, der wie so viele Hollywoodfilme an seiner Highschool gedreht worden war. Eugene hatte sogar die bescheuerte Vorstellung gehegt, irgendwer könnte ihn entdecken und er würde noch vor Lana den Sprung in den Hollywood-Mainstream schaffen.

Als er fürs Vorsprechen zu diesem Haus im Valley kam, waren noch drei andere Jungs mit im Bild (beziehungsweise wollten mit ins Bild). Er kannte keinen davon. Ein fetter Kerl in einem dunkelblauen Anzug ohne Krawatte hatte sie empfangen. Das Einzige, woran er sich bei den anderen Jungs erinnern konnte, war, dass einer von ihnen ein White-Stripes-T-Shirt anhatte. Sie warteten zusammen in einem Vorzimmer bei Softdrinks und Magazinen. Man sagte Eugene, er käme als Letzter dran. Während er wartete, wurde er immer nervöser. Die ersten beiden Typen waren beide mit arrogantem Gang durch die Tür stolziert, um dann mit hochgezogenen Schultern stumm und gedemütigt wieder herauszukommen. Nachdem der zweite abmarschiert war, sahen Eugene und der White-Stripes-Typ sich mit einiger Beklommenheit an. Dann war White Stripes dran, und Eugene blieb allein zurück. White Stripes blieb ewig und drei Tage. Als er dann wieder rauskam, hatte er ein selbstzufriedenes Grinsen im Gesicht, und der fette Mann tätschelte ihm den Rücken. Der Pornomensch sagte zum Abschied: – Und denk dran, noch was für die Bauchmuskeln tun! Dann rief er Eugene zu sich, dem White Stripes beim Rausgehen noch euphorisiert zuzwinkerte.

In dem anderen Zimmer lag ein nacktes Mädchen mit langen, glatten schwarzen Haaren, jeder Menge Schminke, aufgespritztem Hängebusen und orangefarbener Bräune auf einem Sofa. Hinter der Kamera stand eine Gesichtsbaracke von Kerl mit texanischem Akzent und kräftiger Alkoholfahne. Der Mann schüttelte ihm die Hand und stellte sich als Ray vor. Das Mädchen sagte nichts, aber zeigte ihm ein gemeines Raubtiergrinsen, als der fette Mann sagte: – Und diese entzückende junge Lady heißt Monique.

Eugene ging zu ihr hin und gab ihr einen dezenten Kuss, auf diese selbstsichere Art, die er bei Pornodarstellern beobachtet hatte, wenn sie neue Partnerinnen begrüßten.

– Gut, mein Junge, dann lass mal sehen, was du zu bieten hast, drängte der Fette.

Den Kessel voll unter Dampf vor Lust zog Eugene sich hastig aus. Diese Monique war ja endgeil. Das Problem war nur, dass sein Schwanz die Botschaft, die sein Gehirn aussandte, irgendwie nicht empfing. Er wusste, dass er die Kamera und die anderen um sich herum vergessen und sich allein auf Monique konzentrieren musste. Ihren Knackarsch. Ihre rasierte Pussy. Ihre vollen roten Lippen. Ihre schweren Silikontitten.

Aber nichts passierte. Rein gar nichts. Moniques nuttige Hilfestellungen und Anfeuerungen blieben fruchtlos, während ihre Miene allmählich zu einer tödlich gelangweilten Maske erstarrte. Eugene musste schon nach kürzester Zeit aufgeben und ging genauso gedemütigt wie die ersten beiden Jungs. Der fette Mann hatte gesagt: – Mach dir keine Sorgen, Junge, es gibt kaum 'nen Stecher, der es vor einer Kamera auf Kommando bringt. Ich hab hier schon echte Deckhengste reinspazieren sehen, mit stolzgeschwellter Brust, und 90% von denen schleichen mit eingekniffenem Schwanz wieder raus.

Und jetzt, wo es um die Wurst ging, ließ ihn sein Ständer wieder hängen. Aber diesmal würde es ihn vielleicht sein Leben kosten. Die Kamera, die verdammte Kamera. Jetzt waren es anstelle der Kamera die Mündung der Kanone und die pechschwarzen Augen des Killers, der sie in der Hand hielt. Eugene sah wieder zu Madeline hinüber. Sie war so schön, und nun musste er sterben, ohne sie richtig gekannt zu haben. Mit den geschlossenen Augen hatte sie eine tragische, aber heroische Größe. Ihre Titten waren fantastisch. Wenn sie es doch wäre, die ihm einen blies ... diese Lippen, die ihn geschickt bearbeiteten, ihn jetzt bis zum Anschlag in ihre Kehle saugten, und dabei stand sie einfach so da, keusch und heitergelassen ...

Madeline ... Madeline ...

Ja. Sie war das. Es war SIE. Sein Schwanz wurde hart.

O ja. Madeline ...

Plötzlich spürte Eugene eine Entladung in sich aufsteigen, und sein Körper wurde von Krämpfen geschüttelt. Er kam, wie er noch nie gekommen war. Dann erinnerte er sich trotz seiner Euphorie der Goldenen Pornoregel: Das Publikum will den Cumshot sehen, und dieses gemeingefährliche Publikum wahrscheinlich noch mehr als jedes andere. Eugene zog ihn rasch raus und bespritzte Scotts Gesicht und blutverschmierte Lippen mit Sperma, entsetzt, sich derart ekstatisch zu versprühen. – O mein Gooott … stöhnte er, dann flüsterte er Scott zu: – Tut mir leid, Alter … ich …

Alejandro ejakulierte nahezu gleichzeitig, seine Suppe spritzte über Madelines Beine. Dann steckte er seinen Schwanz weg, zog Unterhose und Hose hoch, schloss die Hose und den Reißverschluss mit ruckhaften, mechanischen Bewegungen. Er hielt Noe den Revolver hin, der physisch davor zurückschreckte. Eugene und Scott sahen sich an. – Nimm ihn, befahl Alejandro, und der Junge kam langsam näher und nahm den Revolver in seine zitternde Hand. – Zeig damit auf sie, drängte Alejandro. Der Junge gehorchte, der Revolver wackelte fast unkontrollierbar in seiner Hand. Scott konnte nicht hinsehen, seine Unterlippe schien die Bewegung des Revolvers zu imitieren. – Halt sie in Schach, sagte Alejandro fröhlich und schlug seinem entsetzten Bruder auf den Rücken. – Fühl seine Macht, spornte er ihn an, – sei ein Mann. Wenn einer von denen was sagt, erschieß sie. Dann fiel sein Blick auf Madelines Handy, das neben ihrem Schlafsack auf dem Boden lag. – Ich glaub, ich nehm mir das da, grinste er und hob es auf.

Madeline hatte die Augen geöffnet und die Arme vor der Brust verschränkt. – Bitte lassen Sie es hier. Wir brauchen es, um Hilfe rufen zu können, bettelte sie. – Wir sitzen hier fest. Wir sagen auch keinem, was gewesen ist!

Noe, dem die Waffe immer noch in der Hand zitterte, sah Alejandro bittend an, aber der ignorierte ihn einfach und funkelte wütend Madeline an, die verstummte. – Müsst ihr der Nuutte sagen, soll sie ihr Scheißmaul halten, sonst bringt sie euch alle um, grinste er. – Jetzt will ich die anderen Handys. Du da, er zeigte auf Scott, – wo sind die?

– I-ich hab meins ni-nicht dabei, das von Gene ist da. Er zeigte nach hinten.

Dämlicher Schisser, dachte Eugene.

Alejandro betrachtete ihn fast mitleidig. – Du hast deins nicht dabei?

– Nein, stammelte Scott. – Ich hab … hab's verloren. Gucken Sie in der Tasche nach, wenn Sie wollen …

– Ich glaub dir. Ich glaub, du haben zu viel Angst, um zu lügen. Wirf das andere Handy zu mir.

Scott warf Eugenes Handy zu Alejandro rüber, der sich hinkniete und es aufhob. Alejandro spielte eine Weile mit beiden Telefonen herum. – Wiiisst ihr, an eurer Stelle würde iich die Polizei rufen, sobald wir weg sind, überlegte er laut.

– Bitte ... Noe, der immer noch zitterte, während er die Waffe hielt, flehte seinen Bruder an, – wir sollten jetzt gehen!

Alejandro hob die Hand, um ihn zum Schweigen zu bringen.

Während ein greinender, hyperventilierender Scott etwas Sperma aus seinem Gesicht wischte und anfing, Blut hochzuwürgen, lehnte sich Eugene mit wild pochendem Herzen mit dem Rücken an die Zeltwand. Wenn er aufblickte, sah er nur Alejandros eiskalte Augen, die ihn fixierten. – Aber jetzt gibt kein Kontakt mit die Polizeeeii, trällerte der Mexikaner heiter, – denn jetzt schießen wir euch.

Madeline wandte sich hilfesuchend an Eugene, das schmale Gesicht leichenblass vor Entsetzen. Da wusste er, dass er sie tatsächlich liebte; dass er nahezu alles für sie tun würde. Aber eine Kugel würde er sich nicht für sie einfangen. Eugene wollte, dass es sie zuerst erwischt, dann Scott. Denn er sah, wie der geisteskranke Kerl sie anstarrte, und wollte sie nicht allein mit ihm zurücklassen. Seine Hand glitt in seine Hosentasche, und er spürte den Griff des Messers. Höchstwahrscheinlich würde er nur diese eine hauchdünne Chance haben, und das auch nur, wenn er sehr viel Glück hätte. Andernfalls lägen sie hier mausetot neben einer Wüstenpiste, während die Geier an ihnen pickten.

– Bitte ... bettelte Madeline Alejandro an, plötzlich auf die Knie fallend. – Ich hab doch nichts Böses getan, flehte sie.

Alejandro betrachtete diese Frau und das Kreuz, das an ihrer Halskette baumelte. So eines, wie es auch seine Mutter getragen hatte. Er musste wieder an seinen Vater denken, diese Bestie, die keine Gnade gekannt hatte. – He ... nur die Ruhe. Er hielt ihr Handy hoch und begann Fotos mit der integrierten Kamera zu machen. – Wenn du brav bist, schieß ich nur mit Kamera von diese Handy, sagte er fast im Flüsterton, streckte die Hand aus und berührte sie sanft an der Wange. Eugene sah den vor Angst erstarrten Noe an und wollte gerade losstürzen, als sich Alejandro ihm plötzlich zuwandte, den Blick wieder mordlüstern. – Dann wieder in die Ausgangspositionen, Schwuchteln, oder ihr kriegt die Kugel!

Madeline warf ihnen einen warnenden, flehenden Blick zu, und Eugene nickte Scott in verbitterter Verzweiflung zu. Sie mussten das entwürdigende Ritual ein zweites Mal vollziehen. Jede Aufnahme, die Alejandro machte, schien Minuten zu dauern, seine geilen, höhnischen Kommentare klangen wie die Parodie auf einen Modefotografen. Eugene schloss die Augen und hörte, wie der ältere Mexikaner sagte: – Wenn ihr jetzt irgendwem was hiervon erzählt, kriegen all eure Freunde und Angehörigen diese hübschen Bilder! Die sehen ganz toll aus im Familienalbum, zwei Schwuchteljungen und das Mädchen mit die Tiiiten!

Eugene merkte erst, dass es vorüber war, als er spürte, wie kühle Luft die nasse Wärme von Scotts Mund ablöste. Erst dann konnte er die sich entfernenden Schritte der Mexikaner hören, und er öffnete die Augen. Im grauen Zwielicht hörte er ein wiederkehrendes Würgen, wie es ihm noch nie zu Ohren gekommen war. Es klang, als lache ein boshafter Geist glucksend über eine besonders scheußliche Erniedrigung, die er angezettelt hatte. Er glaubte erst, es käme von Scott oder gar Madeline, die sich erbrachen, doch deren leere Blicke und ein heimtückisches Brennen, das er plötzlich wahrnahm, sagten ihm, das der Ursprung irgendwo in seinem Inneren lag. Eugene ging zu Boden und stützte sich auf seine kräftigen Arme, während sich ihm die Galle aus dem Magen pumpte, jedes kräftezehrende Würgen begleitet von einem hysterischen Lachen. Er konnte hören, wie draußen der Motor des Chevy ansprang und sich dann tuckernd im verblassenden Licht der Wüste entfernte.

Dann lieber gleich arbeiten …

1. TREES

Die Ex hat die Kleine dabei, als sie zu meiner Mutter nach Hause kommt. Kleiner Wink mit dem Zaunpfahl. Um sie als Waffe gegen mich einzusetzen. Komisch, wie Leute sich mit den Jahren verändern. Ich guck mir Trees so über den Tisch weg an, dieser verzweifelte Blick, diese fahrigen Bewegungen, die Art, wie sie ihre Hände hält, als wären es Pokale in einer Vitrine; ich war platt, wie wenig ich überhaupt empfand. Das war die Frau, neben der ich – abgesehen von ein paar Ausrutschern (meistens zum Glück erfreulichen) – sechzehn gottverdammte Jahre lang gepennt hatte. Bekloppt, aber ich glaub, ich wollte *irgendwas* empfinden, egal was, nur um mir sagen zu können, es wär nicht alles nur komplette Zeitverschwendung gewesen.

Genauso beunruhigend war, dass ich meine eigene blanke Gleichgültigkeit in ihrem leeren Glotzen wiederfand. Sie trug ihr Haar kurz und hatte es in ihrem ursprünglichen Braun gefärbt, aber der Farbton war ein bisschen zu satt und kräftig geraten und lenkte für mich erst recht die Aufmerksamkeit drauf, dass der Lack ab war. Ein Haarschnitt, mit dem die betreffende Schnalle der Welt bekanntgibt: »Ich hab's aufgegeben, dem Phantom der Jugend nachzujagen, und mich offiziell in meine alte Mum verwandelt.«

Ich weiß nicht, ob's daran liegt, dass sie die Verachtung in meinen Augen sieht, aber sie guckt mich an, als wär ich auch schon überfällig. Ich! Immer noch 32W im Bund, auch wenn da heutzutage ein kleiner Rettungsring drüberhängt, na schön. Irgendwann musste es einen Punkt gegeben haben, ab dem wir uns gegenseitig nicht mehr als reale Menschen gesehen haben. Jetzt machten wir uns gegenseitig dieses Schmierentheater vor, auf das sie, wenn ich fair bin, genauso wenig Lust zu haben scheint wie ich. Es macht nicht unbedingt Spaß, wenn immer nur die jeweils unattraktivsten Ausgaben beider Seiten miteinander kommunizieren. Jedes Mal, wenn wir uns trafen, was Gott sei Dank nicht so oft vorkam, erinnerten wir uns gegenseitig bloß daran, was für Fotzen wir mittlerweile in den Augen des anderen geworden waren. Wenn wir uns ansahen, sahen wir immer nur Versagen und Erniedrigung und würden auch nie mehr was anderes sehen. Getrennt voneinander konnten wir den anderen immer noch ein bisschen verklären, uns an die guten Zeiten erinnern, an Liebe sogar, aber von Angesicht zu Angesicht? Vergiss es.

Ich kann's kaum abwarten, wieder nach Haus zu kommen, und das ist für mich garantiert nicht mehr hier. Nee, das sind die Kanarischen Inseln: 365 Sonnentage im Jahr und dauergeile Urlauberinnen. England kannst du dir dagegen in den Arsch schieben.

Wenn ich mich jetzt so bei meinem alten Mütterlein umgucke, ist es schon traurig, zu wie wenig sie es im Leben gebracht hat. Ein paar Möbel, die Glotze und ein bisschen beschissener Nippeskram auf dem Kaminbord. Eine der letzten aus der Generation, die sich nichts hat zuschulden kommen lassen, sich pflichtschuldig eingereiht hat, um in irgendeinem bescheuerten Krieg zu kämpfen, und jedes Mal wie ein Wackeldackel genickt hat, wenn die Queen zu Weihnachten ihren Scheiß verzapfte. Natürlich sind sie genau wie die Generationen davor königlich gefickt worden. Seit dem Ersten Weltkrieg haben sie auf ihre »Kriegerheimstätten« gewartet. Und wo sind die jetzt? Diese schäbige Hütte sieht mir nicht danach aus.

Ja, Mensch, vielleicht richte ich es dem alten Mädchen ein bisschen nett her, wenn ich das nächste Mal länger hier bin. Frische Farbe an die Wand. Neue Tapeten. Macht alles gleich viel fröhlicher.

Ich sehe wieder Trees an. Für manches sind mehr als ein paar Schönheitsreparaturen nötig, um es genießbar zu machen.

Mum, Gott segne sie, hat Emily mit in die Küche genommen. Wie die alte Dame ist die Kleine nicht doof; sie weiß, dass wir ihretwegen miteinander reden, aber weg sind sie. Und jetzt senkt unsere Puffmutter Teresa die Stimme und sagt: – Ich bin mit meiner Weisheit am Ende, Michael. Sie tut keinen Handschlag mehr, macht keine Hausaufgaben, nichts, um mir im Haushalt 'n bisschen zu helfen ... die in der Schule drehen auch schon durch ...

– Tja, ich denke, so verhält es sich wohl, sag ich ein bisschen abwesend.

Sie guckt mich an und schüttelt den Kopf. – Und was krieg ich von dir zu hören? Blöde Worthülsen, blafft sie mich an, – immer die gleichen blöden Worthülsen.

Da hat einer ein neues Wort gelernt: Worthülsen. Ziemlich hochgestochener Ausdruck für eine Hardwick. Figuren wie denen sollte man besser nichts beibringen, da kommt nur Unzufriedenheit bei raus. Sind alle glücklicher, solange sie Auffahrten teeren.

– Hör zu, wenn du möchtest, dass ich mit zu einem Gespräch an der Schule komme, sag mir einfach rechtzeitig Bescheid. Es ist nicht so einfach, wenn man ein paar hundert Meilen weit weg eine Bar betreibt ...

Ich sehe etwas Unschönes in ihren Augen aufblitzen und merke, dass ich meinen ersten großen Fehler begangen hab. Sie keift sofort los, so kenn ich sie. – Och, armer Mickey, das muss ja ein verdammt hartes Leben sein, auf einer brütend heißen Insel eine Kneipe betreiben! Sie schüttelt den Kopf. – Plattitüden.

Die verbiesterte Kuh landet den ersten Treffer. Da muss unser Junge die Nerven bewahren, die Deckung hochhalten und auf die Beinarbeit achten.

Die kaputten Federn von dem alten Sessel pieken mir in den Rücken. Sollte dem alten Mädchen mal eine neue Polstergarnitur besorgen. Nicht dass sie hier je draufsitzt. War der Sessel von meinem Alten. Ein Drecksloch wie das hier, und was war dem alten Knaben sein Lieblingsstück? »The Good Life« von Tony Bennett. Hat er innig geliebt und trotzdem nicht viel vom Leben gehabt – ich übrigens auch nicht, solange ich die Zicke da an der Backe hatte. Sprungfedern im Kreuz, und dann noch das Gequengel von der blöden Kuh. – Na hör mal, Trees, so kommen wir auch nicht weiter ...

– ... während ich fünf Tage die Woche in diesem Labor schufte, um *deine* Tochter großzuziehen!

Ich merke, dass sie ziemlich angespannt ist. Wahrscheinlich braucht sie ’nen Glimmstengel. Das ist ihre schwache Seite, und ich hab keine Geduld mit Leuten, die ihre Sucht nicht im Griff haben. Aber die wird sich hüten, bei meiner alten Mum zu quarzen.

Teresa Hardwick ist immer in Bewegung und versucht, den entscheidenden Treffer zu landen, doch Michael Baker zeigt sich weiterhin unbeeindruckt.

Ich presse Luft durch die geschlossenen Lippen, dass es klingt wie ein Furz. Dann fällt mir ein, dass das eine der Marotten war, die sie immer auf die Palme gebracht haben, und ich lasse es sein. Solche Angewohnheiten kennen wir alle. Welche mir bei ihr auf den Sack gingen? Kann ich gar nicht alle aufzählen. Aber eine ist auf jeden Fall, wenn sie einen Mund macht wie ein Katzenarschloch, so wie im Moment. – Ich sehe ja ein, dass du es nicht leicht hast, versuche ich es ganz diplomatisch, – aber diese Bar sichert meinen Lebensunterhalt. Ich werd nicht zurückkommen, um hier Däumchen zu drehen. So verdiene ich wenigstens was und kann Geld nach Hause schicken, sage ich, und es kommt vielleicht einen Hauch zu selbstgefällig rüber.

Kurzer Haken von Baker! Der hat Hardwick wehgetan!

Natürlich stürzt sie gleich los wie ein Millwall-Mob, der sich zahlenmäßig überlegen weiß. – Klar, du opferst dich so richtig auf, was, Mickey?

Guter Konter von Hardwick. Sie versucht einen weiteren Treffer zu landen, doch Baker ist auf der Hut.

– Pass auf, ich werd hier nicht sitzen und wir werfen uns Beleidigungen an den Kopf. Du weißt, wohin das führt, appelliere ich, – wir fangen beide an, rumzuschreien. Das kennen wir ja von früher, davon hab ich nichts, davon hast du nichts, und Em hat ganz bestimmt nichts davon. Und ich muss Rücksicht auf meine Mutter nehmen.

– Da bist du ja groß drin, was, zischt sie wie eine Hexe, – im Rücksichtnehmen.

Oh! Das war ein Tiefschlag von Hardwick!

Es entsteht eine lange Pause, in der sie mich geringschätzig anguckt. Das bringt ja echt viel, die Uhr zurückzudrehen auf vorgestern. Manche Leute schaffen es einfach nicht, ein neues Leben anzufangen. Charakterschwäche, könnte man sagen. Ich stehe auf, recke mich und kann mühsam ein Gähnen unterdrücken. Sie hat es schon immer gehasst, wenn ich gähnte, während sie am Predigen war. Muss sie sich jetzt dran gewöhnen. Ich seh das alte Foto von meinem Dad auf dem Kaminsims stehen. Irgendwie komisch, aber heute sähe er mit dem Schnäuzer ziemlich dubios aus. – Morgen flieg ich zurück, sag ich zu ihr. – Halt mich auf dem Laufenden.

Gute Aktion von Baker, der offensichtlich außer Atem kommt, jedoch geschickt aus der Gefahrenzone tänzelt.

Trees versteht den Wink und steht auf. Ich registriere eine neue Fettrolle unter ihrem Kinn. Hatte immer zu viel Appetit auf Chips: schon als wir uns kennenlernten. Tja, die Hardwicks, echter alter Proletenadel. Mit Junkfood großgeworden allesamt. Gourmetküche war bei ihrer Mum, die Fischstäbchen auf den Grill statt in die Pfanne zu hauen. »Ich esse immer nur Gegrilltes«, hat die wichtigtuerische Gewitterziege gern getönt. So gesehen hält Trees sich nicht schlecht, erblich vorbelastet wie sie ist. Meinem alten Herrn hat sie nie was vormachen können. »Dubios, die Bagage«, hat er schon gesagt, als ich sie das erste Mal mit nach Hause brachte. Gefällt mir gar nicht, dass Em bei denen rumhängt. Nicht grade das Umfeld, in dem man was Sinnvolles lernt, um es diplomatisch zu sagen. Außer man hat Klauen und Wahrsagen als Lieblingsthemen bei *Mastermind.* Die Hardwickgene – die ohnehin bei Trees immer unter der Oberfläche blubbern – schlagen wieder voll durch, als sie zischelt: – Ist ja prima, mach du ruhig, was du immer machst, wenn's brenzlig wird: wegrennen, sollen doch die anderen den Dreck hinter dir wegräumen, meint sie, stocksteif, als hätte man ihr eine Eisenstange in den Arsch gerammt, und geht dann Em holen.

Noch ein Schlag unter die Gürtellinie, und jetzt disqualifiziert der Ringrichter Hardwick! Der Sieger und weiterhin unumstrittener Champion ist... Mikiiii Baaaa-ker!

Am liebsten würd ich hinter ihr herbrüllen: Die Scheiße hast du selber angerührt, Herzchen, denn erst seit du sie allein hast, haben die Scheißprobleme angefangen, aber ich verkneif's mir und denk an den Flieger zurück nach Hause. Aber das ist typisch für Trees; nicht zufrieden damit, sich selbst in die Scheiße zu reiten, sie will auch noch alle andern mit runterziehen. Lass mich aus der Nummer raus, ein paar von uns wissen was mit ihrem Leben anzufangen! Wie sagte der alte Winston immer: »Obwohl ich immer für den Märtyrertod bereit bin, ist es mir lieber, er lässt noch auf sich warten.«

Da kommt der Gong!

2. CYNTH

Scheißwetter: Von wegen 365 Sonnentage im Jahr! Dieser plötzliche Wolkenbruch hat mir die Schiefertafel vor dem Pub wieder total leer gewaschen, nachdem ich ewig und drei Tage gebraucht hab, alles hinzuschreiben; Worthington's Cup: Chelsea – ManU. Allein an dem Chelsea-Wappen hab ich Gott weiß wie lang gemalt.

Margarita, unsere Putze, trägt auch nicht dazu bei, meine Stimmung zu heben, eine volle Stunde zu spät. Ich tippe auf meine Uhr und sag: – Sonst geht's dir wohl danke, oder was?

Sie schnattert los; irgendwas wegen ihrem Mann und ihrem Sohn, irgendeinem Scheißautounfall und diesem Unwetter. Ich kann's ihr nachfühlen; ich nehm sie mit vor die Tür und zeig ihr die zerlaufene Schrift: – Nee, was du nicht sagst.

Dieser kleine englische Pub, der Herefordshire Bull, im sonnigen alten Corralejo ist mein Hauptstandbein; na ja, das von mir und meinem Kompagnon Rodj, um genau zu sein. Eine schlichte Kneipe von zweifelhaftem Ruf, wie man sie auch in der Heimat finden könnte: zwei Räume, Pub und Lounge, jeweils mit Großbildfernseher, eine Jukebox (in der Lounge) und eine Dartscheibe (im Pub). Auf der anderen Seite der Theke die Kleinkriminellen-Diaspora, die wir geerbt haben, als ich den Laden vor fünf Jahren von einem Landwirt im Ruhestand übernommen hab. Eine richtig nette kleine Lasterhöhle. Aber um ehrlich zu sein, es ist kein schlechtes Leben. Ich sag mir gern, dass wir Engländer, na ja, wenigstens einige von uns, ein bisschen Ruhe und Gelassenheit auf diese Insel gebracht haben.

Ein paar Japsen sind heute Abend meine ersten Gäste. Viele davon sieht man nicht in Corralejo, obwohl es gleich um die Ecke einen netten kleinen Puff mit bildhübschen Südamerikanerinnen gibt, dessen guter Ruf sich langsam herumspricht. Die Preise sind allerdings ganz schön happig, und ich hab nie verstanden, wieso man für was zahlen soll, was man auch für umsonst haben kann, wenn man nicht übertrieben wählerisch ist. Einer der Japsen drückt John Lennon an der Musikbox. Ich nicke zu ihnen rüber und pirsche mich an Cynthia ran, die gerade Gläser spült. Ich tätschele ihr sanft den Arsch und flüstere: – *Sro kreep on praying rose mind graymes too-geh-eh-thah …*

Ich liebe Cynthias Speckröllchen.

Sie kneift mir kess in den Po und zwinkert mir zu. Ich wollt ja nur …

Ach ja – alles einsteigen nach Planet Lechz.

Hätte ja gedacht, es wird voller heute, denn beide Teams haben viele Fans im Exil, aber überraschenderweise sind nur wenige von Chelsea oder ManU da. Ein paar Geordies kommen rein und reißen das Maul auf von wegen Weicheier aus dem Süden, aber da steig ich nicht drauf ein. Gehirnamputierte nordenglische Fotzen. Das Wichtigste ist, dass Cynthia da ist, und als ich mir ihre großen, schweren Arschbacken und ihren Hängebusen angucke, denke ich: »Hier haben wir eine Frau, deren Chassis nicht mehr in der Lage ist, ihre überbordende Sexualität zu halten.« Titten und Arsch expandieren in alle Himmelsrichtungen. Die Kieferpartie noch definiert, die Gesichtshaut noch straff. Jedes Scheißpint, jede verkackte Pizza suppt ihr direkt in die Plauze, die Titten und den Arsch. Deswegen sehe ich es gerne, wenn sie sich was gönnt: Ja, Scheiße, ich ermutige sie sogar noch!

– Nimm dir noch 'n Bier, Süße, sag ich.

– Nicht im Dienst, Michael. Willst du mich etwa betrunken machen? Sie gluckst. Immer gut drauf, Cynth, und das ist 'ne Qualität, die man bei Weibern zu schätzen weiß. Natürlich gibt es welche, die nur so lange mitspielen, bis sie das haben, was sie »feste Beziehung« nennen, um sich dann sofort in giftige Furien zu verwandeln. Von da an betrachten sie dich als Sandsack für ihre Psyche, auf den sie einprügeln können, weil sie sich gegen das Leben, das sie enttäuscht hat, nicht wehren können. In der Gastrobranche schnappt man Know-how für alle Lebenslagen auf. Walton, Guildford, Romford, Streatham, mir is nix Menschliches fremd.

– Dann nimm doch noch eine Ecke von der Pizza, schlag ich vor und zeige auf die gummiartige Teigmasse in unserer Warmhaltevitrine.

– Nee, darf nicht, ich bin eh schon so fett, protestiert sie.

– Bist du nicht, red keinen Quatsch. Magersüchtig bist du, erkläre ich ihr, – das ist dein Problem. Erst Fressattacke, dann kotzen gehen, hab ich alles drüber gelesen.

– Das ist Bulimie, sagt sie und patscht sich an den Bauch.

– Kann ja sein, aber es geht um's Gleiche, oder? Perlen, die sich zu viel Kopf ums Futtern machen, grinse ich, denn ich mag ein bisschen Drallfleisch an einem Mädchen. Wie die Polster hin und her wabbeln, wenn sie sich bewegt. Ich seh's richtig gerne, wenn sie kellnert, besonders wenn sie sich ein bisschen streckt, um an die Schnapsdosierer zu kommen und ein Glas zu füllen. Ich habe schon auf der anderen Seite der Theke gestanden und mir einen Scotch bestellt, den ich gar nicht wollte, nur um dabei zuzusehen. Aber am meisten gefällt mir wohl, dass ich es bin, der sie formt, und zusehen kann, wie sie nach einer Woche der Völlerei, angestiftet von meiner Wenigkeit, in die Breite geht.

Diese Supermodels sehen in Kleidern vielleicht gut aus, aber Hand auf's Herz, ficken will man doch keine von denen. Da käm man sich ja wie eine von diesen indischen Pfeifen vor, die blöd genug sind, auf einem Nagelbrett rumzuliegen.

Rodger bekleckert sich zurzeit nicht gerade mit Ruhm. Bertie hat ihn grad erst mit den Fingern in der Kasse erwischt, metaphorisch gesprochen. Genau gesagt waren sie in Marcias Pflaume, hinter der Theke auch noch, der alte Drecksack. Und ich musste mir natürlich Berties Tiraden anhören über Kumpels und die Frauen von Kumpels und dass die tabu sind. »Diese beschissene Grenze übertritt man einfach nicht, Mickey«, so hat er es gesagt. Ich seh da nirgendwo eine gottverdammte Grenze, aber das werd ich ihm nicht auf die Nase binden.

Ja klar, wenn ich selbst in festen Händen wär, würd ich vielleicht anders denken. Aber dazu wird es nicht mehr kommen: Gebranntes Kind scheut das Feuer, wie ich immer sage. Im Moment liegt mir allerdings eher auf der Zunge: Spiel mal 'ne andere Platte, die hier wird im Chateau Mickey nicht gern gehört. Denn um ehrlich zu sein kommt man an Torten von brauchbarer Qualität nur ran, wenn man die Gebundenen, aber Unbefriedigten abstaubt. Die neigen normalerweise nicht dazu, von der Fahne zu gehen, bevor sie woanders was Besseres in Aussicht haben. Dann gibt's da die Weiber, für die du nur Mittel zum Zweck bist – die nicht genug Mumm aufbringen, ihren Alten zu verlassen, solange sie nicht einen Trottel wie dich gefunden haben, der das Feindfeuer auf sich zieht. Aber kaum ist der alte Kerl weg, kriegst du natürlich den Laufpass, oder aber sie wird so bescheuert, dass *du* ihr den Tritt geben musst, dann stehst du dumm da und hast einen Ruf weg irgendwo zwischen Kameradenschwein und gehirnamputiert. Elementarste Menschenkenntnis, wenn man das nach fünf Jahren im Gastrogewerbe nicht gepeilt hat, dann kapiert man's nie.

Immerhin hatte ich mir diesen Fickschlitten Marcia neulich abends selber mal vornehmen wollen. Bisschen dünn für meinen Geschmack, aber auch eine magere Perle Ende dreißig ist nicht ohne. Wenn die sich in dem Alter noch nicht aufgegeben haben, dann müssen sie ein großes Laster haben. Aus langjähriger Erfahrung weiß ich, dass es unweigerlich Ficken ist. Eine magere Perle Ende dreißig ist in der Regel ein versautes Stück: lässt sich nicht lange bitten, wenn man die erste Hürde genommen hat. Aber die erste Hürde ist eben oft das Problem. Marce probierte es doch wirklich mit der saudummen alten Cockteaser-Nummer. Ich hab die Sache verkürzt und sie mir vor den Toiletten zur Brust genommen. Sie hat mir eine geklebt, die Unschuldige gespielt und ist abgerauscht. Ich habe ihr dann erzählt, ich wär ja selber schuld, hätte wohl die Zeichen falsch gedeutet. Mit Jack Daniels' Unterstützung passiert so was schnell.

Aber auch jedes beschissene Mal.

Rodj scheint da offenbar 'ne glücklichere Hand zu haben, die Fotze. Ein ausgemachter Schleimer vor dem Herrn ist mein Geschäftspartner, immer diese Gelfrisur, und ein dämliches Dauergrinsen im Gesicht, auch wenn er angepisst ist. Ich wette, die alte Marce hat ein gutes Nümmerchen zu bieten, daher kann ich es Rodj kaum vorwerfen, dass er einen versenken will. Ich meine, wo sie mit unserm armen alten Bertie verheiratet ist, Gott schütze ihn, da muss sie ja chronisch untervögelt sein. Würd mich wundern, wenn es anders wär. Aber ich muss einräumen, es sieht so aus, als wär unser alter Rodj momentan in der Poleposition, auch wenn er ein bisschen schwach im Abschluss ist.

Also auf dieser Insel wimmelt's ja wohl von Drecksjunkies! Da sitzen zwei so Fotzen in der Ecke und starren die verfickte Wand an.

Also Entschuldigung mal, warum bin ich wohl aus London weg? Tja, meine eigene Schuld. Aber ehrlich gesagt, die Qualität des Erstligafußballs ist dermaßen beschissen, wer würd sich da nicht gern wegknallen? Das Spiel ist Scheiße, viel zu sehr auf Scheißtaktieren angelegt, all die virtuosen Techniker immer gleich von fünf Mann an der Mittellinie neutralisiert. Auf Nummer sicher spielen und den Stadiontrotteln für das Privileg vierzig Ocken abknöpfen, beziehungsweise Bekloppten wie mir für das Satellitenequipment und die Pakete. Und dann die ganzen Kommentatoren und Fußballpäpste; kriegen von den Fernsehsendern gesagt, sie sollen jedes Kackspiel wunder wie tollreden, und du musst dir anhören, wie den Fotzen einer abgeht, während du zu Haus auf dem verdammten Sofa einpennst oder in der Kneipe die Thekenfrau anflehst, die Scheißjukebox aufzudrehen. Also kipp ich noch 'nen Scotch, mein Gesicht glüht und mir wird klar, dass ich mich mal wieder hab verarschen lassen!

Na, jedenfalls haben Cynthia und ich gebumst. Unfickbar, wenn man sich vorher nicht ein paar Scotch reinhaut, aber dann spitzt sie einen total an. Perlen machen einen immer zum Arschloch. Nicht dass ich zynisch sein will; ich bin eigentlich eher 'ne Frohnatur, ich stelle das bloß fest.

Cynth und ich haben ziemlich zugeschlagen die Nacht, bevor ich heim zu Mum nach Walton geflogen bin: großes Rotweingelage. Ich glaub, ich hab auch direkt ein Stößchen gemacht, war aber zu dicht, um mich richtig zu erinnern. Ich werde also wach und bin geil und lass meine Finger in ihre südlichen Gefilde wandern. Au weia, das war, als würde man mit einem Block Schmirgelpapier arbeiten. Aber für einen Mann mit Erfahrung kein Problem. Als junger Spund hätte ich das als Zeichen gedeutet, dass sie nicht auf mich steht, und vorsichtshalber irgendwas Gehässiges gesagt: Was ist denn mit dir, du dämliche frigide Lesbe, du stehst wohl nicht auf Männer? Oder so.

Aber inzwischen hat man ja Erfahrung. Man weiß, dass sie kräftig dem Vino zugesprochen hat und deswegen bloß ein bisschen dehydriert ist. Also hol ich ihr ein großes Glas Wasser. – Trink das mal, Herzchen, hab ich gesagt.

– Du bist ja so lieb, Michael, meinte sie.

Hab mir natürlich verkniffen, ihr zu sagen, dass ich bloß den Garten Eden wässern wollte.

In Phase 2 bewegt man sie dazu, aufzustehen und ein bisschen rumzulaufen, damit der Stoffwechsel in Schwung kommt. Bei 'ner Tourischnepfe hätte ich einen erfrischenden Spaziergang am Strand oder auf der Promenade vorgeschlagen, bevor ich sie wieder mit nach Hause nehm und durchnagele, aber das war bei Cynth nicht drin, denn Diskretion war hier das A und O. Sie ist schließlich immer noch eine verheiratete Frau, auch wenn ihre Beziehung zu diesem Golfwichser eher lose ist, um es dezent auszudrücken. Deswegen bot ich ihr an, was zu futtern zu machen, Rührei auf Toast.

Und wie nicht anders zu erwarten, ein bisschen Gesülze über den Frühstückstisch weg, frischer Orangensaft und noch ein großes Glas Wasser, und das nächste Mal, dass ich meine Hand ins Souterrain schickte, war's natürlich so, als würde ich sie unter einen aufgedrehten Wasserhahn halten.

Ich habe sie erst auf diese Tour zum Kommen gebracht, dann hab ich ihr den lieben Na-wie-geht's-denn-so noch für ein bisschen Frühgymnastik reingeschoben. Da ist man gut gepolstert, wenn man auf ihr draufliegt, und ich liebe es, ihr meinen Finger in den Bauchnabel zu stippen und zu fragen: »Na, was macht mein Knack-und-Back-Moppelchen?« Und während ich es ihr besorge, grapsch ich mir ihren großen, fetten Wabbelarsch, ihr griffiges Hüftgold und natürlich diese tolle Hängemolkerei. Echt himmlisch, aber Scheiße, unter keinen Umständen würde ich Cynth nach oben lassen. Sie wollte nach einer Weile, aber ich bin grade noch mal drum rumgekommen. Ich mein, wer will schon so 'nen Fleischberg auf sich haben? Wenn ich lebendig begraben werden will, latsche ich in irgendeine Kneipe im East End und erzähl Scheiße über die Krays, besten Dank.

Erstklassiger Fick, Cynth, aber danach wurde sie komisch, »Nimm mich in den Arm, Michael« und so ein Scheiß. Perlen sind wie eine üppige Mahlzeit, nach einer Monsterportion ist man bedient. Danach kann man 'ne Zeit lang nicht mal ans Essen denken, oder? Psychologisches Basiswissen, aber Ischen kriegen das nie in den Kopf. Sie wurde ein bisschen sickig, und ich wollte noch eine Runde pennen vor dem Flug nach Gatwick am nächsten Morgen, also gab's Knatsch. Sie zischt ab in die Nacht, aber was soll's, ich sag mir bloß, Mission erfüllt, oder? Aber ich schätze, nach einem derartigen Prachtfick kommt sie bald wieder angetanzt. Ist so sicher wie das Amen in der Kirche.

Und ich hab mich nicht getäuscht. Es stimmt schon, was der Volksmund sagt – willste was gelten, mach dich selten. Von dem Zoff neulich ist keine Rede mehr, und sie klebt heute Abend an mir wie ein billiger Anzug und nadelt mich wegen des blöden Walton-on-Thames. – Tolle Stadt, erzähle ich ihr. – Jedes Mal wenn ich da wieder wegfahre, trag ich ein Stückchen Walton in mir. Und was ist mit dir?

– Ich bin aus Faversham, sagt sie, – weißt du doch …

– Ja, sage ich, ich meine, wie wär's denn mit einem Stückchen Walton in *dir*?

Sie schubst mich vor die Brust, sieht sich aber gleichzeitig um, ob die Luft rein ist, und flüstert: – Bei dir um Mitternacht?

– Ich werde deiner harren, sage ich, ganz Maître de Plaisir.

Das muss man Cynth lassen, sie lässt mich nicht lange warten, nachdem ich alle rausgeschmissen und den Laden abgeschlossen hab. Sie kommt gleich wieder zurück, und ich höre ein vertrautes Klopfen am Hintereingang. Ich lasse sie rein, wir reißen uns wie Teenager auf dem Sofa die Klamotten vom Leib, der Speck wabbelt nur so in der Gegend rum, und schon bock ich sie und sie geht ab wie eine Rakete.

Heilige verfickte Scheiße!

Am nächsten Tag hat der Scheißregen zwar ein bisschen nachgelassen, aber dafür schlägt der Kater vom Wochenende voll durch. Cynth konnte nicht bleiben. Sie hatte ihrem Macker erzählt, sie würd mit ihren Freundinnen Karten spielen, und ist früh weg. Allzu lange bleibe ich nicht im Bett. Ich stromere durch die Stadt, um schönen Fisch zu kaufen, frisch vom Boot, und ruf dann Trees-die-Ex in Walton-on-Thames an. Bevor man Jimmy Pursey sagen kann, erzählt mir die Schwachmatin, sie fänd's eine gute Idee, wenn ich unsere Emily für einen Teil der Schulferien nehmen würde, was im Klartext ja wohl heißt: »Ich bumse hier mit 'nem Kerl rum, und dabei kann ich sie nicht brauchen.«

Na besten Dank, du verzickte alte Nutte.

Das bringt mich ja gleich in die richtige Kotzstimmung. Aber man soll nicht vergessen: Ruhe und Gelassenheit. Also steig ich in die Karre und fahr rüber auf die Krautseite der Insel. Ich nehm die FV1-Küstenstraße vorbei an dem Scheißdrecksloch Puerto del

Rosario. Wenn man dann auf die FV20 Richtung Süden nach Gran Tarajal kommt, ist das wie eine ganz andere Welt. Es ist mit Abstand der schönste Teil der Insel, den die alten Fritzen da klugerweise für sich requiriert haben. Da fragt man sich doch, wer eigentlich den Scheißkrieg gewonnen hat. Ich parke vor einer Pinte, in die ich manchmal gehe, und steck meine Nase kurz rein, ist aber keiner da. Es gibt so 'ne Kellnerin in einem der Restaurants hier, das mir gefällt, aber wie's aussieht, ist sie heute nicht da. Kein Problem: Sie haben appetitliche französische Seezunge auf der Karte.

Ein bisschen was zwischen die Zähne muntert mich auf, und als ich zur Abendschicht zurückkomme, ist Rodj schon da und Cynth folgt kurz darauf. – Wie läuft's denn mit Marce?, frage ich Rodj diskret.

– Da läuft gar nix, und er schüttelt wütend den Kopf, was bedeutet, dass höchstwahrscheinlich doch was läuft. Die Fotze soll sich bloß nicht so anstellen; ist ja jetzt nicht so, als wären die beiden superdiskret gewesen!

Ich entdecke zwei windig aussehende Typen an der Theke. Der eine ist ein großer, stämmiger Brocken mit Bürstenschnitt, der eine Brille mit verspiegelten Gläsern trägt. Der andere ein link aussehender kleiner Kerl mit unstetem Blick und zurückgegeltem Haar. Er rieselt nur so von Geschmeide: zwei Ohrringe, mindestens zwei Goldketten am Hals, Armbänder an den Handgelenken und Sovereign-Ringe an praktisch jedem Finger. Aufgetakelte kleine Ratte. Aber es war weniger, wie sie aussahen, als das, was sie redeten, was mein Interesse weckte. Man muss aufpassen, wenn man schnüffeln will, aber ich war neugierig geworden und ich wusste, dass man, wenn man hinter den karierten Vorhang an der Seite des kleinen Kabuffs verschwindet und so tut, als würd man die Bücher kontrollieren, jedes beschissene Wort versteht, das sie sagen, während die Fotzen denken, ich wär im hinteren Schankraum! Also steh ich rum und dreh Däumchen, krieg aber alles mit.

– ... aber hier laufen einige rum, die sie erst mal abservieren muss, wenn sie bis ganz nach oben will. Altlasten und so. Ich mein, ich will hier keine Namen nennen, aber das Mädchen hat Starpotenzial, und es würd mir schwer gegen den Strich gehen, wenn so was an miesem Umgang scheitert ... klingt, als käme es von dem goldbehangenen Wieselgesicht.

– Ich nehme an, du redest von Graham?, fragt der große Bastard mit dem Bürstenhaarschnitt. Seine Stimme ist rau, wie bei einem Schurken aus 'nem Fernsehkrimi.

Der Tonfall von der anderen Fotze ist schrill, nasal, höhnisch: – Wie gesagt, ich will keine Namen nennen, aber wenn der Hut passt …

– Du musst sie vor sich selbst beschützen, Trev.

– Tja, wir werden uns mal zusammensetzen müssen, nur wir beide, bei einem netten Essen mit einer Flasche Wein, und ein ernsthaftes Gespräch führen …

– Ernsthaftes Gespräch …

– Ein ernsthaftes Gespräch über ihre Zukunft, denn ich könnte es nicht mitansehen, wenn sie sich die verbaut. Was *sie* braucht, ist ein bisschen Disziplin, eine feste Hand. Sonst wirft sie das alles weg.

– Wer den Stock schont, verdirbt das Kind, Trev.

– Wie wahr, Chris. Obwohl sie das heute liebevolle Strenge nennen, glaube ich. Wenn dieser Graham einfach irgendwie verschwinden würde, würd mir das meinen Job natürlich wesentlich erleichtern.

Es wird ganz still, als der Kleiderschrank fragt: – Verschwinden … lass uns da ganz deutlich sein, Trev. Aus ihrem Leben verschwinden oder für immer verschwinden?

Die Stimme des anderen Arschlochs wird ganz leise. Ich glaube, er sagt: – Tu, was du tun musst.

– Wenn er ganz von der Bildfläche verschwindet, wird sie sich aufregen.

– Ein Weilchen, Chris, ein Weilchen. Dann wird sie drüber wegkommen. Natürlich wird sie eine Schulter zum Ausweinen brauchen.

Dann kommt Cynth rüber und ruft irgendwas. Sie wischt den Vorhang beiseite, die dämliche Kuh, zu meinem größten Verdruss, weil die Typen mich hinter der Theke aufstehen sehen. Sie durchbohren mich mit »Wie-viel-hast-du-mitgekriegt?«-Blicken, aber ich starre einfach weiter in das Hauptbuch in meiner Hand und mache mir Sorgen, dass ich rot werde. – Ja, mein Herz?, frag ich so abwesend wie möglich.

– Wir brauchen hier drüben mal schnell ein paar San Miguels und Coronas.

– Wo ist denn Rodj?, frage ich, als ob ich's nicht wüsste.

– Er ist mal kurz weg.

Zweifellos auf Freiersfüßen, die Fotze. – Verdammte Scheiße, Mädchen, kann das nicht warten? Ich bin hier grad in die Bücher vertieft. Total vertieft, sage ich an die Adresse der Typen an der Theke. – Wenn man nicht alles selber macht, sage ich kopfschüttelnd und grinse, und der Brecher grinst kurz zurück, doch die Augen von Wieselgesicht sind schwarze, tiefe Löcher.

Ich leg die Bücher hin, steige die Treppe runter, diese fette, dumme, zu nichts zu gebrauchende Kuh verfluchend.

Beschissene Ganoven. Hab die Sorte nie gemocht, schon zu Hause nicht. Versteht mich nich falsch, ich hab hier und da auch schon mal ein Ding gedreht, aber ich steh nicht auf diesen ganzen Gangsterschwachsinn. Die meisten von den Fotzen sind bloß blöde Schläger, und du bist die arme Sau, die sich ihre Scheiße anhören und an den richtigen Stellen lachen muss. Wär ja auch nicht weiter schlimm, wenn es nicht meistens so gnadenlos scheißlangweilig wär. Okay, ein paar von den Figuren *sind* witzig, aber die meisten von denen wälzen bloß dieselbe öde Scheiße um, die du schon millionenfach gehört hast.

Endlich trinken die Fotzen aus und gehen. Der kleine Schmierige mit dem Gold nickt mir langsam zu, drohend, und ich bin den ganzen Tag über total para, und das in meinem eigenen verkackten Laden.

Nachts ist die Atmosphäre im Pub wieder angenehmer, und ich schließe Vince, Bert und mich selbst für ein Kartenründchen ein. Komischer Gedanke, dass ich, indem ich Bert hier festhalte, Rodj wahrscheinlich bei seinem Vorhaben unterstütze, Berties Missus zu knallen. Dabei hab ich eher gemischte Gefühle. Vince ist ein anständiger Kerl, aus Manchester oder irgendwo da in der Nähe. Vermietet Grundstücke hier auf der Insel. Allerdings ein bisschen windig, er scheint nämlich nie irgendwas zu tun, ist ständig irgendwo unterwegs, hat aber immer dick Patte. Bertie betreibt ein Sportartikelgeschäft, aber wenn ihr mich fragt, steckt da nicht ganz astreines Geld drin. Er ist ein verschlagener kleiner Scheißer, und jedes Mal, wenn sich ein neues Gesicht in der Kneipe zeigt, wird er ganz fickerig.

Vince und ich nehmen Bertie auf die Rolle. – Willst du damit sagen, dass du noch nie im Leben eine homosexuelle Erfahrung gemacht hast?, frag ich ihn.

– Natürlich nicht, sagt er ganz pikiert.

Ich schüttele den Kopf und betrachte mein mieses Blatt. – Wie alt bist du jetzt, du bist verdammte siebenunddreißig und hast noch nie eine schwule Erfahrung gemacht?

Er guckt zu Vince rüber, der nur grinst und die Achseln zuckt, was unsern alten Bertie total aus der Fassung bringt. – Natürlich nicht ... du bist ja nicht ganz dicht, meint er und fragt dann Vince: – Du etwa?

Vince schaut ihn mit großen Schlupflideraugen an. – Ja sicher, sagt er in seinem Manc-Dialekt, – man muss doch alles mal ausprobieren, oder?

Der arme Bertie erstickt fast an seinem Bier. Er stellt sein Glas auf den Tisch und guckt Vince völlig kirre an. – Aber ... ich glaub nicht, was ich da höre ... sagt er und fragt dann mich: – Und du?

– Ich bin neununddreißig, Scheiße noch mal, sage ich, – wir haben schließlich nicht *alle* ein wohlbehütetes Leben geführt.

– Ich hab kein wohlbehütetes Leben geführt ... protestiert er mit schrill werdender Stimme.

– Ja, klar, schüttelt Vince den Kopf.

– Na ja, fängt er zögernd an, – einmal war da schon was ...

Und wir sind ganz Ohr, als er doch tatsächlich anfängt, von einem Erlebnis mit einem Homo in irgendeiner Schwulenkneipe in Clapham zu erzählen. Vince und ich lassen ihn erzählen und grölen dann: – WIR HABEN DICH NUR VERARSCHT, DU ELENDE TUCKE!

Geoutet! Wusste doch immer, dass der nicht astrein ist. Ich zeige auf ihn und brülle: – Schinkenspalter!

Bertie fleht Vince und mich an, keinem was zu erzählen, und behauptet, er wär nur ein bisschen überrascht über unsere vermeintlichen Enthüllungen gewesen und hätte sich alles nur ausgedacht, um mitzuhalten, was, wenn man Bert kennt, wahrscheinlich sogar stimmt. Natürlich kaufen wir ihm das nicht ab, dem verdammten Schokostecher. Aber der Trottel hat solchen Schiss, dass wir ihm versprechen müssen, über diese Geschichte den Mantel des Schweigens zu decken.

Natürlich ist es am nächsten Abend in der ganzen Kneipe rum.

Da muss wohl irgendwer getratscht haben, aber nichts Genaues weiß man nicht.

Natürlich hat Bertie Vince und mich als Hauptverdächtige auf dem Kieker. Auch Marcie hat es natürlich mitgekriegt, sich wegen Aids aufgeregt und dem armen alten Bert für unbestimmte Zeit absolutes Einlochverbot erteilt. Nicht dass er, nach allem was man so hört (von Rodj, um genau zu sein), überhaupt oft dazu kommt. Bertie sammelt nun Belastungsmaterial. Aber damit werden wir die Rennleitung nicht behelligen, nicht, wenn ich was dagegen tun kann.

Nach Lokalschluss kommt er tatsächlich und will Ärger machen. – Einer von euch beiden hat über gestern Abend rumgequatscht! Jeder in der Bar weiß es, Marcia hat es auch gehört!

– Quatsch. Ich hab Marcia kein Wort gesagt. Also, von wem hat sie das?

– Von einem von den Typen in der Bar, sagt Bertie mit hängendem Unterkiefer.

– Von wem?

– Weiß ich doch nicht, quengelt er. – Will sie nicht sagen.

– Na, das können ja viele sein, oder? Ich schüttele den Kopf. – Warum sagt sie es nicht?, frage ich. Der Punkt ist, bei Typen wie Bertie ist es egal, wie sauer die sind, man muss nur permanent Fragen stellen und hat ihnen bald den Stachel gezogen.

– Weiß ich doch nicht, wiederholt er völlig ratlos, wie ein verdammter Papagei.

Ich schüttle den Kopf. – Klingt mir irgendwie suspekt, Alter.

– Was? Was klingt suspekt?

›Du, du dubioser, kleiner Analtourist, *du* klingst suspekt‹, würd ich am liebsten sagen, aber ich setze es ihm auseinander. Bertie, Gott schütze ihn, ist wirklich nicht das hellste Licht im Hafen. – Wenn meine Missus mir erzählt hätte, sie hätte gehört, ich wär ein Homo, würd ich doch wissen wollen, von wem sie das hat. Ich gäb mich nicht damit zufrieden, dass das nur so in der Kneipe erzählt würde. Ich würde mich fragen: Wer hätte was davon, wenn sie mich für einen warmen Bruder halten würde?

Man kann förmlich sehen, wie bei ihm der Groschen fällt. – Hat Marce gestern mit Rodj gearbeitet?

– Ich denke, so verhält es sich wohl.

Dann stürzte er davon, und seine Augen quellen raus wie die Klöten bei einem Jack-Russell-Terrier. Fast, als hätte er vor, so richtig ernst zu machen. Nicht dass er der Typ dafür ist, aber man weiß ja nie, was ein Kerl wegen einer Braut anstellt. Verbrechen aus Leidenschaft und so. Man denke nur ans alte Rom: Cäsar, Marc Anton und Kleopatra. Und es sind nicht nur Weltreiche, die an Muschifragen zugrunde gegangen sind; schon so manche schmucke gastronomische Einrichtung ging den Swanee River runter, weil der Chef und/oder seine Gattin im falschen Bett erwischt wurden. Ihr müsst wissen, dass ich Berts kleines Geheimnis Rodj gegenüber erwähnt habe, im vollen Wissen, dass er sich wiederum genötigt sehen würde, es Marcia mitzuteilen. Meine Hoffnung ist nun die, dass Rodj jetzt den Schwanz einzieht und Bert auf unbestimmte Zeit abgemeldet ist, sodass meine Wenigkeit freie Bahn hat, Marcia zu poppen.

Ich lehne mich recht zufrieden mit mir zurück, da meldet mein Handy, dass eine SMS eingeht. Es ist Trees-die-Ex. Sie schreibt:

Ruf mich zwischen 4 und 6 auf Festnetz an. Dringend.

Elende Knauserin. Ich nehm eine Dusche, mach mir ein Sandwich mit Käse, Tomaten, Kopfsalat und Mayo, dann häng ich mich an die Strippe und wähle. Ich bekomme ein komisches Furzgeräusch zu hören. Ich hab vergessen, nach der 0044 die Null vor ihrer Vorwahl wegzulassen. Ich versuch's noch mal und hab ihren AB dran. – Im Moment sind weder Teresa noch Emily zu Hause. Bitte hinterlassen Sie Ihre Nummer, und wir rufen später zurück.

Ich hinterlasse eine Nachricht. – Trees, Mickey hier. Ich sollte zwischen 4 und 6 anrufen. Du hast gesimst, es wär dringend, deswegen ruf ich direkt an. Willst du später noch mal …

– Michael, sagt sie; garantiert hat die Kuh dagesessen und zugehört, wie ich mir einen abbreche. – Wie geht's dir?

– Viel zu tun, sag ich. – Was gibt's? Alles klar mit Em?

– Tja, das wird dir nicht schmecken, aber Em dreht mal wieder durch, deswegen schick ich sie für eine Weile zu dir runter.

Es mag heiß hier sein, aber meinem Blut hat sich das nicht mitgeteilt. Die blöde Kuh. – Was soll das heißen? Letztes Mal hast du gesagt, für einen *Teil* der Ferien. Ich habe eine verdammte Kneipe zu führen und keine Zeit ...

– Du hast keine Zeit für deine eigene Tochter. Prima. Das werd ich ihr ausrichten.

Sie genießt diesen Scheiß, die blöde Kuh. Ich atme tief durch. – Du sagst, für eine Weile. Wie lange ist die Weile?

– Keine Ahnung. Sie fliegt morgen um 8.15 von Gatwick los und ist um 12.30 da.

– Du kannst so was nicht machen, ohne das vorher mit mir abzusprechen, verdammt noch mal. Das geht so nicht. Ich hab schließlich zu tun!

– Ich etwa nicht?

Das macht der Kuh so richtig Spaß. Sie weiß, dass ich Em nicht abweisen kann. – Du weißt, was ich meine ... Ich muss vorher Bescheid wissen. Du kannst mich nicht einfach vor vollendete Tatsachen stellen. Jetzt sei nicht so, Trees ...

– Nee, sei *du* nicht so, Mickey, winselt sie mit quäkender, nasaler Stimme durch die Leitung, eine Hardwick, wie sie leibt und lebt. Hatte ganz vergessen, wie einem das auf den Sack geht. Ich muss ein Engel an Geduld sein, dass ich das jahrelang ausgehalten hab. – Sie will dich sehen. Sie ist ein echter kleiner Quälgeist gewesen, und ich werd nicht zulassen, dass sie hier rumhängt und mich terrorisiert, mich und Richie ...

Na, Überraschung. – Also deswegen der ganze Aufstand, damit du und irgendein Lulli ...

– Ich hab gesagt, was zu sagen ist, sagt sie ganz kühl, kann aber die Selbstgefälligkeit in ihrer Stimme nicht völlig unterdrücken. – Sei rechtzeitig am Flughafen, um deine Tochter abzuholen.

– Trees ... ich flehe jetzt förmlich, – Terry –

Da legt die doch tatsächlich einfach auf! Ich wähle noch mal ihre Nummer, aber es ist wieder der Scheißanrufbeantworter: – Im Moment sind weder Teresa noch Emily ...

– Dämliche Kuh, fluche ich und geh nach unten in die Bar. Schwerer Treffer von Hardwick, Baker geht k. o. zu Boden. Ich darf gar nicht dran denken. Ich schenk mir einen doppelten Scotch ein. Cynth ist da und sieht es. – Bisschen früh, oder?

– War ein etwas durchwachsener Morgen, erklär ich ihr, dann lass ich sie mit in die Hüfte gestemmten Händen dastehen wie eine große, formschöne Vase und marschiere runter in den Keller. Da ist es immer schön und kühl, genau der richtige Ort, wenn man mal wieder die guten alten Ruhe- und Gelassenheitsbatterien aufladen will. Plötzlich höre ich es rascheln und sehe eine große, pelzige Ratte; ein langhaariges Miststück, das einfach so frech durch den Raum marschiert. Sie verschwindet hinter einem Stapel Bierpaletten. Ich greif mir den Besen. Dann höre ich das Handy klimpern: noch eine beschissene SMS. Verdammter Mist, es ist bloß Seph, diese kleine Griechin mit dem kräftigen Haarwuchs, die ich letzten Sommer mal gebumst hab. Sie schreibt, dass sie ab Freitag für zwei Wochen herkommt. Wie scheißkompliziert soll das Leben noch werden?

Das Pelztier scheint sich verdrückt zu haben. So sitz ich also hier im Keller und mache eine Bestandsaufnahme meines Lebens. Es steckt alles hier in diesen Fässern und Flaschen: Sprit. Meine gesamten Aktiva in Alkohol umgesetzt, den ich mit Gewinn verkaufe. Enthemmung, fröhliche Stunden und Hoffnung; damit deale ich. Wie viele Perlen habe ich flachgelegt, weil sie dieser köstlichsten aller Drogen zu sehr zugesprochen haben? Zu viele, um sie zu zählen.

Ich schüttele diese Gedanken ab und geh wieder nach oben. Cynth rückt mir auf die Pelle. Ich sehe ihr gleich an, wonach ihr der Sinn steht, und sobald sie den Mund aufmacht, bestätigt sie meine Vermutung: – Und wann sehen wir uns dann?

– Heute Nacht bei mir. Viertel vor zwölf, sage ich, aber es kommt ganz falsch an, weil ich keinen echten Blickkontakt herstelle, sondern die Bar argwöhnisch nach fremden Gesichtern checke.

Nichts stößt einer Torte unangenehmer auf als mangelnde Aufmerksamkeit deinerseits. Du musst zumindest die Illusion von Innigkeit aufrechterhalten. – Stimmt was nicht?, fragt sie.

– Nee ... ja, doch, rücke ich raus. In mir brodelt es immer noch von dem Telefonat mit Trees, auch wenn die SMS von Seph bewiesen hat, dass man nur die Zähne zusammenbeißen muss, wenn es mies läuft, bis es wieder besser wird, denn das wird es immer. Und in diesem Fall hat es nicht mal lange gedauert. Ich sollte hocherfreut sein, aber es ist erst noch einiges zu regeln. – Meine verfickte Ex schickt mir doch morgen tatsächlich meine Kleine rüber. Ich mein, was soll ich denn hier mit einem pubertierenden Mädchen anfangen? Ich sehe mich in der Kneipe um und weise dann mit einer Kopfbewegung nach oben. – Du kennst die Wohnung ja, die ist winzig.

Cynth schürzt die Unterlippe. – Du hast ein unbenutztes Zimmer.

– Klar, aber da ist kein Bett drin und ich hab meinen ganzen Krempel da abgestellt.

– Ich hab noch ein Klappbett, das kannst du haben. Wenn ich nachher zu dir hochkomme, räumen wir deine Sachen auf, bietet sie bereitwillig an. – Wie alt ist sie?

Patentes Mädchen, Cynth. Ich starre auf ihre prallen roten Lippen und bin jetzt ganz Ohr. – Dreizehn. Und sie ist grade mitten in der Zickenphase.

– Und sie wird für den größten Teil der Ferien hier sein?

– Das hat meine Ex nicht so genau gesagt, aber ich fürchte, so sieht's aus.

Cynth scheint darüber nachzudenken. Sie hatte nie selbst Kinder, aber ich glaub, sie wollte immer welche. Nur mit den Kerlen hatte sie kein Glück; hat mir mal erzählt, ihr erster Typ war eine Fotze, ein echter Geizkragen, der keinen zusätzlichen Esser haben wollte. Nummer zwo hat jahrelang nur mit Platzpatronen geschossen und sich jetzt ohnehin ganz dem Golfsport verschrieben. Allerdings freut sie sich ein bisschen sehr übertrieben bei der Aussicht, dass Em hier anrückt. Natürlich kommt mir gleich der Gedanke, dass ich, wenn die beiden sich verstehen, Zeit hätte, mich außerdienstlichen Aktivitäten mit einer gewissen jungen Dame aus Griechenland zu widmen.

Interessantes Mädchen, diese Seph. Wir haben uns kennengelernt, als sie letzten Winter hier war. Um ehrlich zu sein, auf Perlen mit Schnurrbart kann ich normalerweise nicht, aber nach ein paar Jack Daniel's hätte sie ruhig auch ein Scheißtaliban sein dürfen. Ich hab sie im letzten Sommer ein paarmal verkorkt, und dann noch mal im November, als Chels in der Champions League bei Olympiakos spielte. Da waren ein paar der Jungs echt grün vor Neid, dass ich mit so einem jungen Schuss im Arm durch Athen stolziert bin, Schnurrbart hin, Schnurrbart her. Tolle lange schwarze Haare, bis zum Arsch. Selbst diese riesige Nana-Mouskouri-Brille konnte meinen besten Freund da unten nicht abschrecken. Muss sagen, wenn man ein bestimmtes Alter erreicht, gewinnt so was irgendwie. Das kommt davon, wenn man schon zu viele Pornos gesehen hat, und zu viele Gesichtsbesamungen.

Vielleicht sollte ich mal Kaltwachs vorschlagen.

– So nachdenklich?, fragt Cynth, und ich betrachte die Fettrolle zwischen dem Saum ihres Tops und dem Bund ihrer Shorts. Jede Menge Cellulitis mit von der Partie, aber komisch, bei brauner Haut sieht das längst nicht so übel aus.

Ich pitsche mit Zeigefinger und Daumen sanft in ihren Bauch.

– Ich glaub, du fällst vom Fleisch, Herzchen, sage ich.

Sie stemmt die Hände in die Hüften und guckt sich einmal die Hüften schwingend im Spiegel hinter der Theke prüfend an. – Meinst du wirklich?

– Tja, ich denke, so verhält es sich wohl.

– Die Waage sagt allerdings was anderes, meint sie, dreht sich und guckt sich ihren fetten Hintern an. Rodj beobachtet es von der Theke aus, zieht eine Braue hoch und zapft dann weiter an den Pints für die beiden alten Knacker, die mit ihren Frauen reingekommen sind. Sieht ziemlich betreten aus. Ich frag mich, ob er und Bert sich in die Wolle gekriegt haben.

– Badezimmerwaagen, sage ich verächtlich. – Die Scheißdinger tun's doch nie. Auf die kann man sich nicht verlassen, erkläre ich ihr, nehme ein Stück Pizza aus der Glasvitrine und schieb es in die Mikrowelle. – Du brauchst was auf die Rippen.

– Du bist wirklich lieb, Mickey. Als ich mit Ben zusammen war, war ich nie gut genug für ihn. Immer hat er über mein Gewicht gemeckert ... und Thomas, der betrachtet mich nicht mal als Frau ...

Ich drück sie mit dem Körper gegen die Theke. – Manche Kerle wissen einfach nicht, was gut ist. Ich zieh den Reißverschluss ihrer Shorts auf, schieb meine Hand rein und fang an, zart an ihrem Busch zu nesteln.

– Michael ...

– Du bist ein unartiges Mädchen. Kein Höschen, sag ich und denke, na verdammt, nicht schwer draufzukommen, worauf sie die ganze Zeit aus war!

– Hör auf, Michael, es könnte einer kommen, schnauft sie, während ich ihr Shirt hochschiebe, um die dicken Schlauchtitten freizulegen, freischwingend natürlich, von keinem BH behindert.

– Ich denke, so verhält es sich, murmele ich, während sie das Hemd wieder runterzieht, ehe Rodj kommt und was merkt.

3. EM

Als ich am nächsten Tag am Flughafen warte, komm ich mir echt verarscht vor. Heerscharen von Ferienreisenden; alte Fotzen auf der Suche nach ein paar Sonnenstrahlen im Winter für die morschen Knochen, durchtrieben guckende Ehemänner, die nur darauf warten, sich mit Gleichgesinnten zusammenzutun und einen großen Bogen um ihre verfetteten, zänkischen Frauen und schreienden Blagen zu machen, und junge und nicht mehr so junge Typen, die sich einen ballern und einen wegstecken wollen.

Nachdem wir gestern Nacht meine Bude aufgeräumt hatten, haben Cynth und ich ein paar Flaschen Roten und anschließend ein paar Tequila-Slammers weggemacht. Echt heftiges Programm. Na, danach hab ich sie jedenfalls ein paarmal gepoppt und uns dann Steaks gebraten, mit Zwiebeln, Pilzen und den Backfrites von McCain's, den fettarmen.

Ich war immer noch betrunken, als ich am Morgen aufgestanden bin, und hab einen entschieden kleinlaut aus der Wäsche guckenden Rodj den Laden schmeißen lassen. – Kann demnächst öfter vorkommen, Alter, sag ich zu ihm. – Du musst leider für mich einspringen. Alle Mann in die Wanten und so.

– Klar, ich weiß schon, du brauchst ein bisschen Zeit, um dich um Em zu kümmern. Mach dir da keinen Kopf, meint er.

– Mein Herr, Sie sind ein Gentleman und ein Vorbild an Gelehrsamkeit.

Armer Rodj. Ich nehme an, er hatte nicht mal die Befriedigung, Marce anständig durchzubumsen, und dafür will jetzt einer seinen Skalp. Bert muss wohl in diversen Kneipen Todesdrohungen gegen einen gewissen Herrn ausgestoßen haben! Er ist zwar ein kleiner Schleimscheißer, aber Leute wie Rodj vergessen leicht das Sprichwort, dass man kein Omelett machen kann, ohne ein paar Eier zu zerschlagen. Und wenn's dann ans Zerschlagen geht, verlieren solche Leute die Nerven.

Auf dem Weg zum Flughafen rufe ich Seph an. Sie ist ein echter Schuss, aber auch unberechenbar. Die muss man im Auge behalten. Ihr Alter ist der Polizeichef auf so einer kleinen Insel einen Katzensprung von Piräus, dem alten Hafen von Athen. »Mein Vater ist der Polizeichef von die ganze Insel!«, prahlt sie ständig. Drüben würde ich mich nicht mit ihr einlassen, denn es klingt, als wär ihr Alter eine echte Fotze; bei dem sind wahrscheinlich mehr Leute eingefahren als bei Stoßverkehr im Mersey-Tunnel.

Aber hier ist sie ja in meinem Revier, beziehungsweise wird es bald sein. Und ich hoffentlich bald in ihrem Busch. Normalerweise mag ich ein bisschen Teppichkauen und schlag mich gern durchs Unterholz (der Sport des Gentleman, lange bevor diese Aggrolesben sich ins Geschäft gedrängt haben), aber sie hat einen verdammten Riesenflokati da unten. Einmal dachte ich, gleich steh ich vor Dr. Livingstone, bevor ich zum Luftholen hochkommen musste.

Ich warte am Arrival-Gate, und dann entdeckt mich Em und strahlt für eine Sekunde, bis ihr einfällt, dass sie ein Teenager ist und ich ihr Alter bin, und sie tatscht mir nur verlegen auf die Schulter, statt mich zu umarmen. Und es tut mir weh, weil ich sie gern in den Arm genommen hätte und gesagt: »Wie geht's denn meinem kleinen Mädchen?«, aber ich hab's nicht gesagt, so ist es zwischen uns schon lange nicht mehr, und ich weiß, was ich alles verpasst hab, ich hab so viel verpasst, das ich nie wieder nachholen kann.

Ja, scheiß die Wand an, mir treten doch tatsächlich Tränen in die Augen, darum schieb ich mir die Sonnenbrille vom Kopf vor die Augen und zeige zum Ausgang.

– Guten Flug gehabt?, kriege ich mit halbwegs neutraler Stimme raus.

– Ein Flugzeug ist ein Flugzeug, sagt sie schulterzuckend und merkt nicht mal, dass ihr alter Herr einen Kloß im Hals hat.

– Da hast du auch wieder recht.

So marschieren wir zum Wagen, und ich schwafele die ganze Zeit drauflos, nur Scheiße eigentlich, um die Zeit totzuschlagen. Wie's mit der Schule läuft und so ein Schwachsinn.

– Die Schule kotzt mich an, sagt sie, während sie mit angezogenen Knien dasitzt und an der Haut neben ihren Fingernägeln knibbelt.

– So darfst du das nicht sehen, sag ich. – Mein alter Herr, dein Großvater, hat immer zu mir gesagt: ›Wenn dir die Schule Spaß macht, wirst du die Arbeit lieben und lebst glücklich bis an dein Lebensende.‹

Dazu sagt sie gar nichts, verdreht bloß die Augen.

Ich versuche es zu erklären: – Ich meine damit, das ist dein Start ins Leben; deswegen solltest du da mit einer positiven Einstellung rangehen. Was du einsetzt, bestimmt, was du rausbekommst, oder?

Sie zuckt nur die Achseln und schweigt. Und sie hat ja auch allen Grund, skeptisch zu sein. Diese Geschichte von meinem Alten: Der hat kein Wort davon gesagt, ich hab mir das nur ausgedacht. Eine Blut-Schweiß-und-Tränen-Rede à la Churchill, so was in der Art. In Wirklichkeit hat's den alten Knaben einen Scheiß interessiert, was ich in der Schule trieb. Sie hat ja recht, Schule ist ausgemachter Schwachsinn. Dann lieber gleich arbeiten. Meine Lehrer waren hinterhältige, verschwuchtelte Wichser, alle durch die Bank. Na ja, abgesehen von Miss Johns in Englisch; wie die sich immer zum Korrigieren deiner Arbeit runtergebeugt hat, diese Titten direkt vor deiner Nase, ihre langen Haare, die dir ins Gesicht hingen, und dann dieses Parfüm ... das hätte echt verboten gehört. Kein Wunder, dass ich von klein an nicht die Pfoten von den Mädchen lassen konnte; vorgeschädigt war ich, vorgeschädigt durch das Bildungssystem! Ich sollte mit dem Scheiß vor Gericht gehen! Einen guten Anwalt bräuchte ich, der einen soliden Fall zimmert, so wie dieser Typ, der uns damals alle rausgepaukt und die Entschädigung durchgedrückt hat, nachdem die Bullerei, Gott segne sie, mal wieder Scheiße gebaut hatte.

Aber der Punkt ist, Miss Johns war anders. Gehörte zu denen, die einen ermutigen. Nicht immer dachten, sie würden alle Fragen und Antworten kennen.

– Mum hat mir erzählt, dass du mal wegen einer Schlägerei beim Fußball im Gefängnis warst, als ich noch klein war, sagt sie.

Was zum Teufel trichtert die verblödete alte Schlampe dem Kind da ein?

Dieses kratzbürstige Nachwuchstalent kommt unverkennbar aus dem für seine unsauberen Praktiken berüchtigten Hardwick-Stall.

– Ich wurde festgenommen, weil ich zufällig in der Nähe war und die Polente einfach jeden eingesackt hat. Aber ich musste nie in den Knast. U-Haft, gut, aber ich bin nie verurteilt worden. Die Anklage wurde fallen gelassen; ich bekam eine Entschädigung zugesprochen, weil mir nachweislich Unrecht geschehen ist. So bin ich an meinen Laden hier gekommen, und du und Mum an das Haus, verklickere ich ihr, und mehr will ich dazu nicht sagen, daher wechsle ich schnell das Thema: – Und wie sieht's nun bei dir aus? Hast du in der Schule einen Jungen?

Ich mach nur Spaß, ich will sie nur aufziehen, aber sie antwortet mir ganz ernsthaft: – Ich mag die Jungs an meiner Schule nicht besonders. Ich weiß nicht, woran es liegt, vielleicht bin ich noch zu jung oder die sind zu unreif, aber ich glaub, ich hab mir noch ein bisschen Jungfräulichkeit bewahrt.

Scheiße ... das hat gesessen ...

Verdammt, ich komm mir vor, als wär ich zwölf und gerade von meiner großen Schwester zurechtgestutzt worden. Dann guckt sie mich plötzlich ganz komisch an. – Du hast was mit anderen Frauen gehabt. Bevor du mich und Mum verlassen hast.

Mein Gesicht wird ganz kalt und kribbelt. So, wie wenn man nur zu ein paar Mann im Pub steht und ein Riesenmob kernig aussehender Kerle kommt rein. Man hält die Stellung, aber man hat echt Schiss. Keiner sagt was, aber du wartest nur darauf, dass es losgeht und irgendeine Fotze dir ein verficktes Glas ins Gesicht rammt. Was soll das überhaupt? – Wer hat das behauptet?, frage ich, als wüsste ich das nicht haargenau.

– Es stimmt doch, oder?, fragt sie und klingt dabei wie jemand ganz anderer. Diese verdammten Hardwick-Gene.

Schon wieder in den Seilen. Ruhe und Gelassenheit, Ruhe und Gelassenheit. Bau auf deine Erfahrung, Deckung hoch, antäuschen und wegtauchen.

– Pass auf, das Leben wird dich noch lehren, dass es mehrere Gründe dafür geben kann, dass Menschen irgendwas tun. Manchmal gibt es eine ganze Menge Gründe. Es ist mehr als nur einer dran beteiligt, wenn sich Dinge ändern, zum Beispiel in einer Beziehung.

Sie scheint sich das durch den Kopf gehen zu lassen, dann fragt sie: – Diese Frauen, wenn du mit denen im Bett lagst, ihre Stimme wird schärfer, – und sie gebumst hast, hast du dann jemals an mich und Mum zu Hause gedacht?

Also alles lasse ich mir auch nicht bieten. Ich bremse und fahre an den Straßenrand. Ich hole tief Luft. – Pass auf, ich bin dein Dad, und wir müssen es für eine Weile miteinander aushalten. Du musst mich schon mit etwas Respekt behandeln; ich respektiere dich, du respektierst mich.

Ich fasse es nicht! Mickey Baker wirft das Handtuch! Seine Ecke erklärt, ihr Junge hätte genug Prügel eingesteckt!

– Wie du meinst, sagt sie gleichgültig, als wär sie in Gedanken schon wieder ganz woanders. Sie schlägt eine Zeitschrift auf, die sie dabeihatte. Eins von diesen dämlichen Promi-Klatschblättern, wie sie von Jugendlichen und Verblödeten gelesen werden. Die sogenannten Promis sind vorwiegend Zweitligareservebankmaterial; da ist so eine aufgeschwemmte Gesichtsruine, die mal einen Nr.-1-Hit hatte und jetzt Schwimmringe sammelt und sich die Jahresproduktion von Kolumbien durch den Zinken zieht, seit ihr Bubi sie wegen einer Jüngeren verlassen hat. Ems bevorzugter Lesestoff macht mir Sorgen: genau das Zeug, das Hardwicks lesen würden. Aber offenbar findet sie es interessanter als ihren alten Herrn, den sie seit Monaten höchstens mal im Vorbeigehen gesehen hat.

Ich bin sauer, denn ich kenne das Kind da gar nicht. Sie ist von Personen, die hier ungenannt bleiben sollen, gegen mich aufgehetzt worden, und ich darf jetzt sehen, wie ich damit fertig werde. Das ist nicht mein kleines Mädchen. Das ist ein Kind, das ich nicht wiedererkenne; viel zu groß und mager, komisch angezogen und redet dummes Zeug.

– Das da drüben sind die Roten Berge, ich zeige aus dem Fenster, – Montana Colorada. Dahinter liegen die Dunas de Corralejo mit einer für diese Breitengrade ganz einzigartigen, üppigen Küstenvegetation, erkläre ich schwungvoll. Ich denke mir, so einen Scheiß bringen sie ihnen auch in der Schule bei: die Umwelt und was weiß ich.

Interessiert sie alles nicht.

– Alles vulkanischen Ursprungs, höre ich meine zu einem entschuldigenden Unterton verkümmerte Stimme, während ich zur Isle of Lobos hinüberschaue. Dort scheinen ein paar Wolken aufzuziehen, ich hoffe, die kommen nicht hier rüber. – Wir können einen Ausflug dahin machen, schlage ich vor, – in einem Boot mit Glasboden. Das würde dir doch sicher Spaß machen, oder?

– Jaja, meint sie und guckt nur kurz von ihrer Zeitschrift hoch, während wir auf der Avenida General Franco fahren.

Brennend interessiert ist sie nicht, aber was will man machen? Wir fahren nach Hause, und ich führ sie ins Herefordshire und mach sie mit Cynth, Rodj und den anderen bekannt. Sie bringt ihre Sachen nach oben, und als sie kurz darauf wieder herunterkommt, hat sie ein Buch in der Hand. Das hebt meine Laune etwas. Besser als diese Schundblätter.

Jetzt wird Cynth total bizarr und sagt zu Em: – Als ich in deinem Alter war, fand ich es toll, Silberpapier glatt zu streichen. Du weißt schon, so verschiedenfarbiges Stanniolpapier. Aber wahrscheinlich machen Kids das heute nicht mehr, sagt sie mit einem Blick zu Em, die jetzt in ihrem Buch liest, Philip K. Dick. Komisch, in ihrem Alter stand ich auch auf Science-Fiction. Arthur C. Clarke, Brian Aldiss, »The Failed Men«. So magere Kerlchen, die sich jahrelang auf einem Acker eingruben. Intelligente Burschen, so eidechsenähnlich mit großen Köpfen, aber sie haben einfach aufgegeben. Ging ihnen alles am Arsch vorbei. Also haben sie sich zu Millionen in den Schlamm eingegraben, um zu überwintern, bis irgendeiner vorbeikommt und sie ausgräbt. Aber sie liegen immer noch im Matsch und scheren sich um nichts. Das hat mich als Kind total verschreckt. Man kann doch schließlich nicht auf alles scheißen.

Ja, jede Menge von diesen Kerlen hab ich verschlungen; Harry Harrison, der über den Mars geschrieben hat, und Isaac Asimov, der Robotertyp. Und dieser Kerl, der die Story geschrieben hat, wo die Pflanzen die Macht übernehmen. Ja, Sci-Fi: Ganz verrückt danach war ich. Und dann auf einmal nicht mehr. Keine Ahnung, warum. Na ja, Weiber wahrscheinlich; in einem Wettbewerb zwischen Einbildungskraft und Hormonen stand der Sieger wohl von vornherein fest.

– Hast du das auch als Kind gemacht, Michael? Stanniolpapier glatt gebügelt?, schwafelt Cynth weiter.

– Na klar, sag ich. Stanniolpapier gebügelt. Was erzählt die für einen Scheiß?

Cynth hat sich bemüht, das muss ich ihr lassen, aber Em reagiert auf keinen meiner Witze. Sie sitzt einfach den ganzen Tag da und macht ein langes Gesicht. Den ganzen Abend lang hat sie die Nase in ihrem Buch, während ich mit Vince und Rodj darte. – Schon von gestern Abend gehört?, meint Vince.

– Was war denn?, frage ich, sehe Rodj an und rechne eigentlich damit, was über ihn und Bert zu hören.

– Ist ein Typ erschossen worden. Er wirft mir die Zeitung hin.

Mein Spanisch ist nicht besonders, aber ich kann rauslesen, dass drüben in Lanzarote ein englischer Tourist vor dem Duke of York erschossen worden ist. Ein leichtes Frösteln überfällt mich, und aus irgendeinem Grund muss ich an diese beiden Typen denken, die gestern im Pub waren. Ein echt seltsames Pärchen. Haben mir richtig Angst gemacht: Was der eine da gesagt hat, über Leute, die verschwinden müssen. Anscheinend hatten sie keine besonders glückliche Hand im Verschwindenlassen. Die Polizei hat ihn direkt gefunden. Ich versuche mich zu erinnern, wie der Typ hieß, über den sie geredet haben.

Ich seh rüber zu Em, die immer noch ihren Philip K. Dick liest. Was der alles im Kopf hatte. *Blade Runner, Minority Report, Star Wars*, den ganzen Scheiß hat er sich quasi ausgedacht. Nicht die schlechteste Art, seinen Lebensunterhalt zu verdienen. Nur zu dumm, dass er schon tot ist, da wird er für das alles wohl keine Knete mehr gesehen haben. Das Leben kann echt unfair sein, aber andererseits, wer weiß, wie viel der Kerl zu Lebzeiten auf der hohen Kante hatte.

Rodj arbeitet sich eine Ewigkeit am T Achtzehn ab, nachdem es erst so aussah, als würde er mich nassmachen. Aber er kriegt immer Nervenflattern: Auschecken kann der nicht mal im Holiday Inn. Wenn Marce sich von dem einen ordentlichen Fick erwartet, kann sie lange warten, vor allem, wo unser guter Bert auf dem Kriegspfad ist. Zu diesem Thema herrscht ominöses Schweigen.

Ich treff die vierzehn und schließe kurz und knackig mit der D Zwanzig ab. – Sauhund, flucht Rodj und fügt dann mit Blick auf Em und Cynth hinzu: – 'tschuldigt meine Wortwahl, Ladys. Beide zeigen sich unbeeindruckt, wie nicht anders zu erwarten.

– Der Kerl, den sie da weggepustet haben, was steht da über den?, erkundige ich mich.

– Ein Geschäftsmann auf Urlaub, sagt Vince.

Geschäftsmann. Jede Sau ist heutzutage Geschäftsmann. Kann Gott weiß was bedeuten. – Was für eine Art von Geschäften hat er denn gemacht?

Rodj zuckt die Schultern und schenkt sich an der Theke einen tüchtigen Schnaps ein. Er guckt zu mir, und ich nicke zustimmend, ohne darüber nachzudenken, was ich da tue. Na bestens, jetzt hab ich so 'nen großen Scotch, dass die HMS *Belfast* drin schwimmen könnte. – Steht da nicht, meint Vince achselzuckend.

Nee, das schreiben sie natürlich nie. Also wissen wir genau genommen gar nichts.

Später am Abend ruft Seph an und sagt mir, dass sie drüben auf Lanzarote ist. Ich informiere Cynth, dass ich geschäftlich da rübermuss, und bitte sie, morgen auf Em aufzupassen. Sie sind beide nicht gerade begeistert, Rodj genauso wenig, aber Pech für sie, und ich hab keine Lust, irgendwas zu erklären.

4. SEPH

Ich fand, es wurde dringend Zeit, meinen alten Kumpel Pete Worth im Cumbria Arms drüben auf Lanzarote zu besuchen. Es war ein strahlender Samstagmorgen, und ich stieg in den Wagen, um runter zur Fähre zu fahren, die Insel zu wechseln und zu der netten kleinen Bar am alten Hafen von Puerto del Carmen zu fahren, wo ich mich mit Seph verabredet hatte. Ich freute mich auf einen sorglosen, problemlosen kleinen Ausflug.

Es klappte leider nicht ganz wie geplant.

Als ich an der Autowerkstatt vorbeifahre und rüberschaue, sehe ich etwas, bei dem sich mein Arschloch verkrampft wie die Faust eines Buchmachers. Es sind die beiden Typen, die von neulich, und sie reden mit Emily und Cynth ...

Ich halte den Wagen an und springe raus. Während ich über den Vorplatz gehe, steigen die Typen in ihren Wagen und fahren weg, ohne mich gesehen zu haben. Dafür sehen mich Emily und Cynth. – Ich dachte, du wärst schon weg, sagt Cynth.

– Nee ... bin bloß ein bisschen spät dran. Ich werfe einen Blick über die Schulter. – Was wollten die Kerle, mit denen ihr da gerade geredet habt?

– Die wollten sie abschleppen, lacht Em.

Cynth spielt das kichernde kleine Mädchen, wie es so alte Suppenhühner gerne machen, wenn sie frische Bockwurst wittern. Auf die alte Nummer fällt keiner mehr rein. – Wollten sie gar nicht, sie fasst sich doch tatsächlich sogar an ihr blödes Haar, – sie haben sich nur nach der Bar erkundigt.

Das riecht irgendwie fischig, und ich rede hier nicht von Cynths Höschen, obwohl da, nach ihrer Haltung zu schließen, eine größere Ausschüttung stattfindet. – Was soll das heißen, nach der Bar?

– Na ja, die haben neulich bei uns ein Glas getrunken ... meint Cynth und macht große Augen.

– Ja, ja, ich weiß ...

– ... und sie meinten nur, was für ein netter Pub der Herefordshire Bull wäre, und dass sie sich wie zu Haus gefühlt hätten. Sie haben gefragt, wie lange es den schon gäb und so, sagt sie und macht ein ganz schuldbewusstes Gesicht, als hätte sie aus dem Nähkästchen geplaudert.

Ich packe Cynth an ihrem fleischigen Arm. Ich ziehe sie von Em weg und frage mit gedämpfter Stimme: – Haben sich nach dem Wirt erkundigt, oder? Ich bohre mir meinen freien Daumen in die Brust.

– Nein ... sagt sie und gibt dann zu: – Na ja, nur ob der Besitzer Engländer wär, und wo du her bist ... Die haben nur ein bisschen Small Talk gemacht, mehr nicht, und dann windet sie sich aus meinem Griff, beginnt ihren Arm zu massieren und guckt mich an, als wäre ich ein Unmensch.

Die ganze Wahrheit und nichts als die Wahrheit? Reg dich ab, Mickey. Denk dran, wie Roger Moore oder Kenneth Moore oder Bobby Moore in derselben Lage reagieren würden. Unter Druck Haltung bewahren. Ruhe und Gelassenheit.

– Tut mir leid, Süße, ich bin im Moment ein bisschen gestresst, entschuldige ich mich, trete auf sie zu, geb ihr einen Kuss auf die Wange und bleibe mit meinem Gesicht ganz nah an ihrem.

Sie starrt mich an, als würde sie nichts kapieren. Cynth ist nicht doof, aber wie bei den meisten Ischen ist zwei und zwei zusammenzählen nicht gerade ihre Stärke.

Ich sehe, dass Em abgelenkt ist und sich irgendwas im Schaufenster der Tankstelle anguckt. – Hör mal, Cynth, wenn diese Typen noch mal bei dir, Em oder in der Kneipe rumschnüffeln, möchte ich, dass du mich auf dem Handy anrufst, capice?

Cynth macht einen Schritt zurück. – Das war doch nicht Polizei, oder?

– Schlimmer, Darling, ich senke die Stimme, – Zollfahndung, vermute ich, ich tippe mir an die Nase und zwinkere. – Aber zu niemandem ein Wort, klar?

– Natürlich nicht ... sagt sie und guckt dann besorgt: – Es ist doch nichts passiert, oder?

– Nichts, was sich nicht regeln ließe, sage ich und sehe mich zu Em vor dem Laden um. Ich springe eben zum Kiosk und kaufe uns drei große Hörnchen Schokoladeneis. – Da habt ihr, sage ich und verteile sie. Das erinnert mich an die sommerlichen Ausflüge, die Em, Trees und ich früher in Hastings unternommen haben. Schöne Zeiten. Em sieht allerdings gar nicht begeistert aus. Cynth bläst die Backen auf und sagt: – Wir hatten gerade erst eins ...

Ich sage mir, Cynth muss zusehen, dass sie genug Kalorien zu sich nimmt. Fettpolster anlegen ist eine Sache, sie zu *halten* viel schwieriger. Wenn sie unter eintausendfünfhundert am Tag fällt, werden sie dahinschmelzen. Jede Menge Snacks mit hohem Zuckerzusatz sind gerade das Richtige, dazu Convenience Food voll mit Zusatzstoffen; das und jede Menge Alkohol. – Zu viel des Guten kann man gar nicht tun, erkläre ich ihr. – Wenn wir das Zeug im Zweiten Weltkrieg nicht gehabt hätten, wären die Amis vielleicht nie rübergekommen, und wir würden jetzt alle in Knobelbechern rummarschieren. Hmm, aber wenn ich so darüber nachdenke ... ich zwinkere Cynth zu. – Gut, ich schaue zum Auto rüber. – Ich sollte besser los. Mein alter Kumpel Worthy kann Unpünktlichkeit nicht leiden. Er hält sie für ein Zeichen mangelnden Respekts, und ich sag euch was, erkläre ich mit erhobenem Zeigefinger, – da hat er nicht unrecht.

Cynth schaut mich mit diesem flehentlichen Blick an und fragt: – Und wann bist du wieder hier?

– Erst in ein paar Stunden, Mädchen, leider, leider. Keine Ruhe für die Gottlosen. Tschüss, Prinzessin!, rufe ich Em zu.

Dann bin ich im Wagen, und das Eis fliegt aus dem Fenster, sobald ich außer Sichtweite bin. Wenn Torten dick werden, ist das in Ordnung; viele von uns Kerlen stehen insgeheim auf Pummelchen. Aber für mich kommt das nicht in Frage; keine Braut, die was auf sich hält, will einen fetten Kerl. Ich fahre runter zum Hafen und mit der Karre die Rampe zur Fähre rauf. Lanzarote war nie so mein Fall, zu kommerziell. Fuerte wird allerdings auch langsam so, und Worthy, das muss man ihm lassen, verdient sich mit dem Cumbria dumm und dämlich. Aber geschenkt, es ist 'ne Sache der Lebensqualität, oder?

Als ich zur Bar komme, sitzt Seph an einem Tisch draußen und schreibt Postkarten, zu ihren Füßen eine weiße Tasche. Sie wirkt einsam wie eine Jungfrau am Valentinstag. Sie trägt eine Sonnenbrille unter einem großen Strohhut mit drumgebundenem Schal. Ein entzückendes Kleidchen in Aquablau hat sie an, das viel nackte Haut sehen lässt, und die Haare mit einem blauen Bändchen zu einem Pferdeschwanz gebunden, so einem seitlichen. Auf den wird sie aber verzichten müssen, wenn ich sie nagele: Ich will das Zeug wild auf den Kissen rumfliegen sehen.

Als sie mich sieht, spielt sie natürlich die Zurückhaltende; Küsschen auf die Wange, so ganz im Eurostyle. Ich hatte auf eine kräftige Umarmung und einen Zungenkuss an Ort und Stelle gehofft. Die sittsame Tour beeindruckt mich nicht mehr. Ist doch ein Haufen Scheiße: Man kommt doch nicht den ganzen weiten Weg, wenn man nicht gut durchgebumst werden will.

Die gute Nachricht: Der Bart ist ab! Sie hat sich wachsen oder sich mit dem Laser grillen lassen, wie's aussieht.

Ich setze mich, und sie erzählt mir direkt, welchen Stress ihr Alter macht, dieser Polizeimensch. Er will offenbar, dass sie irgendwo auf die Uni geht, und sie denkt da an England. Fragt mich, wo's da schön ist.

Vielleicht liegt es an noch frischen persönlichen Erfahrungen mit gewissen Parteien, die hier nicht namentlich genannt werden sollen, aber ich zeichne ihr wohl kein allzu einnehmendes Bild. Ich sag ihr, im Norden wär es trostlos, die Midlands wären öde, und auf dem Land wär es stinklangweilig: überall nur Inzuchtmutanten und Spießer, und London wär heutzutage fest in der Hand von Abschaum und Schwuchteln.

– Ich hatte an Brighton gedacht, die Sussex University, sagt sie, und ich hoffe, der große Wodka, den ich für sie vorgesehen hab, wird sie etwas auftauen lassen. Hat schon mal funktioniert, und von bewährten Methoden soll man nicht abgehen. Wie sagte doch der große Mann: »Die Demokratie ist die schlechteste aller Staatsformen, ausgenommen alle anderen …« Aber ich muss jetzt doch auf das B-Wort zurückkommen. Sogar mein Liberalismus hat ihre Grenzen. – Ach was, du willst doch wohl nicht ins beschissene Brighton, oder? Arschficker, wohin man guckt, erkläre ich und überlege, ob sie, wo sie doch Griechin ist und so, vielleicht der griechischen Liebe frönt. Ist allerdings nicht mein Fall, so Sauereien; ich will nicht behaupten, dass ich ihn nicht auch hin und wieder in die eine oder andere dreckige Kloake gesteckt hab, aber immer von vorn. – Heutzutage ist Wales der beste Teil von England, in den man ziehen kann, erkläre ich, – alles irgendwie noch unverdorben, Abersoundso, wie heißt das Scheißkaff noch mal, Dingsda by the sea. Gute Uni, wie man hört. Renommiert, könnte man auch sagen.

Sie schiebt sich die Sonnenbrille auf den Kopf, und ihre großen dunklen Augen blinken in der Sonne. – Wales ist gut?

Gut? Scheiße, was heißt schon gut? Ich finde mich jeden Tag in einem Morast moralischer Ambivalenz wieder, wie der Typ auf dem Discovery Channel es neulich Abend formulierte. »Erzähl du mir einen, Alter, das nennt man Gastrogewerbe«, habe ich den Fernseher angebrüllt. – Schön, das Problem mit Wales ist nur, dass da zu viele Waliser sind. Die betrachten sich da drüben nicht als Engländer, und wie der Zufall es will, wir sie auch nicht, aber es zählt zu England.

Sie schüttelt den Kopf und kramt in ihrer weißen Ledertasche nach einer Packung Kippen. – Ich wäre gerne in der Nähe von London.

Ich verstehe. Hat in Griechenland wohl genug Schafe zu sehen gekriegt.

Ein sehr zivilisiertes Völkchen, diese Griechen. Homer. Aristoteles. Sokrates. Plato. Und das sind nur einige der Namen, die wohl in jedem Land zur Startelf der Graue-Zellen-Nationalmannschaft gehören würden. Aber die alten Klassiker sind nicht das, wonach mir jetzt der Sinn steht.

– Okay, was, äh, worauf hättest du denn jetzt Lust?, frag ich, obwohl ich doch die Antwort kenne. Es ist ein weiter Weg von Griechenland nach hier, und Strände haben sie da selbst genug.

Plötzlich tritt ein Strahlen in ihre Augen und ein Lächeln auf ihr Gesicht. – Ich bin gekommen, um dir zu sagen, dass ich mich verliebt habe, sagt sie.

Ich sehe sie an und kann, ungeachtet des beschissenen Ärgers, den mir das einbringen wird, nicht verhindern, dass mir innerlich ein bisschen warm wird. – Na, du bist noch jung, aber ich versteh schon … erkläre ich und ergreife ihre Hand.

Sie schüttelt sie ganz komisch und sagt: – Es ist gut, dass du Verständnis für so was hast, nach allem, was zwischen uns gewesen ist.

Ich denk mir, je älter der Docht, desto heller die Flamme, halt aber doch lieber die Klappe, denn es ist ein emotionaler Moment für sie. Sie ist noch ziemlich jung, total idealistisch und so. Ich ja eigentlich auch. An Jahren älter, aber was heißt das schon. Wenn man so ist, dann bleibt man so.

Ihr kleines Gesichtchen glüht und sie sagt: – Sein Name ist Costas und er ist aus Athen. Er ist Schauspieler und ...

Und plötzlich hör ich überhaupt nichts mehr.

Sie labert und labert über diese griechische Flasche und wedelt mir mit ihrer Packung Marlboro Lights im Gesicht rum, aber der Rest dringt gar nicht mehr zu mir durch. Ich denke, was zum Henker macht sie dann überhaupt hier?

Mir bleibt nur übrig, die Truthahnenten anzustarren, diese Vögel, die hier um den Hafen herum auf dem Boden rumwesen. Weiß der Henker, wie die Biester heißen, ich hab die sonst noch nirgendwo gesehen. Die hocken einfach auf dem Asphalt rum, als wollten sie allesamt Eier legen. Alle miteinander, ein ganzer Haufen von denen. Sie haben Köpfe und Hälse wie Truthähne, und plumpe Körper, dabei aber Schnäbel und Schwimmfüße wie Enten.

Die Fotzen sehn zwar seltsam aus, aber sie tun keinem was, ganz wie die alten Knaben, die auf den Bänken sitzen und sich unterhalten, oder die Touristen unter den Markisen der Hafenschänken. Ja, die Altstadt hier ist ziemlich pittoresk. Und der Rest? Zu beschissen, um ihn überhaupt zu erwähnen.

Ja, die Truthahnenten.

Nur bin ich es im Moment, der hier den komischen Vogel abgibt. Aber vielleicht auch nicht. – Und was treibt dich dann hierher? Du bist doch wohl nicht den weiten Weg gekommen, nur um deinem alten Freund Mickey die Nachricht zu überbringen, so froh sie auch sein mag, sag ich und denke mir, dass sie höchstwahrscheinlich noch mal so richtig rangenommen werden will, bevor sie sich auf ewig an diesen schauspielernden Griechen bindet. Die letzten Tage in Freiheit und so: nur zu verständlich.

– Ich bin mit Costas hier. Er dreht gerade hier und bei dir auf Fuerteventura drüben. Er spielt in einem Kinofilm einen italienischen Polizisten von Interpol.

Scheiße! Das klingt, als wär's ein vergeudeter Nachmittag. Beschissene Filme. Dauernd drehen sie hier irgendwelche beschissenen Filme. Weil hier ja das ganze Jahr über schönes Wetter ist, wenigstens der Theorie nach. Es ist Worthys ganzer Stolz, dass sie *Moonraker* praktisch in seinem Hinterhof gedreht haben. Na ja, die Sachen auf dem Mond wenigstens.

Ich dagegen komm mir momentan vor wie eins dieser Männchen aus der Aldiss-Geschichte, bloß braucht man mich gar nicht erst auszubuddeln. Denn mit Bumsen wird es diesen Nachmittag wohl nichts werden, nicht, wenn wir beim Trinken diese Schlagzahl beibehalten. – Noch mal dasselbe, Señorita!, ruf ich der Kellnerin zu.

Während ich also langsam in einen Sumpf der Verzagtheit hinabsinke, erzählt sie ihre Geschichte. – Ich hab Costas zu Hause auf der Insel kennengelernt, wo mein Vater, der ja Polizeichef ist, ihm zeigen konnte, wie er den Inspektor spielen soll.

Mir bleibt nur, dazusitzen, trotz meiner Enttäuschung zu lächeln und wie ein Trottel zu nicken, während die Drinks durch die Kehle laufen.

Nach ihrer Story guckt sie mich auf diese spezielle Weise an und sagt: – Du bist ein guter Mann, Michael, loyal und zuverlässig. Was hat dieser Freund von dir in Athen noch mal gesagt? ›Der Junge ist richtig Gold.‹

– Goldrichtig, verbessere ich sie. – Das war Billy Guthrie, Gott segne ihn, sag ich und merke, dass der Alkohol erste Wirkung zeigt. Ich stoße mit ihr an. – Ein wahres Goldstück bin ich, Herzchen.

Das erinnert mich daran, dass ich Bill mal wieder anrufen muss, hören, wie's ihm geht. Ihm ging's 'ne Zeit lang nicht gut. Hat das Trinken aufgegeben, und dann bei einem bizarren Paintballunfall einen Hoden verloren. So viel zu harmlosem Sport. Weiß natürlich nicht, was genau er da getrieben hat, ich wette, da hat er das Equipment irgendwie unsachgemäß verwendet. Das kommt davon, wenn man das Saufen lässt.

Die Gefahr besteht bei uns allerdings nicht. Seph sieht aus, als hätte sie schon ziemlich einen im Tee. Sie kann sich nicht entscheiden, ob sie eine Zigarette will oder nicht. Sie zieht eine aus der Packung und steckt sie dann wieder rein. – Du wärst ein guter Mann zum Heiraten gewesen, aber bei Männern in deinem Alter ist wahrscheinlich der Samen verbraucht, sagt mein Vater, klärt sie mich freundlicherweise auf. – Ich muss ihm einen Enkel schenken. Meine drei Schwestern haben alle Töchter.

– Oi!, protestiere ich. – Das mit dem schlappen Samen hör ich aber gar nicht gern.

– Dein Kind ist auch ein Mädchen.

– Das will gar nichts heißen.

Sie sieht mich mit einem wissenden Blick an, von dem ich mich, angesichts unserer gemeinsamen Geschichte, verdammt gebauchpinselt fühle. – Das heißt ja nur, dass du ein echter Mann bist; das ist sicher. Mein Vater ist genauso. Er hat mir mal erzählt, dass alles, was Männlichkeit ausmacht, in ihn reingeflossen ist und nichts für seine Kinder übrig war. Aber ich weiß, dass ein Enkel ihm das Herz wärmen würde, und eines Tages werde ich ihm einen schenken.

Ich denke mir: Ich würd *dir* gern einen einschenken. Vielleicht liegt's an der Hitze, vielleicht am Alkohol, aber Ficken hat jetzt *absolute* Priorität.

– Costas und ich werden in England leben, in der Nähe von London, sagt sie, zündet sich nun doch eine Kippe an und steckt Packung und Feuerzeug wieder in ihre Tasche. – Er wird sein Englisch verbessern und Arbeit als Schauspieler finden, während ich studiere. Dann werden wir Söhne haben, viele griechische Söhne, strahlt sie, hebt ihr Glas und nötigt mich, mit ihr anzustoßen.

Ich denke, viel Zeit haben wir nicht, wenn sie noch einen verlötet kriegen will, aber dann erklärt sie mir, dass sie auf Costas wartet, und ich komm mir echt scheiße vor. Ich ordere neue Drinks.

Baker wird heute keine über die Wurst spannen.

Schließlich taucht Costas auf. Er ist ein mageres Kerlchen mit blonden Haaren, sieht eher wie ein bescheuerter Schwede als wie ein Grieche aus, und er hat irgendwie was Nervöses an sich. Der erste Eindruck stimmt zwar nicht immer, aber er sieht mir nicht wie der Typ aus, der sich niederlassen und einen Haufen Finsbury-Park-Kebabschnitzer ausbrüten will.

Seph macht uns miteinander bekannt, und er sieht erst mich, dann sie mit flackerndem Blick an. Irgendwas ist hier im Busch.

– Alles klar, Costas? Wie läuft das Filmgeschäft?

Seph will ein paar Einkäufe machen gehen. – Ich lass euch Jungs eine Weile allein, dass ihr euch kennenlernen könnt, strahlt sie glücklich wie eine Fliege auf der Scheiße.

Tatsächlich braucht Costas nicht lange, sich mir anzuvertrauen. – Die Frau ist verrückt. Sie glaubt, wir würden heiraten. Puh!

Ihr Vater hat mich erwischt, wie ich Kokain an Touristen auf seiner Insel verkauft hab. Er hat gedroht, mich einzusperren, wenn ich bei ihrem verrückten Plan nicht mitspiele. Hat gesagt, er hätte überall in Griechenland Beziehungen zur Polizei und würde mir sonst mein Leben schwer machen. London wär für meine Karriere ganz gut, aber …

– Ein wirklich reizendes Mädchen, versteh mich nicht falsch, aber die hat nicht alle Tassen im Schrank, wenn du verstehst, was ich meine.

Costas grinst grimmig und kippt den größten Teil seiner Cola mit Rum runter. Sein Gesicht ist verkrampft und schweißüberströmt. Er knallt das Glas so laut auf den Tisch, dass die Kellnerin aufmerksam wird, und gestikuliert nach zwei neuen. – In Griechenland sagen wir, da fehlen ein paar Schafe in der Herde.

Ich nicke ernsthaft. Costas hat wirklich die Arschkarte gezogen. Den haben sie zum echten Herbert gemacht. Herberteritis A, würde ich sagen. Trotzdem fängt der Typ an, mir zu gefallen. – Ihr Vater hat mich nach meiner Familie gefragt. Ob ich Brüder hätte. Aber klar, sag ich zu ihm, sechs Stück, keine Schwestern. Sein Gesicht verzieht sich zu einem Grinsen wie bei einem Krokodil. Und dann später … er schüttelt den Kopf und erschaudert trotz der Hitze. Die Kellnerin kommt mit neuen Drinks.

– Was?

– Er versucht mich anzufassen, bricht es empört aus ihm heraus. – Als wäre ich ’ne Nutte.

– Und dann?

Jetzt zieht der gute Costas richtig vom Leder. – Ich stoße ihn weg. Sagt er: ›Das ist gut. Du bist ein Mann.‹ Die sind ja irre, die ganze Familie. Ich muss von denen allen weg. Heute war mein letzter Drehtag hier, aber das hab ich ihr nicht verraten. Morgen flieg ich nach London und wohn da bei meinem Onkel. Weit weg von der verrückten Nutte und ihrem homosexuellen faschistischen Vater. Weißt du was, der hat mir sogar den Ring für sie gegeben! Hat er ausgesucht. Diamant und Saphir. Wie die Augen seiner Tochter, hat er gesagt. Soll er doch selber mit ihr ficken. Wenn man die reden hört, hat man das Gefühl, das wär beiden sowieso lieber!

Ich habe aufmerksamer hingehört, als man’s bei einer derart vehement abgefeuerten Breitseite eigentlich sollte. – Das sieht ja gar nicht gut aus. Ich trommele mit den Fingern auf dem Tisch. – Ich würd abhauen, Alter, und zwar schnell. Wie sagen die Amis doch gleich: Nix wie raus aus Dodge!

Costas beugt sich zu mir vor. Er stinkt nach alten Kippen, Alk und Knoblauch. – Ich bin fest entschlossen. Das Einzige, was mir Sorgen macht, ist, was sie dann macht! Die ist verrückt, ich sage dir!

Da muss ich drüber nachdenken. – Überlass das mir, Kollege. Da muss ein Engländer ran: steife Oberlippe und ruhig bleiben, während um dich rum die Hölle los ist. John Mills, Kenneth Moore und die ganze Bande, zwinkere ich und stimme kurz die Melodie von *Dam Busters* an.

Als Seph zurückkommt, erzählt ihr Costas also, er hätte einen Anruf bekommen und müsste wieder zum Set zurück. Sie schmollt ein bisschen, aber er tröstet sie mit einem Kuss. Gefällt mir. So arbeitet ein Profi. Als er geht, steckt er mir ein Briefchen zu, das ich ihr später geben soll. Ich will doch hoffen, ich stecke ihr noch ganz was anderes! Ich lasse den Zettel in meiner Hosentasche verschwinden.

Ich bin ziemlich breit, als Seph und ich zu Worthys Laden gehen. Aber sie ist jetzt fröhlicher, der Alkohol tut deutlich seine Wirkung. – Schauspieler sind ja so engagiert. Das macht ihr Beruf, lallt sie.

– Ja, ein harter Job, mein ich und halte ihr, ganz Gentleman, die Tür zum Cumbria auf. – Die wären echt schwer zu ersetzen, wenn sie mal in Streik träten. Die Weltwirtschaft würd zusammenbrechen. Was wären wir ohne Leute wie Tom Cruise?

Sie boxt mir freundschaftlich auf den Arm, als wir die Pinte betreten, und ich entdecke sofort Pete Worth, durchtrainiert und knallbraun wie eine gottverdammte Vollschwuchtel. Er erspäht mich gleichzeitig und kommt hinter der Theke raus. – Hallo, Sportsfreund! Bisschen zugelegt, was?, meint er und piekst mich in den Bauch.

– Hat ja nicht jeder Zeit, den ganzen Tag im Sportstudio rumzuhängen. Nimmst du Steroide, oder was?, frage ich und betaste seinen ausgeprägten Bizeps. – Deine Eier müssen ja mittlerweile auf Erbsengröße geschrumpft sein!

– Wenigstens brauch ich noch keinen Spiegel, wenn ich ’nen

Blick drauf werfen will, du Fotze, lacht er, und bevor ich merke, was ich da tue, ziehe ich den Bauch leicht ein. Das kommt nur vom Rumhängen mit Cynth. Das neue Ding nach Passivrauchen: passive Kalorienaufnahme.

Worthy bekommt allerdings nichts davon mit, er hat die Augen woanders. – Und wer ist diese reizende junge Dame? Alles klar, Herzchen?

Seph mustert ihn von Kopf bis Fuß. – Mein Name ist Persephone.

– Sephs alter Herr ist eine große Nummer bei der griechischen Polizei, stimmt's, Süße?

– Auf der Insel, auf der ich aufgewachsen bin, ist mein Vater der Chef der Polizei, sagt sie.

– Für die komplette Insel, stimmt's, Kleine? Ich geb Worthy ein Zeichen, und er baut ein paar Bier und Kurze auf. Er scherzt mit Seph über den Wirkungskreis ihres alten Herrn, und ich nutze die Gelegenheit, diskret Costas Zettel in ihre weiße Schultertasche zu schieben. Die Lunte brennt, und es ist nur eine Frage der Zeit, bis das Feuerwerk losgeht. Für diese Showeinlage brauch ich noch ein paar Drinks.

Und so schenkt uns Worthy, ganz der onkelhafte Gastgeber, eine weitere Runde ein. Und noch eine. Danach ist für ein Weilchen alles leicht verschwommen, dann legt Worthy so eine Musik auf, zu der Griechen gern mit Tellern schmeißen, und Seph und ich lassen es richtig krachen. Ein fettes Arschloch mit Londoner Akzent sagt irgendwas, das mich aus irgendeinem Grund sauer macht. Etwas später hör ich Gläser auf dem Steinfußboden klirren, jemand schubst mich, und ich höre laut erhobene Stimmen. Ich hab allerdings ein Gefühl, als würd ich sechs Sturmhauben übereinander tragen, denn als Nächstes krieg ich nur noch mit, wie ich eine Treppe runterfalle, und dann nichts mehr.

Als ich aufwache, liege ich, noch voll angezogen, auf einem Bett. Neben mir liegt jemand, den ich laut schnarchen höre. Es ist Seph, die ihr Kleid noch anhat. Es ist ein Stückchen hochgerutscht, und ich kann sehen, dass sie noch ihr weißes Baumwollhöschen trägt. Glatte, bronzefarbene Oberschenkel rauf bis ins Paradies. Bloß, wenn ich mich recht erinnere, müsste dieses Höschen viel zu knapp geschnitten sein, um ihren großen, schwarzen Busch zu bedecken, aber von dem ist nichts zu sehen. Da wird die mir doch glatt brasilianisch!

Offenkundig wurde hier letzte Nacht kein Rohr verlegt. Ich drehe mich weg, ich quäle mich ja nur selbst; außerdem fühlt sich mein Dreckschädel an, als würde er gleich in tausend kleine Stücke springen. Ich kenne diese Bude: Es ist Worthys Bleibe. Kleines Wohnzimmer und Schlafzimmer, Küche, Balkon. Von ihm ist nichts zu sehen, höchstwahrscheinlich ist er woanders einen wegstecken.

Ich seh auf die Uhr. Verfickt, es ist schon Morgen, und ich hab Em die ganze Nacht bei Cynth gelassen!

Ich krame das Handy aus der Tasche und mach es an. Sieben verpasste Anrufe und endlos viele SMS. Sind allesamt von Cynth und klingen zunehmend aufgelöster. Aber es ist die letzte, die mir so richtig Schiss macht: Em ist weg!

Ich glotze auf das Foto von ihr auf meinem Handy-Display; ein jüngeres Mädchen mit breitem Lächeln, aber unverkennbar sie, starrt mich an, und es schnürt mir fast den Atem ab. Ich will gerade Cynth anrufen, da kommt sie mir zuvor. – Mickey ... alles okay? Wo hast du gesteckt?

– Mir geht's gut, was ist mit Em?

– Sie ist gestern nicht nach Haus gekommen. Sie hat so 'nen Jungen kennengelernt, einen netten Kerl, Jürgen, ein Deutscher. Sie wollten in die Disco. Und dann ist sie nachts nicht nach Hause gekommen. Ich hab's auf ihrem Handy versucht, aber sie kriegt mit ihrem Anbieter hier kein Netz ... Was ist mit dir passiert?

– Ich bin hier festgehalten worden, hab zufällig ein paar alte Kumpels getroffen, sage ich und schau Seph an, die immer noch weggetreten ist und schnarcht wie eine Weltmeisterin. Ich schiebe die Glastür auf und geh auf den Balkon, um einen besseren Empfang zu kriegen. Das Meer sieht recht glatt und ruhig aus. Das darauf glitzernde Sonnenlicht entspannt mich ein wenig. – Mein Freund Worthy hat mir ein paar Kurze hingestellt, dabei weiß die Fotze, dass ich die nicht vertrage; hat mich glatt umgehauen.

– Teresa hat vor einer Weile angerufen und wollte Em sprechen ...

Die nächste Schrecksekunde, und diesmal krieg ich richtig weiche Knie. Ich setzte mich auf einen Plastikstuhl. – Du hast ihr doch wohl nicht erzählt, dass sie verschwunden ist, oder?

– Natürlich nicht. Ich habe gesagt, sie wär mit dir spazieren und irgendwo frühstücken, und sie würd sie später zurückrufen.

Wenn diese gemeine alte Schabracke daheim in England Wind davon kriegt … – Braves Mädchen. Ich komm mit der nächsten Fähre zurück. Halt mich auf dem Laufenden.

– Sie ist bestimmt nur auf einer Party gelandet, hat zu viel getrunken und pennt sich jetzt irgendwo aus. Du weißt doch, wie Teenager sind. Sie ist ein vernünftiges Mädchen.

Ich sehe einen protzigen Benz die Küstenstraße langkurven und muss an diese verdammten Gangstertypen denken. – Sie ist doch noch ein verdammtes Kind, Cynth … ich muss schwer schlucken. – … Na, jedenfalls, halt mich auf dem Laufenden, ich bin bald zurück.

Die Panik will wieder in mir hochkommen, aber ich kämpfe dagegen an und unterdrücke sie. Hat sich Churchill etwa von der Luftwaffe kirre machen lassen. Ich wuchte mich aus dem Stuhl und gehe wieder rein. Mein Herz macht erneut einen Satz, als ich auf dem Tisch eine Nachricht entdecke. Ich entspanne mich ein wenig, als ich erkenne, dass es Worthys Handschrift ist:

Mickey,

du Fotze! Haste gedacht, du könntest mich bei den Kurzen schrubben, du Fliegengewicht. Dachte mir, ich lass dich am besten ausschlafen. Übrigens hast du mir gestern ganz schön Kummer gemacht, als du meinen Barkeeper ausgeknockt hast. Ich hab das geregelt, aber ich hab 'ne Entschuldigung bei dir gut, und er natürlich auch.

Pete

Heilige verfickte Hurenscheiße! Was für ein Arschgesicht. Der Barkeeper kann ja nur einen an der Waffel haben. Ich regle das schon mit Worthy, sie haben es ja hoffentlich der hochprozentigen Alkohollaune zugeschrieben. Ich mach mir jetzt eher Sorgen wegen der Zeit, weil ich nicht mehr genau weiß, wann die nächste Fähre geht. Wird aber noch eine Weile dauern. Mir steigt leichter Mief aus meiner Achselhöhle in die Nase, daher schäl ich mich aus den Klamotten und geh unter die Dusche. Das warme Wasser entspannt mich, da hör ich plötzlich ein markerschütterndes Geheul, gefolgt von Schreien und Scheppern, als irgendwas zu Bruch geht. Ich renne tropfnass aus der Dusche, ein Handtuch um mich geschlungen, und da liegt Seph auf dem Boden, in der Hand einen zerknüllten Zettel, und heult sich die Augen aus dem Kopf. Auf dem Boden die Überreste eines zertrümmerten Glasaschenbechers. – Er ist weg ... Costas ...

Natürlich. Die Nachricht von ihm, die ich in meinem letzten halbwegs nüchternen Moment in ihre Handtasche geschoben habe. Jetzt weiß ich wieder. Ich muss dafür sorgen, dass sie die Bude hier nicht demoliert, sonst hätte Worthy noch mehr, was er mir ankreiden kann. – Was ist los? Bleib locker, Mädchen ...

Sie starrt mich eindringlich an und schreit dann: – Er ist ein Schwein, dann breitet sie die Arme aus. – Bitte halt mich, Michael!

Ich bin mit ihr auf dem Boden, und sie liegt in meinen Armen. Ich streichele ihr übers Haar und tröste sie. – Ich bin so froh, dass du da bist, flennt sie. Ich mach mir verdammte Sorgen wegen Em. Aber dann fällt mir wieder ein, dass die Fähre erst in zwei Stunden geht, ihr Kleid ist hochgerutscht, und mein alter Freund drängt ins Rampenlicht, er schiebt das Handtuch weg wie einen verdammten Vorhang ...

5. MARCE

Scheiße, es war ein Fehler, sie zu nageln; jetzt werd ich sie nie wieder los. Kann natürlich jeder, den Herrscher im Königreich der späten Erleuchtung spielen, genauso wie wir alle Fotze im Königreich Morgenlatte spielen können, darum geht's hier nicht. Die entscheidende Frage ist: Was mach ich mit einer durchgeknallten Griechenschnepfe, deren Haar übers Deck der Fähre flattert und von deren verheulten Augen pechschwarze Wimperntusche über ihr ganzes Gesicht läuft? – Seph, meine Tochter ist hier in Fuerte ... und meine Freundin, na ja, sozusagen ... führe ich näher aus. Würde mal sagen, so ist Cynth schon geraume Zeit nicht mehr tituliert worden, – ... da kann ich mit dir nichts anfangen!

– Bitte, Michael, bitte, ich brauche dich ... schmollt sie wie ein kleines Kind. – Ich suche mir ein Hotel und geh denen aus dem Weg, wenn du mich nur besuchen kommst. Ich kann nicht nach Haus fahren, ich kann meinem Vater nicht unter die Augen treten, nicht nach all den Sachen, die Costas in seinem Brief über ihn behauptet hat ... diese ganzen Lügen! Sie fängt wieder mit ihrer dämlichen Heulerei an, ein Geräusch, das man unter allen Umständen unterbinden möchte. Ein neugieriges altes Pärchen auf dem Deck starrt uns an. Ich gucke böse, und sie suchen sich was anderes zu glotzen.

Das Einzige, was ich tun kann, ist, den ehrlichen Makler zu spielen. – Tu nichts Unüberlegtes, Herzchen. Nimm es als Gelegenheit, Bilanz zu ziehen. Versuch alle Emotionen auszublenden, bevor du Entscheidungen triffst, sag ich, und versuche meine eigene zunehmende Sorge um Em kleinzureden. – Du musst dir immer sagen, dass alles aus einem Grund geschieht. Dass da irgendeine göttliche, kosmische Vorsehung waltet. Genau das ist das Wort dafür: Vorsehung.

– Aber was er mir da in seinem Brief geschrieben hat, dass er sich in meinen Vater verliebt hat und nur aus dem Grund in meiner Nähe sein wollte! Dass er Angst hatte, mein Vater würde ihn nur für Sex nebenbei wollen!

– Tja, es gibt Dinge zwischen Himmel und Erde …

– Aber mein Vater ist der Chef der Polizei, jammert sie, – für die ganze Insel! Er ist ein richtiger Mann! Wie kann er homosexuell sein?

Diese Idee war wirklich kein schlechter Schachzug. Stammt von mir, die Idee. Costas hat zugehört und gelernt, nicht dumm der Junge. – Man hat schon Pferde kotzen sehen, Herzchen, erkläre ich ihr, während unser Boot durch die Wellen pflügt.

– Das kann nicht sein … das kann einfach nicht sein …

– Vielleicht ist ja auch alles nur ein Missverständnis, meine ich achselzuckend und bin froh, dass die Küste von Fuerte und der Hafen von Corralejo in Sicht kommen.

Cynth steht an der Anlegestelle und schaut mich und Seph verwirrt an. Sie macht ein säuerliches, enttäuschtes Gesicht, als wär sie gegen ein jüngeres Mädchen, mit dem sie nicht konkurrieren kann, ausgetauscht worden, was ja irgendwie auch stimmt. Ich erlöse sie aus ihrem Elend, indem ich beide einander vorstelle wie auf einer Cocktailparty: – Cynth, Seph; Seph, Cynth. Cynth, Seph ist eine alte Freundin von mir, die gerade, wie soll ich es umschreiben, eine herbe Enttäuschung in der Liebe erfahren musste. Ihr Freund, der in dem Film mitspielt, den sie gerade hier drehen, hat sie sitzen gelassen. Hat ihr nur einen Abschiedsbrief hinterlassen.

– Oh … okay, sagt Cynth, erleichtert jetzt und eher mitfühlend.

Seph verzieht das Gesicht und bricht schon wieder in Tränen aus, worauf Cynth sie freudig, weil sie nun glaubt, keine Konkurrentin vor sich zu sehen, an ihren üppigen Busen drückt und tröstet. Während Seph sich dem bereitwillig überlässt, stößt Cynth hervor: – Immer noch nichts Neues von Em. Dieser deutsche Junge, den sie kennengelernt hat, wirkte doch so nett, bringt sie vor und ihre Stimme wird panisch schrill. – Ich wär doch nie drauf gekommen, dass die über Nacht wegbleiben, Mickey. Sie hatte versprochen, vor Mitternacht zurück zu sein!

– Ja … sage ich und kann nur mit Mühe die Fassung bewahren, vor allem, weil ich wieder an diese Gangstertypen denken muss.

Die Elite dieser Irren ist nicht mehr so wie früher, als man sich noch an bestimmte Regeln hielt. Heutzutage knöpfen sie sich die Familien der Leute vor, von denen sie was wollen. Dreckiger perverser Abschaum. – Pass auf, Cynth, du bringst Seph nach Haus und wartest da für den Fall, dass Em auftaucht. Ich fahr los, sie suchen.

Damit lasse ich sie stehen und mach mich mit dem Wagen auf die Suche nach Em.

Ich fahre rüber zur Krautseite der Insel, wo die Vegetation üppiger ist und die Dörfer pittoresker werden. Ich schau in ein paar Bars rein, erkundige mich und zeige das Foto von Em, das Cynth schlauerweise mitgebracht hat, ein neueres als mein Handybild, aber niemand beißt an.

Und dann, als ich zurück nach Corralejo fahre, sehe ich sie vor einem Block beschissener Touristenwohnungen: die beiden Typen. Die, die neulich im Bull waren.

Ich fahr auf den Parkplatz vor der Wohnanlage und beobachte sie. Die große Fotze verschwindet im Gebäude, doch das kleine Wiesel macht kehrt und kommt raus. Er steigt in einen Wagen. Ich folge ihm, und er parkt hinter dem Supermarkt. Niemand da. Er steigt aus dem Wagen. Ich auch. Meine Nerven liegen blank vom Kater, der ganze Alk von letzte Nacht will wieder raus. Schweiß rinnt an mir herab. Meine Glieder sind bleischwer. Ich sollte irgendwas tun, aber ich bin dummerweise nicht gerade ein As, was die physische Seite der Dinge angeht. Ich bin gerne mit den Fußballmobs mitgelaufen, aber ich war nie einer in der ersten Reihe. Ich war mutig genug für dreißig Sekunden wild draufdreschen mit anderen Schlägern, nur waren so kaltblütige Sachen nie mein Ding. Irgendwas muss ich allerdings tun. Aber ich fühl mich wie Scheiße. Wie ein echtes Stück Scheiße. Ein ekliges, altes, braunes Stück Scheiße, das in irgendeinem Klo schwimmt und sich nicht runterspülen lassen will.

Der Typ ist vielleicht …

Nein. Irgendwas muss ich tun.

Er sieht mich näher kommen.

– Alles klar?, rufe ich und pumpe mich auf, sich scharf machen, hieß es glaub ich immer, während vor meinem inneren Auge die Creme der Hoolszene aufmarschiert und mich anstachelt.

– Der Herr Wirt, sagt er mit einem fiesen Grinsen, als wäre er irgendein Bond-Schurke, der nur auf mich wartet. Ich bin sofort auf ihn drauf und ramm ihm die Stirn ins Gesicht, und er legt sich lang wie Cynth an einem unartigen Wochenende. *Damit* hat die Fotze offensichtlich nicht gerechnet. Ich knie auf ihn drauf, hämmere seinen Schädel auf den Asphalt und brülle: – EURE GANGSTERSCHEISSE IST MIR SCHEISSEGAL, ICH REISS DIR DIE SCHEISSRÜBE AB UND SCHEISS DIR IN DEN HALS, WENN DU MEINEM KLEINEN MÄDCHEN AUCH NUR EIN HAAR GEKRÜMMT HAST, DU FOOOTZEEEE!

Ich kann nichts außer einem Klingeln in meinen Ohren hören, während ich ihm seinen Wieselschädel ein-, zwei-, drei-, viermal auf den Boden knall, aber dann begreife ich, dass mein Handy in meiner Jackentasche *The Dam Busters* spielt. Der Typ liegt jammernd und stöhnend unter mir, wiederum genau wie Cynth nach einer guten Bohnerei. Und wie sie wird er sich auch nicht so bald rühren können. Ich rupfe das Handy aus der Tasche und geh ran. Es ist bloß Cynth. – Michael, Emily ist hier. Alles in Ordnung. Jürgen hat sie zurückgebracht. Wir trinken gerade alle Tee auf der Veranda. Sie haben, wie ich es mir gedacht hab, ein bisschen zu viel getrunken und gedacht, es wäre besser, nicht zu fahren und sich mit Kaffeetrinken auszunüchtern.

– Reizend. Ich bin gleich da, sage ich und mach das Handy aus. Mir sinkt das Herz in die Hose, als ich auf den Kerl runterschaue.

– Bitte nicht ... bettelt er, und nun klingt seine Stimme ganz kultiviert: – Ich bin nicht das, wofür Sie mich halten ... stöhnt er.

– Ich ... ich ... Ich versuche zu sprechen, kann es aber nicht, deswegen lass ich einfach von ihm ab und stehe auf. – Pass auf, Alter, entschuldige ich mich, – vielleicht hab ich da was missverstanden. Ich strecke dem Knaben meine Hand hin, aber er winkt mich weg und fängt an, sich schwer atmend und den Dez reibend aus eigener Kraft aufzusetzen. – Ich dachte, ihr hättet meine Tochter gekidnappt, um mich einzuschüchtern, weil ihr glaubt, ich hätte was mitgehört, was ich nicht hätte hören dürfen, hab ich aber gar nicht, versuche ich zu erklären. – Ich meine ... so ein Typ wie du ...

– Ich bin Schauspieler, ächzt er mit dieser kultivierten Stimme.

Plötzlich muss ich an Costas und seinen bekloppten Film denken. – Scheiße, stoß ich hervor und helf ihm auf die Beine. – Ihr Kumpel auch?

– Wir drehen einen Film … Method Acting haben wir da gemacht … unseren Text gelernt.

– Heilige Scheiße … tut mir echt leid, Alter. Da hätte ich auch drauf kommen können. Das von dem verfickten Film, den ihr da dreht, weiß ich sogar, erkläre ich ihm, führe ihn zu seinem Wagen und lass ihn auf dem Beifahrersitz Platz nehmen. – Ich weiß, das wird jetzt kein besonders großer Trost sein, aber ihr Jungs macht euren Job verdammt gut, verrate ich ihm. – Habt mich ja schön verschaukelt!, lache ich, aber er scheint das Komische an der Situation immer noch nicht zu sehen.

Wie ich später, als ich wieder im Pub bin, erfahre, hat die Polizei rausgefunden, dass dieser Geschäftsmann von seiner Frau erschossen wurde. Anscheinend hat er das Au-pair geknallt, und sie hat ihn dabei erwischt und das nicht nett gefunden. Dabei denk ich mir doch: Gut, dass wir in England so ein strenges Waffenrecht haben! Trees hat mich mal unter ähnlichen Umständen erwischt und ist mit dem Küchenmesser auf mich los. Musste mich schleunigst vom Acker machen. In einem anderen Land, sagen wir den USA, wär der gute Mickey jetzt mausetot. Nur wegen einem blöden Fick, und nicht mal einem besonders guten, wenn ich mich recht erinnere.

Leute wie Trees würden natürlich sagen, das wär nur ausgleichende Gerechtigkeit.

Später hab ich die beiden Schauspielertypen, Will und Tom, einen Abend auf meine Kosten im Pub bewirtet, nur um zu zeigen, dass da nichts nachgetragen wird. Sie entpuppten sich als ganz anständige Kerle: ein bisschen La-di-da, aber okay. Und eine Rolle in dem Film, *Old Iron,* haben sie mir auch besorgt; ich war der Komplize des Killers! War sogar eine Sprechrolle, obwohl meine Figur Silent Billy hieß. Ich musste sagen: »Gefällt mir nicht. Gefällt mir absolut nicht«, unmittelbar, bevor ein paar von uns von einem Kugelhagel umgemäht werden. Ein schauspielerisches Debüt. Ich dachte: Da werden die Neidhammel zu Haus aber Augen machen.

Es war eine richtige Freude, mitanzusehen, wie Cynth die Glucke für Em und Seph spielte. Alles schien eine Zeit lang bestens zu laufen, es kam mir bloß vor, als würden sie jedes Mal, wenn ich mich umschaute, schlagartig verstummen – und ich bin normalerweise keiner von der paranoiden Sorte. Aber wie sagte schon dieser eine alte Sack: »Wenn die Adler schweigen, plappern die Papageien.« – Kommt schon, Leute, verlangte ich, – raus damit. Was ist los?

Es stand ihnen ins Gesicht geschrieben. Aber als sie damit rausrückten, war's ein ganz schöner Tritt in die Eier. – Emilys Mutter braucht sie, sagt Cynth. – Sie will nach Haus.

Ich gucke die Kleine an. Ich dachte, sie würde mir Ärger machen, weil ich diesem Jürgen eine Standpauke gehalten habe, obwohl ich gar nicht glaube, dass da was gelaufen ist. Für einen Kraut war er ein ganz netter Junge, einer von der anständigen Sorte. Das Problem war, ich hatte mich schon so an sie gewöhnt. – Em?

Sie zuckt die Schultern und meint: – Ich will eigentlich gar nicht, Dad. Aber Mum ist wirklich fertig, weil dieser Ritchie, mit dem sie was hatte, sie sitzen gelassen hat. Ich fliege zurück, und Jürgen kommt mich dann nächsten Monat besuchen. Cynth begleitet mich.

Ich bin sofort besserer Laune, als ich mir Cynth ansehe, und versuche ein durchtriebenes Lächeln zu unterdrücken. – Sehr nett von dir, Herzchen. Ich würd ja selbst mitkommen, aber der Laden hier ... sage ich und seh mich im Herefordshire Bull um, denke aber die ganze Zeit nur daran, wie Seph von jetzt auf gleich durchgenagelt werden wird!

– Ja, ich dachte, ich flieg mal rüber und besuche meine Eltern, fängt Cynth an, – und außerdem will ich Persephone helfen, Costas zu finden.

– Wie bitte ...?

Seph zeigt mir ein giftiges Lächeln, das sie gleich dreißig Jahre älter macht. – Er glaubt, er kann mir das antun, ohne dafür zu bezahlen. Ich will ihm in die Augen sehen und ihm sagen, dass er ein feiger, verlogener Hund ist!

– Manchmal ist es besser, die Dinge einfach auf sich beruhen zu lassen, Herzchen, bettle ich fast, schaue dabei Em an, entdecke die Hardwick in ihr und finde es grässlich. Mein eigen Fleisch und Blut: guckt, als wär ihr Berufswunsch Giftspritze. Wirklich, sie sehen alle drei aus, als kämen sie vom Hexencasting für Macbeth.

Vor allem Seph, muss man leider sagen, die sieht verdammt angepisst aus.

– Nein, ich werd es auf sich beruhen lassen, wenn ich dem Feigling und Lügner in die Augen gesehen hab!

Cynth nickt bedächtig. Die hat ja vielleicht Nerven, sich hier wie Schneewittchen aufzuführen! Ein gewisser Golfer, nicht gerade Millionen Meilen von hier weg, wär gar nicht angetan, wenn er wüsste, was sie so treibt, wenn er am Putten ist.

Da haben sich zwei gefunden, aber das durchkreuzt sauber meine Fickpläne. – Seph, du willst doch nicht …

– Er hat meinen Vater beleidigt, der der Chef der Polizei ist. Er wird dafür bezahlen, und damit bricht sie erneut in Tränen aus, nur um sogleich wieder an Cynths fette Euter gedrückt zu werden.

Ich belasse es dabei, denn wenn alles getan und gesagt ist, bringt's auch nichts mehr, über verschüttete Milch zu jammern. Wenn sich eine Tür schließt, geht eine andere auf, das war schon immer meine feste Überzeugung, was Fickangelegenheiten anbelangt. Und tatsächlich, ein paar Tage später sitzen sie im Flieger nach Gatwick, und ich schaue mir Marce an. Bert saß in der Ecke der Bar und gab sich die Kante, während Rodj in der Lounge Gläser polierte. Offensichtlich waren die Ultimaten ausgesprochen worden. Man hätte die Atmosphäre mit einem Messer schneiden können. Ich nickte Marce zu und senkte meine Stimme. – Warum so ein langes Gesicht, Herzchen?

– Bert und Rodger … beide sagen, sie wollen mit mir zusammen sein. Aber ich weiß einfach nicht, Michael, ich weiß einfach nicht, das ist alles zu viel für mich, erklärte sie mir.

Ich zwinkerte ihr zu, denn ich wusste genau, was da im Busch war. – Ich will die Sache ja nicht noch komplizierter machen, Herzchen, aber bei der letzten Wahl da zu Hause hat doch der eine von den Liberalen gesagt: ›Wir sind nun in der Ära der Drei-Parteien-Politik.‹ Tja, ich glaub, in genau derselben Position bist du auch!

Tja, sie hat mich auch gleich richtig verstanden. – Welche Position hast du denn am liebsten?, hat sie mit hochgezogener Braue gefragt.

Und ich muss sagen, sie hat tatsächlich alle Erwartungen erfüllt. Arme Marce: Alles, was sie wollte, war gutes Bumsen und ein bisschen Spaß und nicht, dass Bert und Rodj die Nummer mit dem Duell im Morgengrauen abzogen.

Der Sommer wurde also alles in allem doch nicht so schlecht: Die einzige große Enttäuschung war der Film, *Old Iron*. Der wanderte direkt in die Videothekenauswertung, nachdem ich am Telefon den Jungs zu Haus schon wer weiß was erzählt hatte, von wegen Hollywood ruft und so.

Aber man kann nun mal nicht alles haben, und während ich ein schäumendes Pint von John Courages Bestem für dieses Touristenpärchen zapfe, kniet Marce hinter der Theke, und ihr herrlicher, verdorbener Mund ist mit meinem besten Freund beschäftigt, das Leben könnte also wirklich schlimmer sein. Und man muss zugeben, dass vieles für Beharrlichkeit spricht. Wie sagte noch der alte Sack damals an seiner Feine-Pinkel-Schule: »Dies ist die Lehre: Gib niemals auf, gib niemals auf, niemals, niemals, niemals, niemals – bei nichts, großartig oder klein, groß oder belanglos –, gib niemals nach, es sei denn, dein Entschluss beruht auf ehrenvollen Überzeugungen und Verstand. Ergib dich niemals der Gewalt, ergib dich niemals der überwältigenden Macht des Feindes.«

Der alte Miesepeter Rod, der putzt die Gläser in der Bar nebenan, der dumme kleine Bert, der irgendwo unterwegs ist, sich besaufen, sie hätten auf diesen Rat hören sollen. Da fällt mir allerdings ein, Cynth kommt ja nächste Woche schon zurück, glaub ich zumindest. Keine Rast den Gottlosen. Aber es gibt keine Hürde, die mit ein bisschen Ruhe und Gelassenheit nicht zu nehmen wäre.

Die Pudel aus dem Lincoln Park

Die Stadt kocht, als die Temperatur über 40 Grad klettert. Die Lebensgeister gedrückt von der erstickenden Inversionswetterlage, zieht es manche Städter an den See. Viele, die in Wohnungen ohne Klimaanlage leben, ergießen sich in die kühlen Notunterkünfte, die von der Stadtverwaltung eingerichtet wurden. Im Fernsehen fährt sich der Bürgermeister effektvoll mit einem Taschentuch über den roten, verschwitzten Nacken und mahnt die Bürger eindringlich, diese Einrichtungen auch zu nutzen.

Dennoch legt Kendra Cross den Weg von ihrer Immobilienagentur zu dem neuen, kleinen Asia-Fusion-Restaurant auf der Höhe Clark and Fullerton in beschwingtem Schritt zurück. Sie hatte sich angewöhnt, jeden Freitag im Mystic East, das praktischerweise nur einen Block von ihrem Arbeitsplatz entfernt liegt, mit ihren Freundinnen Stephanie Harbison und Stacie Barnes zu lunchen. Kendra wurde es selten müde, darauf hinzuweisen, dass *sie* diese kulinarische Perle entdeckt hatte. Mit Befriedigung dachte sie nun an das bevorstehende Wochenende; den ganzen Morgen über war ihr der Lunchtermin vordringlich im Kopf herumgeschwirrt. Gut, Trent gestern Abend war ein Reinfall gewesen, aber es bestand die Aussicht, dass dieser attraktive reiche Kerl von Capital Investments anrufen würde. Kendra meinte, letzte Woche bei der Begehung eines Objekts auf der Printer's Row, in dem Eigentumswohnungen entstehen sollten, sei ein beiderseitiges Interesse unverkennbar gewesen.

Und außerdem: Kendra ist auf Xanax wie auf einem fliegenden Teppich durch ihre vormittäglichen Aufgaben gesegelt, der sie auch jetzt den Bürgersteig entlangträgt. Ihr Gesicht ist gestrafft, ein fester, hoher, blonder Pferdeschwanz, der ihr die Haut aus der Stirn nach hinten zieht, wippt hinter ihr her, ein Schwanz ebenso lebhaft wie der an einem der enthusiastischeren Hunde, die auf der Clark unterwegs sind. Während sie an den topfitten, zweibeinigen Kleiderständern vorbeischwebt, betrachtet Kendra mit mitfühlend geschürzten Lippen deren vierbeinige Begleiter, von denen mancher seine schwere Zunge über den Asphalt hecheln lässt. Sie muss daran denken, wie sich ihr schwarz-weißer Zwergspaniel Toto mit den anderen kleinen Hunden in der Obhut ihrer Hundesitterin vergnügt, so wie sie selbst es gleich im Kreis ihrer Freundinnen machen wird.

Kendra ging davon aus, dass sie alle drei typisch für die Gattung junger, hart arbeitender (Stacie ausgenommen!), gut verdienender Städterin sind. Bis auf die Anforderungen der Geschäftswelt hatten sie keine angemessenen Gründe für ihren Ennui vorzuweisen, und ihr allgemeines Desinteresse und ihre Entfremdung mit dem übermäßigen Konsum illegaler Drogen und Alkohol aufzufangen versucht. Doch dann hatten sie die Freuden der Abstinenz zu schätzen gelernt. Seit Neuestem erschienen sie forsch, überlegen und konzentriert zu ihren Lunchdates, um die Hand prophylaktisch über ihre Weingläser zu halten und dem Kellner selbstgefällig zuzulächeln. – Bin jetzt trocken, flüsterten sie selig ihren Tischgenossinnen zu, während sie mit dem angebotenen Mineralwasser diskret eine Xanax herunterspülten.

Kendra hatte ihr Büro in der Immobilienagentur Punkt 12.30 verlassen und öffnete um 12.38 die Tür des Restaurants, um sich von einem Röntgenjet klimatisierter Luft beleben zu lassen. Die japanisch aussehende Kellnerin in einem dunklem Kimono führt sie an ihren Tisch, und Kendra schaut durch den Raum zu *dem Koch*, sein rundes Gesicht mit den pockennarbigen Wangen, der Blick streng unter dunklen Brauen, während er von seinem erhöhten Aussichtsposten hinter der Sushitheke auf seine typisch gütig-autoritative Art alles im Auge behält.

Nur ein paar Minuten später gesellt sich Stephanie zu ihr, bei der Kendra ein grünes Businesskostüm von ähnlichem Schnitt wie ihr eigenes registriert, dazu eine riesige Dior-Sonnenbrille, die sie in ihr glänzendes, blondes Haar geschoben hat, das sie in einem dramatischen, spitz zulaufenden Bob trägt. – Stacie nicht da?, brummt Stephanie, ihr Blick, wie Kendra spürt, abschätzend.

– Sie hat angerufen und gesagt, sie kommt etwas später.

– Bestellen wir trotzdem schon, prustet Stephanie ungeduldig, – einige von uns haben schließlich noch was vor.

– Definitiv, schnaubt Kendra zurück und fügt hinzu: – Stacie ist ein hoffnungsloser Fall, während sie aus taktischen Gründen ihre Serviette fallen lässt, damit sie beim Aufheben Stephanies Schuhe überprüfen kann. Zu ihrer Erleichterung fallen ihr gleich mehrere zufriedenstellende Mängel daran auf. Bestärkt beugt sie sich vor und senkt die Stimme. – Ihre dumme vorlaute Klappe hat mir gestern Abend alles mit Trent verdorben.

Stephanie beugt sich ebenfalls vor, ihre Augen weiten sich. Nervöse Neugier und Sorge spiegeln sich darin. Sie betet, dass Stacie nicht auftaucht und diese Story unterbricht. – Wie das?, fragt sie mit gut gespielter Anteilnahme.

– Wir waren in der LP Tavern. Mit Trent, Stuart Noble und Alison Logan. Alison sieht so ein Mädchen und brüllt: ›Ist die nicht aus Highland Park?‹ Ich sagte, mir käm sie auch irgendwie bekannt vor. Dann schaltet sich Quasseltasche Stacie ein und sagt, sie hätte Psychologie an der DePaul gehabt, wäre aber ein paar Semester *unter uns* gewesen. Man konnte direkt sehen, wie Trent sofort anfing nachzurechnen. Den Rest des Abends starrte er dann auf meine Krähenfüße, erklärt Kendra verzweifelt, in der deutlichen Erwartung, beschwichtigt zu werden, was Stephanie geflissentlich unterlässt. *Danke, wie nett, du elende Zicke.* – Er hat nicht zurückgerufen, stöhnt sie unheilvoll. – Ich würde ja noch mal anrufen, aber das würde den Eindruck machen, als hätte ich's nötig.

Genau in diesem Moment betritt Stacie, in einem kurzen, pinken Faltenrock mit passendem Oberteil, ihr blondes Haar zu Zöpfen gebunden, das Restaurant und kommt winkend näher. Sie stiert Kendra und Stephanie misstrauisch an. – *Redet* ihr beiden etwa gerade über mich?

– Oh, das hättest du wohl gerne, Stephanies hänselnder Tonfall bewegt sich irgendwo zwischen einem Schnauben und einem Schnurren. – Aber du *hast* es nötig, erklärt sie dann der mürrisch guckenden Kendra. – Du hast *ihn* nötig. Oder jemanden wie ihn.

Kendra ignoriert Stacies neugierig aufgerissene Augen, denn in ihr schlägt ein Gedanke Funken wie das Rad einer Hochbahn an einer Weiche. *Ist Stephanie etwa wieder zu haben? Verfolgt sie eigene Ziele?* – Gehst du eigentlich noch mit Todd?, fragt sie unvermittelt.

Stephanie stellt ihre dünnen Augenbrauen zu einem Zeltdach auf. – Irgendwie schon, aber er ist so verdammt ahnungslos und unsensibel im Hinblick auf *meine* Bedürfnisse, behauptet sie. – Mein Gott, draußen sind es vierzig Grad, und wir haben nicht mal eine Klimaanlage, ereifert sie sich, um gleich klärend hinzuzusetzen: – … weil ich lieber eine preiswerte Wohnung nehme, da es mir bei meiner Arbeit nicht in erster Linie ums Geld geht.

Hier versucht Kendra sich an einer verständnisinnigen Geste, doch ihr Nicken gerät eher mitleidig, und sie kann nicht verhindern, dass sich Hohn und Triumph in ihrem fein geschnittenen Gesicht abzeichnen, was ihm seine charakteristische Beherrschtheit nimmt.

– … eine Vorstellung, die offenbar über seinen begrenzten Horizont geht, giftet Stephanie, um Kendra ihre verächtliche Miene heimzuzahlen. – Also sitze ich mit diesen beschissenen Ventilatoren da.

– Die Dinger taugen absolut gar nichts, zischt Kendra.

– Ja … sagt Stephanie, etwas zugeknöpfter diesmal, und versucht sich auszurechnen, ob der Märtyrerinnenbonus das Geizmanko aufwiegt. Als sie Stacie betrachtet, die ganz Augen, Zähne und Haar ist – ein Vakuum, das darauf wartet, gefüllt zu werden –, muss sie erkennen, dass sie sich gründlich verrechnet hat. – Aber der eigentliche Punkt ist, verkündet sie pompös, – dass die Wohnung so eklig ist. Ich liege also nach einem *besonders* strapaziösen Tag total kaputt im Bett vor dem Ventilator. Ich hatte den ganzen Morgen über mit Sybil geredet, diesem grässlichen, manipulativen Sittich, von dem ich euch erzählt habe, und Benji, diesem aggressiven Kater, der praktisch überall hinmacht, *außer* dahin, wo er soll. Und dann kommt Todd an, lächelnd wie ein Honigkuchenpferd, und will es *treiben*!

– Bei *dieser* Hitze? Und in deiner *Wohnung*? I-*gitt*, sagt Kendra spöttisch und weidet sich an Stacies zustimmendem Nicken.

Stephanie windet sich nach ihrem unleugbaren Eigentor mit der Air Condition, nippt an ihrem Eiswasser, das wie Essig schmeckt, Kendra grinst dazu. *Der Mistkerl wird sie sitzen lassen*, haben beide den gleichen, einen Gedanken, doch in einander polar entgegengesetzten emotionalen Bahnen.

Stephanie geht schnell darüber hinweg: – Ich hab ihm die Meinung gesagt und erklärt, dass ich ihn nicht bei mir im Bett haben will, bis es wieder kühler ist. Natürlich hat schon diese simple Formulierung *meiner persönlichen* Bedürfnisse genügt, um das Kind in ihm zu wecken, ihr nylonartiges Haar fliegt bei jeder Kopfbewegung herum und fällt dann wieder an seinen Platz: – Dieses dumme Schmollen. Absolut schwachsinnig.

– Aber meinst du nicht, dass in allen Männern ein kleiner Junge steckt?, fragt Kendra, der plötzlich sehr viel daran liegt, wieder eine gemeinsame Basis zu finden.

– Natürlich, stimmt Stephanie zu, die Kendras Geste anerkennt. – Das ist *nächt* das Problem. Das Problem ist: Wie tief drin steckt er? Bei ihm nicht tief genug. Ich hab ihm gesagt: Couch oder Taxi, Freundchen. Du kannst es dir aussuchen.

Stacies große braungrüne Augen unter ihren äußerst unrealistischen Wimpern wandern erst zu der einen Freundin, dann zu der anderen; ihr Kopf bewegt sich, als sähe sie einem Tennisspiel zu.

– Ich bewundere dich, schnurrt Kendra. – Es wäre großartig, *gewisse andere Parteien* auch so im Griff zu haben.

– Er ist allerdings *sooo* viel mehr Alpha als Todd, schwärmt Stephanie plötzlich.

Stacie greift zur Speisekarte. Sashimi, überlegt sie. Wie gemacht für dieses Wetter. – Über wen redet ihr da?, fragt sie.

Kendra schüttelt den Kopf, ohne auf Stacie zu achten. – Das ist nur die äußere Fassade. Für mich schmeckt das schwer nach Überkompensation. Wahrscheinlich ist er schwul.

– Kennie! Hör auf!, quiekt Stephanie fröhlich tadelnd. – Nur weil er ins Fitnessstudio geht?

– Von *wem* ist die Rede?, fragt Stacie erneut.

Kendra ignoriert sie neuerlich und sagt: – Nein, natürlich nicht. Er kleidet sich nur ein bisschen tuntig.

– Er hat Stil, das ist alles, erklärt Stephanie und dann zu Stacie: – und die Rede ist von Trent.

Stacie nickt. – Gut. Alles klar.

– Und eine Mitgliedschaft im Jachtklub, führt Stephanie aus. – Und ein Cabrio. Und ein schickes Haus auf der Roscoe.

– Er ist ein netter Kerl, meint Stacie.

– Und reich. Er ist Teilhaber in einer Architektenpraxis, sagt Kendra, die schmal werdenden Augen auf Stephanie gerichtet.

– Eine Praxis? Seit wann haben Architekten eine Praxis?, fragt Stacie und trinkt einen Schluck Wasser, das ihren Zähnen wehtut.

– Das hieß schon immer Praxis, Kendras Kopf schüttelt sich irritiert, – wie bei Anwälten oder Ärzten.

– Ach, ich bin sicher, das ist eine Neuerung, hält Stacie dagegen.

Kendra steht abrupt auf und will zum Waschraum. – Ich denke, du wirst feststellen, dass es schon immer der Fall war, zischt sie im Weggehen zwischen zusammengebissenen Zähnen hervor.

Als sie außer Sicht ist, krümmt Stephanie ihre Hände zu Krallen und fährt kratzend mit ihnen durch die Luft. – Miau! Sieht aus, als müsste bei jemandem die Katzenstreu erneuert werden!

Stacie bringt ihre Partynummer und rappt im Tonfall eines schwarzen Südstaatenmädchens: – Schieb der Bitch ’n gutes Stück Carolinakohle in ihren weißen Arsch un die scheißt Diamanten! Daraufhin klatschen sie sich triumphierend ab.

Der Koch surft mit einem Tablett voller Schälchen an ihren Tisch. Er lässt es sich nicht nehmen, für seine Lieblingsgäste die Speisenfolge selbst auszusuchen. Kendra und Stacie betrachten es als Vorzugsbehandlung. Stephanie hält es für einen Schwindel und glaubt, er jubelt ihnen nur die Reste von gestern unter. – Ganz spezielles Essen für ganz spezielle Gäste, lächelt er. – Koreanisch, erklärt er mit einem vergnügten Zug um den Mund. – Besonderes Merkmal von koreanische Essen sind Gewürze. Die Würzbasis: roter Pfeffer, Zwiebeln, Sojasauce, Bohnenpaste, Knoblauch, Ingwer, Sesam, Senf, Essig, Wein.

Angesichts von Stacies mechanischem Abnicken zieht sich in Stephanie alles zusammen, was sich in ihren zusammengepressten roten Lippen widerspiegelt.

Der Koch zeigt auf einige Suppenschalen und erklärt: – *Maeuntang* ist ein scharf, pikante Suppe aus Meeresfrüchten mit weißem Fisch, Gemüse, Tofu, rotem Pfeffer. *Doenjang-guk* ist eine Suppe aus fermentierte Sojabohnenpaste mit Venusmuscheln in eigenem Sud.

– Mm, köstlich, freut sich Stacie.

– Auch Gemüsegerichte ist in Korea viel populär. Koreaner nennen Gerichte nur aus Gemüse *namool*. Es gibt zwei Arten, einmal kalt und roh, einmal warm und gedünstet.

– *Namool*, wiederholt Stacie.

Der Koch strahlt, und seine Brust schwillt vor Stolz. – Die koreanischen Gedecke bestehen aus 3, 5, 7, 9 oder 12 *chop*, je nachdem, wie viel Beilagen serviert werden. Die Durchschnittsfamilie nimmt drei oder vier Beilagen. Bei Familienfeiern oder Partys sind zwölf oder noch mehr Gerichte serviert. Gegessen wird mit Stäbchen und Löffeln. Anders als in Japan oder China in Korea Stäbchen dünner und aus Metall, nicht Holz.

– Mmm-hmm! Stacie leckt sich die Lippen.

Stephanie zieht die Augenbrauen zusammen, und ihre Lippen zittern leicht, ehe sie ein anerkennendes, aber drängendes Lächeln formen. *Könnten wir jetzt das Maul halten und endlich das Zeug essen, das du uns da gebracht hast, ohne dass wir es bestellt haben*, denkt sie und hat plötzlich Panik wegen der Uhrzeit. Am Nachmittag steht eine möglicherweise schwierige Konsultation mit Millie, dem autoaggressiven Krallenaffen, bevor.

Kendra kommt aus dem Waschraum getänzelt, das innere Gleichgewicht durch die nachgelegte Xanax wiederhergestellt. Die Wirkung hat noch nicht eingesetzt, und es ist kein Placebo, aber sie schwelgt bereits in Vorfreude, in der *Gewissheit*, dass sie eintreten *wird*. Ihre Freundinnen registrieren, dass sie von gelbem auf rosa Eyeliner umgestiegen ist. – Sieht interessant aus, sagt Stephanie anerkennend und weiß selbst nicht so recht, ob sie Kendras Make-up meint oder das Essen.

– Das sind koreanische Gerichte, Kennie, zwitschert Stacie ihr begeistert zu.

– Die koreanische Küche kennt diverse Beilagen, fährt *der Koch* zu Stephanies unverkennbarem Verdruss fort. – Beliebteste Beilage ist Suppe aus Bohnenpaste, gegrilltes Fleisch, Fisch, *kimchi*-Kohl und gedünstetes Gemüse. Er zeigt mit anklagendem Finger auf das jeweilige Gericht, als habe er einen Verdächtigen bei einer Gegenüberstellung erkannt. Dann tippt er auf die Speisekarte. – Komplette koreanische Menü heißen *Hanjoungshik*. Bestehen aus gegrilltem Fisch, gedämpften Shortribs und anderen Fleisch- und Gemüsegerichten mit gedünstetem Reis, Suppe und *kimchi*.

– Was ist *kimchi*?, fragt Stacie, worauf Stephanie tief Luft holt und mit ihren langen Fingernägeln auf den Tisch trommelt.

– Kimchi ist bekannteste koreanisches Gericht. Es ist ein Gemüsegericht scharf gewürzt mit Pfeffer, Knoblauch et cetera. Serviert zu jedem koreanischen Mahl. Regt Appetit an wie saure Gurke. Enthält viele Nährstoffe wie Vitamin C und Fasern. Versuchen, fordert er Kendra auf.

Kendra nimmt einen Löffel davon auf ihren Teller und probiert dann eine Gabelspitze voll. – Schmeckt sehr gut, bestätigt sie. Stephanie schließt sich dankbar an, Stacie folgt.

Der Koch verbeugt sich würdevoll. – Guten Appetit, sagt er, bevor er sich zurückzieht.

– Irgendwie mag ich ihn, sagt Stacie, als er weg ist, – diese unergründliche orientalische Art. Irgendwie süß. Was meinst du, Kennie?

Kendra träumt. Sie fragt sich, ob dieser reiche Bauunternehmer, Clint heißt er, sie wohl anrufen wird. – Wozu?

– Schon gut, zirpt Stacie gelangweilt und versucht es dann mit etwas anderem: – Wie geht's eigentlich Karla?

– Ich kann *nächt* glauben, dass die Spermien und Eier, die mich hervorgebracht haben, das gleiche Rohmaterial waren, aus dem *sie* fabriziert wurde, schimpft Kendra und merkt, dass die Xanax, die sie im Waschraum eingepfiffen hat, sie vielleicht *doch* wieder hochbringt. – Sie hat eins von diesen peinlichen und total outen Tattoos über dem Arsch und hält sich für soooo Punkrock. Sie sieht damit wie eine Cracknutte aus. *Und* sie muss mittlerweile über hundertdreißig Pfund wiegen.

– Würg!, schüttelt sich Stephanie und fügt dann besorgt hinzu: – Ist sie, ich weiß nicht, depressiv oder so was?

– Ich hab keine Ahnung, was das für ein Scheiß mit ihr ist. Kendra schüttelt so nachdrücklich den Kopf, dass es sie anschließend dazu treibt zu prüfen, ob ihre Haare noch hinten sind, wo sie hingehören. – Ich weiß nur, dass ich letztes Wochenende bei meiner Mum intervenieren musste. Ich hab sie vor den großen Ankleidespiegel gezerrt, ihr das Oberteil hochgeschoben, auf ihren Bauch gezeigt und gesagt: ›Aufpassen.‹

– Und wie hat sie reagiert?, fragt Stephanie.

Kendra zuckt die Achseln und hält den Atem an, als sie zusieht, wie ein Bettler mit einem Einkaufswagen am Restaurantfenster vorbeischlurft; sie ist überaus dankbar, dass er *nicht stehen bleibt* oder sich umdreht, um hereinzuschauen. *Danke sehr.* Sie nickt Stephanie kurz zu, die ihre Erleichterung teilt. – Das übliche defensiv-aggressive Gerede darüber, ich wäre magersüchtig, du weißt ja, wie die dann um sich schlagen. Sie kneift die Augen zusammen. – Meinst du, ich hab das falsch gemacht?

– Nein, überhaupt nicht. Ich finde nur, die Intervention hätte etwas *strukturierter* vonstattengehen können, meint Stephanie.

Kendra denkt darüber nach. Stephanie war nicht dumm. Manchmal wünscht sich Kendra, sie wäre lange genug auf der DePaul geblieben, um ihren Magister zu machen. Stephanie ist so gut wie Teilhaberin in dieser Tiertherapeutenpraxis auf der Clark, während sie bei Immobilien hängen geblieben war.

Aber sie verdiente *gutes Geld.*

– Ich bin gestern Monica Santiano begegnet, ihr wisst schon, aus Highland Park. Sie ist in die City umgezogen, klärt Stephanie sie auf. – Wisst ihr, was die zu mir gesagt hat? ›Ich muss echt mal wieder mit eurer Clique rumziehen.‹ Ich dachte bloß, würg, typischer Fall von DNA! Stephanie und Kendra geben sich High-five.

– Ich fand sie irgendwie witzig, meint Stacie. – Was bedeutet DNA?

– Doof- und Notgeil-Alarm, zwitschern sie unisono. – Haben wir unserem Lexikon hinzugefügt, ich glaube es war im CJ's am Mittwoch, erklärt Kendra blasiert. – Wo warst *du* da eigentlich, Stace?

Stacie guckt ein bisschen hilflos, während das Gespräch zum Berufsalltag zurückschwenkt. – Was macht denn die faszinierende Welt des Immobilienhandels?, fragt Stephanie Kendra.

– Boomt immer noch und ist immer noch lukrativ, zwitschert Kendra in ihrem unbeschwert-oberflächlichen Businesstonfall, bevor ihr etwas aufstößt. Sie zögert einen Moment und platzt dann heraus: – Diese fette Lesbe Marilyn ist ewig hinter mir her. Sie ist so was von widerlich, sitzt da und stopft sich den ganzen Tag mit Doritos voll, und hat dabei nicht mal einen *College-Abschluss*, schimpft sie.

-*Lo*serin!, schnickt Stephanie und spreizt dann ihre Finger, um ihre Nagelverlängerungen prüfend zu betrachten. Sie waren vielleicht doch etwas zu lang für die Metall-Essstäbchen.

– Manchmal sehe ich, wie sie mich auf eine ganz unheimliche Art ansieht, und dann setzt sie dieses abstoßende Lächeln auf. Igitt! Und manchmal wird sie ganz girliemäßig und plump und macht

Andeutungen über Heteromädchen, die ja so gerne experimentieren würden, sagt Kendra schaudernd. – Da könnte ich kotzen!

– I-*gitt*, bestätigt Stacie.

– Und an der Grenze zur sexuellen Belästigung. Stephanie dreht den Kopf. – Jemand sollte der Nutte eine Klage an ihren Tortenarsch hängen.

Kendra nickt nachdenklich. Dann sieht sie Stephanie und Stacy mit einem suchenden, eindringlichen Blick an. Urplötzlich reißen alle imaginäre Gewehre hoch und legen auf ein unsichtbares Ziel an. – EGG hoch zehn, spotten die drei.

Die jungen Frauen klatschen sich ab. – Extremes Gesichts-Gulasch, quietschen sie in fröhlicher Harmonie. Sie sehen, dass *der Koch* mit schimmernden dunklen Augen ihren Kaspereien zusieht, und halten sich die Hände vor den Mund, um ihr nervöses Kichern zu einzudämmen.

Kendra brauchte an diesem Abend eine Weile, um sich zum Joggen fertig zu machen. In das graue DePaul-Sweatshirt und die blauen Shorts war sie schnell geschlüpft, und auch in die Turnschuhe Modell Nike Air Zoom Moire, hundert Dollar pro Stück und farblich passend zum Shirt ausgewählt, aber das Haar gehörte noch aus dem Gesicht und zum Pferdeschwanz hochgebunden. Und vor allem musste das Make-up *genau stimmen.* Zu wenig kam nicht in Frage, aber zu viel stand für sportliche Halbherzigkeit, ließ vielleicht gar sexuelle Trägheit oder Passivität erahnen. Dieses Zeug, das sie benutzte, war unauffällig und zerlief nicht, obgleich Kendra nicht die Absicht hatte, übertrieben ins Schwitzen zu geraten.

Es wird bereits deutlich dunkel, als sie neben dem Lakeshore Drive, wo es etwas kühler ist, in einen leichten Trab fällt; die Luft, die vom Lake Michigan herüberweht, riecht leicht säuerlich, brackig und schwach, wie eine ältere Verwandte, die in ihrem Lieblingsparfüm gebadet hat. Schon nach einigen Metern plagen sie Langeweile und Ermüdung, und dann kommt sie sich peinlich und lächerlich vor, als ein älterer Mann sie mühelos überholt. Egal, das Beste daran ist ohnehin, auf dem Rückweg vermeintlich erschöpft durchs eigene Viertel zu trotten. Mit Toto spazieren zu gehen brachte zwar viele Kontakte, aber die männlichen Hundehalter waren ausnahmslos schwul. Beim Joggen war es anders. Wie der Lakeshore Athletic

Club war es eine Möglichkeit, Heteromänner kennenzulernen. Aber es war keine gute Methode der Gewichtskontrolle; es artete zu sehr in Schwerstarbeit aus. Diät halten war leichter, abgesehen vom Freitagslunch, mit dem für sie das Wochenende begann. Für das Sweatshirt ist es eigentlich zu warm, doch sie befürchtet, nach dem reichhaltigen Essen könnte ihr Bauch womöglich aufgetrieben sein. Sie würde frühestens am Dienstag wieder wagen, nur ein Bustier zu tragen.

Kendra beschleunigt auf ein forsches Gehtempo, um den Abend zu genießen. Die unter den Bäumen heraustretenden Schatten sind nicht mehr als Vorboten turtelnder Paare oder Leute, die ihren Hund ausführen, es ist ein sicheres Viertel. Kendra sieht vor ihrem Haus einen Van parken. Zwei Männer entladen Möbel. Es ist ein Dritter dabei, in dem sie sofort den asiatischen Koch aus dem Mystic East erkennt. Anscheinend zieht er in ihr Haus ein. – Hi … sagt sie verlegen lächelnd, als sie hinzutritt. – Ziehen Sie etwa ein, *hier*?

Der Koch braucht offenbar eine Weile, bis er sie erkennt. Er zwinkert in die Dunkelheit und setzt den gerahmten Druck, den er in der Hand hält, auf dem Bordstein ab. – Oh … ja. Hallo. Ein breites Lächeln tritt auf sein Gesicht.

– Ich wohne im ersten Stock, erklärt Kendra und beobachtet, wie die zwei Möbelpacker unter großem Schieben und Zerren ein schweißtreibendes Tänzchen mit der letzten der störrischen schweren Kisten im Laderaum des Vans hinlegen.

– Ich ziehe in zweite Stock, sagt *der Koch* zu ihr.

– Kommen Sie und trinken Sie einen Tee bei mir, bietet Kendra an, denn sie denkt sich, dass es nicht schaden kann, auf gutem Fuß mit ihrem Lieblingsgastronom zu stehen.

– Sie sind sehr freundlich. *Der Koch* senkt leicht den Kopf. Kendra hält die Haustür auf, und er trägt das Bild die Treppe hoch. Sie folgt ihm bis nach oben und mustert im Licht der Treppenhausbeleuchtung seine schattenlose, fast geisterhafte Gestalt. Dann hört sie hinter sich ein Kichern. Die Umzugsleute. Die ihr lüstern auf den Arsch gaffen. *Dreckschweine.* Auf dem Treppenabsatz zieht sie den Saum ihres DePaul-Sweatshirts nach unten, ihr einziges Zugeständnis an die Anwesenheit der Packer.

Nachdem es den Männern überlassen bleibt, den Rest der Sachen in der Wohnung *des Kochs* zu verstauen, nimmt sie ihn mit hinunter in ihre baugleiche Wohnung. Es ist Kendra ein bisschen unangenehm, als sein Blick über die Unordnung bei ihr wandert. Scheiße, ich hätte wirklich mal aufräumen können, denkt sie. Als sie in die Küche geht, um grünen Tee aufzusetzen, sieht sie, dass Toto, den sie in der Wohnung gelassen hatte, während sie joggen war, und der normalerweise ängstlich gegenüber Fremden ist, den asiatischen Koch begeistert begrüßt. Zuerst leckt er ihm mit einem schon beinahe obszönen Ausdruck in den schwarzen Knopfaugen die Hand, dann wirft er sich auf den Rücken und bietet ihm seinem Bauch zum Kraulen an.

– Sehr netter Hund, sagt *der Koch* erfreut.

– Er scheint Sie ja zu mögen! Nicht wahr, mein Süßer?, sagt sie zu Toto, – mein süßer, kleiner Fratz? Ja, du bist ein Braver!

– Wenn Sie einmal wollen, ich führen Hund auf Straße, lächelt *der Koch* an seinem Tee nippend, – sagen Sie mir Bescheid.

– Vielen Dank. Kendra legt den Kopf zur Seite, als *der Koch* ins Treppenhaus tritt, um die Umzugsliste abzuzeichnen, und die Männer entlässt. Dann sitzen sie zu zweit bei ihrem Tee, und Kendra erklärt ihm alles von den Abfuhrzeiten der Müllabfuhr bis zu den Briefkästen, und kann auch nicht widerstehen, ein wenig Tratsch über die Nachbarn einfließen zu lassen. Schließlich führt sie ihn in den Keller, um ihm die Waschküche zu zeigen, an der er besonderes Interesse zu haben scheint. – Sehr wichtig für Koch, erklärt er, als sie zu dem langen Marsch die steile und schlecht beleuchtete Hintertreppe hinab aufbrechen. Die Tür zur Waschküche ist massiv und klemmt etwas, und sie ist froh, als er ihr zu Hilfe kommt. Drinnen legt Kendra einen Schalter um, es ertönt ein Summen, und der pechschwarze gähnende Raum erstrahlt flackernd in surrendem, fluoreszierendem, bläulich gelbem Neonlicht, und zwei Waschmaschinen, zwei Wäschetrockner und ein Aluminiumständer mit Fahrrädern werden sichtbar. Die großen, silbernen Röhren der Klimaanlage hängen unter der Decke und schlängeln sich wie ein Space-Age-Holzwurm in die Hohlräume des Gebäudes. – Ein absolutes Muss für die Sommer in Chicago, informiert Kendra *den Koch* blasiert und muss an Stephanie denken, die nun in ihrer unmodernen Eigentumswohnung verbittert unter den Ventilatoren – beziehungsweise unter einem begeisterten Todd – vor sich hin schwitzt.

Nein, Stephanie läge oben.

Als die Führung beendet ist und *der Koch* sich nach oben entfernt, um sein neues Zuhause einzurichten, stürzt Kendra sofort ans Telefon, um erst Stephanie, dann Stacie begeistert zu informieren: – *Der Koch, unser* Koch ist gerade in mein Haus eingezogen!

Am nächsten Morgen bekommt Kendra die Krise. Christie, die ihr Hündchen betreut und ausführt, ruft an, um zu sagen, dass ihr Vater in Kentucky schwer erkrankt ist und sie sofort zu ihm muss. – Oh, vielen herzlichen Dank, sagt Kendra gehässig ins Telefon. Wie es aussieht, wird sie Toto wohl mit ins Büro nehmen müssen. Das *ist* ein Notfall. Draußen ist es heiß, dabei aber schwül und bewölkt. Der bleierne Himmel scheint auf ihr zu lasten, sie spürt es in ihren Kugellager-Augen, ihrem ziegelschweren Gehirn und ihrem Amboss von Unterkiefer. Toto winselt ein bisschen, zieht an seiner Leine und hechelt, bis sie gezwungen ist, seinen japsenden Körper auf den Arm zu nehmen.

Sie sitzt gerade mal zehn Minuten an ihrem Arbeitsplatz und unterhält sich mit ihren Kollegen Greg und Cassandra, als der Schatten von Marilyn, die Hände in ihre breiten Hüften gestemmt, auf ihren Schreibtisch fällt. – Kennie, Prinzessin, sagt sie mit Blick auf den Hund, der die Ohren spitzt, aber folgsam zu Kendras Füßen hocken bleibt, – Toto ist entzückend, aber Hunde haben im Büro nichts zu suchen.

– Aber ich finde ...

Marilyns massiger Kopf kippt zur Seite, und sie fasst sich an ihre gestärkten Haare. – *Man* findet sich heutzutage schnell auf der Straße wieder. Zwing mich bitte nicht, deutlicher zu werden.

– Meine Hundesitterin hatte einen Notfall; ich versuche eine andere Lösung zu finden ...

– Auf der Stelle, mein Herzblatt. Marilyns Lächeln sackt einen Millimeter tiefer.

– Na gut, sagt Kendra tonlos und nimmt Toto auf.

Marilyn folgt ihr nach draußen. Als Kendra die Tür erreicht, stoppt Marilyn sie mit einem Arm auf ihrer Schulter. Kendra dreht sich um und riecht widerwärtig süßlichen Kadaveratem. Dem Hündchen die Nase kraulend, fixiert Marilyn sie eiskalt. – Falls du es noch nicht gehört hast, es kommen harte Zeiten, Baby. Der Immobilienmarkt geht den Bach runter. Die Leute sind wie Schafe. Ein paar Leute haben sich mit dem Bau von Eigentumswohnungen eine goldene Nase verdient, und prompt wird weitergebaut, bis es mehr Eigentumswohnungen gibt als Leute, die dort einziehen können. Das ist eine sprichwörtliche Seifenblase, und es kommt schon einer mit der Nadel. Mit anderen Worten – Entlassungen. Habe ich mich deutlich genug ausgedrückt?

Kendra beißt sich auf die Zunge. *Wie unprofessionell ist diese dumme Schlampe?! Redet den beschissenen Markt schlecht!* – Ja, sagt sie ausdruckslos und verlässt das Haus. Die Straße gleißt in der Gluthitze, und der Hund hechelt auf dem ganzen Weg in ihren Armen.

Sie hasst es, Toto allein in der Wohnung lassen zu müssen, aber nun bleibt ihr nichts anderes übrig. Als sie nach Hause kommt, sieht sie *den Koch* im Schatten unter dem Vordach des Hauseingangs stehen. Statt seiner Berufskleidung trägt er einen blauen Anzug, hat den Hemdkragen geöffnet und raucht eine Zigarette. Der Anzug bildet einen deutlichen Kontrast zu den roten Rosen, die neben ihm ein hölzernes Spalier hinaufranken. Zum ersten Mal fällt ihr auf, wie dünn sein Körper im Vergleich zu seinem Kopf ist. Sie erzählt ihm von ihrer Misere mit dem Hund auf der Arbeit. *Der Koch* erklärt, dass er einen Spaziergang am See machen will. Dass er erst am Abend arbeiten muss und mit Vergnügen den Hund ausführt und betreut, bis sie von der Arbeit kommt.

Kendra ist überglücklich, Toto in seiner Obhut zu lassen, und macht sich auf den Weg zurück ins Büro. Sie meidet Marilyn und checkt ihre E-Mails, doch weder von Trent noch von Clint, dem Bauunternehmer, ist etwas gekommen. Als sie nach der Arbeit nach Hause kommt, schaut sie als Erstes oben vorbei, wo *der Koch* gerade am Herd steht. Als sie in die Hocke geht, springt ihr Toto in die Arme, froh, sie wiederzusehen.

– Da riecht aber etwas gut, sagt sie. – War er auch brav?

– Hund war gar kein Problem, sagt *der Koch* und stellt etwas zu essen auf den Tisch.

Kendra muss bewundernd feststellen, dass alles an seinem Platz ist. *Der Koch* muss Schwerstarbeit geleistet haben, die Umzugskartons auszupacken und alles einzuräumen. Im Wohnzimmer fällt als Erstes das Aquarium ins Auge, dann eine Sammlung von

Zeremonienschwertern an den Wänden. – Sammel Schwerter, *der Koch* zeigt erst auf sich, dann auf die aufgehängten Waffen.

– Die sehen … Kendra fällt kein passendes Wort ein und sie begnügt sich dann mit, – … nett aus.

Der Koch nimmt eins der Schwerter von der Wand. Es hat eine gekrümmte Klinge von etwa 75 cm und einen 30 cm langen, mit schwarzem Leder bezogenen Griff. Er legt es auf den Tisch, verschwindet kurz in der Küche und kommt mit zwei großen Wassermelonen zurück. Er holt etwas, das wie ein übergroßer Kratzpfahl für Katzen aussieht, aus einer dunklen Ecke des Raums und legt eine der Melonen darauf. – Treten Sie gut zurück, sagt er lächelnd zu Kendra, – Klinge sehr, sehr scharf. Kann leicht durchtrennen zehn Zentimeter Bambus.

Kendra weicht zurück. *Der Koch* hält das Schwert mit beiden ausgestreckten Armen. Er schließt für einen Moment die Augen, wirbelt dann herum und zerteilt die Melone. Sie fällt in zwei gleich großen Stücken zu Boden. Toto kommt angerannt und schnüffelt an einem davon.

– Jetzt versuchen Sie. *Der Koch* platziert die zweite Melone und reicht ihr das Schwert mit dem Griff voran. Kendra nimmt es und wiegt es versuchsweise in der Hand. *Der Koch* tritt ganz dicht hinter sie. – Fühlen Sie Gewicht … so ist gut. Spüren Sie Gewicht. Dies japanische Musashi-Katana. Shinto-Schwert.

– Irgendwie cool, sagt sie.

– Sie müssen denken, Schwert ist Teil von Arm. Schneide von Klinge sind Fingernägel … Seine Arme fassen um sie herum und er greift sanft, aber bestimmt ihre Handgelenke. – Jetzt Sie zählen drei, heben Schwert und schlagen auf Melone. Eins … zwei … drei … *Der Koch* zieht Kendras Handgelenke hoch und reißt sie dann herunter. In allerletzter Sekunde lässt er los, und das Schwert zerteilt die Melone.

– Wow … Kendra grinst nervös; die körperliche Berührung und eine seltsam aufgeladene Atmosphäre im Raum machen sie etwas verlegen. – Das war toll …

Der Koch tritt zurück, verbeugt sich und zeigt auf das Essen, das auf dem Tisch steht. – Nun essen, fordert er sie auf.

– Mein Gott … ich kann nicht … sie denkt an ihr Gewicht, – das wäre doch nicht … was *ist* das überhaupt?

– *Bulgogi.* Eines von berühmte koreanischen Gerichte für Westlern. Bedeutet ›koreanische Fondue‹. Mariniert in Sojasoße mit Knoblauch, Zucker, Sesamöl und andere Gewürze. Am Tisch über Feuer gekocht.

Sie legt das Schwert hin und schaut sich die Fische im Aquarium an. Es sind zwei. – Sind das ...?

– Kugelfische. Gewöhnliche Rote Kugelfische. Auch Avocado-Kugelfisch genannt. Nicht weil mit Avocado gut schmecken, aber sie tun, grinst er.

Kendras Hand wandert an ihren Mund, der nun aussieht wie bei den Fischen. – Nehmen Sie die und ... ich meine ...

– Ja.

– Oh, macht Kendra und dann, damit er um Himmels willen nicht glaubt, sie sei davon abgestoßen: – Ich möchte ja gerne mal nach Japan. Kugelfisch in einem großen Restaurant essen.

– Ich hab ein paar vorbereitet für jetzt. Wir essen sie, sagt er, eilt in die Küche und ist sofort wieder da, mit ein paar mundgerechten Stücken rohem Fisch.

Kendra betrachtet die Häppchen, dann das Aquarium. – Äh ... Ich weiß nicht ... ist das nicht richtig gefährlich, die zu essen?

Der Koch starrt sie mit funkelnden Augen an. – Können tödlich giftig sein. In Japan sind Delikatesse, nachdem Gift entfernt ist, aber essen kann immer noch tödlich sein. Jedes Jahr einhundert Esser sterben von essen Kugelfisch.

– Ist das hier okay? Sie starrt ängstlich den Fisch an.

– Sehr gut. Essen Sie, fordert er sie auf und führt selbst ein Stück Fisch an den Mund.

Kendra nimmt ein kleines Stückchen auf die Zunge. Es schmeckt mild und buttrig. Sie kaut und schluckt es herunter.

– Bei Gift Sie spüren Kribbeln in Mund und Lippen. Dann schwindelig, Müdigkeit, Kopfschmerz, können nicht sprechen, Beklemmung in Brust, Schütteln, Übelkeit und Erbrechen, erklärt *der Koch* vergnügt.

– Ich ... ich ... mir geht's gut, denk ich ... sagt sie zittrig. Tatsächlich ist ihr schwindlig, und sie schwitzt trotz der Klimaanlage.

Der Koch zeigt auf das Aquarium. – Obwohl sie giftig, Kugelfisch beliebt für Aquarium. Können zahm werden, aber nicht mit Hand füttern, wegen scharfe Zähne.

Kendra begreift schlagartig, dass sie nicht sterben wird, dass ihre Übelkeit größtenteils Einbildung ist. Sie geht an das Aquarium. – Kann ich sehen, wie sie sich aufblasen?

– Nein. Zu viel Stress für Fisch, um das zu machen, sagt *der Koch* mit ernstem Kopfschütteln. Dann betrachtet er Kendra aus seinen schimmernden dunklen Augen. – Sie scheinen Lady, die Essen liebt.

– Ja, das tue ich, ich esse nicht übermäßig, wie manch anderer, sagt Kendra selbstgefällig, – aber ich probiere gerne neue Dinge aus und bin sehr abenteuerlustig, schnurrt sie, wobei ihr grässlicherweise bewusst wird, dass sie mit *dem Koch* flirtet.

– Ich auch. Man kann fast alles essen, meint *der Koch* und hebt einen Finger, – wenn es richtig zubereitet. Sie also nicht versuchen, kochen Kugelfisch zu Hause!

– Keine Sorge, lächelt Kendra bescheiden und merkt selbst, dass sie zurückrudert. – Ich werde immer zu den Experten gehen.

Toto ist zwischen ihren Füßen. Sie hebt ihn auf und hat nur den einen Gedanken, zu gehen, ohne noch etwas zu essen. – Gut, mein kleiner Süßer, ich bring dich besser nach Hause! Du musst ja halb verhungert sein!

Auf dem Weg die Treppe hinunter spürt sie, dass ihr Puls rast.

Das Innere der LP Tavern ist sehr dunkel, bis auf wenige eingelassene Leuchten über der Theke und an den Wänden und eine summende Neonleiste über dem Flaschenregal, die alle ein phosphorblau glimmendes Licht spenden. Fremden würde man es nachsehen, wenn sie glauben, es handele sich noch um die Kaschemme von einst, bis sich ihre Augen umgewöhnt haben. Das vielfältige und exotische Angebot an Spirituosen, Bieren, Kleidung und Habitus des Publikums belehren sie bald eines Besseren.

Kendra trinkt etwas mit Stacie, Stephanie und Cressida, die Forschungsassistentin an der Chicago University ist. Cressida trägt ihr schwarzes Haar kurz geschnitten; in dem blauen Licht hat es ganz genau den gleichen seidigen Schimmer wie ihr Top. Funkelnde Ohrringe baumeln an ihr wie kleine Kronleuchter. Die Mädchen sitzen auf hohen Hockern an einem runden Tisch, der gerade genug Platz für ihre Gläser und den ein oder anderen Ellbogen bietet. Kendra gibt zu, dass es ihr gefällt, *den Koch* im Haus wohnen zu haben.

– Er ist fantastisch. Einfach unglaublich, erzählt sie den anderen. – Toto ist ganz vernarrt in ihn.

– Klingt, als wäre er damit nicht allein, sagt Stacie, Blick und Tonfall mit anzüglichen Schlussfolgerungen aufgeladen.

– Was? Kendra zieht ihre gezupften Brauen hoch.

– Würdest du, na ja, mit ihm schlafen?

Kendra macht ein angewidertes Gesicht. – Du bist wohl verrückt. Er ist viel zu alt. Er ist ... Sie bricht ab und sucht im Gesicht ihrer Freundin nach Anzeichen von Heimtücke. – Worauf zum Teufel willst du hinaus?

– Er ist doch irgendwie süß. Stacie zuckt mit den Achseln und meint dann: – Ich würde mit einem Asiaten gehen.

– Na bitte, du weißt ja, wo er wohnt und arbeitet, Stacie. Geh hin und steig ihm nach. Kendra schüttelt den Kopf, ist aber beruhigt, dass Stacie zu schlicht gestrickt ist, um bösartig zu sein.

– Ich sage ja nicht mit *ihm. Er* ist ein bisschen alt. Aber so generell.

Stephanie gähnt ausgiebig, und ihre Haut spannt sich milchig unter dem blauen Licht. – Es heißt ja, die wären, äh, da unten nicht so doll ausgestattet.

Diese Bemerkung bringt Cressida in Rage. Ihr blasses, längliches Gesicht hat jetzt eine beinahe dunkelblaue Färbung angenommen. Kendra meint, man könne förmlich sehen, wie die Wut in ihr aufsteigt und zwischen ihren gebleckten kleinen Zähnen herausquillt. – Das ist rassistischer Scheiß. Wer denkt sich denn so einen Scheiß aus? Der Schwarze ist zu groß bestückt, der Gelbe zu klein. Wer ist dann bitte schön genau richtig? Wer ist die beschissene Norm? Dreimal dürft ihr raten, höhnt sie, springt vom Hocker und verschwindet Richtung Waschraum.

– O Gott, keucht Stephanie und ihre Hand fährt an ihren Mund, – ich hatte das mit ihr und diesem Myles ja ganz vergessen. Aber ich bin keine Rassistin, wie auch? Ich arbeite mit Vertretern anderer Spezies, mit denen wir den Planeten teilen. Wenn ich das kann, wie sollte ich dann etwas gegen andere Rassen der Spezies Mensch haben? Ist doch unlogisch.

Stacie runzelt darauf nur die Stirn.

– Ignorier sie einfach, meint Kendra missbilligend. Aus irgendeinem Grund behagt es ihr nicht, wenn andere als sie selbst Anzeichen für Schwäche bei Stephanie bloßlegen. – Dieser ganze Mist von der Chicago Uni. Sie fickt mit irgendeinem schwarzen Professor, aber es genügt ihr nicht, einen großen habilitierten Schwanz in sich stecken zu haben. Sie muss sich trotzdem noch zum Opfer stilisieren. Dieser ewige Schuldkomplex bei Bonzenkindern, sich mit Minderheiten zu identifizieren, das ist ja so öde.

Da begreift Stacie zumindest so viel, dass Kendra niemals einen Koch gleich welcher Ethnie ficken wird, es sei denn, er hat seine eigene Fernsehsendung. Sie winkt der Kellnerin. – Ich möchte einen Chocolate Martini.

– Igitt, schüttelt sich Kendra. – Für mich einen Stoli Tonic.

– Für mich auch, echot Stephanie, weil sie von Cressidas Seite so etwas einschüchternd Humorloses anwehte. Man konnte sich in ihrer Gesellschaft nie so ganz entspannen. Dann beugt sie sich zu den anderen vor und sagt: – Und ratet mal, was ich gehört hab.

Sie betrachten Stephanie neugierig, gezupfte Augenbrauen zucken vor Konzentration. Kendra fährt sich mit der Hand über den Kopf, um zu prüfen, ob ihr Pferdeschwanz noch stramm auf dem Oberkopf sitzt.

Stephanie rückt näher, sodass die anderen einen Hauch ihres *Allure* riechen können. – Trent trifft sich beziehungsweise bumst mit – sucht es euch aus – Andrea Pallister.

– Guter Gott, sagt Stacie. – Ist die nicht auf der DePaul in Psychologie durchgerasselt und musste zu, äh, *Kunst* oder so was wechseln?

Kendra kocht stumm vor sich hin, sich bewusst, dass die anderen sie anschauen. – Sie hat *Katzen*, piepst sie in trotzigem Elend, das sie nicht recht verbergen kann. – Ich dachte, Trent mag *Hunde*!

Cressida kommt zurück, verströmt nun große Gelassenheit und setzt sich, während die Kellnerin mit den Getränken kommt. Sie bestellt einen Stoli. Kendra steht auf. – Ich gehe besser mal in den Waschraum und lege Feuchtigkeitscreme nach. Das ist schon mein zweites alkoholisches Getränk.

Während sie Kendra nachsehen, erzählt Stacie Cressida: – Wir sind beim Thema Trent.

– Oh, macht sie und wechselt dann mit den andern ein hämisches Grinsen.

Während Kendra ihren getönten Moisturizer aufträgt, denkt

sie über Andrea Pallister nach. Und dass sie sich Trent an den Hals geworfen haben musste. Weil sie wohl nicht kapiert hatte, dass manche Männer zwar nichts gegen Frauen mit sexuellem Appetit haben, aber nur für kurze Fickbeziehungen. Dann sieht sie vor ihrem inneren Auge Trents Gesicht, das perfekte Ensemble von markigem Kinn und üppiger Haartolle geringfügig neu konfiguriert; die Nase knolliger, als sie es sich eingestanden hatte, die Gesichtsfarbe ein wenig *zu* blühend. Vielleicht ein etwas abgespannter Zug um Augen und Mund. Wohl die falschen Drogen. Und so gerüstet wagt sie ihren Freundinnen wieder gegenüberzutreten.

Bei ihrer Rückkehr scheint das Gespräch ihrer Freundinnen erst richtig in Schwung zu kommen, als sei ihre Gegenwart ein Zeichen, als würde ein Dirigent seinen Taktstock heben. – Trau niemals einem Kerl, der eine Katzenfrau fickt, nickt Stephanie. – Ich meine, drei Katzen! Dieser widerliche Geruch in ihrer Wohnung. Wer erträgt so was? Niemand außer einem verkappten Messie!

– Der hat immer schon so etwas leicht Danebenes an sich, findet jetzt auch Cressida.

– Das ist eine interessante Hypothese, sagt Kendra, die sich wieder gefangen hat, frostig. – Wisst ihr, was er mal über Toto gesagt hat? Er hat gesagt: ›Wenn man sich im Schlaf umdreht, könnte man den kleinen Bastard zerquetschen, ohne es überhaupt zu merken. Ich mag Hunde, aber groß und robust sind sie mir lieber. Ich würde nicht gern mit irgendwas zusammenleben, dass ich versehentlich töten könnte.‹

Stephanie betrachtet ihre Freundinnen mit diesem wissenden Blick analytischer Tiefenschärfe, den die anderen seit dem ersten Semester Psychologie an der DePaul an ihr kennen. – Zwischen den Zeilen gelesen heißt das, er ist ein Messie. Bedeckt mit Katzenhaaren. Igitt! Ich wette, seine Vorstellung von einem schönen Tag ist, draußen in Wrigley Fields auf der nicht überdachten Tribüne zu hocken.

– Das haben wir doch alle hinter uns, Baby, quiekt Stacie in verschämter Begeisterung. Die Nachmittagsschicht! Und sie bemerkt die beiden jungen Männer, die am Nebentisch sitzen. *Sexy, aber unverkennbar schwul.*

Stephanie schüttelt den Kopf. – Nur in Notfällen, und nur, um an den sabbernden Fratboys einen neuen Look zu testen. Wir sind doch niemals da gewesen, um tatsächlich jemanden aufzureißen, nicht wie gewisse bekloppte, verzweifelte Schlampen. Wisst ihr noch, Tricia Hales?

– Die absolute TOSA, sagt Kendra verächtlich.

Stacie guckt wieder verständnislos, Cressida zuckt die Achseln und Stephanie nickt zustimmend. – Torte Ohne Selbst Achtung, klärt sie Stacie hämisch auf.

– Sie bekommt ein *Kind* von dem *Loser*. In einer *Etagenwohnung*, bemerkt Kendra knapp.

Stephanies Augen weiten sich entsetzt. – Sie ziehen nicht mal in ein *Haus*? Mein Gott, ich wette, ihre Eltern sind stolz auf sie.

– Und du würdest Trent *wirklich* als Messie bezeichnen?, fragt Stacie.

Eine strahlende Stephanie richtet sich verständnissinnig an Kendra, und Cressida sagt: – Seien wir ehrlich, im Analysieren der menschlichen Natur ist keine von uns eine Novizin.

Die jungen Männer am Nebentisch machen sich zum Aufbruch bereit. Im Gehen sagt der eine überlaut zum anderen: – O mein Gott, die PUDEL haben heute Auslauf. Die Penetrant-Unsympathischen Debil-Exaltierten Labertaschen aus dem Lincoln Park!

Die Mädchen sind konsterniert und dann entrüstet, als der Groschen fällt. Kendra reagiert am schnellsten und brüllt: – Akronymt uns gefälligst nicht, ihr Homos! *Niemand* darf das mit uns machen!

– Wuff! Wuff!, bellen die beiden Schwulen die Mädchen an, die sich bis auf Stephanie alle ein Lächeln abringen.

Gegen Lokalschluss gehen sie hinaus in die nächtliche Stadtluft mit ihrem Geruch nach aufgeweichtem Asphalt und heißem Beton. Das Licht vorbeifahrender Autos flackert über sie hinweg. Muskulöse und wachsenthaarte junge Männer, die an Straßenecken oder unter Alleebäumen stehen, nehmen ihre schlanken Körper beiläufig zur Kenntnis.

– Tja, das, das haben wir uns wohl selbst zuzuschreiben, sagt Kendra, – wir müssen uns offensiv dazu bekennen. PUDEL. PUDEL aus dem Lincoln Park, sagt sie versuchsweise.

– Nein, haben wir *nächt*, sagt Stephanie mit Nachdruck. – Diese Typen sind Frauenhasser. Von der Sorte Homos, die ihre Mütter für jeden Scheiß verantwortlich machen, der in ihrem Leben schiefgeht.

– Herzchen, meint Cressida, – *alle* machen ihre Mutter für jeden Scheiß verantwortlich, der in ihrem Leben schiefgeht. Wozu hat man denn Mütter?

Streit bahnt sich an, da fühlt Kendra sich plötzlich todmüde. Sie dreht sich um, lässt die anderen mit einem schlappen Rückhandwinken stehen und geht nach Haus.

Als sie die Treppe vor ihrem Apartmenthaus hochgeht, merkt sie, dass der dritte Stoli ein Fehler war. Nur deswegen fühlt sie sich nackt und einsam, als sie ihre Wohnung betritt. Die Klimaanlage saugt die Abendhitze aus ihr heraus. Sie hört ihren AB ab. Clint, der Bauunternehmer, hat nicht angerufen. – Toto, mein Süßer, ruft Kendra. – Wo ist mein kleiner Schatz? Hat er sein Frauchen auch lieb? Ja, wo isser denn? Ja, wo isser denn?

Seltsamerweise ist von dem Hund nichts zu sehen. Normalerweise stürzt er sich gleich auf sie. – Ja, wo steckst du denn? Ist mein Kleiner etwa krank?, murmelt Kendra, während sie die Fernbedienung vom Couchtisch nimmt und den Fernseher anmacht. Eine Datingshow flackert in ihr Wohnzimmer. Bei dieser Versagerparade freut sie sich richtig, dass sie allein nach Haus gekommen ist. Aber es ist zu still. Wo steckt denn das kleine Monster? Sie schaut in einem Zimmer nach, dann in einem anderen, und ein vages Gefühl von Unheil kommt in ihr auf. Die Wohnung ist totenstill, und sie kann ihr eigenes Herz klopfen hören, als sie in den Schränken nachschaut, unter den Betten, an all seinen Lieblingsverstecken.

Nichts!

Der Hund ist weg. Keine Spur von ihm. Mit einem Gefühl, als würde sich in ihr etwas in Luft auflösen, setzt Kendra sich hin. Kommt zu Atem. Dann steht sie wieder auf und wagt sich nach draußen. Ist er vielleicht an ihr vorbeigeflitzt, als sie die Wohnungstür aufgemacht hat? Unwahrscheinlich. Das hätte sie bestimmt bemerkt. So betrunken war sie nun auch nicht. Unten im eingezäunten Gartenareal ruft sie immer wieder seinen Namen. – Toto. Toh-toh-oh-oh-oh.

Auch als sie auf dem Bürgersteig einmal um ihren Block läuft, ist nichts von ihm zu sehen. Kendra zögert, als würde sie erwarten, dass sich der Hund plötzlich wie ein haariger Engel mit Schlappohren in der dunstigen Nachtluft materialisiert. Sie hockt sich auf die schmale, menschenleere Straße und ruft seinen Namen, als ob ihn das dazu veranlassen müsste, hinter irgendeinem Busch oder Baum hervor direkt in ihren Schoß zu springen. Aber sie kann nichts weiter tun als dazuhocken und über die Designerrisse-, -scheuerstellen und -fransen ihrer Bluejeans nachzusinnen.

Plötzlich muss sie an *den Koch* denken. Vielleicht hat er Toto gesehen. Ihr fällt wieder ein, dass sie früher am Tag ein Paket von FedEx für ihn angenommen hat, einen langen Karton. Sie holt ihn heraus, geht eine Treppe höher und klopft an seine Tür. Er öffnet, noch immer in seiner Kochkleidung. – Das ist für Sie gekommen, sagt sie, und sein Gesicht errötet, als sie ihm den Karton reicht. – Sie haben nicht zufällig meinen Hund gesehen?

– Nein, antwortet er, – nicht gesehen.

– Ich komme gerade zurück von einem Drink mit ein paar Freundinnen, und er ist nicht da, schnieft sie, um eine aufkommende Gereiztheit zu unterdrücken. Sie gehen gemeinsam noch einmal nach unten in den Garten, wo *der Koch* ihr mit der Taschenlampe in der Hand hilft, nach einem Zeichen von Toto zu suchen. Sie richten den Lichtkegel nach oben auf ein offenes Fenster in ihrer Wohnung. Es gehört zu dem unbenutzten Hinterzimmer, aber der Hund hätte es unmöglich überlebt, wenn er aus dieser Höhe gestürzt wäre, und im Garten ist nichts zu finden, was diese Annahme rechtfertigen könnte.

Wieder in der Wohnung, setzt Kendra sich aufs Sofa und merkt mit einem Mal, dass krampfhafte Schluchzer in ihr hochblubbern. Durch ihre dumpfe Verwirrung hört sie die Stimme *des Kochs*, eindringlich, auffordernd, und sie steht auf und folgt ihm nach oben, ohne sich eigentlich klar zu sein, warum. Die Kugelfische in dem Aquarium glotzen sie empört und entrüstet an. Als *der Koch* in der Küche verschwindet, flüstert sie ihnen zu: – Tut mir leid, dass ich euren Freund gegessen habe. Bitte gebt mir Toto zurück.

Der Koch kommt mit zwei Scotchs in geschliffenen Gläsern wieder. Kendra überlegt kurz, dass es nicht das ist, was sie braucht, dann versucht sie, herauszufinden, *was* sie braucht, und kann es nicht, also lässt sie das angebotene Glas die Leerstelle füllen. Dann nötigt er sie, etwas zu essen, irgendwas mit Nudeln.

Während sie das Essen und den Drink herunterwürgt, öffnet

der Koch das Paket, das sie ihm heraufgebracht hat, und freut sich über das ausgepackte Schwert. Im Gegensatz zu den anderen hat es eine gerade Klinge. – Ninja-Schwert von Paul Chen, macht eine von besten, erklärt *der Koch.* – Ninja-Schwert immer gerade, nicht wie Shinto-Katana. Er zeigt auf das Schwert, das sie am Vortag benutzt haben. *Der Koch* schwingt das Schwert, während sich Kendra halbherzig durch ihr kleines Abendessen mampft.

– Als Koch Messer sehr wichtig. Gute Messer sind ein und alles. Muss man immer respektieren Ding, das schneidet Fleisch, sagt er.

Diesmal ist Kendra nicht ganz so fasziniert, ihr ist sogar ein wenig übel. Sie muss immerzu daran denken, welche Gefahr für Toto eine solche Waffe darstellt. Er war doch so klein und zerbrechlich. Wie könnte jemand etwas so Hilflosem wehtun? Aber das Böse existierte auf der Welt. Sie schüttelt ihre melancholischen Gedanken ab. Das Essen zusammen mit dem Scotch beruhigt sie ein wenig, und sie hat sich beinahe wieder im Griff. – Vielen Dank, dass Sie so freundlich waren. Wird denn in Japan gern Scotch getrunken, ja?

Der Koch nickt mit einem einfältigen Lächeln, als hätte er sie nicht richtig verstanden.

– Japan, das erscheint einem so mystisch, redet Kendra weiter und kommt sich sofort dumm vor, als ihr einfällt, dass das Restaurant *des Kochs* Mystic East heißt. – Äh, wo genau in Japan kommen Sie denn her?

– Koreaner, *der Koch* zeigt auf sich. – Nur nach Japan kommen für Kochenlernen. Nach Tokyo. Aber geboren und aufgewachsen in Korea.

Korea.

Irgendetwas Dünnes und Finsteres im Lächeln des *Kochs*, etwas kaum Definierbares irritiert Kendra zutiefst. Sie entschuldigt sich und geht hinunter in ihre Wohnung. Sie stellt die Klimaanlage so hoch es geht, zieht sich rasch aus und taumelt ins Bett. Sie fällt in einen erschöpften Alkoholschlaf und fühlt sich selbst in der Nacht gegen dessen Schrecken ankämpfen. Überall im Schlafzimmer sind scharrende Laute zu hören. Sie kann Toto jämmerlich winseln hören, als wäre er in den Wänden lebendig eingemauert. Sie fährt hoch, weil sie jemanden in der Wohnung spürt. *Der Koch* steht im Türrahmen, nackt. Sein Körper präsentiert sich im Licht muskulös und gelb. Er hat einen übergroßen Penis, dessen Spitze fast bis zu seinen Knien reicht. Er hält das Samuraischwert locker an seiner Seite. Kendra schreit.

Sie liegt in ihrem Bett. Etwas Warmes liegt neben ihr; ihr Herz rast und beruhigt sich wieder, als sie erkennt, dass es nur ihr Kissen ist. Abgesehen vom leisen Surren der Klimaanlage ist es still im Zimmer.

Der Samstagmorgen ist drückend, und das Gezirpe der Vögel in der Eiche draußen klingt besonders streitlustig, als Kendra aufwacht und ins Sonnenlicht blinzelt, das in Streifen durch die Jalousien fällt. Jäh steigt die Furcht wieder in ihr auf. *Toto, o Toto.* Sie steht auf und zieht sich ein T-Shirt der Chicago Bears über, ihr Morgenmantel hängt wie viele ihrer Kleidungsstücke schlampig über dem Wäschekorb. Das wüste Chaos in ihrer Wohnung, überall verstreute Kleidungsstücke, tut ihr weh, und die verzweifelte Suche nach Toto hat es noch unordentlicher gemacht. Sie denkt sich in ihr Elternhaus in Highland Park zurück, der Stuck, die Fachwerkgiebel, der grellgrüne Rasen, luftig und dick wie eine Daunendecke (ach könnte man doch wirklich in diesen Erdboden versinken), und ein von Brechreiz begleitetes, alkoholsaures Rülps-Schluchzen steigt in ihr hoch. Eigentlich müsste sie diesen Samstagvormittag arbeiten, aber sie ruft an und hinterlässt eine Nachricht auf dem Anrufbeantworter. – Hier ist Kendra. Ich kann heute nicht kommen. Mein … sie zögert, ob sie die Wahrheit sagen soll, – … meine Schwester Karla … meine *kleine* Schwester, sagt sie mit vor Rührung zugeschnürter Kehle, als sie sich an die junge Karla im Badeanzug erinnert, gemeinsam mit ihr am Seeufer, ehe es durch ein Bild des rennenden Toto mit irgendwas im Maul abgelöst wird, – … hatte einen Autounfall … Ich hoffe nur … Ich muss sofort hinfahren, und damit legt sie den Hörer auf.

Kendra traut sich nicht zu, selbst zu fahren, und nimmt daher lieber ein Taxi zum städtischen Tierheim auf der Western Avenue in der South Side, Richtung Cicero. In ihrer emotional labilen Verfassung überwältigt sie das schlechte Gewissen, Karla für eine derartige Lüge missbraucht zu haben, und sie spricht rasch ein Gebet um Vergebung und dann noch eins für die Rettung Totos. Während der Fahrt zerrt die Paranoia an ihr. Es dauert eine Ewigkeit, bis sie auf dem Kennedy Expressway sind, und als sie die South Side erreichen, ist es offenkundig, dass der indische Fahrer die Stadt gar nicht kennt. – Sie bleiben nicht auf der 55, kreischt Kendra mit blank liegenden Nerven, – nein, Stevenson Expressway! Nein, nein! Sie fahren Daimon ab! Dann auf die Western!

Ihr überhitztes Hirn erinnert sich diffus an einen Vorfall aus jüngster Vergangenheit, bei dem der Hund eines Chicagoer Polizeibeamten, der lediglich wegen Tollwutverdachts zehn Tage in Quarantäne bleiben sollte, eingeschläfert worden war. Das Tierheim hatte versucht, den Vorfall zu vertuschen, woraufhin die Behörden dort eine Razzia durchgeführt hatten. Was, wenn sie das Gleiche mit Toto gemacht haben?

Die Western Avenue ist ohnehin eine trostlose Straße, aber so weit außerhalb erscheint Kendra die Gegend definitiv unheimlich: heruntergekommen, menschenleer und bedrohlich. Obwohl es helllichter Tag ist, ist Kendra froh, als sie den kurzen Weg vom Taxi zu dem Gebäude bewältigt hat. Aber das Tierheim bedrückt sie erst recht. Die ganzen verwahrlosten, ausgesetzten Tiere. Toto ist bedauerlicherweise nicht darunter. – Tut mir leid, sagt eine vierschrötige Latina zu ihr.

Sie bestellt sich mit dem Handy ein Taxi und muss zwanzig elende Minuten warten, bis es kommt und sie zurück zur North Side chauffiert, fort von all den glücklichen armen Menschen, die wieder mit ihren geliebten Haustieren vereint sind. Auf der Rückfahrt muss sie, während die Cityskyline näher rückt, immerzu an *den Koch* denken. Wer war er wirklich, was wusste sie überhaupt von ihm? Er liebt asiatische Küche und Samuraischwerter, er hält sich Kugelfische im Aquarium, damit er sie frisch verzehren kann. Dieses Schwert. Es schüttelt sie plötzlich auf der Rückbank, als sie sich vorstellt, dass es ihren geliebten Toto wie diese Wassermelone in zwei Teile zerschneidet, dessen ganze Existenz – und all die Liebe – mit einem schrillen Aufjaulen ausgelöscht. Im Taxi ist es heiß; um nicht mehr das brennend heiße Leder der Kopfstütze im Nacken zu spüren, bindet Kendra ihren Pferdeschwanz auf und lässt ihre langen Haare fächerförmig auseinanderfallen, um sich davor zu schützen.

Zu Hause geht sie ins Internet und gibt »Korea« und »Hundefleisch« ein.

Ihr Herz hämmert, als sie liest:

> Der Verzehr von Hundefleisch hat in Korea eine lange Tradition; die Befürworter stellen sich auf den Standpunkt, ob man Hunde, Rinder oder Schweine schlachte, sei einzig und allein durch kulturelle Faktoren bestimmt.
> Der Durchschnittskoreaner verzehrt jedoch kein Hundefleisch, denn es gilt gemeinhin eher als Heilmittel (zur Steigerung der männlichen Potenz oder als Mittel gegen die sommerliche Hitze).

Noch beunruhigender ist eine spätere Passage:

> Oft werden die Hunde mit Knüppeln totgeprügelt, um das Fleisch zarter zu machen. Einige Verkäufer geben auch zu, dass sie den Hunden während des Schlachtens erhebliche Qualen zumuten, da dies den Adrenalinspiegel heben soll, mit dem auch der Wert des Fleisches als Potenzmittel steigt.
> Als Faustregel gilt also, wenn Sie in Korea einen Hund bei sich führen, halten Sie ihn im Haus und hinter Schloss und Riegel. Er könnte gestohlen werden, da Hundefleisch sehr hohe Preise erzielt.

Kendra druckt einige der Beiträge aus und geht dann hinaus auf die Straße. Sie geht ein Stückchen, kommt an einem blauen Streifenwagen vorbei, dann an einem weiteren, immer mehr davon, die sich wie Dominosteine in die umliegenden Straßen fortsetzen, bis sie am Parkplatz neben einem imposanten Gebäude an der Ecke eines Häuserblocks in der City ihre dichteste Konzentration erreichen. Das Schild daran weist es als CITY OF CHICAGO POLICE DEPARTMENT aus.

Der wachhabende Beamte verschlingt gerade sein Takeaway-Essen mit Kaffee von Dunkin Donuts. Als Kendra eintritt, mit wehender Mähne, leckt er sich die Lippen. – Ja bitte, Miss?, fragt er servil, während seine Augen direkt zu ihrem Ausschnitt wandern.

– Mein Hund ist verschwunden.

– Das tut mir aber leid. Tja, dafür haben wir ein kleines Formular, in das Sie nähere Einzelheiten eintragen können. Er lächelt breit und zieht einige Blätter aus einem Turm von Ablagefächern.

– Das brauch ich nicht. Ich weiß, wo er ist. Ich habe da so einen Nachbarn, platzt sie heraus. – Er ist Koch. Und er kocht permanent!

Der Cop kichert diskret in sich hinein. – Das klingt doch, als wäre es ganz richtig so.

– Nein, fährt ihn Kendra irritiert an, – er ist Koreaner!

Der Schalterbeamte sieht sie scharf an. – Und was hat das mit Ihrem Hund zu tun?

– Koch! Koreaner! Hallo?! Sie reißt die Augen auf, dass sie groß wie Billardkugeln wirken.

Der Polizist lacht ihr ins Gesicht, und sie fühlt sogar etwas von seinem Speichel auf ihr Gesicht sprühen. Sie wischt ihn mit der Hand ab. Der Beamte guckt sie stupide an, was wohl eine Art lahme Entschuldigung darstellen soll, dann reißt er sich zusammen und wirft sich in eine wichtigtuerische offizielle Pose. – Wir können nicht jedes Mal, wenn irgendwo ein Hund entläuft, unsere koreanischen Mitbürger behelligen.

– Tja, vielleicht sollten Sie das aber, sagt Kendra und knallt die Seiten auf den Tisch, die sie aus dem Internet ausgedruckt hat, – denn es ist allgemein bekannt, dass Menschen in Südkorea Hunde und Katzen essen!

– Wir sind hier nicht in Korea, Miss. Hier tun sie so etwas nicht.

– Woher zum Teufel wollen Sie das wissen?

– Na, ich schätze, das liegt an dem unterschiedlichen kulturellen Umfeld. Es ist wohl eine Frage gegenseitigen Respekts. Wie zum Beispiel die Leute in Indien, die keine Kühe essen. Für die ist das entsetzlich, was wir hier in den USA mit Kühen anstellen. Aber sie wissen, dass wir manche Dinge anders handhaben, und akzeptieren das. So wie Koreaner akzeptieren, dass sie hier kein Hundefleisch essen dürfen. Aber an sich ist das doch eine ganz nachvollziehbare Praxis, ganz allgemein betrachtet, finden Sie nicht?

– Nein, ist es *nächt*! Das Verhältnis zwischen einem Haustier oder sogar einem Arbeitstier und seinen Besitzern ist grundlegend anders als das zwischen Menschen und Tieren, die zu Ernährungszwecken gezüchtet werden! Kapieren Sie das denn nicht!, brüllt Kendra, fassungslos, dass der Polizeibeamte auch noch versucht, so etwas zu rechtfertigen.

Der Officer lässt sich nicht unterbuttern. – Weiß ich nicht. Ich schätze, für die ist es so, dass manche Tiere für die Jagd gezüchtet werden, manche zum Kämpfen und andere eben zum Essen. Außerdem kommen Haushundrassen in Korea nicht in den Kochtopf.

– Das wissen Sie ja gar nicht!, heult Kendra. – Ich hab das recherchiert! Sie zeigt auf ihre Ausdrucke. – Weil Hundefleisch teuer ist, ziehen die Menschen in den ländlichen Gegenden Koreas die Hunde selber groß und töten sie; oder sie stehlen welche. Dieser Koch hat irgendwas Grässliches mit Toto gemacht. Da bin ich mir völlig sicher!

– Von was für einem Hund reden wir hier?

– Einem Zwergspaniel.

– Schön. Ohne Ihnen zu nahe treten zu wollen, Miss, aber ein Zwergspaniel ergibt nicht gerade ein fürstliches Bankett. Ich möchte bezweifeln, dass die kleinen Kerlchen auch nur eine vernünftige Portion Gyros abgeben, grinst der Cop.

– Ich will ihn wiederhaben! Helfen Sie mir jetzt, meinen Hund zu finden, verdammte Scheiße!

Die Stimme des Polizisten wird strenger. – Na schön, Miss, ich begreife, dass Sie aufgeregt sind. Warum gehen Sie nicht einfach nach Hause und warten ab, ob der kleine Kerl nicht wieder auftaucht, und wenn wir hier etwas hören, rufen wir Sie an.

– Herzlichen Dank, höhnt Kendra sarkastisch. – Sie waren wirklich eine große Hilfe.

Draußen auf den Stufen zur Polizeiwache schäumt sie vor ohnmächtiger Wut. Jetzt fällt ihr auch nichts anderes mehr ein, als wieder nach Hause zu gehen. Als sie wieder in ihrer Wohnung ist, schleicht sie sich die Treppe hoch und lauscht an der Tür *des Kochs*. Es ist nichts zu hören. Sie geht wieder nach unten. Ihre Verzweiflung wird durch das Chaos in ihrer Wohnung noch vergrößert. Ein riesiger Wäscheberg hat sich angesammelt, aber sie bringt es einfach nicht fertig, ausgerechnet jetzt nach unten in diesen Waschkeller zu gehen.

Kendra beschließt, Stephanie an ihrem Arbeitsplatz aufzusuchen. Sie müsste bald Feierabend haben. Steph kennt sich mit Tieren und deren Verhaltensweisen aus. Vielleicht kann sie Rückschlüsse auf Totos derzeitige seelische Verfassung und sein wahrscheinlichstes Ziel ziehen – wenn es nicht der Kochtopf *des Kochs* ein Stockwerk höher war. Sie macht sich auf den Weg zu der Praxis auf der Clarke. – Miss Harbison hat gerade eine Konsultation beendet, teilt ihr die Rezeptionistin vom Typ Fußballmutti mit.

Sie betritt Stephanies Büro. Ihre Freundin steht am Fenster

und pustet Zigarettenqualm auf die Straße. – Mein Gott, was für Menschen, lästert Stephanie, während sie auf den Verkehr auf der Clark hinunterschaut, – die können anscheinend nicht verstehen, dass nächt sie meine Klienten sind. Sie sind lediglich die Geldgeber. Victor ist der Klient.

– Wer ist ... Victor?

– Ein holländisches Zwergkaninchen mit einer Essstörung. Am liebsten hätte ich zu dieser blöden Nutte von Besitzerin gesagt: ›Haben Sie in letzter Zeit mal in den Spiegel geschaut? Schon mal daran gedacht, dass Victor vielleicht nur ein Verhaltensmuster kopiert?‹, brüllt Stephanie wütend. Dann scheint sie Kendra zum ersten Mal wahrzunehmen. – Aber du siehst ja ganz fertig aus, Süße. Was ist los?, fragt sie, dann gräbt sich Wachsamkeit in ihre Züge: – Was machst du hier?

– Toto ist weg! *Der Koch* ... oben, der Kerl aus dem Restaurant; er hat irgendwas Schreckliches mit Toto gemacht. Er ist Koreaner. Die essen Hunde!

– Das kannst du doch nächt ernst meinen, sagt Stephanie, dann macht sie dieses Gesicht, das sie sich immer als ihren »klinisch diagnostischen« Blick denkt. Dazu gehört, dass ihre Augenbrauen fast zusammenstoßen. – Hör mal, Kennie, Toto war – sie korrigiert sich – ist ... ein sehr süßer Hund, aber machen wir uns nichts vor, er hat so etliche Probleme.

Ein Pfeil kindlicher Versagensängste bohrt sich in Kendras Brust. – Du meinst wohl, ich hätte ihn zu Dr. Stark bringen sollen?

Stephanie schnippt ihre Zigarette aus dem Fenster, setzt sich und schlägt die Beine übereinander. Sie betrachtet ihre Netzstrümpfe und freut sich über deren »sprungbereite Sexualität«, wie sie es nennt. Es war eigentlich eine Strumpfhose, aber Männer wussten es nie mit Bestimmtheit. Man brauchte nur den Fang einzuholen, wie sie es gestern Abend eindeutig gemacht hatte. Eine zufällige Begegnung auf der Straße auf dem Heimweg, dann ein letzter Drink, nachdem die anderen gegangen waren. Sie betrachtet Kendra, die es einfach zu eilig gehabt hatte, den Abend zu beenden, und es rumort beinahe etwas wie Beschämung in ihr. Dann fällt sie wieder in ihre professionelle Rolle zurück. – Phil Stark hätte Totos Zurückweisungskomplex sofort erkannt und ein angemessenes Verhaltensmodifikationsprogramm konzipiert, erklärt sie ihrer Freundin energisch. – Außerdem bin ich der Überzeugung, dass es schon gar nicht anging, ihn Toto zu nennen. Indem du ihn mit dem Hund aus dem Zauberer von Oz identifizierst hast, hast du unbewusst die Urszene des Verlorengehens und der Suche nach dem Zuhause in seine Psyche eingeschrieben.

– Aber er hat doch ein Zuhause, jammert Kendra, – unser Zuhause.

– Natürlich hat er das, Herzchen, stimmt Stephanie zu. – Toto ist ein kleiner Hund, der sehr viel Liebe bekommt, gurrt sie und begreift, dass Kendra in diesem verstörten Zustand nicht allein bleiben darf. Sie ruft Stacie an und sagt ihr, sie solle sich mit ihnen in Kendras Wohnung treffen. Sie verlassen die Praxis und gehen die Clark hinunter, ohne ein Wort zu wechseln. Neben der starken Hitze malträtiert sie nun auch noch lärmendes Getöse über ihren Köpfen, weil vier Düsenjäger wie Raubvögel über einer motorisierten Herde von Karosserieblech durch den makellos blauen Himmel donnern.

Als sie in der Wohnung sind, erscheint auch Stacie, und sie setzen sich zusammen aufs Sofa und beruhigen die aufgelöste Kendra mit einem Glas Wein. – Ich kann nicht rausgehen ... ich fühl mich bloß so hilflos, einfach neben dem Telefon zu warten, erklärt sie. Dann ertönt draußen wieder dieses ohrenbetäubende Röhren, die Jets fliegen so tief, dass sich die Fenster nach innen wölben. – Scheiße, flucht Kendra verbittert, – können die nicht in den Irak fliegen und es da machen? Sind sie nicht dafür da?

– Es ist nur eine Demonstration der Stärke. Ich finde es ganz beruhigend, sagt Stephanie. – Mir gefällt der Gedanke an die Unmengen von Sprit, die wir bei diesen Probeflügen verballern.

– Es muss schrecklich sein, in einem Kriegsgebiet zu leben, schaudert es Stacie.

– Das haben sie sich ja irgendwie selbst ausgesucht, behauptet Stephanie. – Wenn es ihnen nicht gefällt, können sie ja ihren Arsch bewegen und woanders hingehen, so wie unsere Vorfahren, als sie hierherkamen.

Stacie scheint darüber eine Weile nachzudenken. Dann lässt sie den Blick durch Kendras Wohnung schweifen. Es ist ein einziges Chaos, aber genau das, was sie braucht. – Ich wette, diese Wohnung ist verdammt teuer, sagt sie schließlich, als ihr Blick bei dem ungenutzten Zimmer hängen bleibt, in das sie schon lange gerne einziehen würde. – Kannst du dir das leisten?, fragt sie Kendra.

– Mensch, du kapierst es nicht, Stace. Die Frage müsste lauten: Kann ich es mir leisten, sie nicht zu haben? Falls du's noch nicht gehört hast: Prinzessinnen wohnen in Palästen, erklärt sie schrill, steckt sich eine Xanax in den Mund und spült sie mit einem Schluck Rotwein runter.

Stephanie rutscht nervös herum, schaut auf ihre Uhr und versucht, das Gespräch auf die Arbeit zu lenken. – Der Immobilienmarkt boomt, oder, Kendra?

Normalerweise würde Kendra jetzt dynamisch trällern: »Mehr denn je«, selbst wenn am Markt Flaute herrschte, weil sie weiß, dass die Erfolgsaussichten Motor für alles sind und daher immer schöngeredet werden müssen. Man war schließlich professionell. Doch heute kann sie nur von Gram verzehrt stöhnen: – Toto war ein Engel in einem Hundekörper.

– Sie ist völlig durcheinander, flüstert Stacie Stephanie zu, während sie Kendras Knie drückt.

Manche Menschen sollten eben erst gar nicht versuchen, diese Welt zu begreifen, denkt Stephanie entnervt. Dann beugt sie sich vor und berührt Kendras Hand. – Kennie, ich mach mir richtig Sorgen um dich.

– Nicht nötig, Herzchen, es geht schon, protestiert Kendra mit leiser, verzagter Stimme.

O mein Gott, schon setzt die Mitleidsmüdigkeit ein, merkt Stephanie und versucht ein gelangweiltes Gähnen in ein Lächeln umzuwandeln. Das gelingt ihr gerade eben, aber nach dieser Belastungsprobe erwägt sie bereits Ausstiegsszenarien und ist in Gedanken ohnehin bei einer späteren Verpflichtung.

Stacie erklärt sich bereit, in dem unbenutzten Zimmer zu übernachten, aber Kendra besteht hartnäckig darauf, lieber allein sein zu wollen. Sie bleibt noch auf, nachdem die anderen weg sind, und zappt ohne Ton durch die Programme. Sie hört jemanden das Haus betreten. Es ist *der Koch*; sie hat bereits gelernt, seine stapfenden, bedächtigen Schritte auf den Betonstufen draußen zu erkennen. Wer sonst sollte es auch zu dieser Uhrzeit sein?

Sie geht hinaus, um ihn im Treppenhaus abzupassen. – He, Sie da!

– Keine Spur vom Hund?, fragt er freundlich.

– Nein ... ich war schon im Tierheim, sagt sie kopfschüttelnd. – Ich kann nicht schlafen. Sie haben wohl nicht zufällig Lust, noch mal einen von den medizinischen Drinks zu nehmen, die Sie mir gestern verabreicht haben?

– Sehr müde, langer Tag. *Der Koch* hebt seine dunklen Augenbrauen in einer Weise, die sie als Bitte interpretiert.

– Nur einen ganz Kleinen?, schnurrt Kendra und stellt sich aus irgendeinem Grund *den Koch* nackt vor.

– Kommen, sagt *der Koch* und weist auf die Treppe. Oben schließt er seine Wohnungstür auf und führt sie hinein.

Als er die Toilette aufsucht, wartet Kendra, bis sie seinen Urin plätschern hört, dann nutzt sie die Gelegenheit und geht in die Küche. Sie sieht in einigen der Schränke nach. Nichts. Dann geht sie zum Kühlschrank. Sie schaut ihn an und zögert vor der kalten Endgültigkeit seiner Gestalt. Dann klickt das Thermostat plötzlich, und ihr Herz setzt einen Schlag aus. Sie nimmt allen Mut zusammen, geht zum Kühlschrank, packt seine Klinke und reißt die Tür auf. Ins Licht der Innenbeleuchtung blinzelnd, sieht sie einen kleinen Kadaver. Beinahe entfährt ihr ein Schrei.

Aber es ist nur ein Hühnchen.

Das kann sie erkennen. Kendra verlässt die Küche und geht zu dem riesigen Kratzbaum in der Ecke des Wohnzimmers, den *der Koch* für seine Schwertübungen benutzt. Dahinter steht ein kleiner Schrank. Sie bückt sich und will an den Griff fassen.

– Tun Sie das nicht, erklingt schneidend eine Stimme hinter ihr.

Sie fährt herum und sieht *den Koch* mit einem Samuraischwert in der Hand auf der Schwelle stehen. Sie erstarrt und spiegelt so den Ausdruck auf seinem kalten, unbeweglichen Gesicht wider.

Die Woche verstrich, ohne dass Kendra einen Anruf erwiderte, aber Stacie war nicht übermäßig besorgt. Kennie konnte schon ein bisschen launisch sein, sagte sie sich. Ein entlaufener Hund, ein neuer Freund, Krämpfe während ihrer Periode, keine Xanax mehr im Haus, es konnte alles sein, scherzte sie gegenüber Stephanie. Außerdem wüssten sie ja, wo sie am Freitag um 12.30 mittags sein würde. Stephanie machte sich jedoch ein wenig mehr Gedanken. Wie sollte sie Kendra beibringen, dass sie sich mit Trent traf? Das war eine harte Nuss. Sie machte sich Sorgen, ihre Freundin könnte womöglich schon von dieser zart knospenden Romanze erfahren haben, und das sei der Anlass für die beleidigte Funkstille.

Stacie und Stephanie treffen sich auf der Clark. Es ist immer noch heiß, aber die Temperatur ist ein wenig gesunken. Graue Wolken verbergen die Sonne, und die Luft wirkt drückend und schwül. Als sie beim Restaurant ankommen, hängt dort das Geschlossen-Schild. Das Lokal wirkt verwaist, doch dann schwingt die Tür nach innen auf und *der Koch* tritt grinsend heraus, um sie zu begrüßen.

– Haben Sie, äh, geöffnet?, fragt Stacie.

– Immer auf, aber nur für spezielle Gäste, sagt *der Koch* und deutet auf sie. – Min ist krank, in Hitze. Eingeschlafen bei Musikkonzert in Park. Hat schlimme Sonnenbrand. Akiro zurück in Japan für Beerdigung für eine Woche. Ich allein hier, aber ich koche ganz spezielles Gericht nur für Sie.

Stephanie schaut Stacie an, dann *den Koch*. – Äh, haben Sie Kendra gesehen?

– O ja, sie wird hier sein!, lächelt *der Koch*. – Kommen!

Die Mädchen gehen ins Restaurant und nehmen Platz. Stacie fühlt sich geschmeichelter als Stephanie, dass *der Koch* exklusiv für sie geöffnet hat. Allerdings ist Kendra auch um 12.45 noch nicht erschienen. – Das passt gar nicht zu ihr, sich zu verspäten, sagt Stephanie nachdenklich, schaut auf ihre Uhr und überlegt, dass Sashimi bei dieser Hitze eine gute Wahl wäre. Kein Reis; Kohlenhydrate nach dem Mittag waren eine abstoßende Angewohnheit. – Wahrscheinlich irgendeine Krise auf der Arbeit. Sie hat erzählt, dass das Miststück Marilyn sie auf dem Kieker hat, schnaubt sie, während ihre Gedanken zu Trent zurückkehren. Noch eine Runde in den Federn dürfte den Deal wohl perfekt machen und Katzenfrau Pallister auf den Müllhaufen der Flirtgeschichte befördern.

– Es ist schrecklich, wenn man mit seinen Kollegen nicht auskommt, meint Stacie.

Woher zum Teufel willst du das denn wissen?, denkt Stephanie. – Nun ja, Eigentumswohnungen. Ich bitte dich, meint sie ätzend. Trent kommt ihr wieder in den Sinn. Ein Architektenbüro; ein deutliches Upgrade gegenüber Todd. Schluss mit den ewigen lahmen Indierockern, die wie eine riesige Schar von Spatzen durch die City hüpften, von der Wohnung zur nächsten Dreckspinte zum nächsten Gig. Nie mehr geheucheltes Interesse an »spannenden Projekten«, von denen man gar nichts hatte hören wollen. Außerdem hatte Stephanie und Trent einen guten Klang. Bei Familientreffen zum Beispiel, vielleicht ein Thanksgiving oben im Ferienhäuschen in Wisconsin. Trent und ich könnten in ein paar Stunden da sein, wenn wir das Cabrio nehmen. Arme Kendra. Na ja – hobeln, Späne etc.

Der Koch erscheint mit einem großen Tablett voll Fleisch. – Für Sie zum Probieren. Sehr spezielles Gericht.

– Protein pur, sagt Stephanie.

Er schaut zu, wie sie Anstalten machen zu essen.

Stephanie schließt die Augen, als sie den Bissen auf ihrer Gabel in ihren Mund schiebt, und lässt das buttrige Fleisch langsam auf ihrer Zunge zergehen; ihre Geschmacksknospen reagieren begeistert. Eine Aura strahlenden Sonnenlichts scheint sie zu durchströmen. – Mein Gott, das ist ja fantastisch! So saftig. Was ist das?

– Es ist toll, stimmt Stacie zu, – es hat einen wirklich pikanten, fast salzigen Geschmack, ist aber dabei ganz zart.

Der Koch betrachtet ihre großen Augen. Seine Zunge schnellt auf seine Lippen, um die Salzschicht zu entfernen, mit der sie überzogen sind. – Altes Rezept. Es heißt, dieses Fleisch kann zäh sein, doch alles ist mariniert. Musste es ganz zermalmen, um es weich zu machen. Das ist Geheimnis.

– Ist das Schwein?, fragt Stacie. – Es schmeckt irgendwie nach Schwein, aber die Konsistenz ist mehr wie vom Huhn …

– Beendet essen, ich zeige euch später, er zeigt auf die Küchentür und folgt dann seinem eigenen Fingerzeig nach hinten in seine Höhle.

Stacie und Stephanie lehnen sich zurück und genießen ihr Essen, während sie darauf warten, dass Kendra endlich kommt.

– Mensch, Kennie wird aber neidisch sein, schnalzt Stacie, – wir haben etwas Neues ausprobieren können und sie nicht!

Sie essen mit einer gierigen Begeisterung, ganz eingenommen von diesem geheimnisvollen Gericht; das Fleisch zart und saftig, aber dennoch mit einem scharfen Wildgeschmack, und das lässt sie vorübergehend das Fehlen ihrer Freundin vergessen.

Dann, nach einer Weile, erscheint *der Koch* wieder an ihrem Tisch. – Ich habe etwas sehr Wichtiges, das ich Ihnen zeigen muss.

Kommen Sie! Er winkt die Mädchen in die Küche. Irritiert stehen sie auf und folgen ihm. – Geheime Zutat hier drinnen. Dann habe ich noch andere Überraschung für Sie! *Der Koch* nimmt ein riesiges Filetiermesser von der Sushibar, schwingt mit der freien Hand die Tür auf und winkt sie herein. Er grinst, als er die Tür hinter ihnen zufallen lässt.

Marilyn sitzt im Büro und betrachtet den leeren Stuhl hinter Kendras Schreibtisch. Sie denkt: Montag, Dienstag, Mittwoch und Donnerstag. Ein Satz entfährt ihr. – Wie lang will das kleine Flittchen noch wegen ihrer bescheuerten Schwester krankfeiern?, fragt sie, wahrscheinlich sich selbst, obwohl Greg und Cassandra sie hören können.

Ungefähr zehn Minuten später platzt Kendra entschlossen durch die Tür und steuert ihren Arbeitsplatz an.

– Soso, hast du also beschlossen, uns mal wieder mit deiner Anwesenheit zu beehren, grinst Marilyn sarkastisch. – Und wie geht es deiner Schwester?

– Vergiss es, zischt Kendra mit einem Blick über die Schulter und stopft ein paar persönliche Dinge in ihre Tasche.

– Oh, wie ich sehe, willst du uns verlassen, höhnt Marilyn. – Ein besseres Angebot gekriegt?

Kendra dreht sich um und betrachtet sie, eine Hand in die Hüfte gestemmt. – Ja, hab ich, lügt sie. – Und weißt du, warum?, fragt sie und platzt dann, ohne eine Antwort abzuwarten, wüst heraus: – Nimm zur Kenntnis, dass du einen verdammt großen Anteil am Mord an meinem Hund hast, du miese Fotze, und weißt du auch, wieso? Häh? Weil du noch nie in deinem beschissenen Leben etwas wirklich geliebt hast. Und das kommt daher, weil du selbst von Natur aus nicht liebenswert bist.

Drei Sekunden herrscht totale Stille im Büro.

– Du dreckige kleine ... Marilyn füllt die Lücke mit einem Keuchen, dann jammert sie: – Du kennst mich überhaupt nicht, und sie sieht sich im Kreis ihrer Untergebenen nach Unterstützung um, – du weißt überhaupt nichts über mich ... Kennie, du bist aufgeregt, ich ...

– Ich weiß, dass du verdammt hinterm Mond lebst. Sie sieht die anderen an: – Ihr alle! Rafft es endlich: Der Immobilienmarkt hier ist tot! Der Vorverkauf klappt nicht mehr, um diese potthässlichen Scheißeigentumswohnungen zu bauen, und in Kürze sitzt ihr lahmen Penner alle auf der Straße! Und noch was, sie konzentriert sich wieder auf Marilyn, – du bist immer die Witzfigur bei unserem Feierabenddrink gewesen, stimmt's nicht, Greg?

Greg errötet und wendet sich abrupt ab, da geht die Eingangstür auf und Stephanie, flankiert von Stacie, betritt mit Toto im Arm das Großraumbüro. Als Toto Kendra sieht, stößt er eine Reihe entzückter Jaultöne aus. – Hey-ey-ey! Schau mal, wer da ist!, ruft Stephanie.

Kendra fährt zu ihnen herum, ihre Lippen zittern angesichts dessen, was sie da sieht und hört. Ihr erster Gedanke ist: Halluziniere ich vielleicht? Sie war für ein paar Tage zu ihren Eltern nach Highland Park gefahren, um sich zu sammeln, sich erst mal zurückzuziehen, um voller Hoffnung neben ihrem Handy zu warten, und dann, als nichts passierte, hatte sie um Toto getrauert. Nach dem Schlafentzug, dem Xanax und der hirnerweichenden Hitze traut sie ihren Sinnen nicht mehr so recht.

– *Der Koch* hat ihn im Lüftungsschacht in der Waschküche gefunden, strahlt Stephanie. – Er muss das Gitter hinter der Couch in deinem Wohnzimmer geöffnet haben und heruntergefallen sein. Er war unverletzt, nur etwas verängstigt, hungrig und durstig. *Der Koch* hat ihn wieder aufgepäppelt, und es geht ihm gut. Sie drückt Kendra den Hund in den Arm. – Wo hast du bloß gesteckt?

– O mein Gott, ich ... ich ... ich war bei meiner Mum, ich war so deprimiert ... aber jetzt ist er wieder da! Mein Baby ist wieder da! Tränen der Freuden rinnen ihr über das Gesicht. – Er ist zurückgekommen ...

– Ihr macht euch doch nicht wirklich über mich lustig, oder? Greg? Cassie?, erkundigt sich Marilyn flehend. Dann fixiert sie Kendra mit mörderischem Blick. – Raus hier! Verpiss dich, aber schnell! Und nimm deine kleine, beschissene Ratte mit!

– Ich muss los, grinst Kendra ihre Freundinnen an und geht zum Ausgang, Stephanie und Stacie im Schlepptau.

Stephanie bleibt noch einmal stehen, dreht sich um und betrachtet die schimpfende Marilyn mit einem angewiderten Blick. – Ein guter Ratschlag: Probier's mal mit einem Schwanz. Oder such dir wenigstens eine Schlampe mit einer geschickten Zunge.

– Uuh-huh! Verdammt ja, Schwester!, stimmt Stacie in ihrer Schwarze-Bitch-Stimme mit ein und gibt Stephanie High-five.

Marilyn kreischt hinter ihnen her, als sie das Büro verlassen: – Ihr beleidigt mich nicht in meinem eigenen Büro! Ich ruf die Polizei! Das ist Hausfriedensbruch! Polizei!

– Mannomann, stößt Stacie hervor, als sie auf die Straße treten, immer noch Marilyns Geschrei in den Ohren, – was war denn da los?

– Ich schätze, ich brauche einen neuen Job, sagt Kendra und inhaliert tief Totos vertrauten Geruch.

– Wow, freut sich Stacie und denkt an Kendras Finanzen und das ungenutzte Zimmer.

Stephanie tätschelt den kleinen Kopf des Hundes. – *Der Koch* war gerade mit der Wäsche beschäftigt, als er Geräusche aus den Lüftungsrohren an der Decke hörte. Er hat dir eine Nachricht hinterlassen, aber du warst schon weg. Wir hatten erwartet, dich heute im Restaurant zu treffen.

– Ich war gar nicht mehr bei mir zu Hause … ich bin von meiner Mom direkt hierher …

– Du hast ein wahres Festmahl verpasst, Kennie, schwärmt Stacie. – *Der Koch* hat uns eine riesige Platte mit Wildschwein serviert. Ich hab mich vielleicht erschrocken, als er uns mit nach hinten in die Küche genommen hat, ich den Kühlschrank aufmache und mich da dieser Riesenwildschweinkopf anstarrt! Er ist echt ein schräger Typ!

– Ich danke euch so sehr. Ihr seid die besten Freundinnen, die man haben kann!, schwärmt Kendra, da geht ihr Handy. Sie fischt es geschickt aus ihrer Handtasche, Toto immer noch im Arm. – Hi-i-i- … gurrt sie hinein. – Okay, okay … nein … heute Abend um elf bei dir ist prima. Okay. Bis nachher.

Stephanie spürt, wie sich in ihr etwas Unheil verkündend verschiebt und wie ein Klumpen Blei herabzufallen droht. Ihr versagt die Stimme. Stacie zirpt nonchalant: – Wer war das denn?

– Trent. Er hat mich heute Morgen angerufen. Meinte, er wäre von so einer Psychoschlampe gestalkt worden, erklärt Kendra trocken. – Offenbar haben er und irgendeine Loserin letzte Woche im Suff eine Nummer geschoben, und seitdem hat sie ihn mit SMS, E-Mails und Anrufen bombardiert. Ihr kennt ja den Typ, meint sie achselzuckend. – Ich geh später mal hin und heitere ihn ein bisschen auf, lächelt sie, blind dafür, dass alles Blut aus Stephanies Gesicht gewichen ist. – Aber ich denke, jetzt brauche ich erst mal ein bisschen Zeit für mich und diesen kleinen Prinzen hier, sagt Kendra und zeigt mit dem Kopf auf den Hund, dann tupft sie sich ein paar Tränen ab, die ihr vor Rührung kommen, – nur wir zwei beide. Nochmals danke ... ihr seid die Größten!

Stephanie ringt nach Luft, ihr ist schwindelig und übel in der Hitze, und sie kann nichts hören außer dem Klingeln in ihren Ohren und vagem Straßenlärm. Sie sieht, dass Stacie etwas zu Kendra sagt, die ihnen zum Abschied zuwinkt und dann munter die Clark herunter in Richtung ihrer Wohnung eilt, Toto fest umklammert, der aus seiner erhöhten Position verächtlich auf die anderen Hunde herabsieht.

Miss Arizona

Es ist jetzt kälter als kalt, und nicht mal mehr unbequem. Ich hab's bald hinter mir, und es stört mich nicht weiter. Warum auch, in Gottes Namen? Ohne sie geh ich nicht, und mitnehmen kann ich sie nicht, soviel ist sicher.

Ist ja nicht so, als täte mir was weh; ich spüre weder Arme noch Beine, ich bin nicht mal sicher, ob ich die Augen auf oder zu hab. Dass mir nichts mehr als Gedanken bleiben – auch nicht schlimm. Für die kann ich mir nichts kaufen, aber sie laufen trotzdem weiter. Der Witz ist, dass die Kälte mir den Rest gibt, während draußen, auf der anderen Seite der dicken Steinmauern, Leute in der Bruthitze schmoren. Irgendwann glauben wir alle dran. Bloß die Umstände, auf die wäre ich in tausend Jahren nicht gekommen.

Ich hab wohl für meine Arroganz bezahlt, genau wie er. Und ja, jetzt endlich seh ich den versoffenen alten Spinner, wie er wirklich ist: auch nur so ein Arschloch, das sich ins Schwert seiner eigenen Eitelkeit gestürzt hat. Irgendwann bildet man sich ein, man wär der Größte: der ultracoole, großspurig daherlabernde *Kunstschaffende* mit dem Riesenschwanz. Und die anderen bloß kleine Untertanen, die einem zu Füßen liegen. Da denkt man dann, man könnte sich einiges rausnehmen. Dass einem das gewisse Rechte gibt. Aber wie sich rausstellt, darf man auch nicht mehr als alle anderen.

Wann hat es angefangen?

Es fing an und endete mit Yolanda.

Miss Arizona.

Sie war ein altes Mädchen und sah aus wie bis zur Erschöpfung geritten und dann schweißnass weggestellt. Yep, sie sagte, sie sei irgendwann mal Miss Arizona gewesen. Mich soll der Blitz beim Scheißen treffen, wenn man ihr davon noch was ansah. Sie war schon ein schwerer Brummer; ich hab in Louisiana schon Weiber in

Trailer Parks gesehen, bei denen nicht mal der Arsch so fett schwabbelte wie das Fleisch an ihren Armen, wenn sie sie bewegte – was sie in der Regel nur tat, um ein Glas zu heben. Die gute Yolanda hatte die Art von roten Haaren, die vielleicht irgendwann mal als attraktiv gegolten haben, aber ich schätze, das ist 'ne gute Weile her: ein hoch aufgetürmter und gesprayter Betonklotz auf ihrem dicken Schädel mit den Schweinsäuglein. Ihre Haut war weiß wie Muttermilch; eine Haut, die Sonne gar nicht gut verträgt, und Sonne ist das Einzige, wovon sie hier wirklich reichlich haben.

Miss Yolanda setzte sich ihr allerdings nur selten aus. Wenn sie draußen war, dann im Schatten, manchmal saß sie auf der hinteren Veranda mit Blick auf den kleinen Garten, dessen struppiges Gras genauso braun und verdorrt war wie das brachliegende, ruinierte Farmland, das ihr Haus umgab. Das gammelige Fleckchen Land war ein echter Kontrast zu dem wunderbaren, türkisfarbenen Swimmingpool. Obwohl Yolanda oft in einem einteiligen, bunt gestreiften Badeanzug dasaß (normalerweise mit einem großen Schlapphut aus Stroh auf dem Kopf und einem Bademantel über den Schultern, während ein großer Ventilator ihr kühle Luft zublies), schien sie nie in den Pool zu gehen. Wahrscheinlich wollte sie ihre Frisur nicht ruinieren. Aber dieser verdammte Pool war so gut gepflegt, dass ich immer fand, es wäre ein Verbrechen, ihn nicht zu benutzen, vor allem in dieser Gegend. Aber tja, eine Haut wie ihre und dann ausgerechnet hier leben; mitten in der gottverfluchten Wüste, gute drei Autostunden vom Stadtzentrum von Phoenix. So saß sie einfach unter ihrem Sonnenschirm, und dicke Stränge blauer Venen liefen ihr die bleichen, wabbeligen Oberschenkel hinunter zu den mageren Waden und wurden auf dem Weg pechschwarz. Klaro, sie war mal Miss Arizona gewesen, muss wohl zu der Zeit gewesen sein, als die Gegend noch zu Mexiko gehörte.

Ich weiß noch, wie ich das erste Mal vor diesem großen Ranchhaus vorfuhr. Ich dachte mir damals, wenn einer sich ein Haus, das eigentlich auf Weideland gehört, hier mitten in die Wüste setzt, weiß man zwei Dinge gleich auf Anhieb: erstens, die haben genug Geld, zweitens, auf Gesellschaft legen sie keinen übertriebenen Wert.

Tja, das ist Miss Yolanda. Aber da dies anscheinend meine allerletzte Story wird, schätze ich, ich sollte langsam auch mal ein bisschen von mir selbst erzählen. Mein Name ist Raymond Wilson Butler. Ich bin achtunddreißig Jahre alt, geschieden und stamme aus West Texas. Bevor ich Yolanda begegnete, wohnte ich zusammen mit meiner Freundin Pen in einer Tausend-Eier-im-Monatsmiete-Wohnung nah der Innenstadt von Phoenix. Was mit ihr ist? Da könnte ich ewig erzählen. Aber das Einzige, was mir gerade in den Sinn kommt, ist, dass sie wunderbar singen kann, wenn sie nicht gerade in einem Buchladen in einer City-Mall arbeitet. Als ich Pen kennenlernte, änderte sich mein Leben zum Besseren. Sie war verdammt das Beste, was mir je passiert ist.

Aber Yolanda war anders. Sie veränderte *jedermanns* Leben. Das Leben jedes gottverdammten Hurensohns, der je in Kontakt mit ihr kam. Ich lernte sie über meine Arbeit kennen; alle paar Tage fuhr ich raus zu ihrem Haus. Ich sollte wohl erst mal erklären, wie das ablief.

Um von unserer Wohnung zu Yolanda zu gelangen, musste ich nach Westen aus Phoenix rausfahren. Jedes Mal faszinierte es mich, wie abrupt die Stadt aufhört, von der Stadt zur Wüste war es gerade so weit, wie ein Besoffener pissen konnte. Dann kommt man an ein oder zwei Wohnsiedlungen vorbei; die meisten Häuser schon fertig, andere werden gerade zu Ende gebaut, nachdem sie als Gerippe aus Stahl und Beton fast zwanzig Jahre zerbröselnd in der Sonne gestanden haben. Eine Menge Leute hatten sich gedacht, Grundeigentum wäre die primäre Ressource hier draußen, und sich beim Kauf übernommen. So ist das, wenn man nur ganze sieben Inches Regen im Jahr abkriegt. Es wurde erst wieder weitergebaut, als sie das Kanalsystem fertig hatten, das von den Rockys runterkommt, um diese Gegend hier mit kostbarem Wasser zu versorgen.

Wenn die letzte der Siedlungen hinter einem liegt, hat man noch eine lange Strecke durch die Wüste bis zu Yolandas Haus. So eine Gegend ist für Kerle wie mich nicht gerade ideal. Wenn man diesen Highway langheizt, stehen sie Schlange, um dich zu einem kühlen Bierchen zu verführen: Miller's, Bud, Coors und sogar ein paar von den trinkbaren Marken. Und gottverdammt, war das heiß.

Der Tag, an den ich denke, war mein zweiter Besuch bei Yolanda, der, nachdem sie sich bereit erklärt hatte, mir behilflich zu sein. Es war zur Mittagszeit, und die Sonne knallte brutalstmöglich. Selbst ein alter Texaner wie ich, der bis vor Kurzem noch in

L. A. gewohnt hat, vergaß gelegentlich, wie unbarmherzig sie sein kann. Sie sengte da draußen jede Frische aus der Luft, und man hatte das Gefühl, flüssiges Blei zu atmen. Während es dir die Kehle verbrennt, fängt dein Atmungsapparat an zu stottern und du schwitzt wie eine schnaufende Fernfahrernutte, die gerade einem ganzen Konvoi die Einspritzpumpe durchgeblasen hat.

Mein erster Ausflug raus zu Yolanda hatte mir wieder vergegenwärtigt, wie gerne ich mit dem Land Rover in die Wüste fuhr. Ich war vom Highway runter auf die Nebenstraßen und schließlich auch runter von dieser dreckigen alten Piste auf das, was wie jungfräulicher Sand aussah, aber wohl eher zermahlener Schiefer war; mit Vollgas drüber weg wie ein nasser Lappen über eine staubige Tischplatte. Man konnte allerdings seinen Arsch nicht lange außerhalb des Wagens bewegen, wie ich es bei diesem Besuch versucht hatte. Ich wollte für fünf Minuten ein bisschen rumlaufen, um dem Geräusch des Schotters unter meinen Stiefeln und dem Kreischen der Bussarde zuzuhören, die sich in der Ferne um irgendein überfahrenes Tier stritten. Das war so ziemlich alles, was man in diesem klaren menschenleeren Land hören kann, wo der Himmel mit der Erde immer einen geraden Horizont bildet, egal in welche Richtung man schaut. Ich schaute nach Nordosten, sah aber nichts von den zerklüfteten Bergen, die eigentlich nur wenige Meilen entfernt waren.

In dieser Leere und Einsamkeit kann man von praktisch allem Abstand gewinnen. In dieser tröstlichen Einsamkeit dachte ich an Jill und die schrecklichen Fehler, die ich begangen hatte. Dann munterte ich mich wieder mit dem Gedanken auf, wie glücklich ich mich schätzen konnte, mit Pen eine zweite Chance zu haben, die ich diesmal nicht vermasseln wollte.

Ich misstraute Phoenix, so wie ich all diesen schäbigen Städten in den Sonnenstaaten mit ihren Wolkenkratzercitys, seelenlosen Vorstädten, Einkaufsstraßen, Gebrauchtwagenhändlern und mit Palmen nur unzureichend getarnten ärmlichen Wohngegenden misstraute. Und dann die Menschen dort; sie vertrockneten wie altes Obst in der Sonne, das Hirn so von Hitze und Alltagsroutine weichgekocht, bis sie gar nicht mehr wussten, warum sie überhaupt hergekommen waren. Und das waren lediglich die Armen. Die Reichen sah man nur unter Glas; in den Einkaufszentren und in ihren Autos, wo sie vollklimatisierte Luft atmeten, die schwach nach Hustenmedizin schmeckt. An Hitze war ich gewöhnt, doch hier war es so trocken, dass die Bäume die Hunde bestachen.

An diesem Tag jedenfalls, auf dem Weg zu meinem ersten richtigen Treffen mit Yolanda, nachdem ich ihr Einverständnis für meinen geschäftlichen Vorschlag eingeholt hatte, verlor ich mich ganz in meine Gedanken und wanderte etwas zu lange im Freien herum. Ich hatte gar nicht bemerkt, wie sehr mir die Sonne zusetzte, bis ich mich umblickte und sah, wie weit ich mich ziellos schlendernd vom Wagen entfernt hatte. Ich dachte, nichts wie zurück. Der Land Cruiser sah in der flirrenden Hitze wie eine Fata Morgana aus; man konnte überhaupt nicht erkennen, wie nah oder weit er entfernt war. Ich geriet etwas in Panik, bis meine Hand scheinbar abrupt das glühend heiße Metall der Karosserie berührte. Ich rutschte zurück in die süße Kühle des Wagens, aber das Blut rauschte mir im Schädel, und ich musste mich auf den Vordersitzen langmachen und die Klimaanlage voll aufdrehen. Es dauerte ein ganzes Weilchen, bis ich wieder fit genug war, mich aufzuraffen und mich auf meinen Arsch zu pflanzen. Dann nahm ich die Zeitung vom Armaturenbrett. Wir hatten Terrorwarnstufe Grün und Hautkrebsalarm nach sechzehn Minuten ungeschützt in der Sonne.

Wenn ich mich recht erinnere, klingelte da mein Handy. Das hab ich mir gemerkt, weil es meine Agentin in L.A. war, Martha Crossley, die mich sonst niemals auf dem Handy anrief. Nichts war so eilig oder wichtig, dass es nicht warten konnte, bis ich an meinem Festnetzanschluss zu Hause war. – Hab gute Nachrichten, kreischte sie mit ihrer schrillen Stimme, – du bist in die engere Wahl gekommen, diese Volkswagenwerbung zu machen!

– Das ist prima. Aber du weißt doch, dass sie die ohnehin Leuten wie Taylor oder Warburton geben werden, erklärte ich ihr. Normalerweise bin ich nicht der Das-Glas-ist-halb-leer-Typ, aber ich wusste, dass ich auf dieser Liste nur Füllmaterial zwischen den großkalibrigen Arschgeigen mit Erfolgsgeschichte und Kontakten war.

– He! Reiß dich am Riemen, Cowboy, wer nicht wagt, der nicht gewinnt! Ich halt dich auf dem Laufenden, ciao!

Ich legte den Hörer auf und holte mir ein Eisgekühltes aus der Kühlbox; nein, nie wieder Bier für mich, auch wenn dieser schreckliche Bierdurst immer mein Begleiter sein wird und nur darauf wartet, dass die Lage noch beschissener wird. Aber momentan ist im Hause Ray kein Platz für diesen Scheißer. Ich hatte aber genauso wenig Lust, mich mit Limo oder Cola abzufüllen, diese Scheiße ist der direkte Weg zur Fettarsch-Hölle, verklebt Arterien wie Bürgersteige gleichermaßen. Nein, es war klares, kaltes Wasser, das mir durch die heiße, kratzende Kehle lief, die immer so verflucht trocken war, und es fühlte sich gut an. Nach einer Weile schmiss ich den Cruiser wieder an und bretterte über den Schiefer zurück auf die Straße.

Wie so oft wandte ich mich für eine Sekunde zum Beifahrersitz, um mir vorzustellen, Pen säße neben mir, die Sonnenbrille im Gesicht, die Fahrerkabine von ihrem süßen Parfüm erfüllt, und sie würde mit ihren langen bemalten Fingernägeln am Autoradio herumdrehen, um den genau richtigen Song für uns aufzuspüren. Irgendwo da drin versteckt er sich, und sie versteht es immer, ihn zu finden. Das ist etwas, was mir selbst nie gelingt, und ich schätze, es liegt daran, dass es ohne dieses Mädchen auch keine passenden Songs gibt. Am Abend wollte ich hingehen, um zuzuhören, wie sie ihre schöne Musik spielt und ihre tollen Songs singt. Aber zuerst hatte ich Geschäftliches mit unserer Miss Yolanda zu erledigen. Glen-Halliday-Geschäfte.

Glen Halliday, meine Obsession, war der All-American-Antiheld schlechthin. Seine letzten Jahre hatte dieser legendäre Filmemacher zurückgezogen hier draußen verbracht, und zwar in Gesellschaft eben dieser Frau. Yolanda war seine zweite Frau, die erste hieß Mona Ziegler und stammte aus seiner Heimatstadt Collins in Texas. Diese Stadt war es auch, die ihn zu vielen seiner Filme inspiriert hat (und meiner Meinung nach zu seinen besten), vor allem zu *Die Lügner von Ditchwater Creek.*

Mona hatte ich mehrere Male im vergangenen Jahr aufgesucht und längere Zeit mit ihr gesprochen. Sie hatte wieder geheiratet und lebte nun in einer öden Vorortsiedlung von Fort Worth. Sie war höflich, aber reserviert, was ihre Beziehung zu Glen anging. Sie meinte, Glen habe nur seine Arbeit im Kopf gehabt, und wenn er nicht gerade arbeitete, sei er betrunken gewesen und hätte herumgebrüllt. Ich schätze mal, ich hatte es nicht sehr freundlich aufgenommen, was ich da zu hören bekam, denn Glen Halliday war mein Idol und

Vorbild. Ich schrieb das meiste davon Monas Verbitterung zu und überließ sie ihrem Vorstadtleben. Unglücklicherweise fiel die posthume Würdigung auch daheim in Collins nicht freundlicher aus. Es war eine kleine, konservative Stadt, und einige Leute waren mächtig sauer darüber, wie er sie dargestellt hatte. Allerdings kam ich aus einem ähnlichem Drecksnest, das ich genau getroffen fand, und nichts, was ich in Collins hörte oder sah, konnte mich von dieser Meinung abbringen.

Die Wüste wich abrupt einem weiteren umzäunten und mit Toren abgeschotteten Wohnkomplex, und ich dachte, dass es genau solche Örtlichkeiten waren, gegen die Halliday in seinen Filmen und Schriften polemisiert hatte. Sein großes Thema waren unsere Zivilisationssünden - Beton, Prediger, *Emperor Television* und die Habgier grinsender Anzugsarschlöcher, die sich an der ganzen Scheiße noch dumm und dämlich verdienen. Und die Schwachköpfe, die sich noch lächelnd bückten, um sich von diesen Wichsern ficken zu lassen, wo die Sonne nie hinscheint. In Collins war ich einigen von diesen Arschlöchern, und dass Glen Halliday sie durchschaut hatte, nagte auch nach seinem Abgang noch an ihnen.

Diese Siedlung war wie zahllose andere, an denen ich auf dem Weg hier hinaus vorbeigekommen war. Sie hatten alle eine riesige Old Glory in die bewegungslose Wüstenluft gehängt, schlaff wie der Schwanz von einem der alten Knacker in den Seniorenheimen, die die Ausfallstraßen säumten. Dann war ich daran vorbei und wieder in einer wüstenähnlicheren Landschaft, als wäre es nur eine Fata Morgana gewesen, die im Rückspiegel verschwand. Auf diesem Weg kam ich zu Yolandas Farm, wo sie das Wasser nur noch für den Swimmingpool brauchten, in dem nie jemand schwamm, und das Ackerland längst arschbraun geworden war.

Das Haus selbst war ein verputzter Flachbau. Es war groß, aber nicht annähernd so spektakulär wie die das Anwesen umgebende Steinmauer mit ihrem großen, schmiedeeisernen Tor, das von einen asthmatischen, spritfressendem Motor geöffnet wurde, als ich mich über die Gegensprechanlage meldete. Das Gebäude war weiß gestrichen und an seinen Mauern wuchsen bis zu halber Höhe ein paar Pflanzen und Kakteen.

Wie ich schon sagte, bei dem alten Mädchen war in Sachen

Gesellschaft nicht viel los. Der einzige andere Mensch, den ich da draußen gesehen habe, war der Junge, der den Pool sauber machte. Der Pool war immer gefüllt und gut in Schuss gehalten. Das kam mir immer verrückt vor hier draußen, vor allem da sie ihn gar nicht benutzte. Aber ich denke, man kann nicht ganz allein so weit draußen leben, ohne ein bisschen verrückt zu sein.

Als ich am Pool vorbeifuhr, konnte der Junge den Land Cruiser gar nicht übersehen, doch er schaute nicht auf und fischte stoisch weiter den Dreck von der Wasseroberfläche. Er hatte ein gemeines Gesicht. Seine Augen waren zusammengekniffen, und sein Mund war auch nicht besonders voll geraten: ein schmaler Strich unter der Nase. Yolanda stand auf der Schwelle, um mich zu begrüßen. In diesem Badeanzug. Sie küsste mich auf die Wange, und ich rümpfte ein wenig die Nase; sie verströmte einen leicht abstoßenden Geruch, den ich bei meinem ersten Besuch nicht wahrgenommen hatte. Ich folgte ihr nach drinnen. Ihr Wohnzimmer war weiß gestrichen, zwei große Ventilatoren an der Decke liefen auf Hochtouren. Aber die meiste Kühle schien vom Boden aufzusteigen. Sie ging mir eine Limonade machen, und ich konnte hören, wie sie mit sich selbst redete: – Esmeralda, was stehst du da und starrst mich an …

Zuerst dachte ich, es wäre noch jemand im Haus, dann nahm ich an, sie spräche zu einer Katze oder einem Köter. Schließlich begriff ich, dass sie mit einer ausgestopften Katze sprach, die auf einem alten Mahagonisideboard platziert war. Gut, sie war schon ein seltsames altes Mädchen, aber man musste es Yolanda, wie ich sie auf ihren Wunsch nannte, lassen, sie war immerhin so nett, mir bei meinen Recherchen über ihren verstorbenen Mann zu helfen.

Was mir da draußen so gut gefiel, war, dass es immer so verdammt angenehm kühl war, besonders diese Fußbodenplatten aus Schiefer. Als sie mit den Gläsern zurückkam, Limonade für mich und Gin für sie, hatte ich meine Schuhe ausgezogen, und meine Sohlen wurden herrlich kühl. – Das tut ja so gut, sagte ich anerkennend zu ihr.

– Fußbodenkühlung. Da unten ist ein Kühlsystem, durch das wir Grundwasser aus dem Aquifer leiten. Damit wird auch der Pool gespeist, nachdem es durch den Filter ist, es sind aber trotzdem noch viel Mineralien und Ablagerungen drin. Deswegen muss Barry auch dauernd kommen. Sie zeigte nach draußen auf den Poolboy, der immer noch beschäftigt war.

Ich wusste nicht so richtig, was ein Aquifer war, aber das Scheißding musste wohl 'ne verdammte Menge Wasser parat haben. Ich wollte sie schon fragen, aber ich schätzte, sie war von dem Schlag, der dann nicht aufhört zu reden, und ich hatte ja ein konkretes Anliegen. – Wie Sie wissen, Ma'am, versuche ich, so viel wie möglich über Glen herauszufinden. Er war Ihr vierter Ehemann, nicht wahr?

– Klar, grinste sie und hob ihr Glas Gin an die Lippen.

– Würden Sie sagen, dass Sie sich gut verstanden?, fragte ich, und als ich merkte, wie ich mich da anhörte, entschuldigte ich mich rasch. – Tut mir leid, ich höre mich ja an wie ein Bezirksstaatsanwalt. Ich möchte eigentlich nur verstehen, wie Ihre Beziehung zueinander war.

Sie lächelte mich an und lehnte sich in ihrem Sessel zurück wie eine fette Katze, zufrieden mit ihrem Drink und mir als einzigem Publikum. – Herzchen, wie Sie schon sagten, er war Nummer vier. Ich habe schon aus Liebe geheiratet, wegen Sex und wegen Geld, aber wenn man beim Vierten angelangt ist, hat man keine großen Erwartungen mehr.

– Kameradschaft?

Sie zuckte leicht zusammen und verzog dann das Gesicht. – Mein Gott, wie ich dieses Wort hasse. Aber vermutlich taugt das so viel wie jedes andere, räumte sie ein, und ich konnte zum ersten Mal in ihrer Stimme und Miene Verbitterung über Glen Halliday erkennen.

– Was wussten Sie über seine Arbeit als Filmemacher?

– Nicht viel, sagte sie, nahm einen weiteren Schluck aus ihrem Glas und zog dabei in einer klassisch mondänen Geste die Brauen hoch. – Wie Sie ja wissen, war Glen ein unabhängiger Filmemacher, und ich bin ein hundertprozentiges Burt-Reynolds-Mädchen. Der arme Kerl hat's nie zu was gebracht, ständig musste er maggeln und gucken, wo er das Geld für seine verdammten Filme herbekam. Ich schätze, er glaubte wohl, bei mir wär was zu holen.

Ich muss an dieser Stelle einfügen, dass es mir schwerfiel, mir Glen Halliday, die Integrität persönlich, als jemanden vorzustellen, der hinter dem Geld seiner Frau her ist. Ich habe ihn am Hunter

College Vorträge vor NYU-Studenten halten sehen, und auch noch mal beim Sundance, auf einem Podium mit Clint Eastwood. Beide Male hat er mit großer Leidenschaft und Gewissheit gesprochen. Als Gigolo, als Kerl, der seinen müden Arsch zu Markte trägt, um einen Film drehen zu können, konnte ich ihn mir nicht vorstellen.

Ich vermute, Yolanda muss mir das im Gesicht abgelesen haben, denn sie wurde konkreter. – Er war mächtig sauer auf mich, als ich dieses Haus hier nicht verkaufen wollte.

Dieses Haus war ja schön und nett, wenn man auf so was stand. Aber ich dachte mir, wenn ich das Geld des alten Mädchens hätte, würde ich meine letzten Tage garantiert nicht damit verplempern, hier draußen in der Wüste zu vertrocknen. Aber ich beschloss, das zu übergehen, und fragte: – Sie hängen also ziemlich an diesem Ort, Yolanda?

Vielleicht lag es ja nur am Alkohol, aber ich schwöre, dass die Wattzahl ihres Grinsens etwas stieg. – Ziemlich. Verstehen Sie mich nicht falsch, es ist nichts Besonderes, aber es hängen Erinnerungen daran. Abgesehen davon hat Humphrey es mir hinterlassen. Er war mein erster Ehemann und meine große Liebe, erklärte sie mit zartem Erröten. – Wenn ich mal sterbe, bekommt es unser Sohn ... er lebt drüben in Florida. Humphrey Marston habe ich nie ersetzen können, sagte sie und lächelte abwesend, – die anderen kamen nicht mal in die Nähe.

Yolandas runzlige Lippen schlossen sich um die Limonenscheibe in ihrem Gin. Sie saugte sie irgendwie hoch und gab ihr einen Schmatzer, dann ließ sie sie wieder ins Glas fallen. Aber nun wurde ich allmählich etwas unruhig. Ich glaubte ja gerne, dass Humphrey ein prima Kerl gewesen war, aber mich interessierte der andere Mann. – Um noch mal auf Glen zurückzukommen, er war also pleite, als Sie ihn heirateten?

Yolanda schaute ein wenig gelangweilt drein, dann füllte sie ihr Glas nach, was sie wieder zu beleben schien. – Sie kennen ja die Art von Filmen, die er drehte, sagte sie ungeduldig, wurde dann aber etwas milder. – Ich mein, er machte sie aus Leidenschaft, nicht des Geldes wegen. Alles, was er mit ihnen verdiente, ging fürs Trinken drauf. Ein schreckliches Zeug, und ein unerträglicher Trinker. Larry, mein dritter Ehemann, Larry Briggs, also der vor Glen, das war mal ein angenehmer Trinker, trompetete sie erinnerungsselig. –

Er stellte Schecks aus, wenn er blau war, er kaufte Geschenke, er befummelte einen, ihre Stimme senkte sich, – im Bett war er ein unglaubliches Tier ... Ihre Hand fuhr an ihren Mund. – Ach, mein loses Mundwerk immer, gurrte sie in aufgesetzter Verlegenheit.

Ich muss gestehen, dass ich ihre kleine Show doch mächtig einnehmend fand, und ich schämte mich auch nicht, ihr das mitzuteilen. – Keine Sorge, Ma'am, das ist nicht mein erstes Rodeo, wie wir zu Hause in Texas sagen.

Sie klatschte sich auf die Oberschenkel, und ich versuchte, nicht auf die seismische Aktivität zu starren, die darauf erfolgte, während sie in schallendes Gelächter ausbrach. – Da wette ich drauf. Sie haben so was im Blick! Sie wollen also wissen, wie es mit Glen im Bett war ... stimmt's?

Ich schwöre, als mir diese Worte über die Lippen gekommen waren, hatte ich sofort das ganze Ausmaß meines Verrats gespürt. Was zum Teufel trieb ich da? Wir sprachen hier über einen der Großen des amerikanischen Independentfilms. In einer Liga mit Leuten wie Cassavetes oder Sayles. Ich wollte die Würdigung eines bedeutenden, bewunderten und inspirierenden Künstlers schreiben, der mitgeholfen hatte, mich aus dem Alkoholsumpf zu ziehen, und da saß ich und gab mich wieder genau dem gleichen schmierigen Mist hin, von dem ich glaubte, ihm fünf Jahre zuvor entkommen zu sein. Als ich in diesem Schuppen im San Fernando Valley Pornos machte, um meine Rechnungen bezahlen zu können.

Zwei lange Jahre im Valley hatten meine Beziehung zu Jill zerstört. Ich weiß noch, wie sie in einer unserer betrunkenen Diskussionen zu mir sagte: – Du hast so lange Muschis fotografiert, dass du keine mehr ficken willst.

Da hatte das arme Mädchen leider nur zur Hälfte recht. Denn ich wollte schon, das Problem war nur, dass der Scheiß den ganzen Tag zur freien Verfügung stand. Ich schätze, bis ich nach Hause kam, war ich schon reichlich bedient worden, einen Drink konnte ich aber immer noch gebrauchen. Mag sein, dass ich da etwas zu sehr vereinfache, aber ich glaube schon, dass da etwas dran ist, dass es einem Mann alle Energie raubt, wenn er ständig dem ganzen nackten Fleisch und Rumgemache ausgesetzt ist. Ich weiß, dass es ein paar Leute gibt, die jahrelang in dieser Branche arbeiten können und sich abends einfach den ganzen Mief abwaschen, aber ich zählte sicherlich nicht dazu. Die gute Seite war, dass ich wirklich gründlich gelernt habe, wie man einen Set ausleuchtet und einen Bildausschnitt wählt.

Aber da war ich nun im Valley, ein naiver, noch jugendlicher Kerl, der sich wie ein Kind im Süßwarenladen hätte vorkommen müssen, doch ich fühlte mich erbärmlich wie ein Coyote mit Hämorrhoiden und gebrochenen Hinterläufen. Dann ging ich zufällig während einer Drehpause in ein runtergekommenes kleines Kino auf dem Hollywood Boulevard und sah *Die Lügner von Ditchwater Creek*, Hallidays Porträt einer Stadt in West Texas, ganz ähnlich wie die, in der ich aufgewachsen war. Und das war's. Ich war angefixt. Aufgemuntert marschierte ich aus dem Kino und wollte das tun, was Halliday gemacht hatte. Ich will's immer noch. Es war meine Erlösung und zugleich eine Tortur.

– Anfangs war Glen prima, ein richtiger texanischer Stier, Yolanda grinste ein wenig, aber das wich schnell einem bitteren Lächeln. – Aber wie bei den meisten Männern hielt das nicht lange vor.

Ich glaube nicht, dass sie mich abklopfen wollte; zu diesem Zeitpunkt hatte ich ihr nur wenig von mir selbst erzählt, aber es war wohl nicht leicht, in ihrer Stimme kein Echo von Jills verbitterten Bemerkungen aus den letzten Monaten unserer Beziehungen zu hören. Ich versuchte, passiv zu bleiben und sie von sich aus weiterreden zu lassen.

– Ich hab kein Glück mit den Männern gehabt, erklärte sie mir traurig, wobei ihre Stimmung augenscheinlich meine widerspiegelte. – Humphrey Marston war wesentlich älter als ich, aber er war der Einzige von ihnen, der mir etwas anderes als Rechnungen hinterlassen hat. Das hier war alles seins, direkt über dem Aquifer.

Wieder dieses Wort. Ich muss etwas verwirrt ausgesehen haben, denn sie zog fragend die Brauen hoch. – Verzeihen Sie mir meine Unwissenheit, Ma'am, aber was ist ein Aquifer? So eine Art unterirdischer See?

– Kurz gesagt, ja, erklärte sie und füllte ihren Drink nach. – Die Erschließungsgesellschaften haben hier mit großen Schecks in der Hand Schlange gestanden, aber Humphrey fand, das Wasser sei ein Vermögenswert, den man besser behalten sollte. Vor über 20 Jahren, bevor sie das Zeug aus den Bergen heruntergeleitet haben, gab es hier genug Wasser, um gleich mehrere Wohnsiedlungen und dazu noch einen Golfplatz über Jahre zu versorgen. Aber ihr Geld interessierte Humphrey nicht. Also versuchten die Bauunternehmen und der Staat, es mit allen möglichen schmutzigen Tricks in die Finger zu kriegen. Humphrey war ein sehr freundlicher Zeitgenosse, aber er konnte auch störrisch wie ein Maultier sein. Er hat sie durch sämtliche Instanzen geschleift und ihnen jedes Mal den Arsch versohlt.

– Guter alter Humphrey, grinste ich und hob mein Glas auf ihn. Der alte Knabe gefiel mir immer besser.

Yolanda beugte sich vor und stieß mit mir an. Sie leerte ihr Glas und ging nachfüllen. Während sie mir den Rücken zuwandte, konnte ich studieren, wie ihre Kartoffelbreischenkel hinten unter ihrem Einteiler hervorquollen. Ich schaute weg, als sie sich, das Glas in der Hand, wieder umdrehte. – Er hat das Anwesen von seinem Vater geerbt, der wollte, dass er es bewirtschaftet. Aber das Einzige, wofür er sich interessierte, waren Tiere, erklärte sie. – Er hat Zoologie studiert ...

Sie wies auf die auf einen Sockel montierte, ausgestopfte Katze. Ich sah, dass sie in der klassischen Sitzposition einer Katze präpariert war, die Hinterläufe unter dem Körper, die Vorderbeine durchgestreckt, den Kopf erhoben, als warte sie darauf, gefüttert zu werden. – Das hat er gemacht, das war seine Arbeit.

Ich schätze, ich war ziemlich beeindruckt. Die meisten Tierpräparatoren, die ich kannte, und in Staaten, in denen traditionell viel gejagt wird, gibt es viele, bevorzugten dramatische Posen, selbst bei Haustieren. – Mir gefällt, wie er den alten Knaben in einer alltäglichen Pose dargestellt hat, statt wie im Sprung auf eine unsichtbare Beute.

– Ja, Humphrey hat wie besessen geforscht, damit seine Kompositionen anatomisch korrekt wurden. Sie zeigte auf eine Wand voller Urkunden und einen Vitrinenschrank voller Pokale. – Er war der Beste im ganzen Staat. Ich habe ihm immer assistiert. Am Anfang war ich fürchterlich zimperlich ... Mit verschämter Miene und einer Handbewegung wies sie einen unausgesprochenen Widerspruch oder ein mögliches Kompliment zurück.

Ich wurde unwillkürlich ausgesprochen neugierig. – Was ist dann mit Ihnen und Humphrey passiert, wenn ich das fragen darf?

Yolanda schaute mich traurig an und machte ein sarkastisches Gesicht. – Mit mir gar nichts, aber mit ihm. Ich kam eines Nachmittags von der Mall nach Hause und fand ihn tot in seiner Werkstatt. Er war gerade dabei einen Waschbär auszustopfen, als er einen massiven Herzinfarkt bekam. Ich fand ihn so vor, tot über seiner Arbeit liegend, so leblos wie das arme Tier, an dem er arbeitete, erzählte sie mir und wischte eine Träne weg, als wäre es erst gestern passiert. – Ich vermute, es waren diese permanenten Auseinandersetzungen mit den Bauträgern und dem Staat, die ihn das Leben gekostet haben. Ihr Gesichtsausdruck wurde bitter, und sie bleckte die Schneidezähne. – Selbst wenn man es den Bastarden zeigt, man zahlt schließlich doch dafür.

Da konnte ich nicht widersprechen. Mir schien, der gute Humphrey war wie einer der Helden aus einem Glen-Halliday-Film; ein normaler Kerl, der sich gegen diese Bonzenarschlöcher und Wichtigtuer zur Wehr setzt, einfach, weil er es kann und weil es, verdammt noch mal, richtig so ist.

– Das bestärkte mich nur in dem Entschluss, nicht zu verkaufen. Sie schüttelte nachdrücklich den Kopf. – Sie sagten, ich würde mir ins eigene Fleisch schneiden, dass das Wasser bald durch die Kanäle aus den Bergen herkäme und ich noch schnell abkassieren sollte, solange es möglich wäre. Und natürlich, irgendwann kam es dann aus den Bergen, aber erst, als schon ein paar von den miesen Ratten, die meinem Humphrey das Wasser hatten wegnehmen wollen, pleitegegangen waren mit ihren wertlosen Grundstücken nebenan!

Und so erzählte sie immer weiter über den guten Humphrey, und der Teufel soll mich holen, wenn das alte Mädchen nicht eine Quasselstrippe allererster Kajüte war. Aber was konnte ich dagegen tun? Sie war aufgebracht, und ich musste sie reden lassen. Sie erzählte mir, wie sie als Miss Arizona Humphrey bei einem Festzug kennengelernt hatte und dass er im Gegensatz zu den anderen ein echter Gentleman war, der sie stets wie eine Lady behandelt hat. Es war eindeutig eine tiefe Liebe, da gab es kein Vertun. So erfuhr ich recht viel über Humphrey und das Ausstopfen, und obschon ich den alten Knaben gebührend bewunderte, wie er so auf seinem Land saß und es toten Tieren, Bauträgern und dem Staat besorgte, er war nicht Glen Halliday. Ich brauchte sehr lange, um wieder darauf zurückzukommen, und als ich das tat, merkte ich, dass es eine herbe Enttäuschung für Yolanda war.

– Glen Halliday lebte für seine Arbeit, sagte sie trübselig. – Wir waren erst bloß Freunde und heirateten dann Hals über Kopf. Nach sechs Monaten war er nur noch eine lausige Niete im Bett. Ich bekam ihn kaum zu sehen. Er hetzte ständig von einem Dreh zum nächsten oder versteckte sich in irgendwelchen Kneipen, grinste sie mich verschwörerisch an. – Wenn Glen eine große Liebe hatte, dann war ich es jedenfalls nicht, Herzchen.

Von der Unverblümtheit dieser Lady ermutigt, fragte ich ohne nachzudenken: – Wer war's denn dann, was meinen Sie?

– Na, hören Sie mal, Darling, Sie kennen die Antwort so gut wie ich, schalt sie mich, sah mich aber an, als wäre sie wirklich enttäuscht. Und da hatte sie auch allen Grund zu; ich führte mich auf ein Diplomarschloch. Für sie war ich jetzt entweder ein totales Weichei oder so blöd wie eine Jungfrau im Nonnenpuff. – Ms Sandra Nugent, sagte sie langsam, und unter ihrem mitleidigen Blick kam ich mir vor wie ein Teenagermädchen, das mit dem Ruf »Fuck you!« aus dem Elternhaus stürmt, um sechs Monate später mit dickem Bauch reuig zurückzukehren.

Wie jedes Erstsemester, das ein Proseminar über amerikanischen Independentfilm belegt hat, wusste ich nur zu gut, dass Sandy Nugent allgemein als Hallidays Muse betrachtet wurde. Sie war die Hauptdarstellerin in einigen seiner besten Filme: *Ditchwater Creek, Mace, Eiskalte Hitze.* Über die Jahre hatten die beiden eine, wie es in *Entertainment Weekly* wohl heißen würde, »stürmische Beziehung mit Höhen und Tiefen«. Sandy Nugent beging 68 in einem schäbigen Motel im hintersten Florida Selbstmord. Als sie sie fanden, rumorte in ihrem Magen noch der Inhalt mehrer Suchtklinikapotheken, während ihr Arsch schon lange steif und kalt war.

Bevor ich Yolanda aufsuchte, hatte ich mich intensiv über Sandy kundig gemacht. Sein einziger öffentlicher Kommentar zu ihrem Tod hatte Halliday viele Freunde gekostet (traurigerweise stellte ich langsam fest, dass das wohl seine Spezialität gewesen war). 1990 sagte er einer Zeitschrift aus London auf dem Filmfest in Edinburgh: »Keiner sieht so einen Prachtarsch gerne in die Kiste fahren.« Natürlich war er zu diesem Zeitpunkt schon ein chronischer Säufer. Ich weiß, dass ist keine Entschuldigung für derartige Sprüche, aber ich weiß verdammt gut, dass es ein *Grund* dafür sein kann.

Glen Halliday war einer der talentiertesten und unterbewertesten Filmemacher, die mir je untergekommen sind. Doch je mehr ich über ihn in Erfahrung brachte, desto weniger war ich von dem Knaben angetan. Anscheinend, und das sah nicht nur Yolanda so, waren die Filme das Großartige, nicht der Mann. Und obgleich ich wohl besser weiß als so mancher, was der gute John Barleycorn aus einem machen kann, wenn die Dinge nicht so laufen, wie man will, begann mein Idol doch mehr und mehr wie ein ausgemachtes Arschloch auszusehen.

Er heiratete Yolanda zehn Jahre nach Sandys Tod und ist dann selbst offensichtlich sechs Jahre später hier in Phoenix am Herzinfarkt gestorben. Obwohl sie nie geheiratet hatten, muss die Sache mit Sandy offensichtlich wirklich Glen Hallidays große Liebe gewesen sein, auch wenn sie nie etwas verlauten ließ. Außerdem hielten sich auch die meisten ihrer gemeinsamen Bekannten in der Welt des Independentfilms diesbezüglich verdammt bedeckt.

Aber nicht alle: In New York hatte ich Jenny Ralston getroffen, eine von Sandys besten Freundinnen, die äußerst entgegenkommend gewesen war. Jenny war von Sandy protegiert worden und konnte auf eine beachtliche Liste von Indie-Filmen und den ein oder anderen Hollywood-B-Film zurückblicken. Sie war eine dunkeläugige Schönheit, ein echtes Zuckerstück, und ich hatte, vielleicht ein wenig zu sehr von ihrer Perspektive beeinflusst, Yolanda Halliday bloß als verrückten Einfall betrachtet, als Ort, an dem unser betrunkener alter Glen sein Haupt zur Ruhe betten konnte in dieser dunklen Phase seines Niedergangs. Aber nun ließ mir etwas keine Ruhe. Soll mich der Teufel holen, wenn mir da nicht eine seltsame Stimme einflüsterte, dass es diese Beziehung zu Yolanda war, zur alten Miss Arizona höchstpersönlich, die sich als der Schlüssel zum Rätsel Glen Halliday erweisen würde. Vielleicht wurde diese merkwürdige Frau langsam interessanter für mich, weil ich hinsichtlich ihres zuletzt verstorbenen Mannes zunehmend desillusionierter wurde.

Während wir so quasselten, ich erzählte ihr von meinem Leben früher und meinem Leben heute mit Pen, um ihr Interesse wachzuhalten, schien Yolanda langsam schlappzumachen. Ich weiß nicht, wie viele Gins sie schon vor meiner Ankunft getrunken hatte, aber der Sprit schien seinen Tribut von ihr zu fordern. Ich gelangte bald zu der Überzeugung, dass wir es besser für dieses Mal gut sein lassen sollten. – Es macht mir wirklich Vergnügen, mit Ihnen zu plaudern, Raymond, nuschelte sie, – ich hab das Gefühl, wir haben wirklich einen Draht zueinander gefunden.

– Es ist mir ein Vergnügen, mich mit Ihnen zu unterhalten, Yolanda, erklärte ich ihr in aller Aufrichtigkeit, auch wenn ich eine Idee besorgt über den Blick war, mit dem mich ihre irren Augen fixierten.

Ich dankte ihr für das Gespräch und erhob mich, weil ich noch einen anderen Termin hatte. Vorher verabredete ich mich aber auf ein weiteres Gespräch mit ihr, dann ging ich zu meinem Wagen. Der Pool war immer noch meerblau, und der Poolboy, mager, aber muskulös in seinem gelben Wifebeater, warf mir einen kurzen Blick aus seinen harten, misstrauischen Augen zu, wandte sich dann jedoch ab und fischte weiter Schmodder von der Wasseroberfläche.

Ich stieg in den Wagen und trank meine zweite Flasche Wasser. Ich rief Pen auf ihrem Handy an, doch es war abgestellt, wie sie es häufig machte. Ich klemmte eine weitere Flasche in den Flaschenhalter am Armaturenbrett. Die Straße war so leer wie die Glasaugen von Yolandas Tierpräparaten, und ich machte einiges an Zeit gut bis zu Earl's Roadhouse, der Bar, in der Pen auftreten sollte. Es war noch verdammt früh, und ich spürte das alte Verlangen an mir zerren, hartnäckig wie ein kleines Blag an der Supermarktkasse, das seine Mom um Quengelware anbettelt. Überraschend für eine Nachteule sind es immer die Tagesstunden, in denen das Verlangen am stärksten ist. Aber ich schätze, es gibt nichts, was einen mehr davon überzeugen kann, sich für den richtigen Lebensstil entschieden zu haben, als abends nüchtern in eine Bar voller Betrunkener zu gehen.

Ich bestellte mir bei Tracey, der Barkeeperin, ein Wasser mit Limone. Ich mochte sie. Sie begegnete den Kerlen, die hier hereinkamen, auf so eine kalte Lesbenart. Das machte die Männer erst recht neugierig, und sie baggerten sie noch hartnäckiger an. Und wie sie sie anbaggerten, denn das Mädchen zog sich immer rattenscharf an. Nicht auf diese offensichtliche Art, denn viel Haut sehen zu lassen, war nicht ihr Ding, aber immer verdammt schick. Mich mochte sie, weil ihr gefiel, wie ich Pen behandelte. Das hatte sie mir mal verraten, als sie ein bisschen angeheitert war. Nicht als Anmache gemeint, sondern als echtes, ernst zu nehmendes Kompliment. Tracey hatte Pen auf ein Podest gestellt. Ich dachte, ich wüsste, auf welches, und erzählte Pen mal, dass ich Tracey für ein Mädchen hielt, das auf Mädchen steht.

Pen lachte mir ins Gesicht und sagte: – Baby, die ist so hetero wie nur was. Für einen Mann in deinem Alter hast du immer noch wenig Ahnung von Frauen.

Da lag sie wohl nicht ganz falsch. Schätze, alle Frauen in meinem Leben haben irgendwann mal das Gleiche zu mir gesagt. Jill hatte das recht häufig vorgebracht und weitaus weniger nachsichtig als Pen. Meine Agentin Martha hatte neulich etwas Ähnliches über Julia gesagt, die Heldin im ersten Entwurf meines Drehbuchs *Big Noise*. Sie war eher noch etwas direkter: »Die ist sogar für eine Pappschablone ein bisschen zu dünn.«

Prompt sahen wir auch ein paar Tage später, wie Tracey in Big Bucky Boy's Bowling ihre Kugeln in Gesellschaft eines Typen verhungern ließ, der immer alles beim ersten Wurf abräumte, nach Immobilienmakler aussah, höchstwahrscheinlich verheiratet war, aber definitiv mit ihr fickte. Ich kam mir noch schmieriger vor, als dieses Arschloch aussah.

Es war nicht nur bei Frauen so. Ich schätze, für einen Mann mit meinen Ambitionen hätte ich viel mehr über Menschen wissen müssen, als ich es tat. Und ich beklopptes, eingebildetes Arschloch glaubte, indem ich dieses Buch und vielleicht eine Dokumentation über Halliday machte, würde ich den Meister verstehen lernen und irgendwie die Schreibblockade in mir überwinden und ein so großartiger Autorenfilmer werden, wie er es war. Aber das war wirklichkeitsferner Schwachsinn, und Yolanda Halliday war der Beweis dafür. Nach ein paar Treffen wusste ich immer noch nicht, wie das alte Mädchen tickte.

Die Bar füllte sich langsam, Malochertypen, die aussahen, als hätten sie gerade einen harten Tag hinter sich; Gabelstaplerfahrer und Automechaniker, dazu Ladenschwengel und Büromenschen, und sie alle suchten hier, was die Leute schon immer in solchen Läden gesucht haben, seit man sich zum ersten Mal zusammengesetzt und seinen Scheiß gemeinsam durchgekaut hat.

Pen kam herein; sie trug eine Lederjacke und enge Jeans und hatte ihr Haar mit einem blauen Band zurückgebunden, ganz Kick-Ass-Rock-Chick. Sie ist süße siebzehn Jahre jünger als ich, und ihr Parfüm riecht gut, als sie mich mit einem schmelzenden Lächeln begrüßt und die Arme um mich wirft. Wir küssten uns lange, intensiv und gierig, dann schalteten wir etwas runter, und ich konnte den Wert des Lebens an jeder Berührung dieser vollen, roten Lippen ermessen. Ich wusste, was für ein Glückspilz ich war, denn jeder, absolut jeder verschwitzte Malocher in diesem Drecksloch von Bar wollte in diesem Moment an meiner Stelle sein, und falls nicht, hätten sie es gottverdammt wollen sollen.

Tracey hatte sie reinkommen sehen und ihr ein Bier hingestellt.

Natürlich hatte einer der alten Knacker einen Blick auf ihr göttliches jeansverpacktes Hinterteil erhascht und beinah sein Bier umgestoßen. Dann musterten seine verschlagenen Augen meine mitgenommene Visage, und als er sah, dass die auch nicht jünger war als das fertige Ding, das ihn jeden Morgen aus dem Spiegel anstarrte, starrte er mich verbittert und finster an. Ich zeigte ihm bloß mein wölfisches Grinsen, das sagte: Yeah, ich weiß, dass ich vielleicht ein bisschen zu alt und in diesen Tagen definitiv viel zu straight für sie bin, aber ich bin es, mit dem sie nach Hause geht, also leck mich, Alter.

Dann ignorierte ich den traurigen alten Trottel und hielt Pen mit gespielt vorwurfsvoller Miene mein Handy hin.

– Ja ... ich weiß, sagte sie und hielt den Kopf schräg, – ich hab vergessen, das Mistding aufzuladen.

– Aber ich bin von der besitzergreifenden Sorte, Herzchen, ich muss dich permanent erreichen können, rund um die Uhr die ganze Woche.

Sie machte ein paar der Druckknöpfe an meinem Hemd auf, schob die Hand hinein und streichelte die Haare auf meiner Brust. – Ja, ich weiß, und es gefällt mir.

– Nicht so sehr wie mir, Baby, erklärte ich ihr.

Sie zog eine skeptische Braue hoch. – Aber es gibt jetzt eine neue Frau in deinem Leben, und mit der verbringst du endlos viel Zeit, neckte sie mich. – Wie ist diese Halliday denn so? Ich wette, eine Schönheit, was?

– Wie sie mir mehrfach sagte, war sie mal Miss Arizona.

– Ach, wohl bevor es schriftliche Aufzeichnungen gab, oder? Pen lachte und nahm einen großen Schluck von ihrem Pabst.

Ich spürte, wie es in mir gärte, aber ich unterdrückte es und lächelte Pen dünn an. Sie hatte sich nichts dabei gedacht, das Mädchen hat keinen boshaften Knochen im Leib. Sie wiederholte bloß meine eigenen dummen Sprüche. Aber irgendwie erschien es mir jetzt als respektlos Yolanda gegenüber.

Das Komische war, dass ich irgendwie anfing, das alte Mädchen zu mögen. Diese Frau hatte mir große Liebenswürdigkeit und Gastfreundschaft entgegengebracht, aber Verlangen geweckt? Sie belieben zu scherzen. Miss Yolanda war mir mindestens dreißig Jahre und achtzig Pfund voraus. Nachdem sie sich praktisch jeder bekannten Form von Schönheitsoperation unterzogen hatte, war ihr Gesicht nahezu gelähmt; das letzte Mal, dass ich etwas Vergleichbares gesehen habe, hockte es auf einem der Türme von Notre-Dame drüben in Paris.

Zu meiner Schande hatte ich etwas in dieser Art nach meiner ersten Begegnung mit ihr zu Pen gesagt, das alte Mädchen als Witzfigur hingestellt. Ich weiß auch nicht, warum. Wahrscheinlich versuche ich immer ein bisschen zu angestrengt, witzig zu sein, und bedaure es dann anschließend, wenn sich die Leute, die ich madig gemacht hatte, als gar nicht so übel herausstellten. Aber dann unterbrach das knackende Pochen von Wurstfingern auf einem Mikrofon meine Gedanken.

Earl war ein großer, fetter Kerl, der immer so eine Brokatweste mit zwei Knöpfen trug, wie sie JR auch gerne getragen hatte. Die saß so spack, dass man sich fragte, wie die nur hielt, und ich habe ihn auch noch nie ohne seinen großen Stetson gesehen. Er stand auf der Bühne und kündigte unter großem Applaus Pens Auftritt an. Dann war sie am Mikro und blies sie alle weg. Mich soll der Blitz beim Scheißen treffen, wenn das Mädchen einen Laden nicht zum Kochen bringen kann. Mag es auch nur eine schmierige kleine Spelunke gewesen sein, und wenn jemand die Tür aufstehen ließ, kam solch ein Schwall von Hitze und Staub rein, dass jeder schnellstens ein weiteres kühles Bier zischte, doch Pen war zu Höherem bestimmt, das stand fest. Mir gefiel es am besten, wenn sie ihre Gibson wegstellte, die zwölfsaitige akustische Gitarre nahm, ihren hübschen Arsch auf den Hocker pflanzte und eine ihrer honigsüßen Balladen sang. Die brachen mir immer mein altes Säuferherz, sodass ich mir gerne wenigstens ein kleines Bier hingestellt hätte, in das ich hätte weinen können. Aber ich wusste, wo das hinführen würde, und solange ich sie in meinen Armen halten könnte, würde ich so was bestimmt nicht brauchen.

Ich liebte diese verkommene Bruchbude über alles, und der einzige Grund dafür war sie. Vor sechs Monaten war ich zum ersten Mal ins Earl's gekommen, nachdem ich nach Phoenix gezogen war, um dieses Buch über Halliday zu schreiben. Aber in meinem einsamen Apartment wollte es einfach nicht klappen, daher ging ich raus, fuhr ein wenig mit dem Auto herum und landete schließlich außerhalb der Stadt in diesem Laden hier. Ich fand, es sah immer besser aus, wenn man in der Ecke einer Kneipe so tat, als würde man schreiben, als in einer einsamen Wohnung. Eine aufgeschnappte Bemerkung oder ein Gesicht konnten manchmal das Gerüst für eine Figur liefern, ein mitgehörtes Gespräch die Idee zu einem Plot. Obwohl ich nicht trank, konnte ich diese Gewohnheit nicht ablegen.

Ich war noch nicht lange da gewesen, da setzte sie sich neben mich an die Theke und bat mich um eine Zigarette. Ich sagte, es täte mir leid, ich sei Nichtraucher, wünschte mir in diesem Moment allerdings sehnlichst, ich wäre es nicht. Sie lachte und sagte, ich könnte ihr ja stattdessen einen ausgeben, was ich gerne tat. Nachdem sie bemerkt hatte, dass ich selbst keinen Alkohol trank, schaute sie mir tief in die Augen und sagte: – Soso, du rauchst nicht, du trinkst nicht, aber du wirst doch wenigstens ..., dann hielt sie einen Moment inne, nahm einen tiefen Zug an der Zigarette, die Tracey ihr gegeben hatte, und fragte mit Schalk in ihren großen, braunen Augen: – ... Rock'n' Roll hören?

Als ich ihr erklärte, das täte ich auf jeden Fall, stieg sie auf die Bühne und spielte mir welchen vor. Ich glaube, ich verliebte mich auf der Stelle in sie, und so ist es bis heute geblieben. Ich begann regelmäßig zu Earl's zu gehen, auch noch in ein paar andere Bars, in denen sie auftrat, und wir trafen uns regelmäßig. Als in ihrer Wohnung die Miete erhöht wurde, packte sie einfach ihr Zeug zusammen und zog bei mir ein. Eines Abends, als wir auf dem Rücken im Bett lagen und an die Decke starrten, nachdem wir uns geliebt hatten, sagte sie: – Weißt du was, ich glaube, ich verbessere mich langsam, vielleicht werde ich etwas erwachsener. Ich habe einen Freund gefunden, der kein Arschloch ist.

Ich scherzte rasch: – Da musst du nur Alkohol zufügen, Süße, doch ich grinste sie in der Dunkelheit an. Ich dachte, vielleicht ist es ja unser alter Raymond Wilson Butler hier, der sich bessert. Denn so sicher wie das Amen in der Kirche, Alkohol würde es keinen mehr geben.

Ich betrieb meine Recherche für das Halliday-Buch und hämmerte mein *Big-Noise*-Drehbuch herunter, wofür ich sehr lange brauchte, doch ich ging nun mal gerne mit, wenn Pen auftrat. Einige dieser Bars waren üble Schuppen, und obwohl sie schon selbst auf sich aufpassen konnte, machte ich mir doch über alles Mögliche Sorgen, angefangen davon, dass Kerle bei ihr landen könnten, bis zu Perversen und Stalkern.

Aber an jenem Abend saß sie neben mir im Land Cruiser, ein bisschen müde nach dem Gig und leicht angetrunken von den sechs Pabst und vier Whisky-Cola, die sie getrunken hatte. (Ich hatte mitzählen müssen, so bin ich heute nun mal konditioniert.) Sie sagte zu mir: – Wenn ich früher so mit einem Kerl nach Hause fuhr, tat ich immer ganz tough und verbittert. Jetzt kann ich einfach so sein, wie ich will, weil ich gar nicht darüber nachdenken muss.

Wir gingen zu Bett und schliefen einander in den Armen haltend ein. Wir würden bis zum Morgen warten, um uns zu lieben.

Am nächsten Tag fuhr Pen zu ihrer Buchhandlung, und ich machte mich wieder an *Big Noise* und tat so, als wäre ich ein echter Autor. Ich machte eine lange Liste mit allem, was an meiner ersten Drehbuchfassung nicht stimmte. Das Hauptproblem, und ich vermute, letztlich auch Grund für alle anderen, war Julia, meine abgebrühte texanische Matriarchin. Ja, meine Agentin Martha Crossley hatte recht. Sie war dünner als ein nasses Blatt Papier. Das Problem war, ich wusste einfach nicht, wer sie war. Zuerst hatte ich sie nach meiner eigenen Momma angelegt, dann als verzerrte Version von Jill, und irgendwann hatte ich sie mir sogar als Martha gedacht. Jedes Mal, wenn ich mein Laptop anmachte, hatte ich das Gefühl, alles noch schlimmer zu machen statt besser. Ich saß da, bis mir der Schädel brummte, dann ging ich zum DVD-Player und sah mir zum hundertsten Mal *Ditchwater Creek* an.

Ich bemerkte, dass es schon fast Mittag und ich kein Stück weitergekommen war. Ich versuchte Pen anzurufen, um mit ihr essen zu gehen, aber ihr Handy war mal wieder aus, also rief ich im Buchladen an. Wir verabredeten uns in einem ziemlich üblen Laden in der Mall, wo Niedriglohnkinder Gift an andere Ladenschwengel und Hausfrauen verteilten. Es war schön, sie auf mich zukommen zu sehen, die wilde Mähne ihres Haares immer drauf und dran, dem Samtband zu entkommen, mit dem sie es gebändigt hatte, und all die Armreifen und Ringe, die an ihren Handgelenken, Fingern und Ohren baumelten. Ich brauchte jemanden zum Reden, und es gab niemanden sonst wie sie.

– Du bist zu hart zu dir selbst, Liebling; mach zuerst das Halliday-Buch fertig und geh dann wieder an *Big Noise*, beschwor sie mich, während wir unsere Klubsandwiches aßen. – Du bist ja völlig konfus. Beherzige den Ratschlag, den du mir immer gibst: eins nach dem anderen. Wie wär's?

– Da hast du wohl recht, lächelte ich, – zumindest, wenn ich diesen Nachmittag noch ein Kapitel dafür raushaue, dann hätte ich das Gefühl, dass der Tag nicht ganz vergeudet war. Vielleicht ziehe ich diesen gut dotierten Autowerbespot an Land, lachte ich, legte den Mist, den ich da aß, weg und stieß meinen Pappteller beiseite, – dann hätte ich wenigstens etwas Geld und müsste nach einem festen Zeitplan arbeiten. Aber eher fliegen wahrscheinlich Schweine am Himmel über Texas.

Pen zwinkerte mir zu und machte ein klickendes Geräusch. – Genau, Baby, bei dieser Sache hab ich ein gutes Gefühl.

– Wie bei diesem Majestic-Reptiles-Video, das ich auch nicht gekriegt habe?

– Du warst immerhin auf dem zweiten Platz, Süßer, grinste sie. – Du kommst immer näher dran.

– Bis knapp davor, meinst du wohl. In die engere Wahl komme ich immer; immer die alte Brautjungfer, die selbst nie einen abkriegt.

Sie stand auf und wischte sich ein paar Krümel von den Jeans. – Tja, ich muss meine süße, kleine Brautjungfer jetzt allein lassen und zurück an die Arbeit, dann beugte sie sich vor und gab mir einen Kuss. Als sie ging, zog sie mir im Nacken den Hemdkragen weg und steckte den Eiswürfel aus ihrem Glas hinein.

– Verdammte Sch–, brüllte ich und lachte dann, als das Eis schmolz und mir die Wirbelsäule runter in die Arschritze lief.

– Du weißt doch, dass ich ein Luder bin, grinste sie und warf mir eine Kusshand zu, während sie sich mit auf den glänzenden Granitfliesen der Mall klackernden Absätzen davonmachte, – aber ich liebe dich!

Ich stand auf und ging hinaus zum Parkplatz. Bis ich im Land Cruiser war, hatte mir die Sonne schon den Arsch und den Rücken gegrillt. Ich fuhr nach Hause und machte das, was, wie ich befürchtete, mein einziges schriftstellerisches Vermögen war: Ich tippte für das Halliday-Buch stupide die Tapes ab, die ich bei Yolanda aufgenommen hatte.

Am nächsten Tag war ich wieder draußen auf der Halliday-Ranch beziehungsweise Marston Ranch, wie ich sie nun wahrscheinlich hätte nennen müssen. Unser alter Glen war scheinbar nur gelegentlich da gewesen, um seinen Kater auszuschlafen: auf ein Päuschen zwischen Dreharbeiten und dem Organisieren von Kapital. Ich begann mir sein Leben mit Yolanda so vorzustellen, wie meine Spätphase mit Jill gewesen war; Türenknallen und lange Phasen der Funkstille, unterbrochen von betrunkenen, wüsten Beschimpfungen und anschließend einem bekümmerten »Was ist bloß aus uns geworden«.

Yolanda empfing mich wieder mit einem Pitcher ihrer selbst gemachten Limonade, und es war wirklich ein gutes Gefühl, aus der Gluthitze draußen in das kühle Haus zu treten. Ich bemerkte sofort, dass sie unsicher auf den Beinen schien. Ihre Augen waren gerötet, und den Badeanzug hatte sie gegen ein rotes Trägertop und eine weiße Hose eingetauscht. Obwohl es drinnen angenehm kühl war, hatte sie Schweißperlen im Gesicht, und ihr Atem klang sehr schwer. – Das ist Sparky, erklärte sie und zeigte auf ein ausgestopftes Katzenvieh auf dem Fensterbrett. Die hatte ich vorher noch gar nicht gesehen. An die alte Esmeralda hatte ich mich gewöhnt, aber dies hier war ein räudiger, fies aussehender Hurensohn. – Ich habe ihn hochgeholt, damit er Ihre Bekanntschaft macht.

– Angenehm, sagte ich und guckte mir den sprungbereiten Kater an. Er war steif wie Esmeralda, wirkte aber nicht annähernd so gelassen. Dann erspähte ich einen kleinen, ausgestopften Hund, eine

Art Terrier, der vor einer Toilette Wache stand. – Das ist Paul, erklärte sie, – nach Paul McCartney von den Beatles.

Paul sah wie ein übellauniges kleines Mistvieh aus. Das Funkeln seiner Glasaugen und seine gebleckten Zähne stimmten mich froh, dass sein kleiner Arsch ausgestopft war. – Hat Humphrey die gemacht?

– Nein, die habe ich selber gemacht, verriet sie mir und ging zu ihrem Barschrank, wo sie sich einen Gin Tonic machte. – Ich habe natürlich nie eine richtige Ausbildung gemacht, aber das haben die wenigsten Präparatoren. Ich habe viel dadurch gelernt, dass ich Humphrey geholfen habe. Als ich dann Dennis geheiratet habe, habe ich das weiterbetrieben, keuchte sie, während sie sich in einen Sessel fallen ließ und mich aufforderte, ihrem Beispiel zu folgen. – Er war ein leidenschaftlicher Jäger, ein NRA-Mann, und ließ mich seine Beute ausstopfen und montieren. Ich habe eine ganze Reihe für ihn gemacht, aber alle entsorgt, nachdem er weg war. Sie schürzte die Lippen. – Ich fand es widerlich, wilde Tiere als Sport umzubringen. Ich arbeitete lieber mit denen, die ich geliebt habe, als Würdigung, damit ich sie immer in Erinnerung behalten würde.

Sie erklärte mir, die beiden Katzen und der kleine ausgestopfte Hund seien Haustiere von ihr gewesen. Dito die beiden Sittiche in dem Bambuskäfig über dem Eingang zur Küche, die sie mir zeigte. – Ich konnte sie nicht einfach gehen lassen, verstehen Sie? Ich hatte sie doch so lieb, sagte sie, und die Erinnerung stimmte sie ein bisschen wehmütig. – Ich hab mich etwas geschämt, sie Ihnen zu zeigen. Halten Sie mich für eine verrückte Person, Raymond Wilson Butler?

Komisch, aber das irritierte mich nicht die Spur. – Nein, ganz und gar nicht. Ich verstehe, warum Sie das getan haben. Manche Menschen lassen ihre Haustiere begraben oder einäschern. Sie haben ihre Überreste hier, um sich an sie zu erinnern.

Sie schien mich gar nicht zu hören. – Ich rede immer noch mit ihnen, Raymond, behauptete sie, mich immer noch starr anblickend, – und ich schwöre, dass ich manchmal hören kann, wie sie mir antworten. Klingt das seltsam?

– Ganz und gar nicht, Ma'am, erklärte ich ihr. – Ich denke, manchmal nehmen wir jeden Trost, den wir finden können, lächelte ich, beugte mich vor und legte sanft meine Hand auf das weiche, weiße Fleisch ihres Arms. Ich merkte, dass sie mehr als nur leicht angeheitert war, und diese Flasche Gin auf dem Barschrank war alles andere als noch gut gefüllt.

Ich vermute, manchen Menschen wäre das ein bisschen verrückt vorgekommen, aber diese Frau war einfach nur einsam. Ich sah das so, sie hatte das Geld und die Kenntnisse, und das Hobby bereitete ihr Freude; etwas, das sie mit Humphrey, der großen Liebe ihres Lebens, hatte teilen können, und wahrscheinlich fühlte sie sich ihm dadurch näher. Yolanda erschien mir wie eine weitere harmlose Exzentrikerin, die im Zwielicht herumflatterte und das machte, was ihr guttat. Dieser Staat war voll mit solchen Leuten, alten Knaben und alten Mädchen, denen das Gehirn in der Hitze geröstet wurde, bis es zu noch mehr Wüstensand zerbröselte.

Miss Arizona.

Ich sann über Dennis nach. Wenn Nice Guy Humphrey Ehemann Nummer eins gewesen war und Dirty Larry Nummer drei, dann muss er Nummer zwei gewesen sein. – Was ist aus Dennis geworden?

– Oh, die Geschichte habe ich selber beendet. Sie schüttelte den Kopf und sah mich fast anklagend an. – Gleich nachdem er mir den Unterkiefer gebrochen hatte.

Aus irgendeinem Grund nahm ich an, dass der gute Dennis auch ein Säufer gewesen war, und zwar von der übelsten Sorte. – Dennis wurde also gewalttätig, wenn er getrunken hatte?

– Nein, das Verrückte war, dass er kaum, wenn überhaupt, Alkohol trank. Brauchte er gar nicht, um ein komplettes Arschloch zu sein. Mit seinem doofen Lächeln und dem ewigen Zur-Kirche-Rennen, seinem Abstinenzlergehabe hätte man geglaubt, dem würde nicht mal Butter im Arsch schmelzen, lallte sie, jetzt deutlich vom Alkohol gezeichnet.

Ich grinste sie verkniffen an.

Irgendetwas flackerte in ihren Augen auf. – Hat mir die Nüchternheit gründlich vermiest, stieß sie verbittert aus und füllte sich ihr Glas auf. – Ironischerweise lernte ich ihn durch Humphrey kennen, lächelte sie, bei dieser Erinnerung sofort wieder besserer Laune. – Dennis Andersen war einer seiner besten Klienten. Er wirkte wie der perfekte Gentleman, und ich schätze, für die Außenwelt war er auch genau das. Dann fand ich heraus, dass er schon zweimal verheiratet gewesen war, einmal in Albuquerque, einmal hier in Phoenix, und beide Frauen wie zermatschtes Gemüse mit nichts als einem Berg Krankenhausrechnungen zurückgelassen hatte.

Unglückseligerweise löste diese Erinnerung eine weitere Hetztirade aus. Das Problem dabei war, dass Yolanda nun betrunkener war, als ich sie je erlebt hatte. Sie wurde mächtig laut, während sie über Dennis redete, heulte wie eine wütende, läufige Katze und zeigte sich äußerst resistent gegenüber all meinen Versuchen, das Gespräch wieder zurück auf Glen Halliday zu lenken. Ich begann mich zu fragen, wie gut sie einander überhaupt gekannt hatten. Ich denke, ich musste wieder an mich und Jill denken: jahrelang ein Paar und am Schluss einander fremd. Und daran, dass, wenn die Liebe weg ist, nur noch der Fremde übrig bleibt, an den man sich erinnern kann.

Ich entschuldigte mich und wollte mich auf den langen, einsamen Rückweg nach Phoenix machen. In diesem Moment drehte Yolanda leicht durch. Sie stieß sich aus ihrem Sessel und wankte auf mich zu. – Bitte bleiben Sie doch noch, Raymond, bettelte sie, – ich unterhalte mich so gerne mit Ihnen …

Sie taumelte, und ich musste sie auffangen und stützen, sonst, schwöre ich bei Gott, hätte sich der Arsch der schwabbeligen Schönheitskönigin auf den kalten Fliesen wiedergefunden. – Na, kommen Sie, Yolanda, Sie haben bloß ein bisschen zu tief ins Glas geschaut und sind etwas müde, lächelte ich und versuchte, es herunterzuspielen. – Hören Sie, vielleicht sollten Sie sich etwas hinlegen. Ich kann problemlos morgen wiederkommen.

Ihr Gesicht war nun so rot wie der Arsch eines Rodeoreiters und ihre großen, nassen Augen nicht weit davon entfernt. Sie blickte zu mir auf und bat: – Bringen Sie mir ein Tape von Ihrer Freundin mit, wie sie ihre Stücke spielt und singt?

– Gerne, wenn Sie das möchten.

– Das fände ich schön, sagte sie und riss sich zusammen. – Es ist sehr gut, dass Sie beide eine Begabung haben. Ein Talent sollte man nie vergeuden …

– Nun, wir beide geben uns alle Mühe, denke ich. Ich lächelte ihr zu, verabschiedete mich und ging.

Als ich die Straße erreichte, war es schon ziemlich dunkel geworden, was mir aber nichts ausmachte. Wenn ich so durch die stille Nacht fuhr, konnte ich manchmal spüren, wie die Vergangenheit in meinen Synapsen verblasste und durch mich hindurchblies, wie ein heulender Geist in der Wüste. Das veranlasste mich anzuhalten, auszusteigen und eine Weile hoch zum Silbermond zu schauen. Es beruhigte mich und ermöglichte es mir, mich wieder auf die Dinge zu konzentrieren, die mir wichtig waren: Pen, meine Arbeit und vor allem das *Big-Noise*-Drehbuch und das Halliday-Buch, in dieser Reihenfolge. Der Schlüssel zum Erfolg dabei war der, dass es ein Buch über Halliday sein musste, nicht über ein altes Mädchen mit vier Ehemännern, das mitten im Nirgendwo im Exil rumhockte.

Als ich nach Hause kam, war Pen noch auf und wartete. Ich war müde, sie aber war es nicht, und ein Nein ließ dieses Mädchen nicht gelten. Dann, danach, brummte mir der Schädel, und sie war bald fest eingeschlafen. – Du checkst besser noch den AB ... sagte sie noch, bevor sie einschlummerte, – wird dich vermissen, männliche Brautjungfer ... oder heißt es ...?

Ich schaute sie an und versuchte, sie wieder wach zu rütteln. Sie drehte sich bloß um, die Augen weiter geschlossen, den Mund leicht geöffnet, und murmelte: – Der AB ... hör ihn ab ...

Das tat ich. Zu meiner angenehmen Überraschung war es Martha, die aus L.A. angerufen hatte, um mir zu sagen, dass ich den Auftrag für den Werbespot bekommen hatte, um den ich mich beworben hatte! Das bedeutete richtig Geld, und die drei Wochen Arbeit – eine für Vorbereitung, eine für den Dreh und eine für die Post-Production – würden mir weitere sechs Monate Arbeit am Halliday-Buch finanzieren. Die Kehrseite war, dass die neue Drehbuchfassung für *Big Noise* halt weiter warten musste, aber niemand, am wenigsten meine Agentin, war besonders begierig darauf.

Ich musste an Glen Halliday denken, der ihnen ins Gesicht gelacht und über die Integrität des Künstlers gesprochen hätte – vor irgendwelchen Post-Graduierten in Austin oder Chapel Hill für zweihundert Eier, Spritgeld und ein paar Nächte freien Zugriff auf die Minibar im örtlichen Holiday Inn. So stellte ich mir das vor. Aber wahrscheinlich hat er eher Yolanda einen Scheck ausstellen lassen. Aber in *diese* Version von Halliday würde ich mich jedenfalls bestimmt nicht verwandeln. Pen arbeitete hart, tagsüber in dieser Buchhandlung und abends bei den Auftritten in diesen dreckigen

Bars, und ich war fest entschlossen, mich nicht aushalten zu lassen. Und dies war so gut wie todsicher ein sechsstelliger Scheck für drei Wochen Arbeit. Ich würde nicht mal in Erwägung ziehen, Nein zu sagen.

Ich konnte nicht schlafen, deswegen blieb ich auf und sah meine Notizen über Halliday durch. Was für ein Mensch war dieser Hurensohn nur gewesen! Ein Texaner, der Texas liebte, aber hasste, was daraus geworden war: ein Ort, an dem Ivy Leaguers und religiöse Spinner mit der Flagge wedeln, und wir laufen hinterher und kämpfen sinnlose Kriege um ihr Öl. Vielleicht war er aber auch nur ein weiterer dreckiger Heuchler, der die Menschen, Frauen ausnutzte und aus ihnen rausholte, was er kriegen konnte; eine unsichere Schauspielerin, deren Hirn er heftiger gefickt hatte als ihre Pussy, und ein verrücktes altes Mädchen mit gebrochenem Herzen, das auf einer Goldmine in der Wüste hockte.

Am Morgen verabschiedete ich mich traurig von Pen und packte meinen Kram für den langen Weg nach L.A. Ich würde zwei Tage brauchen. Erst wollte ich noch bei Yolanda vorbei und dann auf den Highway. Unterwegs kaufte ich mir an einer Tankstelle die Zeitung und checkte die Terrorwarnstufe (orange), und das Sonnenbrandlimit liegt bei vierzehn Minuten.

Als ich bei Earl's vorbeifuhr, sah ich, wie der Poolboy, Barry hatte sie ihn genannt, glaube ich, mit einem Kumpel hineinging. Irgendetwas veranlasste mich, anzuhalten und ihnen zu folgen. Im Vorbeigehen sah ich mir seinen Pick-up auf dem Parkplatz draußen an: ein 88er Chevy mit einem Aufkleber im Heckfenster: »Ass, Gas, or Grass – Nobody Rides For Free«.

Ich blinzelte, als ich in die noch fast leere Bar trat: dunkel wie eine Höhle nach der blendenden Helligkeit draußen. Barry der Poolboy und sein Kumpel spielten in der Ecke Billard. Ich setzte mich für einen Moment auf einen Barhocker, las die Zeitung und sah mir ein paar Ausschnitte von den Baseballspielen des Vorabends an. Nach einer Weile kam Poolboy rüber, um Bier zu holen. – He, Sie arbeiten drüben bei Mrs Halliday, sagte ich.

– Ich arbeite an vielen Orten, ranzte er zurück, wobei ein fieses Grinsen sein ohnehin schon gemeines Gesicht noch mehr entstellte.

Ich zuckte die Achseln und widmete mich wieder meiner Zeitung. Der Junge war ein Arschloch. Ich trank mein Club Soda aus, verließ den Schuppen, stieg wieder in den Land Cruiser und fuhr den langen und staubigen Weg raus zu Yolandas Haus. Es war keine angenehme Fahrt; die Konfrontation mit dem Jungen in der Bar ärgerte mich, es war unbedeutender Kinderkram, vor allem, wenn ich an die Schwierigkeiten denke, in die ich geraten war, wenn ich früher gut getankt hatte, doch es ärgerte mich, dass ich mich in eine Situation gebracht hatte, in der ich so eine schroffe Abfuhr kassieren konnte.

Wut brannte in mir, und ich muss wohl nicht richtig auf die Straße geachtet haben. Ich hörte ein Rascheln, dann einen dumpfen Schlag, gefolgt von einem scheußlichen klappernden Geräusch, das mir verriet, dass ich etwas überfahren hatte. Ich hielt an und sah die Umrisse einer hundeähnlichen Gestalt auf der Straße liegen. Es war ein Kojote, und wie es aussah, kein kleiner. Ich näherte mich dem Hurensohn vorsichtig, aber anscheinend war er tot. Ich stieß mit meinem Stiefel gegen seinen Kopf. Yep, der war hinüber. Aber der graugelbe Körper zeigte keine Spuren von dem Zusammenstoß, er war nicht aufgerissen, und ich konnte weder am Maul, an den Ohren noch an den Augen Blut sehen. Er sah aus, als würde er schlafen, wie ein alter Köter, der sich vor dem Kamin zusammengerollt hatte, nur dass seine Augen halb offen waren.

Plötzlich hörte ich über meine Schulter das Geräusch eines näher kommenden Wagens. Mir wurde ganz mau, als ich mich umdrehte und sofort sah, dass es ein Streifenwagen war. Einer der Polizisten stieg aus und kam langsam in diesem typischen John-Wayne-Gang auf mich zugestakst. Offensichtlich hatte er Angst, dass ich ihn trotzdem noch nicht als Arschloch der Güteklasse A eingestuft hatte, daher ließ er seine Sonnenbrille auf, als er mich ansprach. – Bisschen schnell unterwegs, was?

– Officer, ich wusste nicht –

– Führerschein und Zulassung bitte.

Ich dachte mir, dass es sinnlos wäre, sich zu streiten, also holte ich die Papiere. Er nahm seine Sonnenbrille ab, um sie zu prüfen, und grinste mich an. Er war der typische Dorftrottel: ein höhnischer Mutant mit Schweinsäuglein und einem kleinen, engstirnigen Hirn, der sich als anständiger, burschikoser Kerl tarnt.

Er sah sich nach seinem Partner im Wagen um, einem Fettsack, der sich durch etwas hindurchkaute, das wie ein Taco aussah. (Ich wusste, dass es ein paar Meilen den Highway runter einen Taco Bell gab.) Der Kerl warf mir einen Blick zu, der sagte: »Wenn ich meinen fetten Arsch deinetwegen aus dem Wagen heben muss, kriegst du richtig Ärger.«

– Jetzt haben wir hier ein kleines Problem, grinste John Wayne und entblößte seine großen, überkronten Zähne. – Dieser alte Bursche von Kojote hier fällt unter Artenschutz. Bedeutet einen Scheißhaufen Papierkram für mich, diese ganzen Naturschützer werden Trara machen. Wie weit fahren Sie, Mister?

– Ich wollte nur rüber nach Loxbridge, ich …

– Gut. Das ist im nächsten County, außerhalb meines Bezirks. Was halten Sie davon, wenn Sie dieses Viech packen, in den Kofferraum Ihres schicken, großen Wagens stecken und jenseits der Countygrenze, vielleicht ein paar Meilen dahinter, an den Straßenrand schmeißen? Dann kann ich mich weiter den Dingen widmen, die die Bürger in diesem County von mir erwarten.

– Tja, ich …

– Dann wären wir quitt. Wie sieht's aus?

Ich schluckte schwer. Meine Erbitterung brannte wie schlechter Whiskey in meinem Magen. – Ja, Sir, das wüsste ich zu schätzen.

Dieser Wichser war doch randvoll mit Scheiße. Kein gottverdammter Staat in den ganzen USA würde Kojoten unter Artenschutz stellen; da wir alle Wölfe ausgerottet hatten, waren sie in dieser Gegend so häufig anzutreffen wie Eichhörnchen im Central Park. Das wussten wir natürlich beide; der Dreckskerl schikanierte mich nur deswegen, weil er es konnte.

Aber alles Gerede hätte mir nur eine Nacht im Knast eingebracht, daher ging ich zu dem Kojoten und packte mit der einen Hand seine Vorderläufe, mit der anderen die hinteren. Ich bin ein recht kräftiger Mann, gut einsachtzig und hundertachtzig Pfund, aber ich hatte bei der Hitze mit dem sperrigen Ding ordentlich zu kämpfen. Arschlochbulle sah sich verstohlen um, ob sich auch niemand nähert, und half mir dann, den alten Knaben hinten in meinen Wagen zu packen.

Als er zurück zum Streifenwagen ging, in dem Fettbacke gerade angewidert den Kopf schüttelte, während er sich weitere Kalorien in den Mund stopfte, verabschiedete sich John Wayne mit höhnischem militärischen Gruß: – Fahren Sie vorsichtig und noch einen schönen Tag.

– Herzlichen Dank, Officer, grinste ich mit zusammengebissenen Zähnen.

Ich hatte ein totes Tier hinten im Wagen, das bei dieser Hitze zu stinken anfangen würde, bevor ich an der Countygrenze wäre. Ich war stinksauer und fragte mich, was Halliday in dieser Situation wohl getan hätte. Würde er wie einer der stoischen, rebellischen Helden seiner Filme für einen pampigen Spruch eine Nacht im County-Gefängnis in Kauf genommen haben? Oder hätte er das Gleiche getan wie ich? Und in diesem Moment kam mir eine Idee. Mal sehen, was Yolanda damit anzufangen wüsste.

Ich fuhr ganz langsam, gereizt nach der Begegnung mit dem Cop. Ich überquerte die Countygrenze, hielt aber erst, als ich bei Yolanda war. Das große Eingangstor stand offen, und ich fuhr so dicht vors Haus, wie es ging. Scheiße, war der Tag heiß. Yolanda öffnete die Tür, und als ich beim Eintreten die Hand auf den Türrahmen legte, sprang aus dem Nichts von irgendwo eine Eidechse auf meine Pfote und lief dann die Hauswand hoch. Sie erstarrte für einen Moment, langsam pochte ihr Leib in der Hitze, dann verschwand sie in einer Fuge, wie von einem Vakuum eingesaugt.

Es war eindeutig eine nüchternere Yolanda, die mich diesmal begrüßte. – Es tut mir leid, wie ich mich neulich aufgeführt habe, Ray …

– Das ist Ihr Zuhause, Yolanda, Sie können hier tun und lassen, was immer Sie wollen, mich geht das nichts an. Ich hatte Ihnen ja von meiner Trinkerei erzählt, ich hab also kein Verlangen, mich als Richter über jemand anderen aufzuspielen, erklärte ich ihr. Und das stimmte auch. Manchmal konnte ich es gar nicht fassen, dass ich heil aus L. A. rausgekommen war, abgesehen von einem kleinen Leberschaden vielleicht. Nun kehrte ich dorthin zurück, aber nüchtern und zu einem anständigen Job.

– Aber es war solch ein schlechtes Benehmen, sagte sie und strich mir über den Arm. In der kühlen Luft verursachte das bei mir eine leichte Gänsehaut. – Sie müssen mich ja für total verrückt halten, all diese ausgestopften Tiere!

– Keineswegs, Ma'am, und wie der Zufall es will, habe ich da etwas, das vielleicht Ihr Interesse findet, und damit bat ich sie, mir zu folgen. Wir traten wieder hinaus in die Hitze, die die Kühle innerhalb von zwei Sekunden aus mir herausgesaugt hatte. Durch ihren Dunst stolperte ich wie betrunken auf den Land Cruiser zu und zeigte ihr, was ich hinten drinhatte. Es begann bereits übel zu riechen, aber Yolanda schien nichts davon zu bemerken.

– Oh, er ist wunderbar, was für ein herrlicher Bursche, sagte sie anerkennend. – Sie können mir helfen, die Decke abzuziehen. Wir müssen ihn hineinbringen, rasch.

– Was meinen Sie? Ich stand da und guckte dumm aus der Wäsche, während Yolanda auf einen Knopf drückte und die großen Garagentore automatisch hochrollten. Sie holte einen Handkarren heraus, der mit seinem Aluminiumrahmen und dicken Gummireifen eher wie eine Krankenbahre aussah. Er war höhenverstellbar; mit einer Kurbel hinten senkte sie ihn auf die Höhe des Wageninnenraums ab, sodass ich den Coyoten draufziehen konnte. Sein Körper war in der Hitze ganz schlaff, es war noch zu früh für die Totenstarre.

– Abdecken heißt es, wenn man seiner Jagdtrophäe die Haut abzieht, erklärte sie mir, während wir das tote Tier ins Haus rollten. Während ich verschnaufte, verschwand Yolanda im Keller und kehrte mit ein paar weißen Laken zurück, mit denen sie den Küchentisch abdeckte. Nach ihren Anweisungen schaffte ich es, den Kadaver von dem Wagen auf den Tisch zu wuchten. – Am schwierigsten ist das Häuten an den empfindlichen Stellen, um die Augen herum, die Schnauze, die Lefzen und die Ohren, das überlässt man am besten einem Profi.

– Diese Show überlasse ich nur zu gerne Ihnen, Ma'am, sagte ich, hob die Hände kurz an mein Gesicht und nahm den Geruch des toten Tieres wahr.

Yolanda verschwand wieder im Keller und brachte diesmal etwas mit, das wie eine riesige Werkzeugkiste aus Alu aussah. – Das Problem ist, dass die meisten Jagden bei warmem Wetter stattfinden und es nicht immer möglich ist, das Fell adäquat zu kühlen. Die meisten Trophäen werden in den ersten paar Stunden ruiniert. In dem Moment, in dem das Tier stirbt, beginnen die Bakterien den Kadaver zu zersetzen, erklärte sie und klickte die Kiste auf. Sie enthielt eine Elektrosäge und eine Reihe scharfer, chirurgisch aussehender Messer, dazu Plastikflaschen mit verschiedenen Flüssigkeiten, von denen einige wie starker Alkohol rochen. – Wärme und Feuchtigkeit sind der ideale Nährboden für Bakterien. Die Decke verrottet genauso wie Fleisch. Deswegen habe ich unten den großen Kühlschrank. Wie lange ist er schon tot?

– Etwa eineinviertel Stunde. Hab ihn drüben in Cain County überfahren.

– Nun, wir dürfen keine Zeit verschwenden, murmelte sie und zog ein Messer hervor, wobei sie einen Moment aussah, als wolle sie es dem armen Kerl in seinen kalten Arsch rammen.

– Dies ist die dorsale Art des Abdeckens, erklärte sie und führte einen langen Schnitt vom Schwanzansatz bis zum Hals. Schlag mich tot, wenn der Kadaver nicht schon durch diesen einen Schnitt herauskam, nur Kopf und Läufe blieben im Fell. Es trat nur wenig Blut aus. Ich hörte das schreckliche Geräusch brechender Knochen und erschauderte, als sie den Kopf vom Körper trennte, wozu sie etwas benutzte, das wie ein großer Nussknacker aussah. Ich zuckte zusammen, als ich sah, wie sie gut gelaunt das Tier aufdröselte, als würde sie eine Orange schälen. Dabei fuhr sie mit ihren Erklärungen fort. – Dies ist eine gute Methode bei Tieren mit einem langen Fell. Nun muss ich ihn nach unten bringen, um ihn sofort einzufrieren.

Sie packte das Tier am Kopf, was mich an einen Teddy erinnerte, den ich als Kind gehabt hatte: Die Füllung war aus seinem Leib gequollen, und von seinem Kopf hing nur noch ein kaulquappenähnlicher Schwanz von Stoff.

– Kann ich Ihnen unten zur Hand gehen?, fragte ich und blickte ein wenig beunruhigt auf den Haufen aus Knochen und Fleisch, der auf dem Karren zurückgeblieben war.

– Nein, den Rest erledige ich später. Bringen Sie den Kadaver zu dem Verbrennungsofen hinter dem Haus. Kann man gar nicht übersehen. Das ist das große rostfarbene Ding. Wir müssen ihn verbrennen, sonst kommen die Geier. Stecken Sie ihn einfach rein, ich werde ihn dann später anmachen.

Ich gebe unumwunden zu, dass es mich etwas ekelte, als ich den gehäuteten Körper mit dem Laken auf den Karren zog und ihn raus zur Verbrennungsanlage rollte. Hinten schützte mich glücklicherweise der Hausschatten vor der erbarmungslosen Sonne, trotzdem spürte ich, wie sich meine Schweißporen öffneten. Ich entdeckte einen alten Drahtbesen, den ich, nachdem ich die Ofentür geöffnet und den Karren auf ihre Höhe justiert hatte, dazu benutzte, den stinkenden Mistkerl hineinzuschieben, wobei eklige fette Fliegen, die plötzlich aufgetaucht waren, mich wie Fledermäuse umschwirrten und mir den Magen umdrehten. Ich war froh, wieder rein in die Küche zu kommen. Yolanda rief aus dem Keller hoch: – Ray, mein Lieber, könnten Sie mir einen Gin Tonic machen? Mit viel Eis, bitte!

Ich hatte nichts dagegen einzuwenden, ein bisschen zu relaxen. Also tat ich, wie gebeten, und füllte auch meine Limonade auf, obwohl ich einräumen muss, dass sie mir nun etwas säuerlich schmeckte. Ich ging wieder in die Küche und ließ mir an der Spüle ein großes Glas Leitungswasser einlaufen. – Soll ich Ihnen Ihr Glas runterbringen?, rief ich.

– Nein danke. Bleiben Sie ruhig da, ich bin gleich oben.

Ich war so geschlaucht von der Anstrengung, dass ich mich einfach flach mit dem Rücken auf den kühlen Fußboden legte, die Arme ausgebreitet wie der Erlöser am Kreuze, und weiß Gott, tat das gut. Ich schaute mir den guten Sparky an, dann ließ ich den Blick durch den Raum streifen und entdeckte etwas, das ich vorher nicht gesehen hatte: einen riesigen Deutschen Schäferhund, der, die Vorderläufe ausgestreckt, auf dem Boden lag.

Yolanda war rasch wieder oben und setzte sich, um ihren Drink zu genießen.

– Ich werde ihn später präparieren, sagte sie, während ich widerstrebend meinen müden Kadaver vom kühlen Boden wuchtete und mich zu ihr in einen Sessel setzte.

Ich wies auf den großen Hund.

– Das ist Marco, sagte sie, – eine meiner besten Arbeiten. Er war ein wahrer Engel, wirklich, Raymond, der liebste Welpe, den man sich vorstellen kann. Irgendjemand hat ihn vergiftet. Ich weiß nicht wer, aber ich habe da meinen Verdacht, stieß sie hervor. Ich schätze, sie dachte da an einen ihrer Nachbarn und Möchtegern-Erschließer. Es muss hier mal ziemlich heftig zur Sache gegangen sein, aber ich war mir verdammt sicher, dass Marcos Welpenjahre längst Geschichte waren, als dieser große Hurensohn das Zeitliche gesegnet hat. – Wie auch immer, sagte sie etwas unbeschwerter, – ich dachte, ich bringe noch ein paar mehr von ihnen aus dem Keller hoch, damit Sie sie anschauen können.

Das war ja alles sehr lehrreich für mich gewesen, doch es hatte mich reichlich Zeit gekostet, und angesichts von L.A. und dem Volkswagenwerbespot am Horizont wurde es etwas eng. Also kam ich schnell zur Sache und fragte sie nach ihrem Ehemann vor Glen Halliday.

– Larry Briggs war Mitglied der hiesigen Gemeindeverwaltung. Hatte zweimal als Senator kandidiert. Der geilste Mistkerl, der mir je begegnet ist, sagte sie liebevoll, bevor ihr Tonfall bitterer wurde. – Das Problem war nur, dass ihn auch nicht wenig andere Frauen so kannten. Der Hauptunterschied zwischen Larry und Glen war der, dass es mich nicht im Geringsten überrascht hat herauszufinden, dass Larry bloß hinter der Ranch und dem Wasser her war.

– Was ist aus ihm geworden? Ich hob das kühle, klare Glas mit dem flüssigen Gold und betrachtete es eine Weile, dann führte ich es an die Lippen.

– Wer weiß. Ich schätze, er ist mit irgendeinem Flittchen auf und davon, das auf sein Gesülze hereingefallen ist. Daran mangelt es solchen Männern nie. Hier war es für ihn gelaufen. Nach zwei gescheiterten Kandidaturen für den Staatssenat wollte ihn hier keiner mehr auf seiner Kandidatenliste. Ich war nicht bereit, seine Sauferei und seine Weibergeschichten zu finanzieren, also ist er abgehauen. Er sei unten in Mexiko ist das Letzte, was ich gehört habe. Das Komische ist, dass ich Glen auf dem Umweg über Larry kennengelernt habe. Nun klang sie etwas wehmütig. – Glen wollte einen Film über die Wasserwirtschaft in Arizona drehen und traf sich mit Larry und ein paar anderen potenziellen Bauherren. Er kam her, um Larry zu besuchen, der da allerdings schon weg war. Und so wurden wir Freunde. Anfangs war es noch platonisch ... nun ja, Spaß am gemeinsamen Trinken, und damit griff sie zur Flasche, um ihr Glas aufzufüllen. – Ich wusste gleich, dass er ein Säufer war, aber damals war er noch amüsant. Ich glaube, anfangs gefiel es ihm hier draußen, weit weg von L.A., das er immer verachtet hat, auch wenn er ständig zu irgendwelchen Meetings dort hinflog.

– Und was war mit New York? Was hielt er von der geistigen Heimat des amerikanischen Independentfilms?

– Fand er keinen Deut besser.

Das leuchtete mir irgendwie ein. Alle, die in L.A. wohnen, erzählen einem ständig, wie scheiße es da ist, auch wenn die Hälfte von ihnen, so vermute ich, das gar nicht ernst meint. Und in New York erzählen einem alle, wie toll es dort wäre, und ich vermute, auch dort glaubt die Hälfte von ihnen nicht wirklich daran. – Ich dachte mir, dass sie dort vielleicht eher verstanden hätten, was seine Absichten waren.

– Das war vielleicht früher mal so. Yolanda schüttelte den Kopf. – Aber ich hatte den Eindruck, dass er die neue Generation von Independentfilmern, die dort arbeitete, nicht mochte. Ich glaube, das lag daran, dass die alles hinkriegten, während ihm immer die Tür vor der Nase zugeschlagen wurde, erklärte sie und begann zum ersten Mal, über Glens Arbeit und Pläne für die Zukunft zu reden.

Dieser alte Kojote hatte uns viel Zeit gekostet, aber es lohnte sich immer noch für mich; ich erfuhr die bislang interessantesten Sachen von ihr. Aber die Stimmung kippte ganz plötzlich, als ich ihr von einem Werbespot erzählte und dass ich sie wohl erst in ein paar Wochen wiedersehen würde.

Yolanda starrte mich an, als hätte ich ihr gerade den Tod ihres Erstgeborenen verkündet. Ungelogen, das Blut wich ihr förmlich aus dem Gesicht. – Aber ich *werde* Sie doch wiedersehen, oder?, protestierte sie.

Ich war ziemlich betroffen von ihrer Reaktion. – Natürlich werden Sie das ... das heißt, wenn Sie nicht das Gefühl haben, ich würde Ihnen nur die Zeit stehlen. Sie haben mir schon so viel erzählt, dass ich ...

– Bitte, kommen Sie wieder, Raymond, bat sie und stemmte sich aus dem Sessel hoch, während ich ebenfalls aufstand, – es gibt noch andere Dinge, die ich Ihnen über Glen erzählen muss, Dinge, die ich Ihnen zeigen muss.

– Ja, ich komme bestimmt, Yolanda ... Aber können Sie mir das nicht jetzt schon erzählen?

– Nein, nein, sagte sie und schüttelte heftig den Kopf, – dazu fehlt uns jetzt die Zeit, und ich muss Sie gehen lassen und mich um unseren Freund, den Kojoten, kümmern.

Während der ganzen Zeit war mir schon aufgefallen, dass sie, nachdem sie das letzte Mal aus dem Keller zurückgekehrt war, ihr Haar plötzlich offen trug. Ich hatte das grässliche Gefühl, dass das meinetwegen so war. Diese Vermutung bestätigte sich, als sie es kokett vor mir schüttelte. Irgendwann wird es mal eine Zeit gegeben haben, in der diese Geste und das sie begleitende Lächeln einem Kerl das Herz gebrochen haben, doch nun war es in seiner hässlichen Verzweiflung nur noch grotesk. Ich konnte eine Grimasse des Abscheus nicht ganz unterdrücken und fürchte, sie ist ihr nicht entgangen.

– Ich fühl mich so einsam, Ray. So verdammt allein. Selbst als Glen noch da war, war ich das, schluchzte sie und schüttelte todunglücklich den Kopf.

– Yolanda …

– Aber Sie kommen doch wieder, nicht wahr, Raymond?, fragte sie wieder, trat vor und packte meine Hand. Ihr Griff war überraschend fest. Aus dieser kurzen Entfernung konnte ich die stacheligen Haare ihres Oma-Barts unter der Nase und am Kinn sprießen sehen. – Da sind noch so viele Geschichten, die ich Ihnen erzählen möchte.

– Da bin ich sicher, Yolanda. Ich zog sie an mich, und wir hielten uns eine Weile in den Armen. Aber in dieser Umarmung spürte ich ihre jämmerliche Verzweiflung, und ich muss gestehen, dass sie mir verdammt leid tat. Aber als es hieß, Auf Wiedersehen zu sagen, war sie schon mit den Gedanken ganz woanders, Lichtjahre entfernt. Ich ging allein zur Tür.

Als ich ins Freie trat, drehte ich meine Dodgers-Basecap um, damit ihr Schirm meinen Nacken vor der Sonne schützte, die übers Haus gekrochen kam. Barry, das Arschgesicht, war angekommen. Er trug einen silbernen Kanister auf dem Rücken, der in dem gleißenden Sonnenlicht permanent zu explodieren schien. Er kam um den Pool herum, und es gab keine Möglichkeit, sich aus dem Weg zu gehen. Unsere Blicke begegneten sich in nun gegenseitiger höhnischer Geringschätzung, und ich wich seinem nicht aus, sondern zwang ihn wegzuschauen und mit seinen verschlagenen Augen eingehend den Boden zu studieren.

Es war ein jämmerlicher Triumph, aber trotzdem gab er mir ein kleines Hochgefühl, als ich in den Cruiser kletterte und losfuhr. Brad Paisleys »Waitin on a Woman« erfüllte angenehm den Wagen, als ich auf den Highway bog. Ich hielt noch mal an, um zu tanken, und düste dann los Richtung L.A. Zügig. Ich fuhr eine Weile recht schnell, um auf dem Highway Zeit rauszufahren, damit ich einen Teil der Reise gemütlich auf Seitenstraßen herumjuckeln konnte.

Eine weite, rote Abenddämmerung erstreckte sich vor mir, als ich vom Highway herunterfuhr, unterbrochen nur von Tauben, die nach Süden Richtung Fluss flogen. Ich liebte es, durch die kleinen Ortschaften zu fahren, die ganze Zeit das dumpfe Arbeitsgeräusch von Baggern im Ohr, und bei Einbruch der Nacht das Bellen von Hunden und Mariachi-Musik, während die niedrigen Bäume voll zirpender, surrender und raschelnder Insekten ihre eigene Melodie summten.

Als ich nach L.A. kam, war ich ziemlich erschlagen, aber immer noch unter Adrenalin. Die Filmaufnahmen verliefen gut. Ich stand wieder hinter einer Kamera und hatte ganz vergessen, wie sehr ich das liebte. Das Konzept war simpel, die Art von Quatsch, den ich und eine Million andere Möchtegernfilmemacher mit Stil und Schwung hinkriegen, ohne dass ihnen auch nur eine Schweißperle die Arschritze runterläuft. Im Wesentlichen parodierten wir einfach die Autoverfolgungsjagd durch das ausgetrocknete Betonflussbett aus dem Film *Leben und Sterben in L.A.* Wir kamen vor einem Krankenhaus wieder raus auf die Straße und unser schwules Model sprang mit seiner hochschwangeren »Partnerin« aus dem Wagen. Am Schluss kam der Slogan: »Für die kleinen Dinge, die nicht warten können«. Keiner von uns machte sich vor, dass das besonders schlau oder originell war, aber andererseits war es ja auch nur eine Scheißautowerbung. Der große Unterschied war der, dass ich diesmal nicht als verbitterter Säufer in irgendeiner Hollywood-Bar von einem Hocker an der Theke aus das Endprodukt im Fernseher anstarrte und erklärte, wie leicht man so was machen könnte und dass die Arschlöcher, die das gedreht haben, Wichser seien, die für diesen Scheiß auch noch dicke Kohle kriegten. Ich selbst war der Typ, der es drehte. Sie stellten mir den Scheck zügig aus, und egal, was andere sagen, war ein verdammt gutes Gefühl.

Wieder zurück in meiner Wohnung in Santa Monica, dachte ich abends, wenn ich nicht gerade Pen im Kopf hatte, was selten genug vorkam, über Yolanda und ihr Bedürfnis nach Nähe nach. Sie war so auf andere Menschen angewiesen, sperrte sich aber selbst weg und brütete da in ihrer Einsamkeit vor sich hin. Sodass jedes Mal, wenn dann jemand in ihr Leben trat, er von ihrer Verzweiflung förmlich überflutet wurde.

Mein Drehbuch *Big Noise* ging mir auch irgendwie nicht aus dem

Kopf, vor allem die Figur der Julia. Sie war das Gegenteil von Yolanda. Das war ihr Problem, sie schien von niemandem irgendwas zu wollen, trotzdem ging sie den Leuten immerzu auf die Nerven. Eines Abends, als ich so von meinem Balkon auf den Pazifik hinausschaute, der nur ein paar Blocks entfernt war, was einem aber wie rund zwanzig Meilen erschien, überlegte ich, was wohl wäre, wenn Julia älter, verbrauchter, weniger cool, weniger selbstbeherrscht wäre …

Plötzlich voller Ideen, stand ich auf, setzte mich mit dem Laptop an den Küchentisch und haute den endgültigen Entwurf raus. Ich saß da und pulverisierte das verdammte Keyboard; ich konnte kaum glauben, dass diese Finger mir gehörten. Als Autor war ich immer ein Arbeitstier gewesen, hatte brav mein Tagespensum getippt. Aber jetzt brannte ich, ich hatte direkt an mein Unbewusstes angedockt, und hackte die Seiten nur so herunter. In den folgenden drei Nächten haute ich eine weitere Fassung heraus, immer noch voll auf Adrenalin und viel starkem, schwarzem Kaffee.

Ich bin nicht so verklemmt, dass ich nicht zugeben könnte, dass ich vor Aufregung gezittert habe, als ich mit der Diskette zum nächsten Kinko's ging und einen Papierausdruck machte. Als ich den noch mal las, konnte ich kaum glauben, wie gut er war, aber ich versuchte, ruhig zu bleiben. Mir ist bekannt, dass Autoren sich gerne selbst weismachen, dass ihr jüngstes Werk der große Durchbruch sei. Und klar, ich sagte mir schon, dass ich das Drehbuch erst mal für ein paar Wochen in den Schrank legen sollte und dann sehen, wie es sich las, wenn ich etwas Abstand gewonnen hätte. Aber aus irgendeinem Grund machte ich das nicht, ich las es einfach noch mal, folgte dann meinem Instinkt und schickte sofort per E-Mail eine Kopie an Martha.

Am nächsten Morgen rief sie mich an, die Stimme hektisch. Ich bin aufgeregt wie noch nie, lande aber rasch wieder auf dem Boden der Tatsachen. – Sorry, Darling, schön, dass du eine neue Fassung von *Big Noise* fertiggestellt und mir geschickt hast, aber ich hab meine Mails noch gar nicht gelesen. Ich rufe an, weil ich sehr gute Nachrichten habe.

Dann erzählt sie mir, dass ich nun doch dieses Video angeboten bekäme, das mir kürzlich erst entgangen war. Von so einem Typen, der eine angesagte, neue englische Band vertritt, die Majestic Reptiles, die im nächsten Frühjahr hier touren sollten. Der Knabe, den sie ursprünglich angeheuert hatten, hatte einen Motorradunfall und fiel aus. Das Honorar war nicht schlecht. Vielleicht nicht so gut wie das für den Volkswagenspot, aber keineswegs mager, außerdem war es immer gut, noch etwas mehr vorweisen zu können, das nicht unter »Fickfilme« fiel. Höchstwahrscheinlich hatte ich den Job nur bekommen, weil ich gerade in L.A. und frei war, aber scheiß drauf, manchmal braucht man einfach mal einen Break. Es ging ohne Zweifel aufwärts, aber meine Gedanken waren mit etwas anderem beschäftigt. – Aber Martha, du guckst dir doch die neue Fassung von *Big Noise* an?

– Versprochen, ich lese es auf der Stelle, wenn du versprichst, ein bisschen lockerer zu werden und dein Glück zu feiern. Abgemacht?

– Abgemacht.

Das war so gut wie mein Ehrenwort. Zur Feier des Anlasses lud ich zwei alte Freunde aus L.A., Brett und Evan, ins Chateau Marmont ein. Ein Weilchen war es wie in alten Zeiten, nur dass ich als einziger nicht soff. Ich dachte, was für eine bunte Truppe wir doch waren; der Pornohansel mit dem Ehrgeiz, Art-House-Autorenfilmer zu werden, der typische L.A.-Schauspieler/Barkeeper und der Songwriter, der in ähnlichen Kaschemmen wie Pen auftrat, aber Soundtracks schreiben wollte, bei denen Mancini sich ins Hemd scheißt. Wie es unsere deprimierende Angewohnheit war, saßen wir da, fantasierten über unsere imaginären Filme und casteten mit anschließender Absage jeden, der reinkam: Keanu, Kirsten, Val, Bob, Colin. Durch ihre zunehmende Trunkenheit machten mir Brett und Evan bald schmerzhaft klar, dass ich die Spaßbremse war, die nur Mineralwasser nippte. Während sie mit Vollgas unterwegs in eine andere Welt waren, spürte ich, wie unterschwellig ihr Unmut brodelte. Sie wurden streitlustig und verbittert und machten die Erfolge anderer herunter, während ich den Rest des Abends gelangweilt und wortkarg dasaß. Ich war verdammt erleichtert, als ich zum Zapfenstreich blasen und die Festivitäten beenden durfte. Ich fuhr sie nach Hause, den einen nach Westwood, den anderen nach Venice Beach, wobei mir die kaputten, verzweifelten Träume Betrunkener in den Ohren klingelten. Ich konnte für mich keine Rolle in ihren Leben sehen, außer der des ständigen Chauffeurs.

Mit anderen Worten, ich sah überhaupt keinen beschissenen Platz für mich.

Am nächsten Tag rief Martha wieder an. Ich schwöre bei Gott, in der letzten Woche habe ich mehr mit ihr geredet als während der fünf Jahre, die sie mich schon vertritt. Aber als sie loslegte, wusste ich nicht, wer von uns beiden mehr verwundert war: – Ich fasse es einfach nicht, was du aus *Big Noise* gemacht hast, Herzchen ... es ist ein Meisterwerk ... nein, vergiss das, ein Geniestreich!

Ich war es, der nicht fassen konnte, was er da hörte. Da sprach Martha, eine Person, die nicht gerade zu Euphorie neigte. Aber andererseits hatte ich ihr wohl vorher auch keine Gelegenheit gegeben, in Begeisterung auszubrechen. – Freut mich, dass es dir gefällt ...

– Gefällt? Es ist so durch und durch gelungen ... und Julia ... kein Vergleich mehr zum ersten Entwurf. Pass auf, ich schicke das direkt an Don Fennel in New York, mit einem ›Sofort lesen‹-Tag dran. Mann, hast du gerade einen Lauf, Süßer!

Ich rief Pen an und erzählte ihr die gute Nachricht, und sie beschloss, ein paar Tage freizunehmen und nach L.A. zu fliegen, was mich riesig freute. Jeden freien Moment, den ich hatte, verbrachten wir zusammen in Santa Monica, liebten uns, sahen fern, aßen Pizza oder was vom Chinesen, ließen uns die Sonne auf den Pelz scheinen oder schauten hinaus aufs Meer. Eines Tages faulenzten wir nur so am Strand von Venice herum und sahen ein paar Surfern zu, da kam das »H«-Wort auf. Ich weiß nicht, wer damit anfing, aber es endete damit, dass ich sie fragte: »Willst du?«, und sie antwortete: »Aber klar.« Während wir durch Santa Monica zogen, bis wir den passenden Ring gefunden hatten, waren wir beide bester Dinge, und selbst die Tatsache, dass sie zurück nach Phoenix musste, konnte unser glücklich-stupides Strahlen nicht verscheuchen.

Wir schwebten auf Wolke sieben, machten Pläne oder entwarfen vielmehr Szenarien endlosen Glücks: dass wir nach L.A. ziehen und eine eigene Wohnung am Strand nehmen, wie ich Pen mit zu meinen Eltern nehme, die schon in die Jahre kommen und sich über frisches, junges Blut in der Familie freuen. Viel toller konnte das Leben kaum sein. Dann rief Martha an und sagte, sie würde sich gerne mit mir zum Essen treffen. Sie wollte mir nicht sagen, worum es ging, doch sie klang echt aufgeregt. Wir verabredeten uns in einem Restaurant auf dem Wilshire, und zum ersten Mal war sie noch vor mir da. Und noch wichtiger: Sie sah aus wie eine Katze, die gerade die Schüssel mit Rahm entdeckt hatte.

– Ich weiß gar nicht, wie ich dir das beibringen soll. Don Fennel ist von deinem Drehbuch so begeistert, dass er *Big Noise* produzieren will. Er ist sicher, dass er das Geld auftreiben kann. Du hast doch vier Komma fünf Millionen Dollar gesagt, stimmt's?

Ich war so sicher, dass sie mich verarscht, dass ich wegen dieser »Neuigkeiten« nicht mal verblüfft gucken konnte. Schließlich war Don Fennel einer der angesagtesten Indie-Produzenten der USA, wenn nicht der angesagteste überhaupt. – Mach so was nicht mit mir, Martha ...

– Ich habe ihm erklärt, du müsstest Regie führen, und er fand das okay, erklärte sie. Erst da erkannte ich, dass sie keinen Spaß machte, und ich konnte mir gerade noch verkneifen, nach dem Kellner zu rufen und mir einen Wodka-Martini zu bestellen. Martha zeigte auf das Glas Dom Pérignon, das sie bereits geleert hatte. – Ich weiß, du trinkst nicht, aber ich musste einfach. Fennel war von dem Showreel absolut begeistert, Darling. Wenn du den Film für vier Komma fünf machen kannst ...

– Klar kann ich das!

– Dann ist die Sache geritzt!

– Wie kann er von dem verdammten Showreel nur begeistert sein? Das zeigt doch nichts außer ein paar Werbespots, Musikvideos und ein paar Kurzfilme, die auf den mickrigen Festivals, wo sie liefen, baden gegangen sind, staunte ich. Ich konnte es einfach nicht fassen. Das alles schien zu gut, um wahr zu sein.

– Ehrlich, ich habe Don Fennel wegen eines Drehbuchs noch nie derart begeistert erlebt. Ich meinte zu ihm: ›Es erinnert mich an Halliday.‹ Er hat bloß gespöttelt: ›Wann war Halliday jemals so gut?‹

Bei dem Spruch wär ich beinah vom Stuhl gefallen! Die Welt war völlig verrückt geworden! Ich schwöre auf ein Lagerhaus voller Bibeln und das Leben meiner geliebten Momma, es war die beste Woche meines Lebens! Als ich wieder in Santa Monica war, packte Pen gerade ihre Taschen; sie riss die Augen auf, als ich begeistert die Faust in die Luft stieß. Ich packte sie und platzte mit meinen Neuigkeiten heraus, dann tanzten wir auf dem Bett, lachten und alberten herum, bis etwas Kreatürliches in unsere Augen trat und wir uns gegenseitig aus unseren Sachen schälten.

Danach setzte sie sich im Bett auf und zündete eine Zigarette an. Sie verdrehte die Augen und sagte: – Jetzt muss ich aber wirklich los, Honey.

Der Videodreh mit der Band war auf zwei Tage angesetzt, dauerte aber fast vier. Das lag ausschließlich am Sänger, der wie viele seines Schlags ein mürrisches, nerviges und reizbares Arschloch war. Zuerst sagte er, er wollte bei dem Video nicht mitmachen. Ich sagte, es wär ein verdammt weiter Weg von London, nur um hier in der Sonne zu sitzen und mal vernünftiges Sushi zu essen, was er gar nicht komisch fand. Dann wollte er eine blöde Lederjacke und eine Sherlock-Holmes-Mütze tragen und mit einer Horde Models herumtollen, die als Cheerleader kostümiert waren. Ich war vermutlich durch meinen kürzlich so dramatisch gestiegenen Marktwert ermutigt, dass ich mir ihren Manager krallte, einen netten Kerl namens Asad, und ihm sagte: – Erklär diesem englischen Sackgesicht, dass wir es entweder auf meine Weise machen, oder ich bin weg.

Zu Asads Ehren muss man sagen, genau das tat er, und nach einer Bandkonferenz wurde beschlossen, dass ich hier das Sagen hätte. Das Arschgesicht von Sänger, Tommy Sparrow nannten sie ihn, war zwar eine Weile angepisst, aber dann machte er eine totale Kehrtwende und lief während der restlichen Dreharbeiten wie ein blödes Schoßhündchen hinter mir her und nervte mich, ich wär so cool und er wollte sich mit mir zusammen zudröhnen. In seiner Anhänglichkeit war er immer noch eine lästige Nervensäge, und ich glaube, schmollend war er mir fast lieber gewesen. Aber egal, wir beendeten den Dreh zwar nicht pünktlich, aber immerhin im Rahmen des geplanten Budgets.

All dies und der ganze andere Kram hatten mir deutlich gemacht, dass Yolanda mich eigentlich nicht mehr interessierte. Ich hatte über Glen Halliday alles Material, das ich brauchte. Und von ihm würde das Buch schließlich handeln, von einem großen Künstler auf dem Zenit seines Könnens, nicht von irgendeinem Säufer auf dem Abstellgleis mit einer versoffenen, durchgeknallten Einsiedlerin von Ex-Schönheitskönigin, die sich in eine alte bekloppte Vettel verwandelt hat.

Von Yolanda brauchte ich lediglich noch ein paar Informationen über die genauen Umstände seines Todes. Aber solange ich noch hier in L.A. war, bot sich mir noch eine andere Möglichkeit, herauszufinden, wer zum Teufel Glen Halliday eigentlich war. Es gab da eine Frau, mit der er »viel Zeit verbracht hat«, so zumindest behauptete es Sandy Nugents Freundin Jenny Ralston. Und Halliday war oft hier gewesen. Obwohl er meistens vor Ort in Texas und gelegentlich in Florida gedreht hat, hatte er doch Kontakte zu einem Studio-Labor in L.A., wo er preiswert seine ganzen Schnitt- und Post-Production-Sachen machen konnte. Außerdem war er häufig auf der für die Indiefilmszene so kennzeichnenden endlosen Geldbeschaffungstour in der Stadt.

Der Name dieser Freundin war Andrea Lyons, und sie wohnte oben in den Hügeln in Pasadena. Ihr Haus war ein hübsches Gebäude im Kolonialstil in einem bei Hollywoodmenschen beliebten, wohlhabenden Viertel. Ein großes Cabrio stand in einer für drei Autos bemessenen Garage. Andrea selbst war eine gepflegte Erscheinung, wenn auch auf eine etwas billige Art, ein klein wenig selbstgefällig, und machte ein Gesicht, als sei sie angenehm überrascht über das Los, das ihr das Schicksal beschieden hatte. Sie wirkte wie die Kellnerin einer Cocktailbar, die sich den reichen Typen an der Theke geangelt und ihn geheiratet hat. Das Mädchen hatte was Erfrischendes an sich, etwas, das gleich die Stimmung hob. Ich fragte nicht nach ihrem Mann, aber ich vermutete, dass er irgendwo auf Geschäftsreise war, denn sie sprach recht freimütig über ihr Verhältnis zu Glen Halliday. Sie erzählte mir, dass sie und Glen immer ein festes Gespann waren, wenn er in die Stadt kam. – Ich wusste, dass er mit so einer üblen Hexe unten in Phoenix liiert war, sagte sie und nahm einen tiefen Zug an ihrer Marlboro. – Ihr gehörte so eine nutzlose Farm mit Wasser, aber sie wollte sie nicht verkaufen.

Da war's also, direkt aus erster Hand. Glen Halliday war hinter dem Geld der Frauen her, und er betrog Yolanda. Diese Information war nun bestätigt, aber ich wusste nicht, ob ich sie nun ignorieren oder benutzen sollte.

Aber eins wusste ich genau: Es war an der Zeit, Arizona endlich hinter mir zu lassen. Es hatte seine Schuldigkeit getan. Pen und ich fanden, es wäre sinnvoll, hierherzuziehen, und Evan kannte genug

Leute, um ihr Auftritte zu besorgen. Ich schätzte, ich würde nun genug verdienen, um ihr bei ihrer Musikkarriere zu helfen, so wie sie mir bei meiner als Drehbuchautor geholfen hatte. Ich würde ihr ein Studio mieten und eine vernünftige Backing Band, damit sie ein gutes Demo machen könnte. Mannomann, ich stellte mir sogar vor, dass sie und Evan den Soundtrack von *Big Noise* machen könnten.

Ich belud den Land Cruiser, zahlte mein Apartment und buchte es gleich für weitere sechs Monate für Pen und mich, damit wir in Ruhe nach was Richtigem suchen konnten. Dann fuhr ich aus L. A. ab. Diesmal gab es keine müßigen Umwege, auf der Rückfahrt hieß es ausschließlich Highway. Als ich die Staatsgrenze nach Arizona überquerte, versuchte ich Pen auf ihrem Handy zu erreichen, aber es war wieder ausgestellt. Wie gehabt; ich frag mich, warum sie überhaupt eins hat. Man verstand ja, woher sie diese Angewohnheit hatte: Buchläden, die Bühne, Aufnahmestudios. Als ich genug vom Fahren hatte, stieg ich in einem Motel ab und guckte Asozialenfernsehen. Ich fühlte mich euphorisch, großartig und wollte feiern, deswegen fuhr ich zu einem Truck Stop, aber kaufte mir statt Alkohol einen Pott Ben & Jerry's und fuhr damit wieder zurück zum Motel. Ich sah mir ein paar Wiederholungen von *Sex and the City* an und kam mir wie ein echtes Weichei vor, ohne dass es mir groß was ausmachte.

Am nächsten Morgen stand ich später auf, als ich geplant hatte. Hatte schon seit Ewigkeiten nicht mehr so lange und so gut geschlafen. Die Sonne stand schon fast im verdammten Zenit, als ich wieder auf der Straße war. Als ich unsere Wohnung erreichte, nachdem ich fast den ganzen Tag gefahren war, war von Pen nichts zu sehen, und ihr Handy war immer noch aus. Es war ein Samstag, und da arbeitete sie nicht im Buchladen. Ich dachte, schau doch mal in Earl's Roadhouse nach. Es war schon dunkel, als ich ankam, und ich trat voller Vorfreude ein, wenngleich wohl ein bißchen zögerlich, da Arschloch Barry ja da sein konnte. Aber ich hatte seinen Truck draußen nicht gesehen, Pens Wagen allerdings auch nicht. Der gute Earl entdeckte mich sofort und kam zu mir rüber. Er erklärte mir, dass sie heute keinen Auftritt hätte und auch nicht reingekommen wäre.

Ich schaute, wer hinter der Theke war. Keine Tracey. Aber klar doch, jeden zweiten Samstag hatte sie frei, und dann gingen sie und Pen gerne zusammen aus. Das war ihr Abend, um zusammen einen

Happen zu essen und sich ein paar Bier zu genehmigen, und das konnte ich ihnen nicht missgönnen. Ich hatte immer Bedenken, dass ich vielleicht ein etwas langweiliger Gesellschafter geworden war, seitdem ich nicht mehr an der Flasche hing. Ich dachte mir, sollen sie ruhig, und entschloss mich, bei Yolanda vorbeizuschauen. Ich rief vorher bei ihr an, um zu hören, ob das okay war. Sie wirkte zuerst etwas verwirrt – wahrscheinlich betrunken –, aber sie freute sich, von mir zu hören. Sie erklärte mir, dass sie gerade Besuch habe, den sie noch loswerden müsste, und ob ich nicht noch etwas warten könne. Das passte mir gut. Ich fuhr noch mal für ein Weilchen zurück nach Hause und sah die letzte Fassung von *Big Noise* durch. Deswegen, so sagte ich mir voller Befriedigung, hatte ich mich mit Yolanda getroffen. Ich war so mitgerissen, dass ich ganz die Zeit vergaß. Eine Stunde war schon vergangen. Ich versuchte es noch mal ohne große Hoffnung bei Pen, aber ich wusste ja, wenn sie und Tracey zusammen loszogen, war Party angesagt. Dann verließ ich die Wohnung, stieg in den Land Cruiser und fuhr aus der Stadt. Der dunkle Himmel wirkte unendlich, als ich über den Highway glitt, in Gedanken bei Yolanda. Dies würde mein letztes Interview mit ihr sein. Ich war etwas besorgt, dass sie nach dem letzten Mal nun die totale Psychonummer mit mir abziehen würde, aber tatsächlich hatte ich sie noch nie derart ruhig und gelassen erlebt. In ihren Augen war ein wildes Funkeln, und ein verschlagenes Lächeln umspielte ihre Lippen, als sie in einem weißen Kittel und schwarzer Hose vor mir stand. – Ich scheine mich in letzter Zeit ständig bei Ihnen entschuldigen zu müssen, Raymond. Es tut mir leid, wenn ich mich bei unserer letzten Begegnung ziemlich würdelos aufgeführt habe, sagte sie. – Aber ich versichere Ihnen, das kommt nicht mehr vor.

– Kein Problem, Yolanda. Ich hob die Hände und wedelte ihre Bedenken beiseite. – Aber ich muss Ihnen mitteilen, dass dies vermutlich unser letztes Treffen sein wird. Ich hab gute Nachrichten, was die Arbeit anbelangt; ich ziehe wieder nach L. A. und dreh dann einen Film in Texas.

– Ich hatte so etwas schon erwartet, sagte sie mit einer Art grimmiger Heiterkeit. – Sie sind ein ehrgeiziger Mann, Raymond Wilson Butler. Sie werden es definitiv zu etwas bringen.

Ich schätze, es gelang mir nicht ganz, ein dreckiges Lächeln zu unterdrücken. Es stimmte. Ich würde es zu etwas bringen. Yolanda holte uns was zu trinken: für sich selbst einen Gin, für mich die übliche Limonade. Ich weiß nicht recht, ob es deswegen war, weil ich sie nicht wiedersehen würde, oder einfach weil ich ein arrogantes Arschloch im Hochgefühl meiner jüngsten Erfolge war, aber ich fragte sie, welche schönheitschirurgischen Eingriffe sie hatte machen lassen. – Sie ... äh, ich berührte mein Gesicht, – haben da etwas machen lassen?

– Lässt sich nicht übersehen, was?, lachte sie, nicht im Mindesten gekränkt.

Ich wollte protestieren, aber sie brachte mich mit großtuerischer Geste zum Schweigen.

– Nur keine Umstände. Es ist schon lange her, und er war auch nicht gerade der Beste seines Fachs in Beverly Hills, grinste sie. – Tatsächlich war es nicht mal in Beverly Hills, sondern bloß eine räudige Vorstadt von Houston. Sie lachte lauthals über ihren eigenen Witz. Ihr Gesicht sah in diesem Moment dämonischer denn je aus, die Nerven durch falsche Schnitte gelähmt, die tote, alte Haut straff gespannt.

– Was hat Sie bewogen, sich unters Messer zu legen?

– Larry Briggs hat mich dazu gebracht. Er dachte sich, wenn ich wieder ein bisschen so wie früher aussähe, als ich noch Schönheitskönigin dieses beschissenen Staates war, würde es ihm vielleicht ein paar Stimmen einbringen, mich an seiner Seite zu haben. Ich muss aber zugeben, dass man mich nicht lange überreden musste. Sie lächelte traurig. – Man klammert sich an die Schönheit.

Ich sah hinüber zum alten Sparky; so wie sich das Licht in seinen Glasaugen spiegelte, wirkte er lebendig und wild. Dann lag da noch Marco, für immer treu ergeben, geduldig bei der Tür.

Sie bemerkte meinen Blick. Sie schenkte mir ein bedächtiges, wissendes Nicken, das mich leicht erschaudern ließ. – Der Kojote ist fertig. Ich werde ihn Ihnen gleich zeigen; er ist unten im Keller. Wir müssen uns aber noch einen Namen für ihn überlegen, Raymond. Ich finde, Sie sollten den aussuchen.

Ich dachte daran, wie der fiese Kojote mich überallhin verfolgte, als würde ich ihn nie los, und erinnerte mich dann an Tommy Sparrow, den Sänger der Majestic Reptiles. – Vielen Dank, Ma'am. Was halten Sie von Tommy?

– Tommy passt gut, sagte sie mit einem Grinsen so breit wie der Mississippi. – Auf Tommy, den Kojoten. Sie lachte und hob ihr Glas, und ich ertappte mich, wie ich in ihr Lachen einstimmte.

Als wir zu lachen aufhörten, geschah es mit nervösem Schweigen meinerseits und kalter Gleichgültigkeit seitens Yolanda. Ich machte reinen Tisch und erklärte ihr, dass ich den Schwerpunkt des Buches wieder auf Glens Werk verlegen würde, weg von ihrer Geschichte und seinem Privatleben. Für einen Sekundenbruchteil sah sie mich sehr streng an, und ich schäme mich nicht zu sagen, dass es mir bei diesem Blick eiskalt den Rücken runterlief. Dann schien sie etwas nachdenklicher zu werden, und sie nickte mir langsam zu, als wolle sie mich ermutigen fortzufahren.

Ich wollte hier wahrlich nicht noch länger herumsitzen. Es gab nur noch etwas, das ich wissen wollte. – Ich muss Sie noch fragen, Ma'am ... als Glen von uns ging ...

– Wie kommen Sie darauf, dass er fort ist?

Plötzlich überlief es mich eiskalt, und das Haus wirkte auf mich nicht mehr angenehm kühl, sondern kalt wie der Tod. Ich lachte gezwungen. – Ich habe doch den Grabstein auf dem Friedhof gesehen, Yolanda. Seine Grabstelle, in dem Familiengrab in Collins.

– Kommen Sie mit, Jungchen, sagte sie brüsk, stand auf und ging auf die Kellertür zu. Ich folgte ihr einige Treppenstufen aus Metall hinunter. Wir gelangten in einen kleinen Raum, der nicht annähernd groß genug war, um das gesamte Haus zu unterkellern. Er hatte einen Betonboden und Wände aus Stein, die weiß gekalkt waren. Es gab eine verstärkte Stahltür mit einem Bullaugenfenster daneben, alles feucht von Kondenswasser. Sie entriegelte die Tür und schob mich vorwärts. – Sie können hineingehen, aber seien Sie sehr, sehr leise, flüsterte sie. Ich zögerte, aber nur eine Sekunde, zu neugierig, was zum Teufel darin zu finden war.

Denn schlagartig sah ich alles vor mir: Halliday war noch am Leben! Ich sah dieses fantastische Bild vor mir, wie er über einen Schneidetisch gebeugt in einem geheimen Kellerstudio hockte und gerade sein Meisterwerk zusammenklebte. Ich war so davon überzeugt, dass ich schon stumm meine Begrüßung probte.

Mr. Halliday, Sir ... wenn das keine Überraschung ist.

Als ich über eine Metallleiste im Boden des Türrahmens in den Raum trat, nahm mir frostiger Nebel die Sicht. Der Raum war fürchterlich kalt, wie ein großer Kühlschrank – ich fuhr alarmiert herum, aber da schlug die Tür hinter mir zu. Ich stemmte mich dagegen, hörte aber, wie draußen die Riegel davorglitten. Ich trommelte verzweifelt an die Tür, während mir die Kälte in die bloßen Arme stach. – Yolanda! Sie verdammte, verrückte ... aber ich spürte, wie mit der Kälte die Angst in mir hochstieg und mir den Mumm nahm. – Na los, hören Sie auf mit dem Quatsch ... bettelte ich. – Hören Sie, wir bleiben in Verbindung ...

Dann sah ich ihr Gesicht in dem Bullauge; monströs, aufgequollen und schneeweiß. Aus einem Lautsprecher darüber drang krachend ihre Stimme. – Alle wollten sie weggehen, aber keinem ist es gelungen. Wir bleiben alle zusammen. Für immer.

– Yolanda, das ist doch verrückt ... Ich wandte mich um und musterte den Raum, während sich meine Augen an den Nebel gewöhnten. Dann sah ich sie alle dastehen, alle vier, und mich mit ihren alterslosen toten Augen aus Glas anstarren.

Glen Halliday, die pechschwarzen Glasperlen tief in sein Galgenvogelgesicht eingesunken. Das rote und dunkelblaue Karo und die Stonewashed-Jeans, die eine Art Markenzeichen von ihm waren. Das immer noch volle, zurückgegelte graue Haar. Er hielt sogar eine Flasche Bier in der Hand, ein Coors Lite. Und dann die anderen: Humphrey Marston, mit einem hoch konzentrierten Gesichtsausdruck, den er bei seiner Arbeit gezeigt haben musste, an seinem Tisch mit dem Präparieren eines kleinen Tiers beschäftigt. Hinter ihm Dennis Andersen, ein Gewehr geschultert, und mit dem breiten, kernigen Grinsen, das er wahrscheinlich immer getragen hat, selbst wenn er den Abzug durchzog, um irgendein Tier abzuknallen, oder einer Frau mit dem Handrücken ins Gesicht schlug. Und dann noch Larry Briggs, an einem Lesepult stehend, tadellos gekleidet; flott und gerissen selbst noch im Tode.

Die vier Reiter ihrer privaten Apokalypse; was für eine kranke, alte Hexe. Ich zog mein Handy aus der Tasche. – Verflucht, du, du abartiges, altes Miststück –

– Du wirst kein Signal hier drin bekommen, Darling. Das ›abartige, alte Miststück‹ hat die Wände isoliert. Sie lassen kein Signal durch und sind schallisoliert. Also erspar dir die schreckliche Würdelosigkeit, nach ›Hilfe‹ zu rufen und zu schreien. Der arme Glen war so ein jämmerliches Baby. Ein Mann, der das Leben in seinen späten Jahren so zynisch betrachtet hat, bettelt dann darum, als seine Zeit gekommen ist. Schon seltsam, nicht wahr?

Ich ignorierte die verrückte alte Schabracke. Es musste doch noch einen anderen Weg hinaus geben …

Ihre Stimme wetterte weiter, krachend aus dem Lautsprecher. – Für wen hältst du dich eigentlich, Raymond Wilson Butler? Glaubst du, du kannst mit deiner Selbstgefälligkeit als Künstler einfach so in mein Leben treten, nur nehmen, nehmen und nehmen, wie die anderen auch, mich mein Innerstes preisgeben lassen, und dann einfach weggehen, wenn du genug hast? So läuft das nicht, Herzchen! Hier nicht!

Da sah ich die Tür zu einem Nebenraum und ging darauf zu. Der Kojote stand geduckt davor, bereit, einen durch den Nebel anzuspringen. – Da kannst du nicht rein. Siehst du nicht, dass Tommy ihn bewacht?, verhöhnte mich Yolandas Stimme.

Ich bewegte mich vorsichtig weiter, sah aber, als ich näher kam, dass der Kojote mausetot war. Kein Zweifel, es war der alte Bursche, den ich überfahren hatte; von Yolanda gekonnt in eine Actionpose gekrümmt. Ich trat ihn um und legte meine Hand um die kalte Messingklinke der Tür.

– Ich würde an deiner Stelle wirklich nicht da reingehen, mein Engel, gurrte sie.

– Leck mich, du fette verrückte Sau!

Ich zog die Tür auf, und sobald ich erkannte, was dort drin war, sank ich auf die Knie. Ich konnte nur noch »nein, nein, nein« schreien, immer und immer wieder, während ich auf ihre kränklich graue Haut im Licht der dürftigen Beleuchtung des Zimmers starrte. Sie hatte eine Gitarre in der Hand und den Mund geöffnet, während sie einen Akkord raushämmerte, für alle Zeiten in dieser Pose erstarrt.

– So ein reizendes Mädchen. Ich bin hingefahren, um sie spielen zu sehen, und hab sie dann zu mir eingeladen. Ich glaube, du hast sie ein bisschen neugierig auf mich gemacht. Ich habe eine Weile gebraucht, sie fertig zu machen; wir mussten eine ganze Nacht hart durcharbeiten, Barry und ich. Weißt du, er ist mein Sohn und ein großer Fan von ihr. Aber wir wollten sie für dich fertig haben. Das wird euer kleines gemeinsames Zimmer.

Während mir die Kälte langsam in die Knochen kriecht, denn sie hat sie jetzt auf höchster Stufe, kann ich nichts anderes tun, als stumm und machtlos dazusitzen. Mein Kopf beginnt sich zu drehen, und ich höre ihre Stimme, ich höre Miss Arizona sagen: – Nun werdet ihr für immer vereint sein, Raymond, wir alle sind für immer vereint!

Der King von Fife

1. JASON UND DER SEXUALNEID

Ja, scheiß die Wand an, nee, voll hart; wie sie hier reden, würd sogar Graf Porno rote Ohren kriegen. – Du kenns Big Monty, der is ja nu wirklich reichlich genug bestückt. Er ist also über so nen Jungen in Edinburgh an Crystal Meth rangekommen und hat davon nen Ständer wie zwei verfickte Dosen Tennent's übernander; seine Worte, nich meine, sagt der Duke of Musselbury gravitätisch, hebt sein Pint Guinness an die Lippen un nippt dran. Auf der dreckig-orangen Schenkelbürste über seiner Oberlippe bleibt ein Rand Schaum zurück, beziehungsweise *Creme*, wie's die Burschen bei der Porter Brauerei in Dublin lieber hörn. Früh am Samstag, und außer uns is kein Schwanz im Goth, unserm Eckpub. Toller Laden, das Goth, warm und urgemütlich, mit dem ganzen mahagonibraunen Holz überall. Gegenüber von der Theke hängt n Großbildfernseher fürn Fußball, normal bloß schottischen (öde, können nur zwei Teams gewinnen) oder englischen (noch öder, kann bloß eine Mannschaft gewinnen), aber manchmal zeigense Le Liga oder Bundeslegia oder wie das heißt. Seitlich is n großer abgetrennter Billardraum, alles verglast, dass die Hirnis da drin wie die Goldfische aussehen.

Nich dass heute welche da wärn. Die ganze High Street is leer wie ne Disco in Tel Aviv. Damit hat der Duke ne gebannte Zuhörerschaft von zwei Mann für seine Story. – Aber er rammelt sich einen ab auf dem Stück, un bei der passt nich nur alles rein, da is auch noch Luft drum rum, Mann! Nee, leck mich, weiter als der beschissene Nil, das Spundloch, wa, du Fotze. Und komm mir nich mit Mississippi. Er zieht also raus, dreht sie rum und besorgts ihr in die Trompete, is auch alles schön stramm und eng, und er kommt endlich doch noch zu nem anständigen Fick. Der Duke rülpst dezent un stellt sein Bier auf der Theke ab.

– Boah, ja, leck mich am Arsch, sagt Nachbar Watson und nimmt seine Silberrandbrille ab, um sie n bisschen zu putzen.

Der Duke of Musselbury schüttelt kräftig seine große, kahl werdende Birne; sein fussiger Pferdeschwanz peitscht über seinen Rücken. – Nee, aber, warte mal, biste das hörst: Da hat er sich nämlich vertan, Mann, weil die Schnalle selber schon seit n paar Tagen bloß Flüssignahrung zu sich nimmt, und kaum hat er sein Scheißpimmel in ihrer Schokobox stecken, hat er auch schon den ganzen Dünnpfiff unter der Vorhaut wie verfickte Jägersoße, ziept tierisch auf der Eichel und so, wa.

Ich seh, wie Nachbar Watson hinter seinen Brillengläsern das Wasser in die Augen steigt, er läuft aus wie die Vagina von ner Nutte nach nem Rudelbumsen.

– Sie noch schwer unterwegs auf Speed un so, erklärt der Duke, – voll am Abdrehen, und sagt zu ihm: ›Den mach ich dir krumm, den brech ich dir ab‹, und stößt zurück und, na ja, wie es so is, wenn ne unaufhaltsame Kraft auf n unbewegtes Objekt einwirkt.

– Un was dann?, fragt Nachbar Watson und knibbelt sich n Stückchen Schorf aus dem einen Nasenloch. Er sieht es sich an, rollt es und schnippst es auf den Boden vom Goth.

Der Duke runzelt angewidert die Stirn. – Also, das Ganze spielt sich im Hotel ab, in dem in Dunfermline, wo sie eingecheckt haben. Wie heißt es noch mal ... n besseres Stundenhotel ... Prince Malcolm, das isses. Okay, Monty is so hitzig, dasser aus Versehn mit seiner Pranke voller Sovies die Scheibe vom Feuermelder einschlägt, un dann is die Hölle los ...

Ja, scheiß die Wand an! Mein Gedanke: das Prince Malcolm Hotel. Das ist doch meiner Ma ihr Revier. Arbeitet an der Rezeption und alles, mit dem Schleimscheißer, mit dem sie rumbumst, Bremsstreifen-Arnie.

– ... Bullen, Feuerwehr ... alles da. Peinliche Lage für Allemann. Der Duke greift nach seinem Bier und trinkt nen Schluck.

Dann sagt der Nachbar zu uns: – Is das nich, wo deine Ma arbeitet, Jase?

– Mmm ... sag ich. Das hämische Sackgesicht weiß ganz genau, wie die Sachlage ist.

Aber der Duke of Musselbury erspart mir unbeabsichtigt das Rotwerden, weil er sich seine Geschichte nich unterbrechen lassen will. – Er besorgts also der kleinen Sau. Un wisst ihr, wer das war? Nämlich eins von den Pferdemädchen, ja? Die Tochter vom Doktor, die, die da unten auf der Straße nach Lochgelly wohnt. Die Laura Grant, sagt er und schiebt sein Kinn vor. Dann schießt seine Zunge raus wie bei ner Eidechse, und er leckt sich den Schaum vom Schnäuzer als wär's Schnee auf der Windschutzscheibe. Mein Rückgrat wird n bisschen steif, als ich das höre, aber der Duke guckt mich bloß verschlagen an und sagt: – Sach mal, bist du um die nich auch mal rumgeschlichen, hm, Kingey?

– Machter immer noch, lacht der Nachbar.

– Bloß damit ich was in der Hinterhand hab, du Sack, erkläre ich, aber es ist, als würd der ganze Sauerstoff in der Goth Tavern sich entzünden und wegbrennen, weil ich plötzlich keine Luft mehr krieg. Das Objekt meiner Begierde un Monty, die fette, hässliche Fotze ... und dann noch im Hotel von meiner Mutter und dem Schweinepriester!

Der Duke of Musselbury, diese Fotze, der mit seiner Halbglatze und seinem roten Pferdeschwanz, seinen gelben Zähnen und dem Schnauz ... der is sicher untröstlich, dass grad *er* die traurige Nachricht überbringen muss. – Genau, dachte ich doch, dass das deine kleine Freundin war, sagt er zu mir.

Tja, ich fühle, wie sich meine Hand um das Glas verkrampft, un die Fotze kann was erleben, hier Lügen zu verbreiten, aber dann denke ich, Moment, Jason, denk erst mal nach ... so is das nix, man erschießt doch nich den Überbringer.

Aber nicht Laura, fuck auch, meine erste Freundin. Na ja, ich schätze, meine erste *richtige* Freundin war die kanadische Alison, fickmäßig gesehn jetz.

– Stimmt, haste die nich vor Jahren geknallt, als du noch Jockey warst?, fragt der Nachbar, dieses elende Waschweib. Ich seh die Fotze förmlich mit Kopftuch auf die Straße runter beim Premier Bingo sitzen, ja leck mich doch.

Ich nicke bloß: – Aye, sie ist ne begeisterte Springreiterin, so n gemeinsames Interesse an Hoppe-Hoppe-Reiter verbindet, klar?

– Hat sie dich damals mal rangelassen?, fragt der Duke.

– Wir warn ne Zeit lang zusammen, aber sie war doch noch fast n kleines Mädchen zu der Zeit, sag ich empört. Nee, die Gesellschaft, in der man sich manchmal wiederfindet, da musste dich schon fragen, obs für die überhaupt n jugendfreies Thema gibt. – Na jetz isse kein kleines Mädchen mehr, wa. Soll sich ja nich lange bitten lassen, was man so hört.

– Thekengewäsch, sag ich.

– Ich halt nix davon, Mädchen nach so nem Jungfrau-Nutte-Schema zu bewerten, sagt der Nachbar, – von Grund auf falsch, wennde mich fragst.

Der Duke schüttelt den Kopf: – Das könnense uns in Fife allerdings nich vorwerfen. Für uns sind alle verfickte Nutten, und ihre Männer, Väter, Lover und Brüder und Söhne genauso!

Darauf stoßen wir an. Das Königreich: saumäßig unsexistisch.

Dann sagt der Duke: – Die Lara allerdings; kommt ja immer im Doppelpack mit Tom Cahills Mädchen.

– Stimmt, du Fotze, sag ich, – die kleine Jenni.

– Drübergerutsch biste über die zwei vielleicht nich, aber beschnüffelt haste sie oft genug, sagt der Nachbar. – Da haste dir doch sicher deine vierzig Mal einen drauf abgerubbelt, wa, Jase?

– Leck mich am Arsch, das warn deutlich mehr als vierzig, so im fünfstelligen Bereich. Hab mehr Freude an den Mädchen gehabt als so n verlogener Saftsack wie Monty, sag ich und trinke aus.

Das provoziert den Nachbarn zu Spekulationen. Er nimmt die Brille ab, putzt sie und reibt sich über die Stelle, wo sie sich in seine Nase eingedrückt hat. – Ich frag mich doch, was Mädchen davon halten würden, wenn sie wüssten, wie oft und gern wir uns einen auf sie runterholen? Wie viel Mühe und Willenskraft wir in liebevoll konstruierte Szenarien investieren? Die ganzen verfickten Hollywood-Edelpornostreifen, die so gut wie jede Nacht in deinem Kopf ablaufen, mit so ner kleinen Pissflitsche, die bei Greg's arbeitet, in der weiblichen Hauptrolle!

Ich seh ihn an, während ich mein Pint wegputze. – Wenndes so ausdrückst, müssten die sich ja geschmeichelt fühlen! Fuck, Mann, ich wär's jedenfalls, wenn ich wüsste, dass einer, von dessen Existenz ich bloß am Rande mitbekommen hab, mir so viel Zeit und Arbeit widmet! Ich würd mich schon aus Mitleid von der Fotze bumsen lassen!

Nachbar schüttelt den Kopf und setzt die Brille wieder auf. – Aber so funktioniert das nich. Die denken dann bloß, du bist n fieser kleiner Perverser, der n erbärmliches Leben führt. Weibliche Sexualität, hör bloß auf, wa: Is ganz was anderes. Die ham's doch immer mit himmlischen Mächten un so; an so was geilen die sich auf. Pferde und Ritter un Burgzinnen und lauter son Scheiß. Deswegen stehn die ganzen feinen Fräuleins alle so auf Pferde, quatscht er sich warm. Dazu muss man sagen, der Nachbar is hier der Muschipapst, denn immerhin war er mal verheiratet. – Damals an der Schule hab ich so was mal zu Irene Carmody gesagt, erinnerste dich an das Mädchen?

– Süßes Teil, soweit ich mich erinnere, nicke ich und versuche sie mir bildlich vorzustellen.

Nachbar macht jetz n ganz trauriges, bedauerndes Gesicht. – Da war ich versuchsweise mal ganz offen, welche Freuden die Bilder von ihr nackt beim Dreier mit mir un Andrea McKenzie, die ich im Kopf hab, mir bereiten. Un weiß man meinen Geschmack und Einfallsreichtum zu würdigen? Von wegen. Sie is damit bloß zu ihrem Vater gerannt, und die Fotze hat mich vor der Frittenbude zu fassen gekriegt und mir gesacht, ich soll seiner Kleinen nie wieder unsittliche Anträge machen! Leute gibt's, Nachbar schüttelt wieder seinen Kopf, – tun ja so, als hätten sie in ihrem ganzen Leben nie einen langgezogen.

So unterhaltsam die Sexstrategien der männlichen Bevölkerungsanteile von Central Fife sind, ich reiß mich trotzdem los.

– Wo soll's hingehn, Jase?, fragt der Duke.

– Ich geh vielleicht noch mal kurz um n Block, guck bei meinem Buchmacher rein.

Ich also raus an die frische Luft und geh die Hauptstraße runter.

Die Stadt hat zwar auch schon bessre Zeiten gesehen, aber auf der High Street halten sich immer noch reichlich Schluckbuden. JJ's un Wee Jimmie's sind die, die ich frequentiere, abgesehen vom Goth, der mittlerweile so n bisschen als Pub für die Alte Garde gilt, nich ganz zu Unrecht, muss ich sagen. Und dann gibt's Partner's Bar auf der andern Straßenseite; ist vielleicht n Laden, in den man abends mal mit nem Mädchen gehen kann, aber nix für tagsüber, nee, muss echt nich sein.

Ladbrokes gegen Corals, wer kriegt mein Geld? Corals is n Rangers-freundlicher Laden, aber die Stadt hier hat schon lange so nen allgemeinen Rangers-Vibe, schon seit Jim Baxter, wenn man meinem alten Herrn glauben darf. Ich entscheid mich für Ladbrokes, aber ich find nix auf der Karte, was mich anspricht. Allerdings merk ich, dass ich am Verhungern bin, also geh ich raus, um irgendwo nen Happen zu essen.

Ich esse im Central Park Café zu Mittag, nach dem sie den Laden in der Fernsehserie *Friends* benannt haben. Unseres heißt natürlich nach dem Central Park, der Heimat des Cowdenbeath FC, und ist tausendmal älter als dieser blöde kleine New Yorker Park desselben Namens.

Ich entscheide mich gegen Pommes mit Erbsen und nehm stattdessen Spiegelei und Panhas-Brötchen zu nem Becher Tee. Alles leer bis auf zwei junge Mädels mit nem Baby im Buggy. Komischer Märztag: Es regnet, ist aber auch überraschend heiß. Eins von den Mädchen hat nen weißen Anorak an, den zieht sie aus und verkündet allen: – Ich bin am Schwitzen wie Sau! Die andere hat bloß n weißes Baumwolltop an und protestiert: – Un was is mit mir? Ich bin klätschnass vom Regen!

Ich vermute, es is Klätschnass-vom-Regens Panz, weil die Bedienung rübergeht, um mit Schwitzen-wie-Sau zu quatschen.

Boah, nee, die Torten könnte man sogar mit Timothy Learys Jahresration im Leib nich sexualisieren. Bei mir tut sich erst was, als so ne rothaarige Hausfrau mit tierisch vorstehenden Zähnen reinkommt. Als hätte irgendne Fotze versucht, sie ihr *von innen* auszuschlagen. Es gibt ja viele miese Typen, und ich denk, vielleicht war einer davon beim Fisten zu enthusiastisch, ja leck mich, und dabei fallen mir irgendwie wieder Big Monty un Lara ein.

Das hat mich tierisch erregt, und ich musste mich schnell mal aufs Klo hinten im Laden (natürlich mit dem obligatorischen »Nur für Gäste«- Schild) verziehen, damit ich mir nett einen runterholen kann. Der Platz reicht kaum, um ne Katze am Schwanz zu schwenken, aber ich kriegs trotzdem fertig, noch n bisschen Kleister ins Waschbecken abzuschlagen. Jawoll, wieder ein Sieg für die Übererregten aber sexuell Unterforderten dieser Erde erstritten! Die Köpfe drehn sich, als ich rauskomme, und die Frau mit den Beißern steht da und glotzt mich an, aber es stinkt nich aus m Klo, was soll's also. Ein Glück, dass die meisten denken, man würd da drin bloß Drogen nehmen.

Ich krieg ne T/5-Rechnung und zahle.

Tja, an nem Samstag die Hauptstraße runterspazieren; Kreditoren gilt es auszuweichen, Debitoren nachzujagen, und nich zweimal isses dasselbe. Echt, hier merkste, dasste auch Teil der Nahrungskette bist. Der kleine King: Immer mit der Relegation am flirten, aber doch n bisschen oberhalb von Leuten wie Richey, dem Opfer, den ich grad den Hang hoch Richtung Bahnhof gehen seh, ohne Zweifel kommt er grade aus m New Goth.

Aber die Stadt is nich zu schlagen; Pommes mit Erbsenpüree für £1,90, die halten den ganzen Tag vor. Runtergespült mit n paar Pints Schwarzem Gold, un selbst diese Gillian McKeith würds sich zweimal überlegen, deine Hinterlassenschaft genauer zu untersuchen, da sei mal sicher.

Allerdings ham mein Ei mit Pahnasbrötchen und Tee £3,05 verschlungen und damit n beträchtliches Loch in meinen Schwarzes-Gold-Fonds gerissen. Also geh ich mal rüber ins Job-Center, um nachzusehn, was der Computer da sagt, aber es sind alles bloß Mindestlohnjobs, und auch noch über's ganze Land verstreut. Bloß einer ist in der Umgebung (falls man Dunfermline als »Umgebung« bezeichnet, was ich nich tue):

ARBEITER IN DUNFERMLINE £5/STUNDE, 40-STUNDEN-WOCHE

8–5 Montag-Freitag, keine Wochenenden, befristet für sechs Wochen. Das sind zweihundert Ocken pro Woche vor Abzug von Steuer & Versicherung, macht 170 £ netto, was man kaum als Lohn bezeichnen kann. Wenn ich dem Alten nich die Miete abdrücke, n bisschen am Schwarzen Gold spare und meinen Kreditgebern (und neuen Kreditnehmern) aus dem Weg gehe, bedeutet das, ich kann in sechs Wochen so etwa fünfhundert ansparen. Leck mich an meinem haarigen Arsch. Es heißt, Erfahrung ist keine Voraussetzung, man wird angelernt, aber nen abgebrochenen Riesen wie mich werden sie nie auf ner Baustelle arbeiten lassen.

Beim Rauskommen sticht mir die Überraschungssonne in die Augen, und der erste Mensch, den ich auf dem Mäuerchen sitzen seh, is unser in Schimpf und Schande geschasster Ex-Pfarrer Jack »Conjack« Anstruther, der sich an einer Flasche Pennerglück labt.

– Jason King!, brüllt er zu mir rüber. – Na, Glück auf m Arbeitsmarkt?

– Nee, Jack, nix zu machen. Keine freien Stellen für kommunistische Ex-Jockeys.

Anstruther lacht, dasses wahrscheinlich noch n paar Blutgefäße mehr in seinem aufgedunsenen roten Gesicht zerplatzen lässt. Das Haar steht immer noch hoch, wie bei Don King, dem Boxpromoter da. Zusammen mit seinem plemplemen Blick sieht er dadurch permanent elektrisiert aus – wie ein Kind, das grade die drei kleinen Löcher in der Wand entdeckt hat. Der alte Mantel hat bessre Zeiten gesehn; der is mindestens so angegammelt wie das Obst auf dem Central Perk Markt. – Witzig, Sohn, bei kommunistischen Ex-Priestern der Church of Scotland isses genauso, lacht er und hält mir die Flasche hin.

– Eh, nee, lass ma gut sein, is nich so mein Bier, sag ich zu ihm. Ich lehn nich gerne ne Einladung zum Trinken ab, aber du bist, waste schluckst, und trotz meiner Finanzsorgen erhebt mich meine Stellung als Champion des Schwarzen Golds ein paar Tacken über die Buckie- und El-D-Schlucker.

Ich geh und überlass den ausgedienten Kleriker seinem Vergnügen. Ich seh Jennilein aus m Freizeitcenter kommen; sie is der ganze Stolz von 'Beath, aber, wie Lara, im versnobten St. Andrews zur Schule gegangen. Na, das is mal ne Kleine, die sich ganz schön rausmacht, leck mich am Arsch! Gut möglich, dasse so nen Pilates-Kurs belegt hat. Das is just der Laden, wo mein ungeliebtes Ausscheidungsspiel im Scottish Cup gegen diesen elenden Mossman stattfinden wird. Boah, ich kann nen Blick auf ihren rundlichen Arsch werfen, als sie auf den Vordersitz von irgendnem Auto flutscht. Ein Glück, dass ich grad den Tank geleert hab, sonst wär ich jetzt drauf und dran, am helllichten Tag einen abzufeuern!

Stattdessen mach ich mich wieder auf n Weg die Straße rauf. Ich krieg jedes Mal Zuckungen, wenn ich am Spider's Web Tattoostudio vorbeikomm. Da spar ich wie bescheuert für das große Herz mit ALISON drin, kurz bevor die Nutte mich ins Aus gekickt hat. Der Kanada-Fritze, so n Arschloch aus Lochgelly, der nen Bürgen in den Ex-Kolonien hatte, un bessere Berufsaussichten als Rohrschlosser mit Brief und Siegel.

Ja, die Fotze hatte einiges drauf als Rohrverleger, sagt sie, eine Behauptung aus der Aggression heraus, als unser Abschied sich etwas hitziger gestaltete.

Auf der anderen Straßenseite lockt der Clansman's mit seinem Crazy Vimto Cocktail oder den £2,50 für ein WKD Blue mit nem

Schuss Port, und ich bin schwer in Versuchung, aber da drinnen könnte ich Big Monty treffen. Ich geh also stattdessen zur Wettannahme, guck mir den Formverlauf an und hoffe, den Code für unsagbare Reichtümer zu knacken.

2. JENNI UND DER TOD

Ich stehe auf, gehe rüber an meinen Computer und schmeiße ihn an, um meine E-Mails zu checken. Eine von gestern Abend, von Lara, die sowieso auf jeden Fall noch vorbeikommt.

An: mscahill@hotmail.com
Von: msgrant@gmail.com

Jen
Gott, ich hasse diese Stadt. Dieses County. Dieses Land. Ich will raus hier. Gäbe es nicht Scarlet Jester, die Reitställe, die Wettkämpfe und natürlich deine Wenigkeit, ich mag gar nicht dran denken, wie unerträglich es dann wäre. Frisch zurückgekommen von dem (überaus erfolgreichen – nur keine falsche Bescheidenheit) Turnier in Irland gehe ich die Hauptstraße runter zum Freizeitzentrum und wurde an Ginny Woolfs großartige Zeilen erinnert: »Auf dem Treidelpfad begegneten wir einer Reihe von Kretins, an der wir vorbei mussten. Der erste war ein großer, junger Mann, nur gerade absonderlich, dass man zweimal hinschaute, mehr nicht; der zweite schlurfte & sah zur Seite & dann begriff man, dass jeder einzelne in dieser langen Reihe eine elende untaugliche schlurfende idiotische Kreatur war, ohne Stirn, oder ohne Kinn, & mit blödem Grinsen, oder einem wilden mißtrauisch starrenden Blick. Es war absolut entsetzlich. Sie sollten getötet werden …«
Genauso denke ich über alle hier in dieser Stadt. Und besonders über diesen Freak, Jason King, der buchstäblich sabbert, sobald er mich sieht. Allein der Gedanke, dass ich mich mit ihm abgegeben hab!
Ich hoffe, Midnight macht sich. Fiona LaRue und alle Reitställe gerade äußerst zufrieden mit mir.
Na, jedenfalls seh dich ja morgen.
Küsschen,
Lara XXX

Die Schlampe hat vielleicht Nerven, aber es fasst perfekt zusammen, was ich empfinde, nicht nur für Cowdenbeath, sondern auch für dieses Haus. Ich update mein My-Space-Blog und checke, was die üblichen Verdächtigen so treiben. Dann ziehe ich ein Sweatshirt, Leggings und Sportschuhe an, die ich in der Sporttasche am Fuß des Betts habe, und gehe auf Zehenspitzen nach unten.

Ich hatte vorgehabt, mich in den kleinen Fitnessraum zu stehlen und seine Cardiogeräte zu benutzen. Aber er war selbst drin, mit seinem neuen Hund. Der war auf dem Laufband angeschirrt und rannte nebenher. Er verbringt seine gesamte Zeit mit ihm. Er sieht mich an, und der Hund kopiert jede seiner Bewegungen, mich traurig von der Seite anschauend. – Nur n bisschen Aufbautraining für Ambroses Beinmuskeln, sagt er ein wenig schuldbewusst. – Er is ziemlich schwach für die Sorte Hund, die er is.

– Warum gehst du nicht einfach mit ihm raus?, frage ich ihn. Er sieht abstoßend und viehisch aus in seinem Unterhemd und mit diesen uncoolen Altmännertattoos. Sie sind so primitiv und unstylisch: ein Drache, ein Totenkopf mit gekreuzten Knochen, ein Andreaskreuz und der Name meiner Mutter auf einer Schriftrolle.

– Er leistet mir beim Trainieren Gesellschaft, sagt er und wechselt auf seinem Multigym zum Bankdrücken. – Du bist jederzeit eingeladen, sagt er, als er meinen Trainingsanzug sieht.

– Nein ... Ich gehe ins Freizeitcenter.

Er zuckt die Achseln und beginnt seine Gewichte zu stemmen. Sein rundes Gesicht nimmt eine puterrote Färbung an, die ich für unmöglich gehalten hatte, und seine Augen treten aus dem Kopf. Dem Hund hängt die Zunge aus dem Hals, während er angestrengt hechelt. Ich frage mich unwillkürlich, wer von den beiden früher sterben wird. Dann der nächste Gedanke: Würde ich bei seiner Beerdigung weinen? Wahrscheinlich. Was für eine deprimierende Vorstellung.

Ich verlasse sie, steige in meinen Escort und fahre zum Center. Ich mache ein bisschen Stretching, dann gehe ich für zwanzig Minuten aufs Laufband und noch für zehn auf den Stairmaster. Ich wiege mich: 66 Kilo. In einer Woche drei Pfund abgenommen. Nachdem ich geduscht habe, trinke ich einen Kaffee und lese ein Stückchen in meinem Roman, Danielle Slomans *Überlebende wider Willen*. Es geht darin um ein Mädchen, Josephine, das nach einem Verkehrsunfall im Koma liegt. Sie versucht verzweifelt, sie telepathisch dazu zu bewegen, den Stecker zu ziehen, aber ihre Ärzte und ihre Familie sind dazu nicht bereit. Jetzt hat sich einer der Ärzte, Steven, in sie verliebt. Währenddessen lässt Josephine in ihrem vegetativen Zustand ihr Leben Revue passieren, ohne zu wissen, dass ihr Verlobter Curtis, der HIV-positiv war, bei dem Unfall ums Leben gekommen ist. Nach einer Weile fahre ich wieder nach Haus.

Mein Körper schmerzt ein bisschen nach dem Fitnessstudio, also lasse ich mir ein Bad einlaufen, als mir wieder einfällt, dass Lara später rüberkommt und wir wahrscheinlich einen kleinen Ausritt machen, vorausgesetzt, dass Midnights Bein es mitmacht.

Ich strecke meine eigenen Beine in der Wanne; sie sind so hässlich und plump, dass ich sterben möchte. Sie haben kein bisschen Form. Ich mache die Düsen an, damit ich sie unter den ganzen Schaumblasen nicht sehen muss. Ich überlege, ohne es zu wollen, wie man es anstellen könnte, sich zu ertränken. Sicher, ja, indem man von einem Boot in die stürmische See springt. Aber konnte man sich in der Badewanne ertränken? War es möglich, wenn man es sich fest genug vornahm?

Es würde eine herkulische Willensanstrengung erfordern. Wir müssten wirklich sterben *wollen*, aber das für länger als die Sekunde, die man braucht, um von einer Klippe zu springen.

Ich lehne mich zurück und lasse mich in die vom Badesalz schleimig gewordene Wanne gleiten, bis ich zwei Fuß Wasser über mir habe.

Ich will sterben.

R.I.P.
JENNIFER LOUISE CAHILL
1987–2006

Geliebte Tochter von Thomas Cahill und Margaret Mary Cahill
geb. Alexander.
Geliebte Schwester von Indigo Sunita Cahill

Ich kann es nicht. Ich kann meinen Mund nicht öffnen und schlucken, ich kann noch nicht mal Luft durch meine Nasenlöcher ausatmen. Ich kann einfach nicht. Dann zwinge ich mich, unter Wasser einzuatmen, aber sobald das erste Wassertröpfchen in meine Lunge kommt, schießt mein ganzer Körper kerzengerade in die Höhe, und ich huste und spucke es wieder aus. Der Boden des Badezimmers steht unter Wasser. Meine Augen brennen vom Badesalz, das sich in dem lauwarmen Wasser aufgelöst hat. Ich japse, mein Körper eine Maschine, ein Biomechanismus mit ekelhafter Verfügungsgewalt über meinen Willen, der sich selbst mit Luft vollpumpt, nicht kampflos aufgibt, sich über mein bewusstes Wollen hinwegsetzt. Am Leben bleibt.

Ich komme wieder zu Atem, und das Hämmern in meinem Kopf vergeht. Ich schreibe mit dem Finger auf die beschlagenen blauen Fliesen:

ICH WILL STERBEN

Dann lasse ich es mit einem Handwischen verschwinden. Weg mit dem Gedanken: Wer würde sich um den armen Midnight kümmern?

Ich höre meine Mutter unten an die Tür gehen. Sie ruft im Treppenhaus: – Jenni! Lara ist hier!

Lara Beste Freundin. Zurück aus Irland, sich in ihrem Triumph sonnend, die extra herkommt, um ihre Schadenfreude zu genießen. Und dann höre ich seine Stimme, ein leises Grunzen. Jetzt wird er schon um sie herumschnüffeln, mit seinem Steifen in der Hose und heraushängender Zunge. Genau wie sein armer, erbärmlicher Killerhund, der ihn überallhin begleitet.

Ich stemme mich aus der Wanne, wickle mich in ein Handtuch und trockne mich ab, dann steige ich schnell in die Klamotten, die ich mir rausgesucht habe. Diese grüne enge Combathose, die Lara cool findet, ist genau richtig. Ich merke es daran, wie sie sie ansieht. Wenn sie ihr nicht gefiele, würde die Schlampe sagen: »Oooh das steht dir wahnsinnig gut.« Ich höre wieder meine Mum; ihre Stimme klingt penetrant und verzweifelt, möglicherweise weiß sie, dass zwei Drittel von ihr hinüber sind (und zwar die besseren zwei Drittel).

– Komm rauf, Lar, rufe ich.

– Wir gehen in den Stall und gucken mal, wie's Midnight geht, ruft mein Vater in seinem rauen Umgangston, den er in ein schlecht sitzendes Korsett von Nonchalance gezwängt hat.

– Amüsant, sage ich. *Als ob ihn das interessiert.*

– Komm runter und schließ dich an, ruft er wieder, in diesem offenkundig unaufrichtigen Tonfall. Natürlich, er will mich nicht dahaben. Er will Lara anschmachten, vielleicht sogar befummeln. Er ist der letzte Dreck, aber sie genauso. Sie ist eine richtige Nutte. Sie hat sogar mal, als wir betrunken waren, gestanden, dass sie »irgendwie auf ihn steht«. Ich glaube, sie hat es nur gesagt, um zu schockieren, aber trotzdem, ist doch krank, so über den Vater einer Freundin zu reden.

Noch ein guter Grund, ihre kleine Party zu stören.

Ich warte noch ein bisschen ab, bis sie nach draußen gegangen sind. Ich sehe sie geistig vor mir, den Hund im Gefolge, immer ein paar Schritte hinter ihnen. Der Köter und mein Dad: beide von hinten kurze, quadratische, rohe Exemplare ihrer jeweiligen Gattung.

Ich höre, wie er dem Hund zuruft: – Platz! Durch das Milchglas des Spiegelfensters sehe ich sie auf widerliche Anmachart miteinander albern und lachen, sie in Anorak und Gummistiefeln hinter ihm auf dem Weg zu den Ställen. Dann schleiche ich mich runter, renne nach draußen und komme plötzlich dazu. – He, sage ich fröhlich und studiere erst sein, dann ihr Mienenspiel, weil ich sehen will, wie sie auf meine unerwünschte Gegenwart reagieren. Sie stehen ein Stückchen auseinander, und kann sein, dass ich es mir nur einbilde, aber ihre Gesichter sehen aus wie von Schuldbewusstsein und Enttäuschung zerfressen.

Lara trägt ihr braunes Haar kurz geschnitten und oben etwas stachlig. Zusammen mit ihrer Himmelfahrtsnase und ihren Sommersprossen gibt ihr das etwas Koboldhaftes, Schelmisches. Ihre Augen sind das Beste an ihr, glutvolle Mandelaugen in einem warmen Braun, das und ihr Mund, diese vollen Lippen, hinter denen sich kleine weiße Zähne verstecken, bis sie lächelt. Sie wiegt 45 Kilo und hat noch nie einen einzigen Pickel gehabt. Sie ist reich, ein Einzelkind, und sie bekommt alles, was sie will. Sie ist meine beste Freundin, und ich hasse die Saukuh.

Midnight steht im Stall, neben Clifford, Indigos Pony, seinem tierischen Gefährten. Ursprünglich war dafür Curran, das psychotische Schwein, angeschafft worden, das mit seinem Rempeln und Beißen beiden Tieren das Leben vermiest.

Lara erklärt mir, dass sie hergefahren ist, um Scarlet Jester nach den Strapazen in Irland eine Pause zu gönnen. – Er sah nicht gut aus und wirkte ein bisschen verrotzt. Fiona kümmert sich im Reitstall um ihn.

Sie hat ihn in Fiona LaRues Reitstall eingestellt, der nur eine Meile die Straße runter liegt, außerhalb der Stadt. Sie sorgen dort besser für ihn als wir offensichtlich für den armen Midnight. Midnight hat eine Zerrung am rechten vorderen Sprunggelenk und bekommt abschwellende Medikamente. Dobson, der Tierarzt, ist gestern hier gewesen und hat es sich angesehen, hat die Sehnen und Bänder massiert und das Fußgelenk befühlt, um zu testen, ob es frei beweglich ist. Midnight hat sich dort verletzt, als ich ihn vor ein paar Wochen zu Hause über die Banden geritten hab.

Wie der Tierarzt mir dringend geraten hat, versuche ich es genauso zu machen wie er. Dann schirre ich Midnight an, um ihn über den Platz zu führen, und lasse Lara und meinen Dad im Stall allein. Ich kann sie lachen hören, schrill und aufdringlich: Sie muss unbedingt irgendeinen zustimmenden Kommentar zu einer Bemerkung ablassen, die er in seinem gefakten James-Bond-Tonfall gemacht hat. Ich streichle Midnights lange, samtweiche Nase und sehe, wie sich seine Nüstern blähen. – Gut, dass ich dich hab, Midders, flüstere ich ihm zu.

3. DIE SPIELKULTUR VON FIVE

Abends wieder zurück im New Goth, gönne ich mir ein schönes Pint vom Schwarzen Gold. Jaja, ich weiß, unsre keltischen Vettern von auf der anderen Seite der Irischen See werden euch erzählen, das Schwarze Gold schmeckte hier drüben wie durch die Liebestöter einer altgedienten Lochgelly-Nutte geseiht, aber bei mir läufts richtig gut rein.

– Die Fotze is irre. Irre wie in Vater-abstechen-Mutter-ficken. Irre, sagt Nachbar. Die Rede is von Monty. Allerdings, die Fotze hatse nich alle.

Aber ich hab keine Lust, über Debile zu quatschen, nich jetzt, also stürze ich mich gleich in die Diskussion, als Reggie Comorton, Mr. Passivruhm persönlich, von diesem Mossman-Jungen anfängt, gegen den ich morgen im Scottish antrete. – Ach was, der hat nix im Handgelenk. Der Junge issn Scheißschieber, wenn ich's euch sage.

Comorton, der in seinem dreckigen Mäntelchen aussieht wie der alte Peter Falk als *Columbo*, kommt auf mich zurück und sagt: – Das is die Spielweise von Fife. Du bis immer noch in der Fife-Spielkultur verhaftet, Jason. Das Spiel hat sich weiterentwickelt.

– Was willste damit sagen, Comorton?

– Nach der Weltmeisterschaft von zweitausendzwei hamse beinah eine Million Tischfußballsets in Südkorea verkauft. Glaubste, wir können hier in Fife in alle Ewigkeit unsern eigenen Stiefel spielen?

Ich seh mich nach dem Nachbarn um, ob n derartiger bourgeoiser Revisionismus Zustimmung findet, aber er hat ne steinerne Miene aufgesetzt. Nich dasses mich stört. Da ich unterversorgt bin mit Märkchen fürs Schwarze Gold und morgen n großes Spiel hab, nehm ich meinen Abschied und mache, dass ich nach Haus in meine Bleibe komme, direkt neben dem Hauptbahnhof. Fife Central: Zentraler wird's nich.

Ich geh rauf in mein Zimmer und leg meine Cat-Stevens-Platte auf, roll mir einen und fang an zu wichsen, während ich an Lara und ihre pummeligere kleine Freundin Jenni denke, deren Reithosenärsche in den Sätteln wippen, die verschwitzten kleinen Dosen durchgeschüttelt von den Pferderücken, als sie in einen Trab fallen, und ich schaffe doch glatt nen schönen Abschuss ohne Videounterstützung, boah, Mann, der war gut! *Tea for the Tillerman.* Aber voll.

N paar von den reitsportinteressierten Mädchen sind nich einfach zu befriedigen, das sag ich euch. Es gibt nich wenige, denen auf dem Pferderücken das Jungfernhäutchen gerissen is, durch sportliche Betätigung, wie ich betone, nix Unanständiges, klar!! Ja, es sind über die Jahrhunderte nich ganz wenige Ehegelübde für null und nichtig erklärt worden, weil in der ersten Nacht im Ehebett dieses elastische Flitschen beim ersten Stich fehlte, aber bei nem sportlichen Mädel kann so was in aller Unschuld passieren. Witzig, sich vorzustellen, dass die arme Lady Di als junges Ding vor ihrer Hochzeit mit Prince Charles die entwürdigende Prozedur des Intakte-Muschi-Tests über sich ergehn lassen musste. Bestand natürlich keine Gefahr, dass die ältere Büchse von dieser Camilla genauso unter die Lupe genommen würde. Das nenn ich Fortschritt, ihr Fotzen, wenn der Feminismus Eingang in die königlich-gynäkologischen Dienste findet! Aber Pferde und Mädchen; tja, wennde erst mal derartige Power zwischen den Beinen gehabt hast, legste die Latte danach n bisschen höher!

Diese Lara; immer was fürs Auge, aber schwer aufgeblasen, auch damals schon. Bin mit ihr gegangen, wie sie vierzehn war und ich einundzwanzig. Ich hab so meine Zweifel, ob ihr Vater, Doktor Grant, der seine Praxis auf der Lochgelly Road hat, damals ner ausgewachsenen Sexbeziehung seinen Segen gegeben hätte. Aber die Frage is jetz akademisch, denn sie hat mich in die Wüste geschickt, nachdem der verfickte Reitstall, der mich beschäftigte, dasselbe gemacht hat, was natürlich reiner Zufall war, wer's glaubt! Aber ich schätze, sie hat immer noch was für mich übrig. Aber leck mich, nee, könnte heute in Arbeit ausarten, sie zu befriedigen, soweit man hört.

Versteht mich nicht falsch, is alles nur Kneipengewäsch, und wenn man dadrauf hört, sindse heute alle nich mehr zu befriedigen. Ich hab meinem alten Herrn davon erzählt, und er sagt, zu seiner Zeit war das ganz anders. Da war n Mädchen schon froh, wenn sie was zwischen die Beine gesteckt bekam, und den Senioren zufolge sind sie alle abgegangen wie Atombomben. »N verficktes sexuelles Utopia, hier mitten in Fife«, um den Alten zu paraphrasieren, wa.

Scheiße, nee, ich tu mich besser wieder mit der Alison Brown zusammen, die war das Mädchen für mich. Ich hab vorgehabt, das mit ihr wieder aufzunehmen, aber als Gewinner des Scottish Table-Football Cup. Elfeinhalb Zentimeter störn die Kleine nich, hat sie damals jedenfalls gesagt. Ist allerdings in Kanada, muss ich dazusagen. Und drei Kinder und so, wie ich höre.

Zu weit weg, um ne Reise zu planen, bloß für die vage Spekulation auf ne Nummer, also hol ich den Tischfußball raus und trainiere für das Spiel morgen. Ich hab grad Cowdenbeath und Dunfermline aufgestellt, als das Telefon klingelt. Ich kann den Alten nicht im Haus hören, er muss in der Bibliothek sein und seine sozialistischen Kampfschriften lesen, also renn ich runter und nehm ab.

– Kingy! Was dauert n da so lang? Stör ich beim Wichsen?

Es is mein alter Kumpel Kravy aus Spanien. – Dir kann ich nix vormachen, Alter; genau, n substanzieller Schleudergang mit den üblichen Verdächtigen in der Jukebox.

– Die Pferdemädchen? Legst du nie ne andere Platte auf?

– Was nich kaputt is, soll man nicht reparieren, wa.

– Sorry, wenn ich dich aus m Tritt gebracht hab.

– Da besteht keine Gefahr, sag ich, und ich weiß ja, ne Telefonleitung is ne Telefonleitung, aber irgendwie beschleicht mich so n Gefühl, er ruft von n bisschen näher als Spanien an. – Wo steckste eigentlich?

– Bin genau in dieser Minute im New Goth, Cowdenbeath, Fife, Schottland eingetroffen. Wo soll ich sonst sein?

– Zum Beispiel in Spanien, du Wichser?

– Musste zurückkommen, um nach der alten Schabracke zu sehn. Is besoffen hingefallen un hat sich die Hüfte gebrochen, wie sie aus m Miner's Welfare kam.

– Beziehungsweise Fountain Bar & Pool-Halle, wie's bei uns jetzt heißt.

Kurze Stille, dann sagt er: – Aye, hab gehört, dass da n Namenswechsel stattgefunden hat. Na ja. Und bei der alten Schabracke gab's jetzt nen Hüftwechsel.

– Is ja hart.

– Aye, aber sie meinten, da wär sowieso Arthritis drin gewesen, also ham sie n Plastikteil eingesetzt, erklärt der Mann. – Kommste auf n Bier rüber?

Ich bin in Gedanken bei meinem Wettkampf gegen Motzgesicht Mossman morgen. – Mir gebrichts n bisschen an Schekeln, Alter, der Scheck von letzter Woche ist nur noch ne sentimentale Erinnerung.

– Ich bin flüssig. Ich hab genug Chemie dabei, um Boot's vom Markt zu verdrängen.

Tja, da bedarf's natürlich keiner weiteren Worte!

Grad in dem Moment hör ich die Tür aufgehn und den Alten mit Dosenbier nach Haus kommen. – Wie sieht's aus, Alter?, fragt er, dann sieht er Cat Stevens auf der Stereoanlage, guckt mich an und schüttelt den Kopf, als er die Getränke auf den Tisch stellt. – Keine Sau hat je Cat Stevens gehört, nich soweit ich mich zurückerinnern kann. War Musik für Wichser, damals schon. 50 Cent, der Junge is mein Mann.

Der Alte hört den ganzen Tag so n Zeug wie 50 Cent. – Wie kannste so was sagen, Vater, nachdem du mich mit Eldridge Cleaver, Bobby Seale und Malcolm X großgepäppelt hast? Der Schwarze hat nix mehr zu sagen; will nur noch Bling-Bling, die Nutten und anschließend seine Brüder ausknipsen. Wie der Mann aus Fife, schätz ich.

– Aber die schwarzen Fotzen ham noch die Wut, verstehste, Sohn, die ham wir Schotten längst verloren.

– Na, da wär ich nich so sicher, Vater, das Young Team hier, da sind schon n paar Irre dabei.

– Aber nur mit Messerstecherei, Sohn, keine Knarren wie der Schwarze innen USA, lallt er. – Mit Messern wirste nie den Weißen Mann in Westminster stürzen.

Ich merk schon, dass der alte Knabe getankt hat, und er hat noch Nachschub, denn er greift in die Tüte und knackt eine von dem halben Dutzend Tennent's-Dosen, und n Fläschchen Johnny Walker seh ich auch dabei.

Er nickt mir zu, als würd ich mittrinken wollen, und normalerweise würd ich, aber heut hab ich n besseres Angebot und hab keine Lust, mir seinen Scheiß anzuhörn.

Ich also gradewegs zum Goth, um mich mit Ally Kravitz zu treffen, meinem hübschen großen Bikerfreund, der sich vor all den vielen Jahren nach Spanien abgesetzt hat. Und wie gut er aussieht! Hat noch immer den dicken schwarzen Haarmopp auf m Kopf, und so richtig schön braun isser; dieser zigeunerhafte Look, den weniger freundlich Gesinnte eventuell als »Ölauge« bezeichnen würden, bestimmt sogar. Ist toll, ihn wiederzusehn. Wohlgemerkt hatte unsere Freudschaft auch immer so n winzigen Beigeschmack von Verrat. Als Kravy damals sein Bike bekommen hat, wollten wir beide zusammen nach Spanien, einfach alles hinter uns lassen. Dann kam Shona Cameron, gegen die hatte ich klarerweise keine Chance. Sie kriegte den Platz auf m Bock hinter dem Jungen, und ich wurd ja dann im Miner's Welfare – und danach im Goth – endlich bedient.

Aber zwölf Jahre später isser wieder da. – Was is n aus dem Jockey-Job geworden?, fragt er mich.

– Is nie so richtig gelaufen. Wie is n Spanien?

– N spirituelles Land, sagt Kravy un nimmt nen großen Schluck Cider, – n zutiefst spirituelles Land. Shona hat's nie geschnallt. Jedes Land hat seine eigenen Stimmen, die wehen einfach so im Wind. Shona hat die Stimmen nie gehört, weißte?

– Aye.

– Der Wind in ihren Haaren, sie sah aus wie n Traum, aber sie hat nie die Stimmen gehört, die der Wind mitbrachte, verstehst?

– Ja klar, Mann.

– Hab gewusst, dasste das verstehst, Jase, hab mir gedacht, dasste's auf Anhieb verstehst.

Kravy war nur n einziges Mal wieder hier gewesen, zur Beerdigung von seinem alten Stiefpapa, Coco Forsyth, seinem De-facto-Daddy, da die Identität des Samen- und Nachnamenspenders, von Namen und Nationalität abgesehen, in Dunkel gehüllt blieb. War offenbar n Russe, der nen Tag lang in Rosyth und ne Nacht lang bei Kravys Ma angedockt hat, ehe er wieder die Segel zurück in die alte UdSSR setzte und den Liegeplatz frei machte für Coco Forsyth. War n Herzinfarkt, der den armen Coco umgehauen hat. Er war zwar nich so für Alk und Kippen, hat sich aber fingerdick Butter auf jede Scheibe Toast geknallt, die er sich in die Fressluke schob. Daran war hier in Fife ja kein Mangel. Ja Scheiße auch, sogar so n kleines Laster kann tödlich sein, wenn man's ins Extrem treibt! Wennde Glück hast, kriegste bloß die Gelbe Karte vom Schiedsrichter mit der Sense, bevor deine Zeit auf Erden abgelaufen is. Wennde richtig Schwein hast, haste sogar noch n bisschen Nachspielzeit – wenn davon auch im Königreich nich viel gegeben wird, wie man sagen muss.

Er nimmt mich mit nach draußen und zeigt mir seinen neusten Bock, auf dem er durch Europa geritten ist, ne Thruxton 900, ein Premiumerzeugnis aus dem Triumph-Stall. – Ein geiles Gefühl, Jase, willig am Gas hängende Paralleltwin, auf 865 ccm aufgebohrt, poetisiert Kravy. – Auch ideal zur Überführung von Muschi auf längeren Strecken; 2-Kolben-Schwimmsattel, einstellbare Federbasis vorn und hinten; wennde jetz noch Aluminiumrahmen, Reifen mit gutem Grip und schwimmend gelagerte Bremsscheiben vorn dazunimmst, haste alles, was nötig is, damit jede urteilsfähige dicktittige junge Bauerntochter, die von ihrem armseligen Kaff die Schnauze voll hat, sich erst hinter dich auf n Bock setzt und anschließend überlegt, wie se sich erkenntlich zeigen kann!

Ich bin beeindruckt, aber noch beeindruckter bin ich, als wir wieder drin sind und er n paar Wodka-Red-Bulls zu meinem Schwarzen Gold beziehungsweise seinem Cider bestellt.

– Denn alles klar mit der Mutter, Kravy? Das von dem Unfall hab ich noch gar nich mitgekriegt.

– Aye, hat sich draußen auf den vereisten Stufen langgelegt, als se besoffen aus m Miner's kam. Das Schlimmste war ja das Entwürdigende an dem Schauspiel; sie mit hochgerutschtem Rock, und freie Sicht auf alles für ganz Fife! Seine Stimme verfinstert sich drohend: – N paar vom Young Team ham mit ihren Fotohandys Fotos von ihr gemacht un sie bei YouTube und auf der Website von Blue Brazil eingestellt!

– Is ja abartig, also nee ehrlich, Mann, sag ich und merk mir schon mal vor, dass ich mir die Seiten am Internetzugang in der Bücherei angucke. Vor n paar Monaten ham sie mir den Zugang gesperrt, weil ich mir Pornoseiten angeguckt hab, aber wenn ich zu Blue Brazil geh, können se ja schlecht was dagegen ham. Um die Jungs im Central Park spielen zu sehen, kriegste meistens nur n paar Hundert zusammen, aber dafür hat so ziemlich jeder zahlende Kunde ne eigene Website. Sobald ich Geld krieg, hol ich mir nen eigenen Computer, dann kann mich nix mehr aufhalten! Ich seh rüber zu Nachbar und dem Duke nebenan im Goldfischglas, am Pooltisch, und sag dann leiser: – Sie hat aber was drunter angehabt, oder?

Kravy zieht n Gesicht und schüttelt den Kopf. – Ja verfickt, Jason, es war n Samstagabend im Welfare un sie is noch zu haben!!

Die Blue-Brazil-Seite muss ich mir ansehn!

– Die Ficker vom Young Team müssen mal beigebracht kriegen, dass irgendwo die Arschlochuntergrenze verläuft, sagt Kravy, dann kommt er ins Denken und lacht n bisschen. – Aber typisch verschissenes Fife, was willste machen, Mann? Hör mal, gib mir fünf Minuten, um die Kiste eben bei der alten Schabracke abzustellen, dann ziehn wir los und streichen die Stadt rot an, ach Quatsch, das ganze County, tiefdunkelrot!

– Menstruationsblutrot, mit den entsprechenden dunklen Schattierungen, äußere ich.

Der Junge lacht. – Du bist n Spinner, Jason, aber du bis der einzige von den Fotzen hier, der auf meiner Wellenlänge is, sagt er lächelnd und haut mir auf die Schulter.

– Ich bin dabei, Bro, grinse ich und seh, wie er wegfährt. Kurz drauf hört man das große Metalltier draußen röhren und sich turbofurzend seinen Weg durch die Stadt bahnen.

Mit beschwingtem Schritt schleiche ich mich rüber zum Schwarzen Brett des Pubs, wo einer ne neue Seite aus m *Central Fife Times and Advertiser* hingepinnt hat:

> Die Starter kommen wieder einmal in der pittoresken Parkanlage von Necarne Castle zusammen zum letzten Rennen des Fermanagh Council Championship am Sonntagnachmittag. Internationales Flair brachten beim diesjährigen Festival die Gäste mit Pony-Mannschaften aus England und Schottland. Die Schotten entsandten daneben auch Junior-, Jungreiter- und Seniorenmannschaften, um sich mit ihren irischen Gastgebern zu messen. Lara Grant, eine Teilnehmerin aus dem Fife Bavarian Warmblood Team, gewann die prestigeträchtige Mourne Rosettes Medium Championship auf Scarlet Jester.

Jetz leck mich am Arsch. 68.25 % in der Springprüfung für Fortgeschrittene.

Ne, bei den Anfängern hat das Mädchen nix mehr zu suchen! Und dann noch auf Scarlet Jester!

Nachbar Watson kommt rüber. – Komm mir bloß nich auf die Idee, dir auf n paar hochnäsige Schnepfen in Reithosen einen abzurubbeln! Ich will nich, dass morgen früh deine Tischfußballhand schwächelt!

– Laber nich, Mann, geb ich der Fotze zurück, – das Gegenteil is der Fall. Das kräftigt nur die Hand.

Nachbar guckt auf das Glas in seiner Hand. – Ich will dir sagen, was deine Hand kräftigt, wa, wennde nämlich in die Tasche greifst un für deinen lieben Nachbarn noch n Pint spendierst.

Scheiße, leck mich, un da wollt ich doch den letzten Fünfer für Fish & Chips und n Irn-Bru bei Marco's aufheben. Der Mensch denkt, Gott lenkt, ach, verfickt. Aber Kravy sagt ja, er wär gut versorgt. Umso besser für den kleinen Jocy Mossman, wenn er an n Tisch geht. Nimm mal ne schöne Nase von dem Mief, ja, da fällt dir nix mehr ein!

Kravy kommt wieder rein, nickt dem Duke und dem Nachbar zu, der wieder zurück an den Pooltisch gegangen is. Dann trommelt er mit den Fingern auf die Theke. – Ich glaub, ich werd hier nich alt, Jase, sagt er leise, – haste vielleicht Lust, mit zu mir zu kommen? Kühlschrank voll Bier und n Gramm Koks, er guckt immer noch rüber zum Billardraum, – ... was sich viel besser durch zwei als durch vier teilen lässt, Mann.

Ich kann hören, dass Fife sich wieder in Kravys Akzent einschleicht, so unauffällig wie ne Nutte nach der Nachtschicht frühmorgens in ihren Zweitjob als Putze.

Immer her damit, Digga, sag ich und schlabbere mein Schwarzes Gold weg. Dann machen wir uns vom Acker, nachdem wir den sauer guckenden Fotzen drüben am Pooltisch winke, winke gemacht haben. Piss dann – bloß nich vor meine Haustür!

4. SEINE FREUNDIN

Das Sonnenlicht schießt plötzlich durch eine Wolkenöffnung ins Zimmer und macht einen dramatischen Schwenk über Lara, die sich am Fußende meines Betts breitgemacht hat. Ich entziehe mich ihm in einem Anfall von Vampirpanik und kneife die Augen zu, während ich mich gegen das Kopfteil drücke. Ich fühle mich total picklig, und im Sonnenlicht kommt das besonders gut raus. Ich fasse mir ins Gesicht und zucke zusammen, als ich eine entzündete Beule unter der Haut puckern fühle. Ich bin aufgebläht und hab Krämpfe, und meine Periode ist fällig. Ich merke schon, dass ich tagelang bluten werde wie ein abgestochenes Schwein, wenn es losgeht. Immerhin bedeutet es, dass ich noch ein paar Pfund an widerlichem Babyspeck verliere und hoffentlich unter die 63-Kilo-Marke falle, das ist das einzig Gute.

Lara, beziehungsweise Ms Grant, wie ich sie oftmals nenne, wir verwenden den liberalisierten Namensvorsatz mit einer so zwanghaften Ironie, dass es uns deprimiert, nimmt noch einen Zug am Joint und legt ihn in den Aschenbecher, den sie an mich weiterreicht. – Findest du, Wills Freundin sieht gut aus?, fragt sie mich wieder mal.

Ich ziehe einmal kräftig und lehne mich gegen meine aufgetürmten Kissen. – Er findet's jedenfalls, und darauf kommt's an, informiere ich sie schroff. Ich hab keinen Bock auf diese ganze ermüdende »du bist viel hübscher als sie, wenn er dich nur mal treffen könnte, würde er auf der Stelle einsehen, dass du unsere nächste Anorexie-Queen bist«-Arie mit ihr. Also den üblichen Schwachsinn, den sie anscheinend nicht oft genug hören kann. – Außerdem, Ms Grant, bist du nicht der Ansicht, dass er ein bisschen jung ist, um schon eine Glatze zu kriegen?

– Nein, er ist zum Anbeißen, sagt sie verträumt.

Lara rauscht in das Leben anderer Leute – na ja, mein Leben – rein und wieder raus, wie es ihr gerade passt. Wenn sie sich wieder in meinen Orbit begibt, nachdem sie auf dem Mars oder sonst wo gelebt hat, wird von mir erwartet, dass ich alle anderen rausschmeiße, um für sie Platz zu machen. Sie macht meine anderen Freunde schlecht, indem sie mich auf negative Eigenschaften aufmerksam macht, die mir entgangen waren, aber immer auf so milde Art, dass man es ihr schwer übel nehmen kann. Und wenn sie dich dann ganz für sich allein hat, taucht sie ab. Sie ruft nicht mehr an, simst nicht mehr und reagiert sehr zögernd auf Nachrichten, bis man sich wie ein Bittsteller vorkommt. Wenn ich sie damit konfrontiere, sagt sie mir, es sei »eine Jungengeschichte« gewesen. Sie hat dauernd was mit immer neuen Jungs, schafft es aber irgendwie, dem Nutten-Stigma zu entgehen. Zumindest bei anderen Mädchen. Bei manchen der Jungen, mit denen sie sich trifft, wüsste ich schon gern, was die über sie sagen. – Was ist denn mit dem großen Kerl in Dunfermline, mit dem du was hattest, triffst du dich mit dem noch mal?

– Ja, ganz sicher, sagt sie, aber nicht sehr selbstbewusst, dann bringt sie immerhin noch vor: – Er ist irgendwie unterhaltsam, schätze ich, auf seine unterbelichtete Art. Er ist unkompliziert, konstatiert sie nachdenklich. – Selbstsicher. Im Bett, falls du weißt, was ich meine, und ihre Augen beginnen zu leuchten, dann sieht sie mich suchend an.

Ich nicke, zu schnell. Ich will nicht über Sex reden oder sie über Sex reden hören, das weiß sie, also machen wir genau das. Die Sonne ist hinter einer Wolke verschwunden. Im Zimmer herrscht jetzt ein düsteres Blau.

– Aber was reden wir überhaupt über *mein* Sexleben, Ms Cahill?, fragt sie genüsslich. – Du bist diejenige, die dringend mal durchgebumst werden müsste!

– Ich müsste dringend mal ein anderes Zuhause finden, sage ich zu ihr, als ich ihr den Joint zurückgebe.

Lara schnippt die Asche am Ende des Joints ab. – Ja, aber nicht, wenn du mit Springreiten weitermachen willst. Ist schwer, von ner Wohnung in Edinburgh aus in Fife Pferdesport zu betreiben, sagt sie, und fügt dann überlegend hinzu, – aber nicht ganz unmöglich. Du könntest Midnight immer noch irgendwo einstellen.

– Das könnte ich nicht, nicht jetzt. Er ist nicht daran gewöhnt. Es würde ihm das Herz brechen ... und mir auch, räume ich unglücklich ein.

– Tja, das bedeutet, du bist praktisch hier angebunden, solange du mit ihm springen willst, fasst sie zusammen, und nicht ohne eine gewisse Selbstzufriedenheit.

– Ich weiß, ich weiß!, stöhne ich. – Das ist vielleicht eine Auswahl! Reiten und Wettkämpfe bestreiten und keinerlei Sozialkontakte und zu Hause bei meinen Scheißeltern in diesem Drecksloch leben, oder irgendwo anders ein richtiges Leben führen und dafür das Pferd aufgeben.

– Dann stell ihn bei Fiona ein, Jen. Ist doch praktisch nebenan! Dein Dad hätte bestimmt nichts dagegen, die Kohle rauszurücken.

Ich sehe sie ganz ruhig an. – Das ist es ja. Er glaubt, ich schaffe es nicht, ihn zu versorgen. Es wäre ein großer Sieg für ihn und würde ihm bestätigen, dass ich so unfähig bin, wie er denkt.

– Schaffst du es denn, ihn zu versorgen?

– Ja!, schnappe ich und habe ein schlechtes Gewissen beim Gedanken an sein verletztes Bein. – Ich mach ja nichts anderes! Ich bin im Stall und miste aus, füttere, jeden Tag. Darum hab ich die Uni geschmissen! Darum bleibe ich in diesem Drecksloch hier!

– So schlimm ist Fife auch nicht. Du musst bloß öfter mal ausgehen, Ms Cahill, sagt sie und guckt zu dem Stapel CDs auf meinem Tisch. – Alles sieht düster aus, wenn du den ganzen Tag in deinem Zimmer hockst und Nick Cave und Marilyn Manson hörst. Komm doch mit mir und Monty und seinem Freund. Wir haben Dienstag was ganz Besonderes vor.

– Wo wollt ihr hin?

Laras Augen funkeln mich entschlossen an, eine Herausforderung. Ein Lächeln spielt um ihre rubinrot geschminkten Lippen. – Es ist geheim, du musst versprechen, dass du es keinem weitersagst!

Jetzt bin ich gegen meinen Willen doch interessiert, obwohl ich versuche, gelangweilt zu wirken. – Warum die Geheimniskrämerei?

– Weil es nicht, na ja, nicht ganz legal ist.

– Ist es irgend so eine Party oder ein Rave?

– Nein, sei doch nicht blöd, sagt sie und guckt mich herablassend an, mit dieser »Ich-bin-so-welterfahren«-Miene, die immer so zum Kotzen ist.

– Was dann?

– Versprich es erst.

– Okay, sage ich, – ich schwöre beim Leben meiner beiden Eltern.

Das lehnt sie mit energischem Kopfschütteln ab. – Schwör beim Leben von Midnight.

Niemals. – Oh, fuck, sag's mir oder sag's mir nicht, antworte ich schroff.

Lara lässt sich das Ultimatum eine Weile durch den Kopf gehen und sieht mich dabei an, als wäre ich ein undankbares Aas. Und ich kann nicht anders, mir wird schon wieder unbehaglich bei dem Gedanken, mir ihren Unwillen zuzuziehen. – Na schön, schnurrt sie und sagt dann grinsend: – Wir gehen zum Hundekampf, wenn du's genau wissen willst.

5. DISZIPLIN

Die letzten paar Tage sind vorbeigezischt wie ne Cracknutte auf Crystal. Tag und Nacht Party bei Kravy, dann auf seinem Bike rumgebrettert. Wegpennen und wach werden zwischen den ganzen Pizzakartons und leeren Dosen, die den Fußboden zumüllen. Ein, zwei Alujobs vom Chinesen dazwischen, aber hauptsächlich die Boxen von Sandy's Pizza House auf der High Street. Ich führs darauf zurück, dass Domino's die *Simpsons* auf Sky sponsert und Pizza Hut sponsert sie auf Channel 4. Darum ham wir uns unter Dope-Einfluss auf n paar exotische Kreationen mit Tonnen von Ananas eingelassen.

Aber irgendwann muss mal Schluss sein, da musste einfach nach Haus gehn un schlafen. Ich geh also den langen Weg, an dem alten Bau im Sowjetstil vorbei, der das heute umbenannte Miner's Welfare Institute beherbergt. Aye, der Eiserne Vorhang ist in Fife genauso gefallen wie in Osteuropa, und seitdem weht auch hier der eisige Wind der Marktwirtschaft. Auf unserem Weg in den Kapitalismus sind wir eher so gleichauf mit Bulgarien – Rumänien als mit Tschechien oder einer von diesen trendigen neuen baltischen Republiken. In Tallin oder Riga gibts mehr Cappuccino-Läden als in Central Fife, da geh ich jede Wette ein!

Dann komm ich an den Kreisverkehr vorm Bruce Hotel. Der Winter war schon echt n nickeliger, aber heute is beinah der erste richtige Frühlingstag.

Ich also auf die Hauptstraße und am Goth vorbei, ducke mich am Bahnhof in das Sträßchen und ins Haus. Händezittern, als ich den Schlüssel reinstecke.

Nichts zu sehen von dem alten Knaben, Glück, wahrscheinlich wieder in der Bücherei und liest den marxistischen Propagandascheiß, der durchs Netz der Stadtverwaltung schlüpft. Fuck, gut dass es noch Dissidenten gibt. Auf dem Kaminsims hat er einen Brief für mich zurückgelassen. Ich reiß ihn auf:

> Sehr geehrter Mr King,
> uns sind mehrere Beschwerden über Ihr Verhalten beim gestrigen Ausscheidungsspiel zum Scottish Cup im Cowdenbeath Leisure Centre zu Gehör gebracht worden. Ihr Gegner, Mr John Mossman, hat bei uns formell Beschwerde eingelegt. Der aufsichtsführende Verbandsoffizielle und Schiedsrichter, Mr Alasdair Sinclair, hat seinen eigenen Spielbericht eingereicht. Ich muss Ihnen mitteilen, dass Ihr Verhalten für die East Scotland Table Footballing Association vollkommen inakzeptabel ist und einen Verstoß gegen unsere Verhaltensregeln, namentlich der Regeln 14 c und 27 b und c darstellt.
> Gegen Sie wurde daher eine zweijährige Sperre für alle Wettbewerbe des Verbands verhängt. Über Ihre Rückkehr in den wettkampfmäßigen Tischfußball wird nach einer sechsmonatigen Bewährungszeit entschieden, in der Ihr Verhalten strenger Beobachtung unterliegt. Abgesehen davon wird Ihnen selbstverständlich der Sieg gegen Mr Mossman aberkannt. Den Regeln des Verbands entsprechend bin ich verpflichtet, Ihnen mitzuteilen, dass Sie innerhalb von fünf Werktagen Widerspruch gegen diesen Beschluss einlegen können.
> Ich sollte hinzufügen, dass bei uns außerdem Beschwerden über mutwillige Beschädigungen von Eigentum der Stadt Fife am Austragungsort eingegangen sind. Es wurde in einem Akt willkürlichen Vandalismus eine Anschlagtafel aus der Befestigung gerissen. Wir können den Schuldigen nicht mit letzter Sicherheit bestimmen, aber der Hausmeister, Mr William Carter, und Mr Sinclair haben ihre Vermutungen sowohl der Stadtverwaltung wie dem Verband mitgeteilt.
> Mit freundlichen Grüßen,
> Oliver Mason
> Vorsitzender des Disziplinarausschusses
> East of Scotland Table Football Association

Fuck! Ich kann mich nich mal dran erinnern, dass ich gespielt hab! Ja, scheiß die Wand an, jetz wird nich geschlafen, der gerechte Zorn treibt mich gradewegs in den Goth, und ich zeig allen den Brief. Der Nachbar Watson legt sein Gesicht in Knautschfalten und sagt zu mir: – Weißte nich mehr, du blödes besoffenes Stück, du bis hier mit Kravy aufgekreuzt, total zu. Du has vor lauter Ungeschicklichkeit zwei Spieler von dem Jungen kaputt gemacht. Un ich hab genau gemerkt, dass du auf Koks und Base Speed warst, war nich zu übersehen!

– Ach nee, wodran denn?, sag ich bockig.

– Dasste deine Unterlippe durchgekaut und beim ganzen Spiel Blut überallhin getropft hast. Der Drogentest wär bei dir hundertprozent positiv ausgefallen, du Fotze!

Fuck, ja, jetz fällt's mir alles wieder ein. Das Freizeitzentrum; un dann hatte ich die fette Halbzeit-Line von Kravy. Gewonnen hab ich auch! – War doch bloß n kleiner Wachmacher, ey, zum Nüchternwerden. Hab den Jungen fair geschlagen, zwei-null.

– Es war drei-zwei, Jason! Fuck, Mann, sagt Nachbar Watson. – Da haste sogar noch die große Anschlagtafel von Dunfermline Athletic im Flur runtergerissen, weil du gesagt has, das hätte in Cowdenbeath nix zu suchen, es wär nämlich die hässliche Fratze der Globalisierung.

Ja, scheiß die Wand an: Jetzt schlucke ich wie n Mädchen aus Kelty. – Da geht's ja bloß um Security, n ganz anderes Thema. Tatsache is, dass ich das Spiel gewonnen hab!

– Tja, Alter, das sehn die Oberen aber anders. Der Nachbar Watson schüttelt den Kopf wie n Hund, der aus dem Meer gelaufen kommt, un Comorton nickt wie n Wackeldackel hinten im Auto.

– Das wolln wir doch erst mal sehn, wa. Ich halt ihm den Brief unter die Nase. – Da steht, ich kann immer noch Widerspruch einlegen.

– Nee, nee, nee, Alter, das haste total falsch verstanden. Das schreiben sie bloß rein, um ihren Arsch abzusichern. Für die wär n erfolgreicher Einspruch so was wie n Eingeständnis der Niederlage, behauptet der Nachbar Watson, und Reggie Comorton nickt dazu wie n alter Weiser. Dadrauf hab ich grad noch gewartet! Die Fotze, der mit seinem Abschluss in Hinterher-schlau-sein, Kunst der Nachbetrachtung, Universität von Hätt-ich-dieselben-Verbindungen-wie-der-Prince-William-da-in-St.-Andrews-wär-ich-nicht-so-marginalisiert.

Also stell ich mal den Fall dar, wie ich ihn seh. – Was hat es für nen Zweck, sich auf bestimmte Verfahrensweisen zu einigen, wennde dich schon vorher entschieden hast? Jede Story hat zwei

Seiten, Alter. Ich geh bei dem Knaben zu Haus vorbei, trag meinen Fall vor. Unterwerfe mich der Gnade des Gerichts!

– Nee, nee, nee, Jase, meint der Nachbar, – du redest davon, wie's sein *sollte*, aber die da oben, wenn die sich mal entschieden ham, dann biste geliefert, mit großem »G«. Un die Sache is die, sagt er und schüttelt seinen Kopf, – wir können nich mal selbst n Spielchen mit dir machen, auch nich bloß zum Spaß, weil das gegen die Regeln vom Verband is.

Ich kann nicht glauben, was ich hier zu hören krieg! Die Tischversion des SCHÖNEN SPIELS, und ich bin kaltgestellt. – Jetz passt mal auf, sag ich zu ihnen, – ich bin immer noch der beste Subbuteo-Spieler, den Fife je hervorgebracht hat!

Nachbar zieht mich zu sich ran und senkt seine Stimme, damit Comorton ihn nich hören kann. – Jeder weiß, dasste Talent has, Alter. Das bestreitet keiner. Aber du bis dein eigener schlimmster Feind. Und ich red nich bloß von Fragen der Disziplin.

Jetzt rückt er von mir ab und sieht Comorton an. Ich durchbohre diesen Judas mit einem vorwurfsvollen Blick. Die Herrn Strachan un McLeish können meinetwegen sagen, der olle Jock Stein hätte die Auld Firm in die Englische erste Liga überführt, wenn er gekonnt hätte, aber jeder weiß, dass der Große Mann ein wahrer Schotte war und von anderem Zuschnitt als die modernen, vom großen Geld geblendeten Scharlatane mit ihren Egotrips und ihren Ambitionen. Ich werd bestraft, weil ich n Purist bin, n Idealist, der nich in diese Zeit passt! Ich seh zu Comorton, dem Geldmann, der's geschafft hat, sich mit Klauen und Zähnen bis zum Supervisor im Callcenter in Kirkcaldy hochgearbeitet hat und jetzt dauernd mit der Doktrin unseres guten Adam Smith hausieren geht, allerdings in der von dieser Nazifotze Hayek und der englischen Thatcher-Hure pervertierten Version; n Mann, der die Tischversion des Schönen Spiels zerstören würde …

– Wir reden hier auch von deinem unbelehrbar dogmatischen Festhalten an der Spielweise von Fife, sagt der widerliche Kollaborateur. – Jeder, der die moderne Spielweise draufhat, gibt n bisschen Purchase, n ganz klein bisschen Slide auf n Ball. Ja, ey, uns kannste alle jederzeit problemlos schlagen, aber auf Spitzenniveau hat der Knabe, der nen versteckten Slide anbringen kann, nen Wettbewerbsvorteil. Schluss aus.

Also hab ich ausgetrunken, aber kein Vertun. Plötzlich passte mir die Gesellschaft nich mehr. Im Großen und Ganzen wars allerdings gut, dass ich die gastliche Stätte verlassen hab, weil ich danach die Straße runtergeh und denke, ich klopf mal bei Kravy an und frag, ob seine Ma schon aus m Krankenhaus is. Da sehn meine Augen die zwei beiden hoch zu Ross auf dem Weg angeritten kommen: Lara Grant und Jenni Cahill. Also duck ich mich hinter die Bushaltestelle, um sie vorbeizulassen, damit ich mir vielleicht nen kurzen Blick auf ihre Ärsche in den engen Reithosen gönnen kann, aber sie reiten im Schritt, es ist nich mal n leichter Trab, geschweige denn Galopp, und kein Zeichen, dass diese Drecksjäckchen hochrutschen un die Pfirsiche weiter unten sehen lassen. Ich fühle unauffällig ne Etage tiefer mal vor, un ich konnte nich mal die Spitze hochkriegen. Scheiß, aber das Material gab nich viel her.

Also folge ich ihnen, mich eng an der großen Steinmauer mit dem überhängenden Grünzeug haltend, ich verschmelze mit ihr wie diese *Predator*-Fotze, dieser Space-Rastafari mit der Krabbenfresse. Ich muss dran denken, wie die Drogen meine Sportlerkarriere versaut ham, jetzt werd ich nie mehr ne seriöse Erwähnung im *Central Fife Times and Adviser* finden; nee, bloß die unauffällige Info Jason King disql. geg. J. Mossman, Scheiße nee. Au ja, direkt neben den Meldungen vom Pferdesport, in denen wir alles über Laras un Jennis weit nennenswertere Leistungen erfahren.

Aber n bisschen Arschkrabbeln wär jetz nich falsch, doch, echt. Scheiß auf den sexuellen Kick durch sportliche Erfolge, ich nehm den direkten Weg un lass den kleinen Kerl in Vorwegnahme zukünftiger Großtaten schon mal absaugen, besten Dank!

Das haut rein.

Ich könnts wirklich gut vertragen, mich n bisschen zu waschen und frische Klamotten anzuziehen nach wer weiß wie vielen Tagen auf ner Diät von Schwarzem Gold, Koks, Base und Take-aways, aber ich entscheide mich, mein Vorhaben weiterzuverfolgen. Ungünstiges Terrain für Stalker, muss ich dazusagen; nach kurzer Zeit sind wir raus aus m Ort, un ich bin deckungslos, als ich ihnen auf der Landstraße nachgeh. Ich denke: Die sind wohl vom Reitstall von dieser Lesbe LaRue los, un wahrscheinlich unterwegs zu dem großen Haus da, der alten Farm, die die Cahills vor Jahren gekauft ham. Neureiche, die Cahills: Spedition, Transport. Streikbrecher-

Laster vom Streik 1984, sagen manche, na ja, mein Alter, genauer gesagt. Aye, muss dazu sagen, für meinen Alten is jeder mit Geld schlechtes Geld.

Komisch, aber Jennilein is die hochnäsigere von den zweien, aber das sagense ja immer über Neureiche. Is allerdings schrecklich, sich in so was reinzusteigern. Ich warte, dass die zwei mit den Pferden in die Stallungen gehn und ich was zu sehen krieg, wenn Lara und Jenni sich den versauten Späßen hingeben, auf die bekanntlich alle Mädchen insgeheim scharf sind. Und am besten die Pferde auch noch mit dabei! Ja, Scarlet Jester un Midnight.

Bei denen zwischen die Beine, aber voll!

Also schleich ich mich auf Zehenspitzen am Stall entlang, geh sicher, dass kein Licht in der Küche vom Haus der Cahills brennt, der alte Tom is n fieser Bastard, als das große Tor aufschwingt, und da stehn sie und glotzen mich an! Sie ham mich am Sack! Die Lara guckt mich mit nem kleinen Lächeln an, während Jenni auf diese versnobte Art sagt: – Was willst du denn?

Ich bin ganz schön durcheinander, aber ich halt mich tapfer. – Ähm, hab euch beide die Straße langreiten sehn und bin vorbeigekommen, um dir zu gratulieren, zu deinem Sieg in Irland, sag ich zu Lara. Viel is ja nich an ihr dran, aber was dran is, is an den richtigen Stellen. Doch, die hat ganz nette Rundungen in der Reithose und der Bluse gekriegt, seit wir uns zusammen rumgetrieben haben, muss ich sagen!

– Danke, meint Lara. Und ich bin sicher, die Kleine fühlt sich jetzt n bisschen schuldig, dass sie mich in puncto Muschi so hat hängen lassen vor all den Jahren. Als angehender Jockey war ich n Lokalheld; ich hätt damals jede verfickte Büchse im Königreich knacken können, ja, hallo. Aber ich doch nich; hab mir tierische Komplexe wegen des kleinen Mannes hier gemacht, und es musste so ne alte Drecksnutte aus Ballingry kommen, um mich zu entjungfern. Hat mir gesagt, es wär der beste Sex ihres Lebens gewesen! Auch wenn man das bei ner Nutte relativ sehn muss, war's doch ziemlicher Balsam fürs alte Ego, kann ich euch sagen. Tja, also wenn ich mir jetzt nen Dreier erquatschen will, sollte ich endlich den Mund aufmachen. – Ich hab in der Zeitung davon gelesen. 68.25 % in der Springprüfung bis 106 Zentimeter! Auf Scarlet Jester da, ich deute mit dem Kopf auf das Pferd.

Lara guckt mit nem kleinen Lächeln ihre Freundin Jenni an, dann wieder mich.

Und ich steh bloß da, weil mir nix mehr zu sagen einfällt. Scheißspiel. – Warste denn auch mit drüben in Irland, Jenni?, frag ich, nach jedem Strohhalm greifend.

Sie guckt mich an und wirft ihre schwarz gefärbten Haare aus dem Gesicht. Ich mochte die Kleine ja lieber, als sie noch Blondine war. Das harte Los des Gentleman, schätze ich. Muss dazu sagen, dass sie sich hübsch rausmacht, der Babyspeck ist ziemlich zurückgegangen. – Ich bin nicht angetreten, sagt sie, als ob es sie verlegen macht. – Mein Pferd lahmte.

Ich war drauf und dran, ihr zu sagen, dass ich auch schon den ein oder anderen lahmen Ritt erlebt hab, aber das ist n Thema für den Goth, und hier handelt sich's um Mädchen mit Niveau, da muss man n bisschen subtiler rangehn. Ich hab n bisschen Mitleid mit Jenni, weil sie Lara zur Freundin hat: Die is selbst so n halbes Wildpferd.

Mir fällt auf, dass Jenni einen von diesen kleinen Steckern in der Nase hat. Au ja, ich wette, die Kleine wüsste mit ihrer netten kleinen Reitgerte was Nettes anzufangen, kein Vertun.

– Ich hab in der Tischversion vom Schönen Spiel auch ganz nett gewonnen, sag ich zu ihnen. – Tja.

– Ist ja schön, sagt diese Lara.

– Hm. Ist bloß so, dasse mir den Sieg vielleicht wieder aberkennen. Es gab da n paar kleine Schwierigkeiten mit der Disziplin, erzähle ich ihnen, und ich kann mich gar nicht losreißen vom Anblick der Reitgerte in Jennis Hand.

Ich verschwende hier bloß meine Zeit, bei der Familie werd ich mich nie beliebt machen können. Gab mal ne Zeit, da ging ihr Vater immer mit n paar Typen in den Goth, einer davon aus dem Stadtrat. Einer von den Jungs sagt was über Kelty, und ich konnte natürlich nich meine große Fresse halten. Ich sag: »Bloß Nutten un Bergmänner komm aus Kelty.« Also guckt der bullige Tom Cahill, der Vater von der Jenni hier, mich an und sagt: »Meine Frau is aus Kelty.«

Un ich sag zu ihm: »In welcher Mine arbeitet sie denn?«

Ich hab schon gedacht, der Große würd mich an Ort un Stelle im Goth durch n Wolf drehn, aber als dann alle gelacht ham, musste er sich wieder abregen und mitlachen. Aber Laras Vater, der Doktor, hatte auch nie ne besonders hohe Meinung von mir. Als ich noch im Lagerhaus gearbeitet hab, hat der Sack mich immer so über seinen Brillenrand angesehn und gefragt: »Doch sicher nicht *schon wieder* Rückenprobleme, Mr. King.«

Und jetzt guckt mich Jenni so an, mit dieser Ungeduld, wie sie die Erfolgreichen in der Stadt im Umgang mit der Unterschicht gern an den Tag legen. – Und, war da noch was, äh ...

– Jason.

– Können wir sonst noch was für dich tun?, sagt sie noch mal, und diese Lara starrt mir direkt ins Gesicht und wartet auf Antwort, Fick, verdammter.

– Äh, nee ... ich muss dann mal wieder weiter. Wollte nur sagen, gut gemacht.

– Danke, Jason, sagt Lara, dann dreht sie sich schnell zu Jenni um und sagt: – Ich hoffe, das kleine Disziplinproblem kriegst du auch wieder in den Griff, und die beiden wiehern sich kurz an.

Tja, ich dreh mich auf m Absatz um und gehe innerlich kochend die Straße zurück. Wenn ich so ne Art James Bond wär, hätt ich gesagt: »Tja, da is ne Kleinigkeit, die ihr für mich tun könntet, aber ich glaub, um das zu diskutieren, sollten wir uns lieber in den Stall zurückziehen.«

Auf dem Weg zurück stadteinwärts fängts an zu pissen. N paar Krähen picken an nem toten Hasen, der von nem Auto plattgefahren wurde, und ich ziehe einen fetten Gelben hoch und spucke, und es trifft eine Krähe hinten am Kopf. Man nimmt an (zumindest Nachbar Watson), dass es die anderen Krähen animiert, die Fotze, die's getroffen hat, in Stücke zu reißen, aber die Drecksnutten ham zu viel Fleisch, um sich im Moment damit abzugeben, also bleibt diese Hypothese weiterhin unbestätigt. Is ja auch egal, Hauptsache getroffen, Geschwindigkeit und Genauigkeit, Leute, und ich sing zur Feier des Erfolgs: – *Thir wis a wee sooper wha lived in Fife ... nickity nackety noo the noo, eh goat hisself a durty wee hoor ay wife ...*

Aber dann seh ich nen Van auf mich zufahren, und er wird langsamer. Wenn das nich Tom Cahill is, und der Große fährt ran und steigt aus. – Tag auch, sagt er.

Ich wollte dem Knaben sagen, dass ich nich hinter seinem Mädchen her war, sondern hinter ihrer Freundin, genauer gesagt meiner alten Flamme Lara, aber ich glaub, er is nich der Typ, dem es auf so Haarspaltereien ankommt.

– Du bis Jason, hm?

– Aye.

Er nickt und sieht mich von oben bis unten an. – Wollteste nich mal Jockey werden?

– Is schon verdammt lang her, Meister, sag ich zu ihm.

– Und wie siehts heute so mit Arbeit aus bei dir?

– Nich so doll.

Er nickt wieder langsam, aber er sieht mir direkt in die Augen. – Hätteste nich Lust, gelegentlich bei mir n bisschen mit anzupacken? Nix allzu Anspruchsvolles: bloß n bisschen Stallarbeit, ausmisten, füttern und so was. Ich ruf dich an, wenn ich dich brauchen kann, bar auf die Kralle, er zwinkert.

Und ich denk schon, er will mir ne Abreibung verpassen. Stattdessen isses der feuchte Traum jedes Stalkers! Auf Kosten des Hauses! – Aye, klingt gut.

– Okay, dann gib mal deine Handynummer, sagt er.

Das is jetz n klitzekleines bisschen peinlich für mich. – Äh, mein Handy is grad außer Betrieb. Ich hab aber nen Festnetzanschluss.

Der Knabe sieht mich an, als hätte er nen schweren Fehler gemacht, sieht den dreckigen Sauf- und Drogensiff auf mir, den er wahrscheinlich jetzt erst riecht. – Ja, dann her damit, sagt er total genervt. Ich merk schon, dass er als Arbeitgeber ne echte Fotze is. Aber wenn er mit seinem Transportscheiß zugange is und ich in den Stallungen bin, dürften wir uns herzlich selten übern Weg laufen. – Wie kommste mit Hunden klar?, fragt er.

– Ich liebe Hunde, alle Sorten, sag ich zu ihm. Nich dass ich einen gehabt hätte, seit Jacob, dem Schäferhund-Collie-Mischling, der an nem Klumpen im Hals eingegangen is, als ich sieben war. Hat mich schwer getroffen, wirklich wahr. Meine Alte hat so was gesagt, dass Mischlinge immer sterben würden und wir hätten gleich was Reinrassiges nehmen sollen, und mein Alter hat dreckige Nazihure zu ihr gesagt. Aye, die beiden ham nie besonders aneinander gehangen.

Der Alte hat immer gesagt, dass sie ihn bloß heiraten wollte, weil er sie angebumst hat. So n griechischer Kellner, dens wieder nach Haus gezogen hatte, nachdem sie ihr Familienrestaurant in

Kirkcaldy zumachen mussten, hatte sie sitzen lassen, hat dem alten Muttertier das Herz gebrochen. War immer n gewagtes Unternehmen für die Siebziger: n Chinese war damals wahrscheinlich exotisch. Sie hatte ne Zeit lang schwer Depressionen, durch die sie sich durchgefuttert und dabei tüchtig zugenommen hat. Dann hat der Alte sie im Miners' Welfare geknallt und der Nutte n Kind gemacht, und ich war das Ergebnis. Ich kann mich also nich direkt beschweren, aber fuck, du denkst doch immer, das, was deine Leute gemacht ham, bevor du geboren warst, hat nix mit dir zu tun. Dankbar soll man denen sein, weil sie einem das Leben geschenkt ham; alles Schwachsinn. Irgendwie wissen wir doch alle, dass sie die ganzen Seelen da im Himmel schon irgendwie an den Mann bringen, auch wennde selber zufällig nich geboren wirst.

Ich schüttle also Tom Cahills Hand, und schon bin ich wieder so semi in Lohn und Brot. Hab mich allerdings nie gern im Stall rumgetrieben. Ich wollte Jockey werden, konnte mich aber mit den Gäulen nicht anfreunden; die Fotzen lassen sich am besten von Ladbrokes aus bewundern. Aber die Einstellung hat mich nich weit gebracht. Um ehrlich zu sein, hatte ich immer totalen Schiss, wenn so n Mistvieh so richtig volle Pulle lief. Wie Kravy auf seiner verfickten Triumph Boneville; mir war auf m Rücksitz von dem Scheißding nie ganz geheuer.

Die Dunkelheit fällt wie der Schlüpfer einer Nutte im Dienst: plötzlich, aber vorhersehbar.

Ich geh heim und mach mir zur Feier meiner neuen Arbeit n Sandwich mit Spiegelei und werf nen Blick in die Zeitung, was mich verdammt pissig macht. Im *Central Fife Times and Advertiser* heißt es, Dunfermline Asthmatik ham bis jetz 3500 Saisonkarten verkauft. Na, ich werd die Liste jedenfalls nich noch verlängern, so weit kommts! Wer bitte will in den Medien von Cooden was über diese Fotzen lesen? Ham die keine eigene Presse?

Der alte Knabe is zu Haus; er is immer entweder hier oder in der Bücherei. Auch mal im Goth, aber nur, wenn schon die letzte Runde naht. Geht nich viel aus m Haus, weil die eine Hälfte von seinem Gesicht schwer entstellt is nach dem Brandunfall. Hat sich 1989 selbst angezündet. Er hats auf den billigen, feuergefährlichen Stoff von seinem Jogginganzug geschoben, den er anhatte, während die alte Mamsell es auf die Kippen schob. Ich glaub, die Alte war sowieso noch nie besonders verrückt auf seine Visage, also trat dieser Schweinepriester auf den Plan und hat sie nach Dunfermline verschleppt, um dort ein Lotterleben mit ihr führen.

Der alte Knabe sieht mich an, dann setzt er sich mit dem *Record* hin und liest kopfschüttelnd die Nachrichten. Bald isser wieder bei seinem Lieblingsthema, den Siebzigern und dem Verrat an der Arbeiterklasse. – Lohnsteuerjahresausgleich, so was gibt's heute nich mehr. Kam früher immer genau zur richtigen Zeit. Aye, die Siebziger. Tolle Zeiten, und dann kam die englische Nutte un hat alles versaut. Is heute alles nur noch für die Reichen, das ganze verfickte Scheißland. Das is nie im Leben n Labour-Mann, nich mit der Fresse. Das is ne Nuttenfresse, die der hat. Muss ja n Vermögen wert gewesen sein an dieser hochvornehmen Fettes School mit so ner Klappe; aye, bestimmt schwer gefragt gewesen, da wette ich mit dir! Dieser Eton-Tory-Wichser der n dann ablösen soll: ein beschissener Klon!

– Aber es spricht auch einiges für den Fortschritt, Vater. N paar von den guten alten Siebziger-Institutionen warn üble Stinker; zum Beispiel die Fettpfannen-Brandkatastrophen. Mikrowelle, elektrische Friteuse und bis tief in die Nacht geöffnete Imbissbuden ham damit aufgeräumt.

– Na schön, *Teil*fortschritte hat's vielleicht gegeben, sagt er, als er mit Heißhunger über die Instantnudeln herfällt. – Aber ich geb Scargill die Schuld, der hätte mit nem Mob die beschissenen Houses of Parliament stürmen sollen, hätte die Ziegel für Ziegel abreißen müssen und mit dem Schutt diese ganzen Public-School-Fotzen steinigen.

– Eliten hams nun mal so an sich, mit der Zeit alles an sich zu reißen, Vater. Die revolutionäre Avantgarde von heute is die herrschende Klasse von morgen.

– Aye, das is ja der Grund, warum wir die permanente Revolution brauchen, Sohn; nichthierarchische Strukturen aufbauen …

Ich gucke aus m Fenster und seh, dass die Rollmülltonnen noch draußen auf der Straße stehn und in den Vorgarten zurückgebracht werden müssen. – Aber Strukturen sin alle von Natur aus hierarchisch, Vater. Und die Leute wolln keine permanente Revolution, die wolln manchmal einfach ihre Ruhe.

Der alte Knabe knallt den Pappbecher mit seinen Instantnudeln auf n Tisch. Er dreht die Gabel, um die strähnigen Nudeln, die noch runterhängen, unter Kontrolle zu bringen. – Und was is dann die Antwort? Saufen, Drogen, Pommesbude un noch mehr Tory-Herrschaft? Die Eckpfeiler deines Lebens?

– Das hab ich nich gesagt.

– Defätistisches Gerede, Sohn, sagt er und schwenkt seine nudelumwickelte Gabel. Das is das Problem mit deiner Generation, kein kollektives Bewusstsein! Du solltes in der Bücherei sitzen un dich politisch un sozial n bisschen schlaumachen, damit de gerüstet bis un es dir zunutze machen kanns, wenn der Umsturz kommt! Leute wie Willie Gallagher un der alte Bob Selkirk würden sich im Grab rumdrehn!

– Von deinem Gangsta-Rap wärn se bestimmt auch nich sonderlich beeindruckt, Vater.

Er richtet die flammenden Glotzer auf mich: – In jeder Zeile von 50 Cent is mehr Realpolitik als in hundert Alben von dem schwulen Hippie, den du so gern hörst!

Ach Scheiße auch, da hab ich gedacht, ich könnte in Ruhe mein Spiegelei auf Sunblest und Frühstücksfleisch an HP Sauce und Pfeffer genießen, aber das is mir jetz versaut.

6. HOCHZEITSTAG

Ich kann mir kaum etwas Traurigeres vorstellen als den Anblick meiner Mutter in ihren Fitnessklamotten, die eine Workout-DVD einlegt, etwa fünf arschlahme, unfähige Minuten des 45-Minuten-Programms durchhält, sie dann wieder ausmacht und in die Küche geht. Du siehst die Tränenspuren auf ihren fetten Bäckchen und ihre Aufgelöstheit, als du auf sie zugehst. Dann kontrollierst du die Schokoladenplätzchen in der großen Tupperdose aus Plastik, und sie sind um etwa 50 % dezimiert.

– Heute ist unser Hochzeitstag, verkündet Mum beinahe zerstreut, während sie anfängt, sich mit Nagelschere und Gießkanne um die Pflanzen zu kümmern. Ich sehe am Display, dass die DVD noch im Player ist und unbeachtet vor sich hin läuft. Aus Langeweile setze ich mich aufs Sofa zu Indy, die sich auf einem anderen Programm Zeichentrickfilme ansieht.

– Wie viele Jahre seid ihr denn verheiratet?, fragt Indigo.

In dem Moment kommt Dad rein. Mum will gerade etwas sagen, als er zurückgibt: – Wen interessiert das? Liebe ist bloß ne chemische Reaktion, schnaubt er. – Is alles ein Riesenbeschiss, genau wie dieser Valentinstag.

Mein Gott, er ist so was von ungehobelt. – Du weißt gar nicht, wovon du redest, sage ich zu ihm. – Außerdem bist du ein Heuchler. Du hast Mums Namen aufs Handgelenk tätowiert.

Er guckt auf sein Handgelenk, starrt dann dumm auf die Zeichentrickserie, Scooby Doo und Shaggy fliehen vor einem ausgesprochen ungrusligen Monster, und wendet sich dann mit einem gezwungenen Lächeln zu mir. – Du bist idealistisch, du bist jung. Du wirst zur Vernunft kommen und da rauswachsen.

Ich schaue zu ihm hoch. – Wie du, als du jung warst? Indy sieht ihn ebenfalls an.

– Ich war nie idealistisch, immer ein Realist, das war ich. Er schüttelt den Kopf und lässt sich in den großen Sessel fallen. – Ich war zu beschäftigt, Geld zu verdienen, damit du und deine Schwester reiten können und irgendwann lernen, mich zu hassen, lacht er und schnippt gegen Indys lange Zöpfe.

– Ich werde dich nie hassen, Daddy!, schreit sie und hüpft auf seinen Schoß.

Mein Dad macht eine große Faust und drückt sie sanft gegen ihr Gesicht. – Nee, du nicht, Mäuschen, weil du ne kleine Granate bist!

Sie kopiert die Geste, und sie boxen und rangeln eine Weile. Ich kann es nicht ertragen, weil ein Teil von mir mitmachen möchte. Ich stehe auf und ziehe mich zurück. – Gib ihr noch fünf Jahre, ein paar Hormone und ein bisschen mehr Überblick, sage ich auf dem Weg zur Tür.

– Was ist dir denn über die Leber gelaufen, Lady Muff?, sagt er bissig.

Mum blickt in sprachlosem Unverständnis um sich, während sie die Kaskaden einer Grünlilie besprüht. Ich zeige auf meinen eigenen Unterarm. – Lies doch mal, was auf deinem Handgelenk steht, wenn du glaubst, du wärst nie Idealist gewesen. Du bist feige, das ist alles.

– Pass auf, was du sagst, Mädchen, blafft er. – Du überspannst den Bogen.

Das war einer seiner Lieblingssätze. Ich gehe raus und renne die Treppe rauf, zwei Stufen auf einmal. Ich bin zum Außenseiter in dieser Familie geworden. Die kleine Kröte ist jetzt das Wichtigste in ihrem Leben; sie ist wie eine Droge, die beide in ungesunde, kriecherische Idiotie verfallen lässt, sobald sie den Raum betritt. Ich bin ihnen peinlich, mache nur Ärger, ich erinnere sie an ihr eigenes Versagen. Dass sie das Geld für die Sterling University ausgespuckt haben, die ich geschmissen hab, und jetzt noch mehr für Midnight, der wahrscheinlich lahmt, weil ich ihn über einen Zaun getrieben hatte, der zu hoch für ihn war, nur um mit diesem Miststück Lara und Scarlet Jester mitzuhalten, und ich bin nicht halb so gut wie sie.

Ich lege mich aufs Bett und höre Marilyn Mansons »(s)AINT« von meiner Lieblings-LP aller Zeiten, *The Golden Age of Grotesque*, und lese in meinem Danielle Sloman. Ich hab diesen Typ auf dem Motorrad gesehen, den gut aussehenden, der in Spanien lebt. Diesen fiesen kleinen Stalker Jason hatte er auf dem Rücksitz dabei. Ich wünschte, ich wär die auf dem Rücksitz, und meine Finger wandern in meinen Schritt, als es an der Tür klopft und er hereinplatzt, offensichtlich immer noch verärgert. Ich lege meine freie Hand wieder ans Buch. – Du müsstest draußen im Stall sein und deinem Pferd in den Arsch treten, anstatt hier rumzuliegen und diesen Dreck zu hören.

Ich reiße mich von *Überlebende wider Willen* los. – Der Tierarzt hat gesagt, Midnight muss sich schonen. Die Behandlung mit entzündungshemmenden Mitteln hat noch nicht angeschlagen.

– Hat er gesagt, du solls dich auch schonen? Der sollte drüben bei LaRue im Stall stehen, wo man sich richtig um ihn kümmern kann.

Gott, leg mal eine andere Platte auf! – Ich hab alles gemacht, was Dobson mir gesagt hat –

– Aye, Dobson is auch bloß verschwendeter Lebensraum, er sieht mich an, – hat absolut keine Ahnung. Un wie willste mit so nem Ackergaul wie deinem dieses hochnäsige Stück Lara besiegen? Der Parasit macht nix außer fressen, fressen, fressen. Wennde dem nen Futterbeutel umhängst, frisst er weiter, bis er platzt. Ich hoffe bloß, du überfütterst ihn nich.

– Oh, tu mir den Gefallen und halt dich geschlossen. Ich drehe mich weg. Je plumper er wird, desto korrekter werde ich. Es ist praktisch das einzige von unseren Spielen, bei dem ich immer gewinne, weil er dann wie der Dorftrottel klingt.

Aber diesmal spielt ein dünnes Lächeln auf seinem Gesicht. – Aber eins muss ich sagen, die Pfunde purzeln bei dir nur so, Mäuschen. Das is der richtige Weg, um der beizukommen, das sag ich dir! Nur weiter so, zwinkert er.

Das Schreckliche daran ist, dass so sein Versuch aussieht, mir näherzukommen.

Er lässt mich allein, und ich fühle mich besudelt und unsauber. Ich will zu Burger King. Er weiß wirklich, wie er mir auf die Nerven gehen kann. Was hat meine Mutter nur in ihm gesehen? Zwischen ihnen läuft nichts. Ich kann mir nicht ansatzweise vorstellen, was es irgendwann gewesen sein könnte. Ich versuche mir einen Mann vorzustellen, der, und sei es nur für ein paar flüchtige Minuten, gefühlvoll und zärtlich genug ist, um sich den Namen einer Frau in die Haut ritzen zu lassen. Wie gerne ich den Mann von damals wieder zum Leben erwecken würde, und wenn auch nur für einen einzigen Tag.

Die Entfremdung zwischen ihm und meiner Mutter geht so weit, dass er es noch nicht mal erträgt, an ihrem Hochzeitstag Zeit mit ihr allein zu verbringen. Darum hat er darauf bestanden, dass wir alle ausgehen, um »es als Familienfest zu feiern«. Er hätte sie, uns, richtig ausführen können, in Edinburgh oder Glasgow, oder auch bloß in Dunfermline oder Kirkcaldy. Aber selbst diese simple Nettigkeit war ihm zu viel Aufwand. Er eskortiert uns die Straße runter ins La Ducal, was für Cowdenbeath noch am ehesten so was wie ein Gourmetrestaurant darstellt.

– Nein, wie spendabel, begrüße ich die Neuigkeit mit triefendem Sarkasmus.

– Das La Ducal ist wundervoll, blökt meine Mutter mit erbarmungswürdiger Dankbarkeit.

– Dank unserer Freunde in der Polizeiwache von Fife darf ich nich Auto fahren, erinnert er mich.

Komisch, das scheint ihm nie was auszumachen, wenn es um die Arbeit geht. Mir ist beinahe danach, meine Chauffeurdienste anzubieten, aber unmöglich: Ohne Alkohol werd ich das nicht überstehen. – Was ist mit öffentlichen Verkehrsmitteln?, frage ich.

– Iiih! Stin-kig! Indigo rümpft die Nase.

– Ich hab keine Lust, auf Züge zu warten, und Taxifahrer schröpfen einen bloß, erklärt er. – Dann sind wir uns also einig. Cowdenbeaths erste Adresse soll's sein.

Um fair zu sein, das La Ducal ist sehr gediegen, viel besser als irgendwas in einer Stadt wie Cowdenbeath von Rechts wegen sein dürfte. Zumindest bekommt man anständige Tapas und Cappuccino. Wenn man nicht rausguckt, könnte man sich glatt einreden, man sei irgendwo anders. Wie die *Sunday Post* so richtig sagte: »Gutes Essen, freundlicher Service, nettes Ambiente.« Der einzige Nachteil ist die Dinnergesellschaft, aber man kann nicht alles haben.

– Das ist reizend, sagt Mum. Wenn man sie nach Auschwitz schaffen würde, würde sie dasselbe sagen.

– Wie viele Jahre *seid* ihr denn nun verheiratet?, fragt Indy, an einer Brotstange knabbernd.

– Achtzehn Jahre und kein Ende abzusehen, sagt Dad lächelnd, kippt seinen Wein runter und füllt sein Glas wieder. Ich halte meins hin, damit er mit ihm dasselbe macht. Er sieht mich argwöhnisch an, schenkt aber trotzdem nach.

Als der Hauptgang kommt, geht Dads Handy. – Oh, Tom, protestiert meine Mum kraftlos.

– Da muss ich drangehen, er zwinkert ihr zu. – Entschuldigt mich n Moment, Mädchen. Wie sieht's aus?, spuckt seine Stimme ins Telefon. – Nur eine Minute, sagt er kurz angebunden, als er nach draußen auf die Straße geht. Ich sehe ihn durchs Fenster; er hält das Handy, als wäre es ein Robotgerät, das ihm das Leben aussaugt, eine Körpersprache, als stünde er in Flammen oder müsste dringend pinkeln.

Ich weiß nicht, was er da ausheckt, ich weiß nur, dass es nichts Gutes ist. Der einzige Grund, aus dem es mich interessiert, ist nicht, dass er damit diesen ohnehin schon beschissenen Abend ruiniert hat, sondern weil er mich aus dem Haus gezerrt hat, um hier mit den beiden Small Talk zu machen, während er seine erbärmlichen kleinkriminellen Pläne schmiedet. – Was er wohl treibt?, sage ich nachdenklich.

– Musst du da fragen?, sagt meine Mum und fügt dann hinzu, – Arbeit. Er hat nie Feierabend, sie verdreht wehmütig die Augen.

Am liebsten möchte ich ihr in ihr dummes Gesicht schreien: »Ich kann es dir sagen, er fickt eine andere, und das auch nur, wenn du ausgesprochenes Glück hast!« Aber ich lasse es. Und der Grund, warum ich es lasse, konstatiere ich mit innerlichem Schaudern, ist einzig und allein, dass mich ihr schäbiges Geschäft und ihr stumpfsinniges Leben noch nicht mal so weit interessiert. Ich will hier weg. Ich will raus aus Cowdenbeath, Fife, Schottland, und raus aus diesem Haus, und zwar endgültig.

7. DER EINSPRUCH

Diesmal hamse uns allerdings schön abgepasst, die beschissenen Jungs von Dunfermline. Big Monty hat bloß grinsend dagestanden, und seitdem hatter sich mit denen ihrem Mob zusammengetan. Nich nur n Lügner, auch noch n verfickter Verräter. Hat uns beschuldigt, wir hätten Ärger angefangen. Ham uns ordentlich vermoppt, und es verletzt meinen Stolz als Mann aus Cowdenbeath, hinter den Nutten zweiter Sieger zu bleiben. Aye, die hatten zwar nen ganz ordentlichen kleinen Mob zusammenbekommen, aber es is nich zu bestreiten, dass ich un Bobby Shek vom Chinesen tierisch was einstecken mussten.

Die Kung-Fu-Filme; als ich mich mit ihm angefreundet hab, hab ich gedacht, der junge Shek wär in der Lage, sich zu verteidigen, hätte vielleicht n paar von den Tricks drauf. Aber er macht nix außer Comics lesen un Coldplay oder Marillion hören un jedem, der's nich hören will, zu erzählen, wie er an der Herington-Watt Ingenieurswesen studiert hat, dann allerdings geschmissen. Hat mich sogar bekniet, mit ihm nach Haddington zu fahren, um dem Leadsänger Fish, auch bekannt als Derek Dick, vor seinem Haus aufzulauern. Ich bin ja immer mehr n Muschi-Stalker als n Promi-Stalker gewesen, aber Sheky hat nich lockergelassen. Das Schlimmste war, dass *ich* hingehn und nach nem Autogramm fragen musste, weil Bobby sich in n zwölfjähriges Mädchen verwandelt hat. Er is grad mal eine Frage losgeworden, hat Ewigkeiten gebraucht, bis es raus war: – Irgendwelche neu… neu… neuen Projekte … neuen Projekte am Start? Und dann rennt die Fotze weg vor lauter Verlegenheit, bevor der verwirrte Fish was dazu sagen konnte. Un mich lässt er auf der Türschwelle stehn un dem Frontmann erklären, es wär so ne leichte Form von Tourette-Syndrom, woran Bobby leidet, und der Knabe hat bloß vielsagend genickt, ehe so ne Supermodelschnecke von drinnen nach ihm gebrüllt hat.

Aber Haddington is Dunfermline bei Weitem vorzuziehen. Scheiß auf Fife; is doch bloß n Vorort von Edinburgh. Also will ich, obwohl an der Gegend schlechte Erinnerungen hängen, doch mal sehn, in was für ner Hütte die Nutte von der East Scotland Table Fitba Association wohnt. Ich dusch also un zieh mir was Frisches an, dann trink ich n Schnelles im Goth. N Stück die Straße rauf hab ich die Wahl zwischen den Buslinien 15, 30 oder 19, die alle nach Dunfermline fahren, aber es is mir zu blöd, bis da raufzulatschen, also fall ich von der Tränke direkt in den Bahnhof.

Ich sag den Leuten immer, ich wohn Cowdenbeath-Hauptbahnhof. Vom Bahnsteig aus kannste mir aufs Haus spucken, echt. Du kannst den Block Sozialwohnungen sehn, mit den fahrbaren Mülltonnen draußen, Restmüll und Recycling; schwarz für die Black Diamonds, blau für Blue Brazil.

In der Puff-Puff kommt Richey, das Opfer, meine Fahrkarte entwerten. Der Kleine is hier ne Legende, immer gut für ne Meldung in den Medien im Großraum Fife, weil er von Jugendlichen grün und blau geschlagen wird, total unprovoziert, muss ich noch dazusagen. Es gibt natürlich Leute, die meinen, der Feuermelderkopp wär Provokation genug, aber ich zähl mich nich zu diesen miesen Ratten.

Als der Junge bei ScotRail angefangen hat, ham die Bonzen da ihr Glück kaum fassen können. So n geprügeltes, rothaariges Stiefkind mit großen runden Augen, neben dem Bambi wie der Hai aus *Findet Nemo* aussieht, und der arbeitet ausgerechnet bei denen im Publikumsverkehr! Natürlich wolltense Richey als Aushängeschild für ihre Stoppt-die-Gewalt-gegen-Bahnangestellte-Kampagne. Ham der Nutte gesagt, er würd genau das richtige klägliche Erscheinungsbild mitbringen. Sagten ihm, er könnte n richtiger Star werden, wie der Beuteneger mit der Einmachglasbrille von der Halifax-Reklame. Richey wägte den Vorschlag ab, die Pros und Kontras, entschied sich dann aber für den Verbleib in relativer Anonymität. Sagte, er wär lieber nich *noch* sichtbarer für »emotional verarmte Jugendliche aus der Gegend, die mich schon aufgrund der Uniform als eine Art Autoritätsfigur betrachten«. Seine Worte, nich meine.

Hab die Geschichte von seinem Stiefvater x-mal gehört, dem Jungen mit den schnellen, harten Händen. Hab sogar mehr als einmal versucht, der Fotze im Goth nen guten Rat zu geben. Auf meine Art war ich so was wie sein Alexander Schuglin, wobei das Schwarze Gold mein Ecstasy war. Jedenfalls entschuldigt sich Richey, weil er meine Fahrkarte entwertet. – Ich bin ja nich derjenige, der dich abkassiert, Jason, das is ScotRail, bringt die armselige Fotze zu seiner Entschuldigung vor, und hat schon Wasser in den großen Augen stehn, als würd ich ihn an Ort und Stelle in Stücke hacken. – Verstehste, wenn's nach mir ging …

– Mach dir kein Kopf, Mann, sag ich zu ihm.

Er guckt mich an un meint: – Du bist n wahrer Freund, Jason. Ich betrachte dich als Freund. Ich hoffe, du siehst das genauso?

– Aye, Richey, na klar, sag ich zu ihm. Zum Glück is schon Zeit zum Aussteigen. Die Fotze schafft's immer wieder, sich ne Klatsche zu erlabern; ich merkte, wie mir die Galle hochkam und meine Fäuste sich unwillkürlich schlossen und öffneten, bloß weil ich die Fotze um mich hatte.

Dunfermline. Raus aus m Zug, dann hängste am Fuß von nem beschissenen Berg außerhalb der Stadt. Wie kann *das* die wichtigste Gebietskörperschaft von Fife sein, wenn's noch nich mal an der Hauptbahnstrecke liegt? Da sind mir doch die Scheißfinger in Kirkcaldy jederzeit lieber, aber echt.

Es is n großes Haus, eins von den Granitdingern, wie sie in Aberdeen viele ham. Es wird grad dunkel, wie ich an die Tür klopfe, und ne fette Ehefrau in nem wild gemusterten Kleid macht auf. Sie hat kurze schwarze Haare un Augen wie Stecknadelköpfe und die Art von Stimme, die sagt: »Siehste, wie weit ich über ner kleinen mickrigen Ratte wie dir steh?« – Ja?

– Äh, ich bin hier, um Ihren Mann zu sprechen. Mr Mason. Äh, Oliver, präzisiere ich und denke, der Sack sollte nich mit seinen Vornamen unterschreiben, wenn er nich damit angesprochen werden will.

Sie verzieht ihr Gesicht, als würd sie in ne Zitrone beißen, geht rein un brüllt: – Oliver! Irgendwer für dich!

Ne Minute später kommt so n Knabe mit schütterem grauen Haar an die Tür. Er linst mich über seine Brillengläser an. Sieht n klein bisschen aus wie ne ältere Ausgabe von Nachbar Watson. – Wer sind Sie und was wollen Sie?, blafft er mich an.

Ich zeig ihm den Brief. Er nimmt seine Brille ab un steckt sie in seine Westentasche. Er liest ihn, dann guckt er mich angewidert an. – Sie kommen in *meine* Privatwohnung, beunruhigen *meine* Frau und stören mich wegen dieser *Lappalie*!!

– Sorry, guter Mann, aber in Ihrem Brief heißt's, dass ich bloß n paar Tage Zeit hab für mein Einspruch. Hab nich viel Vertrauen in die Post, da hab ich gedacht, ich komm persönlich, verstehnse.

– Prozedere, Mr King, Prozedere! Schriftlich und an –

Weil mich der Junge an Nachbar Watson erinnert, trau ich mich was und fall der Nutte ins Wort. – Ich hab ja bloß gedacht, ich umgeh den Dienstweg, treff den Burschen, lad ihn vielleicht auf n Bier im East Port ein oder so, trag mein Anliegen vor, von Mann zu Mann …

Er denkt darüber n bisschen nach und guckt mich dabei von oben bis unten an, dann starrt er ein, zwei Sekunden auf meine Füße. Schließlich sieht er mir in die Augen. – Hmm … na schön, ich bin in fünf Minuten im East Port. In der Lounge. Da zapfen sie ein schönes frisches Guinness. Sind Sie ein Stout-Trinker, Mr King?

– Nein, da lass ich mir doch lieber n Schlückchen Schwarzes Gold schmecken, Mr Mason.

– Ich glaube, wir werden uns verstehen, Mr King. Dann bis in fünf Minuten, zwinkert der Knabe.

Ich sitz im East Port und bestell schon mal die Guinness, und tatsächlich kommt der alte Olly Mason rein. Ich zeig auf sein Pint, das sich schon gesetzt hat, und er lächelt. – Tut mir leid, Mr King, ich hab wohl ein ganz falsches Bild von Ihnen gehabt. Ich dachte, Sie wären einer von diesen Leuten, die immer mit dem Kopf durch die Wand wollen. Ich hab keine Zeit für Menschen, die sich über alle Verfahrenswege rücksichtslos hinwegsetzen, Mr King: Es gibt immer eine korrekte und eine falsche Weise, Dinge zu tun. Nichtsdestotrotz zeigt Ihre Anwesenheit hier, dass Sie das Spiel leidenschaftlich lieben, und so jemanden können wir beim Scottish Table Football immer brauchen.

– Es is mein Leben, sage ich zu ihm und nutze die Gelegenheit, etwas näher zu ihm zu rücken, als ich ein paar Werktätigen Platz mache, die gerade reinkommen.

– Tja, so irregulär es ist, ich bin bereit, mir anzuhören, was Sie vorbringen.

– Sie sind ein wahrer Gentleman.

Er führt das Glas mit Schwarzem Gold an die Lippen und trinkt ein Schlückchen ab. Seine kleinen Rattenäuglein fixieren mich. – Auf einer Sache muss ich jedoch bestehen, dass nämlich aufgrund der irregulären Art und Weise dieses Einspruchs alles, was sich zwischen uns abspielt, streng vertraulich bleibt.

– Versteht sich von selbst, guter Mann. Ich bin mir bewusst, dass Sie hier für mich ne große Ausnahme machen, und das rechne ich Ihnen hoch an.

Er nickt unbeteiligt. – Dann legen Sie mal Ihren Fall dar, Mr King.

Ich red also von den einzelnen Umständen des Falls, und die ganze Zeit guckt er mich an, als versuchte er mich abzuschätzen. – Wenn Sie mir die Frage nicht übel nehmen, wie groß sind Sie?

– Eins sechsunfünfzig, na ja, eins fünfunfünfzigeinhalb, wenn Sie Sackhaare spalten wollen.

Er lehnt sich auf seinem Stuhl zurück und schnurrt beinah wie ne Katze. – Ausgezeichnet ... und Sie sind ausgesprochen schlank und zart gebaut, ich schätze mal so 44, 45 Kilo?

– Schon eher 44, sag ich dem Sack. – Ich nehm einfach nich zu, kann machen, was ich will. Sehnse, ich war mal Jockey.

– Ah ... was brachte das vorzeitige Ende Ihrer Karriere, eine Verletzung?

– Mehr so n kleiner Wachstumsschub. Mit eins neunundreißig hätt ich mich offiziell als Zwerg registrieren lassen können. Paradies für abgebrochene Riesen, red ich weiter, mich am Schwarzen Gold labend. Ich bin ja kein Fan von Dunfermline als Stadt, aber dieser East Port is ne wahre Oase. – Aye, erklär ich, – un dann hatte ich den saublöden Wachstumsschub, und eh ich mich umgucken konnte, war ich eins fünfundfünfzig. Passiert mir immer wieder, die überschüssigen Zentimeter immer an der falschen Stelle!

Olly-Boy guckt wieder, als versuchte er bei mir Maß zu nehmen. – Ja ... Sie haben ungefähr dieselbe Größe und dasselbe Gewicht, das meine Tochter hatte, sagt er schniefend und macht n etwas trauriges Gesicht. – Das Erstaunliche ist, Sie haben sogar dieselbe Haut- und Haarfarbe wie sie, ganz ähnliche Gesichtszüge. Diese Augen ... gazellengleich, hab ich immer gesagt ...

– Was ist mit ihr passiert?

– Eine Tragödie, King, es war eine Tragödie. Olly schüttelt den Kopf und trinkt an seinem Bier. – Ein junges Mädchen in seiner Blüte dahingerafft durch einen fürchterlichen Verkehrsunfall. Sie war auf einem dieser verfluchten Raves gewesen, und der Idiot, der den Wagen fuhr, war wahrscheinlich bis obenhin voll mit Drogen … tja, er verlor die Kontrolle über den Wagen, und meine Kathleen wurde uns entrissen, sagt er ganz wehmütig, von Gefühlen übermannt, mit brechender Stimme.

Was sollste zu so was sagen? Er sagt mir, dass sie erst neunzehn war, so alt wie Lara. Sie war sein ganzer Stolz und seine Freude, erklärt der Knabe mir.

Dann reißt er sich zusammen. – Aber was erzähl ich Ihnen da, sagt er und schaut auf seine Uhr. – Hören Sie, warum kommen Sie nicht auf einen Malt mit zu mir? Wir haben noch so viel zu besprechen.

Tja, ich muss sagen, ich hatte irgendwie gedacht, das wärs gewesen, wars aber offensichtlich nicht. – Ich kann sicherstellen, dass Ihre Disqualifizierung aufgehoben wird, er dreht sich um und guckt mich an wie n Polizist, als wir an den für eine Vorstellung hell erleuchteten Carnegie Halls vorbeigehen, – aber was ich nicht gutheißen kann, ist Vandalismus. Mit der Beschädigung der Anschlagtafel hatten Sie selbst nichts zu tun?

– Beim Leben meiner Ma, beteuere ich in aufrichtigem Ton, und hänge noch dran: – Was man auf der Straße hört, solls n verärgertes Element unter den Cooden-Fans gewesen sein, wo's ja n Pars-Anschlagbrett war und so.

Olly denkt da mal kurz drüber nach. – Ja, traurigerweise haben auch wir in Dunfermline unseren Anteil an schwarzen Schafen, Mr King. Aber ich sehe Ihnen an, dass Sie nicht zu dieser Sorte gehören.

Wir kommen also wieder zurück nach Haus zum alten Olly Mason, un von der Gattin nix zu sehn. Er scheint meine Gedanken zu lesen. – June ist im Rotarierklub, da ist sie immer. Er führt mich in so ne Art großes Empfangszimmer. Dann nimmt er n Foto, das auf dem Klavier steht, in die Hand. Es is n junges Mädchen. – Kathleen, sagt er und präsentierts mir.

Scheiß die Wand an, n süßes kleines Ding. Das Leben kann echt grausam sein. – Oooooh, sag ich und hör mich an wie meine Mutter, wennse von nem überfahrenen Hund hört.

– Folgen Sie mir, Mr King, sagt er, dann rennt er raus und so ne breite lange Treppe hoch, und ich komm kaum mit. Un zu trinken hab ich bis jetz auch nix bekommen.

– Jason, sag ich.

Er bleibt stehen und guckt über die Schulter zu mir runter. – Belassen wir es doch auf halb formeller Basis, bis alles Geschäftliche geklärt ist, das heißt, wenn Sie ein Mensch sind, mit dem ich ins Geschäft kommen kann?

– Aber klar, sag ich.

Er nickt verschwörerisch, und wir gehn in ein Schlafzimmer. Es ist kein Bett drin, aber es hängen Tonnen von Mädchenklamotten auf den Stangen. – Kathleens Zimmer ... genau wie sie es verlassen hat ... ich habe nie ... er fängt an, leise zu weinen, nimmt seine Brille ab und wischt sich über die Augen. Dann nimmt er einen der Kleiderhaken, auf dem ein Next-Top hängt, und hält es mir an. Sieht mich für ne Sekunde an, dann nimmt er es wieder weg. – Sie würden wohl nicht ... nein, ich bin ja albern ... verzeihen Sie mir, King, der Gram treibt mich noch in den Wahnsinn ... wenn Sie alles verlieren, kommen Sie an einen Punkt äußerster Verzweiflung, da versuchen Sie alles, um den Schmerz zu betäuben ... dumm von mir, ich weiß ...

– Äh, was?, hör ich mich selber sagen. – Ich tu Ihnen gern den Gefallen, wenn ich kann.

Der alte Olly guckt mich mit seinen großen, feuchten Augen an, und ich muss an den *Bambi*-Film denken. Wie ich und das alte Mädchen ihn zusammen gesehn haben, die traurige Stelle, wo die Mama stirbt. Da hat meine Ma gesagt: »Das könnte ich sein, un keinem würds was ausmachen«, und ich sag: »Doch, Ma, mir würds was ausmachen, ich bin dein kleiner Bambi«, und dann hat sie ihr Sherryglas noch mal nachgefüllt und war zu Tränen gerührt. Schmerzliche Zeiten, wahrhaftig, bevor sie nach Dunfermline desertierte, in Bremsstreifen-Arnies Himmelbett, und die Erinnerung geht mir tierisch nahe. Armer alter Olly. – Also, wenn ich irgendwas tun kann ...

– Tja, Sie könnten mir einen Riesengefallen tun, Mr K- ... Jason. Verstehen Sie, ich hatte nie Gelegenheit, mich von Kathleen zu verabschieden, und du erinnerst mich so sehr an sie ... Ich weiß, es ist dumm von mir, und sehr egoistisch, dich um einen solchen

Gefallen zu bitten ... Aber ich wäre dir wirklich sehr zu Dank verpflichtet.

Ich denke, der arme Kerl, wenn ich ihm helfen kann und mir dabei selbst nen Gefallen tue, Leute, dann bin ich dabei. Ulster, Palästina, Fife – immer her mit der Aussöhnung! – Alles was du möchtest, Olly.

– Also, ich dachte, wenn ich dich bitten könnte, diese Sachen anzuziehen ... verrückt, ich weiß, aber wenn ich mir vorstellen könnte, du wärst Kathleen, es wäre auch nur für ein paar Minuten, ich wäre dir ewig dankbar ... damit ich mich verabschieden und sozusagen ›loslassen‹ kann, so sagt man heute, glaube ich.

– Na ja ...

– Wie angegossen, Jason, mein Junge. Diese Kleidungsstücke würden dir passen wie angegossen.

Ich guck sie mir eingehend an. Paar nette Sächelchen dabei, okay. – Schätze ja, schätze ja.

Also, ich war dabei, wenn das bedeutete, dem armen Kerl zu helfen und in einem die kritischen Stimmen im New Goth zum Schweigen zu bringen, die nichts lieber sähen, als den König von Fife auf dem Müllhaufen der Tischfußballgeschichte landen zu sehen. Ich werf mich also in die Kluft; Bluse, kurzer Rock, Strümpfe, so Strumpfhalter und natürlich die Hochhackigen – der Knabe freute sich besonders, dass die Schuhe passten.

Dann schleppt er noch ne Perücke und nen Schminkkoffer an, was mich doch jetzt n klitzekleines bisschen beunruhigt. – Ich kann es nicht glauben, du siehst genau wie sie aus, genau wie sie sich in ihren letzten Tagen als Versicherungsmaklerin bei Scottish Equitable kleidete ... Er gibt mir die Perücke und das Make-up, ja, fick die Henne. – Wenn ich noch einmal Ihre Gutmütigkeit strapazieren dürfte, Mr King, aber ihre unheimliche Ähnlichkeit mit Kathleen würde durch diese Accessoires vervollständigt werden.

– Äh ... okay ... sag ich zu dem Knaben. Wenn schon, denn schon.

– Seien Sie sparsam mit dem Make-up, Mr King, vornehmes Understatement heißt die Devise. Meine Kathleen sah niemals vulgär aus.

– Ja, das bezweifle ich nicht, Olly, das bezweifle ich nicht, sag ich zu ihm und bau mich vor dem Spiegel auf. – Wissen Sie was, Sie hatten da nen Malt Whisky erwähnt, tja, davon könnt ich jetzt n Schlückchen vertragen, um mir n bisschen Mut anzutrinken!

– Natürlich, sagt Olly und verlässt das Zimmer, – bitte entschuldige ... Jason. Wo sind nur meine Manieren geblieben.

Ich hör ihn die Treppe runterklompern und bin nach kürzester Zeit zurechtgemacht – ich seh nicht schlecht aus in dem hohen Spiegel, muss ich sagen. Ich geh die Treppe runter, und da ist Olly mit zwei großen Whiskys.

– Es ist erstaunlich ... ich kann es nicht glauben! Du siehst Kathleen ähnlicher als ... bitte, setz dich.

Ich setz mich also in den großen Lehnsessel und er kniet sich vor meine Füße, und dann fängt er an, sie zu küssen, in den Schuhen, und dann legt er los: – Es tut mir leid, Liebling, so leid, plärrt er plötzlich, laut, und dann liegt sein Kopf in meinem Schoß!

Ich seh dem Kerl nur von oben auf n Kopf, die glänzende Kuppel, über der die grauen Strähnen liegen, und weiß gar nicht, wohin ich gucken soll.

Er ist immer noch davon dran, wie leid ihm alles tut, also sag ich einfach leise: – Ist schon gut, Dad.

– Sag es noch mal ... meint er eindringlich.

– Ist schon gut, Dad ... Daddy ... ehrlich, sag ich.

Der gute Olly heult, aber ich fühle, wie sein Ellbogen sich in mein Bein drückt. Er scheint für ne Weile zu erstarren, schwer atmend, dann zittert er und sagt: – Danke ... danke, o mein Gott ... in einem einzigen langen Schnaufen.

Für n paar Sekunden liegt er mir entspannt zu Füßen, der Körper jetzt völlig gelockert, dann hört man, wie sich n Schlüssel im Türschloss dreht, und er springt kerzengerade hoch. – Du lieber Himmel! Sie ist aus ihrem blöden Rotarierklub zurück. Er sieht mich an, als würde er sich beinah in die Hose scheißen. – Pass auf, du musst weg, und schon ist er auf den Beinen, um mich durch die Küche und die Hintertür rauszubugsieren!

– Un meine verfickten Klamotten, ja Scheiße nee, so kann ich doch nich rausgehn!

– Bitte, Mr King ... Jason, meine Frau wird ... das traumatische Erlebnis, jemanden zu sehen, der unserer Tochter so ähnlich sieht, das würde sie umbringen, sie würde das nicht verstehen. Wenn Sie das für mich tun, werde ich sicherstellen, dass Ihrem Einspruch stattgegeben wird, versprochen!

Und dann steh ich draußen in dem schwarzen Garten, in verfickten Frauenklamotten, Leute, und weiß nich mal, wie ich nach Cowdenbeath zurückkomm! Die Fahrkarte oben in der Tasche von meiner beschissenen Jeans oben, scheiß die Wand an! Nich dass ich mich, so wie ich ausseh, in den Zug setzen könnte; das Mitgefühl von Richey, dem Opfer, wär schlimm genug, aber genau im Blickfeld vom Goth den Hügel runterspazieren, wenn der grade zumacht? Das fehlt grad noch!

Mir bleibt nix anderes übrig als zu versuchen, so würdevoll wie möglich zu Fuß nach Haus zu kommen. Ich geh hinterm Haus rum und auf die Straße, und ne alte Schachtel mit nem Hund glotzt mich an. Ich versuch mir die Körpersprache von Mädchen, hinter denen ich her war, wieder vorzustellen und bemüh mich, das Arschwackeln auf n Minimum zu beschränken und den Rest diesen verfickten High Heels zu überlassen. Ich halt mich also Richtung Osten, vorbei am East End Park und zu dem großen Kreisverkehr, wo mir nix anderes übrig bleibt, als den Daumen rauszuhalten, weils am Pissen ist und ich nie im Leben sechs Meilen auf hohen Absätzen schaffe.

8. TRANSIT

Die Jungs holen uns am späten Nachmittag in dem Café in Dunfermline Glen ab. Wir sind alle bei Kenco Kaffee, als einer von den Jungs, dieser große, mit dem Lara schon gefickt hat, Monty nennt sie ihn, eine kleine Flasche Whisky aus der Tasche zieht. Er trägt ein T-Shirt geziert von der Aufschrift *Guns n Roses Appetite For Destruction.* Mit seinen riesigen Händen, so groß wie die meines Vaters, kippt er ein bisschen was in Laras Tasse und macht dasselbe bei diesem anderen Kerl, den er uns als Klepto vorgestellt hatte. Er deutet auch auf meine, aber ich halte meine Hand drüber. – Ich trinke nicht, wenn ich fahre, sage ich zu ihm.

Der große Junge hat graue Haut, gesprenkelt mit orangen Sommersprossen, die gar nicht dazupassen. Er sieht aus wie ein Pittabrot mit Masern. Sein blondes Haar ist kurz geschnitten und wird an den Schläfen grau. Er ist ein Monster, und ich muss unwillkürlich denken, was für eine Art von Sex er und Lara wohl haben.

Monty zuckt die Achseln, und dieser Vogel Klepto sagt: – Sehr vernünftig, mit einem kleinen, trockenen Nicken. Er ist ein hagerer, sehniger Junge mit großen Hasenzähnen und sehr kalten, dunklen Augen, die permanent zu stieren scheinen. Monty lehnt sich im Sitz zurück, streckt sich und präsentiert seinen muskulösen Körperbau. Er ist nicht übergewichtig, aber er hat auch nicht diese definierten Bodybuildermuskeln wie die Typen, die ich im Fitnessstudio sehe, obwohl seine Bizeps riesig sind. – Sooo, und ihr Mädchen würdet also heute Abend gern ganz was Aufregendes erleben?, fragt er, als wär's eine Drohung.

Ich finde es etwas beunruhigend, und ich glaube, Lara genauso, denn sie lacht ein bisschen und wirft ihm herausfordernd, neckisch hin: – Da sind wir an der richtigen Adresse, was?

– Zwei-fels-frei, grinst Monty.

Als wir ein bisschen später auf dem Weg zum Auto sind, flüstere ich Lara zu: – Ein Prinz William ist er ja nicht.

Laras Gesichtsausdruck bleibt neutral. Sie lässt mich auflaufen. Ich kriege kurz Herzstolpern, als Lara zu Monty ins Auto steigt. Ich kann meine Bedenken nicht verhehlen, und Monty kriegt es mit. – Klepto fährt mit dir, passt auf, dasste dich nich verfährst, sagt er ominös.

Der Van fährt los, und nachdem ich ein, zwei Sekunden im Regen gestanden hab, steige ich widerstrebend ins Auto und öffne die Beifahrertür, um Klepto einsteigen zu lassen, dann fahren wir ihnen nach. Es regnet jetzt heftig, es pladdert richtig auf die verschmierte Windschutzscheibe, und ich mache die Scheibenwischer an.

Klepto macht es sich auf dem Beifahrersitz bequem. Der Sicherheitsgurt verläuft parallel zu dem diagonalen Streifen auf seinem Pulli. Ich spüre seine Augen auf mir, er taxiert mich. – Und, wie sieht's bei dir aus, Jenni? Haste nen festen Freud?

Mir wird sehr kalt, und ich stelle die Heizung an. – Ja, ich bin vergeben.

Meine instinktive Antwort sagt mir, dass ich mich gegen ihn abgrenzen will. Sie kam wohl nicht sehr überzeugend, denn er lächelt und sagt: – Das glaub ich dir nich, und fügt dann hinzu, – denn deine Freundin sagt was anderes.

Die dreckige Schlampe: versucht mich mit diesem Loser zu verkuppeln. – Ist mir eigentlich egal, was du denkst, sag ich zu ihm.

Seine Stimme wird etwas lauter, und ich sehe die Drohung in seinen Augen. – He, nur nich die Hochnäsige spielen, Mädchen, fährt er mich an, und jetzt scheint es im Auto zu warm zu sein. Glücklicherweise fällt er wieder in seinen spielerischen Ton zurück. – Okay, wennde nen Freund hast, kannste mir auch sagen, wie er heißt.

– Jason, sage ich spontan.

– Jason, wiederholt Klepto leise. – Und wo steckt der Typ dann heut Abend?

– Er musste sich mit ein paar Freunden treffen, sage ich ihm.

Ich hoffe, das wird diesem Kreuzverhör ein Ende machen. Das war zu viel der Hoffnung. – Komisch, dass deine Freundin von diesem Jason gar nix weiß, sagt er grinsend. Ich kann den Van vor uns kaum erkennen.

Ich versuche mich weiter auf die Straße zu konzentrieren und frage, ohne ihn anzusehen: – Weiß dein Freund alles, was du machst?

– Monty? Er lacht. – Aye. So ziemlich.

Das scheint eine Phase der Nachdenklichkeit auszulösen, und erfreulicherweise hält er eine Zeit lang den Mund. Ich stelle die Heizung runter und schaue nach draußen auf die matschbraunen Hügel, die im Regen frösteln. Als ich mich gerade entspannen will, lässt sich seine unheimliche Stimme wieder im Auto vernehmen.

– Aber ich wette, du hast mehrere Boyfriends. Bei nem süßen Mädchen wie dir müssen die doch Schlange stehen.

Ich versuche ihn zu ignorieren, aber ich kann mir nicht helfen, ich fühle mich auf eklige Art geschmeichelt. Es gibt so viele Jungen, die ich das gern zu mir sagen hören möchte, aber er ...

– Aber ich sag dir was, Jenni, darf ich dich mal was fragen?

Wie kann man auf so was antworten? Ich kann es noch nicht mal achselzuckend abtun. Ich schaue durch die Scheibenwischer starr nach vorne auf die Straße.

– Ist das n Ja oder n Nein?

– Frag, wenn's sein muss, schnaube ich resigniert. Dann ärgere ich mich über mich selbst, weil ich Zugeständnisse mache, und sage bissig: – Ich versuche auf die Straße zu achten!

Das hält ihn nicht davon ab, sein vorhersehbares, aber beängstigendes Anliegen vorzutragen. – Was meinste, wenn einer mit irgendwem fest geht, sollte der dann auch mit anderen knutschen dürfen? Nur knutschen mein ich jetzt.

Trotz meiner Beklommenheit und Abscheu denke ich unwillkürlich, wie sehr ich so ein Flirten genießen würde, wenn der betreffende Typ nicht ausgerechnet ein verblödeter, hasenzähniger Psycho-Vergewaltiger wäre. – Kommt drauf an, spucke ich aus.

– Wodrauf?, sagt er mit offen hängendem Mund.

Damit bleibt die Rolle der bevormundeten Idiotin wieder an mir hängen. – Darauf, was beide Parteien untereinander abgemacht haben, welche Art von Beziehung sie führen.

– Aye, er nickt stupide.

Und irgendetwas ist an dieser Stupidität, diesem räuberischen Kretinismus in *meinem* Auto, das mich reagieren lässt, wie ich nicht reagieren sollte. – Aye, mache ich wie ein Papagei, – und ich würde ganz gleich unter welchen Umständen niemals mit dir knutschen wollen. Ich wäre dir also dankbar, wenn du über irgendwas anderes reden könntest, oder noch besser, einfach deine Scheißklappe hältst.

Ich schaue nicht in seine Richtung, aber ich höre, wie sich sein Atemrhythmus ändert. Er atmet schwer, als müsste er gegen die Belüftung im Auto ankämpfen. Dann ist seine Stimme, gepresst, heiser, schnarrend wie eine Motorsäge, in meinem Auto zu hören. – Du glaubst auch, deine Scheiße stinkt nich, wa, du eingebildete kleine Nutte?

Mir geht langsam das Selbstvertrauen aus. Ich hätte das nicht sagen sollen. Ich lag vorn. – Pass auf, ich versuche hier zu fahren.

– Gut, dann fahr mal schön weiter, sagt er, dann lehnt er sich rüber und schiebt seine Hand vorne in meinen Pullover!

Ich glaub's ja wohl nicht! – Lass die Scheiße gefälligst! Was soll das? Ich latsche voll auf die Bremse; glücklicherweise fuhr niemand hinter uns. Ich stoße seine Hand weg. – Raus! Raus aus meinem beschissenen Auto!

– Versuch doch, mich rauszuschmeißen, sagt er herausfordernd, mit Augen wie ein halb verhungerter Bär in einer Naturdoku.

Ich nehme mein Handy aus der Tasche. Er reißt es mir aus der Hand!

– N-n. Lass mich mal kurz deine Titte angucken, dann kriegstes zurück, grinst er und hält das Handy hinter seinen Rücken. Ich werde nicht mit diesem Perversen um mein Handy kämpfen. Das will er ja gerade!

Stattdessen versuche ich vernünftig mit ihm zu reden. – Pass mal auf, Lara wird mich anrufen, wenn wir zu spät kommen.

– Nee, ich schätze, sie un Big Monty kommen grad irgendwo zur Sache, grinst er. – Ach, komm, nur mal n kurzen Blick auf ne Titte werfen, dann bin ich glücklich. Auf mein Wort kannste dich verlassen. Andernfalls, er wird laut, – kannste auch n paar in die Fresse haben, was darf's sein?

Fuck, wie kann mir so was passieren? Ich schaue zur Autotür.

– Denk gar nich erst dran, schnauzt er. – Jetz sei nich blöd. Ich will doch bloß mal ganz kurz auf deine Titten gucken. Ich behalt auch meine Hände bei mir. Pfadfinderehrenwort.

– Wenn's dir so scheißviel bedeutet, fluche ich in hilfloser Wut.

Lara, die verfickte Schlampe, treibt sich mit Psychopathen rum und muss mich in ihren Scheiß reinziehen! Ich mache meine Bluse auf und ziehe meinen BH hoch. – Da. Du hast meine Titten gesehen. Bist du jetzt zufrieden?

– Ekstatisch, lacht er, als ich meine Klamotten wieder in Ordnung bringe. – Wie gesagt, ich steh zu meinem Wort. Muss bloß an meinen Ruf als Aufreißer denken. Jetz kann ich, wenn wir im Pub sitzen und Schweinekram reden, wenigstens deine Nupsies beschreiben. Und den kleinen Leberfleck auf der rechten Titte.

– Mein Gott, bist du armselig.

Sein Lächeln verschwindet wieder. – Halt die Fresse und fahr.

Das mache ich, trotz meiner Wut und dem Entwürdigenden daran. Ich hasse mich selbst, dass ich diesen Gestörten nicht aus meinem eigenen Auto schmeißen kann, aber am meisten von allen hasse ich Lara. Wenigstens hält der Vollidiot jetzt sein dreckiges Maul, außer um mir barsch zu sagen, wo ich abbiegen muss.

Wir kommen über die Grenze nach Clackmannashire und biegen an einem Bauernhof bei Alloa ein. Es ist eine Zufahrtsstraße mit einer unauffälligen Einfahrt, an der man vorbeifahren würde, wenn man nicht wüsste, wo man hinmuss. Der Asphalt hört bald auf und wird von kiesigem Matsch abgelöst. Der Hof sieht heruntergekommen aus, und dazu gehört eine große Scheune, vor der jede Menge Autos parken, viele davon große mit Vierradantrieb. Ich kann's nicht erwarten, auszusteigen, und habe es zu eilig, meine Stiefel sinken in tiefen Matsch ein. Ich hätte Lara einiges zu sagen, aber sie hat ja diesen Irren Monty dabei. – Wir haben uns ein bisschen verfranzt, sagt sie lächelnd.

– Ihr wohl auch, wa, wiehert Monty Klepto an. Er hat seinen klobigen Pitbull dabei, der Gott sei Dank einen Maulkorb trägt. Er kommt zu mir und schnüffelt an meinem Bein.

– So n bisschen, aber die Umleitung macht es ja grade spannend, geiert Klepto. – Und ich hab auf m Weg hierhin ein paar nette kleine Hügel zu sehn bekommen, er beugt sich runter und tätschelt dem Hund die muskelbepackten Flanken.

Ich schlucke einmal kräftig und trete ein Stück weg von ihnen, die Scheune im Blick. Es steht ein Kerl an der Tür, und Monty nickt ihm zu. Dann gehen wir rein. Es ist brechend voll. Alte Türen, hochkant gelegt und miteinander verschraubt, bilden einen etwa zwölf

Quadratfuß großen Ring. Er ist mit alten Teppichresten ausgelegt, wahrscheinlich, damit die Hunde nicht ausrutschen, wenn sie aufeinander losgehen. Ich muss zugeben, das ganze groteske Spektakel ist seltsam faszinierend.

Nach einer Weile kommen die Besitzer mit ihren Hunden in den Ring, einem Rottweiler und einem Deutschen Schäferhund. Sie halten sie in gegenüberliegenden Ecken hinter eingekratzten Linien, von wo aus sie sich anstarren wie Boxer. Bis auf einen dünnen Mann mit an den Kopf geklatschten Haaren, der anscheinend der Schiedsrichter ist, sind die beiden allein im Ring. Die Atmosphäre wird blutrünstig. Die Fratzen der Männer in der Scheune sind einheitlich dämonisch, und ich fühle mich wie in einem fremdartigen Albtraum. Lara sieht aus wie gebannt, dabei aber ebenso entsetzt wie ich. Der Schiedsrichter bellt plötzlich: – Lasst die Hunde los!! Die Tiere stürzen los und prallen in der Mitte der Arena aufeinander, in einem Wirbel ineinander verknäuelt

Die Menge johlt und feuert die rasenden Tiere frenetisch schreiend an. Aber irgendwie passiert nicht viel; das Geschehen scheint seltsamerweise an einem toten Punkt zu sein und die Schnauzen der Hunde wie mit Sekundenkleber aneinandergepappt. Dann kommt ein Sprechchor auf – »verbissen, verbissen, verbissen«, der immer lauter und wilder wird. Monty schiebt sein breites Gesicht zwischen Laras und meins und erklärt: – Wenn der eine Hund dem andern durch die Lefzen beißt, ham sie sich ineinander verbissen. Dann passiert erst mal nix.

Aber das dauerte nicht lange, denn dann trat der Hundetrainer mit einem langen Stock in den Ring, steckte ihn dem Hund ins Maul und stemmte es auf. – Der Trainer muss dem Hund den Trennstock ins Maul stecken und den Biss aufbrechen, erklärte Monty schadenfroh.

Sein eigener Hund mit dem Maulkorb, der angeleint und mit Würgehalsband neben ihm steht, ist äußerst diszipliniert und zeigt keinerlei Reaktion auf das Gemetzel im Ring. – Kenneth hier geht aufs Maul, nicht auf die Kehle, das issen Vorteil, erklärt er mit offenkundigem Wohlwollen. – Nur wenige Hunde, die auf Kehle gehn, sind fix genug zum Töten und reißen ne Kehle dann auch auf. Ein paar Glückspilze schaffens vielleicht, dass der andere Hund ohnmächtig wird, wenn sie seine Kehle fest genug packen, dass der andere keine Luft mehr kriegt, erklärt er und guckt geringschätzig auf die Hunde im Ring. – Das da sin keine richtigen Kampfhunde, doziert er. – Jeder Pitbull, der was taugt, macht die beiden gleichzeitig alle.

Kaum getrennt, stürzen die Hunde wieder aufeinander los, verschmelzen zu einem verwickelten Knäuel und knallen mit Wucht gegen die Tür zu unseren Füßen. Erneut trennen sie sich und gehen wieder aufeinander los. Der Schäferhund scheint der aggressivere der beiden zu sein. Nach diesem Schlagabtausch ist das Gesicht des Rottweilers aufgerissen, und er jault erbärmlich. Ich möchte am liebsten »Aufhören« rufen. – Da, sagt Monty triumphierend, – der Rotty kann dreimal fester zubeißen als die Schäferhunde, aber die Fotze hat einfach keinen Mumm. Die meisten Hunde auf Kehle ham nur einen Versuch und packen bloß ein Maul voll Fell. Wenn ihnen erst mal die Fresse blutet, is ihr Schneid weg und sie sin erledigt. Wie bei nem Boxer mit nur einem Punch, der jeden Abend versucht, seinen Supertreffer zu landen, aber dann mit nem Jab und ner Kombination umgehauen wird. Pitbulls sind die wahren Kämpfer, der Rest is nur was fürs Auge. Eine Freakshow, lacht er, – wir sind der Hauptkampf. Das is von alters her so, die Regeln stehn seit ewig fest. Es is Sport, wie der Stierkampf in Spanien, sagt er großspurig.

Lara schaudert. – Ich find's schrecklich, sagt sie, sieht ihn dann an und grinst. – Aber irgendwie macht's auch Spaß.

Der Schäferhund hat den jaulenden, verängstigten Rottweiler im Nacken gepackt. Die arme Kreatur ist wie gelähmt vor Angst, zittert, wimmert und duckt sich zu Boden, während der Schäferhund durch die Nase knurrend über ihm steht. Ein alter Kerl, rasend und schaurig, schwenkt eine halb leere Whiskyflasche und gröhlt: – Mach die Sau kaputt! Ein großer Mann mit rasiertem Schädel in einer schweren Stone-Island-Jacke begrüßt Monty und reicht ihm einen Spiegel rüber, auf dem schon fertig gehackte Lines Koks liegen. Monty nimmt eine und reicht den Spiegel an Lara weiter, die ihn dann an mich weitergibt. Ich lehne ab; ich würd gerne draufkommen, aber nicht in Gesellschaft dieser beschissenen Typen. Ich sehe, wie Klepto eine Line zieht.

– Ich würd sagen, so läuft's in der nächsten Runde auch, feixt Monty.

Schließlich trennen die Besitzer ihre Hunde. Der Schäferhund bekommt einen Maulkorb, während der Besitzer des Rottweilers seinen Hund angewidert mustert. Jemand, den ich erst für eine Art runtergekommenen Tierarzt halte, dann aber als den Betrunkenen mit dem Whisky erkenne, behandelt die Wunden mit irgendwas Schwarzem aus einer Flasche, einer Jodlösung vermutlich. Er trägt es auf, während der Besitzer den Kopf des Hunds festhält. – Die Fotze hat mich fünfhundert Ocken gekostet. Scheißköter, jammert Stone Island. – Hätt ich mir den von Ronnie bloß nich andrehn lassen. Die Töle kann nich mal gegen den Schlaf ankämpfen.

– Setz immer auf n Köter, der auf Fresse geht, Mike. Möchte mal sehn, wie du kämpfst, wenn dir die Visage aufgerissen wird!, meint Monty.

Ich bin gebannt, obwohl mir die Kälte in die Knochen zieht und mir mit der Regelmäßigkeit von Strobelight die Schauder über den Rücken laufen. Lara, vom Kokain ermutigt, scheint jetzt Gefallen an dem Gemetzel zu finden. – Das war klasse, sagt sie. Dann schaut sie mich an und fragt: – Was denn? Dazu sind sie doch da. So wie Pferde dazu da sind, zu laufen und zu springen und geritten zu werden, sind Hunde zum Kämpfen da. Ich seh da echt kein Problem.

– Das Problem, fange ich an, senke meine Stimme und flüstere ihr eindringlich ins Ohr, – sind nicht die Hunde. Das sind die Leute hier, und während ich die Gesichter der Männer um mich herum mustere, erkenne ich plötzlich eines davon auf der gegenüberliegenden Seite der Arena. Es ist mein *Vater*, und er redet mit einem kleinen, kahlköpfigen Mann! Gott sei Dank hat er mich nicht gesehen! Ich verdrücke mich in panischem Schreck in den Hintergrund und ziehe Lara beiseite.

– Ich muss gehen. Auf der Stelle.

– Warum? Kneifen Sie etwa, Ms Cahill?, fragt sie blasiert, – Montys Hund ist als Nächster dran!

– Darum geht's nicht. Mein Dad ist hier! Ich will ihm nicht begegnen!

Lara mahlt mit den Zähnen und zieht die Brauen hoch. – Ich bleib jedenfalls. Hier ist es toll.

– Verrat ihm nicht, dass ich hier war, sage ich und gehe noch ein Stückchen zurück.

Klepto schaut mich an. – *Das da ist dein Vater?* Tom Cahill?

– Ja!, zischele ich. – Sag ihm bloß nicht, dass ich hier war.

Alle Farbe ist aus seinem Gesicht gewichen. – Da besteht keinerlei Gefahr!

Ich dränge mich durch die Menge. Irgendwer betatscht meinen Arsch. Ich dreh mich um und sehe Stone Island, der seinen kugelförmigen Kopf schräg gelegt hat und mir zuzwinkert. Ich dränge mich weiter durch, und ein alter Kerl lacht und sagt: – Aye, wir sind hier nicht bei Crufts, Schätzchen! Dann bin ich draußen und sitze im Auto. Als ich losfahre, sehe ich den Geländewagen meines Vaters zwischen ein paar anderen Fahrzeugen auf dem asphaltierten Vorplatz auf der anderen Seite der Scheune. Ich verlasse diesen scheußlichen Ort über Dunfermline Richtung Cowdenbeath. Aus dem Nieselregen ist ein Platzregen geworden.

Bin ich froh, endlich allein zu sein. Ich mache mir Gedanken über meinen Vater und den Hund. Großer Gott. Er wird doch nicht … Vor mir mache ich eine einsame Gestalt aus, die halb im Straßengraben steht und sich auf die Straße vorbeugt. Da steht doch tatsächlich wer außerhalb von Dunfermline und trampt. Es ist ein Mädchen. Ich fahre an den Straßenrand und halte, und sie kommt angelaufen.

Aber das ist ja gar kein Mädchen. Es ist ein Junge in Frauenkleidung, und ich kenne ihn!

Ich stelle den Scheibenwischer ab. – Wieso hast du solche Sachen an? Was machst du hier draußen?

Er schlägt die Arme um sich. Er hat nicht mal eine Jacke an!

– Das ist ne lange Geschichte, könnten wir die nicht vielleicht im Wagen klären?

Ich öffne die Beifahrertür. Als er einsteigt, denke ich unwillkürlich, wie feminin seine Beine in der durchnässten Strumpfhose sind. Neid kommt in mir auf, denn meine in der Jeans sind so unförmig und klobig.

– Wo kommst du her?, fragt er.

– Freunde besucht, antworte ich rasch. – Aber interessanter ist wohl, wo kommst du her?

Jason schaut mich mit diesen Augen an, die fast permanent verschreckt wirken. Ich bekomme eine leichte Gänsehaut, als mir bewusst wird, dass es sein Name war, der mir durch den Kopf schoss, als ich versuchte, diesen Perversen abzuschrecken. Er war der Erste, der mir einfiel, als er mich nach meinem Freund fragte! Und nun ist er angezogen wie ein Mädchen. – Ich mach bei so einer Laienbühne mit. Ich spiel in dem Stück ein Mädchen. Waren sozusagen oben in der Carnegie Hall zum Proben. Ich bin auf ein Gläschen mal raus, daraus wurden mehrere und dann war ich ausgesperrt! Das Problem ist, meine ganzen Klamotten sind noch in der Umkleide! So was kann auch nur mir passieren, erklärt er mit kläglichem Lächeln.

Während wir nach Cowdenbeath reinfahren, erzähle ich ihm von Harwick und meiner schwindenden Hoffnung, am Turnier teilzunehmen. Als wir auf der Hauptstraße sind, wirkt er beunruhigt.

– Äh ... mir wär's natürlich lieb, wenn du mich direkt bei mir zu Haus absetzen könntest. Die Leute könnten das, äh, missverstehn ...

Ich lache mich halb tot, als er sich tief in den Sitz verkriecht und mich zu der kleinen Siedlung hinter dem Bahnhof dirigiert. – Scheiße! Er duckt sich noch tiefer in den Sitz, als er sieht, wie ein paar Leute aus so einer dreckigen alten Eckkneipe kommen. – Das is Nachbar Watson!

Als der Typ, dem er nicht begegnen will, an uns vorbei ist, halten wir vor Jasons Haus. – Könnte ich dich um noch nen Gefallen bitten, Jenni? Würds dir was ausmachen, zu klopfen und meinen alten Herrn zu bitten, dass er mir meinen Parka, meine Turnschuhe und meine Trainingshose bringt?

Ich zögere etwas, seinem Wunsch nachzukommen, aber er macht so einen verzweifelten Eindruck. – Na schön ...

Ich steige aus und gehe den Weg zur Haustür hoch. Von drinnen dröhnt laute Rap-Musik, als ich an die Tür hämmere. Schließlich öffnet ein Mann mit zerknittertem, vergilbtem Gesicht, das aussieht, als sei es an einer Seite verbrannt. Auf der anderen Seite sieht er aus wie jemand vage Vertrautes, er ist aber keine ältere Ausgabe von Jason. Der Lärm ist fast ohrenbetäubend, und er geht wieder rein und dreht ihn runter. Als er zurückkommt, erzähle ich ihm die Story, die Jason mir erzählt hat. Er schüttelt skeptisch den Kopf, fordert mich aber auf, in die Diele zu treten. Alles sieht alt aus und riecht nach Frittenfett. – Tut mir leid wegen des Krachs, 50 Cent, sagt er, kommt dann Jasons Bitte nach und holt die gewünschten Sachen von oben. Ich bringe die Kleidungsstücke raus zum Wagen.

Ich warte draußen, während Jason sich in die Hose und die Turnschuhe zwängt und dann den Parka überzieht.

Er steigt aus dem Wagen und stellt sich vor mich hin. – Vielen Dank, Jenni. Ich bin dir was schuldig. Er lächelt breit, und das verwandelt sein Gesicht: nur noch Zähne, Augen und Enthusiasmus. – Du bist ein Spitzenmädchen: allererste Sahne sozusagen.

Er verschwindet im Haus und ich fahre heim und denke, dass Jason doch wesentlich süßer und um einiges interessanter ist, als ich ihm bislang zugebilligt hatte.

Als ich nach Haus komme, bin ich noch ganz durcheinander von den Ereignissen des Tages, deshalb bleibe ich auf und schaue mir die Wiederholung einer tollen Dokumentation über den Tod von Kurt Cobain an. Ich mag diese Stunden, wenn alle anderen schlafen, ich den Raum für mich allein hab und irgendwas im Fernsehen läuft, das man sich tatsächlich ansehen kann. Cobain war ein Genie. Den Tod dem Starruhm vorzuziehen: Ist das nicht der ultimative moralische Mut, den wir alle gerne besäßen? Mein Blick umflort sich. Ich stelle mir vor, wie Kurt auf einem schweren Motorrad nach Cowdenbeath kommt, mich auf dem Rücksitz aus der Stadt entführt, mit mir über staubige Landstraßen in Südeuropa fährt und dann anhält, um auf dem Gipfel eines Hügels in der Toskana in der Mittagssonne mit mir zu schlafen. Ich will gerade anfangen, es mir zu machen, da höre ich, wie die Haustür aufgeht.

Es ist sehr spät, wer zum Teufel –

Dann kommt Dad rein, und er hat Ambrose dabei, dessen Kopf dick verbunden ist! Dad ist ganz untypisch kleinlaut, als er sieht, dass ich noch auf bin. – Äh … alles klar?

Ich guck mir den Hund näher an, nur ein trauriges Auge ist durch die Mullbinden zu sehen. – Was zum Teufel ist mit ihm passiert?, stoße ich fassungslos hervor, als ob ich es nicht wüsste.

Mein Dad blickt auf die arme Kreatur herab. – Ein paar Rottweiler, zwei auf einmal, sind heut Nachmittag im Glen auf ihn losgegangen. Der arme Kerl hätte beinah n Auge verloren. Ich musste sein Gesicht beim Tierarzt wieder zusammennähen lassen.

– Und du hast das zugelassen?

– Was hätte ich da schon machen können?, sagt er mit weinerlicher Stimme und ergänzt dann, als ich vom Sofa aufspringe: – Seit wann interessierst du dich überhaupt für den Hund?

– Seit du angefangen hast, ihn so auszunutzen, wie du es mit allem machst, was dir über den Weg läuft!, schreie ich ihn an. Ich höre, wie er protestiert, ich würde Mum und Indy wecken, und knalle die Tür zu, damit ich ihn nicht mehr hören muss.

Natürlich steht Mum prompt oben im Nachthemd an der Treppe und fragt jammernd: – Was ist denn los, Jenni? Was ist passiert?

– Frag doch den miesen Dreckskerl, den zu heiraten du blöd genug warst!, brülle ich und geh in mein Zimmer.

– Du wirst deinen Vater und dieses Haus gefälligst respektieren, junges Fräulein!, kreischt sie, und ich höre, wie er sie auf der Treppe beschwichtigt. Ich weiß nicht, wer von beiden schlimmer ist: er mit seinen Moralvorstellungen einer Kanalratte oder sie mit ihrem Amöbengehirn.

9. IM GOTH

Nachbar Watson bringt da was Intressantes vor im Goth, ne Sache, die den Geist eines philosophisch veranlagten Menschen lange Zeit beschäftigen kann. – Ich versteh nich, wieso Perlen sich so anstellen, wenn man ihrn Slip durch die Hose sieht; als wär das nich sexy, aber ne Unterhose, wo Calvin Klein draufsteht, die dir übern Rand vonner Jeans rausguckt, schon.

– Ich versteh voll, was du meins, Alter; hab gesehn, wie diese Lara auf Scarlet Jester diese Hürde da genommen hat, das sahste voll den schwarzen Slip durch die weiße Reithose. Aye, das hab ich mir n paar Tausend Mal auf m DV angesehn.

– Wer hat n das aufgenommen?

– Ich, du blöder Sack! Beim Perth-Turnier letztes Jahr, erklär ich ihnen, – mit der Videokamera, die Sheky sich vom FE-College ausgeliehen hat. Vom Hauptcampus in der Halbeath Road in Dunfermline mein ich, nich von dem mickrigen Außenposten, den die Wichser hier vorne im Industriegebiet ham, erkläre ich den Noblen des Goth.

Der Duke of Musselbury kommt rein, sieht mein fast leeres Glas, macht aber diesbezüglich keine Anstalten, als er sich selbst eins holt. Das merk ich mir, du Wichser.

– Hab gehört, sie und diese Jenni Cahill wolln runter zur Grenze, nach Hawick, wegen des großen Turniers da, erzähl ich ihnen. Aye, die hat mir echt das Leben gerettet mit ihrem Auto gestern Abend. Hat meine Erklärung sehr nachsichtig aufgenommen; erstklassiges Verhalten von dem Mädchen, das.

Der Duke guckt mich an, als wär ich bescheuert. – Fährste dahin?

– Tja, schon. Ich mein, man muss doch zwei anständige Mädchen aus Fife gegen diese Bonzennutten aus Pertshire unterstützen. Patriotische Pflicht als Gesandter des Königreichs, Alter.

Es tut gut, n bisschen Ruhe und Frieden hier im Goth zu finden. Der Alte spielt ständig dieses »Many Men (Wish Death Upon Me)« von 50 Cent, den ganzen Tag und jedes Mal lauter. Dazu hockt er in seinem kaputten Sessel, hat Pipi in den Augen und nippt an seiner Dose Stella.

10. BRÄUNUNGSSTUDIO

Ich bleib so lange im Bett, bis das Arschloch zur Arbeit ist, Indy zur Schule und die Nullnummer zum Shoppen, damit ich keinem von denen begegnen muss. Ich lebe in einem Haus voller Monster, für die ich nur angeekelte Verachtung empfinde. Als die Luft rein ist, masturbiere ich ausgiebig und genüsslich, wobei ich mir vorstelle, hinten auf dem Motorrad von Ally Kravitz zu sitzen. Lara hat gesagt, so heißt der schnuckelige Typ, der mit Jason abhängt. Ich kann die Sonne des Mittelmeers auf meinem Gesicht spüren, doch das ist bloß das Blut, das mir in die äußere Hautschicht steigt, als ich in heftigen Zuckungen komme. Ich habe bislang erst Sex mit zwei Typen gehabt, aber kein Mal hat es sich so gut angefühlt, wie wenn ich es mir selbst mache.

Ich ziehe das Oberbett von mir runter, um mich wieder abzukühlen. Nachdem ich eine Weile benommen dagelegen habe, steh ich auf und mach mich fertig. Dann steig ich in den Wagen und fahre zu meinem Steppkurs ins Fitnesszentrum. Der komische alte Alki, der davorsitzt, sagt irgendwas zu mir oder über mich. Überraschenderweise klingt es gar nicht so unschmeichelhaft. – Na und, sag ich und gehe rein.

Ich lege eine gute Session hin. Danach bekomm ich eine SMS von Lara und treffe sie im Alpha Leisure Sonnenstudio auf der Hauptstraße.

Wir gehen in zwei nebeneinanderliegende Kabinen. Uns trennt nur eine dünne Wand, als wir auf unsere Liegen steigen, die mit einem mächtigen Surren und einer so intensiven Lichtexplosion ihre Arbeit aufnehmen, das ich es noch deutlich unter meiner Schutzbrille wahrnehmen kann. Am Anfang ist es okay, da stelle ich mir tropische Strände vor, und es fällt einem schwer zu glauben, dass man noch auf der High Street von Cowdenbeath ist. Aber nach einer

Weile wird es richtig heiß, und ein anderes Bild drängt sich mir auf. Ich sehe mich als Brathühnchen auf einem Spieß. Ich schwöre, ich kann sogar riechen, wie ich brate. – Ich weiß nicht, ob das so in Ordnung ist, Lar, rufe ich ihr unter der Sonnenbank hervor zu, meinen nackten Arsch fest auf das kalte Glas gepresst. – Ich glaube, ich kann spüren, wie ich verbrenne. Das kann doch nicht gesund sein.

– Unsinn, Ms Cahill, kommt ihre körperlose Stimme aus der Maschine nebenan, – das wird dir eine neue Welt eröffnen. Wenn du erst mal deine weiße, käsige Haut los bist, hast du ja vielleicht Lust, mal etwas Farbenfroheres anzuziehen, statt immer nur alles in Schwarz. Das wird sich in Hawick großartig machen.

– Wie sollte es das? Dadurch wird weder Midnights Bein besser, noch springen wir deswegen höher.

– Du wirst aber möglichst gut für die Fotografen dort aussehen wollen. Wie ich gehört hab, sollen vielleicht sogar ein paar Fernsehkameras da sein, für *Country Pursuits*, diese Sendung auf STV.

Nach der Sonnenbank gehen wir in die Coffee Bar des Freizeitzentrums. Ich muss an diesen widerlichen Klepto denken und an Jason, den schrägen, aber süßen Stalker, an meinen bescheuerten Vater und an den armen Ambrose, den Hund. Dass es mein Schicksal zu sein scheint, von den Widerlingen umgeben zu sein, die Lara in ihren Orbit zieht.

Als ich nach Haus komme und im Stall nach Midnight sehe, taucht Dad mit Indy auf und fängt mit einem seiner Dauerthemen an. Er sagt, ich hätte Midnight »überritten«. – Er ist ein erfahrener, alter Hase, aber du brauchst ein fitteres, hungrigeres Tier, wenn du im Wettbewerb mithalten willst. Es gibt da gerade nen gut ausgebildeten Sechsjährigen zu kaufen. Guck mal, ob er dir gefällt. Es ist ein Wallach, hat aber das Wesen eines Hengstes. Die Besitzer sagen sogar, es wär ein Fehler gewesen, ihn kastrieren zu lassen, sie hätten ihn lieber zur Zucht benutzen sollen. Ein Oldenburger Warmblüter. Es geht nichts über deutsche Pferde. Ein Vollblut ist er auch noch. Solche Pferde findet man nich jeden Tag.

Indy geht in den Stall, um nach Clifford, dem Pony, zu sehen. Mein Dad geht zum Zaun und rüttelt daran. Der arme Ambrose hinkt elend hinter ihm her, den Kopf immer noch bandagiert. – Was macht sein Gesicht?, frage ich, ihnen nachgehend.

– Zweiundzwanzig Stiche. Sieht schlimm aus, is aber nur oberflächlich. Er ist zu drei Vierteln Pitbull. Er hätt sich wehren müssen! Er betrachtet den Hund mit wütender Geringschätzung.

Ich denke an Monty und Kenneth, seine Kampfmaschine. – Komisch, dass die Hunde nur auf sein Gesicht los sind. Am Körper hat er gar keine Verletzungen.

– Aye ... so sind Hunde eben.

– Vor allem, wenn man sie dazu abgerichtet hat, was?

Er guckt mich einen Moment prüfend an, dann zuckt er die Achseln. – Kümmer dich besser mal um den Stall. Stinkt ja fürchterlich, fängt er an.

– Versuch ich ja, aber es ist so viel Arbeit, protestiere ich. – Außerdem sind da noch Indys Pony und das Gesellschaftsschwein, damit hab ich wirklich genug am Hals.

– Dafür gibt's ja ne Lösung, sagt er.

Er wird wieder davon anfangen, dass ich Midnight mit Scarlet Jester in LaRues Stall unterbringen soll. Wie oft muss ich noch sagen, dass das nicht in Frage kommt, bis es in seinen dicken Schädel geht? – Ich weiß schon, was jetzt wieder kommt, schnaube ich.

– Du hast ja vom Stall angefangen. Er hebt unschuldig die Hände. – Ich denke, wir brauchen jemanden, der uns dabei hilft. Heutzutage kriegt man ja kein gutes Personal, grinst er, und ich zwinge mich, das Grinsen zu erwidern. – Aber könnte sein, dass ich da zufällig jemanden kenne, zwinkert er mir zu.

– Okay, erwidere ich verhalten. Ich begreife, dass ich gerade einen Pakt mit ihm eingegangen bin, nichts mehr über Ambroses Wunden zu sagen, wenn er jemanden dafür bezahlt, den Stallknecht zu mimen. Mir kommt der Verdacht, dass ich möglicherweise genauso oberflächlich bin wie er, vielleicht sogar noch schlimmer.

11. EAST PORT

Am nächsten Nachmittag bin ich wieder in Dunfermline und sitz im East Port mit Olly Mason, der meine Klamotten in ner Plastiktüte dabeihat und sich tausendmal entschuldigt. – Das tut mir so leid, Jason, aber meine Frau würde dieses Bedürfnis von mir, eine symbolische Verbindung zu meiner Tochter zu haben, nicht verstehen. June ist eine wunderbare Frau, aber auch schrecklich reaktionär: nicht so aufgeschlossen wie Sie oder ich.

Die hatter drauf, die Egomassage, dieser Sausack, muss man ihm lassen. Es gibt Geishas, die ihren Job von der Pieke auf erlernt ham und ihm nich das Wasser reichen könnten. *Was sie dir auf der Berufsschule in Kelty nich beibringen*, aber hallo. Da hatter zielsicher meine Klitoris gefunden, keine Frage. – Tja, ich bin stolz darauf, ein Freidenker in bester Fife-Tradition zu sein, kein Vertun.

Olly nickt in der Geste gegenseitigen Einvernehmens, wies unter gelehrten Männer überall auf der Welt üblich is. – Was Sie gestern getan haben, hat mir ungeheuer geholfen, sagt er und hebt das Schwarze Gold zu einem Prost, was ich gerne erwidere. – Betrachten Sie die Sperre als aufgehoben. Ich hab mich beim Komitee starkgemacht, und sie haben meiner Empfehlung zugestimmt, dass wir zu übereilt reagiert haben, dass das Mossman-Ergebnis gültig sein sollte und dass Jason King in der nächsten Runde des Cups gegen Derek Clark aus Perth antreten wird! Prost!

– Prost! War mir n Vergnügen, behilflich sein zu können, Olly, aber es war schon n echter Horror, in Weiberklamotten durch die Stadt laufen zu müssen.

Dem Sack verknoten sich die Augenbrauen; da haben sie auch allen Grund zu. – Ja ... das tut mir schrecklich leid.

Aber das ist ein anständiges Pint Guiness. Ich lecke den unvermeidbaren Schaumschnäuzer von meiner Oberlippe. – Na ja, Ende gut, alles gut. Bin von nem netten kleinen Mädchen, das ich kenn, im Auto mitgenommen worden. Eine, die keine überflüssigen Fragen stellt. Kleine Goth-Braut sozusagen, aber jetzt nich in Bezug auf die Kneipe, füge ich eiligst hinzu.

– Wunderbar ... ganz wunderbar. Hören Sie mal, Jason, was hielten Sie davon, mir noch mal so behilflich zu sein?, bittet Olly. – Diese Sitzung neulich, das war so ... kathartisch, noch ein paar mehr von gleicher ... Intensität ... würden mir bestimmt ermöglichen, etwas weiterzukommen ...

– Na ja, ich weiß nich ...

– Natürlich soll es Ihr Schaden nicht sein, unterbricht mich der Knabe. – Was würden Sie zu 50 Pfund sagen?

Das lass ich mir n Moment durch n Kopf gehn. Is ja immerhin bloß ne ganz harmlose Sache, wa. – Aber wenn sich ein abwedeln irgendwie dazugehören soll, will ich hundert, erklär ich ihm. – Nix für ungut, aber mir bringts nix, zuzusehn, wie n anderer Kerl absamt; besonders nich, wenn ich die einzige Braut im Raum bin, Scheiße, nee!

Olly guckt mich traurig an, als würd er damit quittieren, dass alles nur n Geschäft is. Aye, egoistische Berechnung, Eigennutz, wie der alte Karl schon sagt. Dann nickt er langsam. – Das wäre in Ordnung, vorausgesetzt, ich kann das Geschehen filmen. Es wäre natürlich nur für meinen privaten ... therapeutischen Gebrauch. Dafür stehe ich gerade.

Ich denk da n Weilchen drüber nach und zuck dann mit den Achseln. – Abgemacht, denn der alte Olly scheint mir nich der Typ zu sein, der wollen würde, dass noch wer davon weiß.

– Heute ist Junes Shoppingtag in Edinburgh, steckt er mir flüsternd, als wir unsere Pints wegputzen und zu ihm nach Haus fahren. Was tut man nich alles aus Liebe zum wunderbaren Tischfußball. Aber wenn schon prostituieren, dann musses sich lohnen. Elementarste Gewerkschaftsdevise, ihr Nutten.

Olly baut Kamera und Stativ auf, und schon gehts ans Werk. Ich glaub, diesmal hab ich das Make-up ne Idee geschickter aufgetragen und mir die Schnute so geschminkt, wie's meine Mum immer gemacht hat. Olly inszeniert jetzt alles viel mehr, und ich muss für meine Penunzen regelrecht arbeiten. Der Sack will, dass ich mit träumerischem Blick irgendwelche Bücher in der Hand hab, so was wie *Betty und ihre Schwestern* oder *Jane Eyre*, als würd ich über irgendnen Satz meditieren, quasi.

Haste nich gesehen, sitz ich bei ihm auf m Knie und muss ihm laut Stellen vorlesen. Da simuliert er zweifellos Nachhilfestunden mit Kathleen als kleines Mädchen. Ich werd knallrot, als er mir erklärt, ich hätte so was »Unschuldiges« an mir. Jetzt bin ich erst recht entschlossen, mir endlich was zum Ficken zu suchen.

Ollys Atem wird so flach wie bei ner Nutte, die »Ich liebe dich« haucht, und ich wette, der armen Kathleen ihr Kleidchen braucht anschließend ne gründliche Reinigung.

Nachdem ich wieder in meinen Zivilklamotten bin, treff ich den Sack unten, und er meint: – Ich glaube, ich bin fast so weit, Jason, dass ich das unruhige Meer der Trauer überwunden und den sicheren Hafen des Seelenfriedens schon in Sichtweite habe. Darf ich, äh, auf einen weiteren Besuch hoffen?

– Vielleicht machen wir besser Schluss, Olly. Nichts für ungut, jeder hat seine eigene Art, mit nem Trauerfall fertig zu werden, aber ich muss Sie diese Seefahrt doch allein bestreiten lassen, wenn's Ihnen recht is, erklär ich dem Sack.

Er nickt verständnisvoll, zählt das Geld ab und gibt es mir. – Meinetwegen, aber sollten Sie Ihre Meinung ändern, Sie wissen ja, wo Sie mich finden, sagt er und bringt mich zur Tür. Ich hüpf den Vorgartenweg runter, wink ihm kurz zu, tätschle die Patte in meiner Arschtasche und fühl mich spitze, Scheiße, echt.

Ich bleib in Dunfermline, weil ich mich mit Kravy verabredet hab. Wir wolln seine Ma im Queen Margret Hospital besuchen. Ich tu mich n bisschen im Zentrum um, aber dann seh ich Monty mit zwei oder drei der Typen, die Sheky und mich damals vermoppt ham, aus m Zeitschriftenladen kommen. Ich verdufte in die entgegengesetzte Richtung, und Gott sei Dank sind die Fotzen zu sehr mit ihrem eigenen kleinen Drama des Kippenschnorrens beschäftigt, um mich wahrzunehmen. Das war knapp! Ich überleg, ob ich meine alte Dame im Hotel besuchen soll, will aber nich vom Sperminator, der doofen Fotze Arnie, rausgeekelt werden. Es is sowieso fast Zeit, Kravy zu treffen. Die Dunkelheit fällt so rasch wie die Dingens der sprichwörtlichen Nutte, als ich aus dem Zentrum auf die Hauptstraße gehe. Die City Chambers sehn mit ihren Türmchen wie ein Märchenschloss aus, wie es so in die Straße hineinragt. Ich geh den Hügel runter und ins Tappie Toories, n Lokal, das weit über die Grenzen von Fife hinaus bekannt ist, weils mal dem verstorbenen, großen Stuart Adamson von Big Country beziehungsweise den Skids gehört hat.

Ich hab mir gerade n Schwarzes Gold bestellt, da hör ich draußen den Krach von ner schweren Maschine un Kravy kommt rein. Ich ordere ihm n Lager. – Was is n in der Tasche, Jase?, fragt er.

– Äh ... n paar Klamotten. Hab sie neulich bei so ner Perle gelassen, als ich schnell verduften musste.

– Jemand, den ich kenn?

– Frag nich, dann wirste nich belogen.

Ich zwitscher mir also schnell einen, klettere dann widerstrebend hinten auf seine Karre, und wir fahrn zum Krankenhaus.

Als wir in ihr Zimmer kommen, sitzt seine Ma in ihrem Bett. Auf dem Rolltischchen neben ihrem Bett stehn kalt und pappig gewordene Penne Picante. Ihr Zinken is am Triefen, als hätt sie sich den Koks kiloweise reingezogen. – Alles klar, Mrs Forsyth?

– Ich glaub ernstlich, lang mach ichs nich mehr, Jason. Hab schon mit Father Maguire gesprochen, mein Junge. Sie guckt Kravy traurig an. – Ich wünschte nur, mein Junge tät heimkommen und sich n hübsches schottisches Mädchen zur Frau nehmen.

– Ich steh aber mehr auf die spanischen, Ma, meint Kravy, – vor allem die etwas kräftiger gebauten. Die Figur, die er in die Luft malt, is eher füllig als Wespentaille. – Geil zu ficken is das südländische Temperament. Da gibt's ne Braut in Setubal, der ich öfter mal einen reinschiebe, die steht auf Dreier und so.

Kravys Ma setzt sich auf und schubst das Rolltischchen vom Bett weg. – So was ham wir früher auch alles gemacht. Hör ihn sich einer an, sagt sie zu mir, – glaubt, er kann seine alte Mutter schocken.

Aber das bringt einen echt zum Nachdenken. – Schon komisch, Mrs F, aber das sagen die Älteren im Goth alle, dass vor Aids in Fife n wildes Rumgebumse angesagt war. Bei den Jungen isses genauso, oben in diesem Ballroom, echt, da steht man schon vorm Standesbeamten, bloß wenn man an nem Samstagabend mal n Fuß reinsetzt. Aye, irgendwie hat das ne Generation übersprungen oder zumindest meinen Teil der Generation! Lorenzo un so, erklär ich ihnen, jetz richtig in Fahrt, – da war das Miner's Welfare damals in Cowden natürlich gar nix gegen!

– Aye, aber der Bursche hier, und sie betrachtet ihren Jungen, – denkt immer noch, er hätt den Sex erfunden. Und wenn man mal so alt ist wie ich, begreift man, dasses noch mehr im Leben gibt.

Kravy guckt seine bekümmerte Ma verächtlich an und stellt seine Zigeuneraugen auf zwölf Uhr. – Aye, willste mir erzählen, dasste nich unterwegs warst, um dir n Kamin fegen zu lassen, alsde dir deine Knochen gebrochen hast?, feixt er. Heilige Scheiße, ich könnte nich so mit meiner Ma reden. Da wär mein Gesicht noch mal so rot wie Laras Arsch frisch von der Sonnenbank.

– Ich hab in geselliger Runde mit meinen Bingo-Freundinnen n Gläschen Wein getrunken, protestiert seine Ma steif.

Und so gehts die meiste Zeit des Abends: zuhören, wie die zwei sich kabbeln. Als wir rauskommen, isses arschkalt, und ich hab eigentlich kein Bock, bei ihm hintendrauf mitzufahren. Ich bin fast versucht, die Lügengeschichte von meiner Perle in Dunfermline auszuspinnen, ich wollt mich noch mit ihr treffen oder so, um mich dann unauffällig in den 19er oder 30er zur Halbeath Road zu verdrücken, vielleicht auch zum Bahnhof. Aber ich beiß in den sauren Apfel und steig auf den Sozius.

Kravy beschleunigt so schnell, dass meine Innereien noch in Dunfermline sind, als wir schon den Stadtrand von Beath vor Augen haben!

Mann, es is echt gut, von dem Scheißding runter zu sein. Als ich zu Haus bin, fängt mein Alter an: – Dieser Gangstertyp, dieser Tom Cahill, hat für dich angerufen. Ich möchte, dass du dich von solchem Gesocks fernhälst, der is nich astrein.

– Ich dachte, du stehst auf Gangster?

– Gangs*tas*, Sohnemann, das is n großer Unterschied.

– Aye, okay, mein ich, zu geschlaucht, um mich zu streiten, – was hatter denn gewollt?

Der alte Knabe schnaubt mit geschürzten Lippen. – Keine Ahnung. Hab ihm gesagt, er soll sich verpissen.

– Nich im Ernst …

– Nee, aber mir war danach, knurrt er finster.

– Es geht bloß um n bisschen grundsolide Stallarbeit, erklär ich ihm und heb beschwichtigend die Hände.

– Es gibt zurzeit überhaupt keine solide Arbeit, meint er. – Nich für nen ehrlichen Arbeitsmann jedenfalls.

Tja, ich hatte keinen Bock auf nen weiteren Vortrag über Politik, also zog ich meine besten Klamotten an und ging lieber runter ins Starkers, den Nachtklub des in Fife berühmt-berüchtigten Geschäftsmanns Eric Stark. Als ich ankomm, seh ich, dass das Namensschild verunstaltet worden is, ich wette, vom Young Team, denn das erste R ist mit nem L übermalt. Es is n verdammt junges Publikum. An einem Tisch sitzen zwei Ischen, und ich brauch ne Weile, bis ich unter der ganzen Schminke Schwitzen-wie-Sau und Klätschnass-vom-Regen erkenne. Die eine winkt mir zu. – Dich kenn ich doch von irgendwo, droht sie mir.

»Cowdenbeath vielleicht?«, liegt mir auf der Zunge, aber ich setz mich zu ihnen, denn zu meiner Überraschung sieht Schwitzen-wie-Sau mit der ganzen Kriegsbemalung echt sexy aus. Allerdings müsste ich mir noch n paar Bier reinstellen, bevor ich meinen alten Lötkolben in Klätschnass-vom-Regen stecken würde. Ihre Hobbys: Schwangersein, Kippen und Asozialenfernsehn.

– Haste nich früher neben Alison Brown gewohnt?, frag ich Schwitzen-wie-Sau.

– Aye. Ihre kleine Schwester Evelyn war meine beste Freundin.

Die kleine Evelyn mit ihrer Zahnspange. Doktor Lecter hab ich se immer genannt, aber natürlich nur zum Spaß, is klar.

– Ich dachte, ich wär deine beste Freundin, schaltet sich Klätschnass-vom-Regen voll aufgebracht ein.

– Klar doch, ich mein früher. Ewigkeiten her, beruhigt Schwitzen-wie-Sau sie hastig.

Ich muss wieder an die Zahnspange denken. Frag mich, ob sich die nun erwachsene Evelyn dazu bewegen lassen würde, sie noch mal reinzutun, nur um einem orale Freuden zu bereiten, is klar. Deswegen frag ich: – Was is n aus der kleinen Evelyn Brown geworden?

Schwitzen-wie-Sau nimmt sich ne Kippe von Klätschnass-vom-Regen und steckt sie sich an. – Is mit Alison und der ihrem Mann rüber nach Kanada. Die ham für sie gebürgt. Ich glaub, sie hat jetz n Kerl, jedenfalls weiß ich, dass sie n Kind hat.

– Un Alison?

– Das Letzte, was ich gehört hab, is, dass sie drei Kinder hat, meint Schwitzen-wie-Sau, und Klätschnass-vom-Regen nickt zustimmend.

– Aye, da kannste mal wieder sehn. Und was is mit euch zwei Hübschen? Genießt eine von euch schon die Freuden der Mutterschaft?

– Häh?, fragt Klätschnass-vom-Regen.

– Habt ihr auch Kinder?

– Sie hat zwei. Schwitzen-wie-Sau zeigt auf Klätschnass-vom-Regen, die vor brüterhaftem Stolz strahlt.

Sie guckt mich an, als müsst ich jetzt sagen, »du siehst viel zu jung dafür aus«. – Und wo haste die heut Abend gelassen?

– Bei meiner Mutter, meint sie. Dann verzieht sie das Gesicht und sagt zu ihrer Freundin: – Pass ma auf meine Jacke auf, ich muss ma auf n Pott.

Als sie weg ist, verrät mir Schwitzen-wie-Sau: – Die hat schon wieder eins angesetzt. Es is von ihm, sagt diese Petze und zeigt auf so n Kerlchen vom Young Team, das eigentlich weniger n Kerlchen is, schon eher n richtiges Monster: ungepflegte schwarze Haare, n weißes Hemd und ne Mordskinnlade, die runterhängt, damit er verirrte Fliegen einfangen kann. – Big Graig da drüben. Der hat sie angebumst, als se beide besoffen im Park warn. Damit sins jetz drei Kinder von drei verschiedenen Kerlen, Schwitzen-wie-Sau schüttelt angewidert den Kopf. – Ich mein, Kinder will ich auch, aber alle von nem einzigen Mann, und möglichst nem netten, der bei mir bleiben will. Sie zieht an ihrer Kippe und guckt sich hoffnungsvoll um. – Das is ja wohl nich zu viel verlangt, oder?

Ich denk mir, in dem Laden hier kannste genauso gut auf n Jackpot in der Lotterie hoffen.

Egal, der schale Hauch der Verzweiflung is ne Spaßbremse, deswegen verzieh ich mich un check die Tanzfläche nach besseren Partien. Die meisten sind allerdings als Eigentum des Young Team markiert. Jedes Mal, wenn man versucht, mit was Ansprechendem Blickkontakt herzustellen, begegnet man nem stahlhartes Funkeln von der Sorte, die normalerweise zwischen zwei Lagen Burberrykaro rausguckt.

Wenn ich sag, dass die Muschis nich anbissen, dann mein ich damit, ich hätte auch mit einem Bündel Geld um meinen kleinen Freund gewickelt splitterfasernackt in ner Sauna in Edinburgh stehn können und wär immer noch solo.

Ich werd n bisschen übellaunig und bestell mir an der Theke n einsames Pint Lager. Dann dringt ne Stimme an mein Ohr. – Jeder hat n Anrecht auf soziale Ächtung, Jason, aber man muss sie ja nich komplett für sich beanspruchen. Komm doch un gesell dich zu uns.

Ich dreh mich um und seh Tom Cahill vor mir stehn. Er zeigt rüber zum abgesperrten VIP-Bereich, wo sich ein paar große Nummern der besseren Gesellschaft von Fife versammelt ham. Das ist zum Beispiel dieser Sammy F Hunter, der diesen Science-Fiction-Roman geschrieben hat über den Asteroiden, der Fife trifft, und kein Schwein kümmert sich drum. Das is Jahre her, und sein Ruhm war gerade im Schwinden begriffen, da kommt dieser Wirbelsturm Katrina über New Orleans und alle nennen die Fotze n Visionär und sagen, er hätte die Reaktion der amerikanischen Regierung auf diese Krise exakt vorhergesagt! Die Literaturszene von Fife ist gut vertreten: Wenn ich mich nich irre, sitzt neben Sammy der Dichter Acky Shaw, der als eins von Jim Leishmans größten Vorbildern gilt. Von ihm ist »A Hermless Cunt«, das in *Chapman*, dem Literaturmagazin, gute Kritiken gekriegt hat.

Alter, wennde einmal unter diesem Seil durch bis, trittste in ne andre Welt; ein veritables Universum aus Champagnerkübeln, Sonnenbanknutten und wichtigen Geschäftsbesprechungen, wie n Ableger von Stringfellow in Fife Mitte.

– Jason King. War einst die große weiße Hoffnung im Sport der Könige, stellt mich Cahill vor. – War früher bei Cliff Redmonds Rennstall in Berkshire unter Vertrag, stimmts, Jason?

Ich hasse diesen Teil, denn das endet immer damit, wieso ich nie n Profi-Rennen geritten bin, geschweige denn gewonnen hab. Was kannste schon erzählen, wenn dein Leben mit vierzehn angefangen hat un mit achtzehn vorbei war?

– Aye, sag ich.

Gott sei Dank geht der Kelch an mir vorüber, denn Tom Cahill wendet sich an Sammy F und sagt: – Der Bursche hier war n angehender Jockey.

– Aye? Das wundert mich, und der Sci-Fi-Typ sieht auch so aus, als würd er sich wundern.

Tom tätschelt dem Knaben die stattliche Wampe und meint: – Ein angehender Jocky Wilson mein ich.

Alle lachen sich eins, und ich denk mir, der alte Tom Cahill ist doch gar kein so fieser Kerl.

12. TRADITIONEN

Ich hab letzte Nacht scheußlich geträumt. Ich verwünsche mich selbst, meine Blödheit und meine Schwäche gegenüber diesem bescheuerten Klepto. Ich verwünsche Lara, dass sie mich mit derartigem Abschaum zusammengebracht hat. Aber am meisten verwünsche ich ihn. Und ich werde das nicht vergessen: Irgendwann, irgendwie werde ich zusehen, wie das Arschloch sich windet, während ich ihm sein Pferdegebiss eintrete.

Ich gehe nach unten, um was zu frühstücken. Ich will zum Anfängerkurs fürs Kickboxen ins Freizeitzentrum. Das Steppen ist mir zu langweilig, und ich will in der Lage sein, hart zuzuschlagen und zu treten. Irgendwie hab ich das Gefühl, solche Fähigkeiten in dieser Gegend gut brauchen zu können. Ich sitze an der Frühstückstheke und fahre plötzlich hoch, als sich im Halbdunkel des Wohnzimmers eine Gestalt vom Sofa erhebt. Ich will schon losschreien, da erkenne ich, dass es dieser unheimliche kleine Jason ist!

– Äh, hallo ... sagt er und reibt sich den Schlaf aus den Augen. – Ich hab Tom gestern Abend getroffen ... wir, äh ...

Mein Dad erscheint im Morgenmantel in der Tür. – Morgen, sagt er knapp.

– Ah, Tom ... ich erzähl Jenni grad, dass ich gestern etwas angeheitert war und Sie so nett warn, mich mitzunehmen und hier auf der Couch pennen zu lassen.

– Aye, meint mein Dad und wird plötzlich munter, – aber meine Nächstenliebe hat auch ihre Grenzen. Sobald du also deine Scheibe Toast, oder was immer das da für ein Mist ist, gehabt hast, dabei guckt er auf meine ballaststoffreichen Zerealien, – kannste anfangen, den Stall auszumisten. Ein paar von den vielen Bierchen wieder ausschwitzen!

– Bin schon dabei, Tom, sagt er, – bereit für einen langen Arbeitstag!

Er nimmt sich etwas von dem Kaffee, den ich gemacht habe, und ein paar Scheiben Toast.

– Du wirst also bei uns im Stall arbeiten, hm?, frage ich.

– Aye … Tom … dein Vater meint, ich hätt n Händchen für Tiere. Ich werd den Stall ausmisten, Pferde füttern und mit dem Hund spazieren gehen. Dein Vater meint, der bräuchte Bewegung.

Dies ist eine zweischneidige Angelegenheit. Ich bin weit davon entfernt, glücklich darüber zu sein, einen weiteren seltsamen Bekannten von Lara um mich herum zu haben, ohne dass ich überhaupt gefragt worden bin, wer sich um Midnight kümmern soll, andererseits bin ich froh über die viele Zeit, die ich dadurch freihaben werde!

Mein Dad kommt wieder rein und hat Ambrose an der Kette. – Aye, Sie sind der reinste Dr. Dolittle, Jason. Und jetz is dein Sachverstand für Tiere gefragt, mein Junge. Damit übergibt er den armen Ambrose an Jason.

– Was für ein Prachtkerl, meint Jason und nimmt vorsichtig die Kettenleine. Er betrachtet schockiert die Wunden im Gesicht des Hundes. – Was is denn mit dem seiner Visage passiert?

Ich will schon etwas sagen, halte mich aber dann zurück, weil ich mich an die stillschweigende Übereinkunft erinnere, die, denke ich, nun auch Jason einschließt. Meine Mum und Indigo kommen gerade dazu, als mein Vater die Lügengeschichte wiederholt.

– Da hats ihn aber böse erwischt, den armen Kerl, Tom, nickt Jason.

Mum nimmt ihren Mantel und geht mit Indy raus zum Wagen, um sie nach St. Andrew's in die Schule zu fahren. Ich will auch aufbrechen, warte aber dann draußen noch etwas vor der Küchentür.

Ich höre die Stimme meines Vaters, gedämpft, verschwörerisch. – Drei Viertel Pitbull, ein Viertel Retriever: ein Killer mit Köpfchen. Sie müssen sich um ihn kümmern, wenn ich nich da bin. Ich trau der Missus nicht zu, das richtig zu machen, hat nichts in der Birne, und ich trau ihm nich, wenn die Kleine in der Nähe is.

– Und was is mit Jenni?

– Die interessiert sich nich für ihn, grollt er. – Die interessiert sich bloß für ihren räudigen alten Klepper.

– Äh … okay, Tom. Sie ham da gestern noch was andres erwähnt, fragt Jason zögernd.

– Aye … aber sehn wir erst mal zu, wie das hier klappt. Seine Stimme wird lauter, und ich spüre, dass er jetzt rauskommt, daher gehe ich rasch in die Diele und schlüpfe zur Haustür heraus. Ich sehe Lara auf Scarlet Jester angeritten kommen. Ich hatte ganz vergessen, dass wir uns zu einer Stunde mit Fiona LaRue bei den Ställen verabredet hatten. – Hi Lar!, rufe ich und gehe zu ihr hin. Jason und mein Vater sind auf der Türschwelle hinter mir erschienen und winken uns zu, oder besser gesagt, ihr, denn sie sehn sich an und wirken beide plötzlich verlegen.

– Hi Jen! Hallo Jungs, strahlt sie, gleitet aus dem Sattel und stellt Scarlet neben Midnight und Clifford, dem Pony, in den Stall. Curran, das Schwein, trippelt zur Rückwand seines Pferchs, und alle wirken erfreut, einander zu sehen. Abgesehen vom armen, alten Ambrose, den mein Vater draußen am Pfosten anbindet. Dann kommt er herein, und Jason beginnt, den Stall auszumisten. Lara und ich reden über das anstehende Turnier in Hawick, und nach einer Weile satteln wir die Pferde für einen leichten Galopp querfeldein, aber Midnight tut sich schwer und ist zu kaum mehr als Schritt zu bewegen. Ich merke, dass es ihm nicht gut geht, denn er beißt auf die Trense und reißt am Zügel, was er normalerweise nie tut. Wir beschließen hierzubleiben, und Lara ruft Fiona LaRue an, um den Termin zu verschieben. Midnight und ich müssen zusehen, wie Lara und Scarlet Jester nur so über die niedrigen Hindernisse fliegen.

Ich führe Midnight vor den Stall, lasse Halfter und Zaumzeug drauf und binde ihn an den Pfosten an. Dann nehme ich ihm Zaumzeug, Sattel und Satteldecke ab und fange an, ihn zu striegeln. Mit dem Hufkratzer, der bei den Longen am Pfosten hängt, reinige ich seine Hufe, einen nach dem anderen, wobei ich bei dem verletzten linken Vorderlauf mit besonderer Sorgfalt vorgehe. Ein lautes Schnauben zeigt mir, dass er Schmerzen hat, deswegen lasse ich es lieber. Ich hole den Striegel und beginne ihn mit kreisförmigen Bewegungen zu massieren. Das hat er gerne, er verfällt in einen ruhigen, gleichmäßigen Atemrhythmus und döst zufrieden.

Ich sehe, wie Jason aus dem Stall kommt, die großen Gummistiefel voller Pferdescheiße. Er guckt mich und Midnight an, und die Augen treten ihm aus dem Kopf. Dann winkt er mir seltsam zu, als Lara mit Scarlet herbeikommt. – Hallo Jason, lächelt sie kühl, als sie mit elegantem Schwung vom Pferd steigt. – Hilfst du hier aus?

– Äh, aye. Hallihallo. Aye, n bisschen mithelfen, sagt er.

Zum Glück will Lara in die Stadt; wir stellen die Pferde wieder ein und springen ins Auto. Als wir abfahren, schau ich mich noch mal um und sehe, wie Jason uns mit offenem Mund nachstiert. Mein Dad taucht auf und ruft ihm etwas zu, und er kommt in die Gänge.

Im Wagen wende ich mich an Lara: – Das war Montys Hund, der Ambrose so zugerichtet hat, oder?

– Ja, aber da wusste er noch nicht, dass es der Hund von deinem Dad ist.

– Was hätte das für einen Unterschied gemacht?

– Einen ziemlich großen, so wie ich das verstehe. Ich glaube, er hat ein bisschen Angst vor deinem Dad, sagt Lara, die Augen vor Begeisterung aufgerissen, – als wäre er so was wie ein Gangster.

Ich verdrehe verächtlich die Augen.

Doch Lara scheint beeindruckt zu sein. Und ich erinnere mich an die befriedigende Angst, die dieser Drecksack von Klepto an den Tag gelegt hatte, als er herausfand, wer mein Vater ist. – Tja, meint sie, – besser als ein Arzt als Vater!

Aber ich denke, bei einigen Leuten in dieser Stadt geht die Fantasie etwas durch. – Er ist doch nur ein langweiliger, alter Spediteur, tue ich das ab, – und er ist zu traurig und deprimierend, um einem Angst einzujagen.

Wir machen unser Fitnesstraining im Zentrum und trinken dann einen Kaffee. Laras Egozentrik fängt an zu nerven, und bald wünsche mir, ich wäre alleine und könnte das letzte Drittel von *Überlebende wider Willen* lesen. Ich bin an der Stelle, wo der attraktive Dr. Shaw gerade zärtlich Josephines Lippen geküsst hat. Das hat ihn so erregt, dass er einen Schauer von Küssen auf ihren gesamten Körper regnen lässt, bis er schließlich Cunnilingus an ihr ausübt. Sie erwacht, benommen, schockiert und schließlich erleichtert, als der verlegene Dr. Shaw ihr alles erklären muss. Es fängt gerade an, richtig gut zu werden. Aber stattdessen muss ich mir Lara anhören, wie sie von diesem Monty erzählt, und mein Magen zieht sich jedes Mal zusammen, wenn der Name dieser Klepto-Kreatur fällt.

Könnte ich ihr, könnte ich *irgendwem* doch bloß die Wahrheit über dieses Schwein erzählen.

Als wir wieder bei mir sind, holt Lara Scarlet und reitet nach Haus. Jason ist fort, und mein Dad kommt raus, als ich Midnight zurück in den Stall bringe. – Ich möchte, dass du mit der Kleinen mit der vornehmen Aussprache mithalten kannst. Aber der Gaul is reif fürn Abdecker. Er wirft dich bloß zurück.

Ich starre ihn in wütender Furcht an, weil ich daran denken muss, was er dem armen Ambrose angetan hat. – Wenn du Midnight jemals was antust …

Er hebt die Hände in einer Geste geheuchelter Unschuld. – Ich sag ja bloß, dass wir n vernünftiges Team brauchen, keine lahmen Enten … beziehungsweise Pferde. Ich mein, guck dir meinen Betrieb an. Da sind wir ein richtiges Team. Wenn einer seinen Teil nicht leistet, dann heißt es ›Auf Wiedersehen‹.

– Midnight bleibt. Er wird noch stärker, das weiß ich.

– Kann sein, sagt mein Dad skeptisch, – aber denk dran, was ich dir über diesen Wallach erzählt hab.

13. EXILE ON HIGH STREET

Alter, was ich hier die Main Street hoch zur High Street mit mir zerre, ist das Fife-mäßige Fashion-Accessoire auf vier Beinen, ein astreiner Kampfhund. Ambrose heißt der Knabe. Wenn man sich erst mal an ihn gewöhnt hat, ist er gar nich so scheiße; die frechen kleinen Fotzen vor der Frittenbude ham mir jedenfalls schön Platz gemacht, als ich mit ihm an der Kette die Straße langkam, aber hallo!

Cahill denkt offensichtlich, dass mein Jockey-Background und diese Gerichtsverhandlung vor n paar Jahren, die Nachbar Watson un ich wegen unsere illegalen Hatz auf Hasen hatten (wurd aber nix draus, denn nach schottischem Recht kann man nur wegen Wilddieberei angeklagt werden), mich als redlichen Mann der Schattenwirtschaft des Sports ausweisen. Aber wer bin ich, dass ich den Sack da eines Besseren belehre? Vor allem, wos für mich Cash auf die Kralle zusätzlich zur Stütze bedeutet, nur fürs Ausmisten der Ställe und dafür, dass ich n Blick auf den Knackarsch seiner Tochter werfen kann, wenn sie ihr großes Pferd durch die Gangarten bringt. Ich wart ja drauf, dass sie mit ihm die kleinen Hindernisse trainiert, aber sie meint, sein Bein wär noch nich so weit. Sein verdammtes fünftes Bein aber schon, Alter. Ich dachte neulich, ich trau meinen Augen nich. Ich war am Saubermachen im Stall un hab zugesehn, wie sie den Sausack striegelt, als er festgebunden unterm Vordach stand. Die hochnäsige Lara sprang auf Teufel komm raus über die Hindernisse, und ich war im 7. Spannerhimmel.

Jedenfalls seh ich dann, wie Jenni dem Pferd mit dem Striegel den Rücken massiert. Da fährt er doch seinen schwarzen Schwanz aus wien Teleskop; Alter, wie Darth Vaders Laserschwert. Ich steh da mit nem doofen kleinen Lächeln im Gesicht und bettle um n bisschen Aufmerksamkeit, aber mit so was kann ein Gnom wie ich nich mithalten!

So gut das Spannen auf Cahills Ranch auch is, ich geh doch ziemlich gern mit Ambrose raus. Das Problem is nur, nen Hund auszuführen behindert die Schlüsselfreuden sozial randständiger Existenzen: vor allem die Mittagsbierchen im Goth. Aber dann denk ich mir, n Kleines macht den Kohl nich fett; eins auf die Schnelle un dann vielleicht runter an die Küste.

Jedenfalls sind die Jungs alle da und ham nen ziemlichen Bammel vor dem Hund. Ich würd ja gerne sehn, wie sich Big Monty Fuck aufführt, wenn ich den Burschen an der Leine hab. – Keine Panik, mein ich zu Nachbar Watson, – der tut keiner Fliege was zuleide, stimmts, Ambrose? Aber einem wie dir reißt er die Klöten ab, verlass dich drauf!

Der Nachbar weicht zurück, und der Duke riskiert auch keine dicke Lippe.

– Habt ihr gehört, sie ham diesen Mason gestern Abend eingelocht, erzählt Nachbar Watson.

– Wen?, fragt der Duke, Ambrose im Auge behaltend.

– Dieser Wichtigmann vom Tischfussek, erklärt Nachbar und sagt dann zu mir: – Gut, dasser vorher deine Sperre aufgehoben hat, Jase.

– Aye, stimmt, mein ich, bemüht, nich zu besorgt zu klingen, aber ich spür, wie ich die Leine von Ambrose fester packe, der in der klassischen Pub-Hund-Haltung am Boden liegt.

Nachbar verfällt in den Tratschtantenmodus und behält gleichzeitig Ambrose respektvoll im Auge. – Wundert mich, dass Tom Cahill das nich erwähnt hat, Sportsfreund, wo du doch so oft da bis, dasste quasi zur Familie gehörst!

– Spezialaufgaben, Alter, ich schlenkere mit Ambroses Leine, aber nich so stark, um dem Burschen die Kehle einzuschnürn, – Tierpflege. Da gibts n kleines Schwein, n Pony und nen verdammt großen Gaul mit so nem Gerät, wenn du verstehst, was ich meine. Allerdings kastriert, zu nix nutze, obwohl, von da, wo ich stand, sahs anders aus.

Du dreckiger, vierbeiniger, langschädeliger Pferdebastard!

– Aye, die sind gut bestückt, die Viecher, meint der Nachbar.

Ich versuch, das Thema zu wechseln, aber der Iron Duke hält sich dran: – Aye, diese dreckige Fotze von Mason is von n paar Kurzen vonner Schule verpfiffen wordn. Er hat ihnen immer Geld gegeben, dasse sich wie Mädchen anziehn, und dann hatter sich einen drauf runtergeholt. Anscheinend ham sich noch n paar mehr gemeldet, nachdem die Ersten ihn ham auffliegn lassen.

– Was n stinkender Sausack. Der Nachbar schüttelt den Kopf.

– Aye, sagt der Duke, während ich mich bedeckt halte, genau wie der alte Ambrose, der still da unten rumliegt – seine Nüstern blähen sich leicht, und er macht leise, schnaufende Geräusche, fast wie eine schnurrende Katze, – hat ihnen so ne Story verkauft von wegen seiner Tochter, die von nem Auto überfahrn worden wär und dass sie genau die richtige Größe und Gewicht hätten und ihm n Gefallen tun würden, wenn sie sich wie die anziehn. Die doofen kleinen Scheißer hatten prompt Mitleid mit ihm und ham das gemacht. N paar hatter Geld dafür gegeben; er treibt das schon seit Ewigkeiten so. Hat Fotos davon gemacht un Filme! Aye, Andy von der Schmiere, dieser große Hunne aus der Loge, der hat mir erzählt, sie hätten tonnenweise Material gefunden.

Verdammte Scheiße. Onkel Davie is Großmeister in der Loge. Der kehrt das bestimmt untern Teppich. Familie. Muss ja.

– Die Typen sind alle n bisschen schräg, sag ich, – ich fand schon immer, dass der was von Tom Hamilton hatte, ergänze ich und fühl mich wie n Verräter am armen Olly. Aber ich will von meiner Spur ablenken.

– Dreckige Mistkerl, naive kleine Jungs so auszunutzen. Ich wüsste schon, was ich mit der Sau anstellen würde, tönt der Duke.

– Er hattse aber nie angefasst, hat sich nur einen abgewedelt, sagt Nachbar und wendet sich mit breitem Grinsen an mich. – Ach, Jase, was musstest du denn eigentlich machen, damit er deine Sperre aufhebt? Ich wette, mit deiner Größe würdeste leicht in dem Mädchen ihre Klamotten reinpassen! Hatter sich auf dich auch einen runtergeholt, du alte Pottsau? Er lacht, aber er starrt mich dabei an, und auch der Duke guckt mich scharf an, und ich denk bloß: Dein ganzer Ruf und deine Zukunft im Königreich hängen davon ab, waste als Nächstes sagst. Das is, als wär man beim Tischfussball frei vorm Tor, das Spiel wär bald aus und es gäb nur noch diese eine Möglichkeit zum Schuss. Bleib locker, Jase. – Nichts dergleichen, sag ich. – Ich hab ihm bloß den Schwanz gelutscht, mehr nich.

Der Duke lacht schallend los und Nachbar auch; dann klopft er mir auf n Rücken und meint: – Würd ich dir glatt zutrauen; du schreckst bestimmt vor nix zurück, um ne Sperre zu umgehn, wa?

– Ja Scheiße nee, ich wünschte, ich hätte ihm einen blasen oder Frauenklamotten anziehn können, statt mir stundenlang anhören zu müssen, wie die Fotze sich über Verhaltensregeln und Vorschriften und Statuten auslässt. Wär weitaus weniger demütigend gewesen.

Die lachen sich einen ab, und ich hol Nachschub. Aber das war um Haaresbreite; ich bin versucht, noch nen Witz zu reißen, aber es ist besser, das Blatt nich zu überreizen. Es ist an der Zeit, konzentriert nach vorne zu blicken, und das Wichtigste ist, dass ich in der nächsten Runde auf diese Perthshire-Fotze Derek Clark treffe. Ein Heimspiel für den Jungen, denn Austragungsort ist das Salutation Hotel in der Fair City. St. Johnstone gegen Blue Brazil: Das ist mehr als der Wettkampf zwischen zwei Menschen, zwei Städten oder Countys. Das is nichts Geringeres als die Entscheidungsschlacht zwischen zwei diametral entgegengesetzten Weltanschauungen!

Dann kommt doch, ihr Fotzen!

Nachbar hat von alten Zeiten angefangen und erzählt von der *Horse of the Year Show* in der Wembley Arena, wo wir beide beim Catering gearbeitet haben. – Caroline Johnson auf Accumulator, das war mal ein Pferdchen, das sich zu reiten lohnte.

Natürlich imitier ich gleich das debile Grinsen, das der Spacken zeigt.

– Accumulator natürlich, platzen wir beide gleichzeitig heraus.

Das versetzt ihn in absolute Retrostimmung. – Alter, ich geb mir da voll die Mühe mit den ganzen Fressalien, und diese elitären Fotzen hacken total auf mir rum. Gut, ich weiß, *Horse of the Year Show*, Riesenfete und alles, aber immer noch kein Grund, so pampig wie die zu werden. Der eine Colonel da mit dem Schnäuzer blafft mich an, als wär er mein Alter und es ist letzte Runde im Goth!

– Aye, das sind echt n paar Großschnauzen da unten, stimmt Nachbar zu.

Gesagt hab ich damals nix, aber ich kann euch sagen, ich direkt runter in den Lagerraum, wo sie ein Paket Rattengift hatten, und dann erst mal kräftig nachgewürzt, aber voll.

Aber ich konnt es nich glauben, was ich tags drauf in der Zeitung las:

Commander Lionel Considine-Duff, OBE CBE RN (a.D.) wurde in den frühen Morgenstunden des heutigen Tages tot in seinem Haus in Belgravia aufgefunden. Sein Hausmädchen, das die Polizei und den Rettungswagen alarmierte, fand seinen leblosen Körper, als es ihn zum Frühstück wecken wollte. Considine-Duff hatte nach einem fröhlichen Abend auf der *Royal Horse of the Year Show in der Wembley Arena* am Vortag über Schmerzen in der Brust und im Bauchraum geklagt. Früher selbst ein leidenschaftlicher Reiter, hatte er sich nach zwei leichteren Schlaganfällen aus dem politischen Leben zurückgezogen.

Unser Politikberichterstatter Arthur McMillian: »Buffy« Considine-Duff war ein gut unterrichteter, leidenschaftlicher Hinterbänkler, dessen bemerkenswerte militärische und sportliche Karrieren auch bedeuteten, dass es ihn nicht sonderlich reizte, sich weit aufs schlüpfrige politische Parkett vorzuwagen. Da er die Anforderungen höherer Ämter und das öffentliche Interesse an seiner Person bereits hinlänglich kennengelernt hatte, zog Buffy es vor, im Hintergrund zu wirken. So unermüdlich er als Lobbyist für die Ölindustrie fungierte, so hartnäckig setzte er sich auch für die Interessen seiner Wähler in Wessex ein. Sein Privatleben war schillernd. Dreimal geschieden, gab Buffy gerne zu, dass die Fohlen, die ihm die meiste Freude bereiteten, doch die mit vier Beinen waren. Wenn er seinem Lieblingsgetränk etwas zu heftig zugesprochen hatte, neigte er dazu, jeder Frau, die sein Missfallen erregte, lauthals zu verkünden: »zwei Beine schlecht, vier Beine gut« …

Und so ging's weiter und weiter, aber hallo.

Ich trink den Rest vom Schwarzen Gold, zieh sanft an Ambroses Leine, und sieh an, schon ist der Bursche auf den Beinen und wir sind zur Tür raus. Frisst mir ja echt aus der Hand, die Nutte.

14. DER TIERARZT

Dobson hat gerade noch mal Midnights Bein untersucht. Der Trab war zu viel für ihn, jetzt lahmt er wieder. Ich hatte Fiona LaRue angerufen, die auch direkt rüberkam, und auf ihren Rat hin holte ich dann Dr. Dobson. Der Tierarzt kraust kurz die Nase vor Widerwillen, als das Pferd unter sich macht. Clifford, das Pony, stößt einen protestierenden Schrei aus, als Curran, das Schwein (so heißt er nach dem Polizisten, der meinen Vater wegen Alkohol am Steuer drangekriegt hat), ihm den Kopf gegen die Fessel rammt. – Wird er zum Turnier in Hawick wieder fit sein?, frage ich, obwohl ich weiß, wie die Antwort ausfallen wird.

Er sieht erst mich, dann meinen Vater düster an. – Ich fürchte, nein. Schau, Jenni, es tut mir leid, dass zu sagen, die Worte kommen unerbittlich über die gummiartigen Lippen seines Trauerkloßgesichts, – aber ich fürchte, wir müssen uns der Tatsache stellen, dass Midnights Bein ihn fürs Springreiten untauglich macht. Das ist ein Sport mit hohen Belastungen, und das wird seine schwächliche Konstitution nur verschlimmern.

Clifford, das Pony, wiehert fröhlich, als würde es diese Neuigkeit begrüßen.

Die eine Hand in der Hosentasche, in der anderen eine Kippe, hat mein Vater über uns gestanden. Fettwülste hängen von seinem Kinn. Es ist, als würde mir erst aus dieser Perspektive enthüllt, wie stark er gealtert ist, und ich verspüre eine ungewohnte Zärtlichkeit ihm gegenüber. Die verfliegt allerdings auf der Stelle, als er den Mund aufmacht: – Was hab ich dir gesagt?, sagt er, wissend den Kopf schüttelnd. Ein höhnischer Ausdruck verzerrt seine Gesichtszüge. – Der Klepper geht nirgendwo mehr hin außer in Spiller's Hundefutterfabrik.

Ich muss schlucken und gucke Dobson fragend an, der entrüstet den Kopf schüttelt. – Er ist ein absolut gesundes Pferd, Tom, es besteht keinerlei Grund, ihn einschläfern zu lassen. Es ist nichts weiter als eine Sehnenscheidenentzündung, aber er braucht noch wesentlich mehr Ruhe, und eine weitere Behandlung mit entzündungshemmenden Mitteln wird wahre Wunder vollbringen. Ich muss allerdings sagen, ich halte es für unwahrscheinlich, dass er zum Springreiten noch geeignet ist.

– Er ist also am Ende, wollen Sie das damit sagen? Mein Dad guckt den Arzt aggressiv an.

– So würd ich das nicht sagen, Tom, greint Dobson. – Für leichtere Beanspruchungen könnte er immer noch taugen; Freizeit- oder Wanderreiten, Hunter-Jumper, Dressur oder dergleichen. Springreiten beansprucht Pferde sehr stark, und sein Bein schwächelt eben.

Mein Dad schnippt die Zigarette aus dem Stall. – Totes Kapital, so nenn ich ihn. Er schüttelt den Kopf. Midnight sieht so erschöpft aus, seine Augen so traurig, dass ich meinen Vater am liebsten anschreien würde, er soll den Mund halten. – Wir haben ihn als Sprungpferd gekauft, als Turnierpferd. Und jetzt isser bloß noch n Parasit, der sein Futter nich wert is, sagt er, rammt die Hände in seine Jackentaschen und schaut verächtlich um sich.

Für wen zum Teufel hält der sich? Was versteht der schon von Pferden?

– Midnight ist ein Cleveland Bay, protestiere ich, das sind eigentlich Kutschpferde, erkläre ich dem alten Trottel, während ich Midnights Stirn streichle und ihm beruhigend ins Ohr flüstere. Mein Dad und dieses Schwein da, das ihm eigentlich ein Gesellschafter sein soll, machen ihm Angst. Komisch, aber Ambrose, der Hund, macht ihm nichts aus.

– Ach ja? Dann kann ich ja vielleicht ne Kutsche für ihn kaufen, witzelt er, – und du kannst mit ihm Droschkenfahrten durchs schöne Beath machen. Das packt er vielleicht grade noch, und du könntest noch n bisschen Geld dazuverdienen, statt meins für hoffnungslose Fälle verplempern!

Empört über seine Derbheit und Selbstsucht, fällt mir nichts anderes zu sagen ein, als: – Ich hab ja nicht drum gebeten, auf die Welt zu kommen!

– Und das is so ziemlich das Einzige, worum du nich gebeten hast, höhnt er.

Tierarzt Dobson guckt uns beunruhigt an und sagt: – Ich geh dann wohl mal besser. Und ich denke insgeheim, was für eine saugute Idee das ist.

15. PERTH-PACK

Eingedenk der Lektionen aus früheren Exzessen lass ich's in Vorbereitung auf die nächste Runde vom Scottish Cup ruhig angehn. Ich hab mir n schönes Stückchen Schellfisch vom Boak's am Central Park Market mitgebracht: Protein, muss sein. Der Junge hats sogar schon paniert, also brat ichs zu Hause selbst und nehm meins als Sandwich aus Vollkorntoast, dänischer Butter, Pfeffer un HP vor Scotland Today. Der alte Herr, ein Traditionalist, isst am Tisch, mit seinen Instantnudeln als Sättigungsbeilage, und summt dabei leise »What's Up Gangsta« von 50 Cent.

Es war der reinste Schlemmermarathon, denn später am Abend hat mich Kravy noch zu nem fetten Curry im Shimla Palace eingeladen. War einzige Mal, dass ich da drin gewesen bin außer an nem Sonntag mit All-you-can-eat-Buffet. Bin mir wie n verfickter Sultan vorgekommen, als ich wieder zu Haus war. Zu Synergiezwecken hab ich mir zu nem Asiaporno noch mal kräftig den rosa Porsche poliert und meine Ladung abgespritzt, solang noch das Vindaloo vermengt mit Lager in meinem Magen blubberte. Zu nem Curry nie Schwarzes Gold oder grinsende skandinavische Sirenen: n paar Anstandsregeln muss n Mann beachten.

Am nächsten Morgen sitz ich hinter Kravy auf seinem Bike, und wir zischen durch die High Street von Beath wie ne durstige Nutte aus Kelty n Sixpack zischt. Wir sind auf m Weg nach Perth, und ich fühl mich versucht, dem jungen Kravitz zu sagen, er soll nen Gang runterschalten, aber das kann ich mir gleich schenken. Erfreulicherweise wird er aber langsamer, als er die zwei Mädels auf ihren Pferden vorbeikommen sieht.

– Man will ja nich die Pferdchen scheu machen, ruft er, oder so was in der Art, als er neben den Mädels langsam zum Stehen kommt.

– Hi, ruft uns Lara zu (wie die angezogen is – zum Abkeulen, nebenbei gesagt), – wo wollt ihr hin?

– Perth, sag ich. – Hab Erfolg gehabt. Auf Funktionärsebene hat sich doch der gesunde Menschenverstand durchgesetzt, und ich bin wieder im Rennen um den Cup. Vorwärts fürs Königreich, denen zeig ich, wem seine Spielphilosophie im Tischfußball zuletzt den Sieg davontragen wird. Wann is euer Borders-Turnier?

– Donnerstag, meint Lara.

– Wer weiß, vielleicht machen wir selber nen kleinen Abstecher da runter, hm, Kravy, Rückendeckung für die Mädels und so, sag ich versuchsweise. Kravy zuckt bloß unverbindlich die Achseln. Ist immer n Cooler gewesen. Aber man kann merken, dass sein dunkler, verschlossener Typ den Mädchen die Schlitze wässrig macht. Und ich denk so, es wär gar kein schlechtes Ergebnis, wenn ich ihm freie Bahn mit Lara lasse und meine Bemühungen auf die kleine Jenni Cahill konzentriere; hat nen süßen knackigen Arsch an sich! Also sag ich: – Fährste auch dahin, Jenni?

– Ich hatte mich angemeldet, aber ich hab zurückziehen müssen. Midnight ist einfach noch nicht so weit, sagt sie traurig. – Der Tierarzt hat sogar gesagt, er kann vielleicht nie wieder wettkampfmäßig antreten.

– Ich bin sicher, er wird wieder, sagt Lara lächelnd.

– Tja also, sagt Kravy, – halt dich gut fest, Jase, du hast n Turnier zu gewinnen, dann tritt er an, und wir fegen die Straße runter, und als ich erst mal wieder entspannt genug bin, um zurückzugucken, sind die Mädchen und sogar die Pferde nur noch Pünktchen.

Scheiße nee, gefällt mir gar nich, dieses Rein- und Rausfädeln im Verkehr auf der Autobahn! Aber sagen kannste da nix, und ich versuch einfach, ans nächste Leben zu denken und mich zu fragen, ob's da vielleicht n Arrangement gibt, nach dem Fife das neue Sussex wird, ein dem Königreich angeschlossenes County des Wohlstands, in dem Schotten ohne sektiererische Neigungen gänzlich ironiefrei »God Save the Queen« singen können! Meine Träumerei hat auch nen gewissen Erfolg, aber als wir am Little Chef haltmachen, um nen Kaffee zu trinken und mit einem von Mr. Kipling's was für den Blutzuckerspiegel zu tun, zittere ich wie ne Schlampe vom Hill of Beath, die statt mit dem Vibrator mit nem Pressluftbohrer verwöhnt worden is.

– Alles im grünen Bereich, Jase?, fragt Kravy.

– Die Nerven, sag ich zu ihm, – nich, weil ich auf m Motorrad war, lüge ich, – ich bin ja schließlich Jockey, na ja, in Ausbildung, es is das bevorstehende Spiel mit Clarky. Der Junge is gut, und ich fühl die Erwartungen des ganzen Countys auf meinen knochigen, fimschigen Schultern lasten. Aber je schlimmer das Lampenfieber, desto besser der Auftritt, is klar.

Kravy guckt mir tief in die Augen. – Du has den Spirit, das Herz un die Leidenschaft. Der hat keine Schangse gegen dich, Jase.

– Immer langsam, sag ich, n bisschen verlegen über so nen öffentlichen Gefühlsausbruch im Little Chef. Das is das Problem von uns Goldjungen: Wenns um Sport geht, trauen wir uns selbst nich übern Weg. Wars nicht der große Barde Robbie Burns, der gesagt hat »Koks und Fußball machen aus uns allen Schwule«? Vielleicht wars auch Artie Shaw, der große Sohn dieses Countys.

Als wir in der alten Stadt Perth einrollen, würd ich bei der ekelhaften Zurschaustellung von Reichtum am liebsten mit nem Rollkommando in n paar Vans anrücken und meine eigene Form der sozialistischen Umverteilung des Schotters vornehmen. Scheiß doch auf die unrealistischen Versprechen, mit denen die geistlichen Verteidiger des Status quo (der gute »Conjack« Anstruther ausgenommen) einen hinhalten: her damit im Hier und Jetzt. Aber ich muss zugeben, dieses Salutation Hotel war nich zu verachten; überall Mahagoni, so old school wie ne Nutte aus Kelty, die die beruhigenden Worte spricht: »Wo's bei unserm Geschäft auf Größe ankommt, is bei den Scheinchen, nich beim Schniedel«. Und man muss sein Herz schon mehr verhärten als ich, um von den Fotos der jüngsten VIP-Besucher an der Wand nich beeindruckt zu sein; Sir Bob Geldof, die Abgeordneten Boris Johnson und Tommy Sheridan, Clarissa Dickson oder wie die Fette heißt, die kocht, also die, die nich gestorben is, un Frank Bruno. Na, Jason King is bis jetzt noch nich dabei, aber das wird nich mehr lange dauern, ihr Nutten; aye, nich mehr lange dauern.

Als wir zur Moncrieffe Suite kommen, wo die ganzen Tische für diese Runde des Wettbewerbs aufgebaut sind, liegt so ne gespannte Erwartung in der Luft. Das nenn ich n Sport-Event! Ich streife so rum und mach mir n Bild von meinem Mit-Gladiatoren, da zwickt es mir ins Herz, als ich den Kollaborateur Mossman tatsächlich im Lager von Clark seh, der hält zu der Fotze aus Perth. Fuck Dunfermline: die Hauptstadt von Vichy-Fife. Als ich Richtung Klo geh, komm ich auch noch in den Genuss des hörbaren Flüsterns zwischen Mossy und Clarky, das für meine eigenen zarten Lauscher bestimmt ist: – Ich hoffe, den dreckigen kleinen Jockey pulverisiert du.

Ich frag Kravy auf m Scheißhaus, während wir das Porzellan mit unserem Urin benetzen: – Haste gehört, dass diese Fotze Mossy mich als ›dreckigen kleinen Jockey‹ bezeichnet hat? N paar von uns *versuchen* wenigstens, in die Annalen der Sportwelt einzugehn!

Kravy schüttelt aus und tütet ein. – Ich dachte, er hätt ›Jecker kleiner Drecksack‹ gesagt, Jase.

– Ja dann isses ja okay, sag ich, muss wieder an den guten Jack »Conjack« Anstruther denken, und hoffe trotz meiner marxistisch-leninistischen Tendenzen, dass Gott, wenn es einen gibt, zu Fife und nicht zu Perth hält.

Aber scheiß auf den göttlichen Beistand: Das unstatthafte Verhalten von diesem Mossman war genau die Motivation, die ich brauchte. Mit solchen wie dem konnte man Schlitten fahren, aber Clark war ein anderer Fall: der Junge hatte Talent. Meine Taktik war Passspiel, in Ballbesitz bleiben, diesen Clark gar nich ins Spiel kommen lassen, damit er keinen Fluss reinbringen konnte, und den Sausack damit frustrieren. Ich wusste, dass der Junge zur Arroganz neigte und n bisschen nicklig werden konnte, wenn er zu lange nich ans Schnippen kam.

Also legte ich es genau darauf an; den Ball halten, erst mal ohne gefährliche Situationen, aber langsam meine Männer in Stellung bringend, und dann warten, bis sich eine gute Position mit der ersten Torchance bot. Meine erste kam mit einem von seinem Verteidiger abgefälschten Schuss (beabsichtigt nebenbei!) und brachte mir die Führung. Der zweite war ein Fernschuss aus dem Mittelfeld, bei dem der Ball genau auf der Schusslinie war und der Spieler hinter ihm her ins Netz trudelte. Lecker! Als er das zweite Tor hinnehmen musste, gab dieser Clark seinem Missfallen Ausdruck, indem er seine Torpfosten und das Netz durch die Gegend kickte, und der Schiedsrichter musste ein Wörtchen mit ihm reden.

Ich hielt den Ball in den eigenen Reihen und brachte meine Führung über die Zeit, damit blieb es bei zwei-null.

Die Fotze hat noch nicht mal mein großzügiges Angebot wahrgenommen, nach dem Spiel an der Theke ein Pint vom Schwarzen Gold mit mir zu trinken. Das Anstoßen nach dem Wettkampf ist der symbolische Kelch auf die Freundschaft; sogar Sir Alex und diese kleine verschissene Ölaugenfotze trinken nach nem Spiel ne Flasche Rotwein zusammen, ob gewonnen, verloren oder unentschieden. Für so n unsportliches Verhalten hab ich kein Verständnis.

16. ZIGEUNERJUNGEN

Ich hör in meinem Zimmer Marilyn Manson und überlege, wie ich drum herum komme, Lara bei diesem Wettbewerb in Hawick zu »unterstützen«. Bei »Better of Two Evils« blende ich aus, da höre ich ein eigenartiges Pfeifen, dann ein Räuspern, und bemerke, dass sich mein Vater vor mir materialisiert hat. Er hat nicht angeklopft; er hat einfach die Tür aufgemacht und ist reingekommen. Jetzt steht er am Fußende meines Betts. – Kann ich mal kurz mit dir reden?

Versuch den mal abzuwimmeln. – Wenn's sein muss, sage ich achselzuckend.

Er dreht an der Anlage die Lautstärke runter und senkt seine massige Gestalt in meinen großen Korbsessel. Er knirscht unter ihm. In der letzten Woche oder so hat er so viel mit mir geredet wie seit Jahren nicht. Offensichtlich hat er mich doch noch nicht abgeschrieben. *Wofür* er mich allerdings bei der Stange halten will – darum muss man sich Sorgen machen. Trotzdem schlage ich die Beine übereinander und mache einen recht passablen Versuch, ganz Ohr zu wirken.

– Ich bin hart zu dir, fährt er fort, und fügt dann mit einem überraschenden Grad an Überzeugung hinzu: – aber das nur, weil ich nicht zusehn will, wie du dein Leben wegwirfst.

– Ist doch mein Leben, ist alles, was mir darauf zu sagen einfällt.

– Jetzt komm mir nicht damit, sagt er in ernstem Ton, als erwarte er mehr Verständnis. – Ich bin nur darum hart zu dir, weil ich weiß, dass du das Zeug dazu hast.

Fast gegen meinen Willen gibt seine Schmeichelei mir trotz aller Frustration ekligen Auftrieb. Er versucht's immerhin, auf seine eigene, unzureichende Art. – Ich bin keine Springreiterin, Dad, sage ich zu ihm und ersticke fast an den Worten. – Du kannst mir das beste Pferd der Welt kaufen, ich werd trotzdem nie so gut sein wie Lara und die.

– Doch, wirst du, widerspricht mein Vater mit einer ruhigen, einfühlenden Gewissheit, die mich ärgert. – Ich hab dich in letzter Zeit beobachtet, wie schlank du geworden bist. Die Pfunde sind nur so gepurzelt!

– Ich will nicht darüber reden –

– Deine Mutter quatscht dauernd von Magersucht und solchem Pisskram. Aus der spricht die reine Eifersucht, so ist das. Die kann nicht mal an den Süßigkeiten im Zeitungsladen vorbei, und ich hab sie gesehn, an der Kasse im Supermarkt, sagt er höhnisch, – wie sie sich da die Schokolädchen ins Gesicht stopft, die kriegt gar nicht genug, wie so n durchgedrehter Junkie. Da kann einem schlecht werden. Die hat sie doch nicht alle, die!

Er redet hier von seiner *Frau.* Aber er hat recht. Er hat so verfickt *recht.* – Dad –

– Ich weiß, dass du anders bist, Jenni. Ich weiß, dass du regelmäßig ins Fitnesscenter gehst und Sport machst.

Nun bin ich doch ein bisschen gereizt. – Ist in diesem beschissenen Haus denn gar nichts privat?

– He! Deine Ausdrucksweise! Er schmollt, dann sagt er begütigend: – Ich kritisier dich ja nicht. Das is ja nicht als *Kritik* gemeint. Ich find's toll. Und es zeigt mir, dass du Disziplin und Stolz hast. Weil was von mir in dir steckt, und sein wettergegerbtes, ledriges Gesicht wirft Falten. – Du bist ne Cahill, prahlt er stolz. – Du kannst jederzeit gern zu uns in den Fitnessraum kommen, das weißte doch, hm?

Es dreht mir den Magen um. Meinem Dad beim Nettsein zuzusehen, ist noch weit unschöner, als ihn beim Widerlichsein zu beobachten. Er ist einfach nicht dafür gemacht.

– Du musst an deine Zukunft denken, Jen. Wenn du glaubst, dass du im Springreiten nix werden kannst, dann wär's nich das Schlechteste, wennde das Speditionswesen von der Pike auf kennenlernst.

Bei dem Gedanken kann einem ja wahrlich gottverdammt schlecht werden. – Ich bezweifle, dass das was für mich wäre, kontere ich schnell.

Er lacht höhnisch und zündet sich eine Zigarette an, unter Missachtung der No-Smoking-Schilder, die ich überall im Zimmer aufgehängt habe. Der große Kneipenaschenbecher ist unter dem Bett, und da bleibt er auch. Ich werd mir von ihm nicht mein Zimmer mit dreckigem, stinkendem Tabakqualm verpesten lassen. – Zu gewöhnlich für dich, was? Die ganzen dreckigen Trucks und verschwitzten Fahrer? Vergiss mal bloß nich, dass es dieses Geschäft is, das dir Essen auf den Teller bringt und diesen unnützen vierbeinigen Parasiten da unten im Stall durchfüttert. Die ganzen Reisen ins Ausland, die ganzen Turniere, die ganze Ausrüstung, das ganze Land. Das haste aber alles gern genommen! Ich geb mir selbst die Schuld, was verwöhn ich –

Er unterbricht sich mitten in seiner Tirade, offenbar sieht er, was er gerade tut. – Danke, sage ich.

– Wofür?

– Dass du dich wieder auf deinen Typ besinnst. Du hast dich für ein, zwei Sekunden doch tatsächlich fast wie ein menschliches Wesen angehört.

– Du ... pass auf, sagt er, seine Verärgerung niederringend, während er dasteht und sich nach einem Aschenbecher umsieht. Hand und Blick gehen zu einer meiner Pflanzen, und ich werfe ihm einen Blick zu, der sagt: »Denk nicht mal dran.« Er geht ans Fenster, macht noch zwei schnelle Züge und schnippt die Zigarette raus. – Sei doch nicht so. Komm. Vesuch's doch mal damit. Komm wenigstens einmal mit und schnupper in das Geschäft rein.

– Ich denk drüber nach, sage ich zu ihm, aber im Grunde nur, um ihn loszuwerden.

– Das ist mein Mädchen, sagt er ermutigend. Ich beuge mich zu meiner Anlage rüber und drehe meine Musik wieder laut, und er versteht den zarten Wink und geht, nicht ohne das Gesicht zu verziehen und die Finger in die Ohren zu stecken.

17. MOTORRADCRASH

Wir sind also grade so aus der Stadt raus, und ich denk mal wieder, wem auch immer sei Dank, wir hams überstanden, Kravy, die Fotze, is praktisch furchtlos, immer zwischen den Autos rein und raus, die verfickten Spurwechsel, als wärn wir n Icon auf nem PS-2-Spiel, aber jetz is Cooden in Sicht! Wir zischen mit Affenzahn durch die Kurve... aber danach kommt nix mehr...

... ich heb vom Bike ab un flattere durch die Luft wie n Schmetterling oder so un komm mir irgendwie so langsam vor, dass ich wie auf nem Berg dicker Kissen landen werd, aber dann fühl ich den Aufprall wie ne Explosion, aber wie eine, die *innen* aus meinem Körper kommt! Als Nächstes isses für ne Weile seltsam friedlich. Ist irgendwie, als bekäm ich die gesamte Entspannung ab, die mir je versprochen wurde, ehe ich von nem raschelnden Geräusch über mir und um mich rum geweckt werd. Nach ner Weile wird mir klar, dass ich im Geäst von nem Baum festhänge.

Ich guck nach unten, und da is Kravy, sitzend, aber nach vorn gekippt, am Fuß dieser riesigen Eiche neben meiner, als machte er n Nickerchen. Über ihm verläuft so n breiter Streifen dunkelrote Farbe den Baum hoch. Sieht frisch aus. Ich kann nich sehn, wo sie anfängt. Ich hör Autoreifen quietschen. Dann seh ich, wo das Zeug auf dem Baum herkommt, aus Kravys Hals. Über den Schultern von dem Jungen ist nämlich bloß noch n roter Stumpf mit nem bisschen Knochen. Weil der Kopf von dem Scheißkerl fehlt.

Verfickte...

Nachdem ich (in dieser Reihenfolge) gecheckt hab, dass Klöten, Augen, Arme und Beine noch dran sind, jepp, alle da, klettere ich langsam runter. Meine Hände sind blutig aufgeschrammt, aber es macht mir nix, weil ich irgendwie total komisch drauf bin: irgendwie betäubt un unter Strom in einem. Ich geh rüber zum Fuß von dem anderen Baum, um mir Kravy richtig anzusehn. Ich geh näher ran.

Nee, Scheiße, leck mich am Arsch, das hab ich mir nich eingebildet.

Der verfickte Kopf is nich mehr da.

Da is bloß n Stumpf vom Hals, ich kann das Rückgrat sehn, es is sauber gekappt wie von ner verfickten Guillotine, das Blut blubbert immer noch raus, wird aus dem Körper rausgepumpt, der zuckt, als käm er grad auf Pille. Is irgendwie, als würd er hier immer noch rumhängen und mir nen blöden Streich spielen, und als ich mich nach dem Kopf umseh, erwarte ich n breites Grinsen auf dem dazugehörenden Gesicht. Aber da is keiner, Kravy is weg.

Ich spür Regentropfen auf meinen Kopf und meine Schultern fallen und gucke hoch. Es is Kravys Blut, das bis rauf auf die Äste gespritzt is und jetzt wieder auf mich runtertropft.

Als ich mich rumdrehe und den Seitenstreifen runtergucke, die Hand über den Augen, um sie gegen die Sonne und das Blut abzuschirmen, seh ich das Bike auf der Straße liegen, wo's sich überschlagen hat. Ein Auto hat angehalten, un weil ich ganz voll mit Kravys Blut bin, steigt n alter Knabe in ner karierten Jacke aus un ruft mir zu: – Sindse verletzt?

– Nee, mir fehlt nix, ruf ich zurück.

– Aber Sie sin ganz voll Blut!

Darüber muss ich lachen. – Aye, dass könnse wohl sagen, und muss aus irgendnem Grund an die zwei Mädchen denken, Klätschnass-vom-Regen und Schwitzen-wie-Sau. – Ich bin Ganz-voll-Blut, geb ich zu, gucke auf das Rubinrot auf meinen aufgeschlitzten Armen und weiß nicht, ob es meins oder das von meinem Jungen ist, ist mir auch egal. – Aber mein Kumpel ... der hat den Kopf verloren.

– Passiert schnell, bei dem Tempo, was die Dinger draufhaben können, sagt der alte Knabe. – Motorradfahren is verdammt gefährlich. Hatter Drogen genommen?

– Bloß n bisschen gekifft und n Pint im Sally oben in Perth, sag ich, als der Knabe rüber an die Böschung kommt. Er sieht Kravys Körper und sagt: – O mein Gott ... es ist ein echter Mensch, sein Kopf ist weg, und er fängt an zu würgen und rennt zum Auto zurück, wo er sich sofort ans Handy hängt.

Ich kann bloß an seine Mum im Krankenhaus denken, un aus irgendnem Grund auch an ihre Spalte, aus der Kravy vor so vielen Jahren rausgekrochen is, vom Young Team grausam zur Schau gestellt auf der Blue-Brazil-Website.

Ich seh schon, was passiert is, ja leck mich; die scharfe Kante von dem Verkehrsschild, auf dem »RUNTER VOM GAS« steht, is umgebogen worden, von irgendnem Young-Team-Vandalen zweifellos, un Kravy kam mit vollem Tempo vom Bike geflogen, genau wie ich, un sein Kopf war genau auf dieser Höhe ...

Au nein.

Das Schild hat an einer Seite ne Kante voll rotem Blut, ist ganz damit gesprenkelt. Wie ne verfickte Guillotine; Fife Mitte, Mitte wie Mittelalter, Mann, Mann.

Aber wo is der Kopf von meinem Jungen?

Ich stürz mich direkt in das dichte Gebüsch und die Reihen von Brennnesseln, um den Kopf zu suchen, der wird sicher noch im Sturzhelm stecken, kann bestimmt nich weit gekommen sein. Dann hör ich das Getrappel von Hufen auf der Straße und Stimmen, und der alte Knabe sagt: – Nicht hingucken, Mädchen, kommt weg da ...

Un ich hör Jenni: Aber das ist unser Freund ... dann schreit sie: – Jason! Bist du okay?

– Bitte, bleibt hier, da hat's nen schrecklichen Unfall gegeben!, sagt der Alte.

Ich bin bis zur Taille zwischen den Brennnesseln, dreh mich aber um und guck hoch, da seh ich Lara, die zurückbleibt und total geschockt aussieht, aber Jenni kommt weiter nach vorn. – JASON!

Ich sag: – Aye, Hurenscheiße, mir fehlt nix, aber ich kann den verfickten Kopf von meinem Kumpel nich finden, weißte, ne.

Ich wühl also immer noch in dem Wald von Brennnesseln rum und such nach Kravys Kopf in dem roten Helm, aber irgendwie werden mir die Knie weich, und ich versuch mich kurz hinzusetzen, nur n bisschen ausruhen sozusagen, aber da fühl ich, wie sich mir der Magen umdreht und ich nach vorne umkippe, und als ich wach bin, lieg ich doch glatt im Krankenhaus, ja fick die Henne.

18. KOPF

Sein Freund war so gut aussehend; dieser hübsche Junge, der auf seinem Motorrad aus dieser Stadt weg ist und sich in Spanien ein neues Leben aufgebaut hat. Ich hatte Visionen, Träume, in denen er mich dahin mitgenommen hat, auf dem Rücksitz, oder irgendwohin, Hauptsache weg von hier.

Aber zu meiner großen Überraschung bin ich froh, dass es Jason gut geht; dass sein Freund der Tote ist, und nicht er. – Ich geh mal und besuche Jason im Krankenhaus, sage ich geistesabwesend, als ich Geschirr in die Spülmaschine räume, wozu ich erst Indy aus dem Weg schaffen muss, weil sie mit krummen Schultern über der Arbeitsplatte lehnt und einen Comic liest.

– Der kleine Wichser. Wär besser gewesen, wenn er denselben Weg genommen hätte wie sein verblödeter Kumpel, stöhnt mein Dad, während er sich Erdnussbutter auf seine Haferplätzchen streicht.

Ich lasse mich nicht darauf ein, aber dann mischt sich meine Mutter ein, die am Küchentisch sitzt und sich die Nägel macht. – Er hat eigene Freunde und Familie, Jenni. Mit Leuten wie dem musst du aufpassen. Die nutzen einen gern aus. Sie können einfach nicht anders.

– So wie Dad dich ausgenutzt hat, sage ich.

– Nein! Du weißt nicht, wovon du redest, trillert sie, als ich raus und zur Tür gehe, dann kreischt sie in Panik: – Komm sofort wieder her, wenn ich mit dir spreche!

Ich lache laut auf, ohne meinen Abgang zu unterbrechen. – Unter keinen Umständen! Du bist so von Grund auf banal und irrelevant!

– Was heißt irrelevant?, fragt Indigo und reißt sich von ihrem Comic los. Sie liegt mittlerweile der Länge nach auf der Arbeitsplatte, wie eine Katze.

– Das heißt gar nichts, kreischt meine Mutter. – Es heißt, Jennifer meint, sie wüsste alles besser, wie üblich! Und du: runter da und setz dich auf den Stuhl!

Beim Rausgehen höre ich Indy halblaut irgendwas murmeln, dann laut werdende Stimmen. Ich genieße den leichten Rausch beglückender Befriedigung, weil ich sie alle auf die Palme gebracht hab. Draußen wartet ein trister Tag, es gießt in dreckigen Strömen, und du fühlst direkt, wie sich die Bronchitis in deiner Brust festsetzt. Darum fahre ich bis zum Krankenhaus in Dunfermline, zu dem ich Jason begleitet habe, als er gestern eingeliefert wurde. Als ich auf seine Station komme, sehe ich Wandschirme um sein Bett. Ich gerate beinahe in Panik und sehe ihn schon mit dem Tod ringen, aber plötzlich werden sie aufgerissen, und eine Schwester mit hochrotem Kopf kommt zum Vorschein. Als sie Jasons Bettpfanne wegnimmt, erwische ich ihn dabei, wie er sie mit Stielaugen begafft.

Er bemerkt mich und lächelt plötzlich breit, wenn auch ein bisschen schuldbewusst. – Jenni!

– Hallo, Jason. Ich grinse zurück. Er sieht nicht allzu schlimm aus, abgesehen von einer Gesichtshälfte, auf der sich große weiße Quaddeln gebildet haben, wo er in die Brennnesseln gefallen ist.

– Setz dich doch, drängt er mich. – Heather hat sich nur grade um meine, äh, dringenden Bedürfnisse gekümmert, fallste weißt, was ich meine.

– Wie geht es dir?, frage ich und schaue auf das unverwandte Strahlen, das Schwester Heathers Gesicht entflammt, während sie ihren Pflichten nachkommt.

– Ich bin so gut wie neu, aber sie ham mir gesagt, ich soll stillhalten, bis sie den Rest von den Röntgenaufnahmen zurückkriegen. Aye, Heather is aus Taypart, sagt er, als die Schwester mich dünn anlächelt und mit der Bettpfanne verschwindet, Jasons Opfergabe mit einem Papiertuch abgedeckt.

Ich setze mich auf einen der harten roten Besucherstühle aus Plastik. In Jasons Schränkchen ist ein Vorrat an Irn-Bru und Trauben. Wie es scheint, geht es ihm besser als gestern, als sie ihn eingeliefert haben, weitaus gefestigter. Er dachte, er hätte sich den Arm gebrochen, aber beim Röntgen zeigte sich, dass es nur schwere Prellungen waren. Er hatte einige Schnittwunden auf dem Rücken, die genäht werden mussten, aber ansonsten war er bemerkenswert gut davongekommen. – Ich kann mir gar nicht vorstellen, wie das sein muss, frage ich ihn, – zu überleben, wenn dein Freund stirbt … erzähl mir noch mal *genau*, was passiert ist.

– Ich find's nett, dass du gekommen bist, Jenni, sagt er, – aber ich werd das nicht noch mal mit dir durchgehen, ich hab dir alles schon letzte Nacht erzählt.

– Natürlich, natürlich, sage ich mit ernstem Nicken. – Du brauchst Ruhe, es muss ja ein furchtbarer Schock gewesen sein, gehe ich auf ihn ein und schaue in seine großen, verwirrten Augen. – Immer noch nichts von seinem Kopf gehört?

Jason klatscht sich plötzlich mit seiner guten Hand vor die Stirn, das scheint ihn wirklich fertigzumachen. – Nee, der Stolz von Fife hat so ziemlich den ganzen Morgen die Gegend durchkämmt und ham's trotzdem geschafft, nix zu finden. Ich kanns nich glauben; er steckt in nem roten Sturzhelm, Scheiße noch mal!

Ein solcher Tod hat so etwas Wundervolles, Erhabenes und *Symbolisches* an sich … Es erregt mich. – Ich *liebe* die Vorstellung, wie sein schöner Kopf herumschwebt und auf uns alle hinabschaut, wie ein körperloser Engel. Dieses perfekte, schöne Gesicht, das niemals altern oder vom Leben gezeichnet wird; er wird wie Kurt, Prinzessin Di und Jimmy Dean für immer jung und schön bleiben!

Aber den armen Jason scheint der Gedanke nicht zu trösten, er ist furchtbar mitgenommen. – Aye, aber seine Ma is ne Katholin und will unbedingt nen offenen Sarg und so! Also muss ich den verdammten Kopf finden! Wenn die beschissenen Schutzmänner es nich auf die Reihe kriegen, und ich hab so meine Zweifel, dass die Polizeidirektion Fife sich in diesem Fall n Bein ausreißen wird, dann muss ich selbst da raus!

– Das geht nicht, Jason, du musst im Bett bleiben, beschwöre ich ihn.

– Aye, du redest über seinen schönen Kopf, aber der wird nich lange schön bleiben, wenn die Krähen un Ratten un Würmer erst mal dran sind, sagt er mit Grausen. Und es *ist* ja ein grässlicher Gedanke. – Du musst mir helfen, Jenni, du musst mir nen Riesengefallen tun, bettelt er.

Ich schaue in diese besessenen Augen, die mich an die Kampfhunde in dieser Scheune erinnern, und ich habe das Gefühl, ich kann es ihm nicht abschlagen. – Was?

– Geh zu mir nach Hause und sag meinem alten Herrn, dass ich n paar Klamotten brauche. Dann bring sie mir hierhin.

Ich weiß noch, wo er wohnt, noch von damals, als ich ihn abgesetzt hab, auch wenn er wohl kaum begeistert wäre, wenn ich ihm Klamotten mitbringe, wie er sie damals anhatte. Er sagt mir noch mal die genaue Adresse. – Okay, aber unter einer Bedingung, sage ich zu ihm, – ich komme mit und helfe dir, den Kopf zu finden.

Er braucht nur zwei Sekunden, um sich einverstanden zu erklären. – Und guck mal, ob du irgendwo an ne Heckenschere kommst.

– Dürfte kein Problem sein. Aber wozu?

– Die Scheißbrennnesseln solln mich kennenlernen, sagt er wütend und befingert sein geschwollenes Gesicht.

Ich mache mich zum Gehen bereit, und ich fühle mich fast bewegt, ihm einen schüchternen Kuss auf die schweißfeuchten Brauen zu geben. Genau in dem Moment kommt eine bemitleidenswert dünne Frau mit geschminkten Augen und langem braunen Haar mit einer Gehhilfe hereingehumpelt. – Mrs Forsyth ... Frances ... sagt Jason untröstlich.

Sie kommt herum ans Fußende seines Betts. Sie sieht mich an, dann ihn und kaut dann eine Zeit lang auf ihrer Unterlippe herum. Dann sagt sie mit schleppender, trauriger Stimme: – Das County hier hat mir mein Sohn genommen, Jason. Hat mir mein Jungen weggenommen. Ich frag mich selbst, warum isser zurückgekommen, wo er hier nix zu erwarten hatte ...?

– Er wollte bloß bei Ihnen sein, solang Sie so schlecht dran warn, sagt Jason traurig.

– Aye, was ich mir gedacht hab. Also wars meine Schuld. Ich hab ihn umgebracht! Mein eigen Fleisch und Blut, und sie schaut zwischen Jason und mir hin und her.

– Nee ... so was dürfen Sie nich sagen, japst Jason. – Sie kenn doch Kravy, er is n freier Geist. Der hat sich von keinem sagen lassen, was er tun soll, wenn er's nich selber wollte. Wenn überhaupt war es meine Schuld, weil ich zugelassen hab, dass er mich zu dem blöden Tischfußballspiel nach Perth bringt. Ich hätte n Zug nehmen sollen, oder n Bus!

Die Frau, Mrs Forsyth, sieht so gespenstisch aus, als sei sie gerade nach dreitausend Jahren einer Grabkammer entstiegen. – Sie sagen, er ist mit nem verbogenen Straßenschild zusammengestoßen, überlegt sie traurig, – umgebogen von Menschenhand, heult sie beinahe, und die Lippen zittern in ihrem aschfahlen Gesicht.

Ich habe das Gefühl, irgendwas sagen zu müssen, darum werfe ich ein: – Die Kids machen das. Vandalismus. Sie verbiegen die Straßenschilder.

– Dieses schreckliche County hat mein Baby verschlungen, heult sie auf vor Schmerz, dann wendet sie ihren Rollator und setzt sich in Marsch. Sie dreht noch einmal den Kopf zu uns rum: – Hau ab hier, Jason, un du auch, Kleine, haut ab, solang ihr noch könnt.

– Mrs F, sagt Jason bittend, – lassen Sie mich eins für Kravy tun … und für Sie und so.

Sie bleibt stehen und parkt ihren Rollator so schräg, dass sie sich herumdrehen und ihn ansehen kann.

– Allys Beerdigung. Er konnte mit dem ganzen christlischen Scheiß – äh, nix für ungut. Ich mein ja nur, lassen Sie mich nen Abschied organisieren, auf den der Junge stolz wär.

– Mach du das, Sohn. Jede Zeremonie, die du möchtes. Das Einzige is, dass ich ihn noch mal sehn will, in nem offenen Sarg.

– Aber Mrs F … fleht Jason sie an.

Aber sie hat ihre Gehhilfe gewendet und macht sich auf den Weg.

Während sie sich entfernt, sagt Jason zu mir: – Da denk ich schon seit Ewigkeiten drüber nach. Hier abzuhauen, mein ich. Genau genommen isses so ziemlich das Einzige, woran ich denke.

– Das ist so ziemlich das Einzige, woran jeder hier denkt, sage ich ihm. – Das war seine Mutter? Ally Kravitzs Mum?

– Genau.

– Wie fürchterlich, so sein eigenes Fleisch und Blut zu verlieren. Etwas, das in dir gewachsen ist …

– Aye, das arme alte Muttertier hat nich viel Glück im Leben gehabt, stellt Jason fest, und jetzt wirkt er müde, wie er so ins Leere starrt. – Erst beißt ihr Mann ins Gras, Coco Forsyth, dann erwischt sies in ner kompromittierenden Lage vorm Welfare, und jetz das … Plötzlich starrt er mich entschlossen an. – Tu mir noch nen Gefallen.

– Was denn?

– Kennste den alten Knaben, der immer auf der Bank draußen vorm Fitnesscenter sitzt?

– Den Penner? Diesen fiesen alten Mann?

Jason wirkt ein bisschen verstimmt, dass ich diese heruntergekommene Existenz so beschreibe. – Den mein ich, sagt er niedergeschlagen.

Die Schwester kommt herein, um sein Krankenblatt einzusehen, und Jason senkt seine Stimme so weit, dass ich näher herangehen muss. Er riecht nach süßer, frischer Transpiration, beinahe wie ein Schönheitsprodukt für Mädchen. Und er sagt mir, was er von mir will.

– Das meinst du nicht ernst, ich hole erst mal Luft.

– Habs nie ernster gemeint, sagt er feierlich.

Als ich heimkomme, gehe ich in den Stall, um nach Midnight zu sehen. Ich ahne Böses, ich kann spüren, dass etwas nicht stimmt. Die Stalltür steht offen. Panik überkommt mich. Ich gehe rein und bin für dreißig Sekunden erleichtert, denn er ist in seiner Box, aber er liegt, auf der Seite. Ich falle auf die Knie und breche in Tränen aus. Sein Atem geht flach, und er gibt so ein schreckliches, trockenes Pfeifen von sich.

Jemand hat die Futterluke offen gelassen.

Ich renne ins Haus und schreie meiner Mutter zu, sie soll den Tierarzt rufen. Indigo rennt mit mir raus, zurück zum Stall. Dobson kommt kurz darauf, aber bis er da ist, ist Midnight schon tot. Ich halte Indigo in den Armen, wir beide in Tränen aufgelöst. Clifford, das Pony, schnuppert an Midnights Körper und wiehert dann beunruhigt. Nachdem er ihn untersucht hat, legt Dobson mir eine Hand auf die Schulter. – Es sieht nach einer extremen Kolik aus; er hat sich zu Tode gefressen.

Ein Auto fährt vor, mein Vater steigt aus und kommt rüber zum Stall. Er macht ein schockiertes Gesicht, aber es wirkt aufgesetzt, und ich kann ihn nicht ansehen. – Es tut mir leid, Kleine, sagt er.

– Fass mich bloß nicht an, sage ich giftig und stoße ihn vor die Brust. – Das warst du! Du wolltest Midnights Tod! Ich werde nie wieder ein anderes beschissenes Pferd reiten, solange ich lebe!

– Aber Prinzessin …

Jetzt gibt er mir den Titel, der sonst Indy zusteht, mich hat er seit

Jahren nicht so genannt, wahrscheinlich nicht, seit ich meine erste Periode hatte. – Verpiss dich! Ich stürme davon und zu meinem Auto.

– Dann geh, brüllt mein Vater, – geh doch und heul dich wie n dummes kleines Gör bei deinem unterbelichteten Freund aus! Hättest mich ihn bei LaRues einstellen lassen, wo sich einer um ihn gekümmert hätte, wär's nie so weit gekommen!

Auf dem Weg zum Auto höre ich, wie Indigo in Tränen ausbricht und von meinem Vater getröstet wird. – Schon gut, Kleine, es war ein Unfall. Na, na. Er hat jetzt seinen Frieden.

Ich fahre los, gleichzeitig lachend und weinend. Ich denke an Jason; dass er, wäre er da gewesen, bemerkt hätte, dass mein Dad oder irgendein anderer die Futterluke offen gelassen hatte. Nach einer Weile bin ich im B&Q Gartencenter gelandet, sehe mir Heckenscheren an und überlege, was man jemandem damit antun könnte.

Ich trinke einen Kaffee im neuen Starbucks, als es dunkel wird. Ich steige wieder ins Auto und fahre nach Cowdenbeath. Ich muss an meinen Dad denken, einen Mann, der sich selbst liebt und doch ein Versager ist, der nie aus der dörflichen Enge rausgekommen ist, dieses Kaff nie verlassen hat, nie ausgetestet hat, was er in sich hatte; aber nein, er war damit zufrieden, sich gegenüber den Leuten aufzuspielen, mit denen er arbeitet und trinkt. Oder dieser steife Dr. Grant mit seiner Praxis oben auf dem Hügel, wie sein Vater, der, der die ganzen Miners mit Staublunge wieder in den Pütt geschickt hat, um noch mehr Kohle zu hacken und sich die Lunge aus dem Hals zu husten. Dann ist da noch die überhebliche Fiona LaRue: Das sind die sogenannten Erfolgreichen in dieser Stadt; alle genauso erledigt und unbedeutend wie der angebliche Plebs, für den sie nur Verachtung haben.

Ich habe eine brennende Wut gegen alles und jeden in dieser Welt, und irgendwer wird bezahlen. Mir fällt ein, dass ich die Heckenschere dabeihabe. Und da ist er auch schon, genau vor dem Fitnesszentrum, wie gehabt in kaum zurechnungsfähigem Zustand. Dieser widerliche, stinkende alte Penner.

Ich atme noch schwer vom Entsetzen über das, was ich gerade tun musste, als ich zu Jasons Haus direkt hinter dem Bahnhof komme.

Ich klingle, und sein Vater kommt an die Tür. Dieses schreckliche Mal auf der einen Gesichtshälfte: Ich kann nicht anders, als für eine Sekunde hinzustarren. – Aye?

– Ich bin Jenni, sage ich atemlos. – Ich bin eine Freundin von Jason. Ich war schon mal hier.

– Aye, ich erinnere mich.

– Er sagt, ich soll herkommen und ihm ein paar Anziehsachen ins Krankenhaus bringen. Sie haben gesagt, er dürfte seine eigenen Sachen tragen.

Er sieht mich eine Sekunde lang zweifelnd an: – Biste seine offizielle Stilberaterin? Denn dann machste deinen Job nich besonders gut.

– Nein, fange ich an, – ich will ihm bloß aushelfen.

Mr King würdigt mich eines verständnisvollen Nickens. – Okay, Kleine, dann komm besser mit rein. Ich hab lang nich mehr gewaschen.

Ich folge ihm nach drinnen und in die Küche, wo er sich daranmacht, Kleidungsstücke rauszulegen: Jeans, T-Shirt, Pulli, Socken, Unterhose. – Alles klar, danke, sag ich, als er sie in eine Coop-Plastiktüte tut.

– Ich glaub, seine Schuhe sind noch im Krankenhaus, aber hier sind irgendwo noch Turnschuhe, sagt er. – Sag ihm, dass ich ihn morgen früh besuchen komme.

– Klaro, danke, Mr King.

Jasons Vater ist ziemlich redselig, aber er ist einigermaßen exzentrisch und hat einige seltsame Vorstellungen. Er sagt mir, er hätte »stichhaltige Beweise«, dass die Stadtverwaltung sich eine Staffel abgerichteter Katzen hält, die Müllsäcke aufreißen sollten, um ihnen einen Grund zu liefern, in der Gegend fahrbare Mülltonnen einzuführen. Offenbar ist der Subunternehmer, der sie herstellt, Geschäftspartner eines prominenten Stadtrats. – Geht alles nur um Profit und persönliche Bereicherung. Und das werd ich Gordon Brown schreiben, kein Vertun. Wenn wir noch Leute vom Kaliber Willie Gallaghers im Parlament und den alten Bob Selkirk im Rathaus sitzen hätten …

Midnight ist nicht mehr.

Midnight war alles, was mich hiergehalten hat. Solange er da war, wäre ich nie weggegangen, das sehe ich jetzt. Mein Vater … hat mir verdammt noch mal einen Gefallen getan. Er hat mir die Freiheit gegeben!

... und wenn ich n junger Mensch wär, das sag ich auch immer zu Jason, wär ich sofort weg hier. Das is kein Ort für die Jungen. Nich wie im Moment. Wie 50 Cent sagte: Get Rich or Die Trying. Was ham die sonst für ne Beschäftigung hier, als Scheiße zu bauen?

– Ja. Ich glaub, da haben Sie recht, Mr. King, mühe ich mich, ihm das Wort abzuschneiden, und entschuldige mich dann.

Ich steige wieder ins Auto und fahre zurück nach Dunfermline und zum Krankenhaus. Ich schaffe es gerade noch innerhalb der Besuchszeit auf die Station, um Jason die Tüte in die Hand zu drücken.

– Wo warste so lange?, fragt er barsch.

Ich sehe ihn mit verheulten Augen an. – Es ist Midnight, er ist tot. Irgendwer hat die Futterluke aufgelassen. Das hätte nie passieren dürfen. Wir wussten alle, dass er die Veranlagung hatte, sich zu überfressen ...

– Aaah, nein ... das tut mir leid, sagt er.

– Wenn einer von uns da gewesen wäre, hätten wir ihn retten können. Es dauert lange, bis ein Tier an einer Kolik verendet. Ich hätte nach ihm sehen müssen! Ich hab ihn so gut wie umgebracht!

– Nee, Jenni, wahrscheinlich war's bloß n Unfall ...

– Mein Vater hat gesagt, wir hätten ihn bei LaRue einstellen sollen, wo sie ihn regelmäßig überwacht hätten! Er hatte recht. Ich kämpfe ein Schluchzen nieder. – Ich bin nichts als eine egoistische, verzogene Zicke; ich wollte unbedingt mein eigenes Pferd zu Hause haben! Ich hab Scheiße gebaut. Ich hab mich nicht richtig um ihn gekümmert, so wie ich noch nie was richtig gemacht hab!

– Nee, Jenni ...

– Das war mein Vater; ich weiß, dass er es war! Er hat Midders umgebracht, um ihn durch ein stärkeres Pferd zu ersetzen, mit dem ich Lara Konkurrenz machen kann. Jetzt lasse ich die Tränen laufen. – Ich hab immer einen albernen Traum gehabt, Jason ... höre ich mich selbst dramatisieren, – ich hab davon geträumt, auf Midnight für immer aus Cowdenbeath davonzureiten ... einfach weg von hier ...

– Aaah ... Reitfantasien ... sagt Jason mit aufgesperrtem Mund. –

Tut mir leid, sagt er, und sieht dabei so bestürzt aus. – Ich mach mir selbst Vorwürfe deswegen, ich mein, wär ich nich hier gewesen, hätte sich einer um ihn gekümmert.

– Nein, das war er, der Drecksack. Indigos Pony fehlt nichts!

Jason steht aus dem Bett auf und kommt in seinem gestreiften Schlafanzug zu mir herüber. Er legt einen Arm um meine Schulter, kommt dann noch einen Schritt näher und drückt mich ein bisschen an sich. Es fühlt sich gut an. Er riecht angenehm. Ich könnte immer so bleiben. Dann löst er sich von mir, guckt sich um und flüstert dann eindringlich: – Wir müssen uns ranhalten, die Besuchszeit ist um.

Er sagt mir, ich soll die Augen aufhalten, während er sich anzieht. Ich mache es zwar, aber ich spüre den seltsamen, starken Drang (dem ich allerdings nicht nachgebe), mich umzudrehen und zuzusehen, wie er sich umzieht.

O Midnight. Dieses Dreckskaff! Ich hau ab hier! Für immer.

– Komm, flüstert er, und wir schleichen uns durch die Krankenhausflure. Als wir nach draußen gehen, nähert sich ein Krankenpfleger, und ich denke erst, er würde uns aufhalten, aber er bittet nur um Feuer. Jason kommt diesem Wunsch hastig nach, und wir machen uns auf den Weg über den Parkplatz und ins Auto.

Wir fahren wieder rein nach Cowdenbeath, einmal durch die Stadt und auf der anderen Seite wieder dahin, wo die Perth Road die Kurve macht. Ich parke den Wagen in einer gekiesten Parkbucht neben der Biegung und steige aus. Ich hole die Taschenlampe aus dem Pannenkoffer im Kofferraum. Wir überklettern die Leitplanke, Jason mit merklichem Zucken, als er seinen schlimmen Arm belastet, und ich leuchte mit der Taschenlampe in das Brennnesselgebüsch. Für etliche Quadratmeter ist nichts anderes zu sehen als diese hohen Pflanzen, von denen uns manche bis zu den Schultern reichen. Als wir uns hindurchpflügen, merke ich zu spät, dass das Blattwerk verdeckt, dass sie an einem Hang stehen, darum fühle ich mich plötzlich unaufhaltsam nach vorn beschleunigt und grapsche nach Jason. Dann kreische ich, weil ich denke, wir würden beide fallen, aber er fängt uns ab. – Fuck!, fährt er mich an. – Mein verfickter Arm!

– Tut mir so leid, hab ich ganz vergessen, japse ich, und mein Atem beruhigt sich wieder.

– Langsam … appelliert er, als er die Schere schwingt und sich durch die Nesseln zu schnippen beginnt. Er schnauft und schwitzt, während er sich tiefer in das wuchernde Unkraut vorhackt. Der Mond wirft ein silbernes Licht über die gefällten Pflanzen, die daliegen wie gefallene Soldaten auf einem Schlachtfeld. – Da!, schreit er, als der Strahl meiner Lampe etwas Rotes aufscheinen lässt.

Dann legt sein Gesicht sich plötzlich in ärgerliche Falten. Sein Stiefel schwingt gegen das Objekt und katapultiert einen orangen Leitkegel in die Luft, der ein paar Meter fliegt und dann noch tiefer in den hinteren Brennnesselreihen landet.

Wir wursteln weiter, es kommt mir wie eine Ewigkeit vor, entdecken aber nichts. Ich bin durch meine Handschuhe und Socken gepiekst worden, und ich hasse Brennnesselquaddeln seit meiner Kindheit. In der beißenden Kälte wird die Verzweiflung über die Sinnlosigkeit des Ganzen beinahe übermächtig, und ich will schon vorschlagen, dass wir einpacken und morgen früh weitermachen, als irgendwas unter dem Lichtstrahl reflektiert.

Da ist er: Es ist die Rückseite des roten Helms.

Und wir wissen, was auf der anderen Seite ist. – Guck mal, Jason, sage ich, aber das wär gar nicht nötig gewesen. Er hat es gesehen, und ich schwöre, dass seine Augen dieses Brachland in helles Licht tauchen könnten.

Jason betrachtet ihn beinahe andächtig, dann beugt er sich herunter und hebt ihn auf. – Er ist schwer, er ist …

Er dreht ihn um. Ich leuchte mit der Taschenlampe hinein. Das Gesicht ist weiß, und blau um Augen und Mund herum. Jason wischt ein paar Blätter und Erde weg. Angefressen ist er aber nicht; er ist immer noch als Ally Kravitz erkennbar. – Sorry, Alter, sagt Jason und drückt ihn an seine Brust.

Ich sehe so was Ähnliches wie Reis unten aus dem Helm rieseln und zu Boden fallen. Ich halte die Taschenlampe darauf und sehe sie im Lichtstrahl wimmeln. – Jason!

Er dreht den Helm um, und der blutigrote Stumpf ist voller Maden. – Ihr verfickten … ihr verfickten Nutten! Jason wischt sie mit seinen bloßen Händen weg, dann wiegt er wieder den behelmten Kopf in den Armen. – Ich lass die Fotzen nich an dich ran, Alter, fuck, niemals, schluchzt er, und die Tränen tropfen aus seinen großen Augen auf den roten Sturzhelm. Nachdem einige Zeit vergangen ist, sieht er mich kläglich an und nickt, dann tut er den Kopf in die Mülltüte.

– Lass mich ihn noch mal sehen, bettle ich.

– Nee, sagt Jason, dem die Tränen das Gesicht hinunterlaufen, – keiner kriegt ihn zu sehen. Is mir egal, was sie mit dem Rest von ihm machen, aber sein Kopf kommt mit mir mit nach Spanien!

Ich leg ihm meinen Arm um die Schulter, während er unter Schluchzen die Mülltüte umklammert hält. Jetzt wird mir bewusst, dass ich auch weine; ich denke an mein wunderschönes Pferd.

19. BEERDIGUNG

Am Sonntag is dann alles richtig hochgekommen; die Schmerzen, die Wehwehchen, die Brennnesselquaddeln und die dreckschwarze Depression. Das war das Allerschlimmste: wie wenn man nen unsichtbaren Fettsack huckepack mit sich rumträgt. Mein Alter hat, um mir was Gutes zu tun, extra n Garnelen-Vindaloo aus m Shimla mitgebracht, aber ich war nich mit m Herzen dabei. Hat mich n bisschen aufgeheitert, als die kleine Jenni Cahill vorbeikam, obwohl sie immer wieder wissen wollte, was ich mit Kravys Kopf gemacht hab. Ich hab dichtgehalten, is klar, aber es war schwer, denn das is ne Hartnäckige. Als sie weg war, war ich sogar zu mies drauf und kaputt, um mir masturbatorische Gedanken zu machen, und dabei kam sie noch mit m knallroten Lippenstift und so. Das Einzige, was mich aufheiterte, war das Stöbern auf m Central Park Market und die riesige Styroporbox für Bier und Sandwiches, die ich am Stand gekauft hab.

– Is das Richtige für im Sommer fürs Picknick, sagte Mrs McPake von bei uns nebenan, als ich mit dem Biest die Straße langkam.

– Aber voll, hab ich nickend gesagt.

Montag fühlte ich mich besser. Musste ich ja: Ich hatte Kravys Beerdigung zu organisieren. Jenni hat mich an ihren Computer gelassen, um E-Mails an Kravys Freunde in Spanien zu schicken. N paar Adressen hatte ich in seinem Buch gefunden, das er bei seiner Ma zu Haus liegen gelassen hatte. Ich glaubte ja nich, dass sie es so kurzfristig schaffen konnten, aber sie hatten doch n Recht, es zu erfahren. Hat ne Weile gedauert, die zwei Gramm Koks und den dicken Klumpen Base zu besorgen, den ich brauchte, um dem Jungen n ordentliches letztes Geleit zu geben. Musste bis rein in die Stadt, der ganze Zirkus. Ich geh gar nich gern über die Brücke, kein Stück. Nix gegen die Stadt, aber sobald du aus m Zentrum rausmusst, um n paar Käufe zu tätigen, isses auf einmal n total anderes Pflaster; überall Psychos, die das County auf 50 Meter an dir riechen.

Aber ich hab meine Sache gut gemacht. Dienstagmorgen sah also die Trauerfeier im Krematorium Kirkcaldy. Seine Ma wollte das Krematorium in Dunfermline, 310 Ocken für die Säcke von der Stadtverwaltung sowieso, und anschließend nich so weit zur Trauerfeier im Welfare, aber ich hab ihr Kirkcaldy schmackhaft gemacht. Ich hätte mit mir selbst nich mehr leben können, wenn wir dem Jungen auf Vichy-Territorium die letzte Ehre gegeben hätten.

War sogar verdammt gut besucht, die Party, ja, scheiß die Wand an. Kravy mag ja Beath den Rücken gekehrt haben, aber Beath hat ihm nie den Rücken gekehrt. Außerdem hats keiner gern, wenn n Junger stirbt. Von den Spaniern hats keiner geschafft, aber es waren per Interflora Berge von Kränzen gekommen, und jede Menge rührende Nachrichten an Jennis E-Mail-Adresse, die sie ausgedruckt und in einer Mappe mit der spanischen und schottischen Flagge groß vorne drauf gesammelt hat und die sie seiner Ma übergibt. Das muss ich der kleinen Jenni lassen, sie hat n Bombenspiel gemacht. Sie war alles andere als begeistert, dass sie an Conjack Anstruther rantreten musste, besonders, wo sie noch so fertig war wegen ihrem toten Pferd, aber sie hat mir geholfen, den alten Pastor mit ins Boot zu holen.

Die Predigt von dem alten Jungen war zweifellos das Highlight der Veranstaltung. Ich musste ihn erst n bisschen betanken, allerdings nich so viel, dass er seine Leistung nich mehr abrufen konnte. Als er nach vorn ans Lesepult in der Aussegnungshalle wankte, hab ich schon das Schlimmste befürchtet.

– Hallo ... lallt er. – Schön euch alles zu sehn ... ein oder zwei alte Freunde ... und n paar Fremde ...

Das Schweigen war eisig. Kravys Ma guckte mich ein, zwei Sekunden lang an. Sie war noch immer angefressen, weil der Kopf nich wieder aufgetaucht war und sie keinen offenen Sarg haben konnte. Musste ich vor ihr geheim halten; ich konnte die Frau doch nich sehen lassen, dass schon die Maden an ihm dran warn. Aber Anstruther war nach kürzester Zeit zur Form aufgelaufen.

– Je älter man wird, desto weniger angetan is man von dem ganzen Kirchenscheiß. Hinter dem Ganzen steckt doch bloß Angst, die Angst, wir könnten nich gut genug gewesen sein, um für die

Mannschaft ausgewählt zu werden, die den Pott holt, und müssten stattdessen im satanischen Ableger von unserer Platte hier unterkommen. Aber das sind Ängste, die Ally Kravitz nie geplagt haben. nen Freigeist ham sie ihn genannt, aber was in Dreiteufelsnamen is das? Ich nenn das den echten Geist von Fife, dröhnt er, und jetzt isses, als wär der alte Knabe nie von der Kanzel weggewesen. Bei diesen Worten seh ich ne Träne über Mrs Fs Wange rinnen.

Das zustimmende Nicken reicht aus, um den alten Anstruther in rhetorischen Hyperdrive zu katapultieren. – Denkt über dieses County nach, das der Welt den Kapitalismus geschenkt hat, und dennoch als eins der ersten begriff, dass Kapitalismus Scheiße ist, und unbeugsam dagegen opponierte. Denn mehr als die gesamten Scheiß-Glasgower Windhunde mit ihrem Iren-un-Dorftrottel-Quatsch un die versnobten Nutten aus Embra, die auf m englischen Augen blind sind, is dieses County ein Mikrokosmos des wahrhaft schottischen Geistes. Und Allister Kravitz, ein internationalistisch gesonnener Junge mit Passion und Seele, war, so erkläre ich, ein Mikrokosmos dieses gottverdammten County, dem Flecken Erde, in dessen Grenzen sehr wohl der Schlüssel zu globaler und nationaler Errettung liegen könnte!

Kravys Ma lächelt durch ihre Tränen, und der ganze Laden kocht vor Emotion. – Ich will, dass ihr jetzt alle für Ally Kravitz betet, *besonders*, wenn ihr sonst nich viel vom Beten haltet. *Mein* Gott könnte nämlich glatt auf euch hören! Meinem Gott hängt es schon zum Hals raus, immer von denselben zu hören, die wieder mal n neues Auto oder Haus oder Speedboat haben wollen, oder seinen Segen für noch nen beschissenen, barbarischen Krieg um Öl!

Tosende Beifallrufe erheben sich in der Aussegnungshalle. Sogar der Iron Duke hat ne Träne im Auge, ich schwör's, fick drauf. Callcenter-Comorton kann ich nich sehen, aber es is meine feste Überzeugung, dass die revisionistische kleine Toryfotze sich im Moment so klein macht, dass er mit Hut unter m Schlangenarsch durchpasst. Anstruther is immer noch voll in Fahrt. – Mein Gott will zur Abwechslung mal was anderes hören, er will mal von einem hören, der nix als Gegenleistung verlangt, außer drei kleinen Sächelchen namens Freiheit, Gerechtigkeit und Gleichheit!, brüllt er, dann schnauft er n bisschen und trinkt nen tüchtigen Schluck Buckie zur Beruhigung. – Jesus verfickter Allmächtiger, sagt er lächelnd, – ich hatte ganz vergessen, wie geil es is, auf der Kanzel zu stehen, noch beduselt von der Nacht davor und gestützt von nem klitzenkleinen Quantum Teufelselixier. Das ist der Zustand – nur n Sackhaar entfernt von Dämonenbesessenheit –, in dem ich mich unserm Erlöser am nächsten fühle, un ich rede von Gott, nicht Jesus-Scheiß-Christus, diesem Wichser. Und lasst mich als letzte Breitseite gegen die hochnäsigen Fotzen unten in der George Street ausdrücklich Jason hier danken, weil ers ermöglicht hat, dass wir hier stehen und von ner Kanzel in Fife einen seiner bewundernswertesten Söhne ehren, Alister Graham Kravitz. A-fuck-men, scheiß die Wand an.

Dann geht er unter tosendem Applaus ab, und die stehenden Ovationen dauern an, bis er die Kapelle verlässt, als der Sarg sich senkt.

Draußen sinds Kravys Ma und ich, die den Trauergästen danken. – Das war Jason, hör ich sie zu meinem Alten sagen, – er war das, der so was Besondres draus gemacht hat.

Dann geht's in den Miner's Welfare zur anschließenden Feier; Würstchen im Schlafrock, Ei-und-Kresse, Feingebäck, Tee, Whisky, alles da, wir ham uns nich lumpen lassen. Die kleinen Kollekten in den Kneipen der Stadt ham das alles finanziert. Anstruther is voll in seinem Element; Leute machen ihn mit Alkohol gefügig, sagen ihm, er soll seine eigene Kirche aufmachen; ne wahre Kirche Schottlands. Un man muss schon sagen, er hat sich für die Feier geschniegelt un gestriegelt. Nix an ihm zu riechen als Vino un Aftershave. Ich leg nen Arm um seine alte Schulter. – Du has mir die Worte aus m Mund genommen, sag ich zu ihm. Haste noch einen draufzusetzen?

Anstruther zwinkert mir zu. – Der Junge mag ja n unzuverlässiger, drogendealender Hurenbock gewesen sein, aber, und jetzt wird's entscheidend …

Wir sagen beide im Chor: – Er war *unser* unzuverlässiger, drogendealender Hurenbock!

Anstruther lacht, und ich patsche ihm noch mal auf die Schulter. – Und was has du vor, Jack? Du kannst nich für den Rest deines Lebens da auf der Bank hocken.

Er zuckt leicht die Achseln. – Is kein so schlechtes Plätzchen, Jason. Krieg ja immer noch die Pension von der Church of Scotland.

Ich muss wohl zugeben, dass ich mich n bisschen hab gehn lassen, seit ich das Wohnrecht im Pfarrhaus verloren hab.

– Das is über zehn Jahre her, Mannomann.

– Elf und drei Monate, Sohn, un die sind dahingeflogen wie die Liebestöter von ner Hure von ner Wäscheleine im März. Aber was willste machen gegen die calvinistische Unterdrückung der Kirche?

– Na ja, es hätte schon geholfen, wennde an Jesus Christus glauben würdest, Jack. Das musste denen ja gegen den Strich gehen.

– Blödsinn! Die wenigsten Pfarrer geben, wennde se allein erwischst, zu, dass sie den ganzen Christus-war-der-Sohn-Gottes-Müll glauben, blafft er verächtlich. – Wir müssen alle an diesem Hans-Christian-Andersen-/Lewis-Carroll-Scheiß-Weltbild festhalten, um die hirnloseren Elemente zu befrieden, aber die meisten von uns sin doch gebildet genug, um zu wissen, dass das bloß Blödsinn und Kinderkram is. Außerdem wars die Hurerei, durch die ich's mir mit der Kirche verdorben hab, nich die Weigerung, an nen alten Hippie mit Leidensmiene zu glauben!

Scheiße nee, ich wollt mich schon aufschwingen, Cat Stevens zu verteidigen, bis ich kapierte, dass er von dem anderen Kerl redete. Hätt mich interessiert, noch n bisschen mehr davon zu hören, aber er wurde laut, und ich hatte noch anderen Pflichten nachzukommen, also hab ich mich entschuldigt und unter die Leute gemischt.

Mrs F war, wer wills ihr verdenken, n bisschen betrunken und rührselig, und der alte Knabe war galant oder opportunistisch genug, sie nach Haus zu bringen (Unzutreffendes je nach Geschmack streichen, ihr Nutten), und hielt sie zweifellos im sicheren Griff, während sie die Stufen vorm Welfare runtergingen.

Später hatte ich sie dann oben bei mir; ich, Jennilein, der Duke und Nachbar Watson zusammen mit Kravys sterblichen Überresten (na ja, dem Großteil wenigstens) in der Urne. Aye, mit dem offenen Sarg wars nix geworden. Lara, die hochnäsige Ziege, is aus irgendnem Grund nicht aufgetaucht, wahrscheinlich unterwegs mit Big Monty, der Fotze, vermutete Jenni.

– Das is abartig, sagt Nachbar Watson, als ich nen Teil der Asche von dem Jungen mit dem Koks und Speed vermische und auf meinem Exemplar von *Tea for the Tillerman* die Lines lege.

– Abartig, dein stinkender haariger Arsch, geb ich's ihm zurück und schwelge in dem köstlichen Feedback in Form eines sexy Kicherns von Jenni. – Kravy war n Freigeist; er hätte die New-Age-Bedeutung unsrer Zeremonie erfasst, erklär ich ihnen.

– Ich find's total schön, sagt Jenni und drückt mein Bein, und schon strömt das erste Blut in Richtung meiner empfänglichen Weichteile. – Ich wünschte, ich hätte für Midnight was Ähnliches machen können.

– Du kannst n Pferd doch nich mit nem Menschen vergleichen, meint der Duke.

Jennilein schüttelt nachdrücklich den Kopf. – Wir alle lieben schöne Seelen, ursprüngliche Seelen, ganz egal in welcher körperlichen Form sie uns erscheinen. Süße Kleine, aber vielleicht doch n winziges bisschen plemplem. Habs ja gewusst, ich hätte in die Vollen geh sollen und die neue Marilyn-Manson-CD, die ich gekauft hab, auffällig rumstehen lassen.

– Der Junge wird in uns weiterleben, sag ich und beug mich über die erste Line.

Tja, kam nich schlecht, aber ich muss sagen, ohne Kravy in der Mixtur wärs doch eher noch n bisschen besser gewesen. War echt krass für Nase und Lunge. Nich dass ich dem Jungen deshalb böse bin.

Ich geb Jenni den zweiten Snief, und sie staubsaugt brav alles weg. Anschließend wirft sie den Kopf in den Nacken, zieht kurz mal die Nase kraus, und ihre Augen fangen an zu tränen, aber sie kämpft dagegen an.

– Alles klar?, frag ich.

– Ja ... ist ganz angenehm, sagt sie grinsend und holt tief Atem. – Ich find einfach die Vorstellung, dass er in uns drin ist, total aufregend! Sie niest, dann drückt sie wieder mein Bein.

Nachbar un der Duke nehmen beide ihre Nase. Nach ner angemessenen Zeit sag ich den beiden: – Alles klar, Leute, ich muss euch leider rausschmeißen. Alle außer dir, Jenni, wir ham noch n paar Privatsachen zu besprechen, erkläre ich, als die Jungs sich bedrückt verpissen, zweifellos in Richtung Goth, rechtzeitig zur letzten Runde.

Als sie aus dem Weg sind, geh ich an den Schrank. Ich nehme die Styropor-Bierbox raus. Als ich sie aufmache, sehen wir wieder ins Gesicht von unserm Jungen, geborgen aus der Mitte schulterhoch stehender Brennnesseln. Geisterhaft weiß, aber bläulich um die Augen und Lippen, wie ein Plastilinmodell von sich selbst, und er fängt jetzt auch schwer an zu miefen.

– Was fangen wir mit ihm an?, sagt sie atemlos.

– Ich hab so ne Idee. Und es muss bald passieren. Er is in ner schlechten Verfassung, un ich bin sicher, dass noch n paar von den verhurten Maden in dem Hals stecken. Aber erst ziehen wir noch ne Line, zum Gedenken.

Als sie sich rüberbeugt und sich frisch macht, sagt sie: – Ich hab seit Ewigkeiten nicht mehr gekokst, nicht mehr seit Lara und ich nach St. Andrews gefahren sind und in Prinz Williams Abschlussfeier reinplatzen wollten. Sie hatte einen Freund, der zur selben Zeit den Abschluss gemacht hat. An den Prinz sind wir natürlich nich rangekommen.

– n empfindsamer Bursche, da bin ich ganz sicher, sage ich zu ihr, aber ich kann den Blick nich von Kravys toten Augen in dem rotbehelmten Kopf losreißen.

20. FLACHGELEGT

Ich wache bei Jason auf dem Boden auf. Ich glaube, es ist der nächste Morgen. Er liegt neben mir, und wir sind beide noch vollständig bekleidet. Es ist also nichts gelaufen. Meine Nebenhöhlen brennen von dem Speed-Kokain-und-Asche-Mix, und meine Kehle fühlt sich an wie Sandpapier.

Ich stehe auf, kauere mich neben ihn und küsse ihn auf die Stirn, aber er ist tot für die Welt. Ich gehe nach unten und raus auf die Straße, genau in dem Moment, als sein Dad um die Ecke kommt, und er sieht genauso verlegen aus, wie ich mich fühle, als wir uns mit einem dünnen Grinsen wiedererkennen.

Der Kater macht mir jetzt schon zu schaffen, und ich weiß, dass er erst so richtig schlimm wird, wenn die Wirkung des Restalkohols und Restkokains in meinem Körper nachlässt. Ich erinnere mich, dass bei Jason irgendwelche interessante Musik lief, wie ich sie noch nie gehört habe. Ich steige ins Auto, das die ganze Nacht draußen geparkt war.

Als mein Hintern mit dem Sitz in Berührung kommt, spüre ich Feuchtigkeit an meinem Arsch. Wahrscheinlich hab ich mich in irgendwas reingesetzt. Unter meinen Achseln mieft es ein bisschen. Ich sollte nach Hause fahren, duschen und schlafen gehen, aber ich bin rastlos und aufgekratzt und fahre darum Lara besuchen. Als ich zum Haus komme, kommt Dr. Grant an die Tür, sein Gesicht von Falten durchzogen, eingefallen und tuberkulös. Es ist, als hätten die Atemwegserkrankungen, die er bei den ehemaligen Minenarbeitern im Distrikt diagnostiziert, irgendwie, durch einen seltsamen Osmosevorgang, den Weg in seine eigenen Lungen gefunden. Man sieht gleich, warum Lara am liebsten hingeht und Neandertaler fickt. Wie sollte sie sonst dieser verkniffenen, stoischen Figur eine Reaktion entlocken? Auch wenn sie aus Marilyn Manson »herausgewachsen ist«, wie sie es ausdrückt, hat sie immer noch eine tief sitzende Wut in sich. Ihre Angewohnheiten haben sich nicht geändert, und sie sind schlimmer als meine. Sie ist nur besser darin, es zu übertünchen. Scheiß drauf, ich weiß, was so was anrichten kann. Meine Mutter ist das beste Beispiel.

– Ist Lara zu Haus?, frage ich ihn.

Dr. Grant schaut durch mich hindurch. Er hasst sich selbst und die Welt zu gleichen Teilen. Er nickt nur mit dem Kopf zur Treppe, und ich gehe nach oben. Ich frage mich, ob er den klebrigen feuchten Fleck auf meinem Po sehen kann.

Ich klopfe an ihre Zimmertür und gehe gleich rein. Lara sitzt auf dem Bett und liest ihre Zeitschrift, und ein blau-violettes Auge guckt mich über deren Rand an, als sie sie sinken lässt. – Ich kann heute nicht nach Dunfermline rein, sagt sie.

– Was ist passiert?

– Was glaubst du?, sagt sie herausfordernd, und fügt dann fröhlich hinzu: – Mein Scheißkerl hat plötzlich den Irren bei mir gespielt. Ich hab ihm gesagt, es wär aus. Wir haben uns gestritten. Er wollte noch mal, du weißt schon, ein letztes Mal.

Ich muss an diesen Drecksack Klepto denken, und wie weit bösartiger Abschaum wie er wohl gehen würde. – O mein Gott! Hat er, also du weißt schon –

– Es war keine Vergewaltigung, nicht im Entferntesten, sagt sie und grinst jetzt dreckig. – Die Idee hat mich ziemlich angemacht. Mehr als ihn, als es schließlich drauf ankam. Sie schüttelt verächtlich den Kopf. – Er konnte nicht. Ich war ein bisschen zu ätzend, und, tja, das hat er wohl nicht verkraftet. Jetzt muss sie doch unterdrückt schniefen, offenbar schießt nun doch so was wie wütende Verzweiflung in ihr hoch.

– O Süße, rufe ich aus, öffne meine Arme und lege sie um sie.

– Du bist niedlich, sagt sie, als sie unsere Umarmung löst und mich kläglich ansieht. – Ich bin ja selber schuld. Ich hätte es wissen müssen. Er ist ein unangenehmer Typ. Genau wie sein Freund. Man denkt eben, ich weiß nicht …

Ich bin drauf und dran, ihr von diesem schauderhaften Klepto zu erzählen, und ich kann mir nicht helfen, ich muss ihren Satz beenden: – Dass man sie ändern könnte?

Lara lacht mich lauthals aus. – O Fuck, nein. So blöd bin ich nicht, Ms Cahill, schnaubt sie, während mir klar wird, dass ich ihr nie wieder irgendwas von Bedeutung anvertrauen werde, niemals. – Man denkt, er müsste einem irgendwie dankbar dafür sein, dass er ein bisschen Zeit mit jemandem verbringt, der einen IQ hat und es nicht darauf anlegt, schwanger zu werden. Da hatte ich unrecht. Und jetzt werd ich die verfickte Prellung bis Hawick nicht wieder los. Ich werd aussehen wie eine asoziale Cracknutte aus Glenrothes!

– So schlimm ist es gar nicht, sage ich ihr und nehme meine Schminktasche heraus. – Lass mich mal sehen, was ich tun kann.

21. JASONS MUM

Das alte Mädchen wird ganz schön drall: besonders um die Arme rum. Sie hat noch immer das steife blonde Haar, aufgetürmt und mit Haarlack fixiert, un diese fingerdicke Schminke im Gesicht. Is allerdings echt ne halbe Portion Knie; das Schrumpfgermanen-Gen hab ich von ihr, un es ist mir n ständig präsenter, aber verstörender Gedanke, dass sie mich vor mehr als nem Vierteljahrhundert aus ihrer Ritze gezogen ham. – Was zum Teufel haste mit deinem Arm angestellt?

– Sind bloß n paar blaue Flecke, erkläre ich und erzähl ihr die Geschichte vom armen Kravy.

Sie hört stumm mit offenem Mund zu, und ihre Augen quellen vor, als hätte sie ne tüchtige Line Koks weggezogen. – Biste glücklich, Sohn?, fragt sie mich immer wieder? – Ich mein ja nicht wegen des armen Allister; abgesehn davon mein ich. Biste *im Großen und Ganzen* glücklich?

– Aye, alles bestens, Ma, sag ich ihr. Dann guckt sie mich mit diesem Blick an und fragt: – Aber biste auch *richtig* glücklich?

Als ich nix sage, macht sie, was sie immer macht, sie kreidets meinem Vater an. – Der Mann schmiert einem sein Elend aufs Butterbrot wie andre Leute Marmelade. Wollte ne marxistische Gesellschaftsordnung, was schon schlimm genug war, aber dafür sorgen, dasses dazu kommt, sollten immer andere. Er kriegte den Arsch ja nich hoch, nicht Alan King. Ich hatte schon genug zu tun, ihn aus m Bett zu kriegen, damit er den Bus erwischte, um Streikposten zu stehn.

– Wie behandelt dich der Neue denn so?, frag ich sie, obwohl er so neu auch nich mehr is; fünfzehn Jahre werdens, länger, wie sie mit meinem Alten zusammen war. Aber ich brings immer noch nich über mich, den Namen von dem kleinen Sackgesicht auszusprechen. Was mir gefällt, is, dass jede Sau, die ihn beim Namen nennt, immer n »Klein« davorstellt. Ich mein, zu mir sagen sie schon mal »der kleine Mann«, aber keiner nimmt sich raus, »Klein-Jason« zu sagen. Ist ne Frage des R-e-s-p-e-k-t-s, ihr Nutten.

Meine Ma guckt mich rachsüchtig an. Ich schätze, der Bambi-Moment da eben war der einsame Höhepunkt unsrer Beziehung, einer, den wir beide bei unseren äußerst gelegentlichen Treffen unbewusst und erfolglos wiederzubeleben versuchen. – Pass auf, Jason, ich sag ja nich, dass Klein-Arnie perfekt is; ich mein, wer is das schon, und welche Beziehung? Aber er is für mich da gewesen, als ich ihn brauchte, und dabei guckt sie so runter auf ihre fehlende Titte, nicht, dass ich jetz drauf kommen könnte, welche es is, die sehn beide gleich aus unter dem weiten roten Pullover. An den Biestern bin ich gesäugt worden; auf ne bizarre Weise bin ich froh, dass ich meinen Teil rausbekommen hab, bevor die Chirurgen randurften.

– Hör mal, Mama, ich brauch ne kleine Gefälligkeit.

– Habs mir schon gedacht, dass dich das herbringen könnte, sagt sie bissig und geht an ihre Handtasche.

Die Alarmglocken sagen mir, dass jetzt Alan Well trifft Davie Hulme in Fife Central ansteht, weil ein kleiner Spurt auf das Feld der moralischen Überlegenheit gefragt ist. – Nee, das isses nich, sage ich. – Ich muss mir einen von den großen Töpfen aus deiner Küche leihen.

Sie sieht zuerst n bisschen erleichtert aus, dann schuldbewusst, dann perplex. – Du wills doch nich etwa Suppe kochen, oder? Weißte noch, das letzte Desaster, als du Suppe kochen wolltes? Obwohl, da warste ja noch so n kleiner Stöpsel, meint sie wehmütig. Dann guckt sie interessiert zu mir hoch. – Du bis doch nich etwa am Nestbauen, oder? Keine Anzeichen für ne Freundin?

Ich denke an Jennilein, die heute Morgen früh abgehauen ist, nachdem sie mit mir »die Nacht verbracht« hat, und meine: – Na ja, da is ne kleine Romanze, aber noch im zarten Anfangsstadium, muss ich betonen.

– Wann lern ich die denn mal kennen?

– Bald, wennde mir nen Pott leihst, sag ich zu ihr. Ja, Jennilein war letzte Nacht ganz schön k.o. Von dem kleinen Wichs abgesehn, bei dem ich ihr alles auf die knackigen Arschbacken in dieser spacken Stretchhose gespritzt hab, war ich der perfekte Gentleman.

Direkt danach war dann bei mir auch Licht aus. Den Himmel durch nen dermaßenen Rotschleier gesehn, dass es auch der andere Laden gewesen sein könnte, Scheiße nee.

Wir sind also runter in die Riesenküche, und ich krall mir diesen Monstertopf, der an der Wand aufgehängt is, ideal für meine Zwecke. Ich stülpe ihn mir übern Kopf, und er gongt total.

– Nimm den Kopf da raus, Jüngelchen, der is für Lebensmittel!

– Tut mir leid, ich hab nur Spaß gemacht, sag ich ihr aus der Echokammer, dann nehme ich ihn wieder ab.

– Was willste denn mit so nem riesigen Suppentopf? Machste ne Suppenküche für die Heckenpenner in Cooden auf?

Wie schnell sie vergessen. Kaum mal am verfeinerten Lebensstil in Dunfermline geschnuppert, und schon schlagen sie sich auf die Seite der Bourgeoisie. Die Stadt hat irgendwie Starallüren entwickelt, seit sie dieses Costa Coffee aufgemacht ham. Ich kann sie und den Kleinen Scheißer richtig hören. Sie und den kleinen geilen Bock mit ihren Marks-&-Spencer-Büggeln unterm Arm und noch schnell nen Pitstop einlegen, ehe sie das Zeug in den Hecklader packen. Aye, und dann das obligatorische Bühnenflüstern: »Für mich nen großen Mocca«! Aber darauf beiß ich nicht an. – Stell keine Fragen, dann hörste keine Lügen.

Sie rollt die Augen und zündet sich eine Kippe an, an der sie einen tiefen Zug macht. – Was haste vor, Junge?

– Nix Ungutes, und du solltes nich mehr qualmen, nich nach deinem Krebs.

Sie zittert, als ich das Wort ausspreche. – Das war Titten-K, nich Lungen-K.

– Aber gesünder wird's dadurch nich.

Sie schüttelt den Kopf. – Ich schätze, was ich an Krebs zu kriegen hatte, hab ich bekommen. Die Brustgeschichte war meine eigene Schuld, wo ich andauernd die Implantate wollte.

– Aber du has doch nie wirklich Implantate machen lassen, oder?

– Nee, aber ich hab dran gedacht, sie schlägt die Augen zum Himmel, – un das war Seine Art, mich dran zu erinnern, dass ich mein Herz an eitle, bedeutungslose Dinge gehängt hab. Dafür danke ich dem Herrn.

Der Kleine Scheißer hat sie schon vor Jahren auf den Gottestrip gebracht. – Is wahrscheinlich eher seine Art, dich dran zu erinnern, dasste in Fife lebst, verklickere ich ihr und schnappe mir den Topf.

Darauf guckt sie mich beleidigt schmollend an und nickt dem Topf zu. – Tja, sieh aber zu, dasste den zurückbringst!

– Klar mach ich das, Ma.

– Un im selben Zustand, in dem du n mitgenommen hast. Und wennde nen Hut willst, kauf ich dir ne Baseballkappe, klar?

– Aye.

– Dann denk dran. Klein-Arnie is n Inventurfanatiker, un *der Koch* isn Sauberkeitsfanatiker.

– Kein Problem.

Sie packt das Ding für mich in nen Müllsack. – Wie siehts mit m Geld bei dir aus, Sohnemann?

– Blank, sag ich instinktiv, obwohl ich im Moment richtig flüssig bin, nachdem Cahill für den Spezialauftrag gezahlt hat und die Überweisung von der Stütze da is. Hab mir sogar nen gebrauchten Computer zugelegt, für 100 Pfund bei Ideal Computers neben dem Rathaus. Ne Investition in neue (na ja) Technologie, ihr Nutten!

Sie fischt ihr Portemonnaie raus und guckt mich scharf an, und ihre stahlharten Augen erinnern mich an die paar Male damals zu Haus, wenn dessen Inhalt auf geheimnisvolle Weise abhandengekommen war. – Nimm das, Sohnemann, und damit gibt sie mir zwei Zwanziger.

– Ma, sag ich dankbar, – ich weiß nich, was ich sagen soll, also mach ich's kurz und schmerzlos: besten Dank.

Damit streiche ich die Ablasszahlung von der alten Nutte ein, schnappe mir den Pott und mach mich wieder auf nach Beath.

22. EIN NEUES PFERD

Lara ist meinem Rat gefolgt und mit ins Fitnesscenter gekommen. Zuerst hat sie gezögert, und sie war nicht bereit, ihre dunkle Brille abzunehmen, bis wir da waren. Ich hatte halb erwartet, sie würde sie noch aufhaben, als sie aus der Umkleide in den Trainingsbereich kam, aber stattdessen hatte sie jetzt Concealer aufgespachtelt. Wir machen einen vollen Durchgang; Krafttraining, Steppaerobic, Stairmaster und dann aufs öde Laufband. Es dauert ewig, weil sie vor jeder neuen Übung erst ihr Make-up erneuert. Glücklicherweise ist sie kaputt und muss aufhören, lange bevor mir die Puste ausgeht, was uns beiden stillschweigend bewusst ist. Anschließend gehen wir ins Sonnenstudio. Ich habe ihr davon erzählt, dass mein Vater dauernd von diesem beschissenen neuen Pferd redet und Indigo auch die ganze Zeit danach quengelt.

Wir sind beide rotbraun, und als wir ins Fitnesscenter zurückkommen, setzen wir uns mit einem stillen Mineralwasser an die Kaffeetheke. Lara spielt mit einem Plätzchen mit Schokosplittern, das sie nie im Leben essen wird, und sie ist die Nächste, die sich an dem Thema neues Pferd festbeißt und sich den Kommentar erlaubt: – Indigo hat ja irgendwie recht. Irgendwas müsst ihr sowieso kaufen, schon als Gesellschaft für ihr Pony, da kann es auch gleich ein Pferd sein, das du reitest und magst. Wenn nicht, kriegt das verwöhnte kleine Biest am Ende wahrscheinlich noch ein neues Pony!

Die Bemerkung bringt mich auf die Palme. Indy *ist* ein verwöhntes kleines Biest, aber sie ist *unser* verwöhntes kleines Biest. Und wer im Glashaus sitzt, sollte eh nicht mit Steinen werfen.

– Es ist zu früh, sage ich abweisend, – und ich glaube nicht, dass ich ein anderes Pferd will –

Lara zieht gereizt die Augenbrauchen hoch. – Komm wenigstens und sieh dir den Wallach mal an, argumentiert sie.

Ich schüttle den Kopf und sehe ein Mädchen, mit dem ich in die Schule gegangen bin, das sich mit einem Buggy, einem Baby und einem Tablett mit zwei Tellern Fritten und zwei Dosen Cola abmüht. – Du hörst mir nicht zu. Ich will weg hier. Mir reicht's.

– Woanders ist es auch nicht anders, sagt Lara. – Du bist nur ein bisschen niedergeschlagen.

– Nein, ich muss hier raus, sage ich entschieden. Ich kann nicht glauben, wie heiß und innig sie auf einmal diese Stadt, dieses County, dieses Land liebt. Normalerweise hat sie nichts als Kritik für diesen Ort und alle, die hier leben. Eigentlich hab ich das alles von ihr. So sind wir überhaupt Freundinnen geworden! Was ist aus Virginia Woolf geworden?

– Aber du bist eine erstklassige Springerin. Mit dem neuen Pferd –

– Ach was. Du weißt genauso gut wie ich, dass ich eine beschissene Springreiterin bin. Ich habe es nur meinem Vater zuliebe gemacht, und irgendwie auch dir zuliebe, weil du meine Freundin bist. Ich beobachte sie scharf auf eine Reaktion, aber ihr zugespachteltes und sonnenbankgebräuntes Gesicht ist botoxstarr. Ich grinse grimmig und sage ihr die Wahrheit, die ich und jeder um mich herum hören muss. – Ich liebe Pferde, und ich habe Midnight geliebt, aber ich bin keine Springreiterin und werde es auch nie sein. Und weißt du, warum?

Ich sehe sie suchend an. Sie ist ganz Ohr, und ich glaube wirklich, dass sie irgendwas wie »weil ich zu fett bin« zu hören erwartet.

Und es ärgert sie, als ich ihr sage: – Weil ich es einfach nicht sein will. Ich liebe Pferde, ich bin gern mit ihnen draußen, reite sie gern, aber Springreiten interessiert mich einfach nicht. Ich hab nicht die geringste Lust, mich oder sie zu pushen, um schneller zu reiten, enger zu wenden, höher zu springen. Um es genauer zu sagen, es geht mir komplett am Arsch vorbei, schließe ich aufgeblasen. – In Zukunft mache ich nur noch das, was *ich* will.

Sie sieht mich ein paar Sekunden lang mit ungläubig offenem Mund an. Ich hab sie noch nie so blöd aus der Wäsche gucken sehen. Als sie ihre Stimme wiederfindet, stöhnt sie: – Aber gut sein will doch jeder!

– Scheiß auf jeder. Ich werde bloß wie meine Mutter, wenn ich hier nicht abhaue.

– Aber du kannst mich doch hier nicht versauern lassen!, heult Lara auf. – Ich kann hier nicht weg. Ich hab Hawick, dann Bedfordshire, dann –

– Du findest schon andere Pferdefreunde, Lara. Mach dir darum keine Sorgen. – Ist ja nicht so, als würde ich vom Angesicht der Erde verschwinden, sage ich, und mir wird ganz schwindlig vor Begeisterung, als mir klar wird, dass ich schon bald tatsächlich hier abhauen werde; dass aus der Fantasie Gewissheit geworden ist und ich nicht die geringste Angst davor habe.

– Hättest du nicht Lust, heute Abend auszugehen?, sagt Lara, bedürftiger, als ich sie je erlebt habe. – Nur du und ich? In Edinburgh? Wir können bei Sophie übernachten und –

– Nee, ich kann nicht, sage ich mit tiefer Befriedigung, – ich bin später noch verabredet.

Gekränktheit und Traurigkeit malen sich auf ihrem schmollenden Gesicht. Wie viele Male, überlege ich, muss ich für sie genauso bemitleidenswert ausgesehen haben?

23. REISEN BILDET

Also hab ich die kleine Jenni Cahill neben mir im Goth sitzen, als wär was zwischen uns, als würd sie mit mir gehen oder so. Da müsste ich eigentlich hocherfreut sein, aber ich kann nicht aufhörn, an den armen Kravy zu denken, den Jungen, der nach Fife zurückgekommen is, um sich um seine Ma zu kümmern, und dann ohne Kopf geendet is. Neun Jahre in Spanien, durch ganz Europa gebrettert, und dann eine Woche zurück in Fife geht er in ne nette, harmlose Kurve (mit mir auf m Rücksitz), und der Bock kommt von der Straße ab un das wars; Arsch zugekniffen, Scheißspiel.

Die Straße muss irgendwie nich in Ordnung gewesen sein; eindeutig n Grund für ne Entschädigungsklage für meine Verletzungen, un dabei die seelischen Schäden durch den Verlust meines besten Kumpels noch gar nich eingerechnet. Der arme Kravy. Ich sitze hier und hab alles; n schickes Mädchen neben mir, im Halbfinale beim Tischfußball, Patte auf der Tasche, n Pint vom Schwarzen Gold vor der Nase, und die zwei eifersüchtigen alten Hagestolze, Nachbar Watson un der Duke of Musselbury, stehen an der Theke un müssen sich neidvoll meinen Erfolg ansehen. Aber in der Stunde meines Triumphs kann ich mich nich drüber freuen.

Ich kann über nix anderes als den armen Jungen reden. – Was Kravy gesagt hat, war prophetisch, sag ich zu Jenni. – Er hat mal zu mir gesagt: ›Wennde n langes Leben haben willst, musste die Finger vom Kiffen lassen un viel reisen. Andernfalls isses viel zu kurz.‹

– Das würd ich eher ironisch als prophetisch nennen, sagt Jennilein nachdenklich, – wo sein eigenes Leben so kurz war, und ...

– Nee, hör doch mal zu Ende zu, beharre ich. – Die ganzen Jahre, die er auf seiner Karre in Europa rumgereist is, zeichnen sich doch durch das Konzept der Differenz aus. Durch neue Erfahrungen, die Assimilation verschiedener Ansichten, Gerüche, Klänge. Das Einverleiben neuer Lingos, neuer Kultur. Brennt die neuen neuralen Verbindungen ein. Das passiert nich, wennde dich nur zukiffst un in ner Alte-Leute-Stadt wie Beath hängen bleibst. Da löste deinen Scheck ein und lebst fürs Wochenende, und ziemlich bald sind die Wochenenden dann alle gleich. Er hat jetz schon länger gelebt als ich, selbst wenn ich zweihundert werden würde! Doperauchen und immer an einem Ort bleiben komprimiert die Zeit. Reisen und neue Leute kennenlernen dehnt sie aus. Is nich grade n physikalisches Gesetz, stimmt aber trotzdem. Willste etwa dein ganzes Leben lang hierbleiben?

Jenni rollt die Augen. – Ganz bestimmt nicht. Ich hab nicht im Entferntesten die Absicht. Du?

– Nee, werd ich aber wahrscheinlich.

Sie wirkt n bisschen verstimmt deswegen. – Warum?

Also versuch ich ihr, ohne allzu wehleidig zu klingen, begreiflich zu machen, dass ich einfach nich so wie sie bin, oder wie Kravy. – Weil ich nich dazu gekommen bin, mir die Art von Fähigkeiten zu erwerben, dies mir ermöglichen würden, woanders zurechtzukommen. Ich bin bloß n zu kurz geratener kleiner Doofkopp aus Fife, der Ställe ausmistet.

– Na, ich find dich süß, sagt sie, als wär sie n bisschen angetrunken. An Schwarzes Gold un Kiffen nich gewöhnt, schätze ich. Na ja, nich in dem Maße wie in den letzten beiden Tagen, an meine Quantitäten also.

– Aye, aber auf so ne Zu-kurz-geratener-kleiner-Doofkopp-aus-Fife-der-Ställe-ausmistet-Art, sag ich lachend, dann werd ich ernst. – Aber ich geh nach Spanien, so viel kann ich dir sagen. Das steht hundertprozentig fest, un –

– Schscht, du redest zu viel, sagt sie, un ich will grad schon Anstoß nehmen, als sie sagt: – Küss mich, und ihre Lippen sich auf meine drücken, und wir knutschen. Scheiße, nee, ich hab das Gefühl, ich spritze direkt da an Ort und Stelle ab, in die Hose, in der Ecke im Goth!

Als wir kurz Luft holen, guck ich rüber un seh, dass gewisse Herrschaften an der Theke überall sonst hinzusehn versuchen, nur nich in unser Eckchen. Dann deutet Jenni die Schwingungen richtig und sagt zu mir: – Wir können wohl nicht noch zu dir gehen, oder?

Un ich krächze: – Aber sicher, und mach mir Sorgen, ob ich mit dem Ding in meiner Hose überhaupt stehn kann – viereinhalb Inches, mein Arsch –, aber ich bin blitzschnell auf den Beinen.

Ich guck mich nich um zur Theke, als wir den Goth verlassen (ich lass sogar n halbes Pint Schwarzes Gold stehn!), aber ich hoffe schwer, dass die Jungs alles genau gesehn ham. Jason King, Department S, ihr Säcke: »S« steht für Superstecher!

Als wir nach Haus kommen, steck ich meinen Kopf ins Wohnzimmer, wo der Alte sich auf Channel 4 die Nachmittagspferdchen ansieht, die Rennzeitung auf m Schoß. – Kriegst du eigentlich nie irgendwelche Tipps aus dem Reitstall, wo du arbeitest?, fragt er und dreht sich um, um seinen (soweit man mir gesagt hat) einzigen Sprössling zu betrachten.

– Nee, schon ne ganze Weile nich … äh, pass auf, Paps, ich geh nur mit Jenni n bisschen rauf Musik hörn.

– Lieber Himmel, Jason, du bis sechsundzwanzig, sagt er verächtlich. – In deinem Alter brauchste keine Kleinkinder-Euphemismen fürs Kaminkehren mehr benutzen!

Ich hoffe, dass Jenni das nich gehört oder mitgekriegt hat, aber wir sind schon die Treppe rauf und im King-Boudoir, wo es zügig zur Sache geht. Wir ziehn uns aus, und sie hat so kleine Stippen auf der Brust, aber nich die eigentlichen Titten, falls ihr euch das vorstellen könnt, und auf der einen is n großer Leberfleck. Ihren kleinen roten Stringtanga hatse auch schon aus; die is nich schüchtern, die, und da is ne Menge mehr Gebüsch, als ich mit gerechnet hatte; kleine Überraschung, das. Na, war vielleicht Kravy seiner Ma ihre rasierte Fut, die mir die Ideen innen Kopf gesetzt hat.

Scheiße nee, is n bisschen viel Sinneseindruck auf einmal …

24. KNUTSCHEREI

Ich will ihn einfach bloß noch ficken, ich mag ihn, und ich will ihn: seinen mageren, leichten Körper, seine verrückten Augen und dieses kaum gezügelte Durchgeknallte, das er an sich hat. Außerdem macht die Vorgeschichte mit dieser Zicke Lara ihn doppelt anziehend. Sie hat mir gestanden, dass sie, als sie jünger war, tatsächlich mit ihm bumsen wollte.

Aber Jason wirkt ein bisschen eigenartig, als wollte er sich nicht ausziehen, und als ich schon nackt dasitze, hat er noch nicht mal Anstalten gemacht, aus seinen Kleidern zu steigen. Ich frage mich, ob er mich zu fett findet, zu abstoßend, weil er selber so dünn ist. – Gefalle ich dir nicht?, frage ich.

– Nee ... du bis umwerfend ... keucht er mit offenem Mund.

– Dann zieh dich aus, sporne ich ihn an.

– Da is noch was, was ich dir erst zeigen will, ich hab da was für dich gemacht, sagt er, und dann öffnet er einen großen Schrank, in dem sich ein Wasserbehälter befindet, aber er greift in ein druntergezwängtes Bord. Was er rauszieht, sieht wie ein menschlicher Schädel aus!

Natürlich ...

– Ach, armer Kravy, sagt er, dann zündet er eine Kerze auf einem Teller an und stellt vorsichtig den Kopf darüber. Die Flamme brennt durch seine Augen und schickt ein gelbes, glühendes Licht ins Zimmer. Es sieht wunderschön aus; dieses erstaunliche Leuchten ist in Ally Kravitz' Augen zurückgekehrt.

– Das ist ... so ... bezaubernd, sage ich zu ihm. Und es stimmt.

– Ich musste es tun, Jenni. Jasons dunkle Augen funkeln im Kerzenlicht. – Dieses blaue Fleisch, das wurd ihm nich gerecht. Er hat gestunken. Die Maden ... das war nich er. Ich hab die Nutten totgekocht. Aber der Schädel. Der hat ne gewisse ... Reinheit.

– Das stimmt, Jason. Es ist das, was er gewollt hätte. Ich weiß es. Aber was hast du mit dem Fleisch, dem Gehirn, den Augen ... mit dem ganzen Zeug gemacht?

– Hab ich in ner Coop-Tüte mitgenommen un das Aas unterm Rasen hinter einem von den Toren im Central Park begraben, sagt Jason mit traurigem Lächeln, dann lässt er sich aufs Bett zurückfallen. Er kickt seine Schuhe weg, zieht seine Jeans runter und macht die Augen zu.

Ich krabbele zu ihm rüber und ziehe ihm mit einer Bewegung das T-Shirt aus. Sein Körper ist weiß wie Milch. Er bibbert, zittert, liegt aber weiter einfach da. In dem flackernden, schimmernden Licht um uns herum sauge ich an seinen Brustwarzen; ich beiße in eine davon, bis er vor Schmerz spitz aufjault und das dunkelrote Blut seine Brust hinuntertröpfelt.

Dann ziehe ich ihm seine Hose aus und nehme seinen Penis in den Mund. Er wird unter meiner Berührung fester, und ich fühle, wie er sich in meinem Kopf ausdehnt. Er schmeckt erst salzig, aber das vergeht, während ich ihn bearbeite, die Zunge auf seiner Eichel, Mund und Hand den Schaft heruntergehend. Nach einer Weile glaube ich, dass er so weit ist, zu kommen, also höre ich auf und flüstere ihm zu: – Ich bin der Jockey, und seine gurgelnde Erwiderung kann ich nicht verstehen.

Ich steige auf ihn drauf und schiebe ihn zentimeterweise in mich rein. Ich beginne ihn langsam zu reiten, hole ihn tiefer in mich rein, bewege mich über ihm auf und ab im Kerzenschein aus Ally Kravitz' brennenden toten Augen.

Jason ist der passivste Junge, mit dem ich es je gemacht habe, na ja, er ist allerdings erst der dritte, mit dem ich echten Sex hatte. Er liegt auf dem Rücken und murmelt delirierend vor sich hin, und ich reite ihn, bis sich mein Orgasmus ankündigt, in kurzen Stößen, die sich zu einem wahnsinnigen Crescendo steigern. Ich will mich einfach nur fallen lassen, aber Jason fasst unter meine Arme und hält mich aufrecht (seine Stärke täuscht, es ist ein ungeheurer Kraftaufwand für die Sehnen und Muskeln in seinem mageren Körper), und dann kommt er in ruckenden, staunenswerten Konvulsionen, dermaßen heftig, dass ich eine Sekunde lang befürchte, er hätte so was wie einen Anfall. – Leck mich am Arsch ... japst er.

Als ich seinen verausgabten Schwanz in mir zusammensinken

und aus mir herausfallen fühle wie eine reife Frucht vom Baum, rolle ich runter, kringle mich zusammen und ziehe sein dünnes Gestell in meine Arme. – Das war … so … gut, sage ich zu ihm, als wir beide uns in seinem schmalen Bett zusammenkuscheln.

Ne Kleine aus Ballingray … die hat mal genau dasselbe gesagt, murmelt er, bevor er endgültig einschläft.

25. STOLZE ZWÖLF INCHES

Als ich in die Goth Tavern spaziere, bin ich gute zwölf Inches größer, und noch mal dasselbe in der Hose, ihr Nutten! Ich steh an der Theke, hör dem zölibatären Klub, bestehend aus Nachbar Watson, dem Duke of Musselbury un Reggie Comorton, aber nur mit halbem Ohr zu, weil ich Anschluss an Archie, den alten Bigamisten, gefunden hab, der normalerweise im Jimmy's steht.

Archie war Fernfahrer. Hatte jahrelang zwei Familien, eine hier in Fife, die andere unten in Hull. Musste Farbe bekennen, als Kenny, sein Sohn von hier oben, in den Ferien auf Teneriffa so n Mädchen kennengelernt hat. Sie ham was miteinander angefangen, was über die übliche Ferienromanze rausging, also kam sie ihn besuchen. Archie is ganz schön der Unterkiefer runtergeklappt, als Kenny sie mit nach Haus gebracht hat; wie sich rausstellt, isses seine Tochter aus Hull!! Aye, Nadia, so hieß sie. Da flogen ganz schön die Fetzen, aber beide Ehefrauen ham sich drauf geeinigt, dasses Quatsch wär, ihn zu verpfeifen, weil er das Essen auf n Tisch brachte. Also hamse sich ihn geteilt, ham im Wesentlichen dasselbe Arrangement beibehalten, jede ne halbe Woche. Sie warn sich einig, dass Archie die halbe Zeit ganz in Ordnung war, aber mehr wär sowieso zu viel gewesen.

Archie verzapft was Historisches, das is sein Lieblingsthema, beziehungsweise »Scottish History S«, wie ers nennt. Der Junge is n Professor, wos um die Nachkriegsgeschichte Kaledoniens geht. – Als diese Kubakrise war, is die Anzahl der unehelichen Geburten neun Monate später in schwindelnde Höhen geschossen. Bastarde überall!

– Wie kams?

Er hustet und würgt runter, was dabei hochgekommen is, das Aas steckt ihm im Hals wie n Haarballen bei ner Katze. Sobald seine Augen zu tränen aufhörn, sagt er: – Tja, die ham sich gedacht, es wär alles aus. Mit den ganzen Ami-Stützpunkten in Schottland wärn wir ganz vorne mit dabei gewesen, um n paar russische Interkontinentalraketen aufs Dach zu kriegen. Also ham die ganzen Arschgeigen durchgedreht. Wildfremde sin zusammen nach Haus gegangen und ham sich blödgefickt. Mädchen ham jeden gebumst, den sie in die Finger kriegen konnten.

Aye, genau in der Sekunde fiel's mir wieder ein; kaum warn die Twin Towers in New York eingekracht, da stand ich schon bei Lara auf der Matte mit meinem neuen Slipknot-Album, sechs Dosen Red Stripe un nem Hühnchen Jalfrezi aus m Shimla. Cat Stevens natürlich auch, falls alle Stricke reißen. Und sie war verfickt noch mal in Ferien in Südfrankreich, zweifellos in den Armen von nem nach Knoblauch stinkenden Froschfresser voller geheuchelter Ängste vor der drohenden Apokalypse!

– Offenbar is diese Lara sogar nach St. Andrews gegangen, um dem Prinz William nachzustellen, verklickere ich den Jungen, Nachbar Watson un den Duke wieder mit einbeziehend. Nach dem, was Jen mir erzählt hat, is die Nutte zum Abschuss freigegeben. – Aye, erzähl ich weiter, – die steht total auf ihn. Das wär n Kleeblatt, wa, ich red natürlich von über der Bettdecke; nix gegen den Windsor-Bubi; is n sensibler Junge, da hab ich keine Zweifel, mir schmeckt bloß die Idee nich, dass n anderer Schwanz sich mit mir ne Büchse teilt!

Da muss Archie lachen, un der Nachbar lächelt mich so magenkrank an, während der Duke nach ner neuen Runde Schwarzem Gold winkt. Der Wunder is kein Ende!

– Aber stell dir mal vor, wenn diese Lara sich hätte anbumsen lassen, Wills erkennt das männliche Kind aus der Verbindung an und es wird n Anwärter auf den Thron, sagt der Nachbar, – un dann der noch größere Schock, wenns n kleiner Kerl is, der gern auf Pferden reitet, aye, aber auch mit nem angeborenen Talent zum Tischfußball und nem Hang zum Trunk!

Der Duke lacht sich halb tot, und ich muss zugeben, ich kann mir n kleines Schmunzeln selber nich verkneifen. – Aye, du Nutte, sag ich, – das Königreich is richtig; da gehört n bisschen frische Fife-DNS reingepumpt, um den alten aristokratischen Genpool aufzufrischen. Hats alles schon gegeben. Die arme Hebamme würd der Schlag treffen, wenn sie sähe, dass der Bastard n Kinn hat wie Dan

Dare! Aye, vielleicht wars übereilt von mir, n gemischtes Doppel unter der Decke auszuschließen!

Darüber müssen sie kichern, un wir stoßen mit unsern Gläsern voll Schwarzem Gold an wie in alten Tagen. Aber es is nich ganz so, denn nach der Runde geh ich, weil mich Jenni abholen kommt, wir wollen nach Kirkcaldy zu nem Poetry Slam, für den sie mich angemeldet hat. Hab ihr n paar von den Sachen gezeigt, die ich besoffen geschrieben hab; ursprünglich bloß kathartisch, hat mir geholfen, über den Schock wegen Kravy wegzukommen. Sie wirft nen kurzen Blick drauf un sagt, ich hab Talent. Schön zu hören, scheiß die Wand an.

Sogar mein Alter kommt vorbei. Hab ihm die Gedichte gezeigt, und er war schwer beeindruckt von dem politischen Inhalt in n paar davon. – Scheiß der Hund drauf, sagt er un macht große Augen, – du hörst mir doch manchmal zu!

– Bleibt mir ja nix andres übrig, oder, sag ich höhnisch, aber es hat dem Alten den Tag versüßt. Mir irgendwie auch, muss ich schon sagen.

26. FIFE POETRY SLAM

Der Saal ist nur halb voll, aber trotzdem unwahrscheinlich verqualmt. Meine Füße bleiben auf dem abgenutzten Teppich kleben, als ich an diversen Vitrinen voller Trophäen vorbeigehe und mich auf meinen Barhocker setze. Jason ist schrecklich nervös. – Du packst das, sage ich zu ihm.

Seine Augen kleben an einem dünnen, anämisch aussehenden Kerl mit schwarzem Haar, der hinten in der Ecke sitzt. – Aye, aber heut Abend liest Ackey Shaw und so. Mein Debüt, und ich steh ausgerechnet mit meinem Mentor auf m Programm, ja fick die Henne.

Als der MC ihn ankündigt, steht Jason auf und geht zwischen den Tischen durch und hüpft unter vereinzelten Anfeuerungsrufen selbstbewusst auf die Bühne und geht ans Mikro, das er auf seine Höhe herunterstellt. Er nimmt mit seiner behandschuhten Hand eine Lesebrille aus einem Etui in der Innentasche seines Mantels und setzt sie auf. Dann geht er noch mal an die kleine Ledermappe, die er mit sich rumträgt, und holt mehrere beschriebene Seiten in einer Schutzhülle heraus. – Hier kommt was für die Fußballfreunde, kündigt er an. – Es heißt »*John Motson zum Tode von Sylvia Plath*«.

Es herrscht respektvolles Schweigen. Jason beginnt das erste Gedicht abzulesen und rezitiert mit übertriebenem englischen Akzent:

– Silvia Plath
macht sie alle naaass.
Recht beachtlich!

Ich selbst kapiere es nicht, weil ich nicht weiß, wer dieser Motson überhauptist. Aberziemlich viele im Publikum warten. Ich beobachte den Kerl, den er Ackey Shaw nennt, der in schweigender Zustimmung nickt. Ein studentisch aussehendes Pärchen an der Bar, mit denen ich rede, glaubt offenbar, dass Sylvia Plath es als Huldigung verstehen würde, und das soll mir genügen. Jason ist offensichtlich ein begabter Wortkünstler, und dass er den Applaus liebt, ist nicht zu übersehen. Scheinbar einige Zentimeter größer geworden, guckt er zu mir herüber und lächelt. – Danke an Jenni da drüben, die mich nich nur zum Schreiben ermutigt hat, sondern auch …

Und er zwinkert mir kurz zu, dass ich rot davon werde.

Ich erkenne jetzt, dass ich ein so falsches Bild von ihm hatte. Ich dachte wohl, er sei nichts als ein dreckiger kleiner Spanner. Das ist er nicht; er ist begnadet. Das Nächste heißt »Laudatio auf Robert Cook«, der letztes Jahr, oder wars das Jahr davor, na egal, der jedenfalls so tragisch ums Leben gekommen is.

In Edinbra wehn schwarze Fahnen
der Kopf is mir von Trauer schwer
ein großer Schotte ging zu seinen Ahnen
Alter, wir sehn ihn nimmermehr!

In Downing Street, der eitle Pfau
der hat uns nichts zu bieten
haun wir ihm die Augen blau
ihm un seinen Nieten

Der Gröfaz der Vereinten Staaten
dem quatscht er nach dem Lügenmaul
in Bagdad sterben die Soldaten
Brüder, da ist doch was faul

Schaut wie der Geheimdienst lügt
über welche Waffen Saddam verfügt
Cooky, Cooky, du warst schlauer
Blair, die Fotze, die ist sauer

Im Unterhaus die andern Krampen
die ließen ihn im Regen stehn
dumme Schweine, fett die Wampen,
den Wald sie nicht vor Bäumen sehn

Wie liebte er doch Schottlands Berge
raus aus Londons faulem Sumpf
die Tory-Schweine stopft in Särge
reißt sie aus mit Stiel und Stumpf

Vom Wandern kehrte er nicht heim
die Hilfe kam zu spät
macht euch darauf euren Reim –
der Tory hat ihn umgemäht

Dem Publikum scheint das wirklich runterzugehen wie Öl, besonders Jasons Dad, der mit einigen Freunden an einem Tisch direkt vor der Bühne trinkt. Er klatscht wie ein Irrer, johlt und feuert seinen Sohn an. – Du bis mein Nigga!, brüllt er und zeigt auf Jason.

Ackey Shaw steht auf und sagt elegant: – Erstklassiges Material von Jason King aus Cowdenbeath hier, ehe er seinen eigenen Set beginnt.

Anschließend begrüßt mich Jason an der Theke und bestellt Getränke für uns beide. Er entscheidet sich für Whiskys, nicht das, was er sonst zur Brust nimmt. Er sagt zu Ackey Shaw, der ein wenig überrumpelt wirkt: – Eine deiner besten Zeilen: Whisky und Freiheit passen zusammen, dann ruft er aus: – *Slainte*!

Es kommen Leute herüber, um ihm zu seinem Auftritt zu gratulieren. Sein Vater scheint sich im Hintergrund zu halten, dann tritt er vor. – Du has mich da oben stolz gemacht, Sohn, sagt er mit ganz feuchten Augen.

Das scheint Jason beinahe umzuhauen. – Na ja, ich hab dir nich oft Veranlassung dazu gegeben, Vater.

Die Augen seines Dads weiten sich, und zum ersten Mal sehen Vater und Sohn sich sehr ähnlich. – Was meinsten damit?

– Als Jockey hab ichs nich gebracht. Dann das Rumhängen hier und Stütze kassieren. Das mangelnde Interesse am politischen Kampf.

Sein Dad schüttelt betrübt den Kopf. – Oh, Sohn, es tut mir leid. Bei Typen wie mir darfste gar nich hinhören. Jetzt sind andere Zeiten. Du has mich immer stolz gemacht, und damit guckt er rüber zu seinen Freunden, – mich und alle meine Homies da. Und jetz fahr du morgen nach Bathgate un komm ins Finale von deinem Cup.

Jasons Gesicht knautscht sich schmerzlich berührt zusammen, als hätte er etwas Fieses gegessen. – Vater, ich denke, das werd ich sausen lassen.

– Wie meinste das, Sohn?

– Unter Bezugnahme auf einen deiner großen literarischen Helden, Vater, Alan Sillitoe: *Die Einsamkeit des Langstreckenläufers*, verstehste.

– Ein großartiges Buch, Sohnemann, bestätigt sein Dad, als er mir ein Pint Lager anreicht, das ich ihn gar nicht habe bestellen sehen. – Exzellenter Film und alles; Tom Courntey, hab ich recht?

Jason nickt seinem sich setzenden Pint Guinness zu, das auf der Theke immer schwärzer wird. – Aye, aber denk vor allem an die zentrale These dieses Werks, Vater: Manchmal kannste nur gewinnen, wennde das Spiel nich mitmachst.

Ich trinke ein Schlückchen Lager. Es hat verdammt viel Kohlensäure, aber diese elende Guinnessbrühe, die Jason so liebt, kriege ich nicht runter.

Sein Vater lächelt mich an, dann deutet er wieder enthusiastisch mit dem Kopf auf Jason. – Wenn alle Chancen gegen dich stehn, bleibt dir nix anderes übrig, als dich aus dem System auszuklinken. Wie der Junge in dem Buch, der das Rennen gewonnen hat und sich dann weigerte, die Ziellinie zu übertreten. Das is die ultimative Rebellion, Sohn, un eine, die mein Mann 50 Cent nur zu gut versteht, sagt er, dann fragt er besorgt: – Was haste denn vor?

– Dad, Jenni un ich denken dran, nach Spanien auszuwandern. Für immer, sozusagen. Kravy hat da unten Freunde, erklärt Jason, – un ich hab mich mit denen in Verbindung gesetzt ... übers Internet, wa.

– Dann mach das, Sohn! Is doch hervorragend! Sein Vater kippt gluckernd einen Schluck von seinem Guinness. – Hätt ich auch gemacht, wenn ich noch jung genug wär un wenn ich ne süße Kleine wie die hätte, er lächelt mich an, – aye, dann wär ich in Spanien wie der Blitz!

Ich spüre, wie ein Lächeln mein Gesicht entflammt. – Dein Dad ist so süß, Jason, sage ich, und Mr King wird ein bisschen verschämt.

– Kommste denn allein zurecht?, fragt Jason mit ziemlichen Bedenken.

Die Augen seines Vaters glitzern schelmisch. – Wer sagt denn, dass ich allein sein werd?

– Aye?

Sein Vater zwinkert und lässt ein Lächeln sein Gesicht verformen. Mir fällt auf, dass etwas an ihm anders ist. Es ist die Brandnarbe, sieht aus, als sei sie verblasst, aber dann sehe ich, dass er sie nur mit Concealer abgedeckt hat. – Vielleicht hat der alte Nigga auch noch seine Moves. Aber ich sag nur so viel: Aus dem Unglück erwächst uns Triumph!

– Das kann ich nur unterschreiben, Vater, das kann ich nur unterschreiben, sagt er und legt seinen Arm um mich, und wir tauschen einen kleinen Schmatz aus.

– Genug davon!, sagt Mr King barsch. – Nich vergessen, das is Fife! Zügelt eure Glut und kauft nem alten Man n Bier. Ich hab gesehn, dass dir der Junge für den Gig ne doppelte Löhnung zugesteckt hat!

– Die Runde geht auf mich!, rufe ich, schiebe mich an die Theke und bestelle. Ehe ich diese Stadt verlasse, will ich, dass mich alle als Jenni Cahill kennen, nicht bloß als Tochter von Tom Cahill, dem Typ mit der Spedition!

27. AMBROSE VERLÄSST UNS

Das war ne Supersache in Kirkcaldy gestern Abend, un danach noch auf der Party in Glenrothes. Jennilein hats auch gefallen; hat sich jede Menge Joints und sogar etliche Lines reingezogen. Aber Glenrothes is nich Fife. Damals in den Sechzigern ham sie da alles mit Glasgowern aufgefüllt. Drei, vier Generationen weiter sind die noch immer nich in die angestammte Bevölkerung integriert. Stattdessen isses jetz die Fifer Urbevölkerung, die einem mit dem ganzen »by the way«-Scheiß kommen un in Auld-Firm-Replikat-Trikots rumlaufen. Manche soziale Experimente müssen hier misslingen, genau wie der Arterhalt des heimischen roten Eichhörnchens gegen die aus Amerika eingeschleppten grauen Nutten.

Außerdem hab ich ne leise Ahnung, dass Tom langsam den Verdacht kriegt, zwischen mir und seiner Erstgeborenen könnte was laufen, denn er ruft mich gleich als Erstes am Morgen an. Also muss ich in aller Herrgottsfrühe rüber. Ich erinnere mich, dass Jenni nich grade froh war, dass sie früh Schluss machen musste, aber sie hat gesagt, sie müsste ihre Ma in die Stadt fahren.

Tom hat mir nen Zweitschlüssel gegeben, und als ich ins Haus komm, hoffe ich, dass ich Jenni vielleicht noch erwische, für n bisschen Grapschen und Knutschen. Aber es is keine Sau zu Hause; sie is schon ab nach Edinburgh, shoppen mit ihrer Ma und dem verwöhnten Blag, Indigo. Es is ne Nachricht und n Paar Autoschlüssel da.

J

Sind mit dem Zug gefahren. Nimm das Auto, wenn du willst.

Jx

Also borg ich mir ihr Auto aus und denk, ich fahr mit dem Hund raus ans Meer, nach Abby-Dabby, denn es is verdammt heiß heute, wa. Beinah wie im Hochsommer!

Das Wasser war nich mal die ölige Plörre, die man normalerweise in der Bucht von Forth geboten kriegt, es war mehr wie in St. Andrews: kobaltblau und so seelenruhig wie ne müdegefickte Nutte aus Kelty mit dem Täschchen voller Sündenlohn. Ich hab mir nix dabei gedacht, das Stöckchen da reinzuwerfen; bloß n Stück Treibholz für den Burschen zum Apportieren. Das hechelnde Vieh n bisschen abkühlen, so was. Ich wollte nich, dass er in der Hitze so sickig wird, dass er irgendwem (am Ende noch mir) n Stück vom Alimentenkabel abbeißt. Aye, mit viereinhalb Inches kommste grade noch durch, wennde n halbes Dutzend Bacardis dazu reichst, aber dreieinhalb und ich würd nie wieder arbeiten, nich in diesem County jedenfalls!

Aye, Ambrose war ganz schön am Japsen in der Hitze. Hat mir richtig leid getan für ihn, aber echt.

Also heb ich n langes, glitschiges Stück Treibholz, schwing das Scheißding und werf es so weit raus, wie ich kann. Und kaum daste »Jim Leishman« sagen kannst, zischt der Köter auch schon ins Meer un hinterher, dümpelt so durchs Wasser, das Retriever-Gen schlägt immer noch durch, sogar nach drei Generationen, scheiß die Wand an!

Die Sache war bloß, der alte Ambrose hat sich nich einmal umgesehn, auch als ich mir die Lunge aus dem Leib gebrüllt hab nach dem Bastard. Bloß dieser kleine Kopf, der auf den Wellen tanzte, immer rauf und wieder runter wie ne Boje ... und dann war nix mehr.

Ich steh mutterseelenallein auf m Strand un der Augapfel un ganze Stolz vom großen Tom Cahill, dem Speditions-Gangster, sein Kampfhund, is auf m besten Weg, in Amsterdam aus ner Gracht gefischt zu werden!

Erst bums ich seine Tochter, un jetz hab ich noch seinen Hund ersäuft!

Mir dreht sich der Kopf. Ich kann bloß an eins denken, dass uns keine Sau hat kommen un gehen sehn; ich war allein im Haus. Sie warn alle schon früh weg in die Stadt, und Tom war auf der Arbeit un hat Ambrose im Garten angeleint. Ich fahr auf m schnellsten Weg nach Cowden un stell Jens Auto ab. Ich stähle mich für nen großen Auftritt, dann ruf ich Tom in der Spedition an. – Alles klar, Tom? Wo is n der Hund von dir? Es is keiner da, un ich dreh hier Däumchen. Soll ich ihn bei dir auf m Hof abholen?

N kurzes Schweigen, dann sagt er: – Was ... der is nich hier, der is hinten angebunden. Ich hab ihn heut Morgen dagelassen!

– Jetz isser nich da. Die Mädels ham ihn doch wohl nich mit nach Edinbra genommen?

– Ach Quatsch! Ich glaubs nich, verfickte Scheiße ... is Jenni da?

– Nee, sie warn alle schon weg, als ich ankam; is gestern Abend n bisschen spät geworden. Ich konnt mir nich denken, dass die den Hund mitgenommen ham, da hab ich angenommen, er wär bei dir.

Noch mal Schweigen, dann: – Die kleine Nutte hat meinem Ambrose was angetan! Sie hat mich beschuldigt, ich hätt ihren unfähigen Ackergaul da kaltgemacht, un das is jetz ihre Rache!

– Ich würd jetz keine voreiligen Schlüsse ziehn, Nachbar, sag ich. Dann frag ich mehr als beunruhigt: – Du glaubst doch nich wirklich, dass sie wegen des Pferdes nen Verdacht hat, oder?

– Was weiß ich, was im Kopf von der undankbaren kleinen Zicke vorgeht ... und macht ne kleine Pause, – wie wärs, wenn *du* es mir sagst, Jason? Und ich hör die Anklage raus, kein Vertun, ihr Nutten.

– Nu mal langsam! Was redeste da, Tom?

– Na, du reites sie doch, oder etwa nich?

– Hoppla, Moment mal, Mann –

– Versuch's gar nich zu leugnen, Loverboy. Ich weiß Bescheid; ich hab ihre beschissenen Tagebücher gelesen, sagt er, und dann: – ... was n Versehn war, ich hab nach Informationen gesucht, was sie über die Sache mit dem Pferd wusste, ja?

– Ja, klar, Tom, nix dagegen, sag ich, aber für mich is die Fotze zu weit gegangen. Kein Wunder, dass Jenni aus dem Haus raus will.

– Un du sagst kein Wort zu ihr, oder dein Ober- und dein Unterkiefer treffen sich nie wieder!

– Ich würd das doch nie weitersagen, Tom –

– Mr Oberficker. Er macht ein Furzgeräusch am Telefon, dann ändert sich sein Tonfall. – Muss sagen, du has mich überrascht. Ich hab gedacht, ich weiß alles, was hier in der Stadt so vorgeht, sagt er enttäuscht. Dann wird seine Stimme wieder pampig. – Ich geb dir den Schlüssel zu meinem Haus, und du dankst es mir, indem de mein Töchterchen bumst!

– So war das nich, Tom, es is einfach passiert, wir ham zufällig angefangen, uns zu treffen.

– Bumsen kannste, wen du willst, aber versuch nich, Tom Cahill zu ficken!

– Weiß ich doch, Tom, um Himmels willen, Fuck, würd mir doch nie einfallen! Du wars hochanständig zu mir, das weiß ich zu schätzen.

– Na, wenigstens einer, wie schön, sagt er, und für mich klingt das verdammt kläglich. Er mag ja n Scheißkerl sein, aber man kriegt den Eindruck, dass er hinter der Fassade ziemlich einsam und n bisschen traurig is. Nich dass einer wie er das je zugeben würde. – Eine Frage. Hat einer von euch sich an meinem Hund vergriffen?!

– Nee! Ich häng total an Ambrose! Ich würd ihm nie was tun, protestiere ich empört. Das is eine Sache, die mir der Alte beigebracht hat: Wenn schon lügen, dann am besten so nah wie möglich an der Wahrheit bleiben.

– Na schön. Ich hoffe es für dich, so blöd biste nich.

– Ganz bestimmt nich, Tom. Ich arbeite für dich.

– Aye, und vergiss das nich, droht mir das Aas. – Jetz will ich, dasste den Scheißhund findest. Irgendne Fotze hat ihn sich gekrallt, und du findest besser raus, wer!

– Mach dir ma keine Sorgen, Tom, ich kümmer mich sofort drum, sag ich, dann kommt mir n netter kleiner Gedanke. – Ich hab nur grade gedacht, Tom, wer hätte denn was davon, wenn Ambrose aus m Weg wär?

– Jenni!

– Da hab ich meine Zweifel, Tom, ich bin sicher, sie hätte was zu mir gesagt, oder ich hätt gemerkt, dass mit ihr irgendwas los is, versuch ich zu erklären. – Wer sons noch? Ambrose is immerhin n Kampfhund …

Ein langes Schweigen.

– Diese Fotze, diese verfickte Klötenfresse Montgomery … Ich bring ihn um! Und er hat angefangen, mit dieser schicken kleinen Lara rumzuficken, als ich mich grade ranmachen wollte …

Ich denk an Calculon, diesen Roboter-Filmstar aus *Futurama*, un sein smartes Motto: »Ich wollte, dass Sie das denken.« – Zieh keine voreiligen Schlüsse, Tom, lass mich der Sache nachgehn, sag ich ihm und lass den Spediteur am andern Ende der Leitung kochen.

Trotzdem, die Saat is gesät ... was heißt hier Saat – schon eher n ganzes Feld.

Aber ich geh schweren Herzens in die Stadt zurück. Ich hab Jenni nie gesagt, was mit Midnight passiert is. Das Pferd hat vielleicht nich viel geleistet, aber es war definitiv gut bestückt. Darum fürchte ich, ich bin auf Tom Cahills Pläne eingestiegen, weil ich eifersüchtig war. Sein breiter Rücken zwischen ihren Beinen, und sie die ganze Zeit Midnight hier, Midnight da. Da hab ich gedacht, wenn das Pferd aus m Weg is, befasst sie sich vielleicht n bisschen mehr mit mir. Hat ja auch super hingehauen! Sobald sie n neues Kuscheltier hatte, war Midnight schnell vergessen!

Sie hat versucht, mir diesen Pseudo-Goth-Kram nahezubringen; Gedichte von Sylvia Plath und Anne Sexton lesen, son Kram eben. Bringt mir zwar nix, aber ich hab auch nix dagegen, solang ich sie für meine beiden Interessenschwerpunkte Reiten mit und ohne Sattel un Cat Stevens (vor islamischer Prägung, wie ich betone) gewinnen kann, ihr Nutten. Eins, was sie mir gegeben hat, fand ich allerdings ganz toll: diesen Roman, *Überlebende wider Willen*, wo der Junge die Schnecke ins Leben zurückholt, indem er sie leckt. Ich hab das Gefühl, sie will mir damit irgendwas sagen. Da is ein Kapitel, das is praktisch ne Anleitung zum Cunnilingus, und grade dadrin is ne Ecke umgeknickt, ihr Nutten!

Steven hatte Josephine nicht gesagt, dass er stolz auf seine orale Verwöhntechnik war, auch wenn er ihren Körper noch so unwiderstehlich fand. Muschilecken war bei ihm eine Obsession, und er prahlte in der Umkleide nach dem Fitnesstraining oder Squash vor Tom, es gebe keine Frau, der er keine Reaktion entlocken könne. So war sie gewissermaßen ein Prestigeprojekt für ihn. Niemand hätte überraschter und erfreuter sein können, als seine Künste fruchteten.

Ich les weiter und denke an die verschiedenen Schritte. Erst die Läppchen beiseiteklappen, damit das Schamhaar aus dem Weg is. Ordentlich Spucke ansammeln und draufsabbern, es von der Zunge auf die Muschi tropfen lassen. Die ersten Male schön langsam lecken, un ruhig n bisschen was hören lassen, um zu zeigen, wie du drauf stehst. Erst die Klitoris vorsichtig auf Empfindlichkeitsreaktion testen, mal sehn, ob die Schnecke direkt beim ersten Mal abgeht, wennde auf den Knopf drückst, dann heißt es Bühne frei, oder ob es n bisschen langwieriger wird. Nur nicht schüchtern mit den Fingern sein, da unten gibt's allerlei, worans sich rumspielen lässt!

Scheiße nee; ich hab nie geahnt, dass da so viel dazugehört!

Ich sitz also zu Hause und guck mit nem Steifen das Nachmittagsprogramm. Es läuft *Richard and Judy*; Ehemann un Ehefrau als Team; aye, ihr Nutten. Ich könnte fast so ne klitzekleine Zukunft für mich un Jenni in ner ähnlichen Rolle sehn, aber erst mal nur im schottischen Fernsehen, un nich direkt in ganz Großbritannien.

Als ichs an der Tür klopfen höre, weiß ich, dass sie es is. Sie gibt mir nen Kuss, un schon steht der Kleine da unten wie ne Eins. Ich weiß nich, ob es der Druck gegen ihren Schenkel is oder das Leuchten in meinen Augen, aber in ihren eigenen funkelt so ein Fickglanz, und wir ziehen uns schon auf dem Weg die Treppe rauf in mein muffiges Jugendzimmer gegenseitig aus.

Aye, kein Wunder, dass die mir den Scheißroman gegeben hat!

Nach getaner Arbeit machen wir postkoitale Pläne für nen Doppel-Spieltag: Wir reisen runter nach Hawick, um morgens Lara reiten zu sehn, un abends dann wieder rauf nach Bathgate, zum Halbfinale gegen den an erster Stelle gesetzten Favoriten und gegenwärtigen Titelträger Murray Maxwell aus Corstorphine. Sie sagen, wer das gewinnt, gewinnt den Cup. Aber Jenni is irgendwie so besinnlich. Sie labert von Tom un dem Hund, Ambrose; dem Kampf zwischen ihm und dem anderen Hund. Sie sagt mir, dass sie dabei gewesen is, sie mit Monty un dieser Nutte aus Dunfermline mit dem Eichhörnchengebiss.

– Ich hasse diese Brutalos. Ich wünschte, irgendwer würde sie in ihre Schranken weisen. Alle von denen, und sie guckt mich gespannt an.

– Äh, jaa, ich hab weder diesen Monty noch seinen Kumpel je gemocht, sag ich schwächlich. Aber der Gedanke, sich mit Big Monty anzulegen … Damals in der Schule hätt ich n Paar weiße Nuttenschlüpfer an dem bildlich gesprochenen Fahnenmast gehisst, um zu kapitulieren, ehe man Mixu Paatelainen sagen konnte. Groß-Monty und Klein-Jason. Der Fußballer, der hässliche, kantige Vorstopper, gegen den winzigen Jockey. Das wär n Fall von »Zähne in die Klöten schlagen und dann verzweifelt festhalten«, wie der biestige kleine Hund in den Nachrichten, der drüben in Amerika sein Herrchen davor bewahrt hat, von nem Bären zerfleischt zu werden. Deine einzige Chance unter den Umständen, scheiß die Wand an.

Ah ja, die friedlichen Tage damals an der Beath High. Nich dass Lara und Jenni, die beiden kleinen Snobs, dahingegangen wären; die sin mit m Bus nach St. Lenny's, in die Nobelschule für reiche Kinder oben in St. Andrews gekarrt worden. Weiß noch, wie sie in ihren Schuluniformen in die Karre von dieser Mrs Grant gestiegen sin. Scheiße, ja, mit dem Gedanken bin ich jede Nacht eingeschlafen.

28. HAWICK UND BATHGATE

Wir sind im Auto unterwegs nach Hawick, dem Pferdeanhänger mit Scarlet Jester nach, der von Dr. und Mrs Grant gefahren wird. Jason war so süß, sich nach hinten zu setzen und Lara und mich zusammen vorne sitzen zu lassen; nicht dass ich unbedingt neben ihr sitzen wollte. Als wir auf das Gelände kommen, gehen wir in das Café im großen Festzelt, um ein bisschen zu relaxen. Na ja, Jason und ich relaxen. Lara geht sich Kaffee holen; sie ist nervös und kribbelig. Jason bummelt schon die ganze Zeit, sieht sich um, quasselt jeden an. Ich habe gesehen, wie er sich einem alten Ehepaar vorstellte: – Hallo, ich bin Jason King, sagt er, lächelt breit und streckt ihnen die Hand hin, die sie anstandshalber schütteln mussten. Ich lache mich kaputt über seine Mätzchen, aber er scheint es perverserweise wirklich aufrichtig zu meinen. – Man muss sich doch bemühen, gesellig zu sein, besonders mit den alten Leuten. Die ham nich mehr viel Zeit auf diesem Planeten; das ganze gewachsene Wissen, alles verloren, sagt er traurig. Dann schaut er hoch an den schwärzer werdenden Himmel der Scottish Borders. – Da sind n paar fette Kumuluswolken, die nur drauf warten, ihnen auf die Parade zu pissen. Hoffentlich is Lara drauf vorbereitet, dem Pferd den Ritt seines Lebens zu verschaffen, sagt er zwinkernd zu mir.

Ich knuffe ihn in die Rippen und wir müssen beide kichern, dann bummeln wir ein bisschen rum. Ich bleibe stehen und sage Hallo zu Angela Fotheringham und Becky Wilson. Becky ist auch nicht im Wettbewerb. – Um ehrlich zu sein, flüstert sie mir verschwörerisch zu, – das artete alles zu sehr in Arbeit aus.

– Das brauchst du mir nicht erst zu sagen, sage ich mit einer Grimasse und sehe rüber zu der seltsam nervösen Lara, die networkt, als würde ihr Leben davon abhängen.

Becky und ich tauschen unsere Handynummern aus: Sie hat eine neue. Jason sieht ihnen nach, als sie gehen. – Hör auf, ihnen auf den Arsch zu starren, tadle ich ihn, – du hast jetzt eine Freundin. Ich erwarte zumindest, dass deine anzüglichen Blicke halbwegs subtil bleiben.

Jason guckt mich bekümmert an. – Sorry, Süße, die Macht der Gewohnheit.

– Lass es lieber. Du erwischst mich nicht dabei, dass ich gucke, was andere Jungs in der Hose haben, sage ich ihm, wobei »du erwischst mich nicht« den entscheidenden Teil des Kommentars ausmacht.

Der arme Jason sagt nur: – Stimmt schon.

Er ist so eine Unschuld, ganz im Innersten.

Wir kommen bei einer der Tierschauen an einem großen, schönen Bullen vorbei. Sein intelligenter Blick scheint Jason nervös zu machen. – Was ist?

Er schüttelt den Kopf. – Der Bulle da hat mich total auf m Kieker, original; schlau, abschätzend, gewieft. Letztes Mal hab ich den Gesichtsausdruck bei dem neuen Schwarm von meiner Ma gesehn, in seinem versnobten kleinen Hotel da, kein Vertun, und er nickt zu dem Bullen. – Ich hab dich durchschaut, Klein-Arnie, du Fotze, sagt er. Dann dreht er sich zu mir um und sagt im Verschwörerton: – Der Blick, der sagt, ›wär vielleicht ne gute Idee, wennde Jason zu verstehn gibst, dasser sich nicht allzu oft hier blicken lassen soll‹. Doch, doch, den kenn ich.

– Sei nicht so paranoid, Jay, lache ich und grapsche an seinen knochigen Arsch. – Wenn du heute Abend in Bathgate gewinnst, ficke ich dich dumm und dämlich.

Seine Augen werden so groß, dass es aussieht wie ein computergenerierter Spezialeffekt. – Aber was is, wenn ich geschlagen werde?

– Dann kannst du mich dumm und dämlich ficken.

Da fällt ihm der Unterkiefer runter und macht den Große-Augen-Effekt komplett.

Es spricht sich rum, dass es im Sponsorenzelt gratis Champagner gibt, also sind Jason und ich sofort rüber. Wir genießen unsere Beute in Maßen, weil ich Jay noch zu seinem Turnier nach Bathgate fahren muss, aber Lara ist aufgekreuzt, und sie ist immer noch ein Nervenbündel. Ich höre sie irgendeinem Fatzke was über Lady Di verzapfen. – Die neueste Theorie ist, dass sie wegen ihrer Ansichten zur Palästinenserfrage ermordet wurde.

Jason hat es aufgeschnappt und guckt entgeistert. – Welche verfickten Ansichten zu Palästina? Hör bloß auf!, kläfft er gereizt wie ein kleiner Terrier. Plötzlich ist die Atmosphäre zwischen ihnen ziemlich gespannt. Der Fatzke verabschiedet sich, und das nicht besonders diskret, er rauscht verächtlich davon.

– Danke Jason!, faucht Lara. – Hast du eigentlich eine Ahnung, wer das war?

– Irgendne Nutte, sagt Jason, die Arroganz des Schnösels nachäffend, verzieht sich ebenfalls und macht die Runden, als sei es sein Familienstammsitz.

Das ist mein Süßer!

Es ist kaum noch zu übersehen, dass Ms Grant über meine Partnerwahl nicht sehr erfreut ist. – Ich versuche, mit den Sponsoren ins Gespräch zu kommen, und du schleppst *ihn* an! Sie kreischt gequält auf, als Jason sich schamlos an ihre unbehaglich dreinblickenden Eltern heranmacht und sie in ein Gespräch verwickelt. Dr. Grant schaut weg, während Mrs Grant sich mit gequältem Gesicht bemüht. Was das Ganze noch köstlicher macht, ist, dass ich weiß, dass Jason genau weiß, wie er sie auf die Palme bringt, und jede Sekunde genießt! Mir geht's genauso.

– Aber es macht Spaß mit ihm!, protestiere ich und freue mich an ihrem Unbehagen. Das blaue Auge ist etwas blasser geworden, aber man kann es immer noch sehen. Natürlich hatte ich ihr vorher versichert, es sei nichts mehr zu sehen.

– Ihr habt doch nicht, du weißt schon ..., fragt sie.

Ich zucke nonchalant die Achseln. – Dazu sag ich nichts, Ms Grant.

– Du hast! Mit einem Stalljungen! Mit einem abgebrochenen Jockey! Einem zwergwüchsigen Stalker, einem Drogensüchtigen ... wie entsetzlich ... Dann sieht sie, dass ich gar nicht amüsiert bin. – Aber Jen, du findest doch was Besseres. Du bist so hübsch.

– Mach dir um mich keine Sorgen, sage ich zu ihr. – Mir geht's gut. Ich werde gebumst. Das war mein großes Problem, weißt du noch? Tja, Problem gelöst.

– Aber *Jason* ... er hat uns praktisch durchs ganze beschissene Land nachgestellt!, japst Lara.

Ich starre in ihr blaues Auge. – Ja, ich weiß, dass ich nicht deinen makellosen Geschmack hab, was das andere Geschlecht betrifft.

– Meine Güte! Ihre Hand wandert instinktiv zu ihrem Auge. – Man sieht doch wirklich nichts, oder?

Dann dröhnt eine Stimme durch die Lautsprecheranlage und fordert Lara auf, zum Sattelplatz zu kommen und Scarlet Jester fertig zu machen.

– Vielleicht ein bisschen, räume ich ein, – aber es ist wirklich nichts, worum du dir Sorgen machen müsstest.

Sie sieht mich matt an, berührt ihr Gesicht und macht sich verzagt auf den Weg.

– Viel Glück, Ms Grant, rufe ich.

Ich muss es Lara lassen; sie ist eine gute Reiterin und hat enormen Kampfgeist. Trotz allem treibt sie Gillian Scott den ganzen Weg zum Cup vor sich her. Aber Gillian ist schlaksig, verpickelt und außer im Sattel ein linkisches Fiasko. Ihr Gebiss ist markanter als das sämtlicher Pferde im Turnier zusammen. Die vom Fernsehen befassen sich zwar anstandshalber mit ihr, aber worauf sie eigentlich scharf sind, ist das Gespräch mit sexy Lara Grant, der temperamentvollen Verliererin. Nein, um unsere Ms Grant braucht man sich keine Sorgen zu machen. Sie ist ein Nazi-Monolith und wird eines Tages die Welt regieren. Aber ich muss zugeben, ich bin doch etwas beunruhigt, als sie völlig aufgelöst auf uns zugestürzt kommt. – Eine Katastrophe!, kreischt sie, Tränen in den Augen.

– Zweite hinter Gillian Scott ist keine Katastrophe, Lara. Sie hat schon –

– Nein! Der Interviewer hat einen Witz über mein blaues Auge gemacht! Vor der Kamera!

– Das schneiden sie sicher raus, sagt Jason, der mit einem Champagnerglas in der Hand anstolziert kommt. Laras Unterlippe bebt, und sie atmet schwer durch ihre Nasenflügel wie ein schnaubender Drache. Ich bezweifle, dass sie je in ihrem Leben jemanden so gehasst hat, wie sie Jay gerade verabscheut, obwohl der Reporter vom Fernsehen sicher einen guten zweiten Platz belegt.

– Mach dir nix draus, Zweite is nich schlecht, sagt Jason in dem Moment, und ich muss ein Kichern unterdrücken. – Besser als sich kampflos geschlagen geben, so seh ich das. Er dreht sich mit bedächtigem Nicken zu mir, die Unterlippe vorgeschoben. – Najenfalls, wir müssen dann ma aufsatteln, wennde den Ausdruck entschuldigst!

– Kommst du mit nach Bathgate?, frage ich Lara.

Sie blubbert mich an: – Ich kann nicht mit nach Bathgate … zu irgendeinem Tischfußballturnier! Siehst du das nicht! Es ist alles ruiniert! Und damit läuft sie zu Dr. und Mrs Grant und sinkt schluchzend an die Hühnerbrust ihres Vaters. Ihre Mutter streicht ihr übers Haar und schaut anklagend zu uns herüber.

– Mein Gott, sie ist auf dem emotionalen Stand einer Dreijährigen!, quietsche ich in höchstem, zügellosem Entzücken und absoluter Fassungslosigkeit. – Was für ein Ausbruch! Ich hab ja nie gewusst, was sie für ein Papakind ist!

Als wir uns zum Gehen verabschieden, winkt Jason und ruft ihnen zu: – Dann bis bald! Auf dem Weg zum Auto sagt er zu mir: – Diesen Dokter Grant konnte ich noch nie leiden. Der hat immer dermaßen mit den Krankschreibungen geknausert, als ich damals im Lager gearbeitet hab.

Wir steigen ins Auto und fahren los nach Bathgate. Das zweite Glas Champagner war ein Fehler, darum fahre ich langsam und sehr überlegt. Ich muss an etwas denken, was mich schon lange beschäftigt, und ich spreche Jason darauf an. – Sie war erst vierzehn, als du mit ihr zusammen warst. War das nich ein bisschen heikel?

Jason macht diese verrückte Sache mit den Augen, dann zieht er die Schultern wieder hoch. – Wenndes so ausdrückst, dann vielleicht ja, aber damals hab ich das nie so gesehn. Ich mein, da is nie irgendwas nich Jugendfreies gelaufen, es war bloß ne Freundschaft, die aus unsrer gemeinsamen Liebe zu Pferden entstanden is. Außerdem war sie damals wahrscheinlich erfahrener als ich!

Das ist das Erstaunliche an Jason, er *prahlt* doch tatsächlich mit seiner sexuellen Unerfahrenheit. Das unterscheidet ihn von allen anderen Jungen, die ich je kennengelernt habe. – Das bezweifle ich nicht. Das geht nicht gegen dich, Jay, aber Lara hat immer schon fleißig rumgefickt.

– Is klar, aber zwischen uns is nix in der Art gelaufen. Ab un zu mal n Küsschen, aber in erster Linie war's wie schon gesagt die Liebe zum Pferd, die uns zusammengebracht hat. Der Rest war total platonisch.

Ich sehe ihm fest in die Augen. – Sie hätte damals mit dir gefickt, wenn sie gedacht hätte, dass du's auch willst. Ich konzentriere mich wieder auf die Straße und überhole dann ein Wohnmobil. – Das hat sie mir erzählt.

Ich sehe seine Augen noch ein bisschen größer werden, während er schweigend dasitzt.

Wir fahren nach Bathgate herein, und auf der Whitburn Road steht das ziemlich imposante viktorianische Gebäude des Dreadnought mit seinen fünf Zinnen und fünf Erkern. Wir gehen hinein, und jemand am Empfang begleitet uns nach hinten in den Nachtklub, in dem das Halbfinale stattfindet.

Dieser Maxwell ist der Favorit für das Turnier, und er hat etliche Schlachtenbummler aus Corstorphine dabei. Sie tragen weinrote Hearts-Trikots, auf deren Rücken »Maxwell No I« steht. Aber immerhin sind auch einige Fife-Boys aus dem Goth gekommen, und Jasons Vater ist mit ein paar Freunden da. Einer davon ist der alte, heruntergekommene Pfarrer, der sich ein bisschen gefangen zu haben scheint. Ich bekomme zufällig mit, wie Jasons Dad den selbstsicheren, großspurigen Maxwell ansieht und zu Jason sagt: – Der Nigga macht keinem was vor. Der kneift den Schwanz ein, das seh ich dem an den Augen an.

Jason antwortet nicht, spannt nur seinen Kiefer.

Das Publikum ist angeheizt. Sie haben offensichtlich schon einiges intus, besonders die aus Fife. Ich ändere meine Meinung über den unehrenhaft entlassenen Pfarrer, als er mir irgendwas zulallt, das ich nicht verstehe. Aber wenigstens riecht er nicht allzu streng. Jason ist offenkundig nervös. – Okay?, frage ich.

– Scheiße auch, ich will nich alle enttäuschen, sagt er zu mir und hält die zitternden Hände vor sich.

– Ist schon gut, Jason. Tu einfach dein Bestes, rede ich ihm zu.

Er nickt angespannt und geht an den Tisch.

Es ist ein verdammt enges Spiel, aber Maxwell scheint öfter am Tisch zu sein, und Jason fällt es nicht leicht, in Ballbesitz zu bleiben. Seine Kiefer mahlen vor Konzentration, aber gelegentlich entfährt ihm ein verärgertes »Scheiße« oder »Fuck«. Es ist wirklich kaum mehr als ein Zischeln, und eher an ihn selbst als an seinen Gegner gerichtet, aber der Schiedsrichter wirft ihm schon missbilligende Blicke zu. Dann geht Maxwell in Führung, und im Lager von Fife herrscht Weltuntergangsstimmung, während diverse übergewichtige, bebrillte Typen in weinroten Trikots auf und ab hüpfen.

Dann wird Jason plötzlich ein Strafstoß zugesprochen, gegen heftigen Protest von Maxwell. Jason verwandelt ihn, und wir alle rasten aus und singen »Blue Brazil, Blue Brazil, Blue Brazil …«, was von den Offiziellen unterbunden wird. Zum ersten Mal, wird mir bewusst, fühle ich mich als Teil meiner Stadt, als gehörte ich hierher. Und daran gibt es nichts zu feiern; genau genommen kann ich mir kaum etwas Traurigeres vorstellen: dass ich mich inmitten einer Horde fremder, permanent vorpubertärer Außenseiter bei einem Tischfußballturnier amüsiere. Und noch schlimmer: Ich bin im Moment *alles andere* als traurig.

– Er kriegt aber echt Prügel, flüstert sein Freund Colin Watson, oder »Nachbar«, wie sie ihn hier nennen, ins Ohr. Aber wie Jason seinen Kasten sauber hält, ist virtuos, und er rettet einige Male genial, während Maxwell sein Tor unter Dauerbeschuss nimmt. Sie gehen in die Verlängerung, und auch da kommt es zu keiner Entscheidung. Also gibt es Elfmeterschießen.

Zuerst dachte ich, ich würde es mir nur einbilden, aber jetzt bin ich mir sicher, dass Maxwell vor und während des Spiels auf meine Titten gestarrt hat. So muss es sein; ich bin das einzige weibliche Wesen hier. Mir kommt eine Inspiration, und ich ziehe meinen Pullover aus. Darunter trage ich das ärmellose T-Shirt und den Wonderbra, besser könnte man den Vorbau nicht präsentieren.

Ich stehe hinter Jason, der seinen Keeper für Maxwells Elfmeter in Stellung bringt. Ich sehe Maxwell von mir zum Tor und dann wieder zu mir gucken. Ich sehe ihn direkt an und lecke meine Lippen. Er schießt, und Jason hält! Ich achte darauf, mich hinter Jason zu halten, als er unter dem Jubel von Fife am anderen Ende verwandelt. Der arme Junge aus Corstorphine hat jetzt schon Tränen in den Augen wegen der vermeintlichen Ungerechtigkeit des Ganzen. – Das is doch keine Art, n Weiterkommen in nem wichtigen Turnier zu entscheiden, blökt er. – Das ist ein Witz!

Er schießt den nächsten Elfmeter rein, aber er ist trotzdem todtraurig, weil Jason verwandelt und zwei-eins in Führung geht. Maxwell scheint in eine brütende Depression zu verfallen, und der Schiedsrichter muss ihn nachdrücklich erinnern, seinen dritten Elfmeter auszuführen. Er drischt blind drauf, und er prallt direkt von

Jasons Keeper ab und titscht über den ganzen Tisch. Nach einem Johlen tritt geisterhafte Stille ein, dann tosender Jubel, als Jason eiskalt verwandelt und in die Luft boxt, und damit steht es dreieins. »Einer geht noch, einer geht noch rein«-Sprechchöre schallen von den Schlachtenbummlern aus Beath, die nur durch die Androhung der Disqualifikation seitens der Offiziellen zum Schweigen gebracht werden können. Wir halten alle die Klappe.

Der Schiedsrichter bringt den gebrochenen Maxwell dazu, seinen vierten Anlauf zu nehmen. Er muss die letzten beiden reinmachen und hoffen, dass Jason die letzten beiden verschießt, nur, um weitere Elfmeter rauszuholen. Maxwell trifft, und es scheint ihm neue Energie zu geben, weil er sein Gesicht in einen trotzigen Ausdruck zwingt. Jetzt hat Jason es in der Hand. Mit diesem Schuss kann er das Spiel gewinnen. Uns allen fällt das Herz in die Hose, als er weit übers Tor ballert.

Maxwell geht an den Tisch. Ich stehe direkt hinter der Schulter des verteidigenden Jason und sehe Maxwell frontal an. Er sieht mich partout nicht an. Ich warte, bis er seinen Schnipp macht und lasse dann schnell beide Brüste rausblitzen, in der Hoffnung, dass der Schiedsrichter es nicht sieht. Während mein Dekolleté hastig wieder gesichert wird, fliegt der Ball weit, weit daneben, der Mob aus Fife feiert mit »Blue Brazil«-Sprechchören, und Jason ist in der letzten Runde des Schottlandcups!

Er steht auf und schüttelt dem Schiedsrichter und dann dem am Boden zerstörten Maxwell die Hand, der widerstrebend seine Flosse hinhält, ihn aber nicht ansehen kann. – Ne kleine Ankündigung, sagt Jason plötzlich mit lauterer Stimme, während die Jungs aus Beath allgemeines Schweigen einfordern und die Menge still wird. – Ich werd am Finale des Scottish Cup nich teilnehmen. Er schüttelt den Kopf zu dem allgemeinen ungläubigen Schnaufen. – Es bleibt Ihnen überlassen, was Sie machen, sagt er zu den Offiziellen gewandt. – Ich gebe hiermit den Sieg in diesem Spiel an meinen überaus begabten Gegner, Murray Maxwell, ab. Und ich möchte die Gelegenheit nutzen, Murray alles Gute fürs Finale zu wünschen.

Maxwell geht kopfschüttelnd weg. Ein fetter Kerl versucht seinen Arm hochzuheben, aber er schüttelt ihn ab. Ein Offizieller kommt in unübersehbarer Panik auf Jason zu. – Aber das ist höchst irregulär, Mr King! Wir beim Tischfußballverband Schottland-Ost –

Jason schneidet ihm das Wort ab. – Ihr beim Tischfußballverband Schottland-Ost. Das is n Babyspiel für Idioten. Werdet erwachsen, ihr Scheißspacken!

– Mr King –, plustert der Offizielle sich kurz auf, ehe er mit angewidertem Kopfschütteln abgeht.

Jasons Dad grinst und sieht seinen Sohn bewundernd an. – Ain't cutting no deal with that muthafuckin DA, brüllt er. Nachbar und der Duke gucken sich an und nicken zustimmend. Alle in der Riege aus Fife lachen, als die Jungs aus Corstorphine sich mit hängendem Kopf unauffällig verziehen.

Ich sehe, wie sich Maxwell abwendet, alle Annäherungsversuche eines weiteren Offiziellen abschüttelnd. – Ich will mit dieser desorganisierten Scheiße nix zu tun haben, faucht er. – Sie lassen hier Leute zum Turnier zu, die es in Verruf bringen! Ich habe nach den Regeln des Verbands verloren! Es ist vorbei, hören Sie mich?! Vorbei!

Im Pub auf der anderen Straßenseite kommt Jasons Dad mit den Getränken an, die er organisiert hat. – Gut gemacht, Sohnemann.

– Aye, ich hab mich im Elfmeterschießen nich kirre machen lassen, Vater.

– Nee, Sohn, die Rede, sagt er mit ganz feuchten Augen, und der Schandfleck von Ex-Pfarrer nickt zustimmend. – Hätte glatt James Conolly oder John McLean sein können. Sozusagen ne ›Ich stehe hier als Ankläger, nicht als der Beklagte‹-Ansprache von der Anklagebank, die autoritären Strukturen in ihrem eigenen verfickten Gerichtssaal in Frage stellen, er dreht sich zu mir um und zieht eine Augenbraue hoch, – 'tschuldige meine Ausdrucksweise. Aye, sagt er zu Jason, – da hab ich den Geist vom alten Bob Selkirk und Willie Gallagher rausgehört, Sohn! Genau den Geist, den wir brauchen, um aus diesem sogenannten Königreich endlich die ausgewachsene Sowjet-Sozialistische Volksrepublik zu machen, die es schon längst sein sollte!

Jason sieht den schmutzigen alten Reverend an. – Jack hier war die Inspiration, sagt er, und der betrunkene Ex-Kleriker strahlt.

Wir knallen unsere Pintgläser gegeneinander und trinken auf die bevorstehende Weltrevolution. Wenn mein Vater mich jetzt sehen könnte!

29. EIN VIERBEINER KEHRT ZURÜCK

Morgens bin ich dann wieder dran, und mit brummendem Schädel von dem ganzen Lager und Sekt gestern Abend: die Gesöffe von Proletarier und Proletarierin. Aber obwohl ich sein Mädchen reite, gibt es kein Entrinnen vor den Kräften des Markts: Tom Cahill verlangt trotzdem ne volle Schicht in den Ställen. Ich schufte wie ne Nutte, die ne ganze Zugladung Koksnasen zu bedienen hat, und die schmachtenden Blicke von Jenni hin und wieder sind das Einzige, was meinen Tag aufhellt.

Aber wir hams ja nich geglaubt, als die Jungs vom Tierschutzbund bei Cahills vorfuhren und die Hecktür vom Van aufmachten. Da saß der alte Ambrose in nem Käfig, aber immer noch mit dem Stück Treibholz im Maul! Das hatter nich losgelassen!

Wies aussieht is der bescheuerte Köter einfach immer weitergeschwommen, das Treibholz so erbarmungslos zwischen den Zähnen wie die Hand von ner Hure in deiner Tasche, un mit der Flut im Firth hat ihn die Strömung bis ganz nach Leith abgetrieben, wo er dann an Land gespült wurde. N einsamer Angler hat dann Polizei und Behörden verständigt, als er ihn mit letzter Kraft in den Newhaven Harbour reinpaddeln sah.

Und Tom Cahill so: – Das isser! Das is mein Junge! Sie machen den Käfig auf, un der Hund ignoriert ihn, springt raus, rennt zu mir rüber un lässt mir das Stück Treibholz vor die Füße fallen.

Ich beug mich runter un tätschele dem Burschen den Kopf. – Braver Junge, braver Junge, un dann guck ich hoch zu den anderen.

– Das Stück Holz da hat er nich aus den Augen gelassen, noch nich mal beim Fressen, meint einer von den Tierschutzmännern, n Knabe mit nem militärischen Schnäuzer. – Un wehe jedem, der versucht hat, es ihm wegzunehmen!

– Aye, ich seh mich nervös um, – ich hab öfters mal Stöckchenholen mit ihm gespielt.

Tom kriegt es gar nich mit, er bückt sich bloß un leint den Hund an.

Der andere Tierschutzknabe, n Glattrasierter, meint zu Tom: – Diese Narben an seinem Kopf und auf seinem Körper, wie ist er an die gekommen?

– Von Rottweilern schwer verletzt worden, erzählt Tom ihnen traurig, und die Fotze is schon verdammt überzeugend, das muss ich ihm lassen. – Zwei davon sin im Dunfirmline Glen auf n losgegangen; furchtbar, wie die ihn zugerichtet ham. Er wendet sich an den Hund, als sollte der ihm das bestätigen. – Hab schon gedacht, wir würden dich verlieren ... was, du kleiner Strolch! Aye, die ham ihn übel zugerichtet, hm, alter Junge?, sagt er traurig, dann wendet er sich wieder an die uniformierten Männer. – Die sind natürlich eingeschläfert worden. Die Hunde konnten nix dafür. Ich geb den Haltern die Schuld.

Der Glattrasierte von den Tierschutztypen sieht allerdings nich sehr beeindruckt aus.

Tom scheint das auch mitzukriegen und ändert seinen Kurs, die Brieftasche zückend. – Schön, Jungs, wie viel schulde ich euch dafür?

Glattrasiert schüttelt den Kopf. – Ist alles im Service inbegriffen.

– Dann ist der Service erstklassig, alter Freund, sagt Tom, – aber vielleicht darf ich euch wenigstens einen ausgeben? Ich kann euch wirklich nich genug danken, dass ihr ihn gefunden un zurückgebracht habt.

Glattrasiert wechselt nen sekundenlangen Blick mit seinem Kumpel Schnäuzer. Der sieht aus, als hättense ihm nen weiß glühendes Schüreisen innen Arsch gerammt. – Danke, Sir, aber das ist nicht nötig. Wenn Sie allerdings eine Spende an den Tierschutzbund machen wollen, die wäre höchst willkommen.

– Da bin ich dabei, strahlt Tom zufrieden.

– Unglücklicherweise dürfen wir kein Bargeld annehmen, sagt Glattrasiert, – aber wir haben hier ein Formular, das Sie ausfüllen können.

– Ah ja ..., sagt Tom ernüchtert, weil er weiß, dass sie ihn jetz am Wickel ham!

Schnäuzer steigt noch mal in den Wagen und kommt mit ein paar Vordrucken raus, die Tom ausfüllt, mit nem etwas langen Gesicht, dann nehmen die Jungs sie ihm ab, springen in die Karre und zischen ab.

Sobald sie außer Sichtweite sind, stiefelt Tom den Hund in die Flanke, un der arme Ambrose jault auf und zieht den Schwanz ein. – Siehste, wasste mich kostes, du Fotze! Ne Abbuchungsgenehmigung über gottverdammte 12 Pfund im Monat! Er tritt wieder mit dem Gummistiefel nach dem armen Kerl, und ich kann nich länger schweigen.

Jenni springt plötzlich zwischen mich und ihn. – Lass ihn verfickt noch mal in Ruhe! Du warst das mit seinem Kopf, beim Hundekampf! Ich weiß es, weil ich da war!

Sie nimmt die Leine von Ambrose. Tom steht bloß da und durchbohrt mich mit seinem Blick.

– Was?, sag ich abwehrend. – Ich hab sie nich mitgenommen. Ich bin in meinem ganzen Leben noch nich beim Hundekampf gewesen!

– Nichts wie weg von diesem Psychopathen, kreischt Jenni und zerrt Ambrose den Weg runter, und ich gucke noch mal zurück zu Tom, zucke die Achseln und geh ihnen nach.

– Wo willste denn hin, Loverboy? Hier wartet noch Arbeit auf dich!

– Sorry, Tom, aber ich halt zu Jenni, sag ich und fühl mich nich ganz wohl dabei, weil ich sagen muss, Tom hat mich immer anständig behandelt.

– Dann verpisst euch doch! N feines Paar! Mal sehn, wie weit ihr kommt, ohne dass ich für alles bezahle! Beschissene Parasiten, das seid ihr! Dann dreht er sich rum und geht wieder ins Haus.

Jenni bringt Ambrose zum Auto, und ich hinterher. Ich muss gestehn, dass ich ganz froh bin, einzusteigen, weil ich keine große Lust gehabt hätte, hierzubleiben, solange er in der Stimmung war. Nee danke, muss nich sein. Jenni lässt den Wagen an und fährt aus der Ausfahrt. Als wir auf der Straße sind, sagt sie: – Er ist ein Tier. Ich muss auf der Stelle raus hier. Wir müssen Ambrose mitnehmen, sonst geht er denselben Weg wie Midnight!

– Aye … fahrn wir zu mir. Ich werd meinem Vater Auf Wiedersehn sagen. Sag ihm, dass wir weg sind. Nach Spanien!

– Fuck, ich kann's gar nicht erwarten, zischt Jenni, dann lächelt sie breit. – O Jase, das wird so tierisch geil!

Wir fahren n Stückchen in die Stadt rein und halten am Off-License, um zur Feier des Tages n Fläschchen Sekt zu kaufen. Als wir wieder raus auf die Straße kommen, is da der kleine Jack Anstruther, der n bisschen betütert, aber von der Erscheinung her definitiv schicker aussieht. Lässt sich jetz öfters mal im Goth sehen, wie man hört. – Alles klar, Jack? Jenni kennste noch?

– Aber gewiss doch, lächelt er und hebt ihr Pfötchen, um ihr nen Kuss draufzudrücken. Muss schon sagen, sie schaffts immerhin, n Lächeln beizubehalten. Ein Mädel schiebt mit nem Kinderwagen an uns vorbei, und Jenni stürzt sich sofort auf sie, kurz drauf sind sie dann am Quasseln. Genau da kommt Nachbar Watson in Sicht und hat was dabei, was wie n Werkzeugkasten aussieht.

– Asklar, Nachbar? Kleiner Nebenjob?

– Jack, Jase, meint er. Dann kommt er näher ran. – Fragt nich, dann werdeter nich belogen, ihr Nutten.

Ich frag Jack mit leiser Stimme: – Ich hab ja nie die wahre Geschichte gehört, warum die Kirche dir n Marschbefehl gegeben hat. Es war also echt Rumhuren?

Jack schüttelt entrüstet den Kopf. – Ungeachtet meiner ausführlichen Belege aus der Heiligen Schrift, die den Umgang mit Huren sanktionieren, bin ich in der George Street auf taube Ohren gestoßen.

Der Nachbar macht darauf n empörtes Gesicht: – Aber nich in der Kirche, während des heiligen Sabbath und vor der ganzen Gemeinde!

Ich muss laut lachen und nicke rüber zu Jenni und der Schnalle, die wie vom Schlag gerührt sind. Jack antwortet dem Nachbar mit resolutem Kopfschütteln: – Wenn ich für vierundzwanzig Stunden gelöhnt hab, will ich auch vierundzwanzig Stunden ham. Konnte ich was dafür, dass die hochnäsigen Kirchenältesten mit ihren Scheißfrauen zu früh gekommen sin, um die Blumen zu arrangieren, und mich mit der Schnecke Mittficks auf m Altar erwischt ham? Aber ich sag euch was, Nachbar, Jason, sagt er zu uns, un macht n Gesicht wie n geiler Gartenzwerg, – das wars wert. Der beste Fick, den ich je hatte, un das Mädchen auch, hatse selbs gesagt. Nettes Mädel, jung; aus Ballingry, mein ich mich zu erinnern.

Die Sektflasche, die in der Hand hatte, wär mir beinah durch die Finger gerutscht. Ich hab mich entschuldigt un Jen geholt, und wir sind wieder ins Auto gestiegen.

Als wir nach Haus kommen, is von meinem Vater nix zu sehn, aber auf m Küchentisch liegt ne Nachricht, auf nen Wettschein von Ladbroke's geschrieben.

Miner's Welfare um acht heut Abend,
Überraschungsparty. Hab Neuigkeiten.

– Fuck, was läuft hier?

– Keine Ahnung, aber wir müssen zu der Party, sagt Jenni. – Den Sekt bringen wir mit. Dann hauen wir hier ab – fahren einfach die Nacht durch ... auf dem Motorrad.

Irgendwie gefällt mir gar nich, wie das klingt. Das hieße doch das Schicksal frech herausfordern, besonders nach Kravy. Aber ich will ja nich als unromantisches, feiges Arschloch dastehn. – Äh ... un was is mit Ambrose?

– Ich kenn jemand, der sich um ihn kümmern kann. Wir können ihn später nachkommen lassen. Ich will auf Kravys Motorrad aus diesem beschissenen Kaff rausfahren. Ihre Äugelchen leuchten auf wie bei ner Hure aus Kelty, die ne Weihnachtsgratifikation kriegt. – Das wär so symbolisch, meinst du nicht auch? Es ist das, was er gewollt hätte, da bin ich sicher!

Woher will die wissen, was er wollen würde? Sie hat nich *ein*mal n Wort mit dem Jungen gewechselt. Trotzdem, ich sag auch nix dagegen; sie hat die Titten und die Muschi, und es wird noch lange dauern, bis ich so saturiert bin, dass ich von dem, was sie zu bieten hat, die Nase voll hab! Ich selber würd ja definitiv lieber mit m Auto fahren, aber jetz is nich der Moment, so was zu diskutieren. Ich hatte gehofft, das Bike wär n Totalschaden gewesen, wies mans eigentlich erwartet hätte, aber die Sau is sogar noch wunderbarer errettet worden als ich. Wir stelln das Blubberwasser kalt, lassen Ambrose runter und gehn rauf in meine Flohkiste, um uns n bisschen zu entspannen. Ich muss zwar betteln, aber schließlich lässt mich Jenni auch mal oben sein, nach dem vierten Anlauf.

Ich hab mir ausgerechnet, wenn ichs bis zu meinem dreißigsten

Geburtstag auf fünf Orgasmen täglich bring, hätt ich n einigermaßen durchschnittliches Sexleben gehabt. Aber auf fünf bring ichs heute nich mehr, dazu bräuchte ich chemische Unterstützung, weil ich unter Einwirkung der Schwerkraft schwupps meine Ladung in sie reinspritze. Das haste davon, wennde oben bist!

Bei uns gehn mit einem Schlag die Rolladen runter. Mein letzter Gedanke, bevor ich weg bin: Ballingry? Wo soll das sein?

Als ich zu mir komme, is von meinem Vater noch immer nix zu sehn, und es is dunkel draußen. Ich hab noch total verschwommene Sicht von zu viel Sex-Schlaf, diesem komatösen Zustand, wenn man direkt in tiefsten Tiefschlaf abgestürzt is un zu schnell wieder hochkommt, als würd man die Taucherkrankheit kriegen. Ich kann gerade so die digitale Anzeige auf der Uhr sehn:

8:57

– Jen, aufwachen, schrei ich in Panik, – wir müssten schon im Welfare sein!

Sie rollt sich herum. – Fuck, Jason, darf ich erst mal fünf Minuten wach werden?

Ich steh aber direkt auf und spring in meine Hose, meine Schuhe und die restlichen Klamotten. Alle Achtung, sie zieht nach. Ich seh zu, wie sie sich anzieht, und es macht mich so an, dass der Kleine sich wieder aufstellt, aber ich entscheide mich, aufs Klo zu gehen und mir die Beißer zu putzen, um den Dreckfilm vom Schlafen loszuwerden.

Ich trau meinen Augen nich, als wir am Welfare ankommen, Ambrose an der Leine. Der Laden is rappelvoll, un es is n riesiges Banner aufgehängt, n Bettlaken, auf dem in schwarzen Lettern steht:

HERZLICHEN GLÜCKWUNSCH FRANCES UND ALAN

Mir fällt nix mehr ein, außer, dass der eine der Name von meinem Alten ist und der andere der von Kravys Ma! Meine abgefahrensten Spekulationen bestätigen sich, als sie betrunken angeschwebt kommt und mir nen Finger mit Verlobungsring präsentiert. Der alte Sack hat sich innen Bus nach Dunfermline gesetzt un war beim Juwelier, die Nutte!

– ne plötzliche Eingebung, Homeboy, sagt der alte Herr beinah schüchtern, den Arm um Kravys Ma. – Zwischen uns hat's immer schon gefunkt, aber wir warn ja beide gebunden. Und als ich dann nich mehr aus m Haus gegangen bin ... der Alte fasst sich unwillkürlich in sein überschminktes Gesicht.

– Ich hab gedacht, der Hengst wär aus m Stall entlaufen un auf un davon, sagt Kravys Ma, oder Frances, wie ich die Olle ab jetzt wohl nennen muss. – Erst als Ally zurückgekommen is, und sie lächelt durch Tränen, – da hatter mir gesagt, dass dein Vater noch in der Stadt is!

Seine Kumpels ham zusammengelegt, die halbe Knappschaft, un richtig was aufgefahren: lauter verschiedene Sandwiches, Würstchen im Schlafrock und ne Karaokeanlage, dazu Alk in Hülle und Fülle. Ich knacke ne Dose Lager, Jenni tut dasselbe. – Das ist klasse, sagt sie, – meine Familie würde so was nie machen!

Ich glaub, da kennt sie ihren alten Herrn schlecht. Big Tom kann durchaus spendabel sein und man kann sich mit ihm nen netten Abend machen. Im Starkers hatter sich nich lumpen lassen, muss schon sagen.

Aber n nettes Büfett hier, ihr Nutten. Ich als Zuckerschnute bin sehr angetan von der Schwarzwälder-Kirsch-Torte, also schneid ich mir von der Nummer n Stück ab. Ich nehm mir ne Kuchengabel und schaufle mir n dickes Stückchen Nirwana zwischen die Zähne. Jenni lächelt mir zu. – Ich muss pinkeln, sagt sie, steht auf und geht zu den Klos, während ich ihren Arsch begutachte und mich fühl wie im Garten Eden.

Ausgerechnet da erscheint ne Schlange im Paradies. Big Monty kommt rein und guckt sich um. Die Gäste, die ihn sehn, sind n bisschen misstrauisch, aber die meisten sind zu gefesselt von der Darbietung von Alec, nem alten Kumpel meines Vaters, der »The Green Green Grass of Home« singt. Big Monty kommt un baut sich vor mir auf, beugt sich runter un steckt mir seine Visage ins Ohr. – Du solls da irgendwelche Andeutungen über Hunde gemacht ham, sagter, und sein Atem stinkt nach irgendwas. – Gehn wir doch n Moment raus, murmelt er drohend, – oder ich hol n paar von den Jungs rein. Wär ne Schande, bei so nem netten Anlass die Stimmung zu versauen, lächelt er und guckt angewidert runter auf den bedauernswerten Ambrose, der unterm Tisch ne Quiche verdrückt.

Ich kann nich viel dazu sagen, weil ich den Mund voll Torte hab. Ich würg sie runter und dreh mich nach dem Duke um, der zwar nix gehört hat, aber verteufelt unglücklich guckt. – Muss nur kurz was regeln, sag ich mit nem Zwinkern, – is alles cool, dauert nur ne Minute.

Dann steh ich auf und geh mit dem Großen zur Tür, eher wie beste Kumpels als wie zwei verfeindete Revolverhelden.

Witzigerweise merk ich, dass ich kein bisschen Angst hab. Mir is richtig nach ner freundlichen Klatsche, un mehr wirds hier nich werden, nich mit den ganzen Fotzen drum rum; vielleicht n paar Knuffe. Ich geh zu Boden, hör mir n paar leere Drohungen an, damit ihre Ehre wiederhergestellt is, un die Party kann ungestört weitergehn.

Als ich rauskomm, seh ich allerdings Klepto, diesen dreckigen Pars-Fan, ausgerechnet. Das gibt jetz doch n bisschen Herzflattern. n schwerer Brocken wie Monty versetzt nem Winzling auch höchstens n paar kleine Klatschen. Immerhin wärs nich grad n Ruhmesblatt, wenn das hier in n blutiges Zwergenmassaker ausartet. N tückischer kleiner Drecksack wie Klepto dagegen, so ne Nutte kann richtig unangenehm werden. Ich fühl mich tatsächlich vor ihm zurückscheuen und mich *näher* an Monty halten wie an nen großen Beschützer, weil ich hoffe, er reagiert sich als Erster ab un erlöst mich aus meinem Elend. Er schnallt, worauf ichs anlege, und lässt Klepto den Vortritt. – Du kapierst es wohl auch nie, Jockey, genau wie dein Schlitzaugenfreund, sagt die Fotze höhnisch und schubst mich erst mal vor die Brust, um sich Mut für mehr zu holen. Ich geh nen Schritt zurück, un just da kommt Richey, das Opfer, aus m Welfare un stellt sich neben mich.

– Wer bis du denn, du Penner?, fragt Monty ungläubig.

Richey sagt: – Pass auf, das is n sehr enger Freund von mir, und ich hör hinter uns Monty lachen. Ich will dem Schwachkopf grad erklären, dass ich alles längst im Griff hab und er es bloß noch schlimmer macht und wieder reingehen soll, da sagt Klepto zu Richey: – Haste was zu sagen? Haste was zu sagen? Hä? Hä?

Aber der blöde Schwachmat bleibt bei der Stange: – Ich sag bloß, dasser n guter Freund von mir is. Ich mein, wir sollten uns erst mal alle wieder beruhigen, sagt er wie aus dem Schaffner-Lehrbuch von ScotRail, Deeskalationstaktik, verfasst von sogenannten

Verhaltensforschern, die noch nie im Leben mit nem Hool zu tun hatten.

Natürlich macht das auf unsern Klepto null Eindruck. – Was …?, röchelt er empört, als hätte Richey ihm unterstellt, er würd seinen kleinen Bruder ficken.

Behämmert wie Richey ist, macht er immer noch den Dicken und steht wie angewurzelt da. – Pass auf, mein Freund –

– Ich bin nich dein Scheißfreund!, brüllt Klepto und rammt ihm seinen Dez in die Visage. Während Richey zu Boden geht, bin ich mir ziemlich sicher, da n breites Grinsen auf seinen Lippen zu sehen.

– Wer will als Nächster?, fragt Klepto in freudiger Erregung und fixiert mich. – Ein in die Fresse, du Fotze? Hä?

Ich seh kurz zu Big Monty, hat fast schon Aufforderungscharakter, dann auf den armen Richey, der alle viere von sich gestreckt hat. – Nee, sag ich.

Das lässt Klepto quasi auflaufen. Ne Weile weiß er nich richtig, was er sagen soll, dann entscheidet er sich für: – Feige Sau!

– Tut mir leid, Kumpel, ich hau mich nich so gern, sag ich un steck die Flossen in die Jackentaschen, damit er sehn kann, dass ich nich zuschlagen will. Ich fühl was Stumpfes aus Metall in der Tasche. Es is diese Kuchengabel. Kann mich gar nich erinnern, dass ich die eingesteckt hab. Höchstwahrscheinlich aber nich besonders scharf, das Ding.

– Wo issen deine kleine Bonzenperle? Gar nich da, um auf dich aufzupassen?, sagte er und stößt mich vor die Brust. – Die kleine Schlampe hat –

Stumpf oder nich, er sollte nich so ne Lippe riskiern gegenüber nem Bewaffneten. Ich reiß die Gabel raus und ramm sie ihm in die Fresse. Und scheiß der Hund drauf, so stumpf is die auch nich, wie ne Silberkugel bei nem Vampir, Alter! Die ragt ihm echt an der Seite aus m Kopf, sauber versenkt in seiner nachgemachten Fife-Backe. Ich weich was zurück, aber er is vor Schock total gelähmt. Als die Fotze die Sprache wiederfindet, klingt er wie n knatschender Hosenscheißer: – Der hat mich gestochen! Die Sau hat mich gestochen!

– Is ja bloß ne Gabel, wiegele ich ab und geh nen Schritt zurück. Ich guck zu Big Monty, der bloß dasteht. – Ich hab ihm doch gesagt, dass ich nich boxen kann. Was sollte ich n sonst machen?, appelliere ich noch mal.

Monty will mir grad n Dropkick verpassen, da kommt n Schrei von der andern Straßenseite, und n nich grad kleiner Mob vom hiesigen Young Team, angeführt von dieser Kante Craig, kommt mit n paar Bräuten im Schlepptau angerannt. – Das is die Sau, Klätschnass-vom-Regen zeigt auf Big Monty. – Macht mir n Kind und verpisst sich dann! Wart mal ab, wenn ich dem Unterhaltsamt stecke, dasste in Dunfermline bis, Freundchen!, keift sie.

Monty knurrt irgendwas und klatscht Klätschnass eine, die daraufhin hochdramatisch zu Boden geht un zu heulen anfängt. Craig vom Young Team brüllt: – Das is mein beschissenes Kind, das sie im Bauch hat!, und ledert Monty eine, der sich darauf auf ihn stürzt, aber dann is das ganze Young Team da und die Dunfy-Boys gehn in nem Meer aus Burberry unter. Ambrose kommt mit Jenny aus m Welfare und seine Miene sagt: »Guck nich mich an, ich seh vielleicht wie n Pitbull aus, aber innerlich bin ich 100 % Retriever.« Ich frag mich, ob's vielleicht irgendson Kommando gibt, mit dem wir den Burschen aktivieren können, aber das Young Team hat alles unter Kontrolle und Dunfy spendet n bisschen Blut, beziehungsweise die Nachzügler tuns, denn der Rest von den Fotzen gibt Fersengeld und verpisst sich mit Höchstgeschwindigkeit heim in ihr Drecksnest. Das Young Team setzt nach, lässt sie dann aber ziehen und vermoppt lieber die Trantüten und die Verwundeten. Sie ham nen Mob von Altvorderen besiegt, kein schlechtes Ergebnis, für mich aber auch nich! Monty is davongekommen, aber Klepto hat's übel erwischt, der liegt stöhnend vor der Treppe vom Welfare.

Jenni steht nun flankiert vom Nachbarn und dem Duke da, die aus der Tür des Welfare gestürzt waren. – Was ist los?, fragt sie, dann sieht sie Klepto, der am Fuß der Treppe von zwei von den Jungs ne solide Abreibung kriegt. Ich seh was durch die Luft fliegen und kapiere, dass ihm einer die Gabel aus m Maul geprügelt hat! Sie sofort runter, schubst die Jungs beiseite und tritt dem Wichser voll in sein Pferdegebiss! Alter, da hab ich mir echt den Arsch zukneifen müssen, er wahrscheinlich noch mehr. Mentale Aktennotiz: nich mit ihr anlegen. Sie baut sich vor ihm auf und brüllt: – Tom Cahill ist mein Dad. Wir wissen, wo du wohnst; du bist tot, du Sau!

Sie tritt noch mal zu. Ich geh hin und zieh sie von ihm weg. – Ruhig, Jen, sag ich und heb die blutige Gabel vom Boden auf. Er guckt zu mir hoch, als würd er um Gnade bitten. Das Young Team steht offenen Mundes da und wartet auf das Signal, sich weiter mit ihrer Gossenoper zu vergnügen. – Du siehst besser zu, dasste wegkommst, Sportsfreund, sag ich zu ihm. Erbarmen ist heutzutage auf der Welt eine viel zu wenig geschätzte Tugend.

Die Fotze kommt taumelnd auf die Beine und torkelt unter allgemeinem Hohngelächter und Gejohle die Straße runter wie n neugeborenes Kalb. Die Fotohandys verfolgen ihn ne Weile und dokumentieren ihn mit kalten Insektenaugen; eine globale Mediendemokratie, in der keine Sau mehr n Privatleben hat und der Demütigung entgeht, der Unterschied is bloß, ob vor nem großen oder nem eher kleinen Publikum.

Big Craig brüllt triumphierend: – Die Cowdenbeath Casual Firm ist heut Abend erwachsen geworden! Dunfy-Wichser! Posten wir das mal, damit die Schwuchteln aus Methil was zum Nachdenken ham bis nächsten Samstag!

Während sie sich gegenseitig gratulieren, meint Craig: – Wusste doch, dass du es draufhast, Jase!, sagt er und umarmt mich. – Der Fotze ne Gabel reinzustecken! Voll in seine Dunfy-Fresse!

– Ich hab das ganze Blut gesehen, das ist ja förmlich aus ihm rausgesprudelt, schwärmt Jenni, und ich komm mir vor wie der beschissene King von Fife. Wer immer behauptet, Gewalt wär Scheiße, war nie in der befriedigenden Position, nen unangenehmen Gegner plattgemacht zu ham.

– Das is unser Mann!, brüllt Craig wieder, und n paar kleine Nachwuchsprolos, die aussehn, als müssten sie schon im Bett sein, haun mir auf den Rücken.

– Danke, Jungs, sag ich. – Aye, ich denk auch, du hast recht, Alter, erklär ich Craig, – wir ham heute die Geburtsstunde eines Furcht einflößenden Nachwuchsmobs gesehen.

– Und wo warn die Alten Herrn? Drinnen bei ihrem Bier un ihren Sandwiches!, lacht Craig und guckt den Nachbarn und den Duke an, die klug genug sind, zu grinsen und es als Spaß aufzufassen.

Aye, überall um uns rum wird palavert, und ich beschließe, mein Glück mal zu versuchen. – Ma ne kleine Frage, flüstere ich der kleinen Kante ins Ohr. – Wart ihr das eigentlich, die das Schild da an der Berth Road umgeknickt ham? Das Teil mit dem ›RUNTER VOM GAS‹ drauf?

Craig glotzt mich mit offen stehendem Mund an, denkt n Moment nach, dann wird sein Blick wieder entschiedener. – Aye. Warn wir. Wieso?

– Hab mich nur gefragt, Alter, sag ich und klopf der Fotze auf n Rücken. – Noch ma danke für die Unterstützung.

– Kein Problem. Wir Jungs aus Beath müssen zusammenhalten, sagt er mit leidenschaftlichem Ton zu den andren vom Young Team und fügt hinzu: – CCF!

– Fife Central, Alter, nick ich.

– Genau ... Ich hör n unterdrücktes Stöhnen, dreh mich um und seh, dass Richey, die arme Sau, sich wieder hochgerappelt hat.

Ein Faustschlag seitlich an den Kopf, gefolgt von nem Tritt in die Nieren, bringt ihn zum Schweigen. – Verpiss dich, Spacko, sagt so n gemein aussehender Kleiner vom Young Team.

Richey macht sich taumelnd auf, die Straße runter, und presst in gequälter Ekstase hervor: – Bis dann ... Jason ...

– Is das n Kumpel von dir?, meint Craig mit nem Kopfnicken. – Die Fotze geht uns im Zug immer auf n Sack. Na, egal, man sieht sich, Jase, sagt Craig un gibt seiner Posse das Zeichen zum Aufbruch. Wir sehn nen Klepto, der sich noch immer das Gesicht hält, auf der Straße davonwanken. Er musses hilflos hinnehmen, als ne freche Rotznase von vielleicht zwölf hinter ihm herrennt und ihm unter dem Gelächter des Mobs, der immer noch alles mit dem Handy filmt, in den Arsch tritt.

– Wo gehste hin!, brüllt Klätschnass-vom-Regen dem entschwindenden Craig nach.

– Ich ruf dich an!, sagt er, sein Handy hochhaltend, dann geht er lachend weg, zum Spaß mit einem seiner Kumpels Kung-Fu-Tritte austauschend, und dann gibts n großes Gelächter, weil der andere was gesagt hat. Klätschnass-vom-Regen dreht sich zu den beiden andern Hühnern, sie sollen dem Young Team hinterher. Aber die hams nich eilig, der Bitte zu folgen.

Ach ja, so isser, der Nachwuchs. Die sind nu mal, wie sie sind; bei 80 % von denen wächst sich das aus, für die übrigen 20, tja, wofür gibt's Gefängnisse, Friedhöfe und Drogenüberdosen. Ich denk mal, Kravy hätte eh den Löffel abgegeben, als er dagegengeknallt is, auch wenn das Schild nicht umgeknickt gewesen wär. Allerdings nich ganz so spektakulär.

Tja, an dem Abend, und es war n echt langer Abend, isses richtig schön, ins Bett zu kommen, nachdem wir uns von meinen Kumpels aus Fife verabschiedet ham. Ich fand, der Nachbar und der Duke hams mit Anstand getragen, besser als Reg Comorton, der sich kleinlaut verdrückt. Der alte Knabe schiens nich übertrieben schwerzunehmen, aber man merkte ihm an, dass er nur dran dachte, Frances nach Haus zu bringen und die neue Plastikhüfte auf Stoßfestigkeit zu testen. Ne eindeutige Win-win-Situation; wenn sie der Strapaze nicht standhielt, dann wär auf jeden Fall ne super Abfindungsklage gegen den NHS drin. Aber immerhin hat er uns das Haus überlassen; als wir da warn, warn wir zu erledigt, um noch groß zu ficken, und sind gleich tot ins Bett gefallen.

Es is n trister, grauer Morgen, und wir fahren auf der Karre raus aus der Stadt; grad kommen wir an der Stelle vorbei, wo Kravy vom Bock geflogen ist. Ich fühl mich frei, un die Geschwindigkeit macht mir keine Sorgen, ich fahr uns weg von hier, ich kann Jenni spüren, die sich an mir festhält, aber kaum genieß ich das Gefühl, da sind wir nich mehr miteinander verbunden, wir sitzen nich mal mehr zusammen auf m Motorrad, sondern fallen durch Finsternis, stürzen durch das All …

30. DER TRIP

Ich stoß Jason mit dem Ellbogen an. Er wacht erschrocken auf. – Ach, wir fahrn im Auto, bricht es erleichtert aus ihm heraus. Wie er schlafen kann, während »This is the New Shit« von Marilyn Manson aus den Boxen ballert, ist mir schleierhaft.

Ich reibe ihm über den Kopf, zerstrubbele seine Haare. – Was du nicht sagst. Wo sollten wir denn sonst sein?

– Ich hatte nen scheußlichen Traum ... echt grässlich ...

– Ich hab dich im Schlaf murmeln hören. Komm schon, Jay, wie kannst du erwarten, dass ich wach bleibe und fahre, wenn du immer wegnickst?, jammere ich und werfe schnell einen Blick nach hinten zum sabbernden Ambrose. – Dann kann ich ja genauso gut dich hier vorne haben, was, mein Junge?

Der arme Kerl hat keine Ahnung, dass sie ihn vier Monate lang in Quarantäne stecken werden. Jason ertappt ihn, wie er auf dem Rücksitz an einer Reisetasche schnüffelt, auf der steht: »Northern Soul – Keep the Faith«. – Weg da, Ambrose, du Fotze, sagt er kopfschüttelnd, – das is nix für dich, Schweinebacke. Er macht die Tasche auf, um sich wieder mal Kravys gelblichen Totenschädel anzusehen.

– Lass die doch zu, bitte ich ihn, – das wird zur schlechten Angewohnheit, ihn immerzu anzugucken.

Er gehorcht sofort, nickt und guckt mich mit seinen großen Kinderaugen an. – Aye. Hast recht, er räkelt sich und gähnt. – Weißte, ich bin echt froh, dass Nachbar Watson das Bike gekauft hat.

– Ja, es war schön, deinem Dad und Mrs Kravitz das Geld anbieten zu können.

– Aye, und noch netter, dass sie nur die Hälfte angenommen ham!

– Vielleicht sollten wir uns auf der Fähre eine Schlafkabine gönnen, sag ich und drücke seinen Oberschenkel. – Ich finde, wir haben uns ein bisschen Dekadenz verdient.

Ich beobachte, wie sich seine Augen weiten, fast, dass man meint, gleich fielen sie raus, wie bei diesem Roboter in *Futurama*.

– Aye, aber hallo. Komm Sie rein, komm Sie näher, Abenteuer auf hoher See! Sein Sie Kabinensteward, sein Sie Kapitän! Aye, Fähre Pompey – Cherbourg, wir kommen! Er dreht sich um zu dem Hund. – Und unser alter Ambrose hier kann sich dann dem Gender-Bending widmen – oder soll ich Spezies-Bending sagen? – und die Bordkatze spielen, was, alter Knabe, sagt er und tätschelt dem hechelnden, aufgeregten Ambrose den vernarbten Kopf.

Ich liebe diesen verrückten Kerl.

31. SPANISCHES PS

Scheiß die Wand an, Kravy hatte ja so recht mit Spanien! Er hatte auch recht, was die Vorliebe dieser Perle aus Setubal für flotte Dreier anbelangt; als Allererstes bestand ich mal drauf, dass Jenni und ich uns mit der in Verbindung setzten. Unglücklicherweise teilte die diese Leidenschaft nich; damit war also Essig. Aber kein Grund zur Klage, das Leben könnte schlimmer sein.

Wir ham Jobs im Reitstall gekriegt. Jenni is begeistert, und ich denk, ich gewöhn mich schließlich doch noch an Pferde. Aber Mopeds kommen für mich definitiv nich in Frage. Die Ärzte in Spanien amputieren dir schon das Bein, wenn du nur n Kratzer hast. Kravys Schädel hab ich behalten. Ne Weile wusste ich nich, was ich damit machen soll. Ich wollte ihn erst in unserm kleinen Innenhofgarten beerdigen, aber Ambrose hat ihn immer wieder ausgebuddelt. Jetzt liegter im Badezimmer. Ich seh ihn jeden Morgen; wenn ich einen abseil, dusche oder mir die Beißerchen putze. Es is ja nur n alter Knochen, aber manchmal denk ich, er grinst noch n bisschen breiter als vorher. Na ja, das bild ich mir bestimmt bloß ein.

Ich seh mich immer noch irgendwie als den King von Fife, aber ich bin n König im Exil, im freiwilligen Exil, und ich habs nich eilig, heimzukehren. Ihr dürft mich gern den King von Fife nennen, aber ich pfeif drauf. Scheiß die Wand an!

NACHWORT

Wenn man über Orte wie Cowdenbeath schreibt und aus einem geografisch kleinen (jedoch spirituell riesigen) Land wie Schottland kommt, hat man die Verpflichtung, nachdrücklich darauf hinzuweisen, dass man nicht die »reale« Ortschaft dargestellt hat, sondern eher ein »Cowdenbeath« meiner Fantasie, wie ich es mir während des Schreibens vorgestellt habe. Jede Ähnlichkeit mit »tatsächlich existierenden« Menschen ist rein zufällig und gänzlich unbeabsichtigt. Das Gleiche gilt natürlich auch für Arizona, Fuerteventura, Nevada, Montana, Montrose, den Mars oder wo immer diese Geschichten spielen.

Ein großes Dankeschön an Beth für ihre unermüdliche Hilfe, ihren Rat und ihre Liebe. Dank auch an Robin, Katherine, Sue und Laura bei Random House für ihre anhaltende Nachsicht mit mir. Mark Cousins und Don De Grazia waren so freundlich, einige dieser Geschichten vorab zu lesen und mir wertvolles Feedback zu geben. Dean Cavanagh, mein Partner in Drehbuchdingen, hat mir großmütig Zeit zum Beenden dieser Storys eingeräumt, obwohl wir gerade anderweitig besonders stark gefragt waren. Ich bin in der glücklichen Lage, dass es dieses Nachwort um einiges dicker machen würde, würde ich all meinen Freunden, Familienmitgliedern, Kolleginnen und Kollegen danken, die mir auf die eine oder andere Art zur Seite gestanden haben. Ich hoffe, ihr wisst, dass ihr gemeint seid und dass ich euch nur das Allerbeste wünsche.